동상기찬

東廂記纂

동상기찬

나를 알아줄 그 사람을 기다리며

김준형 역주

책머리에

1. 정조와 '노처녀·노총각 결혼시키기' 프로젝트

1791년 2월 9일. 정조는 구익(具廙)을 한성부 판윤(오늘날의 서울시장)으로 임명한다. 구익은 불과 몇 달 전인 1790년 11월 4일에 한성부 판윤이 되었다가 그해 12월 15일에 파직된 적이 있었다. 정조가 경모궁(사도세자의 사당)에 행차하기 위해 나선 홍화문 밖에 쌓인 눈을 치우지 않았기 때문이다. 그 일이 있고 두 달이 지난 뒤, 정조는 다시금 구익을 한성부 판윤으로 불러들인 것이다.

구익을 임명한 그 날, 정조는 이전에 신칙했던 "백성들 중에 곤궁하여 혼사를 치르지 못한 사람을 보고하라."라는 명을 내린다. 당시 한성부에서 보고한 인원은 총 13명이었다. 그러자 정조는 "나이가 찼는데도 혼사를 치르지 못하는 일은 인치(仁治)에 어긋난다."라며 그들의 혼인을 촉구한다. 한성부 판윤으로 임명된 구익에게 부여한 첫 업무 지시였다.

예부터 혼인은 인륜의 시작이며 중대한 일(大事)로 여겼던 터라, 때를 놓치면 천지의 조화로운 기운(和氣)이 상한다고 보았다. 그랬기에 나이가 찼음에도 가난 때문에 결혼하지 못하는 사람이 있으면 국가가 나서서 혼례를 주도했다. 그것은 인치를 표방한 조선에서는 당연한 일이었다. 조선 건국 직후인 1413년에 편찬된《속전》에서부터 나이 많은 처녀의 성혼(成婚)을 재촉하는 규정을 실었던 것도 천지의 조화로운 기운을 해치지 않겠다는 의지를 분명히 드러냈던 까닭이다.

가난 때문에 혼인할 수 없으면 국가가 책임을 지는 것도 당연시했다. 실제 1484년에 편찬된《경국대전》에는 "사족의 딸로 나이가 서른에 가까운데도 가난하여 시집가지 못한 자가 있으면, 예조에서는 임금께 보고하여 혼인 비용을 지급한다."라고 제시했다. 또한 목민서의 하나인《선각(先覺)》에서도 "선비의 집이 가난하거나 혹은 고아라는 이유로 혼례를 행하지 못하는 것은 수령의 책임이다."라고 하여 혼인이 개인의 문제가 아닌 목민관의 책무임을 명확히 했다. 구익을 임명한 날 정조가 지시한 업무도 천지의 조화로운 기운을 상하게 하지 않겠다는 의지에서 비롯된다. 그것은 국왕의 역할에 대한 성찰이기도 했다.

2월 9일에 보고된 인원은 13명이었다. 이후 그 수가 대폭 늘어났다. 6월 2일, 한성부에서 올린 문서(別單)에 실린 혼인 대상자는 총 281명으로 확대되었다. 인원이 늘어난 것은 아마도 2월 9일 보고 이후에 보다 철저한 조사가 이루어진 까닭일 터다. 애초 13명에서 시작된 혜휼(惠恤) 사업이 불과 넉 달 만에 '281명의 노처녀·노총각 결혼시키기'라는 대형 국가사업으로 확장된 것이다.

정약용은《목민심서》에서 당시 국가에서 보조한 물품이 일인당 돈 500푼과 베 2필이라 밝혔다. 그때(1790년) 쌀 한 섬이 370-380푼이었고, 베 2필이면 옷 한 벌을 지을 수 있었다는 점을 고려하면, 281명에게 적잖은 보조금이 지급된 셈이다. 그런데 문제가 발생했다. 이런 혜택을 부여했음에도 결혼하지 못하는 사람이 생긴 것이다. 6월 2일《승정원일기》에는 이서구가 올린 장계가 실려 있는데, 거기에는 서울 서부에 속한 미혼자

15명 중 3명이 결혼하지 못했음을 확인할 수 있다. 3명 중 유학(幼學) 김이철의 차녀는 아직 담제(禫祭)가 끝나지 않은지라 혼인을 시킬 수 없는 여건이었다. 나머지 두 사람, 즉 유학 신덕빈의 딸과 유학 김희집의 서자, 그들이 문제였다.

애초 신덕빈의 딸은 이원교의 아들과 7월 22일에 혼인하기로 날을 잡은 상태였고, 김희집도 경기도 광주에 사는 심익상의 딸과 혼인하기로 약정한 상태였다. 하지만 이원교는 다른 집안에서 사람을 골라 사위로 맞았고, 심익상은 김희집이 서자라는 것을 알고 파혼해 버린 것이다. 보고를 받은 정조는 "산을 조성하는 데 삼태기 하나 정도의 흙이 부족하다고 해서 그 공을 무너뜨리겠느냐."라며 신씨와 김희집의 혼사에 필요한 물품을 관(官)에서 제공하도록 한다. 두 사람의 혼사는 이제 단순한 국가 보조 차원을 넘어 관이 주도하는 사업으로 전환된 것이다.

한성부도 바빠졌다. 어떻게든 신씨와 김희집의 혼인을 성사시켜야만 했다. 이때 서부령(西部令)으로 있던 이승훈이 제안을 한다. 차라리 파혼당한 집안끼리, 즉 신씨와 김희집을 혼인시키면 어떻겠느냐고. 두 사람의 의견을 묻기 위해 이승훈은 신덕빈의 집으로, 주부(主簿) 윤영은 김희집의 집으로 향했다. 다행히 두 집안에서는 혼인을 허락했고, 그 사연이 다시 정조에게 보고되었다.

보고를 받은 정조는 좌의정 채제공과 의논하여 호조판서 조정진과 선혜청 당상 이병모를 부른다. 그리고 그들에게 각각 김희집과 신씨의 혼주 역할뿐 아니라, 두 집안을 대신해서 혼서(婚書)도 작성하라고 했다. 가난한 두 사람의 혼인이 명실상부한 벌열가의 큰 잔치로 확장된 것이다.

6월 12일. 마침내 김희집과 신씨의 혼인이 이루어진다. 1791년 2월 9일에 시작된 '노처녀·노총각 결혼시키기' 프로젝트는 같은 해 6월 12일 김희집과 신씨의 혼인을 끝으로 최종 마무리된 것이다. 넉 달간의 국가 프로젝트는 이렇게 끝이 났다. 이런 일은 전에는 없었던 터라, 정조는 두 사람의 혼인을 전(傳)으로 기록하여《내각일력》에 싣게 했다. 이 책에 실린 〈김신부부전〉이 바로 그 결과물이다.

2. 이덕무의 〈김신부부전〉과 이옥의 〈동상기〉

《내각일력》은 정조 3년(1779)부터 고종 20년(1883)까지 총 105년 동안 쓰인 규장각일기다. 일기는 입직(入直)한 규장각 검서관이 편집하여 완성했는데, 당시 규장각 검서관 중 한 사람이 이덕무였다. 〈김신부부전〉이 이덕무의 손에 의해 쓰인 것도 그 때문이다.

〈김신부부전〉은 임금의 명을 받고 쓴 국가의 공적 기록물이다. 그러니 거기에 실린 내용은 실사에서 크게 벗어나지 않는다. 실재한 사건을 재현하되 '전(傳)' 장르를 취함으로써 논평부의 특성을 적극적으로 활용했다. 논평을 통해, 가난한 백성에게도 덕화가 고루 미치게 한 정조 시대의 지극히 잘 다스려지는 세상(至治之世)을 돋보이게 함으로써 정조의 덕치를 한껏 부각시켰다.

〈김신부부전〉은 문학적 성취보다 역사 재현에 더 큰 무게가 놓였다. 행적 부분도 혼인을 하는 개인보다는 공적 기록, 즉 두 집안 사이에서 주고받은 혼서가 더 중요했다. 김희집과 신씨의 혼주 역할을 했던 호조판서 조정진과 선혜청 당상 이병모가 서로 주고받은 '혼서'와 '답혼서'가 〈김신부부전〉에서 절대적인 위상을 차지하는 이유도 여기에 근거한다. 주인공이라 할 김희집과 신씨의 심리가 주변으로 밀린 것도 그 때문이다. 그런데 이 사건이 또 다른 인물에 의해 전혀 다른 형식의 장르로 기록되었다.

김희집과 신씨의 혼인은 민간에서도 화제가 되었다. 당시 서울에서 과거 공부를 하던 이옥도 종을 통해 이 소문을 들었다. 음력 6월 그 더운 날, 공부에 지쳐 있던 이옥은 소문을 듣고 권태로움이나 달래볼까 하여 3일 동안 이 사건을 한 편의 희곡으로 만들었다. 원나라 잡극의 일반적 형태인 '1본(本) 4절(折)' 구조로 만든 〈동상기(東床記)〉가 바로 그것이다.

권태로움을 달랠 목적으로 만들었다지만, 〈동상기〉의 주지 역시 〈김신부부전〉처럼 '지극히 잘 다스려지는 세상(至治之世)'을 만든 정조의 은덕을 축원하는 데 있다. 이 점은 '천하락(天下樂)'으로 연주되는 곡조에 쓴 가사만 봐도 충분히 확인할 수 있다. 천하락은 중국 전통극에서 누군가를 축수하기 위해 쓰는 음악 곡조인데, 이옥이 곡조에 붙인 가사는 다음과 같다.

> 천하락(天下樂)
>
> 오늘 소신(小臣)이 술 한 잔을 올리며 성심을 다해 우리 임금님을 축원하옵니다. 우리 임금님의 은혜는 죽을 때까지 잊지 않겠습니다. 넓고 넓은 푸른 바다처럼 깊고, 높고 높은 붉은 해처럼 길게……. 바라건대 우리나라 성인께옵서는 그렇게 만수무강하옵소서!

〈김신부부전〉의 주지와 크게 다르지 않다. 그러나 주지가 같다고 해서 역사 기술을 목적으로 한 것은 아니다. 이옥은 오로지 무료함에서 벗어나기 위한 창작 욕망에 의해 〈동상기〉를 창작했을 뿐이다. 동일한 사건이 한쪽에서는 역사 기록으로, 다른 한쪽에서는 문학 창작으로 정립된 것이다. 이덕무와 이옥이라는 걸출한 문인은 이렇게 정조가 제시한 '노처녀·노총각 결혼시키기' 프로젝트를, 상호 간에 어떤 영향 관계도 없이 서로 다른 문학 장르로 형상화되었다. 〈김신부부전〉에서 볼 수 없던 김희집과 신씨의 심리가 〈동상기〉에서는 분명히 드러나는 것도, 결국은 두 장르의 차이 및 창작 목적이 다른 데서 빚어진 결과였다.

3. 백두용의 《동상기찬》

〈김신부부전〉과 〈동상기〉가 쓰이고, 그로부터 127년이 지난 1918년. 한남서림의 주인 백두용은 새로운 시도를 한다. 〈김신부부전〉과 〈동상기〉를 한 권으로 묶고, 그 뒤에 조선 후기 남녀의 결연을 다룬 야담을 선취하여 '동상기찬'이라 제목 붙인 책을 출간한 것이다. 선취한 야담이 총 5권이니, 《동상기찬》은 6권 1책으로 구성된 셈이다.

〈김신부부전〉과 〈동상기〉를 한데 묶은 권은 수권(首卷)이라 했다. 이어서 권차를 새로 만들어 1-5권이라 했다. 1-5권에 실린 야담은 〈동상기〉와 연관된 내용을 모았다는 의미로 '동상기찬(纂)'이라 했다. 그러니 《동상기찬》은 전과 희곡, 그리고 야담이 한데 섞인 책이다.

백두용이 이 책을 통해 말하려는 주지는 분명하다. '나를 알아줌〔知己〕'으로 정리된다. 그는 〈동상기〉를 '내가 누군가를 인정하고, 누군가는 또 나를 알아줌으로써 서로가 여경(餘慶)을 누린다.'라는 내용으로 읽었다. 그것을 그대로 《동상기찬》에 틈입시킨 것이다. 그가 서문에서 "부처가 중생을 제도하기 위해 여러 모습으로 나투시어 여러 사람을 설법하는 것처럼"이라고 한 것은, 다양한 이야기로 드러내고자 했던 숨은 뜻을 제시하겠다는 의지였던 셈이다.

이 책의 거의 모든 이야기는 '혼인'과 관련되어 있다. 게다가 우리나라 야담에 등장하는 대표적인 여성 인물이 거의 모두 등장했다고 할 수 있을 만큼 여성 인물에 주목했다. '여성 야담집'이라 불러도 좋을 정도다.

이런 점에서 보면,《동상기찬》은 '혼인'과 '여성'이라는 두 개의 키워드를 가진 야담집이라 할 만하다. 혼인은 '만남'에서부터 비롯된다. 불우한 상태에 있던 노처녀와 노총각은 그들을 이해해 준 정조를 만남으로써 행복한 삶을 누릴 수 있었듯이, 나를 알아주는 누군가와 만난다는 것은 신비로운 일이다. 혼인도 그러하다. 나를 알아주는 사람, 그 사람과의 만남이 곧 혼인이 아닌가? 나를 알아주는 누군가를 만나는 것. 그것은 혼인으로 그치지 않는다. 불우한 환경에 놓인 사람들에게 자기를 인정해 주는 사람을 만나고 싶은 욕망은 다른 어떤 욕구보다 크지 않은가? 백두용도 그랬다.

그는 이 책 서문에서 "수많은 사람들이 물 끓듯이 오가며 자신을 만났지만, 그 많은 사람들 중에 별처럼 빛나는 안목을 가진 사람을 만날 수 없었다."라고 했다. 백 년이 가도 그런 사람은 만날 수 없을 것 같다는 좌절감. 백두용의 그 아픔이《동상기찬》을 편찬하게 만들었던 것이다. 남녀 간의 기이한 만남과 서로를 인정해 주는 내용을 위주로 한 야담을 통해, 그는 자신의 심란한 상황을 보상받았을 터다.

백두용은 이옥이 쓴 〈동상기〉를 퍽 흥미롭게 재해석했다. 〈동상기〉는 본래 다음과 같은 4개의 절로 구성되어 있다.

제1절: 노총각의 한탄 및 국가 정책 소개

제2절: 임금의 덕치(德治) 칭송 및 국가 정책 준비 과정

제3절: 국가 정책 시행 양상(혼인식)

제4절: 국가 정책 시행 이후(동상례(東床禮: 신랑 다루기) 풍경) 및 임금의 송수 기원

그런데 백두용은 이를 '재현(才賢), 덕혜(德慧), 권택(眷澤), 복연(福緣)'으

로 재분류했다. 여기에 포함되지 못하는 자료는 별도의 권을 만들어 '보유(補遺)'로 내보냈다. 이렇게 나눈 것은 서문에서 연파거사[1]가 말했듯이 "동상기 정목(正目)에 맞춰 찬집한" 까닭이다. 정목(正目)은 제목정명(題目正名)의 준말로, 한문 희곡 맨 앞에 붙이는 시를 말한다. 보통은 7언이나 8언으로 된 구(句)를 네 개의 연으로 제시하는데, 그 안에 희곡 전체의 내용을 집약해서 정리해 놓는다. 〈동상기〉의 정목은 다음과 같다.

窮措大南洞竊歎 **(才賢)**	가난한 선비는 남동에서 홀로 탄식하고
老處女北闕徹聞 **(德慧)**	나이 많은 처녀는 북궐에까지 알려졌지.
諸尙書西城主婚 **(眷澤)**	여러 재상들이 서부의 혼례를 주관하니
好夫婦東廂感恩 **(福緣)**	아름다운 부부는 혼인을 이끈 임금의 은혜에 감격하네.

괄호 안에 쓴 '재현, 덕혜, 권택, 복연'이 〈동상기〉에는 없다. 이것은 백두용이 써넣었다. 그는 정목의 1-4구를 〈동상기〉의 1-4절에 대응한다고 보았다. 즉 정목 1구는 〈동상기〉 1절을, 2구는 2절을, 3구는 3절을, 4구는 4절을 요약했다고 이해한 것이다. 네 구는 '누군가가 나를 알아줌(1구)→내가 누군가를 알아줌(2구)→적선(3구)→여경(4구)'으로 집약할 수 있는데, 이를 통해 백두용의 생각도 엿볼 수 있다. '누군가가 나를 알아주고, 내가 누군가를 알아주는 것. 그것이 적선이고, 거기서부터 행복은 찾아온다.'라는 것. 그것이 그가 가졌던 마음일 터다. 지혜로운 임금이

---

1 1912년 9월 4일자《매일신보》'文苑(문원)' 란에는 〈讀史有感(독사유감)〉이란 한시 두 편이 실려 있는데, 이 시의 작가가 '蓮波 李容民(연파 이용민)'으로 되어 있다. 그 활동 시기도 같다. 단언하기는 어렵지만, 그래도 연파거사가 이용민일 가능성은 크다.

노처녀·노총각의 심정을 이해하여 혼인을 시켰듯이, 누군가가 나를 알아봐 주기를 바라던 마음. 그러한 마음이 〈김신부부전〉, 〈동상기〉, 〈동상기찬〉을 하나의 고리에 엮었던 것이다. 전혀 어울릴 것 같지 않은 전과 희곡, 그리고 야담 장르는 같은 주지 아래 이렇게 한데 묶일 수 있었다. 그 도정에서 혼인의 문제도 사람의 문제로 환치되었다.[2]

4.《동상기찬》 번역과 전망

《동상기찬》을 보는 시각은 호의적이지 않다. 어쩌면 이런 시각 저변에는 〈김신부부전〉, 〈동상기〉, 〈동상기찬〉이 상호 긴밀하게 연계되어 있다는 점을 고려하지 못한 데에 그 원인이 있지 않은가 싶다. 상호 연계. 이 점을 고려하지 않으면 마치 잡동사니를 한데 모은 것처럼 비칠 수도 있음 직하다. 지금까지《동상기찬》을 두고 이루어진 논평도 여기서 크게 벗어나지 않는다. 희곡 〈동상기〉와 야담 〈동상기찬〉을 전혀 별개로 인식하기도 했다. 〈동상기〉를 두고, '중국 왕실보의 〈서상기(西廂記)〉를 모방했지만, 음악·결구·문장 등 모든 면에서 보잘것없는 수준'이라고 혹평하기도 했다. 〈동상기찬〉을 기존의 야담 중에 흥미로운 것을 발췌한 수준으로 폄하해 왔던 것도 사실이다. 그러나 정말 그런가? 어쩌면 우리는 훌륭한 한 텍스트를 경솔하게 대했던 것이 아닌가?

나도《동상기찬》을 바라보는 시각이 기존의 틀에서 크게 벗어나지 못

---

2 이상의 논지는 필자의 〈사실과 허구, 〈동상기찬〉에 나타난 야담 인식〉(《국어국문학》168, 국어국문학회, 2014)과 〈한문희곡 〈동상기〉의 구성과 야담 〈동상기찬〉과의 연계성〉(《공연문화연구》39, 공연문화학회, 2019)을 토대로 하여 기술했다.

했었다. 대학원 석사과정 때에 도서관에서 우연히 만났던 이 책을 20년도 더 지난 지금에 와서 번역하는 이유는, 이 책이 지닌 의미가 결코 가볍지 않은 까닭이다. 특정 사건을 국가의 공식적 기록물로 기술한 이덕무, 동일한 사건을 희곡으로 정리한 이옥. 둘은 같은 주지를 어떻게 다르게 기술할 수 있는가를 확인케 한다. 더구나 결혼을 바라보는 시각이 퍽 심각한 사회적 문제가 된 지금, 결혼을 바라보는 시각의 전환도 필요해 보인다.

예전의 결혼은 신뢰에 기반을 두었다. 남녀 간의 개인적인 사랑보다 사회적인 유대가 우선되었다. 사회적인 신뢰를 기반으로 한 유대와 연대, 사회적 연대의 끈이 끊어지면 국가는 존재할 수 없다. 국가가 직접 나서서 신뢰의 매듭을 온전히 이어주려 했던 것은 혼인을 하는 개인의 문제보다 사회적 유대를 온전히 하려는 노력이었다. 그러나 근대 이후 연애가 중시되고 결혼은 개인의 문제로 환치되었다. 그러다 보니 모든 사회적 책무도 개인의 문제가 되었다. 경제적 능력이 부족해서, 사회적 여건이 여의치 않아서 결혼하지 못하는 것도 모두 개인의 문제로 여긴다. 그러나 과연 그러한가? 어쩌면 우리는 사회 구조의 문제를 개인의 문제로 치부해 버리는 것이 아닌가? 이 물음을 다시금 던질 필요가 있다. 결혼은 사회적 신뢰를 쌓는 과정이었다. 조선 시대에 국가가 적극적으로 나선 이유도 여기에 있다. 결혼 문제에 대해 국가가 심각하게 고민해야 하는 까닭을 한 번쯤은 생각해 볼 필요가 있다. 이런 점을 고려하면, 〈김신부부전〉과 〈동상기〉는 여전히 문제적인 작품일 수밖에 없다. 이런 문제점을 백두용은《동상기찬》에서 좀 더 확대했다.

중세에서 근대로 급변하는 문명 전환의 현장 한복판에 놓여 있었던 백두용은 이옥처럼 무료했다. 종로 인사동 한남서림에서 숱한 사람들과 마주치면서도 그는 무료했다. 무료함. 그것은 노동의 가치가 중시되는 지금 시대에는 부정의 대상이지만, 기실 무료함은 자신을 성찰케 하는 중요한 계기가 된다. 창의성을 실현케 하는 동인으로 작동케 하는 것이다. 무료했던 이옥이 〈동상기〉를 통해 '지극히 잘 다스려지는 세상'을 꿈꾸었듯이, 백두용은 〈동상기〉의 주지를 토대로 하여 문명 전환의 시대에 사람의 가치를 읽어내고자 했다. 사람의 가치를 그는 '나를 알아주는 것〔知己〕'에서 찾았다. 누군가에게 나를 알아달라고 하려면, 먼저 내가 누군가를 이해해야 할 터다. 그렇게 만들어진 신뢰와 연대만이 더불어 살아가는 세상의 여경(餘慶)을 누릴 수 있다고 본 것이다. 그 울림이 끝내 나로 하여금 이 책을 번역하도록 했던 모양이다.

여기에 실린 이야기들은 조선 후기에 향유되었던 남녀 간의 '만남'을 다룬 이야기들 중에 유의미한 작품들만 선취해 놓았다. 사실 남녀 간의 만남이라는 것은 서로에 대한 이해와 신뢰에서 비롯된다. 그것이 어디 남녀 간의 만남뿐이겠는가? 사람과 사람이 만나는 일 역시 그러하지 않은가? 사람이 사람을 만나고, 서로가 서로를 이해한다는 것. 어쩌면 그것은 예나 지금이나 바람으로만 존재하는 것인가?

출판을 하려니 부끄러움이 많다. 나름대로 한다고는 했지만, 그럼에도 오류가 적지 않을 것이다. 널리 이해해 주시기를 바랄 뿐이다. 그리고 번역서 출간이 쉽지 않지만 그럼에도 흔쾌히 책 출간을 허락해 주신 휴머니스트 출판사와 난해한 작업을 예쁘게 정리해 주신 담당 편집자에게도 감사의 말씀을 드린다.

2021년 5월
김준형

일러두기

1. 이 책은 1918년 11월 20일에 발행한 《동상기찬》(고려대 소장)을 저본으로 하여 번역했다.
2. 《동상기찬》은 6권 1책으로 되어 있는데, 번역은 그 순서에 따랐다. 저본에서 제시한 방식 그대로 〈김신부부전〉과 〈동상기〉가 실린 권차는 '수권(首卷)', 야담이 실린 권차는 '제1권-제5권'이라 했다.
3. 전문가가 아닌 일반 독자들도 읽을 수 있도록 가능한 한 쉽게 풀어서 번역했다. 다만 수권은 그 성격이 제1권-제5권과 달라 다소 난해한 어구들이 있다. 그래서 제1권-제5권보다 각주를 많이 붙여 이해를 돕고자 했다.
4. 내용과 관련된 주석은 가능하면 번역본에만 붙였다. 원문의 난해한 어구도 번역본에 풀어 쓴 뒤, 각주에서는 원문을 제시해서 그 의미를 설명했다.
5. 수권(首卷)에 수록된 〈김신부부전〉은 원본인 《내각일력》에 실린 텍스트와 큰 차이가 없다. 그럼에도 《내각일력》이 원형에 가깝기에 그를 중심에 두고 번역했다. 《동상기찬》과의 두드러진 차이는 각주에서 제시했고, 이본 간의 차이는 책 후미에 실은 원문을 참조하도록 했다. 다만 원문에는 글자 간의 출입 양상을 모두 표시하지 않고, 해석에 차이를 줄 수 있는 것들만 제시했다.
6. 수권에 실린 〈동상기〉는 《동상기찬》에 실린 것을 번역했다. 다만 분명한 오류가 있는 것은 다른 이본을 통해 바로잡았다. 〈김신부부전〉과 마찬가지로 원문은 책 후미에 실었다. 〈김신부부전〉과 마찬가지로 원문은 해석에 차이를 줄 수 있는 것들만 제시했다.
7. 《동상기찬》에는 작품 후미에 주요 등장인물의 약력을 소개하고 있는데, 이 역시 번역하여 실었다. 번역할 때에는 각종 사실 정보를 확인함으로써 원문의 오류를 최소화했다. 번역본에 제시한 등장인물의 약력은 책 후미에 소개하는 원문에는 싣지 않았다.
8. 책 후미에는 원문을 실었다. 원문은 작품의 원출전과 대비했다. 대비하되, 글자 간의 출입 양상을 모두 표시하지 않았다. 해석에 분명한 차이를 줄 수 있는 것들만 제시했다. 대비한 텍스트는 대표적인 이본으로만 한정했다. 《기문총화》는 연세대본 4책본을, 《청구야담》은 버클리대본을, 그리고 기타 이본들은 학계에서 선본으로 언급되는 텍스트를 대표로 삼았다.
9. 원출전을 찾을 수 없는 작품은 《동상기찬》에 실린 그대로 실었다. 지금까지 역자가 확인한 《동상기찬》에 실린 원출전은 책 맨 뒤에 제시했다.

차례

수권(首卷)

동상기찬 서(東廂記纂序)

책은 사람의 성정(性情)을 바꾸기도 하고 기질을 변화시키기도 한다. 그것은 마치 북채로 북을 치면 바로 소리가 들리는 것처럼, 우편으로 전보가 전달되는 것처럼 빠른지라, 배우는 사람들은 삼가지 않을 수 없다. 그래서일까? 《수호전》을 읽으면 걸사[1]와 호객[2]들의 한바탕 상쾌한 일이 떠오르고, 《금병매》를 읽으면 아름답고 예쁜 여인들의 온갖 간드러지는 애교가 생각난다. 기운이 격앙되기도 하고, 넋이 빠진 채 들떠 있기도 한다. 그러나 실상을 따져보면, 그들은 도둑일 뿐이고, 음탕한 자들일 뿐이다. 그런데 어찌하여 과감하게 물리치지 못하고, 도리어 부러워하며 애틋해하는가?

뜻이 있는 선비라면, 이런 종류의 책들은 눈으로 보고 입으로 말하지 않을뿐더러, 속히 '폐기하고 찢고 불태워서 책상〔靑箱〕[3]과 책갈피〔牙籤〕[4]를 더럽히지 않는 것이 옳다'고 할 것이다. 그런데 어찌하여 근래〔挽近〕에는 난잡하고 외설적인 소설들이 성행하면서 서적계라고 칭송하고 있는가? 사람들마다 지어내고, 집집마다 찍어대니, 몇 년이 못 가서 알록달록하게 표지 장식을 한 책들[5]이 거의 목멱산(남산)과 나란해질지라. 저기 한

---

1 걸사(傑士): 지혜와 재주가 특별한 사람.

2 호객(豪客): 협객.

3 청상(靑箱): 책을 담아두는 상자. 대나무로 만든 까닭에 '푸른〔靑〕 상자〔箱〕'라고 한다.

4 아첨(牙籤): 상아로 만든 책갈피.

5 상장표질(緗裝縹帙): 상장과 표질은 모두 장식을 입힌 책이다. 여기서는 당시 표지 장식을 화려하게 꾸민 활판본 소설들을 비판할 의도를 담은 것으로 보인다.

때 벼루를 먹고사는 사람[6]은 처음에야 파리 대가리만 한 아주 적은 이익[7]을 내어 호구지책으로 삼으려 했겠지만, 종국에 가서는 붓끝으로 인한 피해가 수많은 사람에게 미친다는 것을 헤아리지 못하고 있다. 이로 말미암아 문(文)은 더욱 쇠퇴하고 위축되며, 풍속은 갈수록 문드러지고 변하는지라. 애석하도다!

백군 심재[8]는 대은자[9]로, 집에 소장한 책만도 중국의 대유산 및 소유산[10]과 나란히 할 수 있을 정도다. 담소를 나눌 때에도 반드시 책에 근거해 말하고, 식사를 할 때에도 반드시 책에 근거했고, 일상생활을 하거나 출입할 때에도 반드시 책에 근거하여 행동하되 조금도 거기서 벗어나지 않았다. 그러니 비록 '고루하다(不文)' 할지라도, 사람들은 필시 그를 배운 사람이라 말할 것이다.[11]

---

6 식연(食硯): 글을 짓는 일로 먹고사는 것. 송나라 때 소식이 쓴 시 〈차운공의보구한이이심우삼수(次韻孔毅父久旱已而甚雨三首)〉에 나오는 "우리는 밭이 없어 깨진 벼루를 먹는데, 근래에는 벼루도 말라 갈아도 안 나오네(我生無田食破硯 爾來硯枯磨不出)."에서 유래한 말이다.

7 승두미리(蠅頭微利): 아주 적은 이익.

8 백군 심재(白君心齋): 백두용(1872-1935). 심재는 그의 호다. 이 책의 편자로, 당시 한남서림을 운영했다. 한남서림은 1910년 전후에 설립되었고, 1932년에는 그 주인이 간송 전형필로 바뀌었다.

9 대은자(大隱者): 소은(小隱)은 속세를 떠나 몸을 숨긴 사람을 말하고, 대은(大隱)은 도시와 같은 속세에 살더라도 세상의 혼탁함에 휩쓸리지 않고 명리를 추구하지 않는 사람을 일컫는다. 백두용이 서울 한복판(인사동)에서 서점을 운영했기에 이렇게 말한 것이다.

10 이유(二酉): 풍부한 장서. 이유(二酉)는 본래 중국 호남의 대유산(大酉山)과 소유산(小酉山) 두 산을 가리키는데, 진(秦)나라 때 어떤 사람이 이곳에 은거하며 책 1000권을 남겨두었다는 데서 '풍부한 장서'를 일컫는 상징처럼 쓰인다.

11 비록 ~ 것이다: 雖曰不文 人必謂之學矣. 이 말은 《논어》〈학이(學而)〉의 "자하가 말하기를, '어진 이를 어질게 여기되 여색을 좋아하는 마음과 바꾸며, 부모를 섬기되 그 힘을 다할 수 있으며, 임금을 섬기되 그 몸을 바칠 수 있으며, 벗과 사귀되 말함에 성실함이 있으면 비록 배우지 않았다고 말하더라도 나는 반드시 그를 배웠다고 이를 것이다.'(子夏曰 賢賢易色 事父母 能竭其力 事君 能致其身 與朋友交 言而有信 雖曰未學 吾必謂之學矣)"를 활용했다.

그런 까닭에 많은 비용을 들이면서도 책 만들기에 아낌이 없었다.[12] 그는 내 말을 신뢰하여 간간이 질정을 받곤 했는데, 얼마 전에는 저술한 《동상기찬》을 내게 보여주며 교정을 부탁했다. 처음에 나는 병이 있는 데다 눈까지 어둡다며 사양했는데도, 여러 차례 편지를 보내 간청하는지라, 거듭해서 그의 뜻을 꺾기가 어려웠다. 한참이 지난 뒤에서야 억지로 맡게 되었다.

책을 펴고 겨우 몇 쪽이나 보았을까, 나는 이내 옷깃을 여미며 일어나 앉아 말했다.

"나는 평생토록 남녀 간의 애정 이야기〔艶詞〕나 자질구레한 글〔瑣記〕은 읽어보려 하지 않았고, 그런 이야기는 듣기만 해도 저절로 콧마루가 찌푸려지곤 했었다. 그런데 지금 이 책을 보니, 부지불식간에 즐거워졌다. 위로는 역사를 상고하고 곁에서는 야담을 참조하되 모두 확실한 근거를 두어 편람토록 했으니, 심재의 고심함을 알 만했다.

책은 무릇 6권으로 되어 있다. 수권(首卷)에 제시한 원기(原記=東廂記)는 이전 사람이 지은 작품을 다시 적어놓은 것이다. 다음에는 〈동상기〉 정목[13]에 맞춰 찬집한 것을 넷으로 나누었다. '재현(才賢)'은 재주가 뛰어난 어진 신하와 도덕을 갖춘 큰선비를 말함이요, '덕혜(德慧)'는 성행(性行)이 정숙하고 지식이 명민한 자들을 이른다. '권택(眷澤)'은 은혜를 베풀어 백성을 구휼하고 일을 주관하여 성취한 자들을 말함이요, '복연(福緣)'은 신령이 도운 영험한 행적과 하늘이 정한 짝을 교묘하게 만난 자들을 이른

---

12 원문은 '多費翔楮 不靳壽棗'인데, 전고가 불명확하다. '상저(翔楮)'는 '책을 만드는 비용'으로, '수조(壽棗)'는 '책판'으로 해석했다. 대추나무〔棗〕는 책을 판각하는 목재로 쓰이기 때문이다. 아마도 한남서림에서 옛글을 위주로 출간했던 점을 지적한 것으로 보인다.

13 정목(正目): 제목정명(題目正名)의 준말. 희곡 맨 앞에 붙는 7언 혹은 8언으로 된 네 개의 시. 네 구 안에 희곡의 전체 내용을 집약해서 제시한다. 이 책 〈동상기〉 맨 앞에 쓰인 4구로 된 시를 말한다.

다. 끝에는 '보유(補遺)'를 붙였는데, 빠트린 게 많아서 앞에 실리지 못한 자들이다.

원기의 제목은 '동상(東廂)'이라 했는데, '서상(西廂)'을 모방하여 지은 것이다. 그러나 이두〔吏套〕와 항간의 속된 말들이 거칠게 섞여 있는지라, 빠르게 읽다 보면 분명하지 않은 데가 있다. 이에 차례로 토를 달고, 붓대〔鼠鬚筆〕[14]를 힘차게 놀려 사건의 정황을 곡진하게 그려냈다. 믿음직할사! 최고의 재자(才子)가 작품에 담긴 혼까지 불어넣어 탈바꿈시켜 놓는 문법이. 사람들로 하여금 책상을 치며 기이함에 놀라게 할지라. 만약 심재가 편찬하지 않았다면, 〈동상기〉는 그저 극장〔戲場〕에서나 쓰이는 글자〔副墨〕[15]로 돌아가는 데서 그쳤으리라. 어떻게 말세의 게으른 남자와 어리석은 아낙들로 하여금 깨우치고 권면하여, 오륜을 돈독케 하고 백복(百福)에 다가갈 수 있게 했겠는가?

혹자는 말한다. 체재가 서로 같지 않아 '동상기찬'이라 함이 부당하니, 마땅히 '김신부부전찬'이라고 해야 맞다고. 그 말도 더욱 맞다. 그러나 오늘에 와서야 비로소 심재를 만나 간행되고 배포되어 풍속 교화에 도움을 주게 되었으니, 어찌 〈동상기〉의 경사이자 다행이 아니겠는가? 만약 문양산인[16]이 있었다면, 그는 한바탕 술잔치를 크게 열어 한남서림의 여러 벗들과 더불어 취하도록 먹고 마시리라. 거기에 곁들여 주인의 덕도 칭

---

14 서수필(鼠鬚筆): 쥐 수염으로 만든 붓으로, 예전에 왕희지를 비롯한 명필들이 흔히 이 붓을 사용했다고 한다.

15 부묵(副墨): '문자'를 의인화한 것. 붓은 혼자서는 글자를 쓸 수 없고, 반드시 묵(墨)을 얻어야만 글자를 쓸 수 있기에 이런 말이 만들어졌다.《장자》에 나오는 말이다.

16 문양산인(汶陽散人): 〈동상기〉 앞에는 그 작가를 '문양산인'이라고 썼다. 문양은 본래 노나라 땅인데, 우리나라 대구 일대를 지칭하기도 했다. 서문을 쓴 연파거사는 〈동상기〉의 원작자를 알지 못했던 듯하다. 최근 한국문학계의 연구에 의하면, 〈동상기〉의 작가를 이옥으로 보고 있다.

송했으리라."

심재는 껄껄 웃기만 했다. 이에 서문을 써서 준다.

무오년(1918)[17] 4월[18] 욕불일[19], 벗 연파거사.

17 무오년: 1918년. 원문의 '도유돈장(徒維敦牂)'은 고갑자의 무오(戊午)년을 의미한다.
18 수하월(首夏月): 여름의 첫 달. 곧 4월을 말한다.
19 욕불일(浴佛日): 4월 초파일. 부처님 오신 날.

자서(自序)

무릇 경성은 온갖 인물들이 다 모이는 곳이다. 동방이 밝아오면 소리는 물이 끓는 듯하고, 생기는 확 퍼져나가는 듯해진다. 한낮이 되면 가득 차 있다가, 저녁이 되면 다시 잠잠해진다. 내일도 그러할 것이고, 그다음 날도 그러할 것이고, 백 년이 지나도 또한 그러할 것이다. 간혹 몹시 춥거나 몹시 더울 때, 폭우가 내리거나 폭설이 내릴 즈음에는 잠시 멈추긴 하나, 그 시간 또한 한때에 불과할 뿐이다.

사동[1]은 중앙에 위치해 있다. 남북으로 도로가 관통하고, 하루에 세 번씩 시장이 문을 열고,[2] 도성의 번화한 길거리와도 연결되어 있어서[3] 이 길을 따라 지나다니는 사람들이 기실 서울에 사는 사람들 전부라고 할 것이다. 내가 여기에 서점을 연 지 거의 10년에 가까워졌다. 저들 가운데 어떤 사람은 알고 방문하지만, 나는 그의 성명도 모른다. 또 어떤 사람은 돌아보지 않고 휙 지나갔지만, 그 얼굴이 눈에 퍽 익은 경우도 있다. 이렇게 사람을 겪으면서 맞이하고 보냈던 것이 손으로 꼽으며 셀 수 없을 정도다. 무릇 부귀한 자와 빈천한 자, 늙은이와 젊은이, 아녀자와 어린아이, 험상궂고 건장한 자와 왜소하고 마른 자, 말을 타고 가는 자와 말을 끌고

1 사동(寺洞): 지금의 인사동. 종각역과 탑골공원 사이로, 당시 서울의 중심이었다.

2 삼시(三市): 예전 도성에서는 하루에 세 번씩 시장의 문을 열었다. 대시(大市), 조시(朝市), 석시(夕市)가 그러하다. 당시 시장은 백두용의 한남서림이 있었던 사동 맞은편, 즉 지금의 종각역과 청계천 사이에 있는 장통방(오늘날 관철동 일대)에 위치해 있었다.

3 구맥(九陌): 임금이 사는 도회지에 가로세로로 뻗은 큰길.

가는 자, 짐을 어깨에 얹은 자와 머리에 인 자……. 그 수가 수십, 수천, 수억, 그 이상이다. 하지만 생김새를 보면, 한 사람도 닮거나 비슷한 데가 없으니, 그들의 마음도 같지 않다는 것을 알 수 있다.

주옥으로 만든 신발[4]을 신은 데다 담비 가죽으로 만든 옷을 입은 호객(豪客)이 햇빛을 받으면서 반짝이는 백마를 타고 가는 모습, 하얗게 분칠하고 푸르게 눈썹을 그린 기생이 살살 부는 봄바람에 사향(麝香) 향기를 사방으로 풍기며 지나가는 모습……. 만약에 어리석은 사람에게 그 모습을 보이면, 그는 마음속으로 부러워하며 정신도 아찔해지리라. 심지어 봉술을 팔며 현란한 기술을 부리거나, 피리를 불며 돈을 구걸하는 자들에 이르게 되면 극에 달하게 된다. 나는 혹시라도 신의를 갖춘 선비나 출중한 선비가 그들 틈에 끼어서 재주를 숨기고 있지 않은가 하는 생각도 했다. 그래서 항상 사람을 볼 때마다 달려가 말을 붙여서, 그동안 쌓아두었던 도덕과 경제에 대해 물으며 가르침을 받으려고도 했다.

그 뒤에 깊이 생각해 보니, 사람들은 명성을 구하는 자리에서만 아등바등하고, 이익을 얻는 경우에만 부지런한지라. 분주하게 치달리다가 그것을 빼앗고 난 뒤에야 멈추었다. 심하면 이성을 잃고 일을 그르쳐, 어느새[5] 재앙의 그물에 걸려들기도 한다. 이런 일들이 날마다 끊이지 않으니,[6] 이 세상에는 필연코 선비다운 선비가 없음이라. 설령 별처럼 빛나는 안목을 가졌다 한들, 어디서 그 비슷한 사람이라도 만나볼 수 있을까? 슬프

4 주리(珠履): 구슬 신발. 《사기》 〈춘신군열전(春申君列傳)〉에 나온 고사다. 조나라 사신이 초나라 춘신군을 깔보기 위해 대모잠(瑇瑁簪)에 주옥으로 만든 칼집을 쥐고 나타나자, 춘신군의 빈객들이 모두 주옥으로 만든 신을 신고 나와 맞았다는 내용이다.

5 불선종(不旋踵): 곧. 어느새.

6 유일불휴(惟日不休): 날마다 쉬지 않는다. 《서경》 〈태서(泰誓)〉에 나오는 "길한 사람은 선행을 하면서 날마다 부족하게 여기고, 흉한 사람은 악행을 하면서 또한 날마다 부족하게 여긴다(吉人爲善 惟日不足 凶人爲不善 亦惟日不足)."라는 말을 활용했다.

다! 도가 행해지지 않으니, 뗏목을 타고 바다로 나가겠다는 공자의 뜻을 그리워하고,[7] 산으로 돌아가겠다는 환산의 곡조[8]를 불러봐도 도무지 알 수가 없으니…….

애오라지 〈동상기〉를 편찬하여 그것을 풀어냈지만, 스스로 돌아보건대 학문이 거칠고도 얕아 감히 부처가 중생을 제도하기 위해 여러 모습으로 나투시어 여러 사람을 설법하는 것처럼 만들어내지는 못했다.[9] 원숭이와 말이 날뛰는 어지러운 때[10]를 만나거든, 푸른 이끼 덮인 땅을 쓸어 약쑥을 불태운 뒤 손을 씻고 책을 펼쳐[11] 한두 이야기〔則〕라도 낭송한다면, 김성탄[12]이 다시 살아나 평을 한다고 가정한다 하더라도 반드시 "또한 상쾌하지 않은가(不亦快哉)!"라고 말할 것이다.

엎드려 바라옵건대, 천하에서 책을 좋아하시는 첨군자[13]들께옵서는 마땅히 이러한 마음으로 봐주시옵소서.

무오년(1918) 2월〔仲春〕 상순〔上浣〕에 심재 백두용이 한남서림에서 쓴다. 복숭아 꽃잎 위로 비가 내리는 날에.

---

7 모부해지승(慕浮海之乘): 《논어》 〈공야장(公冶長)〉에 "도가 행해지지 않으니 내가 뗏목을 타고 바다로 나가려 한다."라는 말이 있다.

8 환산지롱(還山之弄): 환산의 곡조. 산으로 돌아가겠다는 내용을 담은 노래일 터인데, 구체적으로 그게 어떤 곡인지는 명확하지 않다.

9 현신설법(現身說法): 부처가 중생을 제도하기 위해 갖가지 모습으로 나타나 여러 사람에게 설법하는 것.

10 원마(猿馬): 불교의 '심원의마(心猿意馬)'를 줄인 말. 마음이 심란하고 복잡한 상황을 비유하는 말.

11 전권(展卷): 책을 펴서 글을 읽는 모양.

12 김성탄: 명말청초의 문학비평가. 그는 〈서상기〉를 33칙(則)으로 평설한 〈불역쾌재(不亦快哉)〉를 짓기도 했다.

13 첨군자(僉君子): 모든 군자. 여러분.

김신부부전(金申夫婦傳)

신해년(1791) 6월. 때를 넘겼는데도 혼인하지 못한 문제에 관한 칙령이 내려졌고, 그로 인해 김씨와 신씨 두 집안의 혼사도 이루어질 수 있었다. 그 일을 기록하여 《내각일력》[1]에 실었다.[2]

김희집은 본관이 경주로, 현감 사중[3]의 서손[4]이다. 신씨는 본관이 평산으로, 사인(士人) 덕빈의 서녀(庶女)다. 희집은 나이가 28세이고, 신씨는 21세로,[5] 모두 재주가 있는 데다 어질었다. 하지만 집이 몹시 가난한 탓에 사람들이 혼인하려 들지 않았다.

지금의 임금(정조) 15년(1791) 봄 2월의 일이다. 임금께서 백성들이 집안이 가난하다는 이유만으로 혼사가 이루어지지 않는 것을 근심하시어, 서울〔京兆〕 5부[6]에 혼인을 권유하는 칙령을 내렸다. 혼인 날짜가 먼 자는 날을 앞당겨 하게 했고, 관에서는 혼수 비용으로 돈 오백 냥과 포목 두 단을 보조하라고 했다. 그리고 그 결과를 다달이 보고하도록 했다.

---

1 내각일력(內閣日曆): 정조 3년(1779)부터 고종 20년(1883)까지 105년 동안 쓰인 규장각 일기. 총 1245책으로 되어 있다. 《승정원일기》의 체제에 따라 입직(入直)한 규장각 관원이 수정하고, 검서관이 편집하여 썼다. 현재 규장각에 소장되어 있다. 당시 이덕무는 규장각 검서관으로 있었기에 정조의 명을 받아 〈김신부부전〉을 썼다.

2 이 내용은 《동상기찬》에는 없지만, 이덕무가 쓴 《아정유고》 〈응지각체(應旨各體)〉를 참조하여 첨가했다.

3 김사중: 1714-?. 자는 사정(士鼎). 영조 11년(1735) 진사시에 합격했다.

4 서손(庶孫): 서자의 아들.

5 《동상기찬》에는 24세로 되어 있다.

이때 희집은 심씨와 약혼해 있었고, 신씨도 이씨와 약혼한 상태였다.[7] 그들은 관에서 준 혼수도 받았지만, 여태 혼사를 치르지 못했다. 5월 그믐날, 한성부 판윤[8] 구익[9]이 임금께 아뢰었다.

"5부에 속한 사람들 중에 가난하여 혼기를 놓친 자들에게는 지금까지 권유하여 모두 성혼토록 해놓았습니다. 다만 서부(西部)에 사는 신덕빈의 경우는, 관에서 보조한 게 있지만 그것만으로는 혼수를 구비하기가 어려웠습니다. 게다가 6월은 피하라는 점괘가 있어서 혼기를 7월〔孟秋〕로 정했다고 합니다. 김희집의 경우는, 처음에 약혼했던 집에서 서로 문벌이 맞지 않는다며 자기 딸을 아내로 내어주는 부끄러운 짓은 하지 않겠다고 합니다."

6월 초이튿날, 임금께서 하유(下諭)하셨다.

"내가 서울 5부 안에 혼자 사는 사람이 많음을 염려하여 혼인토록 권유한 사람만도 무려 백 몇십 명이 된다. 그런데 오직 서부의 두 사람만 예를 치르지 못했으니, 그것이 어찌 천지자연의 기운〔天和〕[10]을 이끌어 만물의 본성〔物性〕을 조화롭게 했다고 말할 수 있겠느냐? 일이란 처음을 바르게 정제(整齊)하는 것을 귀히 여기며, 정치란 끝을 잘 마무리 짓도록 애

---

6 경조(京兆) 5부: 경조(京兆)는 수도로, 지금의 서울을 말한다. 당시는 서울을 5부로 나누었는데, '동부, 서부, 남부, 북부, 중부'가 그러하다. 북부는 지금의 가회동, 계동, 안국동, 재동, 경운동 일대다. 동부는 이화동, 동숭동, 혜화동, 충신동 일대다. 남부는 필동, 묵동, 남산동, 주자동, 인현동 일대를 말한다. 서부는 정동과 새문안 일대를 말한다. 중부는 다동, 무교동, 수표동, 입정동, 주교동, 관수동 일대를 말한다.

7 《일성록》을 보면, 김희집은 애초에 경기도 광주에 사는 심익상의 딸과 약혼한 상태였고, 신덕빈의 딸은 이원교의 아들과 7월 22일에 혼인하기로 날을 잡아둔 상태였다.

8 한성부(漢城府) 판윤(判尹): 한성부의 최고 관직으로, 정2품에 해당한다. 지금의 서울시장으로 볼 수 있다.

9 구익: 1737-1804. 1791년 2월 9일에 한성부 판윤이 되었다가, 그해 6월 28일에 파직이 되었다.

10 천화(天和): 천지자연의 조화로운 기운.

써야 하는 것이다. 덕빈에게는 다시 좋은 날을 잡도록 하고, 희집에게는 빨리 좋은 짝을 구하게 하라. 호조와 혜청[11]에서는 모름지기 각기 도움을 주되, 전에 비해 더욱 풍성하고 넉넉하게 보조함으로써 좋은 일을 끝마칠 수 있도록 하라."

이에 서부령[12] 이승훈[13]이 급히 경조부[14]로 달려왔더니, 주부[15] 윤영[16]이 말했다.

"방금 전에 들었는데, 이씨가 신씨를 배신하여 이미 다른 사람과 혼인을 했답니다."

승훈이 깜짝 놀라 말했다.

"지금 막 주상께서 하유하신 명령을 받들었는데, 신씨와 혼인 날짜를 다시 정하라고 재촉할 대상이 사라져버렸습니다. 지난날 주상께 주달한 말씀과 이처럼 모순이 생겼으니, 책임도 뒤따를 수밖에 없게 되었습니다. 이 일을 장차 어찌한단 말이오?"

판윤 이하 모든 사람들은 눈이 휘둥그레진 채 서로를 바라보았다. 승훈이 말했다.

"제가 삼가 생각하니, 희집은 경림상공[17]의 후손이고, 신씨는 이조참판

---

11 혜청(惠廳): 선혜청(宣惠廳). 조선 시대 대동법이 실시되면서 새로 설치된 기구. 대동미, 포, 전의 출납을 맡아보던 관청.

12 서부령(西部令): 서부의 최고 책임자. 지금의 구청장 정도로 볼 수 있다.

13 이승훈: 1756-1801. 본관은 평창. 아버지는 참판을 지낸 이동욱이고, 어머니는 이가환의 누이다. 정재원의 딸과 결혼함으로써, 정약용과 처남-매부 사이가 되었다. 한국인 최초의 영세자로 알려져 있다. 1791년 당시 이승훈은 평택 현감으로 있었다는 점을 고려하면, 〈김신부부전〉의 이승훈은 이와 다른 인물일 가능성도 있는데, 백두용은 동일인물로 보았다.

14 경조부(京兆府): 한성부.

15 주부(主簿): 각종 관청에 소속되어 문서를 기록하던 종6품의 벼슬.

16 윤영: ?-?. 군수를 역임했다.

의 후예[18]로 모두가 지체 높은 문벌이지요. 또한 나이가 서로 알맞은 데다, 가난한 정도도 닮았고, 그들의 처지도 비슷합니다. 하물며 같은 날에 주상께서 그들의 성과 이름을 보셨는지라,[19] 이는 하늘이 정하신 것입니다. 서로 통혼케 함으로써 짝이 되도록 해야 하지 않겠습니까?"

자리에 있던 모든 사람들이 무릎을 치며 하나같이 말했다.

"참으로 좋은 일이오. 그 또한 아름답지 않습니까?"

구익이 마침내 서부령 이승훈과 주부 윤영에게 권하여 두 집안의 중매자 역할을 하도록 했다. 이에 승훈은 반석방[20]에 있는 희집의 집으로 가고, 윤영은 반송리[21]에 있는 덕빈의 집으로 갔다.

두 집 모두 문에는 문짝도 없고, 처마는 늘어질 대로 늘어졌고, 서까래도 드러난 채[22] 허공을 향해 있었다. 해는 이미 중천에 떴다가 서쪽으로 기울고 있었지만, 부엌의 굴뚝에서 나와야 할 연기도 그쳐 스산하기만 했다.

손님과 주인은 땅바닥에 앉아 말을 나누었다. 이승훈이 임금께서 하유

---

17 경림상공(慶林相公): 김명원(1534-1602)을 말함. 1589년 정여립의 난을 수습하는 데 공을 세워 평난공신(平難功臣) 3등에 책록된 후 경림군(慶林君)에 봉해진 까닭에 경림상공이라 했다.

18 이조참판의 후예: 구체적으로 누구를 지칭하는지 분명하지 않다.

19 을람(乙覽): 본래는 을야(乙夜), 곧 밤 9시에서 11시까지 왕이 책을 열람함을 뜻한다. 처음에는 왕의 자유로운 공부 시간이었지만, 후대로 가면서 왕이 한밤중에 독서와 상소문을 읽는 것으로 의미가 확장되었다.

20 반석방(磐石坊): 중림동 일대. 지금의 서울역 뒤쪽.

21 반송리(蟠松里): 신덕빈이 서부에 산다고 했으니 돈의문 밖일 터인데, 구체적으로 반송리가 어디인지 명확하지 않다. 아마도 모화관 북쪽에 있던 반송정이 있던 마을을 말하는 듯하다. 반송정(盤松亭)과 반송리(蟠松里)의 한자가 달라 확언하기 어렵지만, 《태조실록》에서 이 정자를 '반송정(蟠松亭)'이라고 쓴 점을 고려하면, 반송(蟠松)에서 반송(盤松)으로 한자 표기가 바뀌었을 가능성도 배제할 수 없다.

22 《아정유고》에는 "서까래는 비에 젖은 채(椽需雨)"로 되어 있지만, 《동상기찬》에 의거하여 '서까래도 드러난 채(椽露)'로 해석했다.

하신 말씀을 전한 뒤, 이내 신씨와 더불어 혼인을 약속하는 것이 좋겠다고 말했다. 희집은 머리를 숙인 채 한참 동안 머뭇거리다가 말을 꺼냈다.

"제가 아내를 얻지 못한 까닭은 고아인 데다가 가난하기 때문입니다. 다행히 심씨가 혼인을 허락해 주어서[23] 삼가 관에서 주는 물품도 받았지요. 그런데 뜻하지 않게 버림을 받고 나니, 스스로 '백발노인이 되도록 짝이 없겠구나.'라고 생각했습지요. 마음속에서는 늙으신 어머님을 모실 수 없음에 비참해지기도 했고요. 지금 가르침을 받으니, 위안이 되면서도 고맙기 그지없습니다. 그런데 혹시라도 저쪽에서 따르지 않는다면, 제 팔자가 퍽 기구해지겠군요."

윤영도 덕빈을 찾아가 승훈이 했던 것처럼 말했다. 덕빈도 슬퍼하며 말했다.

"부모가 되어 딸자식의 혼사[24]를 늦춰 지금에 이르렀습니다. 또 내가 다른 사람과 혼약을 했건만, 그 사람이 먼저 약속을 저버렸으니 누구를 탓하겠습니까? 지금 성상의 유시가 정중하여 혼수로 쓸 재물을 넉넉히 내려주시는 은혜를 입고, 게다가 여러 공(公)들께서 몸소 수고롭게 중매를 행하시니, 감격이 지극하다 못해 부끄러워 죽을 지경입니다. 김군은 명가(名家)의 자제이니, 어찌 감히 사위로 삼는 것을 허락하지 않겠습니까?"

이승훈과 윤영은 몹시 기뻐하여 서로의 집에 통보했다. 이승훈은 곧바로 아전〔部史〕[25]을 보내 덕빈에게 사주〔庚帖〕[26]를 전달했고, 윤영은 덕빈에

---

23 허자(許字): 약혼함.

24 친사(親事): 혼인을 성사시키기 위해 양가(兩家)에 오가는 말이나 의논.

25 부사(部史): 서울 5부에 소속된 구실아치의 명칭인 듯하다. '부리(府吏)'의 오기일 수도 있다. 《동상기찬》에는 부사(部史)가 부리(府吏)로 되어 있다.

26 경첩(庚帖): 혼인을 약속했을 때, 주혼하는 자가 혼인하는 사람의 성명, 나이, 관향 등의 경력을 써서 서로 교환하는 문서. '사주(四柱)'라고도 한다.

게 날을 정하도록 권했다.

길일이 12일로 정해졌다. 마침내 경조부에 알렸고, 경조부에서는 임금께 보고했다. 임금께서는 기뻐하며 말씀하셨다.

"남녀가 적합한 짝을 얻는 게 예로부터 얼마나 많았겠는가마는, 김·신 부부처럼 기회가 교묘하게 들어맞았던 적은 없었다. 비상한 기쁨이 이렇게까지 기이할 줄이야!"

이에 호조판서 조정진[27]과 혜청 당상[28] 이병모[29]를 불러 말했다.

"두 집안의 혼례는 두 분의 경(卿)께 맡깁니다. 조경께서는 희집을 아들처럼, 이경은 신씨를 딸처럼 봐주세요. 두 집안을 대신해서 혼서도 각각 찬술하시고요. 혼사에 쓰이는 채단〔綵幣〕[30], 관모와 신발〔冠履〕[31], 비녀와 가락지〔釵鐶〕[32], 치마와 저고리〔裳襦〕[33], 요와 이불〔衾褥〕[34], 쟁반과 그릇〔敦盂〕[35], 소반과 대야〔盤匜〕[36], 술과 막걸리〔酒醪〕[37], 떡과 음식〔餅餌〕[38], 장막

27 조정진: 1732-1792. 1791년부터 1792년까지 호조판서로 있었다.
28 혜청 당상(惠廳堂上): 1652년 설립 초기에는 영의정이 겸하는 도제조 1명, 호조판서가 겸하는 제조 1명, 선혜법과 상평의 업무를 각기 담당한 낭청 2명을 두었다. 하지만 1759년에 선혜청 직원의 급료와 소요 경비를 관리하는 공잉색(公剩色)이 설치되자, 선혜청 업무에만 전념하면서 그 전체를 지휘하고 감독하는 당상을 두었다. 혜청 당상이라고 한 이유도 1759년 이후 바뀐 제도가 적용된 까닭이다.
29 이병모: 1742-1806. 1799년과 1803년에 각각 영의정을 지냈다.
30 채폐(綵幣): 신랑집에서 신부집으로 예물로 보내는 채단. 채단으로는 붉은색과 푸른색의 비단을 쓴다.
31 관리(冠履): 관모(冠帽)와 신발.
32 차환(釵鐶): 비녀와 가락지나 귀고리 따위.
33 상유(裳襦): 치마와 저고리 등의 옷가지.
34 금욕(衾褥): 이불과 요 등의 이부자리.
35 돈우(敦盂): 쟁반과 바리 등의 그릇붙이.
36 반이(盤匜): 소반과 같은 작은 상이나 대야.
37 주료(酒醪): 술과 막걸리 등의 각종 주류.
38 병이(餅餌): 밀가루로 만든 떡과 쌀가루로 만든 떡 등의 각종 음식.

〔帟幕〕[39], 병풍〔屛障〕[40], 돗자리〔紋筵〕[41], 사물함과 초〔匣燭〕[42], 잔치를 돕는 아이들〔香孩〕[43], 화장 도구〔粧奩〕[44], 화장품〔脂粉〕[45]과 같은 자잘한 것들과 함께 말과 안장〔鞍馬〕[46] 및 각종 심부름할 사람〔徒隷〕[47] 등, 위의(衛儀)를 드러낼 도구들도 빠짐없이 내어주도록 하세요. 이는 곧 왕의 말이 미덥다는 뜻을 드러내려는 까닭이니, 마음을 다해 준비해 주세요."

내각[48] 검서[49] 이덕무에게도 명했다.

"이처럼 기이한 일에 아름다운 전(傳)이 없어서야 되겠느냐? 너는 한 통을 기록하여 〈김신부부전〉을 만들어 주달토록 하라."

12일, 새벽닭이 울었다. 희집은 연분홍빛 비단〔緺紗〕과 쪽빛으로 물들인 명주〔藍綃〕의 한쪽 끝을 말아 각각 넣고, 청실과 홍실을 한데 엮은 동심사(同心絲)도 만들어서 옻칠한 함에 넣었다.[50] 그리고 자물쇠〔葳蕤鎖〕[51]로

---

39 역막(帟幕): 손님이 대기할 수 있도록 설치한 장막이나 천막 따위.
40 병장(屛障): 병풍.
41 문연(紋筵): 바닥에 까는 무늬가 새겨진 돗자리.
42 갑촉(匣燭): 작은 상자와 불을 밝히는 초.
43 향해(香孩): 향과 잔치를 돕는 어린아이.
44 장렴(粧奩): 화장 도구를 담은 상자.
45 지분(脂粉): 연지와 백분. 화장품.
46 안마(鞍馬): 말과 안장.
47 도예(徒隷): 각 관청의 하급 구실아치. 각종 잡일을 한다. 종의 의미로도 쓴다.
48 내각(內閣): 규장각. 조선 왕실의 도서관이자 학술 및 정책을 연구하던 관서. 관원으로 제학 2인, 직제학 2인, 직각 1인, 대교 1인 외에 검서관 4인이 있었다.
49 검서(檢書): 검서관. 조선 후기 규장각 관원. 정원은 4명으로, 정규직이 아닌 잡직이었다. 이 관직에는 주로 서얼 출신 가운데 학식과 재능이 뛰어난 자를 임명했다. 주요 직무는 규장각 관료를 보좌하여 서적을 검토하고 필사하는 일이었다. 1779년 초대 검서관으로 이덕무, 유득공, 박제가, 서이수가 선임되었는데, 이들은 가장 명망 있는 서얼 출신 학자들이었다. 임기는 30개월이었다.
50 이 부분은 납폐하는 단계다. 보통 결혼식 전날에 혼서와 혼수와 채단을 보내는 일을 말한다. 함에는 청실과 홍실을 묶되 매듭은 짓지 않은 동심결을 만들어 함께 넣었다. 청실 홍실을 엮는다는 말도 여기에서 유래한 것이다. 〈김신부부전〉의 이 대목은 바로 이런 모습을 스케치한 것이다.

채운 뒤, 붉은 보자기로 함을 싸서 네 귀를 하나로 모아 묶었다. 그러고 난 후에 표면에 '근봉(謹封)'을 써서 신씨에게 보냈다. 혼서는 이렇다.

태평성대에 이남[52]의 교화를 입은 두 남녀. 좋은 날에 백년가약을 맺으니 그 집안이 화목할지라![53] 배필은 하늘이 정해주는 것이나, 그것을 특별히 드러내는 것은 임금의 은혜입니다. 제〔僕〕 친족 희집〔某〕은 어려서 아비를 잃고 가난하게 지내다가 그렁저렁 나이만 먹었습니다. 다행히도 짝 없는 사람이 없어야 한다는 태평성세를 만나, 주매씨[54]가 주장하는 혼사가 있기는 했지요. 그러나 돌아보건대, 일찍이 아비를 여읜 궁핍한 사람을 보고 어느 누가 결혼하지 못한 진유자를 불쌍히 여겨 선뜻 결혼시키려 들듯이 하겠습니까?[55]

---

51 위유쇄(葳蕤鎖): 자물쇠. 《녹이전》에 나오는 후한 시대 유조의 일화에서 유래한 단어다. 유조가 하간 태수를 할 때에 아내가 죽자, 그는 관청 마당에 아내의 관을 임시로 묻어둔다. 그런데 마침 황건적의 난을 만나 유조는 하간을 떠나게 된다. 이후 후임 태수가 하간에 이르렀는데, 꿈속에 한 부인이 나와 한 쌍의 자물쇠를 준다. 그러고는 "이것은 위유쇄입니다. 금루(金縷)로 서로 이어 만들었는데, 실로 진기한 보물입니다. 저는 이곳을 떠나려 하니 삼가 남에게 알리지 마십시오."라고 하고 떠난다. 이후 유조의 아들이 영구를 맞이하러 오자 태수가 비로소 그 일을 말한다. 아들은 자물쇠를 보고 복받쳐 울었다.

52 이남(二南): 이남은 《시경》의 〈주남(周南)〉과 〈소남(召南)〉을 말한다. 이남지화(二南之化)는 곧 '주남과 소남의 교화'를 의미한다. 주나라 주공(周公)과 소공(召公)이 문왕(文王)과 무왕(武王)을 도와 덕화를 펼침으로써 주나라가 잘 다스려졌다.

53 의가의실(宜家宜室): 《시경》 〈주남〉의 "그 처녀 시집오니, 가정이 화목할지라(之子于歸宜其室家)."에서 나온 말이다.

54 주매씨(周媒氏): 국가 시책에 따라 일정한 돈을 받고 중매하는 일을 맡은 사람. 《주례》 〈지관(地官)〉 주석에 "중매〔媒〕라는 것은 다른 유(類)를 화합케 하여 일을 이루는 것이다."라고 했다.

55 진유자(陳孺子): 전한(前漢) 초의 정치가 진평(?-기원전 178). 유자(孺子)는 그의 자. 《한서(漢書)》 〈진평전〉에는 진평이 몹시 가난한 탓에 아무도 그와 결혼을 시키려 들지 않았지만, 그의 인물됨을 알아본 장부(張負)가 자기 손녀와 혼인을 치르게 했다는 일화가 있다.

삼가 듣건대, 영애[56]는 청빈한 집[57]에서 자라 순하고 부드러움을 익혔다고 합니다. 깊은 규중에서 길쌈하는 여공(女工)을 익혀 잠자리에 들기 전까지 바느질도 했지만, 집이 가난한 탓에 꾸며 화장할 도구를 마련하지 못한 까닭에, 여태 집안에서 예복으로 줄 띠〔鞶帶〕[58]를 만드는 일이 더뎌졌다고도 하였습니다.

아아! 우리 임금께서 정사를 펼쳐 인(仁)을 베푸시니,[59] 관리〔有司〕[60]가 명령을 받들어 혼사를 권유하였습니다. 성왕(聖王)께서도 제도로 시집가고 장가들도록 정해놓았습니다. 정치가 먼저 나섰고, 남녀도 가정을 꾸미길 바라니, 이때를 놓치면 안 될 것입니다. 서울 5부에서는 혼사 결정이 마무리되었다고 알리는 상황인데, 유독 두 집안의 자녀만 시기를 어기고 있습니다. 얼음 위의 예전 꿈[61]이 꼭 들어맞지 않지만, 아름다운 기약에는 기다림이 있고, 월하(月下)의 기이한 인연[62]은 이미 정해져 있는데, 어진 짝을 굳이 다른 데서 구하겠습니까? 혼기가 늦어진 것도 둘이 비슷하고, 고단하고 한미한 문호도 서로 대적할 만합니다. 이러한 은혜가 임금

---

56 영애(令愛): 남의 딸을 높여서 부르는 말.

57 한소(寒素): 가난한 집. 청빈한 집.

58 반대(鞶帶): 예복 위에 두르는 큰 띠. 남성은 가죽, 여성은 실로 만들었다. 《의례》 〈사혼례(士昏禮)〉에는 딸을 시집보낼 때에 서모(庶母)가 대문 안에서 반대를 묶으며 부모의 가르침을 잊지 않도록 훈계하여 보냈다.

59 발정시인(發政施仁): 정사를 펼쳐 인을 베풂. 《맹자》 〈양혜왕 상(梁惠王上)〉에 나오는 말이다.

60 유사(有司): 관리. 벼슬아치.

61 빙상지석몽(冰上之昔夢): 얼음 위의 옛꿈. 중매하는 일을 의미함. 《진서(晉書)》 〈예술전(藝術傳)〉에 나오는 고사다. 진나라 점장이 색담은 해몽을 잘했는데, 하루는 영호책이라는 젊은이가 와서 해몽을 요구한다. 그는 꿈에서 자신은 얼음 위에서 서 있었는데, 얼음 아래에 사람이 있고 그와 긴 이야기를 나누었다고 했다. 그러자 색담은 '얼음 위는 양(陽)이고, 얼음 아래는 음(陰)이라. 음과 양이 이야기를 했다는 것은 얼음 위에 선 사람〔氷上人〕이 중매할 징조'라고 했다. 얼마 후 영호책은 태수의 부탁을 받아 태수의 아들과 장씨 딸의 중매를 서서 결혼을 성사시켰다.

의 명령에서 나왔으니, 두 사람의 아름다운 일은 반드시 성취해야 하겠지요. 그러나 궁핍함에 살아갈 수조차 없는 처지니, 모든 것을 갖출 수가 있겠습니까?

오직 임금께서 굽어살피시고 불쌍히 여기는 뜻으로, 두 신하에게 혼인을 주관하도록 하셨습니다. 그러면서 자기 자식처럼 여기라 하심은 몸소 애쓰며 기르던 뜻을 체득하도록 함이요, 다른 사람을 아비라 부르라 하심은 궁핍하여 어디에도 의지할 곳 없는 사람을 생각하심이라. 두터운 은혜는 이 세상에 드물고, 기이한 만남은 백대(百代)에 걸친다 해도 특이한 일입니다.

서로 나눠 마시는 술잔〔巹盃〕[63]에서는 조화로운 기운〔泰和〕[64]을 빚어내면서 상서로운 징조〔休祥〕[65]를 이끌고 옵니다. 잔치하는 자리〔牢筵〕에서는 음식〔需雲之私〕[66]을 풍성하게 차려 임금님의 덕을 노래합니다. 기쁘게도 이런 세월을 만나서 나라는 만년토록 아름다움이 지속될 것임을 드러내 보였고, 밝은 때를 만나서 남녀 두 성은 서로 합해지는 즐거움[67]을 가지

---

62 월하지기연(月下之奇緣): 달빛 아래의 기이한 인연. 당나라 이복언이 쓴《속유괴록(續幽怪錄)》〈정혼점(定婚店)〉에 나오는 고사다. 당나라 때 위고라는 한 젊은이가 있었다. 그가 송성(宋城)을 지날 때, 달빛 아래에 한 노인이 빨간 실을 어루만지며 책을 읽는 모습을 본다. 이에 그 읽는 책을 물으니, 노인은 혼사에 관한 책이라고 하며, 이 끈으로 묶이면 원수지간도 맺어진다고 대답한다. 위고가 장난으로 자신의 배필을 묻자, 노인은 채소가게 세 살짜리 어린아이를 지목한다. 그 후 14년이 지나 위고는 그곳 태수의 딸과 결혼을 하는데, 그가 바로 예전에 노인이 말한 아이임을 확인한다.

63 근배(巹盃): 혼례에서 신랑 신부가 나눠 마시는 술잔. 박 하나를 쪼개 둘로 나눈 다음, 신랑 신부가 각각 하나씩 잡아 술을 마셨다.

64 태화(泰和): 태평한 기운. 천지간에 조화롭고 화목한 기운.

65 휴상(休祥): 길상(吉祥). 좋은 일이 있을 징조.

66 수운(需雲)의 사(私): 음식으로 잔치하는 것.《주역》〈수괘(需卦)〉에 "구름이 하늘에 올라가는 것이 수괘의 형상이니, 군자가 그 형상을 이용하여 음식으로 잔치한다." 하였다. 수(需)는 기다린다는 뜻과 음식의 뜻이 있다.

67 이성지호(二姓之好): 두 남녀가 만나 혼인의 즐거움을 갖는 일.

게 되었습니다.

삼가 두 장의 사슴 가죽을 올리는〔儷皮〕 예[68]를 좇아 기러기 올리는〔奠鴈〕 아침[69]만 기다립니다.[70]

답혼서는 이러했다.

평범한 부부가 제자리를 찾으니, 만물도 모두 뜻대로 되었습니다. 비파를 타고 거문고를 뜯으며 즐기고 화답하니, 남녀 두 성도 좋게 결합되었습니다. 모두가 조화(造化)의 힘이니, 부모의 이름이 부끄러울 따름입니다.

제〔僕〕 딸은 보잘것없는〔葑菲〕[71] 바탕에 이미 혼인 적령기〔標梅〕[72]도 지나버렸습니다. 집은 그저 네 벽만 남았고, 수놓은 봉황 무늬 옷은 누더기가 되었으며,[73] 딸은 비녀 꽂을 나이[74]에 다시 일곱 해가 지난지라, 용에 올라타는 즐거움[75]도 더불어 늦어졌습니다.

---

68 여피(儷皮)의 예(禮): 암수 두 장의 사슴 가죽으로 예를 행함. 예전에 정혼할 때에는 이것을 예물로 보냈다. 《사기》 〈삼황기(三皇紀)〉에는 "복희씨가 처음으로 시집가고 장가드는 예를 만들어 여피로 예를 이루었다."라고 했다.

69 명안(鳴雁): 《시경》 〈패풍(邶風)〉 '포유고엽(匏有苦葉)'에 나오는 "끼룩끼룩 우는 기러기, 해 솟는 아침. 선비여 장가를 가려거든 얼음이 풀리기 전에 서두르게(雝雝鳴雁 旭日始旦 士如歸妻 迨冰未泮)."를 활용했다. 기러기 소리는 온화하기에 납채할 때에 쓰는데, 해가 떠오를 때 우는 까닭에 그즈음에 기러기를 올렸다. 이후에는 명안 그 자체가 시집간다는 의미로 쓰였다.

70 《동상기찬》에는 이 뒤에 "호조판서 조정진이 짓는다(戶判 趙鼎鎭製)."가 첨가되어 있다.

71 봉비(葑菲): 훌륭하지는 못하나 취할 것이 있다는 뜻. 《시경》 〈패풍〉 '곡풍(谷風)'의 "순무나 무를 캐는 것은 뿌리만을 위한 게 아니다(采葑采菲 無以下體)."에서 나온 말이다. 채소를 캐는 사람은 꼭 그 뿌리만을 보고 캐서는 안 되듯이, 인간도 지금 늙고 병들었다 하여 옛날 젊어 함께 고생하던 시절을 잊어서는 안 된다는 뜻이다. 이 말 주석에는 "얼굴이 쇠하였다고 하여 그 덕을 버려서는 안 된다는 의미다."라고 했다.

72 표매(標梅): 여자가 결혼할 연령. 《시경》 〈국풍(國風)〉 '소남(召南)'의 "떨어지는 매실 일곱밖에 남지 않았네. 나를 구하려는 선비 있거든 이 좋은 때를 놓치지 마오(摽有梅 其實七兮 求我庶士 迨其吉兮)."에서 나왔다.

다행히 주(周)나라 문왕(文王)의 덕화를 만나, 주씨와 진씨의 인연[76]을 흉내 내게 되었습니다. 임금께서는 혼인함에 때를 놓친 것을 걱정하시어, 낙양 현령[77]에게 도움을 주라고 명령하셨습니다. 심지어 혼수도 갖추지 못할까 하여, 경조부 판윤이 직접 갖추어 아뢰도록 하라고 수고로움까지 더했습니다. 화사한 기운이 양을 매는 데[78]까지 미치도록 하셨으니, 그 어느 것 하나인들 임금님께서 내려주신 게 아니겠습니까?

해가 막 떠오는 아침[79]에 행하는 전안례가 늦어졌으니, 어찌 내 가난함만을 탓하겠습니까? 바야흐로 성인께서 처음부터 끝까지 은혜로 살펴주신지라, 마침내 두 집안에서 중매의 언약을 맺었습니다. 임금님의 가르침이 정중하시니, 기약을 서둘러 지체됨이 없어야 할 것입니다. 법도에 맞게 마련한 사물과 문장〔物采〕[80]이 빛나고 화려하니, 예(禮)가 지극히 아

73 수놓은 ~ 되었으며: 두보의 〈북정(北征)〉에 나오는, 어린 딸의 해진 옷을 형용한 시구에서 유래했다. "파도의 물결무늬가 서로 어긋난 바다의 그림, 선이 서로 맞지 않는 수놓은 무늬로다. 천오와 자봉이 거꾸로 혹은 바로 짧은 치마에 붙어 있네(海圖坼波濤 舊繡移曲折 天吳及紫鳳 顚倒在短褐)."라고 했는데, 그 주석에 "천오(天吳)는 파도에 그려진 물귀신이고 자봉은 옛 수에 그린 봉황인데, 그것을 오려서 헌 옷에 붙였으므로 모양이 어긋나고 전도된 것이다."라고 했다.

74 계령(笄齡): 계년(笄年). 시집가며 비녀를 꽂을 나이로, 15세를 말한다.

75 용에 올라타는 즐거움: 승룡지희(乘龍之喜). 훌륭한 사위를 얻는 것. 《초국선현전(楚國先賢傳)》에 "후한 때 황헌과 이응 두 사람이 환언의 딸에게 장가드니, 당시 사람들이 '환언의 두 딸이 모두 용을 탔다'고 했다."라고 한 데서 유래한 말이다.

76 주(朱)씨와 진(陳)씨의 인연: 주진지연(朱陳之緣). 주씨와 진씨가 한마을에 살면서 대대로 혼인했다는 고사이다. 《전등신화》 〈천태방은록(天台訪隱錄)〉에서 유래했다.

77 낙양 현령: 낙현령(雒陽令). 여기서는 경조부 판윤 구익을 말한다. 정조가 경조부에 명령을 내려 혼사를 이루도록 한 일을 비유적으로 말한 것이다.

78 양(羊)을 매는 데: 검소하게 행례하는 것을 말한다. 송나라 공순지의 아들과 왕경홍의 딸이 혼인할 때에, 양경홍이 평소에 타고 다니던 수레에 검은 양을 매고 술병 하나를 쥐고 공순지의 집으로 찾아가 행례한 고사를 말한다. 《남사(南史)》 〈공순지열전〉에 나온다.

79 욱조(旭朝): 해가 떠오르며 햇살이 처음으로 비치는 아침.

80 물채(物采): 예와 법도에 맞게 쓰이는 사물의 문채.

름답게 갖춰졌습니다. 돈과 쌀 및 베와 비단은 호조〔地部〕[81]와 혜국[82]에서 다투어 실어 왔습니다. 큰 띠〔鞶〕와 수건〔帨〕[83] 및 비녀〔釵〕와 반지〔鐶〕는 지체 높은 가문이나 세력 있는 문벌에서도 이보다 더하지 못할 것입니다. 빈부가 잠깐 동안에 바뀐 것이지요. 오늘 밤은 어떤 밤인가요? 자나 깨나 마음을 엮어 송축하나이다. 천세 만세를 누리시옵소서!

길이 생각건대, 은혜에 티끌만큼이나마 보답하는 길은 집안을 잘 다스리는 데 있습니다. 백성들은 안락하고 해마다 풍년이 들어 함께 사랑하며 장수하는 경지에 오르게 하옵소서. 지아비와 지어미는 화순하여 길이길이 수신제가(修身齊家)의 다스림에서 벗어나지 않게 하옵소서.[84]

해 질 무렵,[85] 희집은 세수를 하고 머리도 빗었다. 귀밑머리를 뒤로 쓸어 넘기고 수염도 어루만졌다. 그림자를 보며 행동거지도 연습했다. 비단으로 만든 관복〔閃紗袍〕[86]을 입고, 무소뿔로 만든 띠〔班犀帶〕[87]를 차고, 검은 비단으로 만든 사모〔烏帽〕[88]를 쓰고, 사슴 가죽으로 만든 목이 긴 신발〔麖鞾〕[89]을 신은 채, 백마 위에 얹은 금으로 아로새긴 안장 위에 올라탔다. 어깨는 들썩이며 등은 곧게 펴고 얼굴빛은 엄숙히 한 채, 곁눈질도 하지 않고 천천히 앞으로 나아갔다. 기럭아비〔鴈夫〕[90]는 앞에서 가고, 유모

---

81 지부(地部): 호조의 다른 이름.

82 혜국(惠局): 선혜청의 다른 이름.

83 반세(鞶帨): 큰 띠와 수건.

84 《동상기찬》에는 이 뒤에 "선혜청 당상 이병모가 짓는다(宣惠廳堂上李秉模撰)."라는 내용이 첨가되어 있다.

85 일우(日禺): 일락(日落). 해가 질 무렵.

86 섬사포(閃紗袍): 비단으로 만든 관복.

87 반서대(班犀帶): 무소뿔로 만든 띠.

88 오모(烏帽): 검은 비단으로 만든 사모.

89 경화(麖鞾): 사슴 가죽으로 만든 목이 긴 신발.

는 뒤를 쫓아왔다. 청사초롱과 홍사초롱이 쌍쌍이 앞을 인도하고, 서울 5부의 서리들과 조례[91]들은 좌우를 옹호하니, 위의가 자못 엄숙했다.[92]

신씨의 문 앞에 다다르자, 말에서 내려 전안(奠雁)하고 초례석[93]으로 들어섰다. 신씨는 곱게 단장하여 머리장식〔翠翹〕[94]에 금비녀〔金鈿〕를 꽂고 궤보요[95]도 얹고 있었다. 연밥과 연꽃을 수놓은 붉은 단의[96]를 입고, 주락선[97]으로 얼굴을 가려 공손하게[98] 절〔交拜〕을 하는데, 정연한 게 조금도 어긋남이 없었다. 시중을 맡은 여인〔粧婆〕[99]이 붉은 실을 당겨 합환주에 세 번 입을 대어 마시게 한 후, 나지막하게[100] 축복의 말을 전했다. 이에 부부는 일어나 미리 꾸며둔 신방〔鋪房〕[101]으로 들어갔다.

두 집과 이웃해 사는 마을 사람들도 서로 칭찬하며 말했다.

"김군은 나이가 장성한 데다, 마음가짐은 더욱 바르고 굳건하지. 신씨는 온순하며 예쁜 데다, 용모와 행동거지가 더욱 넉넉하고 복스럽지. 하

---

90 안부(雁夫): 기럭아비. 전통혼례에서 전안할 때에 기러기를 들고 신랑 앞에 서서 가는 사람.

91 조례(皁隷): 관아에서 잡역을 하던 관노, 가라치, 별배 등.

92 어어아아(魚魚雅雅): 위의가 정숙한 모양. 물고기는 반드시 일관되게 가고, 까마귀는 진을 이뤄 날아가는 까닭에 이렇게 칭한다.

93 초례석(醮禮席): 전통 방식으로 치르는 결혼식장.

94 취교(翠翹): 예전 여인들의 머리 장식의 일종. 모양새가 물총새 꼬리의 긴 깃털과 같아서 붙은 이름이다.

95 궤보요(簂步搖): 예전 여인들의 머리 장식의 일종. 머리에 얹어 움직일 때마다 흔들리는 장신구.

96 단의(褖衣): 아래에 입는 옷.

97 주락선(珠絡扇): 구슬을 꿰어서 만든 부채. 장식품의 일종이다.

98 동동(僮僮): 정성과 공경을 다하는 것. 《시경》〈채번(采蘩)〉의 "머리를 단정하고 엄숙하게 하고, 아침저녁으로 공후의 사당에 머물도다(被之僮僮 夙夜在公)."에서 나온 말이다. 제사를 지냄에 정성스럽고 성실한 모습을 그린 장이다.

99 장파(粧婆): 신부의 단장과 시중을 맡은 여자.

100 니남(呢喃): 목소리가 나지막해서 분별하기가 어려운 모양.

101 포방(鋪房): 혼례하기 하루나 이틀 전에 미리 만들어둔 신혼방.

루아침에 임금님께서 명령을 내리시고 재상이 혼인을 주관하여 엄연한 어진 부부가 되었으니, 은혜로운 혜택과 충만한 기쁨이 집안과 마을에 넘쳐난다네. 저기 약속을 어긴 자는 스스로가 저버린 것이니, 그 또한 천명이 아니겠는가? 대개 그들이 사는 곳도 반석(盤石)에다 마을 이름마저 반송(蟠松)이니, 아름다운 징조가 우연만은 아닐세. 그 수고[102]와 복록이 울창하고 굳건하기가 마치 돌이 편편하게 깔리는 것과 같고, 소나무가 얽히고설키는 것과 같을지라."

이덕무가 말한다.

"예로부터 이르기를, 임금의 마음은 하늘과 서로 통한다고 했는데, 어찌 그렇지 않겠는가? 화사한 기운이 상서로움을 불러오고, 그것을 이끌어 조화롭게 만드는 것은 임금에게 있다. 어째서 그러한가? 지금의 임금(정조)께서는 하늘〔上天〕에 제사를 올려,[103] 어두운 것은 밝혀주고 억울한 것은 풀어주며, 불쌍히 여기는 마음으로 자애로움이 젖어 들게 하여,[104] 만물이 원하는 바는 모두 이루어지도록 하셨다. 올해 봄여름만 해도 여러 번 징험하셨다. 백성이 비를 바랄 때에는 어진 정치를 베풀곤 하셨는데, 그러면 기우제〔龍雩〕[105]를 드리지 않아도 비가 문득 내리곤 했다. 무릇 김희집과 신씨의 중매가 정해지자, 때맞춰 비가 또 시원하게 내려주었다. 하늘과 사람이 서로 감응하는 것이 이처럼 빠르다. 그런 까닭에 조야(朝野)에서는 '지극하게 다스려지는 세상'이라며 칭송하는 것이다. 대개 삼대(三代) 적에 영원히 천명이 이어지도록 하늘에 제사를 지낸 것도, 결국

---

102 수고(壽考): 수명.

103 대월(對越): 임금이 하늘과 땅의 신에게 제사를 지내는 것.

104 함유(涵濡): 자애로움이 젖어 듦.

105 용우(龍雩): 기우제.

은 화사한 기운을 끌어와서 드높이고 북돋운 것일 뿐이다. 아아, 아름답도다!"[106]

한성 판윤 구익 | 자는 익지(翼之), 호는 용호(龍湖), 본관은 능성이다. 판중추(判中樞)를 지낸 윤옥(允鈺)의 아들이다. 영조 신사년(1761)에 문과에 급제하여 삼사(三司)를 역임했다. 벼슬은 병조판서에 이르렀다.

서부령 이승훈 | 자는 계경(繼卿), 본관은 평창이다. 참판 동욱(東郁)의 아들이다. 진사로, 현감을 지냈다.

주부 윤영 | 본관은 남원이다. 현감 동주(東柱)의 아들이고, 신곡(薪谷) 시(棨)의 현손(玄孫)이다. 군수를 지냈다.

호조판서 조정진 | 자는 사수(士受), 본관은 풍양이다. 교리(校理) 재덕(載德)의 아들이요, 돈녕(敦寧) 원명(遠命)의 손자다. 정조 정유년(1777)에 문과에 급제하여 삼사(三司)를 역임했다.

선혜 당상 이병모 | 자는 이칙(彝則), 호는 정수재(靜修齋)다. 본관은 덕수다. 인(演)의 아들이요, 외재(畏齋) 문충공(文忠公) 단하(端夏)의 현손이다. 영조 계사년(1773)에 문과에 급제하여 부제학과 병조판서와 호조판서를 역임하고, 정조 갑인년(1794)에 재상에 임명된 후 영의정에 이르렀다. 시호는 문숙(文肅)이다.[107]

내각 검서 이덕무 | 자는 무관(懋官), 호는 아정(雅亭), 본관은 전주다. 부사(府使) 성호(聖浩)의 아들이요, 무림군(茂林君) 선생(善生)의 14세손이다. 정조 기해년(1779)에 검서관에 임명된 후, 세상에서는 박제가, 유득공, 서이수와 더불어 '사검서관'이라고 부른다. 벼슬은 현감에 이르렀다.

---

106 이하 인정기술 부분은《동상기찬》에만 있다.

107 이병모의 시호는 문익(文翼)이다.

김신사혼기제사(金申賜婚記題辭)

바쁜 것은 참으로 견딜 수 없거니와, 한가한 것 또한 견딜 수 없다. 지금 만약 한 사람을 방 안에 잡아두고, 그로 하여금 눈으로는 보지 못하고, 귀로는 듣지 못하고, 입으로는 말하지 못하고, 손과 발은 놀리지 못하게 해보자. 조급한 사람은 반나절, 느긋한 사람이라도 사흘을 견딜 수 없으리라. 그래서 '차라리 3년 학질은 버틴다 해도, 하루의 무료함은 견딜 수 없다.'라고 한 것이다. 한가로움은 참으로 내가 괴로워하는 바다. 다른 사람들도 모두 그러한지? 아닌지?

신해년(1791) 6월이었다. 날이 무더운데 장마까지 겹쳐 사람들은 그 고통을 못 견뎌 했다. 과거 공부를 해보려고 해도 같이 공부할 동료가 없었다. 혼자서 억지로 하기도 어려웠다. 고문(古文)과 시에 전념하려 해도 재주가 미치지 못할뿐더러, 흥도 나지 않아 시들시들했다. 책을 읽으려 하니 졸음이 갑자기 밀려오고, 잠을 자려 하니 어느새 수십 마리 파리 떼가 날아와 속눈썹을 핥아대고 코를 빨아대니, 졸처럼 꿈을 꿀 수가 없었다. 일어나 나가보려 해도 비가 올뿐더러, 땅까지 질척거려 나갈 수가 없었다. 이 형편은 어찌할 수 없을 터. 그러니 미치거나 병이 들지 않는다고 스스로 장담할 수도 없을 듯했다.

어린 종이 시장에서 돌아와 들은 이야기를 말해주는데, 퍽 새로운 것이었다. "기이하고도 거룩하도다. 내 한가로움도 그치리라." 말을 하고 일어나서 붓을 잡아 희곡 한 편을 지었다. 그러는 사이 손은 조금씩 열리고, 눈에도 조금씩 힘이 들어감을 깨달았다. 무릇 전사[1]를 하는 데 하루,

수교[2]를 하는 데 하루, 등록[3]을 하는 데 하루. 사흘 동안의 한가로움을 해소했다. 이 사흘 동안은 비도 없고 무더위도 없고 파리도 없었으니, 내가 얻은 바가 또한 많았다.

행여 보시는 어르신들이 있으면, 사건이 와전되었느니 하는 것도 묻지 마시고, 문장의 체재가 어쩌니 하는 것도 묻지 마시고, 작가가 어느 누구라 하는 것도 추정하여 묻지 마시구려. 그저 한가로움을 해소하는 데에 쓰려고만 한즉, 또한 가히 반나절의 도움은 되지 않겠소. 운운할 뿐이외다.

매화탕치농[4]이 쓴다.

---

1 전사(塡詞): 악곡에 맞춰 가사를 메우는 것.

2 수교(讎校): 다른 것과 비교하여 교정하는 것.

3 등록(謄錄): 옮겨 적는 것.

4 매화탕치농(梅花宕癡儂): 이옥(1760-1815). 조선 후기의 문인. 정조의 문체반정의 최대 희생자이며, 우리나라 소품문학의 대표적인 작가다.

동상기(東廂記)

문양산인 농제[1]

정목[2]

窮措大南洞竊歎 **(才賢)**	가난한 선비는 남동에서 홀로 탄식하고
老處女北闕徹聞 **(德慧)**	나이 많은 처녀는 북궐에까지 알려졌네.
諸尙書西城主婚 **(春澤)**	여러 재상들이 서부의 혼례를 주관하니
好夫婦東廂感恩 **(福緣)**	아름다운 부부는 혼인을 이끈 임금님 은혜에 감격하지.

제1절(第一折)

(김생이 등장한다.)

大明天地無家客	대명천지에 집 없는 나그네요
太白山中有髮僧	태백산중에 머리 기른 중일세.[3]

1 농제(弄題): 책 앞머리에 내용과 관련된 시나 글을 적는 것으로, 다소 익살스러운 말이 곁들여진다. 문양산인(汶陽散人)은 최근에 이옥으로 밝혀졌다.

2 정목(正目): 제목정명(題目正名)의 준말. 희곡에 붙이는 표제로, 희곡 맨 앞에 붙는다. 보통 7언이나 8언으로 된 네 개의 구를 드러내 보임으로써 희곡의 내용을 집약적으로 제시해 놓는다.

비천한 이 사람의 성은 김이요, 이름은 희집이외다. 문벌〔家世〕로 말할 것 같으면, 경주 김가지만 쇠퇴한 집안이지요.[4] 높은 관직에 있었던 조상이 아주 멀지 않은 데다 간간이 벼슬길이 이어져 왔던 터라, 마을 사람들 모두가 나를 수재[5]라고 부르지요. 그러나 집안이 기울어 빈궁한 상황이 마치 30일 동안 먹는 밥이 아홉 끼니뿐이요, 1년 동안 갓 쓸 일이 한 번 정도 있을까 말까 한 처지로 추락하여, 뜻하지 않게 안빈낙도하는 생애를 살고 있다오. 성 아래에 있는 작은 집은 게딱지처럼 좁디좁습니다. 속담에 '가난하면 용이 나올 개천도 더러워진다.'[6]라고 했던가요. 참으로 나는 가난한 탓에, 어려서는 배우지 못했고 나이가 들어서는 업(業)이 없어, 문인(文人)도 아니고 무인(武人)도 아닌 어중간한 부류로 지낸답니다. 재주가 없고 덕도 없는데, 어느덧 올해 스물여덟 살이나 되어버렸지요. 이로 인해 세상에서 말하는 장가든다는 것이 하늘에 오르는 것보다 더 어렵게 되었지요. 낼모레가 서른인데, 아직도 도령이란 호칭에서 벗어나질 못하니…….[7] 남대문 지은 강림도령[8]아! 장안의 왈짜 정도령[9]아! 내가 내 처지를 생각해 봐도 가련하구나. 가소롭고도 가소로운지고.

---

3 극에서는 보통 등장인물이 무대에 등장하면서 시 한 수를 읊는데, 이를 '상장시(上場詩)'라고 한다. 이 시의 작자는 홍우정(1595-1656)이다.

4 백변(白邊): 같은 조상에서 태어난 자손들 가운데 쇠퇴한 집안.

5 수재(秀才): 양반 신분의 미혼자.

6 간난추용천(艱難醜龍泉): '개천에서 용 난다'는 속담을 패러디한 것으로 보이는데, 가난하면 용도 나오기 어렵다는 의미를 담고 있다.

7 예전에는 장가들지 않은 사람은 도령이라 불렀다. 도령은 아무리 나이가 많아도 어린아이 취급을 받았다.

8 강림도령: 무당이 모시는 신의 하나로, 서울 남대문을 지은 총각 도편수의 이름이라 한다. 선혜청 부군당(府君堂)에 모셔졌다.

9 장안의 왈짜 정도령: 구체적으로 누구를 지칭하는지 명확하지 않다.

상화시(賞花時)[10] (김생이 노래한다.)

인간 세상 천하에 궁하고 궁한 중에서 누가 가장 궁한가? 한 칸 집을 아방궁[11]이라 여기며, 이문동[12] 작은 마을에 붙여 사는 짝 없는 놈팡이, 조목조목마다 낯붉히네.

이 달은 무슨 달인가? 눈앞엔 아지랑이 하늘하늘, 푸른 강둑엔 새잎이 파릇파릇. 바자〔亂芭子〕[13]는 쟁쟁 울어대고, 종달새〔從地理鳥〕는 석 장 높이까지 날아올랐어라. 3년 묵은 말가죽도 오호롱지호롱 짝을 부르니,[14] 늙은 도령의 마음은 더더욱 견디기 어려워라!

요(么)[15]

제비는 쌍쌍이 날아 동서로 깃들고, 흰나비는 암수 희롱하며 나는구나. 문득 붉게 핀 복사꽃을 보고 있자니, 이런저런 생각에 머리만 긁적이며 봄바람을 원망하네.

---

10 상화시(賞花時): 중국 전통극에 쓰이는 일곱 곡조의 명칭 가운데 하나. 곡조가 청신(清新)하면서 길게 이어진다.

11 아방궁(阿房宮): 진시황이 기원전 212년에 지은 궁전. 크고 화려한 집을 비유적으로 이르는 말.

12 이문동(里門洞): 지금의 서울역 앞 후암동 일대. 〈김신부부전〉에서는 김희집이 사는 곳이 서울역 뒤쪽이라고 한 반면, 〈동상기〉에서는 서울역 앞쪽이라 했다.

13 바자: 대, 갈대, 수수깡, 싸리 따위를 엮어 울타리를 만드는 물건.

14 3년 묵은 말가죽도 오롱조롱 소리 난다: 봄이 되어 만물이 다시 활동하는 모양을 비유적으로 이르는 우리 속담. 우리나라 설화에 기원한 속담이다. 어떤 사람이 딸을 찾아오는 자를 사위로 삼겠다고 했는데, 말이 딸을 찾아서 온다. 그러자 아버지가 말을 죽여 말가죽을 담장에 널어두었는데, 딸이 지나갈 때 말가죽이 갑자기 딸을 안고 사라졌다는 설화가 있다. 이 속담은 사설시조 〈노처녀가〉에도 나올 만큼 상투어로 쓰였다. "달바자는 쟁쟁 울고 잔디잔디 속잎 난다. 3년 묵은 말가죽은 오용지용 우짖는데, 노처녀의 거동 보소."

15 요(么): 중국 전통극에서 앞의 곡조를 반복한다는 용어. 여기서는 상화시 곡조를 반복한다는 의미다.

(탄식한다.)[16] 휘이— (한탄하는 소리다. 휘파람 불듯이 하되, 소리는 내지 않는다.)

삼신 제석(三神帝釋)이 점지하여 나를 내실 제에, 입도 남과 같고, 눈도 남과 같고, 코도 남과 같아, 내 몸에 달린 것 모두 다 다른 사람과 같게 하신지라. 어찌 반푼이나마 다른 사람에게 미치지 못한 게 있을까마는, 단지 저기 저 혼인 한 가지 일만큼은 다른 사람에게 미치지 못한지라. 구십에 삼분의 일, 육십에 절반이 될 때까지 이른바 처자식 재미라는 것을 보지 못했으니, 만고천하에 이런 신세가 어디 또 있단 말인가? 나도 양반의 후손인지라, 조금이나마 옛 성현의 말씀도 들었지. 남자로 태어나면 아내 맞기를 바라고,[17] 일부일처는 사람들마다 모두 두는 것이라고……. 그런데 무릇 서울 8만 가구 중에서, 양반이든 백성이든을 막론하고 나처럼 서른이 다 되도록 아내를 얻지 못한 자가 몇이나 되나? 정말 몇이나 될까? 더구나 근래에는 조혼 풍속까지 유행하여, 세가대족(世家大族)은 말할 것도 없고 밥술깨나 뜰 만한 여염집 백성들도, 열다섯 살만 되면 장가를 들고 열여섯 살이면 아내를 얻지 않는 이가 없다던데……. 나도 일찍이 보았더랬지.

점강순(點絳脣)[18]

많은 어린아이들이 꽃가마와 수놓은 말안장으로 맞이하고 보내고 있네. 아기씨는 열다섯에 좋은 신랑을 맞고, 도련님은 열넷에 장가를 들

---

16 탄식한다: 원문에는 '탄과(歎科)'로 되어 있다. 과(科)는 희곡에서 행동을 지시하는 의미로 쓰인다.

17 아내 맞기를 바라고: 이 말은 《맹자》 〈등문공 하(滕文公下)〉에 "장부가 태어나면 그를 위해 아내가 있기를 원하며, 여자가 태어나면 그녀를 위해 시가가 있기를 원하는 것이 부모의 마음이다(丈夫生而願爲之有室 女子生而願爲之有家 父母之心)."에서 나왔다.

18 점강순(點絳脣): 중국 전통극에 쓰이는 곡조 가운데 하나. 점강순에 이어 혼강룡이 나오는 게 일반적이다.

고 있다오.

혼강룡(混江龍)[19]

게다가 처가에서 떠받들어 대니, 신랑의 호사가 정승과 같네. 자줏빛 비단 장복[20]에 백설 같은 총이말〔花驄馬〕[21]을 타고, 황금빛 두루주머니[22]에 수놓은 비단 띠를 늘어뜨린 채, 푸른 빛 승두선[23]으로 향기로운 바람을 일으키누나. 원앙새 함께 깃들 초록 물결 깊숙한 곳, 복사꽃 일찍 맺어 붉은 꽃술 흔들리겠지. 나 같은 자는 그들의 나이로 따지면 갑절이나 되건만…….

이런 이야기는 모두 남의 집 일이라. 속만 상하지, 말을 한들 또한 무슨 소용이 있으랴. 나 같은 놈이야 스스로 장가들 방법을 찾아야 하는데, 천 번 만 번 생각해도 무슨 요술을 부려서 아기씨를 얻는단 말인가?

하긴 내가 일찍이 듣긴 했지. 예전에 어떤 늙은 도령이 나처럼 가난했는데, 미륵불을 공양했다고……. 이 미륵불은 늙은 도령에게 자비를 베푼다고, 꿈속에 나타나 두 글자로 된 진언[24]을 주었다지. 진언은 물건을 붙게도 하고 떨어지게도 할 수 있었지. 도령은 이것으로 인해 부자가 되었고, 이웃 양반집에 장가도 들게 되었다지. 게다가 어느 백성이 딸을 혼

---

19 혼강룡(混江龍): 중국 전통극에 쓰이는 곡조 가운데 하나. 〈서상기〉에서도 이 곡패(曲牌)가 쓰였다.

20 장복(章服): 본래는 황제 이하 문무백관이 착용하던 제복(祭服)의 일종인데, 여기서는 전통혼례 때 입는 옷을 말한다.

21 화총마(花驄馬): 총이말. 갈기와 꼬리가 파르스름한 백마.

22 두루주머니: 입구에 잔주름을 잡고 끈 두 개를 좌우로 꿰어 여닫게 한 작은 주머니. 요즘 어린아이 한복에 매다는 복주머니도 두루주머니의 일종이다.

23 승두선(僧頭扇): 중의 머리처럼 꼭지를 둥그렇게 만든 부채.

24 진언(眞言): 다라니. 영적인 능력을 지닌 말.

인시켜 사위를 맞을 즈음이었어. 도령은 각시가 몹시 아름다운 것을 보고, 다시 진언을 써서 빼앗은 뒤에 그녀를 작은 첩으로 삼았다더군. 나 같은 사람도 저런 진언을 얻는다면, 만사를 제쳐두고 급히 저 각시를 내 몸에 찰싹 달라붙게 하련만……. 그러면 또한 좋지 않겠는가? 어째서 요새는 영험한 미륵불 하나가 없단 말인가?

얼마 전 일이지. 중매를 많이 한 사람이 있었는데, 어떤 나이 많은 상놈이 그에게 혼인을 맺을 수 있도록 부탁했다지. 그러자 중매쟁이가 상대 집에 가서 말했어. "도령은 더 말할 게 없지요. 집안은 장량[25]과 우열을 다투고, 나이는 열에 여덟이 꽉 찼으니, 참으로 좋은 신랑이지요."라고. 장인 될 사람은 그 말을 듣고 몹시 기뻐 혼인을 확정해 버렸지. 며칠이 지나서 중매쟁이는 다시 와서 말을 했어. "자세히 탐문해 알아보니 신랑은 나이가 열에 여덟이 아니고, 스물이 넷이라. 당신은 그의 많은 나이를 혐의치 않겠소?"라고. 신부집에서는 중매쟁이의 말을 마치 종각의 대들보마냥 굳게 믿었지. 마침내 전안(奠雁)을 올리는 날이 되었지. 신랑을 보았더니, 그는 팔십 세를 꽉 채운 늙은 상놈이었어. 장인 될 사람이야 어찌 분통이 터지지 않겠나? 중매쟁이에게 몹시 화를 내며 말했지. "너, 이 찢어 죽일 자식아! 난장에 맞아 장독으로 뒤질 년아! 아이고, 어쩌자고 꽃다운 말을 해서 나를 이렇게까지 속였단 말이냐?" 그러자 중매쟁이는 깔깔대고 웃으며 말했지. "내가 터럭 한 올만치라도 그릇되게 말한 게 무엇이고, 반점만치라도 어긋나게 말한 게 무엇이며, 털끝만치라도 당신을 속인 게 무엇이오? 장량은 오대에 걸쳐 한(韓)나라에서 재상〔相韓〕을 지

25 장량: ?-기원전 189. 장량의 가문은 본래 한(韓)나라 출신으로 오대에 걸쳐 재상을 지낸 집안이다. 진나라가 한나라를 멸망시키자 진시황을 살해하려다 실패한 후, 한고조(漢高祖)를 도와 천하를 통일하는 공을 세웠다.

냈잖소. 접때 집안이 장량과 우열을 다툰다고 말한 것은 이 자가 할아버지 대 이래로 상놈〔常漢〕이었다는 말이고,[26] 열이 여덟이나 스물이 넷이라는 것은 모두 팔십을 말하잖우. 당신이야말로 눈으로는 대체 뭘 봤고, 귀로 들을 때는 귓구멍에다 말뚝이라도 박아뒀었소?"[27] 장인 될 사람은 비록 절통하나 물릴 수도 없는 홍정이 되고 말았으니, 다시 뭘 어떻게 해보겠소.

내게도 저러한 중매쟁이가 있어서 나를 위해 정성을 써준다면…… 내 처지가 비록 홍문원 교리[28]나 분향 한림[29]이나 이조좌랑에는 미치지 못한다 해도, 오대에 걸친 상놈 집안과 어찌 우열을 다투겠는가? 내 나이도 비록 꼬마 신랑은 못 되지만, 저기 구구 팔십일에서 하나가 적은 늙은 상놈에 견주면 도리어 새파란 도령님이니, 나야말로 진짜 좋은 신랑감이 아닌가?

(탄식한다.) 휘이— 생각건대, 저 상놈은 그래도 부자였겠지? 나 같은 것이야 술 한 잔 나올 데 없는데, 어떤 중매쟁이가 무슨 높은 덕을 보이겠다고 나를 위해 애쓰겠는가? 결국 이는 야차(夜叉)의 세미(稅米) 마련이며, 도깨비〔獨甲飛〕의 나락 마련이며, 옹기장수의 셈법이라.[30] 이를 장차 어찌할꼬. 아아!

---

26 한(韓)나라 재상이라는 '상한(相韓)'과 상놈이라는 '상한(常漢)'의 동음이의를 통해 말장난을 하고 있다.

27 가람본에는 "당신은 눈으로 들었소, 코로 들었소(你眼聽麽 鼻聽麽)?'로 되어 있다.

28 홍문관 교리(弘文館校理): 궁중의 서적이나 사적 관리, 문한(文翰) 처리 및 왕의 각종 자문에 응하던 일을 하던 관리. 언론 활동에 참여하기도 했다. 정5품에 해당한다.

29 분향 한림(焚香翰林): 예문관에서 사초(史草) 등을 꾸미던 일을 맡아보던 관리. 정9품에 해당한다.

30 야차의 ~ 셈법이라: 야차가 세납미를 마련해 줄 것을 기대하고, 도깨비가 나락을 마련해 줄 것을 기대하고, 옹기장수가 옹기를 팔아 부자가 될 것을 기대하는 것. 모두 머릿속에서만 풍요로움을 꿈꾸지만 실제 현실은 매우 고달픔을 비유적으로 이르는 말.

금국향(金菊香)[31]

환갑 맞은 백발노인의 절반[32]이 될 때까지 군자의 좋은 짝을 구하지 못했네. 무슨 놈의 처궁[33]이 이다지도 흉한고? 마음에 생긴 불이 가슴을 태우고, 긴 한숨에 바람이 절로 이누나.

분접아(粉蝶兒)[34]

집 안을 둘러보네. 차가운 이불 속에서 누구와 더불어 꿈을 꾸며, 짧은 우의[35]를 누구에게 주어 바느질을 하게 할까? 향한 곳도 없는 상사병에 병세만 위중해지누나. 만약 월하선옹[36]과 맞닥뜨린다면, 붉은 실을 끊어놓고 멍들도록 때려나 보리라.[37]

나는 북한산성 노장수좌(老長首座)도 아니요, 장의동(壯義洞) 지사영감(知事令監) 늙은이도 아니라오.[38] 이게 무슨 놈의 팔자람? 참고 지낸 지도 이미 여러 해거늘……. 에라, 모르겠다. 앞으로도 또 몇 해를 더 고행하며

---

31 금국향(金菊香): 중국 전통극에 쓰이는 곡조 가운데 하나. 슬픔이 짙게 드리운 곡조다.

32 환갑 맞은 백발노인의 절반: 환갑(61세)의 절반. 곧 30세.

33 처궁(妻宮): 민속학에서 말하는 12궁의 하나. 처첩에 관한 운수를 관장하는 별자리.

34 분접아(粉蝶兒): 중국 전통극에 쓰이는 여러 곡조 가운데 하나. 절망 상황에서도 희망을 꿈꾸는 느낌을 주는 곡조다.

35 우의(牛衣): 겨울에 소의 등을 덮어주는 덕석. 몹시 가난한 사람들이 입은 옷을 비유적으로 이르는 말. 다른 이본에는 이 대목이 '단우의(短牛衣)'가 아니라 '단중의(短中衣)'로 되어 있다. '짧은 옷과 중의(여름에 입는 남자의 바지와 저고리)'로 번역할 수 있는데, 무엇을 쓰든 의미는 통한다.

36 월하선옹(月下仙翁): 월하노인. 남녀 간에 붉은 실을 묶어줌으로써 혼인을 이루게 하는 신.

37 멍들도록 때려나 보리라: 원문은 '打他青腫'이다. 의미가 모호한데, 혹 멍들도록 때린다는 '청종(青腫)'은 선인(仙人)을 뜻하는 '청동(青瞳)'의 오류일 수도 있다. 그러면 해석은 '선인을 때려나 보리라.'가 된다.

38 무슨 전고가 있을 듯한데, 찾지 못했다.

견뎌야만 서방세계[39]를 볼 수 있을까나?

(탄식한다.) 휘이— 어딘가에 살고 있을 큰 공덕을 지닌 아기씨여! 당신이 이왕에 내 배필로 짝지어져 있다면, 무슨 이유로 여태까지 소식을 아주 끊고 있나요? 어쩔 수 없는 사정이 있나요? 두어라! 위를 올려다보고 아래를 내려다보고 사방팔방을 두루 살펴봐도, 어느 병신 팔삭둥이 딸내미가 나같이 궁핍한 놈의 아내가 되려 할까?

아아! 사립문 밖에 어떤 사람이 날 찾아왔구나. 누구지? (문을 열고 나아가 맞이한다.) 허, 동내 임장[40]께서 오셨구려. 무슨 일로 나를 불렀소?

임장: 김 도령! 빨리 자네의 성명, 본관, 나이를 여기에 적어주게.

김생: 무슨 일이오?

임장: 관아에서 공문을 내렸네. '늙은 도령에게 있으나 마나 한 물건은 거시기에 두어도 쓸데없으니, 하나하나 기록해 둔 후 한꺼번에 모두 잘라내서 나처럼 고기 안주 없이 술 마시는 임장들에게 주어 회를 쳐서 안주로 먹게 하라.'라고.

김생: 면전에 대놓고 하는 농지거리는 그만하오! 그래, 조사하는 진짜 이유가 뭐요?

임장: 한성부 공문에는 '오부(五部) 안 각 동(洞)에 사는 늙은 도령을 정밀하게 조사한 뒤에 관청이 직접 나서서 혼례를 돕겠는데, 그 일은 며칠 내로 모두 마무리한다.'라고 했더군. 좋을시고 좋을시고! 늙은 도령도 장가가는 시절이 되었으니, 내게도 좋은 술 한 잔 내지 않으면 안 되지!

---

39 서방세계(西方世界): 서방정토(西方淨土). 극락세계.

40 임장(任掌): 조선조 서울이나 지방의 방(坊)이나 동(洞)에서 호적 및 각종 공적인 일을 맡아보던 사람.

(쓴다. 이름 쓴 첩지를 받고 떠난다.)

김생: 허— 요 근래 꿈자리가 자못 좋고, 오늘 아침 식전에는 어디선가 까치가 날아와서 나를 보고 깍깍하고 울더니, 과연 이렇게 좋은 소식을 들었네그려.

단정호(端正好)[41]

분부를 들으니 도리어 꿈만 같아라. 오늘 아침에 무슨 바람이 불었던가? 마치 사주단자를 보내놓은 것처럼, 마음은 벌써 춘심이 동하누나.

조정에서 하려고만 든다면 뭐든지 못할 게 있겠는가? 이번에는 내가 정말로 장가를 들겠구나. 어떤 아기씨가 나의 짝〔衿〕이 되어 올지 모르겠네. 그저 조정의 처분을 기다려야지. (퇴장한다.)

제2절(第二折)

(아전들이 등장한다.)

요임금의 세상〔乾坤〕이요, 순임금의 세월〔日月〕이라. 나라에는 큰 경사가 있고, 가정에는 큰 근심이 없어라.[42]

소인들이 바로 중부·남부·동부·서부·북부의 서원[43]들이로소이다. 달

---

41 단정호(端正好): 중국 전통극에 쓰이는 여러 곡조 가운데 하나. 장중하며 숙연한 분위기를 연출한다.

42 나라에는 ~ 없어라: 국유풍운경(國有風雲慶) 가무계옥수(家無桂玉愁). 주로 입춘 날에 벽이나 문에 붙이던 글로, '입춘축'이라 한다.

43 서원(書員): 관아에 딸린 구실아치.

포 전에 한성부에서는 임금님의 교지를 받들어 혼인과 관련된 일을 돕는다며, 오부(五部) 안에 사는 늙은 도령과 노처녀를 각 부별로 방방곡곡 수소문하여 한 사람도 빠짐없이 책자에 올려 보고토록 하셨지요. 소인들은 즉시 각 동에 알려, 각 동 임장들과 함께 현장을 돌아다니며[44] 수소문했습죠. 그러고 난 뒤, 존위[45] 양반께서는 문서를 갖춰 해당 부서에 보고했지요. 해당 부서에서는 문서를 수정하여 책자로 만든 후, 편집하고 정리하여[46] 한성부 판윤 대감께 올렸습니다.

수합된 문서는 '어느 부(部)·어느 방(坊)·어느 계(契) 몇째 통(統) 몇째 집에 사는 늙은 도령의 성이 무엇이고, 이름은 무엇이며, 나이가 얼마며, 본관이 어디인지', '노처녀의 아비 아무개의 나이는 얼마며, 본관이 어디인지' 등을 따져 몇백 몇십 명의 명단을 갖춰 임금님께 보고했지요. 그러고 나니, '적당한 혼처를 물색하여 바삐 혼례를 치르도록 재촉하라'는 조정의 처분이 내려왔습죠. 호조에서 모든 신랑에게는 포목 몇 필과 돈 몇 냥, 모든 신부에게는 포목 몇 필과 돈 몇 냥을 내어줌으로써 혼인을 돕는다는 것이었지요. 이는 성스러운 우리 조정의 전에 없던 큰 은덕〔嘁德〕이지요.

근래 우리나라에서는 크게 덕을 베푼 훌륭한 일들이 이루 헤아릴 수 없을 만큼 많았지요. 그 가운데 대강만 간략히 말씀드려 보겠습니다.

지난번에 참혹한 흉년으로 인해 도성 안에 거지 아이들이 많이 생겨났을 때였죠. 만일 불쌍히 여기는 은전을 베풀어 신창[47]을 열고 구휼하지 않았다면, 계집애 하나인들 어떻게 살아날 수 있었겠습니까? 이 또한 크

---

44 안동(眼同): 현장에 참석함.

45 존위(尊位): 한 동네의 어른. 여기서는 동(洞)의 우두머리, 즉 동장(洞長).

46 점련(粘連): 새로운 사실을 추가하거나 증거 서류를 덧붙이는 것.

47 신창(新倉): 서울 만리현(萬里峴)에 있었던 창고.

게 덕을 베푼 훌륭한 일이지요. 지난번 북도(北道)에서 연이어 참혹한 흉년이 닥쳤을 때에, 만일 조정에서 애써 진휼하지 않았다면 북도 백성들은 살아날 길이 없었을 것입니다. 이 또한 크게 덕을 베푼 훌륭한 일이지요. 재작년에 평안도 사내들이 한 도(道)를 비워둔 채 서울로 올라올 때도 그랬지요. 한 손에는 개 모가지를 잡고, 한 손에는 처자를 이끌고서 마치 쥐가 꼬리에 꼬리를 물고 오는 것처럼 모화관[48]으로 끊임없이 흘러들어 왔지요. 만일 임금님께서 종각(鐘閣)에 어거하시어 곡식을 내려주라는 조치를 하지 않았다면, 저 백성들이 어떻게 살아서 고향에 돌아갈 수 있었겠습니까?[49] 이 또한 크게 덕을 베푼 훌륭한 일이지요.

작년 6월 이후에는 형조와 한성부 두 기관에서 서울을 벗어난 팔도에 죄인으로 귀양을 갔거나 노역(徒刑)의 벌을 받는 자, 태형(笞刑)이나 장형(杖刑) 및 수속(收贖)[50]의 벌을 받은 자를 일제히 방면했지요. 이 또한 덕을 크게 베푼 훌륭한 일이지요. 병신·정유·무술·기해·경자·신축 등 지금까지 16년 동안에, 전세(田稅)·환상[51]·공포[52]를 탕감해 준 것이 몇백만 냥이나 되는지도 모르겠습니다. 이 또한 덕을 크게 베푼 훌륭한 일이지요. 이런 일 저런 일, 크게 덕을 베푼 훌륭한 일이 한두 가지가 아니지요. 그런데 이번에 늙은 도령과 노처녀의 혼사를 돕는 마음이야말로, 큰 덕

---

48 모화관(慕華館): 중국 사신을 맞이하던 곳. 태종 7년(1407), 지금의 서대문 서북쪽에 영은문과 함께 세웠다. 서대문 형무소 앞 독립관이 모화관이 있던 자리다.

49 《정조실록》을 보면, 1789년에는 서북 지방에 폭우가 있었고, 그 이듬해인 1790년에는 흉년으로 유민들이 발생했음을 확인할 수 있다. 1790년 2월 11일 실록에는, 유민들에게 환곡과 부역을 면제케 하고 돈을 주어 고향으로 돌려보냈다는 기록이 있다. 아전이 말한 내용은 이때 행해졌던 국가의 구휼 정책을 제시한 것이다.

50 수속(收贖): 죄인에게 속전(贖錢)을 거두는 것.

51 환상(還上): 환자(還子). 각 고을의 사창(社倉)에서 백성에게 꾸어준 곡식을 가을에 이자를 붙여 거두는 일.

52 공포(貢布): 토지세(結稅)로 바치던 베.

을 베푼 훌륭한 일들 중에서도 더더욱 훌륭한 일이지요.

여러분들도 헤아리시죠, 인간 만사 이별 중에서도 독수공방이 가장 슬프다는 것을……. 바야흐로 봄기운이 화창하여 풀과 나무는 무리 지어 자라고 꽃들도 활짝 피어나며, 나비는 훨훨 날고 꾀꼬리도 애타게 노래하는 이 시절……. 흔들흔들 한들한들거리는 이 마음을 붙일 데 없는지라, 비통함에 갈 곳이 없네요. 고개 들어 크게 한숨을 내쉬다가 다시 고개 숙여 크게 한숨을 내쉬고, 나지막한 소리로 한숨을 내쉬다가 다시 긴 소리로 한숨을 내쉬면서 사람들로 하여금 애간장만 다 녹게 한다오. 이야말로 화창한 기운을 손상케 하는 크나큰 불행이지요.[53] 그러다 이번 조정의 덕분으로, 늙은 도령은 장가를 들고 노처녀는 시집을 가게 되었습니다. 좋아 날뛰는 개들처럼 장안의 대로 위를 신랑의 행차가 내달릴 테니, 이것이야말로 훌륭한 일 가운데서도 첫 번째로 꼽을 만한 훌륭한 일이 아닙니까?

금상화(錦上花)[54] (아전들이 노래한다.)

당신네 부부 인연이 하늘에서 내려준 것이라 말하지 마오. 하늘 외에 또 다른 하늘이 있으니, 임금님이 그러하지. 이렇듯 정에 이끌려 억지로 합하는 것쯤이야 남처럼 하면 되지만, 혼인은 물 흐르듯 해야지. 오늘 여자가 시집가고 남자가 장가드는 것은, 임금님께서 백성을 자식처럼 여겼기 때문이라오.

---

53 춘사(椿事): 뜻밖에 생기는 불행한 일.

54 금상화(錦上花): 중국 전통극에 쓰이는 여러 곡조 가운데 하나. 빠르고 간드러진 분위기를 연출한다.

만약에 조정의 처분이 없었다면, 저들은 팽조[55]와 동갑이 될 때까지 당백사[56]처럼 백발이 되도록 장가 맛을 보기 어려웠으리라.

소(小): 큰 은덕〔上德〕이라면 큰 은덕이지요. 그러나 세상 혼인이라는 게, 아랫사람들이 하는 가장 낮은 격식으로 행사를 치른다 해도, 백여 금을 탈탈 털어놔도 오히려 모자랄 판이죠. 그런데 저 사람들은 호조에서 내려준 베 몇 필과 돈 몇 냥으로 어떻게 혼인을 치르려는지? 생각건대, 온전한 모양을 갖추지는 못할 듯하외다.
대(大): 사정을 잘 알지 못한 채 말을 해대니, 듣기도 싫다!

요(么)[57]
예장지[58] 한 장만 담은 함(函)과 무명 홑이불 세 폭. 각시의 붉은 치마는 이웃에서 빌리고, 기럭아비의 남색 도포는 시전에서 세를 내어 허둥지둥 달려가 권정례[59]로 식을 올리세.

비록 맨몸의 두 사람이 아무것도 없이 그저 네 번만 절을 한다 해도 명색이 혼인이라. 이 또한 좋은 일이니, 그 재미가 삼천 냥짜리 혼인과 무에 다르겠는가? 이런 말은 그만두세. 좋든 말든 이는 저들의 일이지, 명령을 받들어 따르는 우리야 좋든 말든 상관할 게 무어람. 우리가 맡은 일, 곧 이 책 안에 기록된 도령과 처녀가 이미 혼인했는지 여부만 확인하면

---

55 팽조(彭祖): 요임금의 신하. 양생술로 800세를 살았다고 한다.
56 당백사(唐白絲): 중국에서 들여온 흰 무명실. 그 빛깔이 퍽 하얗다.
57 요(么): 앞의 곡조를 반복함을 뜻하는 용어. 여기서는 금상화 곡조를 반복한다.
58 예장지(禮狀紙): 혼서(婚書)를 쓴 종이.
59 권정례(權停禮): 절차를 다 밟지 않고 행하는 의식.

되지 뭐. 자네는 책을 가져와 나와 함께 살펴보세. 이름 위에 검은 점 하나를 찍은 것은 이미 혼인을 했다는 표시요, 점이 찍히지 않은 자는 아직 혼인하지 않고 있다는 표시네. 지금까지 점이 찍히지 않은 자가 모두 몇 명이지?

소(小): (일어서서 책을 살핀다.) 아무 방(坊)·아무 계(契)에 사는 늙은 도령 아무개는 어느 달 어느 날에 어느 곳으로 장가를 갔고, 아무 방 · 아무 계에 사는 노처녀 아무개는 어느 달 어느 날에 어느 곳으로 시집을 갔으니, 거의 다 마무리가 되었소이다. 아이쿠! 한 사람이 남았네!

대(大): 잘 살펴보게. 아직 결혼하지 못한 자가 누군지…….

소(小): 남대문 밖 이문동[60]에 사는 김희집으로, 나이는 스물여덟인데요. 이놈은 여태껏 어디 가 있었기에 아직까지 장가도 못 들었지? 걱정일세, 걱정이야!

대(大): 그자야말로 만인과[61] 초시(初試)에서도 낙방하는 거자[62]요, 경술년 대풍년에도 빌어먹을 팔자로군.

원앙살(鴛鴦煞)[63]

지금은 고도리(高突伊)[64]까지 새 각시를 얻고, 가시네(佳山兒)들도 모두 아기씨가 되었지. 비유하자면, 신선이 하늘로 올라가며 지상을 떠날

---

60 이문동(里門洞): 지금의 서울역 앞 후암동 일대.

61 만인과(萬人科): 무과. 신분과 무관하게 모두 응시할 수 있어 만인과라 한다. 여기서는 만 명이나 뽑는 과거 시험을 뜻한다.

62 거자(擧子): 과거 시험에 응시한 사람.

63 원앙살(鴛鴦煞): 중국 전통극에 쓰이는 여러 곡조 중의 하나. 조(調) 두 개가 같이 연주된다.

64 고돌이(高突伊): 고도리. 포도청에서 교수형의 일을 직접 맡은 천인.

때에, 집도 따라 올라가고, 닭도 따라가고, 삽살개도 따라가고……. 집 안 온갖 것들이 모두 우화등선하는데, 늙은 쥐 한 마리만 홀로 땅에 떨어진 꼴이라오. 가련한 팔자로세! 그의 이름이 희집이건만, 기쁨〔喜〕이 모이지〔集〕는 않네.

생각났다! 저 사람은 한 달 전에 광주에 좋은 혼처가 있었다지. 판윤 대감께서도 경기 감영에까지 알린 터라, 좋은 일이 거의 이루어졌나 싶었지. 그런데 어찌 알았으랴? 동지 팥죽이 쉬었다느니, 동대문에서 나간 달걀이 곪았다느니[65] 하며 이간질하는 말이 풍문으로 들렸나 봐. 광주 양반께서 갑자기 배짱을 내미는데, 경기 감영 사또도 어떻게 할 수가 없었다더군. 그게 분명코 저 도령의 일일세!

소(小): 내가 살아가면서 가장 분통 터지게 여기는 것이, 혼인할 때 이간질하는 말이지요. 이간질하기 위해 혼인식을 치르려는 집으로 가다가 중간에 큰물에 휩쓸려 죽을 지경이 된 자가 탄식하며 했던 말이, "허허— 좋지 않아! 오늘 혼인식은 이루어지고 말겠구나!"라지요. 그게 도대체 무슨 심보랍디까?

대(大): 한담은 접어두고 다시 세세하게 살펴봄세.

소(小): (책을 뒤적거린다.) 아아! 또 한 사람이 있소!

대(大): 누군데?

소(小): 신문(新門) 밖 평동[66]에 사는 처녀 신씨로, 올해 스물넷이구려. 아

---

65 계란유골(鷄卵有骨): 이 말은《태평한화골계전》에 실린 고사인데, 본래 '골(骨)'은 곪았다는 의미다.

66 평동(平洞): 지금의 종로구 신문로 2가(서대문역 위쪽) 일대.

비는 유학(幼學) 덕빈인데, 이 사람도 점이 찍히지 않았소이다.

대(大): 그래, 그래! 그는 평동 가장 작은 골목에 거주하면서 자질구레한 반찬을 파는 가게를 하고 있지. 기둥만 두 개 덩그러니 남겨진 문짝〔一角中門〕 안에 초가삼간을 짓고 살지. 가련해라, 가난함이여!

요(么)[67]

겨울 달이 밝지만, 눈 속에서 지내는 사람들은 춥다고 싫어하고, 가을 꽃이 곱지만, 봄으로 옮겨간다면 누가 아름답다 하리오. 한 떨기 향기로운 수심도 사람의 배 속에 가득 차면 죽는다는 것쯤이야 묻지 않아도 아는 법. 누에가 죽으면 고치를 만들고, 꽃이 지면 열매를 맺건만, 처녀가 늙으면 무얼 할꼬?

세상에는 지극히 어려운 일이 세 가지 있지요. 형세 없는 무반〔虎班〕이 처음으로 벼슬길에 나아가는 것, 과거 시험에서 쓸 도구도 없는 선비가 처음으로 응시하는 감시초시[68], 가난한 처녀의 혼인이 그것이라. 저 세 가지 일 중에서도 가난한 처녀의 혼인이 더욱 어렵지요.

얼마 전 일이지요. 한 노처녀가 요행히 혼처를 구했더랍니다. 사주단자를 받고 택일단자를 보내는 동안, 혼인 날짜는 점점 가까이 다가왔지요. 처녀는 기뻐 견딜 수 없었지만, 체면상 참고 또 참아가며 다른 사람에게는 자랑하지 못했지요. 그러다 더 이상 참을 길이 없었는지, 측간으로 달려가 강아지를 불러다 놓고 은근슬쩍 말했답니다. "개야, 나는 내일모레면 시집간다!" 개가 어떻게 알아듣겠소? 그저 하품만 했지요. 그러자

---

67 요(么): 여기서는 원앙살 곡조를 반복한다.

68 감시초시(監試初試): 선비들이 처음으로 응시하는 과거 시험의 첫 관문.

처녀는 민망해서 다시 말을 했답니다. "개야, 만약에 네게 허튼 말을 했다면 내가 네 딸년이다!"라고요. 사람의 마음이 이럴 정도인데, 어찌 지극한 즐거움이 아니겠습니까?

이 처녀도 저 처녀처럼 내일모레면 시집을 가게 될까요? 이런 신랑과 이런 처녀들은 해당 부서에서도 어찌할 수 없을 터라. 다만 자기의 운이 트이기를 기다리다 보면, 혼처도 스스로 생겨나고 바야흐로 혼인도 이루어지지 않을까요? 우리도 쉬면서 구경하렵니다. (함께 퇴장한다.)

제3절(第三折)

(아전들이 등장한다.)

열흘 동안 여울목에 앉아 있다가, 하루 새에 여울을 열 번이나 건넜다오.[69]

소인들은 호조 서리와 선혜청 서리올시다. 조정의 분부에도 늙은 도령 김희집과 노처녀 신씨는 끝내 합당한 혼처를 구하지 못한 채 지금까지 그대로 있었다고 합니다. 그 많은 노신랑과 노처녀들 중에 두 사람만 이렇게 된 것도 우연이 아니겠지요. 조정에서는 이 두 사람에게만 특별히 후한 은혜를 베풀려고 한 게 아니었는데, 이렇게 된 것도 모두 저들의 팔자소관이겠지요. 처분에 따라 신 처녀와 김 신랑이 부부가 되었으니, 예식도 속히 거행해야지요.

혼인과 관련된 모든 일은 선혜청과 호조가 맡되, 전에 없던 특별한 기준을 마련해서 지급하도록 했답니다. 선혜청 당상관과 호조판서에게는

69 일이 제대로 풀리지 않아 시간만 보내다가, 순식간에 일이 순조롭게 풀렸다는 의미.

마치 친자식이 혼인식을 올리는 것처럼 착실히 준비토록 했습죠. 그래서 무침교[70] 근처에 사는 호조 당상관 조 판서 대감께서는 남자 쪽 혼사를 주관하고, 사동[71] 부근에 사는 선혜청 당상관 이 판서 대감께서는 여자 쪽 혼사를 주관하게 되었지요. 두 대감님께서는 신랑 신부의 친아비들이 그렇게 하듯이, 똑같이 사륙변려문[72]으로 혼서와 답혼서도 지었답니다. 신랑의 사주단자(四柱單子)가 오가고 길일도 정해졌는데, 혼인 날짜가 바로 이번 달 12일입니다. 날짜가 임박해지자, 양쪽 집안의 혼수를 바삐 준비하되 미흡함이 없도록 하라고 했습죠.

사해아(耍孩兒)[73]

몇 번이나 아름다운 처녀의 눈물[74]이 고운 눈에 맺혔던가. 총각의 옷 또한 눈물로 다 젖었으리라. 하늘처럼 높은 성덕과 바다같이 깊은 은혜로 혼인하는 좋은 시절이 정해졌네. 어제는 헐벗고 굶주린 빈궁한 처지였지만, 내일은 신랑 신부로 호사를 누리는 사람이 되는구나. 친부모도 무안하다며 귀밑머리 긁적일 것 없소.

선혜청에서 제공하는 무명과 호조(度支)에서 내준 돈으로 혼수를 마련함에, 돈이 얼마 들고 옷감이 얼마나 드는지 따지지 말고, 그저 아주 좋은 물품으로만 준비하라 하셨지요. 그야말로 조정의 훌륭한 덕입지요. 그런

---

70 무침교(無沉橋): 지금의 을지로4가 중구청 사거리 근처에 있던 다리.

71 사동(寺洞): 대사동(大寺洞). 지금의 종로 조계사 일대.

72 사륙변려문(四六騈儷文): 한문 문체의 하나. 4자 또는 6자를 한 구로 하는데, 대구 사용이 돋보인다. 앞서 본 〈김신부부전〉의 조정진과 이병모의 혼서와 답혼서 참조.

73 사해아(耍孩兒): 중국 전통극에 쓰이는 곡조 명칭 가운데 하나. 활기차게 부르며 몸짓을 비교적 크게 한다.

74 홍루(紅淚): 아름다운 여인의 눈물.

지라, 두 분 대감님께서도 그 뜻을 받들어 행하며 단단히 경계하는 마당에, 저희들이야 어찌 감히 털끝만치라도 소홀히 하겠습니까?

우선 그 겉치장만 가지고 살펴봅시다. 신랑이 타는 말은 배꽃처럼 흰 백설마(白雪馬)인데, 푸르디푸른 말다래〔月乃〕[75]에 은실을 끼워 넣은 중국산 안장을 얹었지요. 별초군[76]으로 있던 김 아무개가 지난번에 새로 납품한 것인데, 신랑이 타는 말로 뽑힌 것은 이번이 처음입죠. 무늬 있는 청사등롱[77] 두 쌍은 훈련도감에서, 무명으로 만든 큰 차일 중 하나는 어영청에서, 다른 하나는 금위영에서 빌렸지요. 하얀 꽃을 수놓은 여덟 장 짜리 돗자리 하나와 푸른색으로 주변을 빙 두른 행보석[78]은 장흥고(長興庫)의 것이고요, 모란을 수놓은 병풍은 제용감(濟用監)에서 빌렸고, 상건[79]도 제용감의 것이지요. 놋쇠로 만든 촛대 두 개는 공조, 고족상[80]은 선공감(繕工監), 향꽂이〔香高支〕는 사복시(司僕寺), 향 받침대〔香坐兒〕[81]는 상의원(尙衣院)의 것이라오. 산 기러기는 경기 감영, 부용향[82]은 내의원〔內局〕의 것이죠. 청원향[83], 목홍촉[84], 심홍촉[85], 홍라조[86], 만화방석[87], 전안석[88],

75 월내(月乃): 다래. 말다래. 말의 안장 좌우에 늘어뜨리어 땅의 흙이 말 탄 사람의 옷에 튀는 것을 막는 물건.

76 별초군(別抄軍): 임금이 탄 수레를 호위하기 위해 별도로 선발한 군사.

77 청사등롱(靑紗燈籠): 청사초롱. 푸른 천과 붉은 천을 상하에 덧대어 만든 등롱. 민간에서는 혼례식에 사용했다.

78 행보석(行步席): 신랑 신부를 맞을 때에 마당에 까는 좁고 긴 돗자리.

79 상건(牀巾): 상건(床巾). 혼례식이나 잔치에 쓰는 상의 아래쪽을 가리는 천.

80 고족상(高足床): 혼례식 때 쓰는 상으로, 다리가 긴데 붉은 칠을 했다.

81 향좌아(香座兒): 향 받침대. 향로나 향합을 올려놓는 작은 탁자 모양의 네모반듯한 받침대.

82 부용향(芙蓉香): 혼례식 때 피우는 향의 한 가지. 굵기와 길이가 손가락만 하다.

83 청원향(淸遠香): 취선향(聚仙香). 태우는 향의 한 가지. 침향(沈香), 단향(檀香), 소합향(蘇合香) 등을 섞어서 만든다.

84 목홍촉(木紅燭): 붉은빛을 내는 목홍을 우려서 만든 초.

85 심홍촉(心紅燭): 심지를 박아 만든 초.

교배석[89]은 각 아문과 우리 호조와 우리 선혜청에서 보내온 것이랍니다. 용머리가 새겨진 함〔函支機〕[90]과 옥동자[91]는 세물전(貰物廛)에서, 기럭아비가 쓴 붉은 사립〔朱紗笠〕과 갓끈〔貝纓〕[92], 목이 긴 장화〔水靴子〕[93]는 군문[94]에서 빌렸지요.

다만 신부가 탈, 꼭대기에 금장식을 한 가마〔金頂轎子〕는 빌린 물건이 아니랍니다. 효경교[95] 부근에 사는 박 생원이 소유한 것인데, 세를 내고 빌려왔습죠.[96]

---

86 홍라조(紅羅照): 억새나 갈대를 30cm 정도 잘라서 묶은 후 붉은 종이로 감아서 초처럼 불을 밝히는 물건. 혼례에서 납채 때에 신부집에서 쓴다.

87 만화방석(萬花方席): 여러 떨기의 꽃무늬를 수놓아 만든 방석.

88 전안석(奠鴈席): 신랑이 신부집에 가서 기러기를 상에 올려놓고 절을 할 때 쓰는 자리.

89 교배석(交拜席): 신랑 신부가 번갈아 가며 절을 할 때 쓰는 자리.

90 함지기(函支機): 함지(函支). 함지박. 나무로 만든 그릇의 하나.

91 옥동자(玉童子): 혼례식 때 잔치상(특히 소선상(小膳床)) 위에 놓는 옥경(玉京)에 있는 맑고 깨끗한 용모를 지닌 가상의 동자 인형. 보통 한 쌍을 올려놓는다.

92 패영(貝纓): 산호·호박·밀화(蜜花)·대모(玳瑁)·수정 따위로 만든 갓끈.

93 수화자(水靴子): 주로 무관들이 비가 올 때 신던 목이 긴 신발.

94 군문(軍門): 여기서는 삼군문(三軍門), 즉 훈련도감, 금위영, 어영청을 가리킨다.

95 효경교(孝經橋): 지금의 을지로3가역과 4가역 사이, 세운상가가 있던 곳에 놓였던 다리.

96 한국학중앙연구원본에는 다음과 같이 되어 있다. "우선 그 겉치장만 가지고 살펴봅시다. 신랑이 타는 말은 배꽃처럼 흰 백달마(白㺚馬)인데, 푸르디푸른 말다래에 은실을 끼워 넣은 중국산 안장을 얹었지요. 무늬 있는 청사등롱 두 쌍, 무명으로 만든 차일 한 부, 8장 길이 하얀 돗자리 한 부, 푸른색으로 주변을 빙 두른 행보석(行步席), 채색을 한 큰 병풍, 큰 촛대, 고족상, 향동자(香童子), 향꽂이, 향 받침대〔香坐兒〕, 부용향, 청원향, 화룡촉(畫龍燭), 심홍촉, 라조(羅照), 붉은색 바탕에 푸른 수를 놓은 세 폭짜리 상건(床巾), 만화방석(萬花方席), 만화수복이 쓰인 교배석, 만화 무늬가 새겨진 전안석, 산 기러기, 용머리가 새겨진 함 등 여러 자잘한 물건들은 각 아문(衙門)과 호조 및 선혜청에서 빌려온 것이지요. 신부가 탈, 꼭대기에 금장식을 한 여덟 사람이 메는 가마는 빌린 물건이 아니랍니다. 선혜청에서 세를 내고 빌려왔습죠."

오살(五煞)[97]

전안석에서 절을 할 때에는 넘어지기 쉽고, 말에 올라탈 때에는 떨어지기 십상이라. 그래도 신방의 붉은 촛불 아래서는 더더욱 신중해져야지. 난생처음으로 공작 병풍 펼친 방에서 맞이하는 밤이요, 분에 넘친 부용 휘장 드리워진 곳에서 보내는 밤일 테니. 아주 자세히 보고 또 보아도 끝내 깨닫지 못하겠지. 이 사람이 신선인지, 귀신인지. 이것이 꿈인지 생시인지…….

아차! 깜빡하고 시종들을 잊을 뻔했습니다그려. 호조와 선혜청과 한성오부에 속한 서리(書吏), 서원(書員), 사령(使令), 통대방[98] 등이 일제히 나아갑니다.

다시금 신랑의 입고 있는 차림새를 살펴보죠. 초립[99]을 쓰기에는 나이가 적지 않은지라, 촘촘하게 짠 양태〔凉臺〕[100]를 두른 갓〔漆笠〕[101]을 쓰고 세모시로 지은 푸른 도포를 입었구나. 눈모시〔白苧布〕[102]로 지은 중치막〔中赤莫〕[103]과 소창의[104], 생명주〔生綿紬〕로 만든 한삼[105]에 한포단[106]으로 만든 초록 허리띠며, 청록색 중국 비단〔豆綠大緞〕으로 만든 두루주머니〔斗

---

97 오살(五煞): 중국 전통극에 쓰이는 살격(煞格) 곡조의 하나. 정상적인 곡조에서 변형을 가한 곡조다. 이하 사살, 삼살 등도 마찬가지다.

98 통대방(通大房): 어떤 직위인지 분명하지 않다. 아마도 서울 5부의 한 통을 담당하는 우두머리를 말하는 듯하다.

99 초립(草笠): 관례(冠禮)를 행한 사람이 쓰던 모자로, 누른 빛깔의 풀을 결어 만든 갓의 한 종류.

100 양대(凉臺): 양태(凉太). 갓양태. 갓의 밑 둘레에 붙어 있는 둥글넓적한 부분.

101 칠립(漆笠): 옻칠을 한 갓.

102 백저포(白苧布): 눈모시. 빛깔이 눈처럼 하얀 모시.

103 중적막(中赤莫): 중치막. 선비들이 입던 옷. 겨드랑이에 무가 없이 터져 있고 아랫부분이 세 자락으로 되어 있다.

104 소창의(小氅衣): 중치막 밑에 껴입는, 양 옆구리가 터진 두루마기의 한 가지.

里囊子)에는 주황색 중국 실로 엮은 나비 문양 술(流蘇)[107]을 늘어뜨렸구나. 흰 모시로 만든 겹치마(複裙子)[108]에 가는 베로 짜서 받쳐 입은 홑치마(單裙子), 촘촘하게 짠 무명(白木)으로 지은 새 버선에 흰 모시로 지은 통행전[109], 초록색 중국 비단으로 만든 가는 실띠(絛帶)[110]에 한 올(單縷) 망건, 붉은빛 대모관자[111]와 자줏빛 중국 실로 만든 망건당줄(緊兒)[112]이며, 담비 가죽(靑黍皮)[113] 육분[114]에 사슴 가죽으로 만든 무늬 없는 당혜[115]까지 하나같이 준비해 두었구나. 그러니 족제비 가죽(鼠皮) 바치느라 잠방이(褌衣)[116]까지 벗어줄 걱정이 무에 있겠소?[117]

겹 날개를 꽂은 오사모(紗帽)[118]며 자줏빛 비단으로 둥글게 만 관대[119], 일품 무소뿔로 만든 허리띠에 검은 새끼사슴 가죽으로 만든 목이 긴 신

---

105 한삼(汗衫): 예복에서 손을 가리기 위해 두루마기나 저고리 소매 끝에 흰 헝겊을 길게 덧댄 소매.

106 한포단(漢布緞): 파초 섬유로 짠 날이 굵은 베.

107 유소(流蘇): 오색실을 섞어서 동심결을 만들어 아래로 드리운 것.

108 복군자(複裙子): 여러 겹으로 된 치마.

109 통행전(筒行纏): 바지를 입을 때 정강이에 감아 무릎 아래에 매는 행전의 일종.

110 조대(絛帶): 종친이 허리에 매는 띠로, 오색실을 짜서 만든다.

111 대모관자(玳瑁貫子): 대모갑으로 만든, 망건에 달아 당줄을 꿰는 작은 고리.

112 긴아(緊兒): 망건당줄. 망건에 달아 상투에 동여매는 줄. 긴아(緊兒)는 '끈'의 음차.

113 청서피(靑黍皮): 족제비 모피인데, 조선에서는 말가죽으로 만든 것도 청서피라고 했다.

114 육분(六分): 담비 배의 하얀 부분.

115 당혜(唐鞋): 울이 썩 깊고 코가 작은 가죽신의 한 가지. 앞코와 뒤에 당초문(唐草紋)을 새긴 마른 신인데, 남녀가 다 신는다.

116 군의(裙衣): 곤의. 잠방이. 도포 안에 입는 속옷으로, 무릎까지 내려오도록 만든 반바지 형태인 경우가 많다.

117 공물을 바치느라 속옷까지 벗어준다는 의미로, 결혼을 시키느라 기둥뿌리까지 빼내는 것을 비유적으로 이르는 말인 듯하다.

118 사모(紗帽): 문관이나 무관이 평상복에 쓰던 모자. 검은 사(紗)로 만들며, 뒤에 뿔이 2개 있다. 전통혼례식 때 신랑이 쓴다.

119 관대(冠帶): 벼슬아치가 입던 공복(公服)인데, 특히 단령(團領)을 입고 관을 쓴 것을 말한다.

발〔黑鹿皮靴子〕[120]……. 관대를 두른 예복〔團領〕 안에는 붉은색 겹창의〔複氅衣〕[121]에 푸른색 삼대승두선[122]까지 갖췄으니, 극진하고도 극진하지요.

사살(四煞)
집이 가난하면 의복도 자연히 초라해지기 마련이요, 사람이 새로워지면 옷 또한 새로워지지. 원래 저 사람은 풍채가 빼어났지. 거기에 도포를 갖춰 입으니 본새가 단아한 선비요, 관대를 둘렀으니 복색이 휘황찬란하여 마치 중신(重臣)처럼 보이는군. 한 입으로는 모두 말할 수 없구나. 그러니 장인 장모야 입이 함지박처럼 벌어져, 쓰고 있던 두건까지 땅에 떨어뜨리는 것도 당연하지.

신랑의 의복은 잠시 접어두고, 저 신부의 복장이나 살펴봅시다. 눈모시로 지은 깨끼적삼〔角支赤衫〕[123], 옥빛 명주〔輕光紬〕[124]에 쌍침 바느질[125]을 해서 만든 허리띠〔腰帶〕, 눈모시로 지은 네 폭짜리 저고리〔襦子〕, 올이 곱고 촘촘하게 짠 함경도 삼베〔北布〕[126]에 붕어처럼 불룩하게 만든 잠방이〔褌子〕, 진홍빛 비단으로 주름을 잡은 겹치마, 쪽빛 가는 명주로 지은 홑

---

120 흑록피화자(黑鹿皮靴子): 검은 새끼사슴의 가죽으로 만든 목이 긴 신.

121 복창의(複氅衣): 겹창의. 관료가 평상시에 입는 웃옷.

122 삼대승두선(三臺僧頭扇): 부채의 겉대에 세 가지 재료를 더해 만든 접부채. '승두'는 부채 손잡이의 끝이 중의 머리처럼 동그랗게 생겼다고 해서 붙은 이름이다. 영조 때에는 사치품이라 해서 금지하기도 했다.

123 각지적삼(角支赤衫): 깨끼적삼. 여름철에 입는 홑옷으로, 시접 없이 가는 솔기의 선만 나타나도록 만들었다.

124 경명주(輕光紬): 가벼운 명주. 원문에는 '경광주(瓊光紬)'로 썼지만, 경광주(輕光紬)를 가리키는 듯하다.

125 쌍침(雙針) 바느질: 닳기 쉬운 주머니 입과 모서리 부분을 실밥이 겉으로 드러나도록 꿰맨 것.

126 북포(北布): 함경북도에서 나던 올이 가늘고 고운 삼베.

치마, 청모시로 지은 치마……. 윗옷에 찬 커대란 노리개(三勻)[127]는 초록색, 송화색[128], 보라색인데, 갑사[129]·숙초[130]·광월사[131] 등과 같은 비단으로 만들었지요. 자주색 삼회장저고리(三懷粧)[132], 오합무지기(五合無竹伊)[133], 삼합무지기(三合無竹伊), 가는 무명으로 만든 버선, 푸른 바탕에 붉은 원을 그린 비단 당혜(唐鞋)……. 신부의 묶은 머리에는 육진월자[134], 족두리, 은죽절[135]로 꾸몄구나.

속담에 '살아서 호사 한 번, 죽어서 호사 한 번'이라더니, 난생처음 맞는 호사로구나. 어여미·거두미[136]와 붉은 장삼[137], 금실로 봉황을 수놓은 스란치마(膝眼裙子)[138]와 진주부채[139]는 모두 수모[140]에게 빌린 물건입죠.

---

127 삼작(三勻): 부인이 차는 노리개의 하나로 세 개가 짝을 이룬다. 크기가 30㎝ 이상이며 몹시 화려하다. 보통 대례복에 착용한다.

128 송화색(松花色): 소나무의 꽃가루 빛깔과 같이 엷은 노란색.

129 갑사(甲紗): 품질이 좋은 비단으로 약간 거친 느낌이 있다. 여름 옷감으로 많이 쓰인다.

130 숙초(熟綃): 명주실로 짠 비단의 일종.

131 광월사(廣月紗): 비단의 일종.

132 삼회장(三懷粧): 삼회장(三回裝). 삼회장저고리는 깃, 끝동, 고름, 곁마기 등 세 군데에 다른 색 천으로 장식을 댄 여자용 저고리다.

133 오합무죽이(五合無竹伊): 오합무지기. 무지기는 여자들이 정장을 할 때 입던 속치마로, 겉치마를 부풀려 올리기 위해 속치마를 다섯 혹은 일곱 번 겹쳐 입었다. 그중 다섯 번 겹친 것을 오합무지기라 한다.

134 육진월자(六鎭月子): 함경북도 육진에서 만든 다리(月子). 다리는 풍속화에서 빈번히 보이는 얹은머리로, 가체 금지령이 내려질 만큼 사치스러운 물건이었다.

135 은죽절(銀竹節): 여자의 쪽에 꽂는 은 장식품으로, 대나무 마디 모양이다. 비녀와 비슷하다.

136 어여미, 거두미: 어여미는 어여머리, 거두미는 큰머리. 어여미(於余未)·거두미(去豆微)는 우리말을 음차한 것이다. 어여머리는 속에 솜을 넣고 검은 비단으로 얇게 싼 받침을 얹고 다리로 여러 번 감아 고정한 머리 형식이다. 거두미는 큰 목제를 쓰는데, 어여머리보다 좀 더 크다. 기능에는 차이가 없다.

137 한중연본에는 "봉을 수놓은 장복(繡鳳章服)"으로 되어 있다.

138 슬안군자(膝眼裙子): 스란치마. 궁중에서 예복으로 입던 치마로, 금박으로 수놓은 스란단을 붙였다. 스란단 문양은 왕비는 용, 세자빈은 봉황, 공주는 꽃, 옹주는 글자 무늬를 넣었다. 치마의 색은 보통 다홍이나 남색으로 했다.

삼살(三煞)

새에게 날개깃이 없다면 무늬를 뽐낼 수 없고, 신부에게 복식(服飾)이 없으면 몸을 가릴 수 없지. 마침내 비단옷과 화장품으로 장식하니, 비로소 허름한 초가에 아홉 폭 붉은 비단치마(를 입은 미인)가 있음을 알지라. 마을 할미도 와서 캐묻지 마오. 한편으로 보면 비상한 팔자요, 다른 한편에서 보면 끝없는 임금님의 은혜였으니…….

신랑이 전안할 때와 신부가 신행(新行)할 때[141]에 일하던 하님〔下任〕[142]만도 몇 쌍인가? 나조 차비[143] 한 쌍, 향동자[144] 차비 한 쌍, 부용향[145] 차비 한 쌍, 홍촉[146] 차비 한 쌍인데, 납채 때에 일했던 자들이 전안례 때에 다시 하지요.

신부례[147] 때 향(香) 하님 한 쌍은 남색 치마에 자주색 저고리를 입었지

---

139 진주선자(眞珠扇子): 진주부채. 전통혼례 때에 신부의 얼굴을 가리는 데 쓰는, 진주로 꾸민 둥근 부채.

140 수모(手母): 전통혼례에서 신부 화장과 예절을 행할 때 곁에서 돕는 여자. 혼례에 필요한 물품을 미리 준비해 두었다가 잔치 때에 세를 받고 빌려주기도 했다.

141 전안은 전통혼례에서 결혼 당일 신랑이 대례를 치르러 신부집에 갈 때 기러기를 가지고 가서 초례상 위에 놓고 절을 하는 절차. 신행은 신부가 혼례식을 마치고 신방을 치른 뒤 신랑집으로 가는 의식.

142 하님: 전통혼례 때 곁에서 신부를 돕는 여인. 절을 할 때 부축하거나 술잔을 전달하는 등의 일을 한다.

143 나조 차비(羅照差備): 나조는 억새나 갈대를 한 자쯤 잘라 묶고 붉은 종이로 감아 초처럼 불을 켜는 물건으로, 납채 때에 신부집에서 쓴다. 차비는 특별한 일을 맡기기 위해 임시로 채용한 사람을 말한다. 우리말 '잽이'의 음차다.

144 향동자(香童子): 향을 꽂아 향불을 피우는 촛대같이 생긴 물건. 향꽂이.

145 부용향(芙蓉香): 혼례식 때 피우는 향의 일종. 굵기는 손가락만 하고 길이는 대여섯 치쯤 되는데, 족두리 하님이 색시 앞에 서서 피운다.

146 홍촉(紅燭): 붉은 빛깔을 들인 밀초.

147 신부례(新婦禮): 신부가 처음으로 시집에 와서 올리는 예식.

요. 경대(鏡臺) 하님과 식지(食饎) 하님[148]은 각각 한 쌍을 이루었는데, 모두 아이 하님으로 삼회장 청록색〔豆綠〕 저고리에 붉은 치마를 입었지요. 함(函) 하님 한 쌍은 옥색 회장저고리에 남색 치마를 입었고, 폐백 하님 한 쌍과 몸〔體〕 하님 한 쌍은 모두 초록 회장저고리에 남색 치마를 입었다오. 아이 하님 한 쌍은 칠보(七寶) 족두리를 쓰고, 초록 당의[149]에 붉은 치마를 입고, 도투락댕기〔道土洛唐只〕[150]를 늘어뜨렸구나. 유모와 수모(手母)와 방지기〔房直〕[151] 등은 신부가 입을 장옷〔長衣〕과 타고 갈 안장을 얹은 말〔鞍馬〕 등을 미리미리 준비하고 있네요.[152]

또 저기 신방(新房)에 들어간 것을 살펴봅시다. 화려한 색채로 꽃과 새를 그린 침실 병풍과 헝겊으로 가장자리를 두른 화문석 돗자리〔登每〕[153]며, 방사주[154]로 만든 신랑 신부의 초록색 이부자리〔兩衾〕[155]와 꽃을 수놓은 진홍빛 명주〔花紬〕 이불깃〔領子〕이며, 자줏빛 토금주[156]로 만든 처네〔襶衣〕[157], 뒤에는 화사한 다홍빛 보료〔花鋪褥〕[158]도 놓였구나. 둥근 면에 두

148 식지(食饎) 하님: 혼례식에 쓰이는 각종 꾸밈 음식을 정리하는 하님.

149 당의(唐衣): 예복의 한 가지. 겉은 초록색, 안은 담홍색, 깃과 고름은 자줏빛. 가슴에 봉황을 수놓은 흉배가 있고, 소매는 넓으며, 앞자락이 짧고 뒷자락이 길다. '당저고리'라고도 한다.

150 도토락당지(道土洛唐只): '도투락댕기'의 음차. 신부가 혼례복을 입고 족두리나 화관을 쓸 때, 쪽진머리 뒤쪽에 붙여 길게 늘어뜨린 댕기.

151 방직(房直): 방지기. 관청에서 부리는 심부름꾼의 하나.

152 한중연본에는 "신행 때 향꽂이 차지(次知: 집안일을 맡아보는 사람), 함 차지, 경대와 식지 차지 각 한 쌍에 별도로 또 두 쌍을 두어 모두 12쌍 하님들이로다. 하님들은 예복으로 생명주로 지은 적삼과 푸른 치마를 입었구나. 유모, 수모, 방지기들은 온갖 물품들을 미리 준비해 대령하고 있지요."로 되어 있다.

153 등매(登每): 등메. 헝겊으로 가장자리를 두르고 뒤에 기직을 덧대어 꾸민 돗자리.

154 방사주(方紗紬): 비단의 일종.

155 양금(兩衾): 신랑 신부 두 사람이 쓸 두 벌의 이부자리.

156 토금주(土錦紬): 명주의 일종. 바탕이 두껍고 빛이 누르스름하다.

157 천의(襶衣): 처네. 서민층 여인들이 외출할 때 쓰던 쓰개의 일종으로, 서북 지방에서는 방한용으로 쓰기도 했다. 치마와 비슷하게 생겼다.

마리 학을 수놓은 것은 신랑의 베개요, 네모난 면에 아홉 마리 봉황을 수놓은 것은 신부의 베개지요.

신랑 신부의 요강과 신랑 신부의 빗, 넓고 촘촘한 베 다섯 척(尺)은 수건으로 쓰고, 비누통〔飛陋筒〕과 양치목[159]도 있네요. 검게 옻칠한 뒤 금박을 입힌 혼서함(婚書函)에는 금전지[160]를 달고, 모단 보자기〔毛緞袱〕[161]와 분홍색 명주 보자기로 안팎을 쌌지요. 햇살 무늬 보자기〔溢紋袱〕[162]와 자줏빛 보자기며, 황칠(黃漆)한 농과 책상…….

붉은빛〔倭朱紅〕[163] 선명한 삼층 화장대〔鏡臺〕에는 일본 물감으로 채색한 용을 그린 화장 도구가 들어가 있지요. 러시아〔鄂斯羅〕 금갑경[164]에 놋대야〔鍮大鉇〕[165]와 유기 반상〔鍮飯床〕[166]까지 신방에 들어간 것 또한 적지가 않네요.

---

158 포욕(鋪褥): 보료. 안방이나 사랑방 등에 방치레로 항상 깔아두었던 요.

159 양치목(養齒木): 양치질하는 나무로, 보통 버드나무를 잘게 쪼갠 것을 썼다.

160 금전지(金剪紙): 금전지(金箋紙). 보자기 네 귀퉁이에 다는 금종이 장식품. 금종이를 세모 형태로 접고, 한쪽에 붉거나 푸른빛의 명주실로 된 술을 붙였다.

161 모단보(毛緞褓): 모전(毛氈) 보자기. 모직물의 일종이다. 짐승의 털로 색을 맞춰 무늬를 넣어 두툼하게 짰다.

162 일문보(溢紋褓): 일문보(日紋褓). 햇살 무늬 보자기. 이옥의 시 〈아조(雅調) 14〉에는 "햇살 무늬 보자기에 싸서, 대 상자 안에 간직해 두었지(包以日紋褓 貯之皮竹箱)."라는 구절이 있다.

163 왜주홍(倭朱紅): 일본에서 수입한 붉은색 안료.

164 악사나(鄂斯羅) 금갑경(金匣鏡): 우리 말 '아서라!'를 음차하여 '그만하지요!'라는 뜻으로 볼 여지도 있지만, 여기서는 앞서 제시한 일본 화장대에 대응하는 도구로 러시아 금갑경으로 보았다. 금갑경은 금칠을 한 빗과 같은 화장 도구를 넣는 상자 안에 만든 거울을 뜻한다.

165 유대사(鍮大鉇): 예전에 사(鉇)는 술이나 물을 가득 담는 도구를 의미했으므로 놋대야로 해석했다.

166 반상(飯床): 격식을 갖춘 밥상 하나를 차릴 수 있게 만든 한 벌의 그릇.

이살(二煞)

베개에 누워보니 처음에는 내 머리인가 의심스럽고, 옷을 입어보니 오히려 내 옷인가 의심스럽고, 밥을 먹어보니 또 내 밥그릇〔西山椀〕[167]인지 의심스러워라. 모란 병풍은 어찌 오늘 처음 보는 게 아니겠소? 금갑경은 참말로 평생 들어보지도 못한 물건이라오. 모름지기 그대들도 깨닫고 있으리라. 저기가 요지[168]의 세계라는 것을. 또 어떤 사람들은 그림 속의 신선 세계라 하겠지.

모든 일을 이치에 맞게 조치하였구나. 그러니 잔치도 대충대충 할 수 없는지라, 봉상시[169]에 소속된 요리사〔熟手〕[170] 몇몇을 성화같이 불러다가 준비하게 했습죠. 증편〔蒸餅〕[171], 인절미, 골무떡〔權母〕[172], 백설기〔白雪糕〕[173], 송편〔松餅〕이며, 난면[174], 산면[175]이며, 유밀과[176], 홍산자[177], 중백계[178], 다식[179], 두 가지 색을 입힌 요화병〔蓼花〕[180]에 여러 색을 입힌

167 서산완(西山椀): 서산이 뜻하는 게 분명하지 않다. 서부에 살던 자신의 주거지를 서산에 빗대어 말한 것이 아닌가 싶다.

168 요지(瑤池): 중국 곤륜산에 있다는 못. 주나라 목왕이 서왕모를 만났다는 곳이다.

169 봉상시(奉常寺): 제사와 시호(諡號)에 관한 일을 맡아보던 관청.

170 숙수(熟手): 궁중에서 음식을 담당하는 남자 요리사.

171 증병(蒸餅): 증편. 쌀가루를 더운물에 반죽한 다음 술을 뿌리고 삭혀서 찐 떡. 한중연본에는 증편 뒤에 '산병(散餅: 흰떡을 반달 모양으로 빚어 소를 넣은 떡)'이 첨가되어 있다.

172 권모(權母): 골무떡. 멥쌀가루로 만든 작은 절편. 권모는 골무의 음차다.

173 백설고(白雪糕): 백설기. 시루떡의 한 가지.

174 난면(卵麵): 밀가루에 계란의 흰자위를 섞어 반죽한 후 얇게 썰어서 끓인 음식.

175 산면(酸麵): 국수의 일종.

176 유밀과(油蜜果): 밀가루나 쌀가루를 반죽하여 적당한 넓이와 모양으로 빚어서 바싹 말린 후 기름에 튀겨 꿀이나 조청을 발라 튀밥이나 깨고물을 입힌 과자.

177 홍산자(紅繖子): 붉은 빛깔이 나타나게 만든 유밀과. 다른 본에는 홍산자 뒤에 '백산자'가 모두 첨가되어 있다. 흰 빛깔이 드러나도록 만든 유밀과를 뜻한다.

178 중백계(中白桂): 꿀과 기름을 반죽해 만든 유밀과의 일종. 이옥의 〈염조(艷調)〉에도 나온다. "중백계는 너무 달아서 싫고, 이강주는 매워서 두려워요(甛嫌中白桂 烈怕梨薑膏)."

강정[181]……. 어만두[182]와 어채[183]며, 개장국〔狗醬〕[184]과 연계 백숙〔軟雞濡〕이며, 회〔魚膾〕와 육회〔肉膾〕와 양지머리[185] 수육〔陽地頭熟肉〕이며, 전〔剪肉花〕[186]과 화양누르미〔花藥訥飮伊〕[187]며, 돼지고기와 노루고기〔白肉〕, 잡탕[188]과 탕평채[189]와 화채[190]며, 사과〔楂果〕, 능금〔林檎〕, 살구〔柳杏〕, 자두〔紫桃〕, 배〔生梨〕, 밤〔黃栗〕, 대추〔大棗〕, 참외〔眞苽〕, 수박〔西苽〕 등 저 모든 것을 요리사가 책임지고 준비해 올렸지요.

아! 수파련〔繡八蓮〕[191]도 꽂지 않을 수 없겠죠. 저 모양은 곧 사또 밥상〔盤床〕이나 하마연〔蝦蟆〕[192] 큰상과 견줘도 다름이 없지요.

요(么)[193]

평생토록 음식이라곤 죽과 밥만 알았거늘, 한술 떠서 맛보지도 않았

---

179 다식(茶食): 유밀과의 일종.

180 요화병(蓼花餠): 겉에 입힌 튀밥이 연분홍빛 여뀌꽃 모양을 한 유밀과.

181 강정(剛丁): 우리말 '강정'을 음차한 것. 쌀가루로 만든 과자의 한 종류.

182 어만두(魚饅頭): 민어, 숭어 따위의 생선의 살을 얇게 저민 조각에 만두소를 넣고 접어서 반달 모양으로 만든 다음, 칡가루나 녹말을 묻혀 끓는 물에 익힌 음식.

183 어채(魚菜): 생선과 각종 해산물을 잘게 썬 뒤, 파나 표고 등과 함께 녹말에 버무려서 끓는 물에 데쳐서 먹는 음식.

184 구장(狗醬): 개장국. 보신탕.

185 양지머리: 양지(陽地)는 '소의 가슴에 붙은 뼈와 살'을 지칭하는 우리말을 음차한 것.

186 전육화(剪肉花): 저냐, 전, 전유화(煎油花). 얇게 저민 고기나 생선 따위에 밀가루를 묻히고 달걀 푼 것을 씌워 기름에 지진 음식.

187 화약눌음이(花藥訥飮伊): '화양누르미'의 음차. 삶은 도라지, 쇠고기, 버섯 따위를 작게 썰어 양념한 후 볶아서 꼬챙이에 꿰고 끝에는 삼색의 종이로 감은 음식.

188 잡탕(雜湯): 쇠고기, 해삼, 전복, 무 따위를 썰어 넣고 갖은 양념과 고명을 하여 끓인 국.

189 탕평채(蕩平菜): 녹두묵에 고기볶음과 데친 미나리, 구운 김 등을 섞어 만든 묵무침.

190 화채(花菜): 육류, 생선, 여러 가지 채소 등을 골고루 섞어 만든 냉채.

191 수팔련(繡八蓮): 수파련(水波蓮). 잔치 때 장식용으로 만든 종이 연꽃.

192 하마(蝦蟆): 하마연. 외국에서 사신이 왔을 때 베풀던 연회.

193 요(么): 여기서는 앞의 곡조, 즉 이살(二煞)을 반복하라고 했다. 한중연본에는 요(么)가 일살(一煞)로 되어 있다.

는데 배가 먼저 부르구나. 반 됫박 황밤은 신랑의 소매에 들어가고, 석 잔 술 붉은 실[194]은 수모의 술동이에서 나오누나. 그저 많이 드시고[195] 사양치[196] 마소. 저렇게 큰 상은 살아생전에 다시 받기 어려우리니.

'이제 목석(木石)이 다 갖추어졌으되, 빠진 것이 상량문[197]뿐이라'고 하더니, 지금 빠진 것은 혼인할 날뿐이라. 혼수를 잘 배치해 놓고 기다릴지어다. 흔히 말하기를 '처녀가 늙는 것은 복의 남은 찌꺼기(處女老 福餘滓)'라 하더니, 과연 그렇군요. 저 처녀가 만약 일찍 시집을 갔다면 이런 좋은 일을 어떻게 누려보겠습니까? 이야말로 천생 팔자로, 늦게 찾아온 복이지요. 또 고금에 비할 데 없는 조정의 훌륭한 덕으로, 필부필부가 모두 이런 특별한 예우를 받은 게지요. 장하고도 장할시고!

수미(收尾)[198]

어젯밤 내린 봄비가 온갖 꽃을 일제히 피우더니, 그 물이 인간 세상으로 흐르고 흘러 내려와 연못도 가득 채웠도다! 그것과 임금님의 은혜를 견주어보면, 동해도 주변의 작은 물에 불과할 뿐이라오.[199]

---

194 석 잔 술 붉은 실: 삼작홍사(三勺紅絲). 합근례(合巹禮) 때 신랑 신부가 세 차례 마시는 술과 초례상 위에 놓은 송죽(松竹)에 걸어두는 붉은 실〔紅絲〕를 말하는 듯. 이런 일은 수모가 맡아서 했다. 이런 것은 예문(禮文)에는 없지만, 민간에서는 이를 혼례 절차의 하나로 인식하여 행했다.

195 많이 드시고: 돈반(頓飯). 한 번에 많은 밥을 먹음.

196 차변(遮變): '채변'의 음차. 남이 무엇을 주는 데 사양하는 것.

197 상량문(上樑文): 집을 새로 짓거나 고친 내력, 까닭과 공역한 날짜, 시간 등을 적은 글.

198 수미(收尾): 중국 전통극의 마지막 악조(樂調). 마무리를 짓는 데 쓰인다.

199 가람본에는 이 뒤에 "모두 퇴장한다(幷下)."가 첨가되어 있다.

제4절(第四折)

(세 사람이 아이 종을 데리고 등장한다.)

3년 가뭄 끝에 만난 단비, 천리타향에서 만난 오랜 친구. 달빛조차 숨죽인 화촉 밝힌 신방, 젊은 나이에 등과해 금방(金榜)에 내걸린 빛나는 이름(三年大旱逢甘雨 千里他鄕逢故人 花燭洞房無月夜 少年金榜掛名振).

이 시[200]는 옛사람이 네 가지 즐거움을 노래한 것이라. 네 가지 일 모두가 사람이 살아가면서 마음에 몹시 흡족해하는 것이지요. 그중에서도 화촉 밝힌 신방의 밤은 더욱 재미있지요. 심지어 늙은 도령이 밝히는 화촉이라면, 곧 인간 세상에서도 극락세계겠지요.

요새 듣자 하니, 김 도령이 조정 처분에 힘입어 장가를 들었다지요. 우리는 그와 친하지요. 그의 혼인은 다른 혼인과 달리 특별했습죠. 게다가 400년 동안 내려오는 전통이니 한번 가서 보지 않을 수 없지요. 가서 축하도 하고 매질도 해야겠죠!

(일어선다. 문에 도착한다.) 김 도령! 아차, 김 서방! 집에 있는가?

김: (나온다. 본다.)

대(大): 자네처럼 그리도 기특한 일이 있을까?

김: 임금님의 은혜가 아님이 없소. 감격스러워 몸 둘 바를 모르겠소!

대(大): 훌륭한 일이지. 훌륭한 일이고말고! '복사꽃의 아름다움이여! 환하고도 환하게 피었도다. 저 처녀의 신행이여! 그 집안을 화목케 하리라

---

200 이 시는 어숙권의 《패관잡기》에 실린 〈득의시(得意詩)〉를 변용한 것이다. "가뭄 끝에 내리는 단비요, 타향에서 만나는 옛 친구라. 화촉이 고즈넉한 첫날밤이요, 금방에 내걸린 빛나는 이름이라(久旱逢甘雨 他鄕見故知 洞房花燭夜 金榜掛名時)."

(桃之夭夭 灼灼其華 之子于歸 宜其室家).'[201] 하였더니, 참으로 오늘 이렇게 훌륭한 일을 두고 이른 말일세!

두 번째 사람(二): '두 갈래 떠꺼머리총각이 어느새 갓을 썼네(總角丱兮 突而弁兮).'라[202] 하더니, 자네야말로 물고기가 변해서 용이 된 모양일세.

세 번째 사람(三): 우리는 오늘 태수를 뵙고, 겸하여 환자(還上)도 얻었지. 자네는 400년 동안 내려오는 옛 풍습을 이해하고 있겠지?

김: (웃는다.)

대(大): 우리 세 사람 중에 오늘은 내가 당상[203]이니, 내 마땅히 죄목(問目)[204]을 들어 범죄 사실을 진술토록 하리라. 너는 하나하나 사실에 의거하여 바른대로 아뢸지어다. 형장(刑杖)을 치는 자가 누구더냐? 법식에 따라 시행하라!

두 번째 사람(二): (공손하게 인사하며 크게 대답한다.[205] 띠를 풀어 올가미를 만들고 그것을 김 도령 앞에 펼쳐 놓는다.) 어느 쪽 발이 네가 미워하는 발이더냐? 속히 미워하는 발을 내어놓아라!

김: (일어선다. 어쩔 수 없이 발을 내민다.)

두 번째 사람(二): (발을 묶은 뒤 돌아선다.)

세 번째 사람(三): 애(小奚)[206]야! 가서 다듬잇방망이를 가져오너라!

아이 종: (매질할 방망이를 바친다.)

---

201 《시경》〈주남〉'도요(桃夭)'에 나온다.

202 《시경》〈제풍(齊風)〉'보전(甫田)'에 나오는 말을 일부 변형했다. 원래는 "婉兮孌兮 總角丱兮 未幾見兮 突而弁兮"로 되어 있다.

203 당상(堂上): 본래 당상은 정3품 이상을 말하는데, 여기서는 당상에 앉아 사건을 주관하는 사람을 의미한다. '신랑 다루기'에서 좌장을 사또라 부르는데, 이 때문에 이를 '사또놀이'라 부르기도 한다.

204 문목(問目): 죄인을 신문하는 조목.

205 창낙(唱諾): 상대방에게 공손히 읍(揖)하면서 동시에 공경스러운 인사말을 하는 것.

206 소해(小奚): 나이 어린 종.

세 번째 사람(三): (때린다.) 이거 장마〔長霾〕에 말편자〔足鐵〕[207]가 떨어져 나갔소.

김: 아야, 아야! 내가 무슨 죄를 범했다고 이토록 무지하게 때리오?

대(大): (웃는다.) 네 죄를 네가 진짜 모른다고? 모든 사람이 서 있는데, 너 홀로 드러누워 하늘을 향해 발길질을 해대고 있으니, 이게 죄가 아니고 무엇이더냐? 장가가기 하루 전날, 네가 미리 보낸 물건이 무엇이냐?

김: 혼서지와 채단, 단지 그것만 보냈소.

대(大): 또 무슨 물건을 보냈느냐?

김: 함도 보냈소.

대(大): 그 함은 시장에서 사 온 것이냐, 아니면 네 집에서 만든 것이냐? 또 그것은 어떻게 보냈느냐?

김: 호조에서 보내준 것을 기럭아비가 짊어지고 갔소.

대(大): 이왕에 호조에서 마련해 보낸 것이라면, 생각건대 별나고도 별나게 만들었겠지. 늙은 도령의 함이라 무겁기도 했을 테고……. 지고 가기에 힘이 들었을 게 틀림없으렷다! 네가 장가갈 때에는 길가에서 구경하는 사람이 없었더냐? 있었다면 무슨 말들을 하더냐?

김: 늙은이, 젊은이, 사나이〔沙羅海〕, 여편네〔女便內〕 등 구경하는 사람들이야 자못 많았지. 그러나 하는 말은 듣지 못했소.

대(大): 간악하고도 간악하구나! 몹시 쳐라!

세 번째 사람(三): (때린다.)

김: 아야! 아야! 바른대로 말하리다. 바른대로 말하겠소! 큰길가에 아이

---

207 족철(足鐵): 말편자. 주로 말발굽을 보호하기 위하여 발굽 바닥에 장착하는 말발굽형의 쇠붙이. 편자는 장마가 되면 습기를 머금어 자주 빠지는 경향이 있는데, 여기서는 신랑이 발바닥을 맞으면서 움찔거리는 모습을 이렇게 형상화했다.

들이 뒤따라오면서 일제히 큰 소리로 꾸짖습디다. "새서방아! 새아씨를 맞으려면 어제 먹고 튄 떡값이나 갚아라."라고요. 또 한 무리의 아이들은 손가락질에 야유를 해댑디다. "부끄럽지도 않나, 부끄럽지도 않아? 저 신랑은 수염이 거의 다 났으니, 나이가 열다섯은 꽉 채웠겠군! 젊고도 젊었구먼!"[208] 그 외에는 정말로 들은 게 없소.

대(大): (웃는다.) 네가 탄 말이 처가에 도착했을 때, 말 머리가 먼저 들어갔느냐, 아니면 네 머리가 먼저 들어갔느냐?

김: 말 머리가 먼저 들어갔소.[209]

모든 사람들: (크게 웃는다.)

대(大): 네가 말에서 내린 때부터 합궁할 때까지 벌어진 모든 일을 자세히 불어라!

김: 죽겠소, 나 죽겠소! 봐주시오. 제발 덕분으로, 덕분에 봐주시구려!

대(大): 네 몸 전체가 모두 조정 덕분에서 비롯된 것이거늘, 네가 또 어디 감히 다른 사람들의 '덕분'을 바라느냐? 몹시 쳐라!

세 번째 사람(三): (때린다.)

김: 아야! 아야! 내가 말을 타고 처가에 가서는 기러기를 상에 올리고〔奠鴈〕 뒤로 조금 물러나 두 번 절했소![210]

소량주(少梁州)[211] (김이 노래한다.)

차일 치고 병풍 두른 전안청(奠鴈廳)에서 국궁[212]하여 절하고 일어섰지.

---

208 이는 반어적으로 신랑을 놀리는 말인 듯하다.

209 이 말은 전통혼례에서 말 머리가 먼저 들어가면 딸을 낳고, 신랑이 먼저 들어가면 아들을 낳는다는 풍속에서 비롯된 것이다.

210 이어지는 내용은 말에서 내려 합궁할 때까지 있었던 일을 노래로 제시한다.

211 소량주(少梁州): 중국 전통극에 쓰이는 곡조 가운데 하나로, 정궁(正宮)에 해당한다.

212 국궁(鞠躬): 존경하는 마음으로 윗사람이나 영위 앞에서 몸을 굽힘.

나는 정성을 다해 두 번 절하고, 그와 별도로 우리 조정에도 절을 올렸지요.

몸을 돌려 동뢰연[213] 자리로 가니, 수모[214]가 신부를 거들어 두 번 절하게 합디다.

요(么)[215]

참으로 오늘 밤을 보내야만 자세히 알 수 있을까?[216] 다정한 마음 견딜 수 없어 눈동자 굴려 살짝 엿보았더니, 떨리는 마음 진정하기 어려워라. 내가 무슨 복으로 저러한 색시에게 시중을 받게 되었을까?

저 수모가 다시 내게로 오더니 답배를 하라고 권하더군요. 그래도 내가 서울 신랑인데, 거기에 속아 넘어가겠소? 끝내 신부가 또 재배를 하고 나서야 내가 비로소 답례로 재배를 했지요. 두 사람이 양쪽으로 갈라서서 마주 보고 꿇어앉으니, 수모가 붉은 실을 풀어서 합환주 석 잔을 권합디다.

작답지(鵲踏枝)[217]

첫째 잔은 오래 살라는 것이요, 둘째 잔은 공경(公卿)의 자리까지 오르

---

213 동뢰연(同牢宴): 신랑 신부가 서로 절을 주고받고 술잔을 나누는 잔치.

214 수모(手母): 신부가 예절을 행할 때 곁에서 거들어주는 여인.

215 요(么): 여기서는 앞의 곡조, 즉 소량주(少粱州)를 반복하라고 했다.

216 《동상기찬》에는 "固知今日 可詳證"으로 되어 있지만, 다른 본에는 "固知今夜 可詳訂"으로 되어 있다. 후자를 따라 번역했다.

217 작답지(鵲踏枝): 본래 당나라 교방(敎坊)에서 쓰이던 곡조인데, 후대에 중국 전통극의 곡조로 쓰였다.

라는 것이지요. 세 번째 나오는 잔은 별도로 아들 셋을 낳으라[218]는 것이라오. 만약 이렇게 말하는 그녀(수모)의 말이 허황되지 않다면, 술잔까지 삼킨다 해도 오래오래 취한 채로 깨어나지 않으리.

신방에 들어가 상회례[219]를 치렀소. 신부는 그날 바로 신부례[220]도 마치고 돌아왔던 게죠. 나도 저녁밥을 잘 먹은 후 잠도 잘 잤지요. 제발, 제발, 제발! 이제는 풀어주시구려, 풀어줘!

대(大): 언감생심, 네가 어디 합궁 절차를 데면데면 넘어가려고? 어서어서 자세하고 상세하게 말을 해라!

김: 내가 저녁밥을 먹은 뒤에 신방에 들어갔지요. 붉은 촛불이 휘황하고 비단 이불은 찬란한데, 향불 연기 자욱하고……. 얼마 지나지 않아 신부도 또한 들어왔지요.

조소령(調笑令)[221]

바람 타고 실려 온 꽃가지던가? 구름 걷힌 푸른 하늘로 떠오른 밝은 달이런가? 화장대를 마주하고 앉은 천상 선녀던가? 신령(神靈)으로 현신한 관음보살이던가? 내가 머리 들어 자세히 보니 얼굴이 낯설지 않다. 알고 보니 아까 내게 절을 했던 색시일세!

---

218 아들 셋을 낳으라: 원문은 '삼개첨정(三個添丁)'. 첨정이 군적에 장정을 첨가한다는 뜻이니, 세 명의 아들을 낳는 것을 의미한다.

219 상회례(相會禮): 신랑 신부가 얼굴을 처음 보며 하는 인사.

220 신부례(新婦禮): 신부가 처음으로 시집에 와서 올리는 예식.

221 조소령(調笑令): 당에서부터 시작된 곡조로, 중국 전통극에 쓰이는 곡조의 하나. 다양한 격식이 있다.

붉은 치마 벗기고, 초록 저고리 풀고, 은비녀 빼고, 다리〔他裏〕[222]도 내려서 맘껏 잘 잤지요. (크게 웃으며 말은 하지 않는다.)

대(大): 늙은 도령이 한 일이야…… 묻지 않아도 알 만하지! 또 네 혼인은 조정에서 올린 안건을 임금님께서 허락해 주신 일이라.[223] 조정에서 내리신 혼인이니만큼 범상하게 처녀를 꾀어낸 다른 도적놈들과는 아주 분간이 되지. 그러나 그 문제는 잠시 보류[224]하지. 듣건대, 네가 지금은 재산도 많고 쌀도 많아져서 지난날에 고양이 죽도 못 먹던 삶과 천양지판이라 하더군. 그러니 너는 속히 술과 안주를 준비해서 가지고 오라!

세 번째 사람(三): (다듬잇방망이를 던진다.)

두 번째 사람(二): (띠를 풀어 아래에 내려놓는다.)[225]

김: (일어나 앉는다.) 크게 욕을 봤네, 큰 욕을 봤어! 애야! 너는 주막에 가서 소주(素酒) 몇 잔과 좋은 안주를 사 가지고 오너라.

아이 종: (술과 안주를 차려놓는다.)

대(大): (술을 마신다.)

두 번째 사람(二): (마신다.)

세 번째 사람(三): (마신다.)

김: (취한다.)[226]

---

222 원문에는 '地裹'로 되어 있는데, '他裏'를 쓴 듯. 다리는 여성의 머리 위에 얹는 가체를 말한다.

223 판부(判付): 조정에서 올린 안건을 임금이 허락하는 것.

224 안서(安徐): 잠시 보류하는 것.

225 책에는 '세 번째 사람이 띠를 풀어 아래에 내려놓는다.'로 되어 있는데, 한중연본과 가람본에는 위의 번역 형태로 되어 있다. 三은 매질을 하고, 二는 발을 묶은 인물이기에 한중연본과 가람본의 내용이 타당하다. 이 책에서도 이에 준해 번역했다.

226 이 내용도 책에는 없지만, 한중연본·가람본을 참조하여 끼워 넣었다.

모든 사람들: (취한다. 일어나 춤을 춘다.)

김: (노래한다.)

천하락(天下樂)[227]

오늘 소신(小臣)이 술 한 잔을 올리며 성심(誠心)을 다해 우리 임금님을 축원하옵니다. 우리 임금님의 은혜는 죽을 때까지 잊지 않겠습니다. 넓고 넓은 푸른 바다처럼 깊고, 높고 높은 붉은 해처럼 길게……. 바라건대, 우리나라 성인께옵서는 그렇게 만수무강하옵소서!

얼씨구절씨구!

태평령(太平令)[228]

원자궁[229]에서부터 작은 벼슬아치의 집〔小官家〕까지 우리 임금님과 한가지로, 하늘은 무궁한 복을 내리시어 수복강녕(壽福康寧)을 누리게 하소서. 네 장의 노래를 지어 바치나니, 별처럼 빛나고 바다처럼 윤택하옵소서.[230] 천세를 축원하나니, 떠오르는 태양처럼 달이 차서 보름달이 되어가듯이[231] 번창하옵소서. 지금부터 만년 동안 태평하여 봄날의 좋

---

227 천하락(天下樂): 본래 당나라 기방에서 불리던 곡조로, 이후에 중국 전통극의 곡조로 쓰였다. 축수의 뜻을 드러낼 때 쓴다.

228 태평령(太平令): 중국 전통극에 쓰이는 곡조의 하나로, 생활에 만족하며 한가로움을 드러낼 때 쓰인다.

229 원자궁(元子宮): 원자가 거처하는 궁.

230 네 장의 노래를 지어 바치나니, 별처럼 빛나고 바다처럼 윤택하옵소서(星輝海潤): 임금의 광명하고 윤택한 모습을 찬양하는 말이다. 본래 이 말은 '해중윤(海重潤)'과 '성중휘(星重暉)'의 준말이다. 바다가 거듭 적시고 별이 거듭 빛난다는 뜻으로, 세자로 책봉되는 것을 의미한다. 한나라 명제(明帝)가 태자로 있을 때 악인(樂人)이 노래 네 장을 지어 태자의 덕을 찬양한 데서 비롯된 말이지만, 여기서는 현재의 임금을 찬송하는 의미로 보는 것이 타당하다.

은 풍경[232]처럼 태평성대를 누리소서.[233]

절씨구나 좋을시고! 지화자 좋을시고! 절씨구나! 어와, 성은이야! 이 내 팔자 좋을시고! 좋을시고, 좋을시고나!

(모두 마당을 돌며 내달아 퇴장한다.)

시로 마무리한다.

泥金簇蝶繡雙鴛	금박 입힌 나비 수놓은 원앙
白馬金鞍輝里門	백마와 금 안장이 마을 어귀에 빛나도다.
御賜紅羅三百尺	임금님께서 내려주신 붉은 비단 삼백 척
紅羅縷縷摠君恩	비단 한 올 한 올이 모두 임금님의 은혜일세.

春風吹不到貧家	봄바람도 가난한 집에는 불지 않아
寂寞鶯啼半老査	쓸쓸한 꾀꼬리 오래된 나뭇등걸에서 우누나.[234]
一夜東君宣雨露	하룻밤에 동군[235]이 우로[236]를 베푸시니
兩枝碧樹晩桃花	푸른 나무 두 가지에서 느지막이 핀 복사꽃.

231 일승월항(日升月恒): 《시경》 〈소아〉 '천보(天保)'의 "떠오르는 태양처럼, 달이 차서 보름달이 되는 것처럼(如日之升 如月之恒)"을 활용했다. 날이 갈수록 번창하기를 바라는 축하의 말로 쓰인다.

232 연화(煙花): 봄날의 경치.

233 희희(熙熙): 희희호호(熙熙皞皞)의 준말로, 화락하고 자득한 모양, 곧 태평성대를 의미한다. 《노자》의 "세속의 뭇사람들은 마치 푸짐한 잔칫상을 받은 듯, 봄날 누대에 오른 듯 희희하다(衆人熙熙 如享太牢 如登春臺)."에서 나온 말이다.

234 이 말은 '반쯤 중늙은이 되었네.'로 해석할 수도 있다.

235 동군(東君): 봄을 주관하는 신.

236 우로(雨露): 비와 이슬이 만물을 기르는 것처럼, 은혜가 골고루 미침을 이르는 말. 임금님의 은혜.

제1권

재현(才賢)

1

둔촌 이집〔遁村李公〕

둔촌 이집이 딸을 몹시 사랑하여 목은 이색에게 사윗감을 골라달라고 청했다. 목은이 답했다.

"제 문하에서 배우는 자가 많지만, 성품이 온아하기로는 이 두 사람보다 나은 자가 없지요."

두 사람은 양촌(陽村) 권근과 문희공(文僖公) 유창을 가리킨 것이다. 이공은 마침내 유창을 사위로 삼았다.

유창이 일찍이 양촌을 지나다가 권근의 부친상에 조문하러 들렀다. 앉아 있는 시간이 길어지자, 권근은 아직 아침 식사를 못 했다고 했다. 잠시 후 창밖에서 방아 찧는 소리가 들렸는데, 이는 집안사람이 쌀을 도정하여 밥을 지어주려 하는 소리였다. 선배들이 손님 접대에 혐의를 두지 않음이 이러했다.

둔촌 이공(1327–1387) | 명(名)은 집(集), 자(字)는 호연(浩然)이다. 둔촌은 그의 호다. 본관은 광주로, 생원을 지낸 당(唐)의 아들이다. 고려 말 문과에 급제하여 벼슬이 판전교시사[1]에 이르렀다. 신돈의 문객에게 미움을 사서 화가 예측할 수 없는 지경에 이르자, 그는 아버지를 업고 같은 해에 과거에 급제한 사과(司課) 벼슬을 지낸 최원도의 영천 집에 숨어 있었다. 신돈이 죽임을 당하자 도로 여주에 돌아와 은거하며 벼슬길에 나아가지 않았다.

---

1 판전교시사(判典校寺事): 고려 때 유교 경전을 관장하고, 각종 예학 문서를 작성하던 관서인 전교시(典校寺)의 으뜸 벼슬.

목은(1328-1396) | 성은 이(李), 명은 색(穡), 자는 영숙(穎叔)이다. 목은은 그의 호다. 본관은 한산으로, 가정(稼亭) 곡(穀)의 아들이다. 고려 충숙왕 때에 과거에 급제했다. 원나라에 들어가 한림지제고(翰林知制誥)를 지냈다. 벼슬은 문하시중(門下侍中)에 이르렀다. 조선조에 와서 한산백(韓山伯)에 봉해졌다. 시호는 문정(文靖)이다. 문장과 절의가 동방에서 으뜸이다.

양촌(1352-1409) | 성은 권(權), 명은 근(近), 자는 가원(可遠)이다. 양촌은 그의 호다. 본관은 안동으로, 좌정승을 지낸 희(僖)의 아들이며, 성재(誠齋) 고(皐)의 손자다. 고려 말에 문과에 급제하여 첨서밀직(簽書密直)으로 있다가 조선조에 좌명공신(佐命功臣)이 되었다. 벼슬은 이상[2]에 이르렀고, 길창부원군에 봉해졌다. 시호는 문충(文忠)이다.

문희 유창(?-1421) | 명은 창(敞), 자는 맹의(孟儀), 본관은 강릉이다. 천봉(天鳳)의 아들이다. 고려 공민왕 때에 과거에 급제하여 조선조 개국공신에 이름을 올렸다. 벼슬이 좌참찬에 이르렀고, 옥천부원군에 봉해졌다. 문희(文僖)는 그의 시호다.

---

2 이상(貳相): 조선조에 정승 다음가는 벼슬로, 좌찬성과 우찬성을 이름.

2

현석규(玄錫圭)

세종대왕이 잠저[1]로 있었을 때다. 대군·왕자들과 더불어 제천정[2]에 모여 연회를 즐기고 있었다. 그때는 마침 과거가 있는지라, 먼 지방에서 올라온 선비들이 강을 건너려고 강나루가 득실거렸다. 세종은 그 많은 사람들 중에서 한 선비를 지켜보다가, 사람을 불러 그 선비를 지목하여 말했다.

"저기 아무 색 옷을 입고 어떻게 생긴 사람을 네가 가서 모시고 와라."

선비는 명령을 받들고 와서 뵈었다. 세종은 예의를 갖춰 손님으로 대접한 후 그의 성명과 거주지를 물었다. 선비가 대답했다.

"현석규라 하옵니다. 집은 영남 아무 고을이옵니다."

세종은 간곡하게 말을 해주고 음식도 풍성하게 차려주었다. 선비는 먼 길을 떠나왔기 때문에 의관이 남루하고 형용도 초췌했던 터라, 자리에 있던 모든 사람들이 의아해했다. 그런데 세종은 좌우를 둘러보며 말했다.

"여기에 모인 분들 중에 처자를 둔 분이 계신지요?"

효령대군은 본디 세종의 밝음을 믿고 있던 터라 그에 대답했다.

"내 아들 서원군[3]이 처자를 구해 혼인할 곳을 찾고 있네만……."

"만약 좋은 사윗감을 얻으실 양이면 이 사람보다 나은 사람이 없을까

---

1 잠저(潛邸): 아직 임금이 되기 전에 머물던 곳이나 시기.

2 제천정(濟川亭): 한강변에 지어진 정자로, 세조 때부터 명종 때까지 왕들이 빈번하게 찾았다. 서울 한남역 1번 출구 근처에 있었다.

3 서원군(瑞原君): 효령대군의 차남 재(宰).

합니다."

"문벌이 서로 맞지 않는데도……."

"자고로 영웅호걸은 초야에서 많이 나왔습니다. 이 정도 집안의 선비라면 뜻을 정해 정혼해도 될 것입니다."

이후에 서원군이 탐문해 보니, 그는 영남의 거유(巨儒)로 재주와 명성이 자자한 사람이었다. 마침내 납채를 보내 사위로 삼았다. 현석규는 나중에 과거에 급제한 후 청현직(淸顯職)을 두루 거쳐 당시에 이름난 재상이 되었다. 관직은 참찬에 이르렀다.

세종께서는 100보 밖에서 우연히 한번 바라보시고도 능히 현달하여 귀히 될 사람을 알아보았으니, 위대한 성인의 식견은 보통 사람들보다 월등히 빼어나도다.

현석규(1430–1480) | 자는 덕장(德璋), 호는 청단(淸湍), 본관은 창원이다. 세조 경진년(1460)에 과거에 급제하여 관직이 찬성에 이르렀다. 시호는 이안(夷安)이다.[4]

효령대군(1396–1486) | 명은 선숙(善叔)으로, 태종의 둘째 아들이다. 세종의 형이요, 양녕대군 제(禔)의 아우다. 시호는 정효(靖孝)다. 자손[5]인 서원군의 명은 재(宰)다.

4 인물사전에는 현석규의 시호가 '정경(貞景)'으로 되어 있다.

5 《동상기찬》에는 '손(孫)'이라 했지만, 서원군은 효령대군의 차자(次子)다.

3

남이(南怡)

남이가 어렸을 때, 길거리에서 놀고 있었다. 그는 어린 여종이 보자기에 싼 작은 바구니를 들고 가는 것을 보았는데, 보자기 위에는 얼굴에 분칠을 한 귀신이 앉아 있었다. 몹시 괴이한 일이라, 남이는 여종의 뒤를 쫓아갔다. 여종이 어느 재상 집으로 들어갔다.

잠시 후 그 집에서는 '아가씨가 죽었다'며 통곡하는 소리가 들려왔다. 남이가 말했다.

"내가 들어가면 살릴 수 있으리라."

그러고는 문 안으로 들어가니, 얼굴에 분칠을 한 귀신이 낭자의 가슴 위에 앉아 있다가 남이를 보고 곧장 달아나 버렸다. 낭자도 일어나 앉았다. 남이가 나가면 낭자는 다시 죽었고, 남이가 들어오면 낭자는 다시 살아났다. 이에 남이가 말했다.

"작은 바구니에 담긴 게 무엇인가?"

"홍시랍니다. 아가씨께서 조금 전에 그것을 잡숫고 나서 숨이 끊어졌답니다."

남이가 그렇게 된 까닭을 갖춰 설명한 후 약을 써서 치료하게 했더니, 아가씨는 비로소 온전하게 살아날 수 있었다. 그녀는 곧 익평군(翼平君) 권람의 넷째 딸이었다.

훗날 익평군 권람이 사위를 고를 때였다. 남이도 구혼을 하자 익평군은 점쟁이를 시켜 남이의 점괘를 보게 했다. 점쟁이가 말했다.

"이 사람은 반드시 죄를 지어 죽을 것입니다. 사위로 삼기엔 좋지 않습니다."

익평군은 딸의 운명도 헤아려 보게 하니, 점쟁이가 말했다.

"이 운명은 매우 험난한 데다 자식도 없겠군요. 그러나 복은 다 누리되 화를 보지 않을 운명이니, 남이를 사위로 삼으셔도 괜찮겠습니다."

익평군은 점쟁이의 말을 따라 남이를 사위로 맞았다.

남이는 17세에 무과에 장원 급제한 후, 임금의 총애를 받아 28세에 병조판서 자리에 있다가 죽임을 당했다. 죽임을 당한 때는 그의 아내가 죽은 지 이미 몇 년이 지난 뒤였다.

남이(1441-1468) | 자는 □□[1], 본관은 의령이다. 의산군(宜山君) 휘(暉)의 아들이요, 귀정(龜亭) 재(在)의 손자로, 태종의 외손이다.[2] 용맹함이 남보다 뛰어나 북쪽의 이시애를 토벌하고 서쪽의 건주위를 정벌함에 모두 가장 먼저 나아가 전공을 세웠기에 1등 적개공신(敵愾功臣)에 책훈되었다. 회군할 때에 시를 지었다. "백두산의 바위는 칼을 가느라 다 닳고, 두만강의 물결은 말들이 마시느라 다 말랐어라. 사나이가 20세가 되어 나라를 평정하지 못한다면, 후세에 누구 대장부라 칭하리오(白頭山石磨刀盡 豆滿江波飮馬盡 男兒二十未平國 後世誰稱大丈夫)." 그의 기개가 이와 같았다. 병조판서에 제수되었을 때의 나이는 26세였다. 뒤에 유자광으로부터 무함을 받아 모반죄로 옥사에 연루되어 죽었다.

익평 권람(1416-1465) | 자는 정경(正卿), 호는 소한당(所閒堂)이다. 우찬성 제(踶)의 아들이요, 양촌(陽村) 근(近)의 손자다. 문종 경오년(1450) 문과에 장원 급제했다. 정난좌익공신(靖難佐翼功臣)에 책훈되었다. 세조 기묘년(1459)에 재상이 되어 벼슬이 좌의정에 이르렀다. 길창부원군(吉昌府院君)에 봉해졌다. 익평(翼平)은 그의 시호다.

---

1 원문에 빈칸으로 되어 있다. 남이의 자는 알 수 없다.

2 여기서는 남이의 아버지가 남휘(南暉)라 하고, 할아버지가 남재(南在)라 했다. 하지만 실제 남휘(?-1454)가 할아버지고, 남재(1351-1419)는 고조부다. 남이의 아버지는 남빈(南份)이다. 할아버지 남휘가 태종의 넷째 딸 정선공주와 혼인했으니, 남이에게 태종은 외증조부가 된다.

4

윤효손(尹孝孫)

윤효순의 자는 유경(有慶)으로, 남원 사람이다. 생원과와 문과를 거쳐 중시[1]에 급제하여 벼슬이 좌참찬에 이르렀다. 시호는 문효(文孝)다.[2]

그가 어렸을 때에 아버지는 의정부(議政府) 녹사(錄事)로 있었는데, 새벽이면 상공의 문 앞에 가서 명함을 드리면서 뵙기를 청했다. 그러나 문지기가 '대감께서 주무신다'며 매번 거절하는 바람에 만나 뵐 수 없었다. 그렇게 기다리다 해가 지고 나면 피곤하고 굶주린 몸을 이끌고 집으로 돌아왔다. 그가 아들에게 말했다.

"나는 재주가 없어서 이렇게 욕을 당하지만, 너는 학업에 힘써서 네 아비처럼 되지 마라."

효손은 아버지 몰래 명함 말미에 글을 써넣었다.

相國甘眠日正高	상국께서 단잠을 자는 동안에 해는 중천에 떴고
門前刺紙已生毛	문 앞에 들인 명함에는 이미 털이 생겨났다오.
夢中若見周公聖	꿈속에서 만약 주공과 같은 성인을 만나시면
須問當年吐握勞	모름지기 토포악발[3]하던 수고를 여쭤보소서.

---

1 생원과, 문과, 중시: 생원과는 소과, 문과는 대과, 중시는 과거에 급제한 사람을 대상으로 다시 치르는 시험.

2 《지봉유설》에는 이 부분이 "윤효손은 성종 때의 사람으로, 어렸을 때부터 글을 잘 지었다(尹孝孫 成廟朝人 兒時能屬文)."로 되어 있다.

아버지는 명함을 살피지 않은 채로 다시 가서 명함을 들였다. 상공은 시를 보더니 곧장 그를 불러 물었다.

"이것을 네가 지었더냐?"

아버지는 놀랍고 두려워 어찌할 바를 몰랐다. 글씨를 보니 아들 효손의 글씨인지라 사실대로 아뢰고 죄를 빌었다. 상공이 효손을 불러오게 했는데, 와서 보니 나이는 열 살 남짓으로 총명함이 출중했다.

당시 상공은 딸의 배필을 고르고 있던 차였다. 이에 내실로 들어가 부인에게 말했다.

"지금 좋은 사위를 구했소."

부인은 마땅치 않다면서 말했다.

"내 딸을…… 어떻게 녹사의 아이에게 주어 사위로 삼으려 하십니까?"

상공은 듣지 않고 끝내 윤효손을 사위로 삼았다. 상공은 바로 문헌공(文憲公) 박원형이다.

윤효손(1431-1503) | 호는 추계당(楸溪堂)이다. 처건(處寬)의 아들이요, 벽송거사(碧松居士) 위(威)의 후손이다. 문종 경오년(1450)에 진사를 하고, 단종 계유년(1453)에 문과에 급제했다.

문헌공 박원형(1411-1469) | 자는 지구(之衢), 호는 만절당(晩節堂), 본관은 죽산이다. 규정(糾正) 고(翺)의 아들이다. 세종 임자년(1432)에 진사를 하고, 갑인년(1434)에 문과에 급제했다. 좌익공신(佐翼功臣)에 책훈되고 연성부원군(延城府院君)에 봉해졌다. 대제학 겸 호조판서를 거쳐, 세조 병술년(1466)에 재상이 되어 벼슬이 영의정에 이르렀다. 문헌(文憲)은 그의 시호다.

---

3 토포악발(吐哺握髮): 주나라 주공이 어린 성왕(成王)을 보필할 때 어진 사람을 구하기 위해, 밥을 먹다가도 사람이 오면 입속의 밥을 뱉고 일어섰고, 머리를 감다가도 젖은 머리를 움켜쥐고 일어섰던 고사를 말한다.

5

신용개〔申公用漑〕

김려[1]는 성종 때 사람으로, 운명을 헤아리는 데에 정통했다. 신용개가 읍취헌(挹翠軒) 박은을 사위로 삼고자 해서 김려를 불러 물었다. 김려가 말했다.

"신랑이 좋기는 좋군요. 문장으로 일찍 달통하겠지만, 26세가 되면 흉한 일로 죽게 될 것입니다. 사위로 맞는 것이 좋지 않습니다."

그러고는 처녀의 사주를 요청해 보더니 이내 말했다.

"혼인을 시키는 게 좋겠습니다. 아기씨는 22세에 요절할 것입니다. 그때 신랑은 이미 이조좌랑으로 있을 테니, 해로울 게 없겠지요."

과연 혼인을 시켰는데, 하나하나가 모두 김려의 말과 같았다.

신용개(1463-1519) | 자는 개지(漑之), 호는 이요당(二樂堂), 본관은 고령이다. 감사(監司) 면(沔)의 아들이요, 보한재(保閑齋) 숙주(叔舟)의 손자다. 성종 계묘년(1483)에 진사를 하고, 무신년(1488)에 문과에 급제했다. 대제학을 거쳐 중종 병자년(1516)에 재상이 되어, 벼슬이 좌의정에 이르렀다. 시호는 문경(文景)이다.

읍취헌 박은(1479-1504) | 자는 중열(仲說). 읍취헌(挹翠軒)은 그의 호로, 본관은 고령이다. 시정(寺正) 담손(聃孫)의 아들이다. 연산군 을묘년(1495)에 생원을 하고, 병진년(1496)에 문과에 급제했는데, 그때의 나이가 18세였다. 29세에 화를 당했다.[2] 벼슬은 교리(校理)에 그쳤다.

---

1 김려(金麗): 생몰년 미상. 자는 자진(子珍). 1498년 무과 식년시에 급제했다.

2 박은이 갑자사화에 연루되어 죽은 때는 1504년으로, 그의 나이 26세다. 박은의 아내는 이보다 한 해 전인 1503년에 세상을 떠났다.

6

모재 김안국〔金慕齋〕

모재(慕齋) 김안국은 장원 급제한 강태수와 혼사를 미리 약속해 둔 상태였다. 그 후 자녀들이 모두 장성하여 혼인할 시기가 되었다. 김안국은 강태수의 아들에게 병이 있다는 소문도 들었지만, 약속을 저버릴 수 없다며 혼인을 시켰다. 사람들은 모두 그렇게 하는 게 어려운 일이라고 했다.

김모재(1478-1543) | 명은 안국(安國), 자는 국경(國卿). 모재(慕齋)는 그의 호다. 본관은 의성이다. 참봉 연(璉)의 아들이다. 생원·진사를 하고, 연산군 계해년(1503)에 문과에 급제했다. 대제학을 거쳐 벼슬이 좌찬성에 이르렀다. 시호는 문경(文敬)이다. 한훤당(寒暄堂) 김굉필의 문인이다. 일찍이 젊었을 때에 고양(高陽) 시골집에 있었을 때다. 공의 수려한 용모를 흠모하던 이웃집 처녀가 달밤에 불쑥 찾아오자 공이 꾸짖어 말했다. "그대는 사족(士族)의 여인으로 밤을 타서 남의 집에 들어왔으니 강상윤리에 죄를 지었소." 그러고는 싸릿가지를 꺾어 회초리를 만든 후 종아리를 쳐서 돌려보냈다. 처녀는 그 뒤에 시집가서 어느 재상의 부인이 되었다. 기묘사화가 벌어졌을 때다. 모재도 화를 면할 수 없게 되었지만, 당시 재상의 아들이 모재의 어짊을 힘써 말함으로써 재앙에서 벗어날 수 있었다. 무릇 그의 어머니가 어렸을 때의 일을 칭송하여 "김 아무개는 군자다."라고 했기 때문이다. 부인은 자기의 허물을 감추지 않고 남의 선함을 드러내 칭찬했으니 어진 사람이라 하겠다.

장원 강태수(1479-1526) | 자는 □□[1], 본관은 진주다. 우의정 구손(龜孫)의 아들이다.[2] 중종 신미년(1511)에 생원·진사 및 문과에 급제했다.[3] 벼슬이 부사(府使)에 그쳤다.

---

1 원문에는 빈칸으로 되어 있지만, 그의 자는 자삼(子三)이다.

2 생부는 강학손인데, 강구손에게 입양되었다.

3 강태수가 생원진사과에 급제한 때는 신유년(1501), 문과에 급제한 때는 신미년(1511)이다.

7

아계 이산해〔李鵝溪〕

아계(鵝溪) 이산해는 토정(土亭) 이지함의 조카다. 일찍이 딸 하나를 두었는데, 숙부의 지감(知鑑)을 알고 사윗감을 골라달라고 요청했다. 하루는 토정이 말했다.

"어제 길에서 한 사람을 만났네. 집안의 가재도구를 말에 싣고 가는데, 그 위에 어린아이를 앉혔더구나. 뒤로는 볼품없는 복장을 한 부모가 따르고 있었고……. 그런데 아이를 살펴보니 나라의 그릇이 될 만하더구나. 내 문득 자네의 부탁이 떠올라 그가 가는 곳을 엿보았더니, 아무개의 집으로 들어가더구나. 본디 사족(士族)이건만 가난한 탓에 고향에도 머물지 못하고 서울에 있는 친척집에나 의탁하러 왔을 게다."

"숙부님께서 그리 말씀해 주셨지만, 그래도 제 눈으로 직접 보고 결정하겠습니다."

다음 날 그 집을 수소문해 탐문했더니, 집주인이 말했다.

"과연 시골 친척이 곤궁하여 올라왔는데, 지금 사랑채에 머물러 있습니다."

아계가 만나보기를 청하자, 주인은 사랑채로 침의(上服)[1]를 보냈다. 잠시 후에 그가 나왔는데, 시골의 궁핍한 선비가 다른 사람의 옷까지 빌려 입은 터라, 자못 촌스러운 데다 모든 게 어색하기만 했다. 아계가 말했다.

---

1 상복(上服): 보통은 침의(잘 때 입는 옷)를 말하는데, 여기서는 손님을 맞기 위해 격식을 갖춰 입히기 위한 옷이다.

"자네에게 아들이 있다고 들었는데, 한번 봤으면 하네."

이윽고 아들이 나와 절을 하는데, 팔구 세의 더벅머리 아이였다. 옷은 비록 해졌지만 행동거지는 사람의 가슴을 뛰게 했다. 아계는 한번 보고 기특히 여겨 사위가 되어줄 것을 청했다. 그 당시 아계는 이미 재상 반열에 있었던지라, 그는 놀라 두려워하며 감당할 수 없다고 할 뿐이었다.

아계는 돌아와 토정에게 말했다.

"아까 그 아이에게 가서 자세히 살펴보았더니, 참으로 숙부님이 보신 바와 같았습니다. 그런데 그가 성취하는 게 어느 정도일지 모르겠습니다."

"재상에 오르는 게 아마도 자네가 재상이 되던 나이 때보다 앞서지 않을까 싶네."

아이는 곧 한음(漢陰) 이덕형이다. 과연 토정의 말처럼 그 후 38세에 재상이 되었으니, 재상으로 뽑힌 시기[2]가 아계가 재상이 된 나이보다 젊은 때라고 한다.

아계 이산해(1539-1609) | 자는 여수(汝受). 아계는 그의 호로, 본관은 한산이다. 성암(省菴) 지번(之蕃)의 아들이다. 명종 무오년(1558)에 진사를 하고, 신유년(1561)에 문과에 급제했다. 대제학을 거쳐 광국평난공신(光國平難功臣)에 책록되었다. 벼슬이 영의정에 이르렀고, 아계부원군(鵝城府院君)에 봉해졌다.

토정(1517-1578) | 명은 지함(之菡), 자는 형중(馨仲)이다. 천거를 받아 벼슬이 현감(縣監)에서 그쳤다.

한음 이상공(1561-1613) | 자는 명보(明甫). 한음은 그의 호로, 본관은 광주다. 지중추부사 민성(民聖)의 아들이다. 20세에 문과에 급제했다. 31세에 대제학을 거쳐, 38세에 재상이 되어 벼슬이 영의정에 이르렀다. 시호는 문익(文翼)이다.

---

2 재상으로 뽑힌 시기: 원문은 '매복(枚卜)'. 매복은 관원을 임명할 때 좋은가 나쁜가를 점을 쳐서 뽑는 것을 말한다. 여기서는 복상(卜相), 즉 재상을 뽑는 것을 의미한다.

8

사미당 김극효〔金四味〕

사미(四味) 김극효는 예전에 서윤[1]을 지낸 번(璠)의 손자다. 그가 총각 때의 일이다.

과거를 보기 위해 서울에 올라왔다가 시전[2]에 들어서게 되었다. 그는 길이 익숙지 않아 거리에서 방황하고 있었다. 마침 임당(林塘) 정유길이 길에서 우연히 극효와 마주쳤다. 임당은 극효를 뚫어져라 쳐다보더니, 겸종[3]에게 그를 집으로 데려오도록 했다. 집으로 데려오자 임당은 극효에게 누구 집 자제인가를 묻고는 부인에게 갔다.

"아름다운 손님이 와 있으니, 창틈으로 한번 살펴보시구려."

그러고는 음식을 정갈하게 차려 정성껏 대접하도록 했다. 부인이 창틈으로 엿보니, 옷차림은 초라하며 풍채는 더할 수 없이 용렬했다. 그렇지만 남편의 말을 어길 수 없어 음식을 장만하여 극진히 대접했다.

저녁 식사를 마치자 임당이 부인에게 물었다.

"사윗감이 과연 어떠합디까?"

"재상집 아들이나 손자인가요?"

"아니요."

---

1 서윤(庶尹): 한성부와 평양부에 있었던 종4품 관직으로, 판윤(지금의 시장)을 돕는 역할을 했다. 김번(1479-1544)은 평양 서윤을 지냈다.

2 시전(市廛): 여기서는 가게가 많이 있던 종로를 말한다. 당시에는 가장 번화한 곳으로, 처음으로 서울에 올라온 사람들은 여기서 길을 잃어 헤매곤 했다.

3 겸종(傔從): 청지기. 벌열 집안에서 일을 맡아 관리하는 사람.

"그러면 이름난 벼슬아치의 자제나 조카인가 보죠?"
"아니요. 안동 김씨로, 예전에 서윤을 지낸 사람의 손자일 뿐이오."
"그럼, 가계는 넉넉하겠죠?"
"아니요."
"그렇다면 재주가 민첩하고 빼어난가요?"
"아니요. 다만 얼굴이 넓고 풍만한 데다 걸음걸이가 정중할 뿐이오. 이는 장수하고 복록을 누리며 아들을 많이 둘 조짐이지요."

부인은 실망하여 말했다.

"새벽달 보자고 초저녁부터 기다리는 꼴이구려."[4]

임당은 뜻을 굽혀 혼인을 결정했다.

그 뒤 김극효 부부는 해로하며 아들 다섯을 두었다. 선원(仙源) 김상용과 청음(淸陰) 김상헌 두 선생은 절의와 도덕으로 세상에 이름을 날렸다. 후세의 복록도 정씨 집안 못지않았다. 아! 임당 정유길의 선견지명도 결코 문익공(文翼公) 정광필[5]에 못지않도다.

사미 김극효(1542-1618) | 자는 희민(希閔). 사미당(四味堂)은 그의 호다. 본관은 안동이다. 삼당(三塘) 영(瑛)의 종손이다. 21세에 세마(洗馬)에 제수되었고, 그 뒤에 상사(上舍)에 올랐다. 벼슬은 동지돈녕부사(同知敦寧府事)에 그쳤다. 아들 다섯을 두었는데, 상용(1561-1637)은 호가 선원(仙源)이다. 진사와 문과를 급제하여 선조 때에 벼슬이 우의정에 이르렀다. 인조 정축년(1637)에 강화도(江都)에서 순절했다. 시호는 문충(文忠)이다. 상관(1566-1621)은 호가 금시재(今是齋)로 부사(府使)를 지냈다. 상건(1567-1604)은 호가 만사(晩沙)로 참봉을 지냈다. 상준은 일찍이 요절했다.[6] 상헌(1570-1652)은 호가 청음(淸陰)이다. 진사와 문과

---

4 새벽달 보자고 초저녁부터 기다린다: 혼좌대신(昏坐待晨). 속담으로, 일을 너무 서두르는 것을 말한다.

5 문익공(文翼公): 정광필(1462-1538). 정유길은 정광필의 손자다.

6 김상준(1561-1635)은 김극효의 아들이 아니라, 그의 형인 김원효의 아들이다. 김극효의 다섯 아들은 김상용, 상관, 상건, 상헌, 상복(?-1652)이다.

에 급제하여 대제학을 지냈다. 정축년(1637)에 척화(斥和)하다가 중국 심양에 구류되었다가 3년 만에 돌아왔다. 병술년(1646)에 재상이 되어 벼슬이 좌의정에 이르렀다.[7] 기로소(耆社)에 들어갔으며, 청백리(淸白吏)에 녹훈되었다. 84세에 죽었다. 시호는 문정(文正)이다.

임당 정유길(1515-1588) | 자는 길원(吉元). 임당(林塘)은 그의 호로, 본관은 동래다. 문익공(文翼公) 광필(光弼)의 손자다. 중종 때 생원을 하고, 무술년(1538)에 문과에 장원 급제했다. 대제학을 거쳐 선조 때에 좌의정에 이르렀다. 궤장(几杖)을 하사받았다. 원계채의 사위다.

7 김상헌이 좌의정이 된 때는 병술년이 아니라 이보다 한 해 전인 을유년(1645)이다.

9

문곡 김수항의 부인〔金文谷〕

문곡(文谷) 김수항의 부인 나씨는 명촌(明村) 나량좌[1]의 누이로, 사람을 알아보는 안목이 있었다. 사위를 고를 때의 일이다.

부인은 셋째 아들 삼연(三淵) 김창흡으로 하여금 민씨 집안에 가서 젊은 사람들을 두루 살펴보고 그중에서 혼처를 정하도록 했다. 삼연이 보고 돌아와 부인께 아뢰었다.

"민씨 집안의 아이들은 모두가 기운이 없는 데다 용모 또한 내세울 게 없었습니다. 그래서 적합한 사람을 찾지 못했습니다."

"거기는 명문가라 후손들도 필시 그렇지 않을 텐데……."

그 후 삼연은 이씨 집안의 아이를 사윗감으로 정한 뒤에 부인께 아뢰었다.

"오늘 정말 좋은 신랑감을 구했습니다."

"그가 누구며, 풍모는 어떻더냐?"

"풍모는 거침없고 재주가 흘러넘치니, 참으로 큰 그릇이 될 만한 사람입니다."

"만약 그렇다면 좋다."

신랑이 신부집에 와서[2] 혼례를 치르는 날[3]이 되었다. 부인은 신랑을

---

1 나량좌: 1638-1710. 조선 후기 문인. 스승 윤선거를 변호하다 유배형을 당했다. 《명촌잡록》을 남겼다.

2 신랑이 신부집에 와서: 영혼(迎婚). 육례의 하나로, 전통혼례에서 신랑이 신부의 집에 가서 신부를 직접 맞이하는 의식. 친영(親迎).

보고 탄식하며 말했다.

"셋째 아이는 눈이 있지만 눈동자가 없었구나!"

삼연이 괴이하여 까닭을 여쭙자 부인이 말했다.

"신랑이 좋기는 좋구나. 하지만 타고난 수명이 크게 부족하여 길게 봐도 서른을 넘기지 못하겠구나. 너는 무엇을 보고 정혼을 했단 말이냐?"

이윽고 뚫어지게 신랑을 쳐다보더니 다시 탄식하며 말했다.

"내 딸이 사위보다 먼저 죽게 되었으니, 이 또한 어찌할꼬?"

그렇게 말하며 삼연에게 책망하기를 마지않았다. 하지만 삼연은 끝내 그럴 리가 없다고 생각했다.

그러던 어느 날이었다. 당시 지재(趾齋) 민진후와 단암(丹巖) 진원 형제, 그리고 그의 사촌 형제들은 모두 약관의 나이였다. 그들이 마침 삼연의 집에 볼일이 있어 방문하게 되었다. 그러자 삼연이 안채로 들어가 아뢰었다.

"어머니께서 언제나 민씨 집안과 혼인을 맺지 못한 것을 유감스럽게 생각하셨지요. 마침 지금 민씨 집안의 젊은 아이들이 와 있습니다. 어머니께서 창틈으로 그들을 엿보신다면, 필시 소자의 말에 거짓이 없었음을 헤아리실 것입니다."

부인이 삼연의 말을 좇아 엿보더니, 다시 삼연을 꾸짖어 말했다.

"네 눈에는 정말로 눈동자가 없었던 게로구나. 이 소년들은 모두 귀인으로, 이름이 후세에까지 드리워질 큰 그릇이라. 안타깝구나, 저들과 혼인을 맺지 못한 게……."

그 후 부인의 말처럼 민씨는 모두 현달했다. 이씨는 겨우 나이 서른이

---

3 합근지일(合巹之日): 바가지를 합하는 예라는 뜻으로, 혼례 때에 신랑 신부가 술잔을 세 번 교환하면서 마지막 잔은 한 개의 박을 둘로 쪼갠 잔으로 술을 마시는 의례를 행하는 날.

지나서 참봉으로 있다가 요절했고, 부인의 딸은 이씨보다 1년 앞서서 죽었다.

부인에게는 예전에 짜놓은 면포(綿布) 세 단이 있었다. 그중 한 단은 문곡(文谷) 김수항의 관복(官服)을 짓고, 나머지 두 단은 깊숙한 곳에 보관해 두었다. 이후 둘째 아들 농암(農巖) 김창협이 과거에 급제했을 때에도 관복을 짓지 않더니, 그 뒤에 몽와(夢窩) 김창집이 음관(蔭官)으로 등제하니 그것으로 관복을 만들어 주었다. 나머지 한 단은 보관해 두었다가 손자사위인 조문명이 급제하자 그것을 꺼내 관복을 지었다. 세 사람은 모두 삼공(三公)[4]의 지위에 올랐다. 부인의 의도가 삼공의 지위에 이르지 못할 사람에게는 관복을 지을 수 없다는 데 있었던 것이다.

농암이 과거에 급제하고 어머니를 찾아뵙자, 부인은 눈썹을 찡그리며 말했다.

"어찌해서 산림처사(山林處士) 모양을 하고 있느냐?"

그 후 몽와가 급제하고 들어와 뵈었을 때에는 웃으면서 이렇게 말했다.

"대신께서 나오셨군."

문곡 김수항(1629-1689) | 자는 구지(久之). 문곡(文谷)은 그의 호로, 본관은 안동이다. 운수거사(雲水居士) 광찬(光燦)의 아들이요, 청음(淸陰) 상헌(尙憲)의 손자다.[5] 처부(妻父)는 기주(某洲) 나성두(1614-1663)로, 본관은 안정(安定)이다. 18세에 진사에 장원 급제하고, 23세에 알성과에 장원 급제했다. 34세에 대제학이 되었다. 44세에 입각[6]했는데, 그때가 현종 임자년(1672)이다. 벼슬이 영의정에 이르렀다가 기사년(1689)에 진도에서 사약을 받고 죽었다. 시호는 문충(文忠)이다.

아들 여섯을 두었는데, 창집(1648-1722)의 호는 몽와(夢窩)다. 숙종 갑자년(1684)에 음사로

---

4 삼공(三公): 삼정승. 김수항, 김창집, 조문명은 모두 정승을 지냈다.

5 김수항의 친조부는 김상관이고, 양조부가 김상헌이다.

6 입각(入閣): 재상이 됨.

벼슬하여[7], 관직이 영의정에 이르렀다. 경종 임인년(1722)에 화를 입었다. 시호는 충헌(忠獻)이다. 창협(1651-1708)의 호는 농암(農巖)이요, 자는 중화(仲和)다. 진사를 거쳐 숙종 임술년(1682)에 문과에 장원 급제했다. 대제학을 거쳐 벼슬이 예조판서에 이르렀다. 시호는 문간(文簡)이다. 창흡(1653-1722)의 호는 삼연(三淵)이요, 자는 자익(子益)이다. 유일(遺逸)로 천거되어 벼슬은 진선[8]에 그쳤다. 추증된 시호는 문강(文康)이다. 창업(1658-1721)의 호는 노가재(老稼齋)로, 교관(敎官)을 지냈다. 창즙(1662-1713)의 호는 포음(圃陰)으로, 직장(直長)을 지냈다. 창립(1666-1683)의 호는 택재(澤齋)로, 대군사부(大君師傅)를 지냈다. 사람들은 이들을 두고 '육창(六昌)'이라 불렀다.

지재 민진후(1659-1720) | 자는 정능(精能)[9]. 지재(趾齋)가 그의 호다. 본관은 여흥이다. 둔촌(屯村) 유중(維重)의 아들이요, 정관재(靜觀齋) 이단상(李端相)의 사위다. 생원시에 장원 급제하고 문과에 급제했다. 벼슬은 병조판서에 이르렀다. 시호는 충문(忠文)이다.

단암 민진원(1664-1736) | 자는 성유(聖猷)이고, 단암(丹巖)은 그의 호다. 지재(趾齋)의 아우고, 두포(杜浦) 윤지선의 사위다. 숙종 신미년(1691)에 문과에 급제했다. 한림(翰林) 삼사사인(三司舍人)을 거쳐 영조 을사년(1725)[10]에 재상이 되었다. 벼슬은 좌의정이 이르러 치사(致仕)하였다. 시호는 문충(文忠)이다.

조문명(1680-1732) | 자는 숙장(叔章), 호는 학암(鶴岩), 본관은 풍양이다. 백분당(白賁堂) 인수(仁壽)의 아들이요, 택재(澤齋) 김창립의 사위다.[11] 생원시에 장원 급제하고, 숙종 계사년(1713)에 문과에 급제했다. 한림 대제학 오군문대장(五軍門大將)을 역임했고, 진무공신(振武功臣)에 책훈되었다. 진종[12]의 장인(國舅)이 되었다. 벼슬은 좌의정에 이르렀고, 풍릉부원군에 봉해졌다. 시호는 문충(文忠)이다.

---

7 김창집은 1681년에 음사로 벼슬을 시작했지만, 숙종 갑자년(1684) 정시 문과에 급제했다.
8 진선(進善): 세자시강원(世子侍講院)에 딸린 정4품 벼슬.
9 민진후의 자는 정순(靜純)이다.
10 민진원이 우의정이 된 때는 을사년이 아닌 이보다 한 해 앞선 갑진년(1724)이다.
11 조문명은 김창업의 딸을 아내로 맞았다.
12 진종(眞宗, 1719-1728): 영조의 첫째 아들. 진종으로 추대되었다. 비는 조문명의 딸 효순왕후다.

10

기천 홍명하〔洪相沂川〕

정승을 지낸 기천(沂川) 홍명하와 판서를 지낸 김좌명은 모두 동양위(東陽尉) 신익성의 사위다.

김좌명은 일찍 과거에 급제하여 명성이 높았다. 하지만 홍명하는 40세가 되도록 궁핍한 선비로 있는 데다 집안도 가난해 동양위의 집에서 처가살이를 했다. 그런지라 장모인 옹주[1]에서부터 그 아랫사람들까지 모두 그를 천대했다.

처남인 신면 또한 일찍 과거에 급제했는데, 사람이 교만했다. 홍명하를 더욱 박대하여 마치 종놈을 보듯이 대했다. 하루는 둘이 같이 식사를 하는데, 마침 꿩 다리로 만든 반찬이 올라왔다. 신면은 그것을 집어 개에게 던지며 말했다.

"가난한 선비의 밥상에 꿩 다리가 웬일이냐?"

홍명하는 그저 웃기만 할 뿐 조금도 노여워하는 기색이 없었다. 그런데 동양위는 홍명하가 만년에 반드시 크게 현달할 것을 알고 있었다. 그래서 항상 아들을 꾸짖고 홍명하에게 더 마음을 썼다.

김좌명이 문형[2]을 잡고 있을 때였다. 홍명하는 두어 수의 표문[3]을 지어 그에게 보이며 말했다.

---

1 옹주(翁主): 선조의 딸 정숙옹주(1587-1627)를 말한다.
2 문형(文衡): 홍문관과 예문관의 으뜸 벼슬. 대제학.
3 표문(表文): 외교문서의 일종.

"이만하면 과거에서 쓸 만한가?"

김좌명은 보지도 않고 부채로 표문을 날리며 말했다.

"표(表)라면 표범의 표(豹)를 말함인가, 호랑이의 표(彪)를 말함인가?"

홍명하는 빙그레 웃으며 날려 간 표문을 주웠다.

어느 날이었다. 동양위가 밖에 나갔다가 날이 저물어 돌아왔더니, 작은 사랑채에서 악기 소리와 노랫소리가 들려왔다. 곁에 있던 하인에게 물어보니, "영감님(신면)과 참판 김 영감님(김좌명), 그리고 그 외 몇몇 재상분들께서 풍류를 잡혀 놀고 있습니다."라고 답했다. 동양위가 물었다.

"그 자리에 홍생도 있더냐?"

"홍생은 아랫방에서 주무시는뎁쇼."

동양위는 눈썹을 찡그리며 말했다.

"애들이 하는 짓이 해괴하구나."

이에 홍명하를 불러서 물었다.

"자네는 어찌하여 아이들의 놀이에 참여하지 않았는가?"

"재상들의 모임에 유생이 낄 수는 없죠. 게다가 청하지도 않았는데요."

"그러면 자네는 나와 한바탕 노는 게 좋겠네."

그러고는 풍악을 갖춰 맘껏 즐기고 나서 놀이를 마쳤다.

이후 동양위가 병이 들어 위태로워졌을 때다. 그는 한 손으로는 홍명하의 손을 잡고, 다른 한 손으로는 술잔을 쥐어 그에게 마실 것을 권했다.

"내가 자네에게 부탁할 말 한마디가 있네. 우선 이 술을 마시고 내 유언을 듣게."

홍명하는 공손히 사양하며 말했다.

"무슨 하교인지 모르겠습니다만, 바라건대 먼저 말씀을 듣고 난 뒤에 이 술을 마시겠습니다."

동양위는 계속해서 말했다.

"이 술을 마신 뒤에 내 마땅히 말을 함세."

홍명하는 한결같이 따르지 않았다. 동양위가 네댓 번이나 권했지만 끝내 듣지 않았다. 그러자 동양위는 술잔을 땅에 내던지고 눈물을 흘리며 말했다.

"우리 집이 망했구나!"

그러고서 숨을 거두었다. 그가 하고자 했던 말은 아마도 아들을 부탁하려는 내용이었으리라.

그 후 홍명하는 과거에 급제하고, 10년 동안에 좌의정 자리에까지 이르렀다. 숙종조에 옥사가 일어나자[4] 임금이 홍명하에게 물었다.

"신면은 어떠한 사람인가?"

홍명하는 '모르는 사람'이라고 대답했고, 신면은 결국 형벌을 받아 죽임을 당했다. 신면이 지난날에 한 일에 대해 홍명하는 한을 품은 지 오래였다. 이왕에 동양위가 자신을 인정해 준 은혜를 입었으면, 한마디 말로 신면을 구해주어 동양위가 자신을 알고 대우해 줬던 마음에 보답하는 것이 옳았을 터다. 그러나 이렇게 하지 않았으니, 홍명하의 일은 혀를 차며 탄식하게 한다.

홍명하가 재상이 된 후에도 김좌명은 여전히 문형의 직임을 맡고 있었다. 연경에 올리는 글(奏文)은 문형이 직접 지어 바친다. 사륙문으로 지어 먼저 대신들에게 보인 후에 그것을 임금께 올리는 것이 관례였다. 김좌명은 그가 지은 표문을 대신에게 들여보내자, 홍명하가 부채로 그것을 날리며 말했다.

"표범 표(豹)인지, 호랑이 표(彪)인지……."

---

4 옥사: 효종 2년(1651)에 일어난 김자점의 옥사를 말한다. 신면은 김자점 일당으로 지목되어 국문 도중에 장형을 받다가 죽었다.

이 또한 도량이 좁음을 보여주는 일이다.

기천 홍명하(1607–1667) | 자는 대이(大而). 기천(沂川)은 그의 호다. 본관은 남양이다. 나재(懶齋) 명구(命耉)의 아우요, 목옹(木翁)[5] 서익(瑞翼)의 아들이다. 인조 경오년(1630)에 진사를 하고, 갑신년(1644)에 문과에 급제했다. 분관하기 전에 한림(分館前翰林)을 지냈다. 현종 계묘년(1665)에 재상이 되었다. 벼슬은 영의정에 이르렀다. 시호는 문간(文簡)이다.

판서 김좌명(1616–1671) | 자는 자정(子正)[6], 호는 귀계(歸溪)다. 잠곡(潛谷) 육(堉)의 아들이다. 본관은 청풍이다. 인조 계유년(1633)에 진사를 거쳐, 을유년(1645)[7]에 문과에 급제했다. 벼슬은 행(行)[8] 병조판서에 이르렀다. 시호는 충숙(忠肅)이다. 김좌명은 문형을 맡지도 않았고 급제도 홍명하보다 1년 뒤에 했는데, 홍명하가 표문을 지어 보이며 "과거에서 쓸 만한가?"라고 했다는 말은 근거가 없다. 그러나 홍명하가 정미년에 태어나 갑신년에 급제했으니, 40세의 궁핍한 유생이라고 한 것은 혹 그럴 만하다. 김좌명은 병술년[9]에 태어나 을유년에 급제했으니 일찍 급제했다고 할 만하다.

동양위 신공(1588–1644) | 명은 익성(翊聖), 자는 군석(君奭), 호는 동회거사(東淮居士) 또는 낙전당(樂全堂)이다. 본관은 평산이다. 상촌(象村) 흠(欽)의 아들이다. 선조의 옹주에게 장가들었는데, 동양위는 그의 봉호(封號)다. 시호는 문목(文穆)이다.[10] 문장이 뛰어나고 절개도 높았다. 아들 면(1607–1652)은 생원시에 장원 급제하고, 인조 정축년(1637) 문과에 급제했다. 벼슬은 부제학에 이르렀다.

---

5 홍서익의 호는 화옹(禾翁)이다.

6 김좌명의 자는 일정(一正)이다.

7 김좌명은 갑신년(1644) 별과 및 병술년(1646) 중시에서 문과에 급제했다.

8 행(行): 품계는 높지만 실제 맡은 벼슬이 낮은 경우에 행을 쓴다. 이와 반대의 경우에는 수(守)를 쓴다.

9 병술은 병진(丙辰)의 오류다.

10 신익성의 시호는 문충(文忠)이다.

11

판서 신임〔申判書銋〕

판서(判書) 신임의 호(號)는 한죽당(寒竹堂)으로, 사람을 알아보는 능력이 있었다. 외아들은 이미 죽고, 아들이 남긴 유복녀가 어느덧 비녀를 꽂을 나이가 되었다. 홀로된 며느리는 매번 시아버지께 부탁했다.

"아이 신랑감은 아버님께서 직접 관상을 봐서 골라주세요."

"너는 어떤 신랑감을 구했으면 하느냐?"

"여든 살이 될 때까지 해로하고, 지위는 대신(大官)[1]에 이르고, 집은 부유하며, 아들도 많이 둘 수 있는 사람이면 좋겠지요."

신공이 웃으며 말했다.

"세상에 그 모든 것들을 겸비한 사람이 어디에 있겠느냐? 네 바람에 꼭 맞추려면 당장 구하기가 어렵겠구나."

그 뒤로부터 신공이 집 밖에 나갔다만 오면 며느리는 반드시 합당한 신랑감을 구했는가를 여쭈었다. 매번 이와 같았다.

하루는 신공이 수레를 타고 장동[2]을 지날 때였다. 여러 아이들이 모여 놀이를 하는데, 그 무리 중에 엉클어진 더벅머리를 한 채 죽마를 타고 여기저기로 뛰어다니는 열 살쯤 된 한 아이가 눈에 띄었다. 신공은 수레를 멈추게 하고 자세히 아이를 살폈다. 아이는 몸조차 온전하게 가릴 수 없는 누더기옷을 입고 있었지만, 눈과 입이 커다란 데다[3] 골격도 비범했다.

---

1 대관(大官): 대신(大臣). 높은 벼슬을 한 사람.

2 장동(壯洞): 지금의 종로구 청운동 일대로, 창의문 주변.

신공이 종에게 명하여 아이를 불러오게 하니, 아이는 머리를 내저으며 오려고 하지 않았다. 억지로라도 붙잡아 오라 하니, 아이는 소리 내어 울며 말했다.

"어떤 관원이기에 공연히 나를 잡아가시오? 내가 무슨 죄를 지었기에 이처럼 하시오?"

종들이 붙들어 강제로 수레 앞까지 데리고 오자 신공이 말했다.

"네 문벌이 어떠하냐?"

"문벌을 알아 뭣 하시게요? 나도 양반이오!"

신공이 다시 물었다.

"네 나이는 얼마며, 집은 어디고, 네 성씨가 무엇이냐?"

"군정(軍丁)에 넣을 파기[4]라도 만드시려고요? 뭣 하러 이름이며, 나이며, 사는 곳을 묻습니까? 제 성은 유(兪)가요, 나이는 열셋이고, 집은 저 너머 동네에 있습니다. 뭣 때문에 묻는 겝니까? 얼른 나를 놓아주십시오."

신공은 아이를 놓아 보낸 후, 그가 말해준 집으로 찾아갔다. 집은 비바람조차 가릴 수 없는 작은 오두막이었다. 그곳에는 과부로 사는 아이 어머니만 있었다. 신공은 그 집 여종을 불러 말을 전하게 했다.

"나는 아무 동에 사는 신 아무개라는 사람이오. 내게 손녀 하나가 있는데, 지금 혼처를 구하고 있소. 오늘 댁의 도령과 혼인을 정하고 갔으면 하오."

그렇게 말하고서 종들에게는 '집에 돌아가서도 절대 발설하지 말라'고 입단속을 시켰다. 그러고 난 뒤에 신공은 다른 곳에 들렀다가 날이 저물

---

3 눈과 입이 커다랗다: 하목해구(河目海口). 이 모습은 현인(賢人)의 관상이다. 조조를 형상할 때에도 이 표현이 쓰였다.

4 파기(疤記): 용모파기(容貌疤記)의 준말로, 사람의 용모와 신체상의 특징을 적은 기록을 말한다. 용파(容疤)라고도 한다.

어서야 집으로 돌아왔더니, 며느리가 또다시 신랑감에 대해 물었다. 신공이 웃으며 말했다.

"네가 어떤 사윗감을 구한다고 했었지?"

며느리는 처음에 했던 말로 대답했다. 신공이 또 웃으며 말했다.

"오늘 구했다."

며느리는 몹시 기뻐하며 물었다.

"누구 댁 아들이며, 집은 어느 곳에 있던가요?"

"집까지 알 것 없다. 나중에 자연히 알게 될 것이다."

신공은 끝내 말하지 않다가 채단을 받을 때[5]가 되어서야 비로소 그 집을 일러주었다. 며느리는 곧바로 일을 잘 아는 늙은 여종을 급히 보내, 그 집의 살림 수준과 사윗감의 인물이 어떤가를 살펴보고 오도록 했다. 여종이 가서 보고, 돌아와서 아뢰었다.

"집은 두어 칸밖에 안 되는 오막살이로, 비바람도 가리지 못합디다. 부엌에는 이끼가 나 있고, 솥 안에는 거미줄까지 쳤고요. 신랑의 눈은 광주리만큼 큰 데다가, 헝클어진 머리는 쑥대와 같습디다. 뭐 하나도 취할 게 없고, 볼 만한 것도 하나 없습디다. 우리 아기씨가 그 집으로 시집간 뒤에는 절구질도 몸소 해야 하겠더군요. 꽃처럼 옥처럼 자란 우리 아기씨. 비단에 싸여 지낸 연약한 체질이거늘, 어떻게 저런 집으로 시집을 보내렵니까?"

말을 들은 며느리는 간담이 서늘해지고 혼이 나갈 정도였다. 하지만 오늘이 채단을 받는 날이었다. 어떻게 할 수 없는 지경이니, 그저 흐느껴 울며 신랑을 맞을 준비를 해야만 했다.

---

5 채단(綵緞): 혼인 때 신랑집에서 신부집으로 미리 보내는 예물. 채단으로는 붉은색과 푸른색의 비단을 쓴다. 여기서 '채단을 받을 때'는 함이 들어가는 때를 말한다.

이튿날 신랑이 와서 혼례를 행하였다. 며느리가 자세히 보니, 과연 여종이 했던 말처럼 하나같이 밉살스러웠다. 마음이 부서지는 듯했지만, 어떻게 해볼 수가 없었다.

혼례를 행하고 신부집에서 3일을 지내자, 신랑은 본가로 돌아갔다. 그런데 저녁이 되어 신랑이 되돌아왔다. 신공이 물었다.

"자네는 어찌하여 다시 왔느냐?"

"집으로 돌아갔더니 저녁밥을 먹을 기약조차 없더군요. 게다가 여기로 되돌아오는 인마(人馬)가 있다고 하기에 그 편에 끼어 같이 왔습지요."

신공은 웃으며 머물도록 했다.

이때부터 신랑은 처가에 머물며 안채 침실에서만 지냈다. 신부는 연약한 여자로, 매일 장부에게 시달림을 당해 거의 생병이 날 지경이었다. 신공도 걱정이 되어 신랑을 타일렀다.

"자네는 어쩌자고 매일같이 안채에서만 자는가? 오늘은 바깥채로 나와서 나와 함께 자게."

"삼가 가르침을 받들겠습니다."

밤이 되어 신공이 잠자리에 들자고 하니, 신랑은 그의 옆에다 침구를 폈다. 신공이 자려고 눈을 감자, 신랑은 손으로 신공의 가슴을 쳤다. 공이 깜짝 놀라 물었다.

"이게 무슨 짓인가?"

"저는 잠자리가 편치 못하면 매번 잠결에 이런 버릇이 나온답니다."

"다시는 그리하지 말라."

"알겠습니다."

잠시 후, 이번에는 발로 찼다. 공이 놀라 깨어나 다시 그를 꾸짖었다. 그런데 얼마쯤 지나자, 이번에는 손으로 치고 발로 차댔다. 신공은 괴로움을 견디다 못해 이내 말했다.

"안채로 들어가서 자게. 자네와는 도무지 같이 잠을 잘 수가 없네."

신랑은 자기 침구를 말아 들고 안채로 들어갔다. 이때는 마침 그 집안의 일가붙이 부녀자들이 신방에 머물고 있었다. 삼경이 다 된 한밤중에 들이닥친 일인지라, 부녀자들은 깜짝 놀라 일어나서 자리를 피했다. 그러자 신랑이 언성을 높이며 말했다.

"모든 부녀자들이 서둘러 피신한다 해도, 단 한 사람 유 서방댁은 머물러 계셨으면 좋겠소!"

이러한 일들 때문에 처갓집 사람들은 상하를 막론하고 모두 그를 싫어했다.

신공이 황해도 관찰사(海藩)로 부임할 때였다. 집안의 여인들도 따라가게 되었는데, 신공은 유 신랑에게 그녀들을 데리고 함께 오라고 했다. 며느리가 말했다.

"유 신랑은 데려가지 말고 여기에 머물도록 하십시오. 제 딸이 잠시라도 쉴 수 있게 하는 게 좋겠습니다."

그러나 신공은 허락하지 않고 함께 가도록 했다.

먹(墨)을 진상할 때였다. 신공이 유 신랑을 불러 물었다.

"자네, 먹을 좀 가지겠느냐?"

"좋지요."

신공이 먹을 가리키며 말했다.

"자네 맘껏 가져가게."

유 신랑은 스스로 고르더니, 대절묵(大折墨)으로 백 동[6]을 따로 떼어놓았다. 그러자 먹 진상을 담당하는 비장(裨將)이 앞으로 나아와 아뢰었다.

"만일 이렇게 떼어내 버리면 진상하는 데 차질이 생길까 두렵습니다."

---

6 백 동(百同): 1000개. 1동은 10개를 말한다.

신공이 말했다.

"그러면 빨리빨리 다시 만들도록 하게."

책실에 돌아온 유 신랑은 종들에게까지도 모두 먹을 나누어주어, 먹이 하나도 남지 않았다고 한다.

유 신랑은 재상을 지낸 유척기다. 80세를 살면서 해로했고, 벼슬은 영의정에 이르렀으며, 아들은 넷을 두었고, 집 또한 부유했으니, 과연 신공의 말과 부합했다.

그 후의 일이다. 유척기가 황해도 관찰사가 되었을 때, 그는 사위 남원(南原) 홍익빈을 데리고 갔다. 그때도 마침 먹을 진상하는 시기였다. 유공은 사위를 불러 마음대로 먹을 가져가라고 했다. 그러자 홍익빈은 대절묵 2동, 중절묵 3동, 소절묵 5동을 골라서 떼어두었다. 유공이 말했다.

"왜, 더 가져가지 않고?"

"모든 물건은 쓸 수 있는 게 한정이 있습니다. 제가 만일 헤아리지 않고 가지고 싶은 만큼 다 가져가면 진상은 어떻게 하며, 서울에 계신 친척과 친구분들께는 어떻게 인사를 여쭐 수 있겠습니까? 저는 10동이면 넉넉히 쓰고도 남습니다."

유공은 눈을 한번 흘겨보더니 웃으며 말했다.

"더할 나위 없이 긴요하게 계산했네그려! 그나마 음관(蔭官)의 재목은 되겠군."

과연 유공의 말대로 되었다.

판서 신임(1639-1725) | 자는 화중(華仲), 본관은 평산이다. 묵재(默齋) 명규(命圭)의 아들이요, 화당(化堂) 민일(閔一)의 증손이다. 호는 죽리(竹里)다. 현종 정유년(1657)에 진사를 거쳐, 숙종 병인년(1686)에 문과에 급제했다. 벼슬이 예조판서 참찬에 이르렀다. 기로소에 들어갔다. 신축년(1721)에 사화가 발생하자, 나이가 이미 80여 세인데도 부당함을 말한 상소를 올려 제주도 대정현에 위리안치되었다가, 을사년(1725)에 풀려나 돌아오는 길에 죽었

다. 시호는 충경(忠景)이다.

상국 유척기(1691-1767) | 자는 전보(展甫), 호는 지수재(知守齋), 본관은 기계(杞溪)다. 참봉 명악(命岳)의 아들이요, 취옹(醉翁) 철(撤)의 손자다. 숙종 갑오년(1714)에 문과에 급제했다. 한림, 부제학, 이조정랑, 비변사제조(籌司)를 역임했다. 영조 기미년(1739)에 재상이 되었는데, 당시 나이는 49세였다. 벼슬은 영의정에 이르러 치사했다. 기로소에 들었고, 77세에 죽었다. 시호는 문익(文翼)이다. 판관 신사원[7]의 사위다. 네 아들을 두었다. 언흠(1713-1743)은 참봉, 언현(1716-1790)은 음직으로 참판, 언진(1720-1745)과 언수(1724-1772)는 군수를 지냈다.

홍익빈(1709-1767) | 본관은 남양이다. 참봉 제유(濟猷)의 아들이요, 북곡(北谷) 치중(致中)의 손자다. 음서로 벼슬하여 부사에서 그쳤다.

---

7 신사원: 신임의 아들이자 유척기의 장인.

12

백사 이항복〔李白沙〕

백사(白沙) 이항복에게는 첩으로부터 얻은 딸이 있었는데, 그녀의 배필을 고를 때였다. 그는 석주(石洲) 권필[1]의 조카 칙(侙)을 불러 '삼색도'[2]로 제재를 삼아 시를 짓도록 한 후 운자(韻字)를 불렀다. 이에 칙은 곧장 응대했다.

夭桃灼灼暎踈籬　　긴 바자울에 복숭아꽃 곱게 피었는데
三色如何共一枝　　삼색 꽃이 한 가지에 달렸어라.
恰似美人梳粧了　　미인이 머리 감아 함초롬하게 머리 빗은 뒤
滿顔紅粉未均時　　미처 단장을 다 끝내지 못한 자태인 듯.

백사는 즉시 날을 잡아 혼인을 시켰다. 이때 칙의 나이는 13세였다.

백사 이항복(1556-1618) | 자는 자상(子常), 본관은 경주다. 백사(白沙)는 그의 호다. 판서 몽량(夢亮)의 아들이요, 판서 권율(權慄)의 사위다. 선조 경진년(1580)에 문과에 급제했다. 대제학을 거쳐 평난호성공신(平難扈聖功臣)에 책록되었다. 선조 무술년(1598)에 재상이 되었다. 벼슬은 영의정에 이르고, 오성부원군(鰲城府院君)에 봉해졌다. 시호는 문충(文忠)이다.
그가 처음 장가를 들었을 때다. 나이가 젊고 기질이 호탕하여 시중드는 여자 종을 가까이

1 권필: 1569-1612. 조선 시대 문인. 최고의 시인으로《석주집》이 전한다.
2 삼색도(三色桃): 세 가지 색의 복숭아꽃.

하여 온 집안사람들을 실망시켰다. 그러자 그는 집을 나가 강가에 지은 집(江舍)에서 머물더니, 다시 산사로 옮겨가서는 오랫동안 돌아오지 않았다. 처가에서 여러 차례 사람을 보낸 뒤에야 겨우 데리고 올 수 있었다. 그때 판서 이호민(1553–1634)은 그가 돌아왔다는 말을 듣고 절구 한 수를 지어 보냈다. "강가로 귀양 가신 손님 가까운 유배지로 옮기려니,[3] 높은 고개 서리와 바람이 마치 옷 속으로 스며드는 듯. 지난밤 성안에 좋은 소문이 떠돌더니, 옥문관 밖에서 자네가 돌아옴을 허락했다는 말이지(江潭逐客嘆量移 長嶺風霜若濕衣 昨夜城中傳好語 玉門關外許新郎)." 그런데 전달하는 사람이 잘못하여 시를 권율에게 전했다. 시를 본 권율은 크게 웃으며 말했다. "이 서방 친구들은 모두 재주꾼들일세."

권칙(1599–1667) | 자는 자경(子儆). 진사를 거쳐 과거에 급제했다. 벼슬은 군수에 그쳤다.

---

3 양이(量移): 섬이나 변방으로 멀리 유배되었던 사람의 죄를 참작하여 내지(內地)로 유배지를 옮기는 것.

13

지천 최명길〔崔相遲川〕

재상을 지낸 지천(遲川) 최명길이 어렸을 때에는 병치레가 많아 몹시 수척했다. 사람들은 모두 걱정했으나, 현옹(玄翁) 신흠만은 홀로 칭찬했다.

"최 아무개가 지금은 비록 이렇지만, 훗날에는 반드시 세상에 쓰일 훌륭한 그릇이 되어 이름을 남길 게다. 날을 잡아 사위로 삼고는 싶지만, 10년 고질병에 또 자식 운까지 좋지 못하니 어찌할꼬?"

지천은 과연 스무 살이 될 때까지 병석에 든 지 10여 년이었고, 또한 대를 잇기도 어려웠다. 무릇 신흠이 성명[1]에 통달함이 이와 같았다.

상국 지천 최명길(1586-1647) | 자는 자겸(子謙), 본관은 전주다. 지천(遲川)은 그의 호인데, 창랑(滄浪)이라고도 한다. 선조 을사년(1605)에 생원시에 장원 급제하고, 같은 해에 문과에 급제했다. 이조좌랑과 대제학을 역임했다. 정사공신(靖社功臣)에 책록되었다. 인조 정축년(1697)에 재상이 되었다. 벼슬이 영의정에 이르렀고, 완성부원군에 봉해졌다. 시호는 문충(文忠)이다.

현옹 신흠(1566-1628) | 자는 경숙(敬叔). 현옹(玄翁)은 그의 호인데, 상촌(象村)이라고도 한다. 본관은 평산이다. 호조판서 영(瑛)의 손자다. 선조 을유년(1585)에 진사를 거쳐, 병술년(1586)에 문과에 급제했다. 한림과 대제학을 역임했다. 인조 계해년(1623)에 재상이 되었다. 벼슬은 영의정에 이르렀다. 시호는 문정(文貞)이다.

---

1 성명(星命): 사람이 태어난 연월일시와 별을 관련지어 운명을 추산하고 길흉을 점치는 일.

14

판서 박서〔朴判書遾〕

판서를 지낸 박서가 어렸을 때에 아무개 집안과 결혼을 약속해 두었다. 그러나 식을 올리기도 전에 처녀는 위독한 병에 걸리고 말았다. 사람들은 처녀의 두 눈이 모두 멀었다는 말들도 했다. 박서의 형도 약속을 고쳐 다른 곳에서 혼처를 구하라고 했다. 그러자 박서가 말했다.

"병으로 맹인이 된 것도 운명입니다. 맹인 아내와는 함께 살 수 있겠지만, 신의를 저버린다면 세상에 올바로 설 수 없습니다."

형은 그 말을 기특히 여겨 그대로 따랐다.

혼례를 치를 때 보니, 처녀의 눈은 먼 데가 없었다. 무릇 원수 집안에서 무함을 했던 것이다.

판서 박서(1602–1653) | 자는 상지(尙之), 호는 현계(玄溪), 본관은 밀양이다. 좌랑 효남(孝男)의 아들이다. 인조 갑자년(1624)에 진사를 거쳐, 경오년(1630)에 문과에 급제했다. 벼슬은 이조판서에 이르렀다.

15

참판 김시진〔金參判始振〕

참판을 지낸 김시진은 지인지감이 있었다. 일찍이 길을 가는데, 어떤 아이가 머리에 물동이를 이고 오는 여자아이에게 희롱하는 것을 보았다. 아이의 용모가 곱고도 빼어난지라 사람을 시켜 알아보게 했더니, 그는 민암(閔黯)이었다. 김공은 그가 반드시 귀하게 될 것임을 알고 사위로 삼았다.

혼례를 치르는 날, 김공이 신랑을 보더니만 갑자기 얼굴빛이 좋지 않았다. 손님이 까닭을 묻자 김공이 말했다.

"내 안목이 밝지 못함을 탓할 뿐이오. 저 아이가 비록 신하로서는 지극히 높은 지위에까지 오르겠지만, 제명대로 살지 못할 것이니 어찌할꼬? 그러나 내 딸은 즐거움만 함께 누리고 저 아이가 잘못되는 것을 보지 않고 먼저 죽게 될 것이니, 그리 보면 원망스럽다고 할 수도 없겠지……."

훗날 과연 그 말과 같았다.

판서 김시진(1618–1667) | 자는 백옥(伯玉), 호는 반고(盤皐), 본관은 경주다. 좌의정 명원(命元)의 증손이다. 인조 갑자년(1624)[1]에 문과에 급제했다.

민암(1636–1694) | 자는 장유(長孺), 호는 차호(叉湖), 본관은 여흥이다. 참판 협(協)[2]의 아들이다. 현종 무신년(1668)에 문과에 급제했다. 이조좌랑과 대제학을 역임했다. 숙종 신미

---

1 김시진이 문과에 급제한 때는 갑자년이 아니라 갑신년(1644)이다.

2 민암의 부친은 민응협(1597-1663)이다. 원문에는 '應(응)'이 빠졌다.

년(1691)에 재상이 되었다. 벼슬은 우의정에 이르렀다. 기사년(1689) 환국(換局)의 흉괴로 지목되어 사사(賜死)되었다.

16

연안군 이시백〔延安李相公〕

연안군(延安君) 이시백의 처가에 언립이라는 종이 있었다. 생김새가 몹시 흉악하며 힘은 남들보다 빼어났다. 게다가 한 끼에 쌀 한 말을 먹으면서도 늘 모자란다고 생각했다. 그는 먼 시골에서 올라왔는데, 일을 시키면 항상 배고프다는 핑계를 대며 게으름만 피울 뿐, 일은 하려 들지 않았다. 그러다가 한번 밥을 잘 먹이기만 하면 나가 땔감을 구해 오는데, 나뭇등걸까지 뽑아내어 마치 산더미를 통째로 짊어지고 오듯이 했다. 그러나 주인집은 가난하여 그의 배를 채워줄 수가 없었다. 게다가 그의 생김새도 흉악하여 무서웠기 때문에, 그를 내보내며 편한 데에 가서 살라고도 했다. 그러나 언립은 기꺼이 가려 하지 않았다.

"상전의 집에 부리는 자가 부족하여 일을 맡아 할 사람도 없는데, 제가 어떻게 떠나겠습니까?"

주인집에서는 걱정스러웠지만, 다시 책망할 수 없어 그저 마음대로 하게 놔두었다.

그렇게 지낸 지 얼마 지나지 않아, 그 집 주인이 병으로 죽었다. 홀로 남겨진 과부와 하나뿐인 딸은 방 안에서 가슴을 치고 흐느끼며 통곡만 할 뿐이었다. 찾아와 보는 친척조차 하나 없었다. 상황이 이러하니, 장사 지낼 물품도 마련할 수 없었다.

언립은 한바탕 통곡하더니, 이내 마당으로 나아가 엎드려 말했다.

"마님은 망극하겠지만, 이왕에 믿고 일을 맡길 가까운 친척도 없습지요. 그러나 지금 당장은 장례를 치르는 일이 급합니다. 어찌 울고만 있겠습니까? 집에 있는 집기들 중에 돈이 될 만한 물건이 있거든 이놈에게 맡겨주십시오. 그것으로 계획을 세우고 경영하여[1] 상례를 치른다면 거의 때를 놓치지는 않을 것입니다."

안주인은 옷가지와 그릇 등을 모두 내주었다. 언립은 그중에서 돈이 될 만한 것들만 가지고 곧장 시장에 갔다. 가서 돈으로 바꾼 뒤 염습[2]할 재료를 샀다. 또 관으로 쓸 좋은 재목을 사서 짊어지고 관 짜는 장인(匠人)에게 찾아갔다. 장인은 큰 나무 재목 네 개를 통째로 짊어지고 오는 것을 보고 몹시 두려워, 즉시 언립을 따라가 정성껏 관을 만들었다. 언립은 또 이웃에 사는 부인들을 불러모아 한꺼번에 수의와 상복도 만들게 했다. 이렇게 장례 물품을 하나하나 정성껏 마련하여 입관[3]도 하고 성복[4]도 했다.

언립은 또 유명한 지사(地師)를 찾아가서 상을 당한 집〔喪家〕이 의지할 데 없는 불쌍한 처지임을 말하고, 또 큰 술잔〔大白〕에다가 술을 가득 부어 주면서 가까운 곳에 묘지를 잡아달라고 청했다. 지사가 허락하자, 언립은 말 한 필을 끌고 와서 지사를 태웠다. 그리고 자신이 직접 말고삐를 잡았다.

지사가 한 곳에 이르자, 혈[5]을 잡고는 좋은 자리라며 칭찬했다. 언립은 산줄기의 형세〔龍勢〕[6]와 묏자리를 마주하고 있는 산〔案對〕[7]과 묏자리 주

---

1 경기(經紀): 계획을 잘 세워 처리함.

2 염습(斂襲): 죽은 사람의 몸을 씻긴 다음, 옷을 입히고 베로 묶는 일.

3 입관(入棺): 시신을 관에 넣는 과정으로, 상을 당한 후 3일 뒤에 행하는 것이 원칙이었다.

4 성복(成服): 염습을 마친 뒤에 상복으로 갈아입는 상례 의식. 보통 상을 당하고 4일 뒤에 하는 것을 원칙으로 했다.

5 혈(穴): 풍수에서 관이 놓이는 곳.

6 용세(龍勢): 풍수 용어. 산맥이 내려온 형세.

7 안대(案對): 묏자리에서 마주 보이는 안산(案山).

변의 산세와 물길〔砂水〕[8]의 흠을 지적하며, 장지로 쓰기에 합당치 못하다고 따졌다. 그 말이 매우 분명하고도 적절한지라, 지사는 깜짝 놀라면서도 부끄러워했다. 게다가 언립의 생김새가 사납고 험악하여 혹시라도 욕이라도 당할까 두렵기도 했다. 이에 다른 한 곳으로 데리고 가서 '평소에 비밀리 잡아둔 곳'이라고 일러주었다. 언립이 말했다.

"이곳은 그런대로 쓸 만하군."

돌아와 안주인께 알린 후, 좋은 날을 골라 장례를 치렀다. 장례에 필요한 모든 일은 그가 스스로 주관했는데, 한 가지도 소홀한 게 없었다. 이에 안주인이 말했다.

"이제부터 모든 집안일은 네가 하자는 대로 하마."

장례를 마친 후, 언립은 다시 안주인에게 말했다.

"주인님이 돌아가셨고 살림마저 가난하니, 이제 더 이상 서울에서 지내는 게 어렵습니다. 바라건대, 고향으로 내려가 몇 년 동안 농사를 짓다가 살림이 조금 나아지거든 그때 다시 서울로 돌아오는 게 좋을 듯합니다."

"어찌 아니 따르겠느냐."

그들은 곧바로 시골로 내려갔다. 언립은 농사의 이치에 밝았다. 또한 힘써 일을 도맡아 부지런히 하니, 땅에서 거둬들이는 것이 다른 사람의 열 배는 되었다. 게다가 시골의 이웃들도 그를 기특하게 생각하며 아낌없이 보살펴 주었다. 서로 도와주려는 것이 남들이 언립을 돕는 것에 미치지 못할까 걱정할 만큼. 그렇게 오륙 년 사이에 마침내 주인집은 큰 부자가 되었다.

언립이 다시 안주인에게 말했다.

---

8 사수(砂水): 풍수 용어. 사(砂)는 묘혈을 중심으로 뻗은 산줄기를 말하고, 수(水)는 묘혈 주변의 냇물·연못·강·바다 등의 물들을 말한다.

"아기씨도 이미 장성하였습니다. 마땅히 혼처를 구해야 하는데, 혼처는 서울에서 찾아야 할 것입니다. 아무 마을 아무 댁은 우리 집안의 친척 아저씨가 아닙니까? 소인도 일찍이 그 영감님을 뵌 적이 있습니다. 마님께서 신랑감을 구한다는 편지 한 통을 써서 주시면 좋겠습니다."

안주인은 그의 말을 좇아 글을 써서 주었다. 또 선물도 후하게 보냈다. 언립은 서울에 올라가 그 집 주인을 찾아뵈어 편지를 드리고, 찾아온 까닭도 아뢰었다. 그는 당시 조정에 이름난 벼슬아치였다. 마음을 다해 신랑감을 구해보겠다고 허락은 했지만, 주위를 돌아봐도 적합한 사람이 없었다. 그러자 언립은 좋은 배 한 짐을 사서 배를 파는 장사꾼을 자처하며 사대부집을 두루 드나들면서 신랑감을 꼼꼼하게 살폈다.

어느 날 서소문[9] 밖에 이르렀을 때다. 문짝과 담장이 모두 무너지고 허물어져서 한눈에 봐도 가난함의 정도를 알 수 있는 한 집을 보았다. 거기서 상투를 틀지 않은 한 수재[10]가 나왔다. 그는 칼을 꺼내 배를 깎아 연달아 몇 개를 먹어치우더니, 또 10여 개를 소매 안에 집어넣고 말했다.

"배 맛이 좋군. 지금은 값을 치를 수 없으니, 뒷날 다시 찾아오소."

언립은 그의 생김새와 기개가 자못 범상치 않음을 보고 물었다.

"여기는 뉘 댁인가요?"

"여기는 이 평산(李平山) 댁인데, 평산공이 내 아버님이네."

언립은 즉시 벼슬아치 집으로 돌아와서 아뢰었다.

"서소문 밖에 사는 이 평산 댁 도령이 몹시 훌륭합니다. 청컨대, 정혼토록 알선해 주십시오."

---

9 서소문(西小門): 남대문과 서대문 사이에 있던 소문(小門). 지금의 강북삼성병원 앞에 있었다.

10 수재(秀才): 과거 시험을 보기 위해 공부하는 서생(書生).

"이 평산은 나와 친한 사이지. 그러나 그 아들놈은 나이가 장성했는데도 제멋대로 행동하며 학문을 하지 않는 탓에 사람들이 그를 싫어하는 게야. 그래서 여태 정혼도 하지 못했거늘, 어쩌자고 이런 사람을 쓴단 말인가?"

언립이 애써 간청해도 허락하지 않았다. 이에 돌아가 안주인께 말씀을 드리고, 간청하는 장황한[11] 편지를 다시 써서 부탁하라고 했다. 결국 벼슬아치는 이 평산 댁에 가서 신부집의 부유함과 신부의 현숙함을 갖추어 말했다. 이 평산은 그러잖아도 늦도록 혼처가 없음을 걱정하던 차였는데, 이 말을 듣더니 몹시 기뻐하며 즉시 날을 받아 혼례를 정했다. 젊은 수재는 바로 조암(釣巖) 이시백이었다.

이미 혼례를 치른 뒤에도 조암은 젊은 탓에 얽매이는 데 없이 자유분방하게 행동하는 게 많았다. 그러나 언립은 혼자서 기특히 여길 뿐 아니라, 그를 칭찬하는 말이 입에서 떠나지 않았다. 안주인도 매우 기뻐하며 사위를 잘 대접했고, 쓰는 물건 하나하나도 모두 정성껏 마련해 주었다.

광해군〔廢朝〕 계해년(1623), 연평군(延平君) 이귀가 승평군(昇平君) 김류 등 여러 사람과 함께 반정(反正)을 도모할 때였다. 그들은 언립이 대단히 기이한 재주를 가졌다는 소문을 들었다. 이귀는 아들인 연양군 이시백을 시켜 언립을 으슥한 방으로 데리고 오게 한 후, 함께 일을 도모할 것을 부탁했다. 그리고 일의 가부와 성패에 대해서도 물었다. 언립이 말했다.

"신하로서 임금을 치는 일이니 권하기가 참으로 어렵습니다. 그러나 나라가 장차 망하려는데 권하지 않는 것 또한 어렵습니다. 다만 일을 같이하는 사람들이 어떠한 분들인지 모르겠습니다."

시백은 언립에게 잠시 머물러 있게 한 뒤, 같이 일할 사람들을 모두 데

---

11 장황한: 비사(費辭). 말을 많이 함.

리고 와서 두루 보였다. 언립이 보기를 마치고서 시백에게 말했다.

"모두가 장군이나 재상감이니, 일은 성공하겠군요. 그러나 저는 여기에 참여하지 않겠습니다."

그러고는 하직하고 가버렸다.

언립이 떠나고 한 달이 지났다. 하지만 어디로 갔는지 알 수 없었다. 시백 또한 짐작조차 할 수 없어서 걱정만 크게 할 뿐이었다. 그러던 차에 언립이 돌아왔다. 어디에 갔다 왔는가를 묻자, 언립이 말했다.

"소인이 여기를 떠난 것은 혹시나 일이 위태롭지 않을까 염려했기 때문입니다. 저는 곧장 바다로 가서 섬 하나를 구해두었는데, 가히 세상의 불안에서 벗어날 만한 곳이지요. 일이 만일 여의치 못하면 상전과 집안 식솔을 거느리고 들어가려 했던 것이랍니다. 그래서 지금 배도 한 척 구해 강 포구에 대기시켜 놨습니다. 만일 위급한 조짐이 있거든, 공께서는 모두 데리고 나오십시오."

공은 그렇게 하겠다고 허락했다.

반정이 성공하자, 연평군 이귀 삼부자(三父子)는 한꺼번에 책훈[12]이 되었다. 지위와 영화로움도 비할 데가 없었다. 그러나 그보다 언립의 충성과 지혜와 밝은 식견이 더욱 위대했던지라, 다시는 그를 종으로 대접할 수 없었다. 주인집에서는 언립의 노비 문서를 정리하여[13] 양인으로 속량시켰다.

언립은 공주에 살았는데, 그 후손(雲仍)[14]이 매우 많았다. 그 외의 기이

---

12 책훈(策勳): 공훈이 있는 사람에게 그 공을 찬양하여 훈작을 주고 공신록에 기록하는 일.

13 백문(白文): 관인을 찍음.

14 운잉(雲仍): 매우 먼 대(代)의 후손. 증손 다음이 현손(玄孫)이고, 그 이하 차례로 내손(來孫), 곤손(昆孫), 잉손(仍孫), 운손(雲孫)인데, 여기서는 일반적으로 후손을 뜻하는 말로 썼다.

한 일들이 퍽 많았지만, 모두 기록하지 못했다고 한다.

연안군 이시백(1581-1660) | 자는 돈시(敦詩), 조암(釣岩)은 그의 호다. 묵재(默齋) 귀(貴)의 아들인데, 귀는 곧 연평부원군이다. 신사년(1581) 생이다. 음관으로 벼슬길에 올랐고, 인조 계해년(1623)에 아버지와 아우 시방(時昉)과 함께 같은 날에 정사공신(靖社功臣)에 책훈되었다. 효종 경인년(1650)에 재상이 되었는데, 당시 나이가 70세였다. 벼슬은 영의정에 이르러, 연양부원군에 봉해졌다. 기로소에 들어가서 청백리에 뽑혔다. 80세에 죽었다. 시호는 충익(忠翼)이다. 그의 처가는 봉사(奉事)를 지낸 윤진(1548-1597)의 집으로, 본관은 남원이다.

17

정승 송질〔宋政丞軼〕

정승을 지낸 송질의 부인은 질투가 심했다. 한번은 송공이 세숫물을 떠 온 여종이 자못 예뻐서 잠깐 동안 희롱하며 손을 잡은 일이 있었다. 그날 아침이었다. 조반상이 왔기에 밥뚜껑을 열어봤더니, 그 안에는 여종의 잘린 손이 담겨 있었는데, 그릇에는 붉은 피가 가득 차 있었다.

송공은 딸 셋을 두었다. 셋 모두 어미를 닮아 질투가 심했다. 하지만 둘은 혼인을 하고, 막내딸만 아직까지 짝을 구하지 못하고 있었다.

어느 날, 송공이 먹물을 담은 세 그릇을 세 딸에게 내밀며 말했다.

"너희는 질투가 심해 여자의 풍도를 잃었는지라, 의당 이것을 먹고 죽어라."

두 딸은 죄를 빌며 용서를 구했지만, 막내딸은 그릇을 집어 들고 마시려 했다. 공은 몹시 걱정하며, 그 딸을 제어할 수 있는 자를 구해 사위로 삼겠다고 생각했다.

하루는 퇴청[1]하고 집에 돌아왔는데, 어떤 총각이 머리가 아주 엉클어진 채로 사랑방에서 나왔다. 공이 꾸짖었더니 그가 말했다.

"저도 사대부집 자식입니다. 계집종을 쫓아 방으로 들어가 좋은 일을 벌였을 뿐인데, 어찌 그리도 심하게 꾸짖습니까? 어른다운 풍모가 없으시군요."

공이 기특히 여겨 그가 누군가를 물었더니, 홍 승지의 아들이었다.

---

1 퇴청(退廳): 관청에서 정한 근무 시간을 마치고 돌아옴. 퇴근.

"자네는 글을 얼마나 배웠는가?"

"통감 네 권을 읽었을 뿐입니다."

"훗날 자네는 젊은 나이에 재상이 될 것이네. 그런데 어찌하여 스스로를 아끼지 아니하고 예법에 어긋난 행동을 함으로써 걱정하실 어머니의 마음은 생각하지도 않는가? 내겐 딸 하나가 있는데, 자네에게 시집을 보냈으면 하네. 그렇지만 이런 내 마음을 다른 사람들은 몰라야 할 것이네."

며칠 뒤에 공은 면포(綿布) 한 동과 명주 수십 필을 보내 혼수를 장만하도록 했다. 얼마가 지나 총각이 다시 오자, 공은 사람들을 물리치고 말했다.

"내 딸은 성질머리가 억세고 저돌적인지라, 모름지기 여차여차해야만 뒷날 제압하지 못해 곤란함을 겪는 일이 없을 것이네."

"삼가 가르침을 받들겠습니다."

전안례를 행할 때였다. 비복들이 보고 서로 쑥덕거렸다.

"아무개 계집종의 서방이라지."

부인이 쑥덕거리는 소리를 듣더니 급히 공에게 나아갔다.

"어쩌자고 계집종의 지아비를 사위로 삼으시오? 예단을 물리고 그를 쫓아내십시오."

이러는 와중에도 이미 예식은 치러졌고, 신랑도 화촉을 밝힌 신방으로 들어갔다. 부인은 나앉으며 고함치고 울기를 반복했다.

"당신은 어찌해서 딸을 종년의 서방에게 던져버리는 게요? 내 딸이 죽으면 죽었지, 결단코 저놈에게 보내지는 않겠소."

소식을 들은 홍 서방은 종을 불러서 말을 끌고 오라고 했다. 송공이 나서서 천 번 만 번 가지 말라고 만류하니, 홍 서방은 억지로 눌러앉았다. 그러나 부인은 끝내 딸을 신방으로 보내지 않았다. 홍 서방은 신방에 홀로 누워 파루[2]를 알리는 종이 울리기만 기다렸다. 시간이 되어 돌아가겠다고 하니, 공이 말했다.

"조금만 더 기다렸다가 요기나 하고 가게."

"독수공방으로 지낸 신랑이 조반은 먹어 어디에 쓰겠습니까?"

그러면서 말을 내어달라고 조를 뿐이었다. 공도 부득이하여 말을 내어 주었다. 그렇게 신랑이 떠난 뒤로 소식은 완전히 끊기고 말았다.

하루는 부인이 화가 풀려, 공에게 말을 보내 홍 서방을 맞아 오라고 권했다. 그러나 홍 서방은 자기를 데리러 온 종을 매질해서 쫓아냈다. 다시 몇 달이 지났다. 부인은 개인적으로 말을 보냈다. 하지만 그 말도 돌려보냈다. 홍 서방의 이런 행동은 모두 공의 지시에 따른 것이었다. 이로부터 부인 모녀의 눈에는 눈물 마를 날이 없었다. 공이야 수시로 가서 홍 서방을 만났지만, 부인은 그런 사정을 알지 못했다.

그렁저렁 3년이 지났다. 홍 서방이 학문에 힘써 알성시[3]에서 장원으로 급제하자, 공이 탄식하여 말했다.

"홍 아무개가 장원 급제를 했다지. 방목에 적힌 이름을 부를 때[4] 보니, 풍채가 갑절이나 훤해졌더군. 부인 때문에 지금은 그저 길 가는 행인과 다를 바 없으니, 안타까울 뿐이오!"

부인은 후회막심하여 눈물이 뺨을 타고 줄줄 흘러내렸다.

다음 날, 홍 서방이 유가[5]를 했다. 그는 행렬이 일부러 공의 집 앞을 지

---

2 파루(罷漏): 도성의 통행 금지를 해제하기 위해 종을 33번 치는 일. 보통 새벽 4시 전후에 쳤다.

3 알성시(謁聖試): 국왕이 성균관 문묘에 행차해서 제례를 올린 뒤에 실시하던 비정기 과거 시험.

4 창방(唱榜): 방목(榜目)에 적힌 과거 급제자의 이름을 부르는 것. 방목은 과거 급제자의 명단을 이르는 말.

5 유가(游街): 과거에 급제한 사람이 3일 동안 광대를 앞세우고 풍악을 울리면서 거리를 행진하고 선배 급제자와 친척들을 찾아보는 일.

나도록 했다. 공의 집 비복들은 서로 보겠다고 앞다투어 나와 구경을 했다. 지난날 홍 서방과 정을 나누었던 여종은 찔끔찔끔 눈물을 보이기도 했다.

부인은 급제한 홍 서방을 부르라고 간청했다. 공이 두세 번 거절하다가, 결국에는 마지못해 과거에 급제한 홍 서방을 불렀다. 홍 서방이 마루 위로 오르자, 부인이 나와 앉아 말했다.

"내 실수야 군이 말할 게 없지만, 자네는 지각 있는 군자로서 어찌 이렇게까지 오랫동안 화를 간직하시는가?"

그러자 홍 서방은 옷을 떨치며 일어서려 했다. 부인이 얼른 그의 소매를 붙들었다. 그리고 울며 사과하는데, 잡은 것을 끝내 놓지 않았다. 공도 곁에서 여러 번 간청했다. 부인은 서둘러 저녁상을 올리게 한 뒤에 이어서 안방으로 들어갈 것을 청했다. 그러고 난 뒤에 신부를 안방으로 들여보냈다.

며칠이 지나, 신랑집에서는 비로소 신부를 맞이하는 예식(迎婦禮)을 행했다. 신부는 시어머니를 효성으로 섬기고 지아비에게 순종하여 세상에 드문 어진 부인이 되었다.

홍 서방의 이름은 언필이고, 호는 묵재(默齋)다. 벼슬은 영의정에 이르렀다. 아들 섬(暹)을 낳았는데, 호가 인재(忍齋)다. 덕행과 지위, 수명과 복록이 온 나라에서 비교할 만한 사람이 드물었다. 그 모든 게 공의 도움에서 비롯되었다고 한다.

정승 송질(1454~1520) | 자는 가중(可中), 호는 취춘당(醉春堂), 본관은 여산이다. 공손(恭孫)의 아들이요, 전첨(典籤) 양원(梁瑗)의 사위다. 임진년(1472)[6]에 생원을 하고, 성종 정유년

6 송질은 정유년(1477)에 생원시와 진사시에 합격했다.

(1477)에 문과에 급제했다. 또 진현시[7]에도 급제했다. 정국공신(靖國功臣)에 책훈되었다. 중종 임신년(1512)에 재상이 되었다. 벼슬은 영의정에 이르렀다. 여원부원군에 봉해졌다. 시호는 숙정(肅靖)이다.

홍언필(1476–1549) | 자는 자미(子美), 본관은 남양이다. 부제학 형(泂)의 아들로, 병신년(1476)에 태어났다. 중종 정묘년(1507)에 문과에 급제하여, 남상[8]과 사인(舍人)을 거쳐 호당[9]에 뽑혔다. 정유년(1537)에 재상이 되었다. 벼슬이 영의정에 이르렀고, 궤장(几杖)을 하사받았다. 기로소에 들어갔고, 74세에 죽었다. 시호는 문희(文僖)다.

아들 섬(1504–1585)의 자는 퇴지(退之)다. 생원시를 거쳐 문과에 급제했다. 대제학을 거쳐, 선조 무진년(1568)에 재상이 되었다. 벼슬이 영의정에 이르렀고, 궤장을 하사받았다. 기로소에 들어갔고, 82세에 죽었다. 시호는 경헌(景憲)이다. 중종 때 익성부원군 홍언필의 부인은 아버지와 남편이 모두 영의정이 되었고, 아들 섬까지 영의정이 되었다. 부인은 나이가 90세를 넘겼고, 섬(暹)은 80세에 복을 입어 삼년상을 마쳤다. 부인처럼 수(壽)와 복록을 누린 자가 예전에는 전혀 없었다. 정승 심수경(1516–1599)은 홍섬이 궤장을 하사받은 잔치에서 하례하는 시를 지었다. "삼종[10]이 재상 문지방에서 벗어나지 않았으니, 이런 일은 지금에 처음 생긴 것(三從不出相門闌 此事如今始有之)."

---

7 진현시(進賢試): 성종 때 문무 관료를 대상으로 한 중시(重試)의 하나. 송질은 1482년에 진현시에 발탁되었다.

8 남상(南床): 홍문관.

9 호당(湖堂): 문학에 뛰어난 사람에게 사가(賜暇: 휴가를 줌)하여 오로지 학업에만 힘쓰게 한 독서당.

10 삼종(三從): 여자가 어려서는 친정아버지를, 결혼해서는 남편을, 남편이 죽은 뒤에는 아들을 따르는 도리.

18

구성 임식〔林龜城植〕

구성[1] 부사를 지낸 임식은 금호(錦湖) 임형수의 조카다. 그의 계실[2] 유씨(兪氏)는 재주와 지혜가 많고, 사람을 알아보는 능력이 있었다. 만년에는 과부가 되어 나주에서 지냈는데, 살림이 제법 넉넉했다. 딸이 결혼 적령기가 되자, 유씨는 "내가 직접 사위를 고르겠다."라며 서울로 올라갔다.

유씨는 사방으로 통하는 길가에 방을 구했다. 그러고 나서 거문고와 노래에 능한 여종을 시켜, 날마다 동몽교관〔教官〕[3]의 집을 왕래하는 아이들을 유혹해서 데려오게 했다. 아이들 중에는 돌아보지도 않고 가버리는 자가 있는가 하면, 호되게 꾸짖으며 지나가는 자도 있고, 억지로 이끌려 잠깐 들어왔다가 부끄러움에 몸을 돌려 곧장 돌아가는 자도 있었다. 그들 모두는 들어갈 마음이 없었던 것이다.

그러다 가장 뒤늦게, 얼굴이 그림처럼 예쁘면서 나이는 대략 열네댓 살로 보이는 한 아이가 지나갔다. 그는 별로 난처해하는 기색도 없이 들어와 앉았다. 술 몇 잔을 가득 부어 마시더니, 노래에 맞춰 춤도 추고 거문고 가락에 맞춰 노래도 불렀다. 잠시 후에는 소매를 떨치고 떠나는데, 부끄러워하는 마음이나 의심하는 마음이 없었다. 그렇다고 해서 연연해하는 마음도 없었다.

---

1 구성(龜城): 평안북도 중서부에 있던 군 이름.

2 계실(繼室): 다시 얻은 처.

3 교관(教官): 동몽교관(童蒙教官)의 약칭으로, 나이가 어린 아이들을 가르치고 지도하던 관원.

유씨는 속으로 크게 감탄하여, 수소문하여 그가 누구인지를 알아냈다. 그리고 그를 사위로 맞았는데, 그가 바로 임서였다.

임서는 일찍이 과거에 급제하여 벼슬이 감사에 이르렀다. 두 아들을 두었는데, 연(埏)은 승지를, 담(墰)은 이조판서〔冢宰〕[4]를 지냈다. 유씨가 사람을 알아보는 능력은 유씨(劉氏)가 황상(黃裳)을 알아본 것에 비해도 손색이 없었다.[5]

구성 임식(1539-1589) | 자는 □□[6], 호는 송파(松坡), 본관은 평택이다. 좌랑 정수(貞秀)의 아들이다. 선조 임신년(1572)에 문과에 급제했다. 벼슬은 부사에 그쳤다. 부인 유씨는 □□[7]의 딸이다.

금호 임형수(1514-1547) | 자는 사수(士遂)로, 무인으로 병사절도사〔武兵使〕를 지낸 준(畯)의 아들이다. 중종 신묘년(1531)에 진사를 거쳐, 을미년(1535)에 문과에 급제했다. 한림, 이조좌랑, 사인(舍人)을 거쳤다. 정미년(1547)에 벽서 사건에 연루되어 사사(賜死)되었다. 벼슬은 목사에 그쳤다.

임서(1570-1624) | 자는 자신(子慎), 호는 석촌(石村), 본관은 나주다. 풍암(楓岩) 복(復)의 아들이요, 귀래정(歸來亭) 붕(鵬)의 손자다. 선조 경인년(1590)에 생원을 거쳐, 기해년(1599)에 문과에 급제했다. 벼슬은 황해도 관찰사에 이르렀다.
아들 련(1589-1648)의 자는 동야(東野), 호는 몽파(夢坡)다. 진사를 거쳐, 인조 계해년(1623)에 급제했다. 담(1596-1652)의 자는 재숙(載叔), 호는 청구(淸癯)다. 인조 을해년(1635)에 생원 진사를 거쳐 과거에 급제했다. 사인과 직제학을 역임했다. 벼슬은 행(行) 이조판서로, 재상에 추증되었다. 시호는 충익(忠翼)이다.

---

4 총재(冢宰): 이조판서.

5 유씨(劉氏)가 황상(黃裳)을 알아본 것: 황상(1591-1612)은 김직재 옥사에 역모죄로 할아버지와 함께 처형되었다가, 1623년에 그것이 원사(冤死)였음이 밝혀져 지평으로 추증된 인물을 말하는 듯하다. 그런데 그와 관련된 전고는 찾지 못했다.

6 원문에는 빈칸으로 되어 있는데, 임식의 자는 숙무(叔茂)다.

7 원문에는 빈칸으로 되어 있는데, '유필은(兪必殷)'을 말하는 듯하다.

19

권경유[權生景裕]

권경유의 자는 군요(君饒)요, 류순정의 자는 지옹(智翁)이다. 젊어서부터 재능이 있었는데, 일찍이 산사에서 학문에 힘쓸[1] 때였다. 한 소년이 산승(山僧)에게 글자를 배우고 있었는데, 권생과 류생이 그에게 각각 물었다.

"너는 누구더냐?"

"네 용모가 빼어난데, 누이가 있느냐?"

소년이 대답했다.

"누이가 하나 있습죠. 본디 나주 관아에 이름[籍]을 올린 기생으로, 이름은 옥부향(玉膚香)이라 합니다. 어릴 때의 이름은 해도(海島)였습죠. 용모와 기예가 남쪽 지방에서는 제일인지라, 지난해에는 선상기[2]로 뽑혀 서울에 올라왔습죠. 서울에서도 자못 명성을 날리고 있다고는 합디다."

두 사람은 옥부향에 대한 애틋한 마음을 억제할 수 없었다. 이에 둘이 약속했다.

"우리 두 사람 중 과거에 먼저 급제하는 자가 옥부향을 차지하기로 하세."

그러고는 소년에게 물어 나주 고향집에 있는 골목 풍경, 꽃과 나무, 시내와 바위 따위들을 마음속에 모두 담아두었다.

---

1 예업(隷業): 이업(肄業). 학업·기술 등을 배워 익힘. '예(隷)'는 '이(肄)'와 통용한다.

2 선상기(選上妓): 지방 관아에 속한 기생들 중에서 서울에서 벌어지는 연회를 돕기 위해 뽑혀 상경한 기생.

이삼 년 사이에 두 사람은 모두 과거에 급제했다. 류생은 함경도 평사[3]가 되었고, 권생은 한림이 되었다. 권생은 연회석상에서 노래하는 기생들 틈에 끼어 있는 옥부향을 보고[4] 그녀에게 말했다.

"너는 나를 모르겠느냐?"

"기억이 나지 않습니다."

권생은 즉시 말을 꾸며 말했다.

"네가 나주 관아에서 부림을 받을 때에 내가 포의[5]로서 거기를 지나지 않았더냐. 당시 통판[6]으로 계시던 아무개가 네게 내 천침[7]을 들게 했고, 나도 네 집에 가서 며칠을 머물렀다 가지 않았느냐? 네 어미의 이름은 아무개고, 할미의 이름은 아무개고, 오라비의 이름은 아무개고, 남동생의 이름은 아무개였지. 집 앞에 나무가 몇 그루며 꽃이 몇 송이, 시내가 몇이며 바위가 몇 개인지도 잊지 않고 있거늘……. 또 너는 내게 맹세하며 이런 말도 하지 않았느냐? '첩이 요행히 서울로 뽑혀 올라가고 낭군께서도 과거에 급제하시는 때, 그때가 살아서 다시 만나는 날이 될 것'이라고. 그런데도 네가 나를 잊었단 말이더냐?"

옥부향은 이상히 여겨 얼굴을 들고 한참 동안 바라보다가 탄식하며 말했다.

"한림께서 가르치신 바가 참으로 맞지만, 모습이 예전에 봤을 때와는 자못 다르군요. 그러나 이런 일이 있었던 것만큼은 분명합니다. 다만 첩은 동쪽 집에서 밥을 먹고 서쪽 집에서 잠을 자며, 이씨 낭군과 장씨 낭

---

3 평사(評事): 병마평사(兵馬評事)의 약칭. 병마절도사 막하에서 군사 조치에 참여하며, 문서를 관장하는 등의 사무를 담당했다.

4 《기문총화》에는 이 뒤에 "과연 절색이었다(果絶艶也)."가 첨가되어 있다.

5 포의(布衣): 벼슬이 없는 선비.

6 통판(通判): 판관(判官)의 다른 이름. 감영이 있는 곳의 수령.

7 천침(薦枕): 잠자리 시중.

군 사이를 오가는 처지인지라, 그동안에 까마득히 잊어버렸나 봅니다.”

그러고는 흐느껴 울기를 마지않았다.

이날 밤에 비로소 약속이 이루어졌다. 사림(士林)들은 이 이야기를 서로 전하면서 신기한 일로 여겼다.

권경유(?-1498) | 자는 군완(君綏)[8], 호는 치헌(痴軒), 본관은 안동이다. 판관 질(耋)의 아들이요, 일재(一齋) 한공(漢公)의 6세손이다. 성종 계묘년(1483)에 진사를 거쳐, 을사년(1485)에 과거에 급제했다. 한림과 이조 낭관을 역임했다. 무오년 사화에 점필재의 문도로 탁영(濯纓) 김일손과 더불어 같은 날에 화를 입었다. 벼슬은 교리(校理)에 그쳤다.

류순정(1459-1512) | 본관은 진주다. 판서 양(壤)의 아들이다. 성종 경자년(1480)에 생원과 진사를 거쳐, 정미년(1487)에 과거에 급제했다. 중종반정 때 박원종, 성희안과 함께 정국공신(靖國功臣)에 봉해졌다. 임신년[9]에 재상이 되었는데, 당시 나이가 49세였다. 관직은 영의정에 이르렀다. 청천부원군에 봉해졌다. 시호는 무안(武安)인데, 나중에 성렬(成烈)로 고쳐 불렀다.

---

8 원문에는 ‘군완(君綏)’이라고 되어 있는데, ‘군요(君饒)’가 맞다. 본문에서도 ‘군요’라고 썼다.

9 원문에는 임신년(1512)에 재상이 된 것으로 되어 있지만, 병인년(1506)이 맞다. 그때 류순정의 나이는 48세였다.

20

송당 박영〔朴松堂〕

송당(松堂) 박영은 양녕대군의 외손으로, 타고난 자태가 빼어나고 집 또한 부유했다. 열일곱 살 때에는 직접 요동[1]에 가서 비둘기를 사서 돌아오기도 했다. 무슨 일을 해도 자유분방하여 어디에도 얽매이지 않는 까닭에, 성종(成宗)께서 불러 직접 경계한 적도 있었다.

그 후 무과에 급제하여 선전관에 제수되었다. 어느 날, 좋은 말〔駿馬〕을 타고 멋스럽게 의복을 갖춰 입고서 남소문동[2] 어귀를 지나갈 때였다. 자못 예쁜 한 여인이 공을 보고 손짓을 하는 것이었다. 공은 말에서 내려 종에게 "내일 아침 일찍이 오너라." 하고 경계한 후 여인을 따라갔다. 여인의 집은 사람이 살지 않는 깊고 궁벽한 곳에 있었다. 공이 그곳에 이르렀을 때는 날이 이미 깜깜해져 있었다.

그런데 여인은 갑자기 몸을 돌려 공을 마주 보더니 눈물을 줄줄 흘렸다. 공이 까닭을 물으려 하니, 여인은 불쑥 손을 내두르며 말을 막더니 소리를 낮춰 귓속말을 했다.

"공의 풍채를 보오니 필시 범상한 사람은 아닐 터인데, 저 때문에 억울하게 죽게 되었습니다."

공은 놀랍고도 해괴하여 다시 물었다. 여인이 이내 대답했다.

---

1 요동(遼東): 요하(遼河) 동쪽. 지금의 중국 요녕성(遼寧省) 남동부 일대.

2 남소문동(南小門洞): 서울 남산 봉수대 동쪽에 설치되었던 남소문이 있던 일대. 지금의 국립극장 근처.

"도적들이 저를 미끼로 삼아 사람을 유인한 후 죽인답니다. 그가 입은 의복 및 말과 안장을 나눠 갖기 위함이죠. 이렇게 한 지 벌써 몇 해나 되었답니다. 저는 날마다 여기서 도망칠 것을 생각하지요. 하지만 도적의 무리가 너무 많아, 그러다가 죽임을 당할까 두려워 감히 엄두도 내지 못했습니다. 공께서 저를 살릴 수 있을까요?"

공은 즉시 칼을 뽑아 들고, 잠도 자지 않은 채 가만히 앉아 방 안 벽 위의 네 모퉁이를 직시했다. 밤이 깊어지자, 방 위쪽 다락에서 여자를 부르며 큰 밧줄이 내려오기 시작했다. 공은 몸을 급히 일으켜 벽을 박찼다. 그러고는 재빨리 여자를 들쳐업은 후, 무너뜨린 벽 틈새로 빠져나왔다. 담장 몇 개를 뛰어넘어, 뒤돌아볼 여력도 없이 옷자락을 잘라내 가며[3] 달아남으로써 겨우 목숨을 건질 수 있었다.

다음 날, 공은 마침내 관직을 버리고 선산[4]으로 돌아갔다. 그리고 옛날의 버릇을 고쳐 발분하여 책을 읽었고,[5] 기질을 바꿔 학문에 정통한 선비가 되었다. 여인은 삶을 마칠 때까지 공을 섬겼다.[6] 공은 평생토록 자신이 앉은 자리 옆에다 잘라낸 옷자락을 놓아두었는데, 자제들에게도 그것을 보이며 경계하곤 했다.

---

3 옷자락을 잘라내 가며: 절거(絶裾). 만류하는 것을 뿌리친다는 의미지만, 여기서는 걸리적거리는 것을 잘라낸다는 뜻으로 쓰였다. 이 말은 《세설신어》에서 유래했다. 서진(西晉) 말에 온교(溫嶠)의 어머니 최씨가 아들이 전쟁에 나가는 것을 만류했지만, 온교는 어머니의 옷자락을 끊고 전쟁에 나간 고사에서 나왔다.

4 선산(善山): 경상북도 선산읍. 지금은 구미시에 통합되었다.

5 절절독서(折節讀書): 옛날의 습관을 바꿔 독서에 열중함. 《기재잡기》에는 "성현의 책들을 읽었다(聖賢書)."로 되어 있다.

6 《기재잡기》에는 "여인은 삶을 마칠 때까지 공을 섬겼다."라는 내용이 빠져 있다.

송당 박영(1471-1540) | 자는 자실(子實), 송당(松堂)은 그의 호로, 본관은 밀양이다. 군수 수종(壽宗)의 아들이요, 나산 경수[7] 강생(剛生)의 현손이다. 신당(新堂) 정붕(鄭鵬)에게 사사(師事)하여, 힘써 행하고 게으르지 않았다. 성리학에 침잠하여 많은 후진을 이끌었다. 기묘년(1519) 사화에 병조참판으로 있다가 파면되었다. 경상도 병마절도사로 있다가 죽었다. 시호는 문목(文穆)이다.

7 나산 경수(蘿山耕叟): 여말선초 문신 박강생(1369-1422)의 호다. 나산(蘿山)과 경수(耕叟) 두 개의 호를 썼다.

21

금호 임형수〔錦湖林校理〕

교리(校理)를 지낸 금호(錦湖) 임형수가 젊었을 때에는 성격이 활달하여 거침이 없었고, 행동거지가 대범하여 작은 일에는 구애를 받지 않았다. 말타기와 활쏘기를 익혔을 뿐 아니라, 글 읽기를 좋아하여 문장에도 능했다.

언젠가 과거를 보러 서울로 올라갈 때였다. 같이 공부하던 두 사람도 나란히 말을 몰아 나아갔다. 길을 가는 도중에 그들은 흰 휘장을 드리운 가마 하나가 그들 뒤로 쫓아오는 것을 보았다. 가마 뒤에는 18-19세쯤 되었음 직한 여종이 있었다. 얼굴이 자못 예쁜 데다, 땋아 내린 머리는 발꿈치에 닿아 있었다. 그 모습이 퍽 간드러졌는데, 그녀는 하늘거리며 가마를 뒤따라갔다. 그러다가 그들은 갑자기 말을 탄 일행을 추월하더니, 고개 돌려 금호를 바라보았다.

한 마장[1]쯤 갔을까. 여종은 다시금 뒤돌아 금호를 바라보았다. 그러자 같이 가던 두 친구가 조롱하며 말했다.

"우리 세 사람이 동행함에, 자네의 외모가 별나게 뛰어난 것도 아닌데, 저 여인은 유독 자네만 편애하여 여러 번 뒤를 돌아보는군. 왜 그런가?"

"나도 모르지."

금호 일행보다 앞서 큰 고을에 다다른 가마는 구석진 골목으로 들어갔

1 마장(馬場): 거리 단위. 한 마장은 5리나 10리가 못 되는 거리로, 보통 2-4km 정도를 의미한다.

다. 골목 안으로 들어가는 가마를 본 금호가 두 친구에게 말했다.

"자네들은 모름지기 앞에 있는 숙소에 먼저 가서 기다리고 있게. 내 마땅히 내일 새벽에 뒤따라감세."

두 사람은 비웃음과 질타를 섞어 말했다.

"선비가 과거를 보러 가는 도중에 한 여자에게 미혹되어 동행하던 친구까지 버려둔 채 중도에 길을 바꾸겠다고……. 이런 인사가 어디 있단 말인가?"

금호는 웃기만 할 뿐 대꾸하지 않았다. 그저 종놈에게 말을 몰아 가마를 뒤쫓도록 재촉했을 뿐이다. 굽은 골목 안으로 거침없이 들어가니, 두 개의 기둥을 높이 세운 커다란 대문이 보였다. 금호는 문 안으로 들어가 말에서 내렸다. 행랑채 기둥에 말을 매어두고 계단으로 성큼 올라서니, 방문은 굳게 닫혀 있고 마루에는 먼지만 가득했다.

마루에 잠깐 앉으려고 할 즈음이었다. 아까 그 여종이 한 손에는 방석을 쥐고, 다른 한 손에는 화로를 들고 안채에서 나왔다. 그러고는 행랑방 안으로 가서 자리를 깔고 그 앞에 화로를 놓은 뒤, 금호에게 방 안으로 자리를 옮길 것을 청했다. 금호가 웃으며 말했다.

"너는 내가 반드시 따라오리란 것을 어떻게 알았기에 이런 것들을 미리 준비해 두었더냐?"

여종도 웃으며 말했다.

"제가 세 번이나 돌아보았는데, 오시지 않을 리가 없잖습니까?"

그러고는 다시 말했다.

"우선 담배나 태우시면서 저녁상을 준비해 올릴 때까지 기다려주십시오. 저녁 식사를 다 하시면 저는 그릇을 씻어야 하니, 그 뒤에 다시 나와서 뵙겠습니다."

잠시 후, 과연 저녁밥을 준비해 들여보냈다. 금호가 밥을 다 먹자, 상을 들고 안채로 들어갔다. 얼마의 시간이 지나자, 여종은 행랑으로 다시 나왔다. 그러고는 방 한 귀퉁이에 앉더니, 갑자기 눈물을 펑펑 흘리며 울기 시작했다. 금호가 괴이히 여겨 까닭을 묻자, 여종은 눈물을 거두고 대답했다.

"제 상전은 의지할 친척 하나 없는 외로운 사람이온데, 어느 해에 아무개 댁 부인과 결혼을 하였지요. 언젠가 부인께서 친정에 갔다가 돌아오는 길이었지요. 갑자기 돌풍이 부는 바람에 가마의 휘장이 걷혔는데, 마침 지나가던 완악한 중놈이 부인의 아리따운 얼굴을 얼핏 보았더랍니다. 외람되게 음욕이 일어났던지, 가마를 쫓아와서는 억지로 부인을 욕보였답니다. 그리고 상전까지 죽였지요. 그 뒤로부터는 빈번하게 여기를 오고 간답니다. 마음속으로야 슬프고도 원통하지만, 일개 여자로서 어떻게 해볼 수가 없었습니다. 그저 남모르게 힘센 선비의 도움을 받아 복수를 도모하리라 생각했지요. 그러나 그런 사람을 여태 만나지 못했습니다. 남모르게 좋은 활과 단단한 화살도 준비해 두고, 그저 도와줄 사람이 오기만을 기다린 지도 제법 오랩니다."

"그러면 함께 가는 세 사람 중에 유독 내게만 눈길을 준 것은 무슨 까닭이더냐?"

"행차를 보오니 용모가 건장하신지라, 충분히 이 일을 해결해 주실 것이라고 믿었기 때문입니다."

"중놈은 지금 어디에 있느냐?"

"지금 방 안에서 부인과 희롱하고 있더군요."

금호는 곧바로 활시위에 화살을 먹인 후, 여종에게 앞장서서 인도하게 했다. 여종의 뒤를 따라 안채로 들어간 금호는 어두운 곳에 몸을 숨겨 그들의 동태를 엿보았다. 중은 불을 환하게 밝히고 옷을 풀어헤쳐 맨가슴을 드러내고 있었다. 게다가 술에 취한 채 벽을 기대어 앉아 있었다. 금호는 활을 힘껏 당겼다가 놓았다. 화살은 정확히 중놈의 가슴에 가서 박혔다. 중은 크게 소리를 한번 내지르더니 이내 땅으로 거꾸러졌다.

금호가 다시 화살을 꺼내 여인을 쏘려 하자, 여종이 말리며 말했다.

"부인의 소행이 비록 이렇다 해도, 또한 제 상전입니다. 제 손으로 죽일 수가 없습니다. 마땅히 스스로 죽어야 할 것이니, 그저 놓아두고 가는 것만 못합니다."

금호가 마침내 그만두고 여종과 함께 안채의 문 밖으로 나왔다. 여종이 금호에게 말했다.

"소인은 행차를 따라가겠습니다. 첩으로 삼든 종으로 부리든 오직 명령에 따르겠습니다."

그러고는 분주하게 행장을 수습한 후 급히 대문 밖으로 나왔다. 금호는 여종과 함께 말에 올라타서 그곳을 떠났다.

반 리[2]쯤 갔을 때 여종이 말했다.

"제가 잊고 온 일이 있습니다."

그러고는 말에서 내렸다. 다시 집으로 돌아간 여종은 집에 불을 질렀다. 금호는 말을 멈추고 기다렸다. 이윽고 그 집에서 불길이 사방으로 일어나며 연기가 하늘로 치솟는 것이 보였다. 여종은 불을 지른 뒤 곧바로 돌아왔다. 그러고는 조금 전에 나란히 말에 올라탔던 모양 그대로 함께 앉았다.

친구들이 있는 숙소에 도착하니, 막 새벽 동이 트고 있었다. 두 친구는 나와 맞이하는데, 금호가 한 여자를 데리고 온 것을 보았다. 둘은 또 조롱에 꾸짖음을 더해 말했다.

"지금 과거를 보러 가는 길에 여자를 끼고 왔군. 상서롭지 않음이 이보

---

2 반 리: 200m 정도.

다 더 큰 것이 없네."

금호는 그저 웃기만 할 뿐, 아무런 대꾸도 하지 않았다.

금호는 여종을 서울까지 데리고 갔는데, 여관에 머물 때에는 그 집 안주인이 거처하는 곳에 있게 했다. 그러고는 과거에 필요한 도구들을 갖춰 과장에 들어가 시험을 치렀고, 과연 장원 급제를 했다.

유가(遊街)를 하고 3일이 지나, 금호는 여종을 데리고 고향으로 돌아왔다. 금호가 그녀를 부인에게 보이며 사환으로나 부리겠다고 하자, 사건의 전말을 들은 부인은 오히려 여종을 몹시 칭찬하며, 천민으로 대접할 수 없다며 첩으로 삼기를 권했다.

그녀는 온순하고 공손한 데다 총명했다. 부인도 그녀를 매우 사랑하여 서로 화목하게 지내며 평생을 마쳤다고 한다.

금호 임형수 | 앞에서 이미 다루었다.

22

제봉 고경명〔高霽峯〕

제봉(霽峰) 고경명이 젊었을 때다. 그는 아버지가 계신 공주 임소(任所)에 머물렀는데, 거기에서 만난 어린 기생과 정이 깊어졌다.

그 후 제봉은 정시(庭試)를 보러 서울에 올라갔다가 아버지의 병환 소식을 들었다. 그는 방(榜)이 나는 것[1]도 기다릴 새 없이 급히 공주로 내려왔다. 낮에 공주 임소에 가까운 참〔午站〕[2]에서 머물게 되자, 제봉은 잠깐 틈을 내어 기생을 보러 갔다. 그런데 기생은 방백[3]의 아들에게 사랑을 받는지라, 잠시도 밖으로 나오는 게 허락되지 않았다. 제봉은 기생의 어미에게 꾀를 써서 그녀를 불러내도록 했다.

밖으로 나온 기생은 울며 제봉의 옷을 붙들어 놓지 않았다. 무릇 기생의 사랑이 제봉보다도 더 깊었기 때문이리라. 제봉은 갈 길이 몹시 바쁘기에 억지로 그녀를 돌려보내야 했다. 게다가 고을 관아에서는 잔치를 베풀고 있던 중이어서 급하게 기생을 찾았다. 그러나 기생은 억지를 써가며 돌아가려고 하지 않았다. 결국 제봉은 기생의 붉은 치마 끝단에 율시 한 편을 적어서 보내야만 했다.

감사가 기생이 늦게 복귀한 데 대해 화를 내며 형벌을 내리려 하자, 그녀는 울면서 사실대로 아뢰었다. 치마에 제봉이 쓴 시는 이렇다.[4]

---

1 방(榜)이 나는 것: 합격자 발표.
2 오참(午站): 낮에 점심을 먹기 위해 잠시 쉬는 곳.
3 방백(方伯): 지방 관찰사. 오늘날의 도지사 정도.

立馬沙頭別故遲	모래톱에 말을 세워 짐짓 이별을 늦추니
生憎楊柳最高枝	한스러워라, 높이 있어 꺾지 못할 버들가지여.
佳人緣薄含新態	가인과의 인연이 엷은데 새로운 자태 머금으니
蕩子情深問後期	탕자의 정이 깊어 뒷날 만날 기약만 자꾸 묻네.
桃李落來寒食節	복숭아꽃 오얏꽃 날리는 한식절에
鷓鴣飛去夕陽時	저녁노을 사이로 자고새 날아가고
江南雨歇春波綠	강남에 비 개어 봄 물결 푸른데
手折蘋花有所思	마름꽃 꺾고 있자니 더욱 그리워지는 임.

감사는 깜짝 놀라 급히 제봉을 불렀지만, 그는 이미 떠난 뒤였다. 사람을 보내 쫓게 했더니, 효가리[5]까지 가서야 데려올 수 있었다. 감사가 말했다.

"자네 아버님 병환은 걱정할 게 없네. 또 내가 지금 사람을 보내 이틀 내로 차도가 있을지 여부도 탐문하겠으니, 자네는 잠시만 머물러 있게."

그때는 잔치가 아직 끝나지 않았던 터라, 대접이 극진하기가 한량없었다.

밤이 깊었을 때였다. 관아에 소속된 하인이 방문을 두드리며 제봉을 찾았다. 그가 과거에서 장원 급제했다고 소식을 알려주는 것이었다. 감사는 즉시 급제자를 위한 행사(應榜)[6]에 필요한 각종 물품을 성대하게 갖춰서 보내주었다. 또한 아버지의 병환이 완쾌했다는 소식도 탐문하여 알

---

4 이 시는 《제봉집(霽峯集)》에 '이별의 안타까운 마음을 담아 벗에게 주며(贈友人以道惜別之意)'라는 제목으로 실려 있다.

5 효가리(孝家里): 지금의 공주 소학동. 향덕(香德)의 효행에서 비롯된 지명이다. 자기의 넓적다리 살을 베어 부모를 봉양한 일화가 《삼국유사》에 실려 전한다. 효가리에서 공주 관아까지는 대략 20리(8km) 정도 떨어져 있다.

려주었다.

감사는 급제자 의식에 참여했다가 돌아오는 길에 다시금 관아에 들르도록 했다. 그리고 크게 잔치를 베풀어 즐기게 한 뒤에 기생도 제봉에게 보내주었다.

제봉 고경명(1533-1592) | 자는 이순(而順). 제봉(霽峰)은 그의 호로, 본관은 장흥이다. 하천(霞川) 맹영(孟英)의 아들이다. 명종 임자년(1552)에 진사를 거쳐, 무오년(1558)에 과거에 급제했다. 당시 나이가 26세였다. 동래 부사로 있을 때에 김백균의 사위인 탓에 배척되어 고향에서 거처했다. 임진년(1592)에 의병을 일으켜 금산전투에서 순국했다. 벼슬은 공조참의에 그쳤다. 좌찬성에 추증되었다. 시호는 충렬(忠烈)이다.

---

6 응방(應榜): 과거에 합격한 급제자를 발표하면서 행하는 의식에 참여하는 것. 임금이 참여한 자리에서 과거 합격자를 호명하면 합격자는 나아가 숙배(肅拜)하고, 임금은 어사화와 상을 내린다. 이 행사에 참여하려면 공복(公服)을 갖춰 입고 축하하는 행사가 있으므로 많은 비용이 든다. 감사가 이 비용을 지급해 주었음을 알 수 있다.

23

금남 정충신〔鄭錦南〕

금남(錦南) 정충신이 처음으로 선사포[1] 첨사[2]에 제수되었을 때다. 재상집을 찾아가 하직 인사를 하자, 노재상이 은근히 예를 갖춰 말했다.

"나는 자네가 큰 그릇임을 아네. 앞으로 벼슬이 어디까지 오를지 헤아릴 수 없을 정도지. 또 자네가 여태 가정을 꾸리지 않았다는 것도 아네. 내겐 측실에게서 둔 딸이 있는데, 자네의 소실을 삼아 건즐[3]을 받들게 하면 어떻겠나?"

금남은 성의에 감동하여 허락했다. 이에 노재상이 말했다.

"그렇다면 다른 사람들의 이목을 번거롭게 할 것도 없네. 출발하는 날, 홍제원[4] 다리 입구에서 기다리다가 함께 데리고 떠나면 좋겠네."

떠나는 날이 되어 금남이 다리 입구에 이르니, 어디론가 떠나려고 행장을 갖춘 게 분명한 가마 한 채가 나는 듯이 다가와 '선사포로 가는 행차인가'를 물었다. 금남이 부인을 맞이해서 보니, 몸집이 매우 큰 데다 하는 말도 무미건조했다. 금남은 마음속으로 '속아서 억지 결혼을 했다'고 생각했다. 그렇다고 물리칠 수도 없는 일. 억지로 함께 선사포로 갈 수밖에 없었다. 그렇게 진영(鎭營)에 도착해서는 부엌살림이나 맡아보게 했을

---

1 선사포(宣沙浦): 평안북도 철산군에 있었던 포구.

2 첨사(僉使): 조선 시대 각 진영(鎭營)에 속한 종3품 무관.

3 건즐(巾櫛): 수건과 빗. 이것을 들고 곁에서 남편을 모신다는 뜻으로, '아내의 일'을 의미한다.

4 홍제원(弘濟院): 조선 시대에, 북방으로 향하는 사신들에게 편의를 제공하던 원(院). 지금의 서대문구 홍제역 부근에 있었다.

뿐, 그녀를 보살피며 돌보려는 생각은 조금도 하지 않고 지냈다.

어느 날 저녁이었다. 감영(營門)에서 비밀문서가 도착했다. 열어서 보니 '군사 업무와 관련하여 상의할 일이 있으니 지체하지 말고 성화같이 달려오라.'라고 쓰여 있었다. 밥을 재촉해 먹은 후 소실에게 갔더니, 소실이 말했다.

"영감께서는 무슨 일 때문에 행차하는지 아시는지요?"

"모르오."

"이렇게 어지러운 시국에 거취를 결정할 때에는 반드시 일의 조짐을 미리 헤아리고 계셔야 합니다. 그렇지 않으면 곤란한 상황에서 어떻게 벗어날 수 있겠습니까?"

금남은 그녀의 말이 기특하여 자세히 캐물었다. 소실이 말했다.

"이런 일들이 있을 듯한데, 그 일에 대처하실 때에는 임기응변으로 이리이리하십시오."

그러고는 붉은 비단으로 만든 철릭[5]을 꺼내 입게 했다. 옷은 몸에 맞춘 듯 꼭 맞았다. 금남은 몹시 놀라면서도 기특하게 여겼다.

급히 말을 몰아 감영에 이르니, 순사[6]가 좌우를 물리치고 말했다.

"지금 중국 사신이 본국으로 돌아가는 길에 잠시 이 성에 머무르고 있는데, 그들이 백은(白銀) 만 냥을 바치라고 요구하네. 만약 듣지 않으면 내 목을 베겠다고 하네. 일이 몹시 급한데, 어떻게 할 방법이 없네. 그렇다고 백은을 준비하기도 어렵고……. 백방으로 생각해도 자네가 아니면 임기응변할 방도가 없기에 이렇게 오라고 부탁한 것이네."

---

5 철릭: 천익(天翼). 무관이 입던 공복으로, 허리에 주름이 잡히고 큰 소매가 달린 옷이다. 여기서는 군사 행동을 할 때 입던 융복(戎服)을 의미한다.

6 순사(巡使): 순찰사. 여기서는 관찰사(감사)를 말한다.

말을 들어보니, 과연 소실이 떠날 때에 가르쳐준 일이었다. 이에 소실이 일러준 말을 좇아, 자기가 조치하여 처리하겠다고 호언장담했다.

금남은 바로 연광정(練光亭)으로 나아가 감영의 군교 중에 영리한 자 하나를 불러 한참 동안 귓속말을 했다. 군교는 돌아가 감영의 기생 중에서 똑똑한 자 네댓 명을 골랐다. 그리고 그녀들로 하여금 중국 사신의 시중을 들되[7], 노래도 부르고 거문고도 타면서 질탕한 술자리를 만들어놓도록 했다. 금남은 다시 감영 장교를 불러 귓속말을 했다.

"지금 은을 내놓지 못하면 관찰사가 죽임을 당할 것이고, 성안이 온통 어육이 되고 말 것이네.[8] 너희들도 죽을 수밖에 없겠지. 그러니 너는 나가 성안을 돌아다니면서 집집마다 화약을 꽂아두게 하라. 연광정 위에서 폿소리가 세 번 나거든 그때 불을 놓게 하고……."

감영 교리는 '네 네' 하고 명령을 받들고 물러갔다가 잠시 후에 돌아왔다.

"모두 꽂아놓았습니다."

이윽고 포가 한 번 울렸다. 기생들은 곁에서 몰래 낌새를 엿보다가 포가 울리자 몹시 두려워하는 체했다. 그러고는 거짓으로 소피를 보러 간다며 바쁘게 빠져나가서 각자 집으로 돌아가서 상황을 전했다. 순식간에 성안의 모든 백성들도 상황을 알게 되었다. 그들은 아버지와 어머니를 부르고, 아내와 자식을 이끌면서 다투어 성 밖으로 나갔다. 아우성치는 소리는 하늘에까지 닿을 정도였다.

중국 사신들은 첫 포성을 듣고 몹시 의아해하던 차에 아우성치는 소리까지 들려오자, 깜짝 놀라 급히 일어나서 무슨 상황인지를 캐물었다. 군

---

7 수청(隨廳): 높은 사람의 시중을 드는 일.

8 어육(魚肉)이 되다: 사람들을 잔인하게 짓밟아 해치는 것을 비유적으로 이르는 말.

교 한 사람이 아뢰었다.

"선사포 첨사께서 이리이리하고 있답니다."

이렇게 말을 할 때에 또다시 포가 울렸다. 군교가 다시 말했다.

"만일 다시 한번 포가 울리면 성안에 있던 모든 것들이 모조리 불타 없어질 것입니다."

중국 사신은 넋이 빠져 신발도 제대로 신지 못한 채 허둥대며 연광정으로 달려갔다. 그리고 금남의 손을 잡고 목숨만은 살려달라고 빌었다. 금남은 사리를 따져가며 꾸짖었다.

"중국(上國)은 부모의 나라요. 그래서 사신이 중국에서 명을 전달하러 오면, 우리나라 관료(陪臣)들이 각별하게 접대를 했던 것이오. 사신께서는 전례 없이 은을 내놓으라고 요구하시는데, 참으로 이런 정치는 아무리 시행하려고 해도 할 수 없는 법이요. 성안의 사람들 모두 죽는 수밖에 없지요. 그럴 바에는 차라리 불더미 속에서 모두가 함께 죽는 게 낫소."

"우리의 목숨은 어르신의 손에 달렸소이다. 우리는 지금 당장 말을 불러 마당에 세우고, 그 말을 타서 곧바로 떠나겠소. 그리고 밤낮 가리지 않고 말을 몰아 사흘 내에 압록강을 건너가겠소. 그러니 더 이상은 포를 쏘지 마시구려."

"당신들은 무례한지라, 나는 그 말을 못 믿겠소."

그러고는 포수를 불렀다. 중국 사신들은 금남을 붙들고 천 번 만 번 애걸복걸하더니, 급기야 크게 소리 내어 울면서 금남의 꽁무니만 좇아다녔다. 금남은 거짓으로 못 이기는 척하며 마침내 간청을 들어주었다. 그리고 말을 몰아 급히 떠날 것을 재촉했다. 중국 사신 일행은 한도 끝도 없이 감사하다고 사례하며, 일제히 말에 올라 바람처럼 번개처럼 떠났다.

뒤따라갔던 사람들이 돌아와 보고했는데, 과연 사흘 안에 압록강을 건넜다고 했다. 순사는 몹시 기뻐하여 잔치를 베풀어 금남을 치하했다. 이로 인해 금남의 이름도 온 나라에 떨칠 수 있었다.

금남이 하직하고 집으로 돌아왔다. 이후로 금남은 모든 일을 소실에게 물어서 처리했다. 참으로 부인은 이인(異人)일지라! 이러하니 용모만 보고 사람을 취한다면, 자우[9]를 잃는 격이라 하겠다.

금남 정충신(1576-1636) | 자는 가행(可行), 호는 만운(晩雲), 본관은 나주다. 륜(綸)의 아들이요, 경렬공(景烈公) 지(地)의 후손이다. 처음에 광주지인(光州知印)으로 있다가, 도원수 권율을 따라 서울로 올라와서 백사(白沙) 이항복에게 재주를 인정받았다. 임진년(1592)에 용만(灣上)[10]에서 치른 무과에 급제했다. 인조반정 후에 안주 목사(牧使)로 제수되었다. 갑자년(1624) 이괄의 난 때에는 낙서(洛西) 장만과 함께 이괄을 토벌하고 난을 평정했는데, 당시 금남의 공이 으뜸이었다. 책훈되어 군(君)으로 봉해졌다. 금남은 그의 호다. 관직은 판윤 부원수(判尹副元帥)에 이르렀다. 시호는 충무(忠武)다.

---

9 자우(子羽): 공자의 제자 담대멸명(澹臺滅明)의 자(字). 얼굴이 매우 못난 인물을 대표한다. 공자도 그의 외모를 보고 재주가 없을 것이라고 생각했다. 이후 공자는 "내가 말하는 것으로 사람을 판단했다가 재여(宰予)에게 실수했고, 외모로 사람을 판단했다가 자우(子羽)에게 실수했다(吾以言取人 失之宰予 以貌取人 失之子羽)."라고 했다. 《사기》 67권 〈중니제자열전(仲尼弟子列傳)〉에 나온다.

10 만상(灣上): 용만. 평안북도 의주를 달리 부르는 말.

24

정익공 이완〔李貞翼公〕

정익공(貞翼公) 이완이 젊어서 산에서 사냥을 할 때였다. 짐승을 쫓느라 깊은 산속으로 들어갔는데, 날이 이미 저물었지만 사방에는 인가가 없었다. 마음이 조급해진 그는, 고삐를 바투 잡고 풀이 우거진 길을 헤치며 몇 개의 산등성이를 넘었다.

한곳에 이르니, 움푹하게 들어간 산골짜기에 커다란 기와집 한 채가 있었다. 공은 말에서 내려 문을 두드렸다. 그러나 겹겹이 세워 올린 문[1]은 자물쇠로 굳게 닫힌 채 응대하는 사람이 없었다.

그렇게 한 식경[2]이나 흘렀을까, 안에서 한 여인이 나와 말했다.

"여기는 손님께서 잠시도 머물 수 있는 데가 아닙니다. 속히 떠나십시오."

여인을 보니 나이는 스무 살 남짓인데, 용모가 자못 단정하고 고왔다. 공이 말했다.

"산이 깊은 데다 날도 이미 어두워졌소. 호랑이가 빈번하게 나다니는 곳에서 겨우 인가를 찾아왔건만, 이다지 거절하시는 것은 무슨 까닭이오?"

"여기 계시다가는 필시 죽을까 염려되기 때문입니다."

"문 밖에 나가 사나운 호랑이에게 죽임을 당하느니, 차라리 여기서 죽

1 중관(重關): 겹겹이 있는 문.
2 한 식경: 밥을 먹을 동안의 시간.

으리라.”

그러고는 문을 밀치고 들어갔다. 여인도 어떻게 할 수 없는지라, 그저 맞이하여 방으로 들게 했다. 자리에 앉은 후, 공은 여기에 머물 수 없는 이유를 캐물었다. 여인이 대답했다.

“여기는 도적 괴수가 사는 곳입니다. 저는 양갓집 딸인데, 몇 년 전에 괴수에게 잡혀 왔지요. 이곳에 있은 지 몇 년이 되었지만, 아직도 호구(虎口)에서 벗어나질 못했지요. 지금은 마침 괴수가 사냥하러 가서 돌아오지 않았지만, 밤이 깊어지면 반드시 돌아올 것입니다. 만약에 손님이 여기에 머물러 계셨다가는, 저와 손님은 괴수의 한칼에 머리가 떨어지고 말 것입니다. 손님이 어떤 분이신지는 모르겠습니다. 그렇지만 괴수의 손에 헛되이 죽고 말 것이니, 어찌 슬프지 않겠습니까?”

공은 웃으며 말했다.

“죽을 때가 아주 가까워졌습니다그려. 비록 그렇다 해도 굶을 수는 없잖소. 저녁밥이나 얼른 준비해 주시구려.”

여인은 괴수에게 줄 밥상을 공에게 내어주었다. 공은 배불리 먹었다. 그러고 난 뒤, 공은 여인을 끌어안으며 누우려 했다. 여인이 완강히 거부하며 말했다.

“이리하고서 후환을 어떻게 감당하시려고?”

“이런 상황에서는 뭘 덜어낸다 해도 위반되고, 뭘 덜어내지 않는다 해도 위반이 되오. 적막한 밤, 사람들도 없는 때에 남녀가 한방에 같이 있소. 비록 두 사람 사이에 아무런 혐의가 없었다고 한들, 어떤 사람이 그 말을 믿겠소? 또 죽고 사는 것은 다 운명이오. 두려워 떨고 있어 봐야 이로울 게 뭐 있겠소?”

그러고는 함께 동침한 후 편안하게 누워 있었다.

몇 식경이 지났을 때다. 갑자기 쿵쾅하며 문 여는 소리가 들리더니, 또 짊어진 짐을 땅에 내려놓는 소리가 들렸다. 여자는 두려워 벌벌 떠는데, 얼굴은 이미 사색이 되어 있었다.

"괴수가 왔어요. 이제는 어떻게 해요?"

공은 듣고도 못 들은 척했다.

이윽고 커다란 놈팡이 하나가 들어왔다. 신장은 10척이나 되고, 강처럼 긴 눈과 바다처럼 깊은 입에,[3] 체구가 우람하며 풍채는 늠름했다. 긴 칼을 손에 쥐고 눈은 반쯤 취한 채로 안으로 들어왔다. 들어오다가 누워 있는 공을 발견한 그는 큰 소리로 꾸짖었다.

"너는 어떤 놈이기에 감히 여기에 와서 남의 아낙과 간음한단 말이냐?"

공은 느긋하게 말했다.

"산에서 짐승을 쫓다가 날이 저문지라, 잠시 이곳에 몸을 맡겼소이다."

괴수가 다시 꾸짖으며 말했다.

"네 놈이 담도 크구나. 이왕 여기에 왔으면 바깥 행랑채에 머무는 것이 옳거늘, 어찌하여 감히 안방까지 들어와 남의 아낙을 범한단 말이냐? 이것만으로도 이미 죽을죄를 지었도다. 게다가 손님 된 자가 주인을 보고도 예를 갖추지 않고 누운 채로 멀뚱히 쳐다보고만 있으니, 이것은 또 무슨 도리더냐? 이렇게 하고서도 죽음이 두렵지 않단 말인가?"

공이 웃으며 말했다.

"이런 상황에서 내가 비록 깨끗한 마음으로 여인과 다른 자리에 앉아 있었다고 합시다. 그렇다 한들 당신이 그것을 믿겠소? 사람이 이 세상에 태어나면 반드시 한 번은 죽는 법이오. 죽는 게 뭐 그리 두렵다고? 당신 하고 싶은 대로 하시구려."

---

3 하목해구(河目海口): 눈은 하수처럼 길고 입은 바다처럼 깊은 것으로, 공자의 눈과 입이 이와 같았다고 한다. 범상치 않은 모습을 형용했다.

괴수는 큰 밧줄로 공을 결박하여 대들보 위에 매달았다. 그러고서 여인을 돌아보고 말했다.

"마루 위에 사냥해 온 산짐승이 있으니, 너는 그것을 씻어서 구워 오게."

여인은 벌벌 떨면서 문 밖으로 나가 산돼지, 노루, 사슴 등의 고기를 잘라 적당히 구워 큰 소반에 담아서 올렸다. 도적은 또 술을 가져오라 하여 큰 사발로 연거푸 몇 잔을 마시고, 칼을 빼어 고기를 잘라 입 안에 넣고 씹었다. 그리고 다시 고기 한 덩이를 칼끝에 꽂고 말했다.

"곁에 사람을 두고 혼자만 먹어서야 쓰겠나? 비록 죽을 놈이지만, 고기 맛이나 보게 해야지."

그러고는 칼끝에 꽂힌 고기를 그대로 내밀었다. 공은 입을 벌려 넙죽 받아먹으면서 조금도 걱정하거나 두려워하는 빛이 없었다. 괴수는 공을 빤히 쳐다보며 말했다.

"이놈이 대장부일세!"

"네가 나를 죽이려면 당장 죽이면 되지, 무엇 때문에 이렇게 질질 끄는 게냐? 또 뭣 하러 대장부니 소장부니 하고 떠드느냐?"

괴수는 칼을 던지고 일어났다. 그리고 묶은 것을 풀고 그를 이끌어 자리에 앉혔다.

"당신처럼 천하에 기이한 사내는 내 평생 처음 보았소. 장차 세상에서 크게 쓰일 국가의 간성[4]이 될 텐데, 내가 어찌 차마 죽일 수 있겠소? 지금부터 나는 당신을 지기[5]로 받아들이겠소. 저 여자는 비록 내 아내지만 그대가 이미 가까이했으니, 곧 그대의 안식구인 셈이오. 내가 어떻게 다시

---

4 간성(干城): 방패와 성. 국가를 위해 방패가 되고 성이 되는 훌륭한 장수. 《시경》 〈주남〉 '토저(兎罝)'에 "굳세고 굳센 무부, 공후의 간성이로다(赳赳武夫 公侯干城)."에서 나온 말이다.

5 지기(知己): 자기의 속마음을 참으로 알아주는 사람.

가까이하겠소? 또한 창고 안에 쌓아둔 재물 하나하나를 모두 그대에게 주겠소. 그대는 사양치 마시구려. 장부가 세상에서 큰일을 해야 하는데, 수중에 재물이 없으면 어떻게 일을 경영할 수 있겠소? 나는 이제 여기를 뜨겠소. 훗날 내게 큰 재앙이 닥칠 것이니, 그대는 그때에나 나를 구해주시구려."

말을 마치더니 표연히 일어나 문 밖으로 나갔다. 그러고는 간 곳을 알 수 없었다. 공은 자기가 타고 온 말에 여자를 태우고, 또 마구간에 매어둔 말들에 재물을 모조리 실어 산에서 나왔다.

그 뒤 공은 현달하여 훈련대장[6]에 포도대장〔捕將〕[7]을 겸했다. 그때 멀리 떨어진 고을에서 도적 괴수가 잡혀 왔다. 공이 조사해서 다스리려 할 즈음이었다. 자세히 그의 얼굴을 들여다보니, 도적은 곧 그때 그 괴수였다. 이에 공은 지난 일을 일일이 적어 임금께 주달했다. 이로 인해 석방이 되었을 뿐 아니라, 장교 반열〔校列〕에 둘 수 있게 되었다. 그는 조금씩 추천이 더해졌고, 이후에는 무과에도 합격하여 벼슬이 병마사〔梱帥〕[8]에까지 이르렀다고 한다.

정익공 이완(1602-1674) | 자는 징지(澄之), 본관은 경주다. 형조판서 충무공(忠武公) 수일(守一)의 아들이다. 인조 조에 무과에 급제했다. 현종 갑인년(1674)에 훈련대장으로 있다가 재상이 되었다. 그때 나이가 73세였다. 정익은 그의 시호다.

---

6 훈련대장(訓鍊大將): 훈련도감의 주장(主將)으로 종2품. 훈련도감은 지금의 수도 방위를 담당하는 군대에 비견할 수 있다.

7 포도대장(捕盜大將): 범죄자를 잡는 일을 맡아보던 관아의 수장. 당시 포도청은 한성부와 경기도를 좌우로 나누어 좌우포도청이 있었다. 지금의 서울지방경찰청 및 경기지방경찰청과 비견할 수 있다.

8 곤수(梱帥): 병마절도사 및 수군절도사의 별칭. 종2품 무관.

25

교리 김 아무개〔金校理某〕

광해군 재위 병진년(1616)에 있던 일이다. 교리로 있던 김 아무개가 전라도의 어사가 되어 암행(暗行)하다가 지리산에 이르게 되었다. 교리는 겸사겸사 유람이나 할 요량으로 궁벽한 곳까지 두루 돌아다녔다. 그러다 깊고 외진 골짜기에 들어섰다가 두어 칸짜리 띠집을 발견했다. 교리가 가서 문을 두드리니 여종이 나왔다.

"우리 주인은 지금 안 계십니다."

"날이 저물어 잘 데가 없어서 그러니, 객이 머물 만한 방이나 빌려주게."[1]

여종은 안방에 들어갔다가 다시 나오더니 매우 정성스럽게 대접했다. 저녁밥도 지어 왔는데, 나물국과 조밥이나마 정결하기가 더할 나위 없었다.

밤이 되자, 안방에서 관솔불을 밝히며 하는 소리가 희미하게 들려왔다. 김 교리가 창틈으로 몰래 훔쳐보니, 쉰 살 남짓한 부인이 있었다. 부인 곁에는 등잔을 마주하고 베를 짜는 여인도 있었다. 그 여인의 자태는 유한(幽閒)하면서 정숙했다. 부인이 말을 꺼냈다.

"네 아버지는 오늘 저녁에도 오지 않으려는지……. 나가서 살펴보거라."

여인은 마당으로 나가 하늘을 우러러보더니, 부인을 향해 나지막이 말

1 《계압만록》에는 이 뒤에 "하룻밤 쉬고 가게 해주게(一夜憩息也)."가 첨가되어 있다.

했다.

“객성[2]이 소미성[3]을 범했으니, 아까 오신 손님은 필시 귀인인가 봅니다.”

그러고는 불을 끄고 방으로 들어갔다. 김 교리는 기이하고도 의아하여 통 잠을 이룰 수가 없었다.

다음 날 아침이 되자, 갈삿갓[4]을 쓰고 약상자를 지닌 집주인이 뜰 아래로 와서 절을 했다. 김 교리는 황송하고도 당혹스러워 급히 그를 붙들어 일으켰다. 주인은 안으로 들어가 옷을 단정히 갈아입고 나왔다. 갈건[5]을 쓰고 하복[6]을 입었는데, 학과 소나무 같은 골격(鶴骨松形)[7]이 마치 신선세계에 사는 사람을 보는 듯했다. 김 교리는 자기도 모르게 자꾸 앞으로 나아가는 것도 깨닫지 못했다.

이에 며칠을 더 머무르며 고금의 일에 대해 이야기를 나누는데, 명확하여 꿰뚫고 있지 않은 게 없었다. 주인이 말했다.

“나는 애초 여기에서 이름을 묻은 채 살아가려 했소. 그런데 뜻밖에 다른 사람이 알게 되었으니, 이제는 여기에도 있을 수 없군요. 당신을 보니 지기(志氣)가 쓸쓸한 게, 아마도 부인을 잃고 여태 짝을 찾지 못했나 봅니다. 내 딸이 마침 비녀를 꽂을 만한 나이가 되었으니, 당신을 받들 수는 있을 것이오.”

---

2 객성(客星): 일정한 곳에 머물지 않고 잠시 나타났다가 사라지는 별.

3 소미성(少微星): 처사(處士)를 상징하는 별로, 소미성이 빛나면 처사가 세상에 나오고, 소미성이 빛을 잃으면 처사가 죽는다고 한다.

4 갈삿갓: 갈대로 만든 삿갓.

5 갈건(葛巾): 처사나 은사들이 쓰는 칡껍질로 짠 두건.

6 하복(荷服): 연잎으로 엮어 만든 옷. 보통 은거하여 지내는 사람이나 신선을 비유적으로 이른다.

7 학골송형(鶴骨松形): 학의 골격과 소나무와 같은 형상. 곧 신선의 풍채를 비유적으로 이른다.

그러고는 마침내 자신의 딸로 아내를 삼게 했다. 그리고 다시 말했다.

"지금은 자네가 다시 벼슬길에 나아갈 때[8]가 아니네. 이제 돌아가 임금께 복명[9]을 하게 되면, 즉시 벼슬을 버리고 다시 이 산으로 들어와 자취를 감추시게. 그리고 좋은 날이 오기를 기다리게. 10년 동안 출사하지 않고 있으면 장차 태평한 날이 올 걸세."

사명을 모두 마친 김 교리는, 돌봐야 할 사람들도 없었기에 그날로 곧장 산으로 돌아갔다. 주인은 딸만 남겨둔 채 부인과 남녀 종 한 명씩만 데리고 다른 곳으로 이사를 가고 없었다. 무릇 지리산을 벗어나진 않았지만, 끝까지 이사 간 곳을 말해주지 않았다. 그저 가끔씩 와서 보고만 갔을 뿐이다.

계해반정[10] 후, 과연 김 교리는 가장 먼저 임금의 부름을 받았다. 그는 벼슬이 판서에 이르렀다.

---

8 출각(出脚): 벼슬자리에서 물러났다가 다시 벼슬자리에 나아감.

9 복명(復命): 임금께 명령을 집행하고 난 뒤에 그 결과를 보고하는 일.

10 계해반정(癸亥反正): 1623년 인조가 광해군 및 대북파를 몰아내고 능양군(인조)을 왕으로 세운 정변.

제2권

덕혜(德慧)

1

월사 부인〔李月沙夫人〕

월사(月沙) 이정귀의 부인은 판서 극지(克智)의 딸로 덕행이 있었다. 두 아들 백주(白洲) 이명한과 현주(玄洲) 이소한 모두 현달했지만, 집안을 다스림에 검소하여 화려한 옷은 몸에 가까이한 적이 없었다.

당시 아무개 공주의 집에서 며느리를 맞이할 때였다. 임금은 "조정에서 작위를 받은 부인들은[1] 모두 잔치에 참석하라."라는 명을 내렸다. 이에 모든 부인들이 최대한 화려하고 사치스러운 옷들을 뽐내며 다투듯이 참여했다. 이날 잔치에서는 비췻빛 보석들과 화려한 비단옷들이 사람들의 눈길을 사로잡았다.

뒤늦게 가마 하나가 들어왔다. 한 늙은 부인이 지팡이를 짚고 칡베적삼에 베치마를 입었는데, 품질도 형편없기 그지없었다. 부인이 마루에 오르려 할 즈음이었다. 공주는 신발도 제대로 신지 못할 정도로 급히 내려와서 부인을 맞이했다. 젊은 부인들은 손가락질하며 웃다가, 그 모습을 보더니 깜짝 놀라며 의아해했다. 그러나 누구 댁 부인인지는 알지 못했다. 공주는 부인을 맞아 상석에 앉히더니, 매우 공손하게 예를 갖췄다. 사람들은 더욱 의아해졌다.

진찬[2]이 끝나자 노부인은 먼저 일어나 작별을 고했다. 공주가 돌아가

---

1 명부(命婦): 조정에서 작위를 받은 여인을 통틀어 이름. 크게 왕궁과 세자궁에 딸린 내명부(內命婦)와 문무관의 아내인 외명부(外命婦)로 구분된다.

2 진찬(進饌): 규모가 작고 의식이 간단한 궁중 잔치.

기에는 날이 아직 이르다며 만류하자, 부인이 말했다.

"저희 집 대감이 약원[3] 도제조[4]로 있어서 새벽에 입궐하셨고, 큰아이는 정관[5]으로 정석[6]에 나아갔고, 작은아이는 승지[7]로 좌직[8]을 한다오. 이 늙은이가 집으로 돌아가 저녁밥을 준비해야지요."

자리에 앉아 있던 사람들은 깜짝 놀라며, 비로소 그녀가 월사의 부인임을 알았다.

이월사(1564–1635) | 이름은 정귀(廷龜), 자는 성징(聖徵), 본관은 연안이다. 월사는 그의 호다. 현령 계(啓)의 아들이다. 선조 을유년(1585)에 진사를 거쳐, 경인년(1590)에 문과에 급제했다. 육조의 판서를 거쳐 대제학이 되었다. 무술년(1598)에 주청사(奏請使)로 명나라에 가서 변무[9]를 분명히 하여 천하에 명성을 떨쳤다. 인조 무진년(1628)에 재상이 되었다. 벼슬은 좌의정에 이르렀다. 기로소에 들어갔고, 72세에 죽었다. 시호는 문충(文忠)이다.
큰아이는 명한(1595–1645)으로, 자는 천장(天章), 호는 백주(白洲)다. 진사와 문과에 급제했다. 대제학을 거쳐 벼슬이 이조판서와 이사[10]에 이르렀다. 시호는 문정(文靖)이다. 작은아이는 소한(1598–1645)으로, 자는 도장(道章), 호는 현주(玄洲)다. 진사와 문과에 급제했다. 남상[11]과 한림을 거쳐 벼슬이 참판에 이르렀다.

판서 권극지(1538–1592) | 자는 □□[12], 본관은 안동이다. 이조판서 극례(克禮)의 아우요, 종묘령(宗廟令) 덕유(德裕)의 아들이다. 진사와 문과에 급제했다. 벼슬은 이조판서에 이르렀다.

---

3 약원(藥院): 내의원(內醫院). 궁중의 의약을 맡은 관청.
4 도제조(都提調): 내의원의 으뜸 벼슬. 보통 정승이나 정승을 지낸 사람이 맡는다.
5 정관(政官): 문무관을 선발하는 일을 맡아보던 벼슬아치. 여기서는 이조판서를 말한다.
6 정석(政席): 벼슬아치의 인사 행정과 관련한 제반 업무를 의논하는 자리.
7 승지(承旨): 승정원의 정3품 당상관.
8 좌직(坐直): 일직이나 숙직을 함.
9 변무(辨誣): 사리를 따져서 억울한 일을 바르게 밝힘.
10 이사(貳師): 세자시강원(世子侍講院)에 딸린 종1품 관직.
11 남상(南床): 홍문관 하위직인 박사(博士)·저작(著作)·정자(正字)를 지칭함. 이들의 자리가 남쪽에 위치해서 남상이라 부른다.
12 원문에는 빈칸으로 되어 있지만, 권극지의 자는 택중(擇中)이다.

2

동원 김귀영〔金東園〕

동원(東園) 김귀영은 판서 아무개의 손자다. 그의 아버지는 어려서부터 아둔하여[1] 사람의 도리를 알지 못했다. 그저 단순한 지각만 있을 뿐이었다. 판서는 벼슬에서 물러나 고향에 돌아가 살았는데, 그 마을에는 딸을 둔 평민이 있었다. 하루는 판서가 그를 불러 말했다.

"내 자식은 혼미한 까닭에 양반가와 혼인을 의논할 처지가 못 되네. 자네에게 딸이 있다는 말을 들었는데, 나와 사돈을 맺는 게 어떤가?"

"삼가 돌아가 아내와 상의한 다음에 아뢰겠습니다."

평민이 돌아가 아내에게 사연을 전하니, 아내가 말했다.

"그게 무슨 말씀입니까? 김 상공 댁 아드님은 그저 단순한 지각만 남은 허수아비일 뿐입니다. 어떻게 정혼을 한단 말이오?"

딸이 곁에 있다가 조용히 말했다.

"상공 댁에 정상적인 아들을 두었다면 무엇 때문에 우리 집과 혼인하겠습니까? 딸 하나 버리는 셈 치고, 그 덕분으로 집안이 대대로 양반이 되면 어떻겠어요?"

아비는 딸의 말을 전했고, 마침내 혼례가 이루어졌다. 그러나 판서의 아들은 사람의 도리를 알지 못했다. 그래서 유모가 가르치는 대로 해서 아들을 낳았으니, 그가 곧 귀영이다.

귀영은 문장에 능한지라, 일찍이 현달하여 높고 중요한 벼슬[2]을 두루

---

1 몽애(蒙騃): 사리에 어둡고 철이 없음.

역임했다. 그러나 어머니 형제와 친척들은 여전히 군적(軍籍)에 들어 있었기 때문에, 상번[3]으로 서울에 올라오면 귀영의 집에서 머물렀다.

어느 날 귀영이 조정에서 퇴근하고 왔더니, 군장과 병기들이 책상 위에 놓여 있었다. 이에 하인을 불러 말했다.

"이런 물건들을 어쩌자고 여기에 두었느냐? 은밀한 곳에 숨겨, 찾아오는 손님들에게 보이지 않게 하라."

그 말을 들은 어머니는 귀영을 불러들인 뒤에 잘못을 따지며 말했다.

"네 집안은 원래 재상가지만, 내 집안은 비천하여 동생과 조카들 모두가 군적에 들어 있다. 그들은 우리를 가까운 친척이라 여겼기에, 서울에 올라와서도 우리 집에 머무는 게다. 마땅히 마음을 다해 대우함으로써 서로 간에 사이가 벌어지지 않게 해야 할 것이다. 그런데 어쩌자고 싫은 기색을 보임으로써 그들의 마음을 불안케 하느냐?"

귀영은 두려워하며 자제했다.

동원 김귀영(1520~1593) | 자는 현경(顯卿). 동원은 그의 호로, 본관은 상주다. 응무(應武)의 아들이요, 첨추 사원(士元)의 손자다. 외할아버지는 성주 사람 이수관이다. 중종 경자년(1540)에 진사를 거쳐, 명종 무신년(1548)[4]에 과거에 급제했다. 평난공신(平難功臣)으로 책록되었다. 벼슬은 좌의정에 이르렀다.

---

2 역양화실(歷揚華實): 중요하고 높은 벼슬.
3 상번(上番): 정해진 순서에 따라 지방에서 교대로 서울로 올라오는 번병(番兵).
4 김귀영이 알성시에 합격한 때는 무신년보다 한 해 앞선 정미년(1547)이다.

3

홍윤성〔洪相允成〕

상국(相國) 홍윤성이 도원수[1]로 호남에 갔을 때였다. 그는 전주에 사는 아무개〔某甲〕가 세대로 명문가에 집도 부유한 데다, 딸 셋이 모두 예쁘고 온순하다는 소문을 들었다. 윤성은 그의 딸을 첩으로 삼고자 하여, 전라도로 내려가기 전에 미리 호남 방백[2]과 전주 부윤[3]에게 첩지를 내려 자기의 계획을 알렸다. 또 아무개의 집에서 묵을 수 있도록 준비해 두라고도 했다. 감사와 부윤은 아무개를 불러 첩지를 보여주며 말했다.

"자네가 만일 거부하면, 비단 자네 집안에만 화가 미치지 않을 걸세. 감사와 부윤도 또한 죄를 입을 것이네. 그러니 자네는 급히 집으로 돌아가 혼구를 갖춰 준비하시게."

아무개는 그저 "예 예." 하고 물러 나왔다. 집으로 돌아온 그는 아내와 함께 눈물을 흘리며 탄식만 했다.

"딸을 너무 많이 낳았더니, 이제 천한 집안으로 내려앉게 되었구려."

셋째 딸이 까닭을 묻자, 아비가 말했다.

"네가 알 바 아니다."

"한 집안과 관계된 일인데, 자녀들이 알지 못할 게 무에 있겠습니까?"

아무개가 모든 사연을 털어놓자, 딸이 말했다.

---

1 도원수(都元帥): 전쟁이 발발했을 때 특정 지방의 군대를 통솔하던 장수. 보통 문관 중에서 임명되었다.

2 방백(方伯): 지방 관찰사. 오늘날의 도지사 정도.

3 부윤(府尹): 부의 으뜸 벼슬. 오늘날의 시장 정도.

"이 일은 매우 쉽습니다. 제가 대응할 수 있으니 걱정하지 마십시오."

마침내 윤성이 내려왔다. 딸은 곱게 화장하고 옷도 화려하게 꾸며 입고서 중문 울타리 뒤에 서 있는데, 그때 윤성이 융복(戎服) 차림으로 들어왔다. 딸은 윤성의 팔을 붙들었다. 윤성이 돌아보니, 아리따운 한 여인이 정면에 있었다. 여인은 예의를 갖춰 인사한 뒤에 말했다.

"상공은 이 나라의 재상으로 지금 대원수가 되셨지요. 저 또한 이 지역에서는 지체 높은 집안의 딸이옵니다. 그러니 아내로 삼는 게 마땅하지요. 그런데 상공께서는 저를 첩으로 삼으려 하신다고 들었습니다. 이는 저를 욕보이는 게 어찌 아니겠습니까? 꼭 첩으로 삼으시겠다면, 저는 오늘 상공 앞에서 죽으렵니다. 상공께서는 어찌 차마 이다지 무례한 행동을 하시어서 사람을 억울하게 죽도록 하십니까?"

윤성이 웃으며 말했다.

"내 마땅히 네 말처럼 하마."

마침내 윤성도 예를 갖춰 절하고 나갔다. 그 뒤 윤성은 세조께 비밀 장계를 올렸다.

'신의 아내는 총명하지 못해 아내의 소임을 다하지 못하기로, 오래전부터 바꾸려고 하였습니다. 그런데 근래 전주에 갔다가 아무개의 딸이 어질고 아름답다는 말을 들었습니다. 바라옵건대, 그녀를 계실로 삼고자 합니다. 이에 감히 아룁니다.'

세조가 비답을 내렸다.

'이는 경(卿)의 집안일이다. 내게 물을 게 없다.'

드디어 윤성은 예를 갖춰 그녀를 아내로 삼았다.

윤성이 죽은 뒤다. 전처와 후처 사이에 누가 적실(嫡室)인가를 두고 분쟁이 발생했는데, 오랫동안 그 문제를 해결할 수 없었다. 이에 후처가 말했다.

"아무 해 아무 날에 선왕(先王)께서 남편의 집에 거둥하셨지요. 그때 저로 하여금 술잔에 술을 부어 올리게 하신 적이 있었습니다. 승정원[4]에는 필시 그날 일을 기록한 게 있을 것입니다. 거기에 '부인으로 하여금 술을 올리게 했다'고 쓰여 있는지, 아니면 '첩으로 하여금 술을 올리게 했다'고 쓰여 있는지를 고찰해 주시기 바랍니다."

책을 꺼내 살펴보니, 과연 일기에는 '아무 해 아무 날에 임금께서 홍윤성의 집에 거둥하시어 술자리를 마련하였다. 술자리가 무르익자 윤성의 부인을 불러내 술잔을 올리게 했다.'라고 쓰여 있었다. 이 기록을 임금께 주달하니, 성종께서는 마침내 후처로 하여금 정실을 삼도록 명했다.

재상 홍윤성(1425-1475) | 초명은 우성(禹成), 자는 수옹(守翁), 본관은 회인이다. 제년(齊年)의 아들이다. 처음에 교도(敎導)에 임명되었다. 문종 경오년(1450)에 과거에 급제했다. 세조가 선양(禪讓)을 받을 때에 정난공신(靖難功臣)으로 책록되었다. 인산부원군(仁山府院君)에 봉해졌다. 등급을 뛰어넘어 형조판서를 거쳐, 무자년(1468)[5]에 재상이 되었다. 관직은 영의정에 이르렀다. 시호는 위평(威平)이다. 또 좌익공신(佐翼功臣) 2등[6]과 좌리공신(佐理功臣) 1등에 책록되었다.

---

4 승정원(承政院): 왕명의 출납을 담당하던 행정기관으로 일종의 비서기관이다. 임금을 수행하면서 보고들은 말과 행동을 기록하는 일도 승정원에서 했다.

5 홍윤성이 우의정이 된 때는 무자년보다 한 해 앞선 정해년(1467)이다.

6 홍윤성은 좌익공신 3등에 책록되었다.

4

안동 강 녹사(安東姜錄事)

안동에 사는 녹사[1] 아무개에는 딸이 둘 있었는데, 둘은 서로 갑을[2]을 다투며 자랐다. 녹사는 집안도 조금 부유했다. 두 딸은 머리를 기르고 이를 갈 무렵[3]부터 시집갈 때까지 모든 일에서 서로가 서로를 이기려고 했다. 일찍이 패배를 인정하는 일도 없었다. 심지어 아들 낳고 딸 낳는 것까지 둘은 반드시 경쟁했다.

큰딸은 김씨 성을 가진 사람에게 시집을 갔고, 작은딸은 안씨 성을 가진 사람에게 시집을 갔다. 김씨 집은 문벌이 조금 나아, 사마시[4]를 봐서 참봉(寢郎)[5] 벼슬에 이르게 되었다. 그러나 안씨 집은 문벌이 김씨보다 다소 떨어졌기에, 비록 사마시에는 합격해도 참봉 벼슬을 얻기엔 힘이 닿지 못했다. 안씨 부인은 이 한 가지 일 때문에 언니에게 미치지 못하게 된지라, 결국 음식도 먹지 못하는 지경에 이르렀다. 살고 싶은 마음도 전혀 없었다.

"나는 아이 때부터 시집올 때까지 어떤 일에서도 언니에게 뒤처진 일이 없었는데……. 그런데 지금은 가장(家長)의 문벌이 형부에게 미치지 못해 언니에게 지고 말았구나. 내가 무슨 얼굴로 이 세상을 살아가겠는가?"

---

1 녹사(錄事): 의정부나 중추원에 딸린 상급 구실아치. 보통 실권을 담당한 관리 밑에서 기록을 담당하거나 문서나 전곡 따위를 관장했다.

2 갑을(甲乙): 첫째와 둘째.

3 초츤(髫齔): 머리를 뒤로 늘어뜨리고 이를 갈 무렵, 즉 7-8세 무렵.

4 사마시(司馬試): 조선 시대 생원과 진사를 뽑던 시험. 소과(小科).

5 침랑(寢郎): 종묘(宗廟)·능(陵)·원(園)의 참봉. 종9품의 벼슬.

그러고는 아무것도 먹지 않았다. 그러자 그녀의 아들이 말했다.

"이렇게까지 하실 필요가 없습니다. 만약 제게 수천 금만 주시면, 아버지께서 처음으로 벼슬길에 나아갈 수 있는 길을 찾아보겠습니다."

어머니가 마침내 허락했고, 아들은 다음 날로 행장을 꾸려서 길을 나섰다.

당시 휴암(休菴) 백인걸은 전라도 어느 고을에서 수령으로 있다가,[6] 이조참판에 임명되었다는 부름을 받고 서울로 올라가던 길이었다. 그가 점사(店舍)에 들어섰을 때는 안생이 먼저 와서 자리를 잡고 있었다. 휴암이 뒤따라 들어갔다. 그러나 안생은 자리를 옮기려 들지 않고 같은 방에 그대로 함께 앉아 있었다.

초저녁이 되었을 때다. 갑자기 문 밖에서 서글프게 통곡하는 소리가 들렸다. 안생이 물었다.

"누가 울고 있느냐?"

종이 대답했다.

"아무 고을 관아에 딸린 아전(由吏)[7]이 이곳에서 서울 소식(京耗)[8]을 기다리고 있었는데, 조금 전에 서울에서 낭패를 봤다는 소식을 듣더니 저렇게 슬피 통곡한답니다."

안생이 그 아전을 불러 사연을 물었더니, 아전이 대답했다.

"소인은 아무 고을 이방에 소속되어 일을 하고 있습니다. 그런데 몇 년 동안에 만여 금의 세금을 걷지 못했지요. 이제 세금을 거두어서 거의 바

---

6 백인걸은 전라도 남평 현감을 역임했는데, 여기서 말한 '어느 고을'도 전라남도 나주일 가능성이 크다.

7 유이(由吏): 지방 관아에 딸린 이방의 아전. 관원 교체 시에 후임자에게 각종 사무를 이상 없이 인계하는 문서 발급과 관련된 일을 맡아보았다.

8 경모(京耗): 서울 소식.

치긴 했지만, 그래도 아직까지 삼천 냥은 마련하지 못했습니다. 마침 서울에 긴절하게 부탁할 곳이 있었고, 거기서도 빌려주겠다고 허락했습지요. 그래서 소인은 아들을 보내놓고 이 점사에서 기다리고 있었던 것입니다. 그런데 아까 서울에서 낭패를 봤다는 소식을 들었습니다. 지금 만약에 빈손으로 돌아가면, 집안사람들 모두가 죽을 지경입니다. 그래서 슬픔을 이기다 못해 울었던 것입니다."

안생은 듣고 한참 동안 묵묵히 있다가 말했다.

"삼천 냥이라…… 적지 않은 돈이구려. 만약에 일이천 냥이라도 준비되면, 그 나머지는 당신이 충당할 수 있겠소?"

"만약 일이천 냥이나마 얻는다면, 나머지는 어떻게든 충당할 도리가 있을 듯합니다."

안생은 일언반구도 하지 않고 태연히 종을 불렀다.

"행구에 싣고 온 이천 냥을 모두 꺼내 저 아전에게 내어주어라."

곁에 있으면서 안생이 일 처리하는 것을 본 휴암은, 아무리 평정심을 유지하려 해도 그렇게 되지 않았다. 이에 안생에게 그가 어디서 왔고, 그의 문벌이 어떠한지를 물었다. 안생이 대답했다.

"아무 고을 아무 성을 가진 사람입니다."

휴암이 행구에 담긴 돈의 출처를 묻자, 대답했다.

"가계가 넉넉하지 못해 막 추노[9]를 하고 돌아오는 길이었습니다."

휴암이 다시 그의 선대에서 벼슬을 한 사람이 있는가를 묻자, 안생은 비로소 자기 아버지가 사마시에 합격했다고 대답했다. 휴암은 그 아비의 성과 이름을 자세하게 캐물으며, 마음속으로는 어린 안생의 일 처리를 못내 기특하게 여겼다.

---

9 추노(推奴): 도망간 노비를 잡아오거나 속량하는 조건으로 몸값을 받는 일.

휴암이 서울에 올라간 뒤였다. 마침 벼슬자리가 하나 비게 되자, 그는 안생의 아버지를 참봉으로 임명했다. 그러나 안생의 어머니는 남편에게 벼슬길에 나아가지 말라고 했다. 나아가지 않으면 형부보다 한 등급 더 높은 지위에 놓이기 때문이었다.

어느 날, 안생이 어머니에게 말했다.

"듣건대, 지금 휴암 선생께서는 귀양지에 가서 지내신다고 합니다. 평소에 입었던 은혜를 돌아보건대, 구해드려야 하지 않겠습니까? 천 냥 남짓만 쓰면 휴암 선생을 위해 어쩌면 뭔가 꾀할 방법이 있을 듯합니다."

어머니는 그의 말을 따랐다.

안생은 서울로 올라가더니, 뇌물을 써서 일찍이 사헌부와 사간원에 몸담았던 한 사람과 친교를 맺고 절친한 사이가 되었다. 그가 곤궁할 때마다 도움도 주었다. 대관이 물었다.

"나와 당신은 평소에 친밀하게 지낸 사이가 아니오. 그런데 내가 급할 때마다 당신의 도움을 받아 탈 없이 넘긴 일이 한두 번이 아니오. 모르겠구려, 당신이 나와 관계된 무슨 일이 있어서 그러시는지……."

"관계된 게 무에 있겠습니까. 다만 백 아무개와 나는 오래 묵은 혐의가 있습지요. 바야흐로 사화(士禍)가 일어났을 때에 얽어서 죽이려고도 했지만, 그럴 기회를 얻지 못했습죠. 다행히 당신을 만났으니, 이야말로 뜻을 이룰 기회를 얻은 셈이죠. 제가 천 냥을 아끼지 않고 결탁한 것도 그 때문입니다."

"백 아무개는 사림(士林)들 사이에 중망(重望)이 있는지라, 나도 오래전부터 존경해 왔던 분입니다. 당신이 뭔가 잘못 아는 게 아니오?"

"백 아무개의 음흉한 속셈을 당신은 아직도 모르십니까? 바야흐로 왜국(倭國)과 밀통하며 그들을 꾀어 우리나라를 침범하려 한다잖소. 그리고 해마다 해상에서 쌀을 운송하기도 하고요. 이 일 하나만으로도 큰 죄목인데, 당신은 어찌하여 시간만 지체하고 계십니까?"

대관은 반신반의했다. 하지만 이미 이런 말을 들은 이상 탄핵하지 않을 수도 없었다. 이에 탄핵하는 상소를 올리니, 조정이 흉흉했다. 마침내 휴암의 자취와 정황을 조사했지만, 그 결과 소문은 허무맹랑한 헛소리였다. 임금이 분명하게 판결을 내렸다.

'백 아무개가 청렴하고 검소하며 빈한하다는 것은 온 세상이 두루 아는 바다. 또 충의와 절행을 가슴에 품고 있는 자이기도 하다. 그런 그가 왜국과 결탁하고 미곡을 빼돌린다고 운운하는 말들은 모두 없는 일을 날조해서 만들어낸 말일 뿐이다. 우선은 상소를 올린 언관(言官)에게 죄를 주라! 이러한 일들로 미루어 보건대, 백 아무개가 조 아무개[10]와 한통속〔符同〕이라고 운운하는 것들도 또한 모호하고 불분명한 일임이 틀림없다. 다시는 이 일을 거론하지 말라.'

기묘년(1519)에 사화가 크게 일어나 당시에 명분과 절의를 지키던 선비들이 모두 사건에 연루되었지만, 휴암은 끝내 안생 덕분에 화를 면할 수 있었다.

백휴암(1497-1579) | 명은 인걸(仁傑), 자는 사위(士偉). 휴암은 그의 호다. 본관은 수원이다. 사부(師傅) 익견(益堅)의 아들이다. 중종 신묘년(1531)에 생원시를 거쳐, 정유년(1537)에 과거에 급제했다. 예문관 검열을 하다가 신축년(1541)에 부친을 봉양하기 위해 외직을 요청하여 남평 현감에 제수되었다. 현감으로 재직하던 4년 동안에 치적이 으뜸이어서 직품이 한 등급 올랐다. 직제학을 역임했다. 관직은 좌참찬에 이르렀다. 청백리에 책록되었다. 시호는 충숙(忠肅)이다.

---

10 조 아무개: 조광조(1482-1519). 백인걸은 조광조의 문하에서 수학했다. 기묘사화 때 스승을 잃고 금강산에 들어가 은거하던 사실을 이 글에 희미하게 담아냈다.

5

이기축(李起築)

이기축은 객점(店舍)의 머슴이다. 사람이 몹시 둔하고 어리석어 동서도 분간하지 못했다. 그저 배불리 먹는 것만 좋아했지만, 엄청난 힘을 지니고 있어서 객점 주인은 그를 노예처럼 부렸다.

주인에게는 비녀를 꽂을 만한 딸이 있었다. 그녀는 한문을 조금 아는 데다가 총명하고 영특했다. 부모도 딸을 애지중지하여, 좋은 사윗감을 골라 시집을 보내려 했다. 그런데 딸은 이를 거부하며 말했다.

"제 남편감은 제가 고르겠습니다. 저는 이기축(李己丑)에게 시집갔으면 해요."

'기축(己丑)'은 기축(己丑)년에 태어났기에 그게 이름으로 불린 것이다. '기축(起築)'이라 하는 것은 훗날 한자를 고쳐 쓴 까닭에 그리된 것이다.

부모가 깜짝 놀라 꾸짖으며 말했다.

"네가 무엇 때문에 머슴 놈에게 시집을 간단 말이냐?"

그러고는 다시는 말도 꺼내지 못하게 했다. 그러나 딸은 죽기로 다짐하며, 결코 다른 사람과 혼인을 하려 들지 않았다. 부모가 꾸짖어도 보고 타일러도 봤지만, 끝내 듣지 않았다. 더 이상은 어쩔 수 없는지라, 마침내 허락을 해주었다. 딸이 말했다.

"이제 기축과 부부가 되었으니, 이곳에 머물고 싶지 않습니다. 그와 함께 서울에 올라가서 작고 허름한 집이나 하나 사서 스스로 살아갈 방도를 마련해 보겠습니다."

부모도 여기에 살면서 다른 사람들의 비웃음을 받느니, 차라리 각자 떨어져 사는 게 좋다고 생각했다. 이에 한 집안을 꾸릴 만한 밑천을 주어서 내보냈다.

딸은 기축과 함께 서울로 올라가 장동[1]에 집을 샀다. 거기서 술을 빚어 생계를 꾸려나갔다. 그 집 술맛은 매우 맑고 시원해서 사람들마다 칭찬했다.

어느 날이었다. 여인이 기축에게 《사략》 1권을 주었다. 그러고는 '이윤[2]이 태갑[3]을 폐하여 동궁[4]으로 추방하였다.'라는 구절에 표시를 하고는 말했다.

"이 책을 가지고 신무문[5] 뒤쪽에 있는 소나무 그늘 밑으로 가보세요. 그곳에는 필시 여러 사람들이 모여 있을 테니, 그들 앞으로 가서 이 부분을 펴놓고 '가르쳐주십사' 하고 부탁을 드리세요."

기축이 아내의 말을 좇아 그곳에 갔더니, 과연 일고여덟 명이 둥글게 모여 앉아 이야기를 나누고 있었다. 그들은 기축이 부탁하는 말을 듣더니, 서로 돌아보며 몹시 놀라워했다.

"누가 시키더냐?"

"소인의 처가 이리하라고 했습니다."

그들은 집의 소재를 묻고 모두가 함께 그곳으로 갔다. 여인은 그들을 맞아 자리에 앉히고 나서 술과 안주를 꺼내 올렸다. 그러고는 절을 하고 말했다.

---

1 장동(壯洞): 지금의 서촌 일대. 효자동·청운동 인근.

2 이윤(伊尹): 중국 은나라의 대신. 태갑(太甲)이 포학한 정치를 하자, 이윤이 그를 동궁(桐宮)으로 추방하고 직접 정치를 했다. 그 뒤 태갑이 과오를 뉘우치자, 그에게 정권을 되돌려 주었다.

3 태갑(太甲): 은나라 제3대 임금 태종(太宗). 탕왕(湯王)의 손자.

4 동궁(桐宮): 은나라 탕왕의 사당이 있는 궁. 중국 산서성 영하현에 있다.

5 신무문(神武門): 경복궁 북문.

"여러 어르신들께서 하시려는 일을 첩은 이미 알고 있었습니다. 제 남편은 어리석지만 완력이 있으니, 뒷날 쓸데가 있을 것입니다. 일이 성사된 뒤에 공신명부(勳錄)에 이름을 올릴 수 있게 된다면 참으로 다행이겠습니다. 저희 집에는 술도 있고 맛있는 음식도 많습니다. 의논하실 일이 있으면 저희 집에서 모임을 가져도 문제 될 게 없을 것입니다. 게다가 첩의 집은 조용하고 외진 곳에 있으니, 아는 사람들도 없겠지요."

그들은 모두 놀라우면서도 기이하여 여인의 제안을 수락했다.

그 사람들은 승평부원군(昇平府院君) 김류와 연평부원군(延平府院君) 이귀 등을 포함한 여러 사람이었다. 훗날 인조반정(擧義)이 일어나 창의문[6]으로 들어갈 때, 기축이 맨 앞에 서서 장군목[7]을 부수고 입장했다. 일이 진정되고 나서 공신명부에 공훈을 기록했는데, 기축은 이등공신으로 이름을 올렸다.

이기축(1589-1645) | 본관은 전주다. 수사(水使) 경유(慶裕)의 서자로, 효령대군의 7세손이다. 충정공(忠定公) 서(曙)와 종형제간이다. 자는 희열(希說)이다. 벼슬은 판윤이다. 완계군(完溪君)에 봉해졌다. 시호는 양의(襄毅)다. 어렸을 때의 이름 '기축(己丑)'으로 불리는 것을 민망히 여긴 인조가 이름을 '기축(起築)'으로 개명케 했다. 객점의 머슴이었다는 내용은 꾸며낸 이야기[8]인 듯하다.

---

6 창의문(彰義門): 서울 북서쪽에 위치한 4소문의 하나. 자하문이라고도 한다.

7 장군목(將軍木): 궁문이나 성문 따위의 큰 문을 잠글 때에 빗장처럼 가로지르는 굵고 긴 나무.

8 장찬(粧撰): 허물을 감추고 꾸민 일.

6

감사 정언황〔丁監司彦璜〕

감사 정언황이 혼례를 치르는 자리에서 부인을 보았는데, 그녀의 얼굴이 예쁘지 않아 마음에 몹시 섭섭해했다. 신방에 들어가서는, 말을 붙여 그녀의 사람됨이나 시험코자 하여 먼저 이름을 물었다. 부인은 옷깃을 여미고 바로 자기의 이름을 말했다. 언황이 물었다.

"처자가 혼인하는 자리에서는 부끄러워 감히 말을 하지 않는 게 상례요. 어떤 부인이 첫 물음에 곧장 자기 이름을 말한답디까?"

부인은 고개를 숙이고 손도 가지런히 한 채 조용히 말했다.

"사람이 객줏집〔逆旅〕[1]에서 잠깐 만날 때에도 서로 통성명은 합니다. 하물며 부인이 남편을 맞아 백년을 의탁하려는데, 묻는 바에 어찌 감히 대답하지 않겠습니까?"

말하는 이치에 기품이 있는 데다가, 행동거지 하나하나가 부드러운 듯 근엄했다. 이후로는 부부간의 정이 돈후해졌다.

감사 정언황(1597-1672) | 자는 중휘(仲徽), 본관은 나주다. 장령(掌令) 호관(好寬)의 아들이다. 호는 묵공옹(黙拱翁)이다. 을묘년(1615)에 진사를 거쳐, 인조 무진년(1628)에 과거에 급제했다. 벼슬은 좌윤에 이르렀다.

---

1 역려(逆旅): 객주. 일정한 돈을 받고 여행하는 사람을 받는 집. 여관.

7

소현세자(昭顯世子)

인조가 소현세자의 빈(嬪)을 간택할 때다.

한 처녀는 용모가 풍만하여 한눈에 봐도 덕이 있는 사람임을 알 수 있었다. 그러나 앉고 일어서는 행동거지가 예의에 벗어나고, 실실 웃어대는 모양도 절도가 없었다. 하사한 음식을 먹을 때에는 밥과 국, 탕과 고기〔胾〕를 막론하고 모두 손으로 집어다가 먹었다. 궁인들도 그녀를 지목하여 미친 사람으로만 여겼다. 임금 또한 그게 병 때문에 그런가 보다 하고 의심하며 더 이상 돌아보지 않았다.

그 뒤에 여인은 다른 데에 시집을 갔는데, 매우 부덕(婦德)이 있었다. 소문을 들은 인조는 혀를 차며 말했다.

"내가 그 아이의 꾀에 빠졌구나."[1]

소현세자(1612-1645) | 휘는 □[2]. 인조의 장남이다. 정축년(1637)에 심양으로 가서 있다가 몇 년 뒤에 귀국한 후 죽었다. 세자빈은 우의정 강석기의 딸로, 본관은 금천이다. 병술년(1646)에 남을 저주했다는 혐의로 사사되었다. 시호는 민회(愍懷)다.

---

1 《기문총화》에는 이 뒤에 "그 처녀의 성은 권씨였다고 한다(其處子姓權云)."라는 내용이 첨가되었다.

2 원문에는 빈칸으로 두었지만, 소현세자의 이름은 왕(溰)이다.

8

완남 이후원의 현손부〔完南玄孫婦〕

완남 집안은 대대로 부유했지만, 큰아들이 일찍 죽었다. 손자와 증손자도 벼슬길에 나아가 현달했지만, 제명을 온전히 누리지 못하고 죽었다.

자손이 희귀한 터라, 그 집에서는 오래전부터 귀신의 비위를 맞추기 위해 푸닥거리에 정성을 쏟았다. 안채 누마루에 귀신을 모신 신당〔神舍〕을 세우고, 봄가을 두 철마다 음식을 장만하여 제사를 지냈다. 또 옷을 지어 신당에 보관케 하고, 집에 베나 비단 등이 들어오면 반드시 한 폭은 덜어 귀신을 모신 자리 앞에 걸어놓았다. 이런 일이 몇 세대에 걸쳐 계속되었지만, 감히 그만둘 수 없었다. 그러는 사이에 재산도 점점 줄었다.

집안에는 단지 두 대에 걸친 늙은 과부만 있었는데, 당시 손자가 조금 자라 장가갈 때가 되었다. 집안에서는 전라도나 충청도의 시골에서 며느릿감을 고르다가, 결국 판서 권상유의 딸을 며느리로 맞이했다.

신부가 혼례를 마치고 시댁에 들어가 시어머니께 인사를 드린 지 고작 사흘이 지났을 때다. 시어머니는 안살림[1]의 책무를 내려놓고 집안의 모든 일을 신부에게 맡겼다.

그러던 어느 날, 늙은 여종이 안채로 들어와 권 부인에게 말했다.

"아무 날은 우리 집안에서 신께 굿을 드리는 날입니다. 굿에 쓸 재물과 품삯을 미리 내주셔야만 날에 맞춰 준비할 수 있습니다."

"신은 어떤 신이며, 무슨 일 때문에 굿을 하며 비는고?"

---

1 중궤(中饋): 실내에서 음식을 주관하는 것.

"신에게 굿하며 기도하는 것은 선대에서부터 해왔습지요. 봄가을 두 번은 제물을 갖춰서 일을 치렀답니다. 굿을 하면 집안이 평안하고, 그렇지 않으면 재앙이 생기므로, 그만둘 수 없는 일입죠."

"제사를 한 번 지내는 데에 들어가는 비용이 얼마나 되느냐?"

늙은 여종은 마음속으로 부인이 이 집에 새로 들어와서 전례를 알지 못한다고 생각하여, 물품 하나하나마다 액수를 더해 대답했다.

"올해는 특별히 더 후하게 준비하거라. 들어가는 비용도 전보다 세 배는 더 많게 하는 게 좋겠다."

그러고는 늙은 여종이 계산한 수에 의거해서 돈을 내어주었다. 여종은 몹시 기뻐하며 나갔다. 이 소식을 들은 시할머니와 시어머니는 매우 걱정하며 말했다.

"이전부터 우리 집은 푸닥거리를 하느라 형편이 조금씩 나빠졌는데…… 그래서 시골 여인을 며느리로 맞이하면 혹 비용도 아끼고 절약도 할까 싶어 충청도에서 사람을 구했거늘……. 지금은 오히려 세 배나 더 크게 한다니, 우리 집 가산이 탕진될 날도 머지않았나 보다."

푸닥거리하는 날이 닥쳤다. 집 안을 깨끗이 청소하고 제물을 진설하는데, 음식과 옷가지 등이 매우 풍성했다. 권 부인도 몸을 깨끗이 하고 옷도 잘 차려입었다. 그리고 한글로 직접 제문도 지었다. 제문의 첫머리는 대개 '귀신과 사람이 무분별하게 섞일 수 없다'는 내용이었다. 그 뒤로 이어진 내용은 '자신이 새로 시집와서 예전에 했던 방식을 바꿀 요량이기에 풍성하게 이바지함으로써 마지막 제사로 삼는다'는 것이었다. 귀신을 고이 보내드리겠다는 뜻을 아뢴 것이다.

부인이 다른 사람에게 제문을 읽게 했더니, 모두 두려워하며 감히 읽으려 하지 않았다. 결국 부인이 몸소 향을 살라 무릎을 꿇고 제문을 읽었다. 읽기를 마치자, 신당 앞뒤로 갈무리해 두었던 옷가지와 비단들을 모두 꺼내 마당 한가운데에 쌓아놓았다. 그리고 여종들에게 말했다.

“이 물건들을 모조리 태워버리면 하늘이 내려주신 것을 마구 없애버리는[2] 게 된다. 그렇게는 할 수 없는 일이다. 그러니 이들 중에 시간이 오래지 않아 입을 수 있는 것들은 나부터 먼저 가져다 입겠다. 그 나머지는 너희들이 가져다가 옷을 지어서 입도록 해라.”

그러면서 모든 여종들에게 하나하나 나누어주었다. 이어서 남겨진 물건들 중에 오래되어 썩은 것들은 태워버리려고 사람들에게 불을 가져오게 했다. 그러나 모두 겁에 질려 서로의 얼굴만 쳐다볼 뿐, 한 사람도 명령에 따르지 않았다. 이에 부인이 직접 불을 가지고 왔다. 이 말을 들은 시할머니는 몹시 놀랍고 두려운지라, 급히 사람을 보내 하지 못하게 말렸다. 그러나 부인은 듣지 않고 여종에게 돌아가 이렇게 말씀을 드리라고 했다.

“설령 재앙이 있더라도 제가 감당하겠습니다. 시집을 위해서는 이 폐단을 영원히 없애야만 합니다.”

여종이 시할머니와 부인 사이를 분주하게 오가며 힘써 말렸지만, 권부인은 끝내 듣지 않았다. 마침내 모든 것이 불에 태워졌다. 태워 남겨진 재들은 깨끗이 쓸어다가 담장 주변에 묻었다.

비단을 태울 때에는 노린내가 코를 찔렀는데, 그때 종들이 서로 돌아보며 요란스럽게 떠들어댔다.

“귀신이 모두 불타고 있어!”

이후로 집안은 편안해졌다. 또한 재앙도 없었다.

---

2 포진(暴殄): 하늘이 낸 물건들을 마구 없애는 것.

완남(1598-1660) | 성은 이, 이름은 후원(厚源), 자는 사심(士深), 호는 우재(迂齋)다. 본관은 전주다. 팔계당(八戒堂) 욱(郁)의 아들이요, 광평대군(廣平大君) 여(璵)의 6세손이다.[3] 인조 을해년(1635)에 과거에 급제했다. 정사공신(靖社功臣)에 책록되었다. 효종 정유년(1657)에 재상이 되었다. 벼슬은 우의정에 이르렀다. 시호는 문정(文貞)이다. 완남은 그의 군호(君號)다. 그의 현손 현록(1684-1730)이 판서 권상유의 사위다. 숙종 임인년(1722)에 과거에 급제했다. 벼슬은 이조참의에 그쳤다.

판서 권상유(1656-1724) | 자는 유도(有道), 호는 구계(癯溪), 본관은 안동이다. 수암(遂菴) 상하(尙夏)의 동생이다. 숙종 갑술년(1694)에 과거에 급제했다. 벼슬이 이조판서에 이르렀다. 시호는 정헌(正獻)이다.

---

3 원문에는 광평대군의 6세손으로 되어 있는데, 7세손이 맞다.

9

낙향한 유생〔洛下柳生〕

유생 아무개는 서울에서 낙향한 사람이다. 일찍이 문장으로 이름이 있어서 20세에 사마시에 급제했지만, 몹시 가난한 탓에 수원에 거주하며 지냈다. 그래도 재주와 기질을 모두 갖춘 아내 덕분에 삯바느질로나마 생계를 꾸려갈 수 있었다.

그러던 어느 날이었다. 밖에서 '어떤 여자가 칼춤을 잘 춘다'는 소문이 돌았다. 유생도 그녀를 불러 안채 마당에서 재주를 시험해 보도록 했다. 안채로 들어온 여자는 유생의 아내만 뚫어지게 쳐다보다가 곧장 마루 위로 올라갔다. 그러고는 아내를 끌어안고 목을 놓아 통곡했다. 왜 그러는지 이유는 알 수 없었다. 유생이 아내에게 물었지만, 아내는 그저 "일찍이 잘 알고 지내던 사람이어서 그렇다."라고만 대답할 뿐이었다. 그래서 칼춤 솜씨 구경은 시도도 해보지 못한 채, 며칠 동안 안채에 머물러 있게 한 뒤에 돌려보냈다.

그로부터 오륙일이 지났다. 유생은 자기 집 앞길로 좋은 말〔駿馬〕이 새로 만든 가마 세 채를 끌고 오는 것을 보았다. 가마 앞에는 여종 몇 명만 말에 올라타서 인도할 뿐이고, 행차를 모시고 뒤따르는 행렬은 없었다. 가마는 곧장 유생의 집으로 향했다.

유생은 퍽 의아하여 사람을 시켜 "어디서 오는 부녀자의 행차이신지, 잘못하여 우리 집에 들어오셨다."라고 여쭈었다. 하지만 종들은 대답도 하지 않고 문 안으로 들어오더니, 중문을 지나 안채의 문 앞에다 가마를 내려놓았다. 그러고는 사람들과 말은 모두 밖으로 나가 객점에 가서 휴식을 취했다. 유생은 더더욱 의혹스러운지라, 아내에게 글을 써서 그 까닭을 물었다. 아내는 '나중에 자연히 알게 될 것이니, 애써 묻지 마십시오.' 운운하는 답신만 보내왔을 뿐이다.

이날 저녁 밥상에는 음식의 가짓수가 많고 정결했다. 산해진미가 모두 갖춰져 있기에 유생의 의혹은 커져만 갔다. 다시 아내에게 편지를 보내 물어보았지만, 이번에도 '그저 배불리 드시기나 하고, 다시 묻지 마세요. 나중에 자연히 알게 될 것이니, 며칠 동안은 안채로 들어오시지도 마십시오.' 운운하는 답신뿐이었다.

다음 날 아침과 저녁 밥상도 또한 전날 저녁과 같았다. 그렇게 며칠이 지났다. 안채에서 '함께 서울로 올라가자'고 요청하는 편지를 보내왔다. 유생은 괴상한지라, 중문 안에서 잠깐이라도 얼굴을 보자고 요청하여 아내를 만나 직접 물었다.

"부녀자의 행차는 도대체 어디에서 왔고, 아침저녁으로 올라오는 음식이 전에 비해 풍성해진 것은 어떻게 된 일이며, 서울로 가자고 운운하는 것은 무슨 말이오? 게다가 서울에는 무슨 곡절이 있어서 가며, 행장은 또 어떻게 준비해서 길을 나선단 말이오?"

아내는 빙그레 웃으며 말했다.

"다시 묻고 말 것도 없습니다. 나중에 자연히 알게 될 테니까요. 서울로 올라갈 때 필요한 사람이나 말 따위는 괘념치 마세요. 모두 준비해 놓았으니, 당신은 떠나시기만 하면 됩니다."

유생은 비록 이상하고 의심스러웠지만, 그저 아내가 하자는 대로 맡겨 둘 수밖에 없었다. 그다음 날, 세 채의 가마는 전처럼 말에 매인 채로, 유생이 탈 말은 안장을 얹은 채로 대령해 있었다. 유생은 단지 말 위에 올라타 뒤만 좇아갈 뿐이었다.

서울에 이르렀다. 일행은 남대문으로 들어가더니, 회동[1]의 커다란 집 앞에 당도했다. 세 여인이 탄 가마는 중문을 지나 안채로 들어갔다. 유생도 중문 밖에 말을 매어두고 들어섰다. 거기에는 사랑채 한 채가 있었다. 사랑채 안에는 자리와 방석이 갖춰져 있고, 서책 및 붓과 벼루와 같은 물품, 요강 및 타구와 같은 물건들이 좌우에 가지런히 놓여 있었다. 겸종[2]으로 보이는 몇 사람은 관을 쓴 채 명령이 내리면 심부름할 요량으로 대령하고 있었다. 이윽고 종 네댓 명이 마당으로 나아와 유생을 뵙고 절했다. 유생이 물었다.

"너희들은 누구냐?"

"모두 이 댁 종들입니다."

"이 댁은 누구의 집인가?"

"진사님 댁이지요."

유생이 다시 물었다.

"좌우에 놓인 물건들은 어디에 쓰려고 가져왔느냐?"

"진사님께서 사용하실 집기들이지요."

유생은 놀랍고도 의아하여, 마치 구름과 안개 속에 붕 떠 있는 것만 같았다. 저녁 식사를 마친 뒤에 촛불을 켜고 앉아 있는데, 아내가 편지를 보냈다.

'오늘 밤에는 한 미인을 보낼 테니, 고적한 회포를 푸십시오.'

유생이 답장을 써서 '미인이 누구요? 이게 도대체 무슨 일이오?'라고 했더니, 아내는 '나중에 자연히 알게 될 것입니다.'라는 답장만 보내왔을 뿐이다.

어느덧 삼경, 깊은 밤이 되었다. 겸종 무리들도 모두 밖으로 나갔다. 그

---

1 회동(會洞): 지금의 서울 중구 명동 및 회현역 일대.

2 겸종(傔從): 청지기. 양반집에서 집안의 온갖 일들을 맡아서 관리하는 사람.

러더니 안채로부터 곱게 화장하고 화사하게 옷을 차려입은 절세미인이 양 갈래로 머리를 땋은 어린 시녀 두 명의 부축을 받으며 들어왔다. 미인이 촛불 아래에 앉았다. 시녀들은 침구를 펴놓은 뒤에 다시 안채로 들어갔다. 유생이 '누구인가'를 물었지만, 미인은 웃기만 할 뿐 대답하지 않았다. 그래서 영문도 모른 채 미인과 잠자리에 들었다.

다음 날 아침. 아내는 편지로 새사람을 얻은 것을 축하했다. 이어서 이런 내용도 있었다.

'오늘 밤에는 다른 미인으로 바꿔 보내겠어요.'

유생은 연고를 알지 못했지만, 하자는 대로 맡겨둘 수밖에 없었다.

그날 밤에도 지난번처럼 시비가 한 미인을 부축하고 나왔다. 얼굴을 자세히 보니, 어제 왔던 사람과 다른 사람이었다. 유생은 아예 묻지도 않고 미인과 잠자리를 같이했다. 다음 날 아침이 되자, 아내는 또다시 편지로 축하해 주었다.

정오 무렵이었다. 갑자기 문 밖에서 "물러서라!"라고 외치는 소리[3]가 들리더니, 한 하인이 들어와 아뢰었다.

"권 판서 대감님 행차가 납십니다."

유생은 깜짝 놀라 자리에서 일어나서 급히 마당으로 내려와 공수(拱手)를 한 채로 서 있었다. 이윽고 백발의 노재상이 초헌을 타고 들어왔다. 그는 유생을 보더니 반갑게 손을 잡고 마루로 올라갔다. 자리를 정하고 앉자, 유생이 절을 하고 여쭈었다.

"대감께서 얼마큼 존귀하신 분이신지 알 수 없을 정도이건만…… 소생은 한 번도 존안을 뵌 적이 없사온데, 무슨 일로 이런 곳까지 오시었습

3 갈도성(喝道聲): 높은 벼슬아치를 모신 행렬이 지나갈 때, 행인에게 길을 비키도록 지르는 소리.

니까?"

재상이 웃으며 말했다.

"자네는 아직도 화사한 꿈에서 깨지 못했는가? 내가 하나하나 말해줌세. 자네처럼 좋은 팔자는 고금에 드물 것일세. 연전에 자네 처가는 우리 집과 역관을 지낸 현 지사의 집 중간에 담장 하나를 사이에 두고 살았지. 그런데 같은 해, 같은 달, 같은 날에 세 집에서 모두 여자아이를 낳지 않았나. 몹시 희한하고도 기이한 일이었지. 그래서 세 집에서는 항상 아이를 한곳으로 보내 서로 돌봐주었다네. 애들이 조금 자랐을 때에도 셋은 아침저녁으로 한데 어울려 다니면서 놀더군. 그러면서 저들끼리 굳게 다짐을 했던가 봐. 셋이 모두 한 사람을 섬기자고. 그들이 서로 나눈 맹세야 우리 집이든 저쪽 집이든 알 수가 있었겠나……. 그 후 자네 처가는 이사를 갔고, 소식도 들을 수 없게 되었지.

내 딸은 측실에게서 낳은 것인데, 어느덧 비녀를 꽂을 나이가 되어 혼사를 의논하려고 했거든. 그랬더니 한사코 거부하며 말하더군. '이미 지난날에 약속을 했으니, 마땅히 유군의 아내가 되어 그 사람을 섬기겠습니다. 그게 아니라면, 비록 부모님 슬하에서 늙어 죽는다 해도 결코 다른 집으로 시집갈 생각이 없습니다.'라고. 현씨 집 딸도 또한 이렇다고 말하더군. 꾸짖어도 보고 달래도 봤지만, 끝내 마음을 돌리지 않았어. 그래서 지금 스물다섯 살이 되도록 여태 결혼을 하지 못한 것이네. 접때 들으니, 현씨 집 딸이 검술을 배워 남장을 하고 사방팔방으로 돌아다니면서 자네 처가가 이사 간 곳을 찾는다고 하더군. 그렇게 다니다가 며칠 전에 수원에서 서로 만났다고 하더군.

그제 밤에 안채서 나온 미인이 내 딸자식이고, 어제 나온 미인은 현씨 집 딸이네. 집과 노비, 각종 집기, 서책, 전토(田土) 등은 나와 현 지사가 마련해 둔 것이네. 자네는 한꺼번에 두 미인과 재산을 모두 얻었으니, 그

옛날 양소유[4]도 이보다 더하지는 못했을 것일세. 자네는 정말 좋은 팔자를 타고났다고 할 만하지."

말을 한 후, 재상은 사람을 시켜 현 지사를 불러오게 했다. 잠시 후, 한 노인이 금관자(金圈)[5]에 붉은 띠를 두르고 들어와 재상에게 절했다. 노재상은 유생에게 그를 가리키며 말했다.

"저분이 현 지사라네."

그러고는 서로 말을 붙여 이야기를 나누게 한 후, 풍성하게 준비한 술과 안주로 종일토록 즐기다가 돌아갔다.[6]

어느덧 한 명의 부인과 두 명의 첩과 함께 화목하게 지낸 지 3년이 되었다. 하루는 유생의 아내가 남편에게 말했다.

"보건대, 지금 조정은 남인이 득세하고 있군요. 권 판서는 남인의 영수로 국정을 맡아보고 있지요. 그런데 요즘 하는 일들로 추단하면, 오래지 않아 필시 낭패를 보겠더군요. 낭패를 보면 우리에게도 화가 미칠까 걱정입니다. 차라리 일찍 시골로 내려감으로써 화를 피하는 방책으로 삼는 게 낫지 않을까 합니다."

유생은 아내의 말이 그럴듯하여, 가산을 모두 정리하고 처와 첩을 데리고 고향으로 돌아갔다. 그리고 다시는 서울로 들어오지 않았다.

갑술년에 형세가 뒤바뀌어 왕비가 다시 복위했다.[7] 이후 남인들은 모

---

4 양소유(楊少遊): 소설 〈구운몽〉의 남자 주인공.

5 금권(金圈): 금관자(金貫子). 금으로 만든 관자로, 2품 벼슬아치가 사용함. 여기서는 현 지사가 종2품의 위상에 걸맞다는 의미도 내포하고 있다.

6 《기문총화》에는 이 뒤에 "권 판서는 권대운(權大運)이다."라고 했다. 권대운(1612-1699)은 조선 후기 영의정까지 지낸 문신으로, 서인의 영수 송시열을 사사하도록 한 인물이기도 하다. 갑술환국으로 관직을 삭탈당하고 절도에 안치되었지만, 80세가 넘는 고령이라고 하여 그 이듬해에 해배되어 고향으로 돌아왔다.

7 갑술경화(甲戌更化): 숙종 20년(1694) 갑술환국을 말한다. 인현왕후가 복위하여 남인 세력이 실각한 사건이다.

두 죽거나 귀양을 갔다. 권 판서도 거기에 끼었지만, 유생만은 유독 연좌법(收坐之律)에 걸려들지 않았다.

유생의 아내는 이른바 여자 가운데서도 지인지감이 있는 사람이라 할 만하다. 어찌 예사로운 사람이겠는가?

10

옥계 노진〔盧玉溪〕

옥계(玉溪) 노진은 일찍 아버지를 여읜 데다 집도 가난했다. 남원에서 살았는데, 나이가 장성했어도 혼처를 구할 데가 없었다. 그러던 중 무관으로 출사한 당숙이 선천[1] 부사가 되어 나갔다. 어머니는 옥계에게 '선천에 가서 혼수를 빌려서 오라'고 권했다. 그는 머리를 길게 땋아 늘인 채로[2] 인마(人馬)도 없이 길을 나섰다.

선천에 이르러 관아를 찾아갔지만, 문지기는 문을 굳게 닫아걸고 안으로 들여보내지 않았다. 옥계는 길 위에서 어쩌지 못한 채 방황했다. 그때였다. 마침 곱고 산뜻한 옷차림을 한 어린 기생이 그 앞을 지나다가 걸음을 멈추어 섰다. 그녀는 옥계를 빤히 쳐다보면서 물었다.

"도령께서는 어디서 오셨소?"

옥계가 사실대로 대답하자, 기생이 말했다.

"제 집은 아무 골〔洞〕 몇 번째 집이랍니다. 여기에서 멀지 않은 곳이니, 도령께서는 모름지기 우리 집을 숙소로 정하시지요."

옥계는 그렇게 하겠다고 했다. 기생이 떠난 뒤, 옥계는 겨우 관아로 들어갈 수 있었다. 그가 당숙을 뵙고 찾아온 사연을 들려주자, 당숙은 얼굴을 찌푸리며 말했다.

"내가 부임한 지 얼마 되지 않은 데다 관아의 부채도 산적한지라, 몹시

---

1 선천(宣川): 평안북도 서해안 중부에 위치한 고을.

2 편발(編髮): 머리를 땋아서 길게 늘어뜨린 것. 결혼하지 못한 도령(총각) 상태를 말한다.

난처하구나."

말이 아주 쌀쌀맞았다. 옥계는 당숙에게, 나가서 숙소를 잡겠다는 뜻을 내비치고 관아를 빠져나왔다. 그러고는 아까 만났던 어린 기생의 집으로 찾아갔다. 기생은 반갑게 맞이하며 어머니에게 저녁 식사를 정성껏 준비해서 내오라고 했다. 밤에는 옥계와 잠자리도 같이했다. 기생이 말했다.

"제가 보건대, 본관 사또는 그릇이 매우 작습디다. 비록 친척 간이라 해도 혼수를 넉넉하게 준비해 줄지 모르겠습니다. 제가 도령의 기골과 용모를 보니, 훗날에 크게 현달하실 상이더군요. 무엇 때문에 스스로 걸객 행세를 하시렵니까? 제게는 개인적으로 모아둔 은 500냥 남짓이 있습니다. 그러니 여기에 며칠 동안 머물러 계시다가, 다시 관아에 들를 것도 없이 은만 가지고 곧장 고향으로 돌아가시는 게 좋을 듯합니다."

옥계는 그렇지 않다는 뜻으로 말했다.

"행동거지를 그리 가볍게 하면 당숙께서 꾸짖지 않겠느냐?"

"도령께서는 친척 간의 정리를 믿으려 하시지만, 가까운 친척이라고 어찌 다 믿을 수 있겠습니까? 만약 여러 날 머물러 계신다면, 피곤해하는 사람의 얼굴빛만 보게 되겠지요. 그러다 돌아간다고 하면, 선물이랍시고 고작 몇십 냥을 내어주겠지요. 그 돈을 가지고 장차 어디에 쓰시렵니까? 차라리 여기에 있다가 곧장 떠나는 게 더 낫겠지요."

그러나 옥계는 듣지 않고, 며칠 동안 낮에는 관아에 들어가 당숙을 뵙고 밤에는 돌아와 기생의 집에서 잠을 잤다.

어느 날 밤이었다. 기생이 등불 아래서 행장을 꾸렸다. 은도 꺼내 보자기에 쌌다. 새벽이 되자, 마구간에서 말 한 필을 끌고 와 행장을 싣더니 옥계에게 떠날 것을 재촉했다.

"도령께서는 10년이 못 되어 반드시 귀하게 될 것입니다. 저는 조신하게 기다리렵니다. 우리가 다시 만날 기약은 오직 이 한 가닥 길밖에 없으니, 부디부디 보중하십시오."

기생은 눈물을 펑펑 흘리면서 문 밖에 나와 전송했다. 옥계는 마지못해 당숙에게 인사도 드리지 못한 채 길을 떠났다.

뒷날, 당숙은 그가 떠났다는 말을 듣고 그의 태도가 망령된 것을 괴이하게 생각했다. 그러나 마음속으로는 돈푼 냥이나마 허비하지 않을까 하는 걱정에서 벗어난 것을 다행으로 여겼다.

집으로 돌아간 옥계는 기생이 준 은으로 아내를 맞아 집안 살림을 꾸리니, 먹고사는 데에 구차함이 없었다. 이에 마음을 다잡고 공부하여 사오 년 뒤에는 과거에 급제했고, 임금으로부터 크게 인정도 받았다.

얼마 지나지 않아 옥계는 어사가 되어 관서 지방을 안렴[3]하게 되었다. 그는 곧장 기생의 집으로 찾아갔지만, 집에는 기생의 어미만 홀로 있었다. 옥계를 알아본 어미는 그의 소매를 붙들고 울며 말했다.

"내 딸이 당신을 보내던 그날, 걔는 어미도 버리고 훌쩍 떠나버렸수. 어딜 갔는지조차 알지 못하고 산 지가 벌써 몇 년째인지……. 이 늙은이는 밤낮으로 걔 생각에 눈물 마를 때가 없다우."

옥계는 망연자실하여 홀로 생각했다.

'내가 여기 온 것은 오직 옛사람과 만나기 위함이거늘, 지금은 그림자조차 볼 수 없으니 가슴이 무너져 내리는구나. 그러나 저는 반드시 나를 위해서 자취를 감추었을 게다.'

이에 다시 물었다.

"할멈의 딸이 한번 나간 뒤로, 살았다든지 죽었다든지 하는 말이라도 들은 게 없소?"

---

3 안렴(按廉): 관리가 백성들을 보살피고 어루만지며 다스리는 일.

"요새 들리는 말에는, 제 딸이 성천[4] 지역 어느 산사에 의탁했다고는 하는데, 종적을 감추고 있어서 얼굴을 본 사람은 없다고 합디다. 풍문으로 전하는 말이니 도대체 믿을 수가 있어야죠. 이 늙은이는 나이가 많고 기력도 없는 데다가 또 집에 사내가 없는지라, 소문의 진상을 따져보지도 못했습죠."

말을 들은 옥계는 곧장 성천 지방으로 갔다. 가서 그곳 사찰을 모두 탐방해 가며 샅샅이 뒤졌지만, 그녀의 형적은 끝내 드러나지 않았다.

그러던 중에 어느 한 절로 찾아들게 되었다. 절 뒤로는 천 길은 됨 직한 깎아지른 절벽이 있었고, 그 절벽 위에 작은 암자가 있었다. 암자는 가파르고 험악한 곳에 있어서 발붙일 곳조차 없어 보였다. 옥계는 칡덩굴과 등나무 줄기를 더위잡으며 겨우겨우 위로 올라갔다. 올라가서 보니 서너 명의 중들이 있었다. 그들에게 물으니, 이렇게 답했다.

"사오 년 전 즈음이었습니다. 스무 살 정도 되어 보이는 한 여인이 찾아왔는데, 그녀는 예불을 맡은 수좌[5]에게 은냥 얼마를 맡기면서 아침저녁으로 공양[6]을 바치는 비용으로 쓰도록 했지요. 그리고 부처님 연화좌[7] 아래에 엎드리더니 머리를 풀어 얼굴을 가리더군요. 그 후로 아침저녁 공양은 창틈으로만 들였지요. 간혹 뒷간에 갈 때나 잠깐 나왔지만, 곧장 들어가더군요. 그렇게 지낸 지도 이미 몇 년이 되었습니다. 소승들은 그녀를 모두 생불(生佛)이나 보살로 여겨 감히 가까이 가지도 않습니다."

옥계는 마음속으로 그 기생임을 알아차렸다. 이에 수좌에게 창틈으로 말을 전하게 했다.

---

4 성천(成川): 평안도 평양 근처에 있는 고을.
5 수좌(首座): 참선을 위주로 하는 절에서 우두머리가 되는 승려.
6 공양(供養): 공양미. 부처에게 바치는 쌀.
7 연화좌(蓮花座): 연화보좌(蓮花寶座). 부처님이 앉는 연꽃 모양의 자리.

"남원에 사는 노(盧) 도령이 지금 낭자를 보고자 하여 여기에 왔는데, 어찌하여 문을 열고 나와 맞지 않는가?"

여인도 중을 통해 물었다.

"노 도령이 만일 오셨다면 과거에 급제는 하셨소? 못 하셨소?"

옥계는 과거에 급제한 뒤 어사가 되어 여기까지 왔다고 운운하니, 여인이 말했다.

"첩이 몇 년 동안 이렇게 자취를 감추고 고생을 자처한 것은 오로지 낭군을 모시기 위함이었습니다. 그러니 어찌 아니 기쁘겠습니까? 당장 나가서 맞이하고 싶지요. 그러나 몇 년 동안 귀신같은 형상으로 지냈기에, 이 몰골을 낭군께 보일 수 없습니다. 낭군께서 저를 위해 10여 일만 더 머물러 주신다면, 저는 삼가 몸과 머리를 단정히 하고 화장 거울도 매만져서 다시 본래의 모습으로 되돌리겠습니다. 그렇게 한 뒤에 보는 것이 좋겠습니다."

옥계는 그 말을 좇아 머물렀다. 과연 10여 일 뒤에, 여인은 곱게 화장하고 맵시 있게 옷도 갖춰 입고서 나와 옥계를 보았다. 둘이 서로 손을 마주 잡으니, 기쁨과 슬픔이 한데 몰려왔다. 승려들은 그제야 여인의 내력을 알고 서로 감탄하지 않는 자가 없었다.

어사는 성천 고을 수령에게 기별을 보내 가마를 준비해 와서 기생을 태워 선천으로 보내게 함으로써 기생의 어미와도 만나게 했다. 옥계는 어사의 임무를 끝내고 임금에게 보고를 마친 후, 비로소 사람과 말을 보내 기생을 집으로 데려왔다. 그리고 평생토록 사랑하며 살았다고 한다.

옥계 노진(1518-1578) | 자는 자응(子膺). 옥계는 그의 호다. 본관은 풍천이다. 신고당(信古堂) 우명(友明)의 아들이다. 명종 병오년(1546)에 진사시를 거쳐, 문과에 급제했다. 이조낭관과 사인(舍人)을 역임했다. 벼슬은 이조판서에 이르렀다. 청백리에 뽑혔다. 시호는 문효(文孝)다.

11

일송 심희수〔沈一松〕

일송(一松) 심희수는 아버지를 일찍 여의어서 글을 배우지 못했다. 머리를 땋아 다닐 때부터 하는 일마다 거칠었으며, 밤낮없이 기생집[1]에 드나들기가 일쑤였다. 지체 높은 공자(公子)와 왕손(王孫)이 베푸는 연회나 노래하고 춤추는 기생이 나오는 모임이 있다면 찾아가지 않을 때가 없었다. 흐트러진 더벅머리에 깨진 나막신과 다 해진 옷……. 그러고서도 조금도 부끄러워하지 않으니, 사람들은 모두 그를 가리켜 '미친 애〔狂童〕'라 했다.

하루는 권 재상 댁에서 베푼 잔치에 갔는데, 거기에서도 기생들 사이로 들어갔다. 사람들이 침을 뱉고 욕을 퍼부어도 돌아보지 않고, 두드려 패며 쫓아내도 자리를 뜨지 않았다.

기생들 중에는 어린 나이에 명기(名妓)로 소문난 일타홍(一朶紅)이란 자가 있었다. 그녀는 금산[2]에서 올라왔는데, 용모는 물론 춤과 노래까지 당대에 독보적인 존재였다. 일송도 그녀의 명성을 흠모하여, 일타홍이 있는 자리로 가서 바싹 붙어 앉았다. 그런데도 일타홍은 조금도 싫다거나 귀찮아하는 기색이 없었다. 이따금 추파를 보내며 그의 동정을 꼼꼼하게 살피기도 했다. 그러더니 일어나 측간에 가는 척하며 손짓으로 일송을

---

1 협사청루(狹斜青樓): 기원(妓院). 기생집.

2 금산(錦山): 지금의 충청남도 금산. 《기문총화》에는 '新'이 첨가되어 있다. 이번에 '새로 선상기로 뽑혀 왔음'을 밝히고 있다.

불러냈다. 일송이 일어나 뒤따라가니, 일타홍이 귓속말로 물었다.

"당신의 집은 어디에 있나요?"

일송은 어느 골〔洞〕 몇 번째 집이라고 자세히 말해주었다. 일타홍이 말했다.

"당신은 먼저 댁으로 가 계십시오. 그러면 첩도 곧장 뒤따라가겠습니다. 가서 잠시만 기다리고 계세요. 제가 믿음을 저버리는 일은 없을 테니까."

일송은 바라던 것보다 더 큰 기쁨을 얻은지라, 얼른 집으로 돌아가 집안 청소까지 해놓고 일타홍이 오기만을 기다렸다.

날이 채 저물지도 않았을 때였다. 약속한 대로 정말로 일타홍이 찾아왔다. 일송은 기쁨을 억제하지 못한 채 가까이 다가가 무릎을 바짝 대고 말을 붙였다. 이때 어린 여종 하나가 안채에서 나오다가 그 모습을 보더니, 바로 되돌아가 모부인(母夫人)께 사실을 알렸다. 그러잖아도 부인은 아들이 지나치게 방탕한 것을 걱정하던 터라, 그를 꾸짖기 위해 불렀다. 일타홍은 일송에게 급히 여종을 불러 말을 전하게 했다.

"제가 대부인을 뵙겠다고 전해주세요."

일송은 그녀의 말을 좇아, 여종을 불러 그 말을 통하게 했다. 그러고 난 뒤, 일타홍은 안채로 들어가 섬돌 아래에서 절을 하고 말했다.

"저는 금산에서 새로 올라온 기생 아무개입니다. 오늘 아무개 재상댁 연회석상에서 우연찮게 이 댁 도령님을 뵈었습니다. 모든 사람이 미친 아이라며 손가락질하는데, 천첩의 어리석은 소견으로는 크게 귀인이 될 기상을 가지고 있었습니다. 그러나 기상이 너무 거친지라, 마치 '여자에 굶주린 귀신〔色中餓鬼〕'이라 부를 만하더군요. 만일 지금 제압하지 않는다면, 장차 사람 노릇도 못 하는 지경에 이르게 될 것입니다. 뻗쳐오르는 그 기세를 좋은 방향으로 이끄는 게 필요하겠지요. 그래서 저는 오늘부터 도령님을 위해, 노래하고 춤추는 화류계에서 자취를 감추려고 합니다. 함께 여러 방면으로 글공부에 힘쓰도록 주선하다 보면, 성공할 수 있는 길도 기대해 볼 수 있겠지요. 부인 마님의 생각은 어떠하신지요? 이런 말씀을 드리는 것이 혹시라도 첩의 정욕에서 비롯된 것이라 생각하신다면, 하필이면 굳이 가난한 과부 댁의 미친 아이를 선택했겠습니까? 첩이 비록 곁에서 모신다 해도 결코 정욕에 빠져 몸을 상하게 하는 일은 없을 것이니, 그는 염려치 마십시오."

"내 아들은 일찍이 아비를 여의어서 학업에 힘쓰지 못했네. 방탕한 일만 일삼고 다녀도 이 늙은이가 어떻게 제지할 수가 없었네. 그저 밤낮으로 걱정만 했지. 그런데 오늘은 어떤 좋은 바람이 불어서 이렇게 아름다운 사람을 싣고 왔는지! 우리 집 미친 아이가 공부만 하게 된다면 이보다 더 큰 은혜가 어디 있겠는가? 내가 뭘 꺼리고 뭘 의심하겠느냐? 그러나 우리 집은 본디 가난하여 아침저녁조차 잇는 게 어렵네. 자네처럼 호사롭게 생활하던 기녀가 어떻게 추위와 굶주림을 참으면서 여기에 머물 수 있겠느냐?"

"그것은 조금도 꺼릴 게 못 됩니다. 진짜, 조금도 염려하지 않으셔도 됩니다."

마침내 그날부터 기생집과 발길을 끊고 일송의 집에 몸을 감추었다. 그러면서도 머리 빗고 몸을 꾸미는 일은 게을리하지 않았다.

일타홍은 일송에게 해가 뜨면 책을 가지고 이웃집에 가서 글을 익히게 하고, 집에 돌아온 뒤에는 책상머리에 앉아 새벽까지 학업에 힘쓰도록 권했다. 학업 과정도 엄격하게 세워놓았다. 조금이라도 게으른 기미가 보이면, 얼굴빛을 고쳐 화를 내면서 떠나려는 뜻을 내비침으로써 일송의 마음을 붙잡았다. 사랑하기에 헤어지는 게 두려웠던 일송은 공부를 게을리할 수 없었다.

어느덧 일송의 혼사 문제를 의논할 때가 되었다. 일송은 일타홍이 있기에 장가들려고 하지 않았다. 일타홍은 그의 마음을 알고, 결혼하지 않으려는 이유를 따져 물은 뒤에 엄하게 꾸짖었다.

"당신은 명문가의 자제로 앞길이 만 리나 되거늘, 어찌하여 천한 기생 하나 때문에 인륜의 큰 도리를 폐하려 하십니까? 첩은 결단코 첩 때문에 집안을 망하게 하고 싶지 않습니다. 첩은 이제 여기를 떠나겠습니다."

일송은 어쩔 수 없이 결혼을 했다. 이후 일타홍은 마음을 가라앉히고 목소리를 부드럽게 하고,[3] 삼가 공경하며 신중하게[4] 신부를 모시는데, 그 모습이 마치 시어머니를 섬기는 것 같았다. 또한 날을 정해 사오일은 안방에 들어가게 하고, 하루만 자기 방에 들어오게 했다. 만일 정한 기한을 어기면, 반드시 문을 닫아걸고 들어오지 못하게 했다.

이렇게 한 지 몇 년이 지났다. 일송은 공부에 대한 싫증이 예전보다 더욱 심해졌다. 급기야 어느 날에는 일타홍 앞에 책을 내던지고 드러누워 말했다.

"네가 아무리 학문에 힘쓰라고 애써 권해도, 내가 하기 싫은데 어쩌라고?"

일타홍은 태만해진 그의 마음가짐이 입씨름을 해서 고칠 수 있는 게 아님을 알았다. 이에 일송이 밖에 나간 틈을 타서 노부인께 아뢰었다.

"낭군께서 책 읽기에 싫증을 내는 증세가 요즘에 와서 더욱 심해졌습

---

3 하기이성(下氣怡聲): 마음을 가라앉히고 목소리를 부드럽게 함. 이 말은《예기》〈내칙(內則)〉의 "며느리가 시부모 거처에 가서는 마음을 가라앉히고 목소리를 부드럽게 해서 입고 있는 옷이 춥고 더운지를 묻고, 아프고 가려운 데는 없는지 여쭈어 공경히 안마도 하고 긁어드리기도 해야 한다(及所 下氣怡聲 問衣燠寒 疾痛苛癢 而敬抑搔之)."에서 나왔다.

4 동동촉촉(洞洞屬屬): 신중하여 감당할 수 없음. 이 말은《예기》〈제의(祭義)〉의 "효자는 마치 옥그릇을 손에 쥔 것처럼 하고, 물이 가득 찬 그릇을 받들고 가는 것처럼 해야 한다. 그리하여 공경하고 신중하게 감당할 수 없는 것처럼 하고, 장차 실수나 하지 않을까 하는 마음을 가져야 한다(孝子如執玉如奉盈 洞洞屬屬然如弗勝 如將失之)."에서 나왔다.

니다. 첩이 비록 성의를 다한다 해도 어떻게 할 수가 없을 것입니다. 그래서 첩은 이제 하직을 고하려고 합니다. 첩의 이런 행동은 곧 낭군의 마음을 움직여 다시금 글공부에 매진케 하는 계책이 될 것입니다. 첩이 비록 문을 나간들 그게 어디 영원한 하직이겠습니까? 과거에 급제했다는 소식을 들으면 곧장 돌아오겠습니다."

그러고는 일어나서 절했다. 부인은 일타홍의 손을 붙들고 울면서 말했다.

"네가 우리 집에 온 뒤로부터 마구잡이로 생활하던 아이에게 마치 엄한 스승이 생긴 것 같더구나. 요행히 몽학[5]이나마 깨친 것도 모두 자네의 힘이지. 그런데 지금 글 한번 읽기 싫어했다는 하찮은 이유로 우리 모자를 버리고 떠나겠다는 게냐?"

일타홍이 일어나 다시 절하고 말했다.

"첩이 목석이 아닌데, 어찌 이별의 괴로움을 모르겠습니까? 그러나 낭군의 마음을 움직여 다시 글공부에 매진토록 하는 방법은 오직 이 길 하나뿐입니다. 낭군께서 만약 첩이 떠나며 하는 말, 즉 '반드시 과거에 합격해야만 다시 만날 수 있다고 약속했다'는 말을 듣게 되면, 반드시 발분하여 학문에 힘쓸 것입니다. 멀면 육칠 년, 가까우면 사오 년 사이의 일일 뿐입니다. 그동안 첩은 몸을 깨끗이 하여 낭군께서 과거에 급제하는 날만을 기다리겠습니다. 요행히 이 뜻이 낭군에게 울림으로 전해지는 것, 그게 제 바람입니다."

인하여 개연히 문을 나왔다. 집에서 나온 후, 아내를 잃은 노재상의 집을 두루 탐문하여 한곳을 찾아냈다. 발견한 집으로 간 일타홍은 주인인 노재상을 뵙고 아뢰었다.

---

5 몽학(蒙學): 어린아이의 공부.

"저는 죄로 인해 화를 입은 집안의 자손[6]으로, 몸을 의탁할 곳이 없습니다. 바라옵건대, 비복들 틈에 끼어 작은 정성이나마 보일 수 있게 해주십시오. 옷을 짓고 음식 만드는 일 등을 두루 돌아보며 살피겠습니다."

노재상은 일타홍의 용모와 행실이 단정한 데다가 총명하고 지혜로워 보였다. 이에 불쌍히 여겨 자기 집에 머물도록 허락해 주었다. 그날부터 일타홍은 부엌에 들어가 음식을 만들었다. 음식 맛은 매우 좋아 노재상의 입맛에도 잘 맞았다. 노재상은 일타홍이 더더욱 기특하고 사랑스러웠다.

"기구한 운명을 지닌 이 늙은이가 요행히 너 같은 사람을 만났구나. 의복과 음식이 모두 내 몸과 내 입에 딱 들어맞는구나. 이제는 마음을 놓고 의지할 데가 생겼어. 나는 이미 마음으로 너를 받아들였고, 너 또한 정성을 다하는지라…… 이제부터는 부녀의 정을 맺어 지내는 게 좋겠구나."

그러고는 안채에서 지내게 하고 일타홍을 딸이라 불렀다.

일송이 집에 돌아와 보니, 어디로 갔는지 일타홍이 보이지 않았다. 이상하여 물어보니, 어머니는 일타홍이 떠나며 했던 말을 전하고 나서 꾸짖어 말했다.

"네가 글공부를 싫어한 탓에 이 지경까지 이르렀구나. 장차 무슨 낯으로 세상에 선단 말이냐? 그 아이는 네가 과거에 급제한 날이 다시 만나는 날이라고 했다. 개의 사람됨을 보면, 식언할 리 만무할 터. 네가 만일 과거에 급제하지 못한다면, 이생에서는 그 아이를 다시 만날 기약도 없을 게다. 너는 네 마음대로 하려무나."

말을 들은 일송은 순간 무엇인가를 잃어버린 것처럼 멍해졌다. 며칠 동안 경성 안팎으로 두루 다니면서 일타홍을 찾아다녔지만, 끝내 그녀의 종적은 찾지 못했다. 그러다가 마음속으로 굳게 다짐했다.

---

6 화가여생(禍家餘生): 죄를 입어 화를 당한 집안의 자손.

‘내가 한 여자에게 버림을 받고서 무슨 얼굴로 사람들을 마주한단 말인가. 저 사람은 과거에 급제한 뒤에 서로 만나겠다고 약속했다지. 내 마땅히 마음에 새겨놓고 공부하리라. 그것이 정인(故人)과 만날 수 있는 길이라면……. 만약 과거에 이름을 올리지 못해 약속처럼 되지 않는다면, 살아 뭣 하겠나?’

마침내 문을 닫아걸고 찾아오는 손님들도 사절한 채 밤낮으로 글공부에 매진했다. 그렇게 불과 몇 년 만에 과거에 장원 급제할 수 있었다.

일송이 신은[7]으로 유가[8]하던 날이었다. 일송은 선배들을 두루 찾아뵈었다. 노재상은 곧 일송의 부친과 친구 사이여서 지나는 길에 인사를 하려고 들렀다. 노재상은 몹시 기뻐하며 맞았다. 근황을 서로 물은 후, 거기에 잠깐 머물게 하고는 조용히 이야기를 나누었다.

이윽고 안채에서 음식상이 나왔다. 상에 차려진 음식을 본 일송은 갑자기 얼굴빛이 바뀌더니 슬픈 표정을 지었다. 노재상이 괴이히 여겨 까닭을 묻자, 일송은 일타홍과의 사연을 처음부터 끝까지 말씀드렸다. 그러고서 다시 말했다.

“시생[9]이 마음에 새겨두면서까지 공부해서 과거에 급제하기를 고대했던 것은, 옛사람과 만날 수 있는 길이 그게 유일했기 때문입니다. 지금 음식을 보니, 그 사람이 만들던 솜씨와 완전히 닮았더군요. 그래서인지 저절로 마음이 아파왔던 것입니다.”

노재상은 그녀의 나이와 용모를 묻고 말했다.

---

7 신은(新恩): 과거에 새로 급제한 사람.

8 유가(遊街): 삼일유가(三日遊街). 과거 급제자가 광대를 데리고 풍악을 울리면서 시가행진을 벌이고 시험관, 선배 급제자, 친척 등을 찾아보던 일. 보통 사흘에 걸쳐 행했다.

9 시생(侍生): 어른을 모시는 사람. 말하는 이가 자기를 낮추어 이르는 일인칭 대명사로, 문어적 표현이다.

"내가 수양딸 하나를 두었는데, 그 아이의 근본은 모르네. 혹여 그 아이가 아닌가 싶기도 한데……."

말이 다 끝나기도 전이었다. 갑자기 한 여인이 뒷문을 밀치며 들어와서는 일송을 껴안고 흐느껴 울었다. 일송이 일어나 노재상에게 절을 하고 말했다.

"어르신께서는 어쩔 수 없이 따님을 시생에게 보내야 하겠습니다."

"죽을 때가 다 된 내가 요행히 이 아이를 얻었던지라…… 걔에게 의지해 사는 게 내 운명이려니 생각했거늘……. 지금 만약 자네에게 보내버리면, 이 늙은이는 마치 양손을 모두 잃는 것과 같을 것이네. 일이 몹시 난처하군. 그러나 그 만남이 기이하고 그 사랑이 이러한데, 내 어찌 허락하지 않을 수 있겠느냐?"

일송은 일어나 다시 절하고, 몇 번인지도 모를 만큼 고맙다며 다시 인사를 올렸다.

날은 이미 어두워졌다. 일송은 일타홍과 함께 말에 올라탔다. 횃불로 앞길을 밝히게 하여 집으로 향했다. 집 문 앞에 이르자, 일송은 급히 어머니를 부르며 외쳤다.

"일타홍이 왔습니다!"

부인도 기쁨을 이기지 못해, 신발을 신어 중문 밖까지 뛰어나왔다. 일타홍의 손을 잡고 계단으로 함께 올라오는데, 기쁨이 집안 가득히 넘쳐났다. 집안 분위기도 이전에 좋았던 때로 되돌아왔다.

그 후 일송은 이조정랑(天官郎)이 되었다. 어느 날 저녁이었다. 일타홍은 옷깃을 여미며 말했다.

"제 한 조각의 마음은 오직 나리의 성취 여부로만 향해 있었지요. 그러니 다른 데에 마음을 쓸 여지가 없었습니다. 고향에 계신 부모님의 안부조차 확인할 겨를이 없었지요. 그래서 첩은 밤낮으로 가슴을 치곤 했습니다. 나리께서 이제는 하실 수 있으리라 봅니다. 첩을 위해 금산 지방 수령을 청함으로써 첩으로 하여금 살아생전에 부모님을 뵐 수 있게 할 수 있음을……. 그러면 제 지독한 슬픔도 끝이 나겠지요."

"그거야 매우 쉬운 일이지!"

이에 지방 수령으로 내려가기를 요청하는 상소를 올렸고, 과연 금산 수령이 되었다. 일타홍을 데리고 부임한 날에 바로 그녀의 부모 안부를 여쭈었는데, 과연 모두가 무양했다.

사흘이 지나자, 일타홍은 관아의 주방(官廚)[10]에서 술과 안주를 성대하게 장만했다. 그리고 친정으로 가서 부모님께 인사를 올렸다. 친척들을 모아 사흘 동안 잔치도 크게 벌였다. 의복과 일상에서 쓰는 물건들도 넉넉하게 마련해서 부모님께 드렸다. 그렇게 하고 난 뒤에 일타홍이 말했다.

"관청이란 데는 일반 가정과 다르답니다. 관아의 안채에 있는 사람은 다른 사람들보다 더욱 분별이 있답니다. 부모와 형제가 혹시라도 연줄이 있다는 이유로 빈번하게 출입을 하게 되면 다른 사람들의 입에 오르내릴 것이고, 관아 행정에도 누를 끼치게 될 것입니다. 이제 저는 관아에 들어가렵니다. 한번 들어가면 다시는 나오지 않을 것입니다. 또 빈번하게 서로 연락할 필요도 없습니다. 제가 서울에서 지냈을 때처럼 그렇게 알고 지내십시오. 다시는 왕래도 하지 말고 연락도 하지 마세요. 그렇게 내외의 분별을 엄히 지켜주세요."

일타홍은 하직 인사를 하고 관아로 돌아갔다. 그 후 단 한 번도 밖에다 소식을 전하지 않았다.

그렇게 반년이 지난 어느 날이었다. 안채에 있던 여종이 관아로 나와 '잠깐 안으로 들어오시라'는 일타홍의 말을 전했다. 일송은 마침 공적인

---

10 관주(官廚): 관아에 딸린 주방.

일이 있어서 즉시 일어서지 못했다. 여종은 계속해서 들어오도록 독촉했다. 이상하게 여긴 일송은 찾는 이유나 묻고자 하여 안채로 들어갔다. 가서 보니 일타홍은 새로 지은 옷을 입고, 새로 만든 이부자리를 펴놓고 있었다. 병이 난 것 같지 않은데, 얼굴에는 슬픈 빛을 띠고 있었다. 일타홍이 말했다.

"오늘은 첩이 나리와 영원히 이별하고 멀리멀리 떠나는 날입니다. 바라옵건대, 나리는 몸을 잘 돌보셔서 오랫동안 부귀영화를 누리십시오. 첩 때문에 오랫동안 아파하지도 마십시오. 제 유해를 나리의 선영 아래에 묻어주시면…… 그것이 제 소원입니다."

말을 마치자 갑자기 숨을 거뒀다. 일송은 서글피 통곡하고서 말했다.

"내가 지방으로 내려온 것은 오직 일타홍 때문이거늘……. 지금은 저가 이미 죽었는데 무엇 때문에 나 혼자 여기에 남는단 말이냐?"

그러고는 사직 단자를 올려 벼슬을 그만두었다.[11] 그리고 상여와 함께 떠났다. 상여가 금강에 이르렀을 때, 일송은 일타홍의 죽음을 애도하는 시(悼亡詩)를 지었다.

錦江秋雨銘旌濕	금강에 내리는 가을비 명정(銘旌)에 젖어 드는데
疑是佳人泣別時	아름다웠던 사람, 이별하며 흘리는 눈물인지.

일송 심희수(1548-1622) | 자는 백구(伯懼). 일송은 그의 호로, 본관은 청송이다. 정자(正字) 건(鍵)의 아들이요, 효창(曉窓) 봉원(逢源)의 손자다. 선조 무진년(1568)에 진사를 거쳐, 임신년(1572)에 문과에 급제했다. 대제학을 역임했다. 을사년(1605)에 재상이 되었다. 벼슬은 좌의정에 이르렀다. 시호는 문정(文貞)이다. 모부인은 탄수(灘叟) 이연경의 딸이다.

---

11 도체(圖遞): 자기 스스로 벼슬이 바뀌기를 꾀함.

12

김안국(金安國)

김안국은 판서와 대제학을 역임한 숙[1]의 아들이다. 김숙에서부터 위로 삼대는 대대로 문장과 재주로 명성이 있어 문형[2]을 도맡았다. 안국이 태어날 때에는 눈이 맑고 이마도 넓은 데다[3] 용모도 빼어났다. 숙은 안국을 애지중지하며 말했다.

"이 아이야말로 참으로 우리 집안의 자손이지!"

안국이 말을 배울 때였다. 김숙이 직접 문자를 가르쳤지만, 석 달이 되도록 '하늘 천(天), 따 지(地)' 두 글자도 이해하지 못했다. 김숙은 의아해하며 중얼거렸다.

"아이의 용모와 미목이 이다지도 빼어난데, 어찌하여 총명과 재능은 저리도 몽매한지……. 혹시 나이가 아직 어려서 재주를 미처 드러내지 못함인가? 몇 년을 기다렸다가 다시 가르쳐봐야겠다."

몇 년이 지나 다시 가르쳐보았지만, 안국은 여전히 이해하지 못했다. 김숙은 속으로만 민망해할 뿐이었다.

'이 아이가 끝까지 이렇다면, 그것은 저 혼자만의 불행이 아니라 가문

---

1 김숙: 이 이야기에 나오는 인물은 모두 허구적으로 설정되었다. 이야기 마지막에, 김안국에 대해서도 자세히 조사하지 않았다고 밝히고 있는데, 백두용 역시 이 이야기의 김안국을 역사 인물로 인지하지 않은 것으로 보인다. 실제 김안국(1478-1543)의 아버지는 참봉을 지낸 김연이고, 그의 동생은 김정국이다.

2 문형(文衡): 대제학(大提學). 예문관과 홍문관의 최고 책임자로, 국가의 문장을 책임져야 하는 만큼 학문이 높은 사람을 임명했다.

3 청양(淸揚): 청(淸)은 눈이 맑음을, 양(揚)은 이마가 넓음을 말한다.

의 명예까지 떨어뜨릴 테니, 이보다 큰일이 어디에 있겠는가.'

이에 밤낮으로 글을 가르쳤다. 때로는 심하게 꾸짖으며 문자를 이해할 수 있는 온갖 방법을 다 써보았으나, 끝내 '하늘 천(天), 따 지(地)' 두 글자도 깨우치지 못했다. 이렇게 한 지 한 달 두 달이 지나, 한 해 두 해가 지났다. 안국의 나이도 벌써 열네 살이 되었다. 김숙은 괴로움에 한탄하다가 눈물까지 흘렸다.

"저놈이 어렸을 때는 어려서 그러려니 생각했는데, 지금은 열네 살이나 되었는데도 끝내 이 지경이니, 저런 인물이 세상에 어떻게 나왔단 말인가? 우리 선조의 혁혁한 명성도 장차 이놈이 없애버릴지라. 조상을 욕되게 하는 자식을 두고 보느니, 차라리 자식이 없어서 제사를 받들지 못하는 편이 낫겠지. 또 나는 저 물건만 보면 울화가 치밀어 골머리까지 쑤셔대는지라, 형편상 저놈을 집에 그저 두지 못하겠다."

이에 안국을 보이지 않게 할 방법을 생각해 보았다. 차마 죽일 수는 없고, 그렇다고 아무 곳으로 쫓아내면 종적이 드러날까 걱정스러웠다. 그래서 임시방편으로 '지금 당장 눈앞에만 보이지 않았으면' 하고 생각할 뿐이었다.

이보다 앞서 작은아들 안세를 낳았는데, 그 아이도 어느덧 다섯 살이 되어 있었다. 용모의 빼어남은 안국에게 미치지 못했지만, 재주는 안국보다 월등하게 뛰어났다. 안세로 대를 잇게 하고도 싶었지만, 맏아들 안국이 있기에 예법을 거스를 수도 없는 노릇이었다. 그래서 항상 어떤 말도 나오지 않을 만한 곳으로 안국을 쫓아내려 했지만, 생각처럼 되지가 않았다.

그러던 차에 마침 사촌동생 김청이 안동 통판(通判)으로 나아가게 되었다. 안동은 서울에서 멀리 떨어진 고을로, 부자들이 많이 살았다. 청은 임금께 하직 인사를 드리고, 부임하러 갈 때 김숙의 집을 찾아갔다. 숙은 안국을 그에게 맡기며 말했다.

"이 아이의 평소 행실이 이러이러해서 죽여버리고 싶은 생각이 하루에도 몇 번씩 드네. 그러나 차마 그렇게는 할 수 없지 않은가. 쫓아버리겠다는 생각도 오래전부터 했지만, 보낼 만한 곳이 없었지. 지금 자네가 다행히 안동 수령으로 가게 되었으니, 바라건대 이 아이를 데리고 가게. 가서 영원히 안동 백성으로 살아가게 만듦으로써 세상 사람들이 모르게 해주게."

청은 사양하고 김숙을 달래며 말했다.

"형님은 어찌 이런 말씀을 하십니까? 예로부터 지금까지 문장가의 집안에 글 모르는 자식이 얼마든지 있었지만, 그렇다고 해서 자식을 쫓아냈다는 말은 듣지 못했습니다. 그런데 지금 형님께서 그 일을 하시렵니까? 또 아이의 생김새가 저렇게 비범하니, 설령 끝내 글을 모른다 해도 가업을 보존하며 선조의 제향은 받들 수 있겠지요. 안세는 비록 재주가 있지만, 그릇이 작습니다. 게다가 둘째 아들이고요. 어찌 안세로 안국을 대신할 수 있겠습니까? 형님의 처사는 강상윤리에 어긋나는 일입니다."

마침내 하직하고 일어섰다. 숙은 청의 손을 붙잡으며 다그쳐 말했다.

"자네가 만일 네 부탁을 들어주지 않는다면, 나는 더 살 수가 없네."

청은 몇 번 사양하다가 결국 허락했다. 숙은 안국을 불러 부자의 연을 끊겠다고 통보했다.

"지금부터 나는 너를 자식으로 여기지 않겠다. 너 또한 나를 아비로 생각하지 마라. 다시는 서울에도 올라오지 마라. 만약에 올라온다면 너를 죽일 것이다."

김청은 부임한 후에 마음속으로 생각했다.

'안국의 용모나 미목이 저리도 비상한데, 어찌 가르쳐 깨우치게 하지 못하겠는가? 내가 한번 가르쳐보리라.'

이에 관아에서 공무를 보는[4] 틈틈이 안국을 불러서 가르쳤다. 그러나 석 달이 되어도 안국은 정말로 '하늘 천(天), 따 지(地)' 두 글자도 이해하지 못했다. 청이 탄식하여 말했다.

"그렇구나! 판서 형님이 내쫓을 만했네."

이에 안국을 불러 조용히 그 까닭이나 들어보려 했다.

"너는 어째서 그 모양이더냐?"

"저는 전부터 한담(閑談)이나 이야기를 들으면 정신이 맑아져서, 밤낮으로 천 마디 만 마디를 듣는다 해도 한 번만 들으면 다 기억해 재현할 수 있었습니다. 그러나 문자는 어떻게 해도 이해할 수가 없었습니다. 심지어 '문(文)'이란 한 말만 들어도 정신이 혼미해지고 머리도 쑤신답니다. 숙부님께서 죽이신다면 죽겠습니다만, 문자는 정말로 어떻게 해볼 수가 없습니다."

김청도 어떻게 할 수가 없음을 알았다. 책실[5]로 돌려보내고 다시는 가르치려 들지도 않았다.

청은 안동 고을 좌수 이유신의 집이 부유하고, 또 딸도 있다는 소문을 들었다. 그는 안국을 이유신의 데릴사위로 삼게 하고자 했다. 이에 '책실에 도령이 있다'는 운을 띄운 후, 유신을 불러 혼삿말을 꺼냈다. 유신이 물었다.

"감히 묻겠습니다. 책실 도령은 누구 댁 도령인가요?"

"내 사촌, 바로 판서 형님의 큰아들일세."

유신이 돌아와서 생각하니 적이 의심쩍었다.

'김숙은 서울의 귀족이라. 세대로 문형을 맡았기에 온 나라 선비들 모

---

4 부첩(簿牒): 관청의 문서와 장부.

5 책실(冊室): 수령 자제 및 손님이 거처하는 곳.

두가 존경하며 우러러보건만……. 만일 적자(嫡子)라면 안동에서 혼처를 구할 리 없겠지. 혹시 서자(庶子)인가?'

그는 다시 청에게 가서 물었다. 청은 돌아가신 상국(相國) 허연의 외손이라는 말까지 해주었다. 유신은 다시 의심이 생겼다.

'서자가 아니면 필시 병신일 터. 장님일까? 벙어리일까? 그도 아니라면 고자겠지.'

유신은 다시 물었다. 청은 유신이 안국을 병신으로 의심하는 줄 알고 안국을 불렀다. 나와서 보니, 안국의 신장은 8척 남짓이고, 눈썹과 눈동자는 그린 듯하며, 음성은 시원하여 참으로 서울에 사는 화려한 집안의 미남자였다. 유신은 훌륭함에 감탄했다. 그러나 고자인지 아닌지 여부는 알 수 없었다. 물어보고 싶어도 차마 말을 꺼낼 수 없었다. 그의 속내를 헤아린 청은 안국에게 명해 바지를 벗어 보이게 했다. 고자도 아니었다. 이로써 유신은 안국이 서자도 병신도 아님을 직접 확인했다. 그러자 다시 의심이 생겨 청에게 물었다.

"사촌 대감님께서는 서울의 귀족으로 이처럼 기특한 아들을 두셨군요. 그런데 천 리 밖에 있는 안동에서 굳이 혼처를 구하심은 무슨 까닭이신지, 감히 그 연유를 여쭙니다."

청은 끝까지 숨기면 일이 이루어지지 않을까 생각했다. 마침내 청은 글을 깨치지 못해 내쫓긴 일을 솔직히 일러주었다. 유신은 마음속으로 계산해 보았다.

'안동 좌수의 딸이 지금 대제학의 아들에게 시집가면 그것도 만족스러운 일이 아닌가? 어떻게 글 잘하는 것까지 바랄 수 있겠는가. 또 비록 쫓겨났다고 해도 내가 거두어서 돌보면 되지. 그러면 해로울 것도 없지 않은가?'

마침내 혼인을 허락했다. 김청은 유신의 재산이 넉넉함을 알고 있던 터라 큰 걱정을 덜 수 있었다. 게다가 유신의 문벌도 사족(士族)인지라, 기대 이상의 혼처를 구했다고 여기며 몹시 기뻐했다. 이에 즉시 날을 골라 혼인을 시켰다.

얼마 후, 청은 안동 통판에서 물러나 서울로 돌아갔다. 그는 김숙에게 가서 안국을 혼인시킨 말도 전했다. 숙은 그가 바라던 바가 꼭 들어맞았다고 기뻐하며 청에게 사례했다.

"잘 처리했네. 잘 처리했어!"

안국은 유신의 사위〔貳室〕[6]가 되어 사랑방에 거처하면서, 석 달이 되도록 집 밖〔戶庭〕[7]을 나가지 않았다. 아내가 조용히 물었다.

"대장부가 되어 허구한 날 방 안에서만 머물러 계시면 답답하지 않습니까? 또 입신양명하여 부모님을 영광스럽게 만드는 방법은 문자를 익히는 것밖에 없지요. 지금 서방님께서 이 방에 거처한 지 석 달이나 되었습니다. 그런데 여태껏 글도 읽지 않고, 문 밖으로도 나서지 않는 것은 무엇 때문이신지요?"

안국은 이맛살을 찌푸리며 대답했다.

"내가 말을 익히기 시작할 때부터 아버님께 문자를 배웠지만, 지금 열네 살이 되도록 끝내 '하늘 천(天), 따 지(地)' 두 글자도 이해하지 못했다오. 아버님은 집안을 망칠 놈이라며 죽이려고도 했지만, 차마 그렇게는 하지 못했지요. 그래서 여기로 쫓아내면서 평생토록 당신 눈앞에 다시는 나타나지 말라고 하셨지요. 나는 참으로 죄인이라오. 그러니 무슨 낯짝

---

6 이실(貳室): 사위나 부마. 《맹자》 〈만장 하(萬章下)〉의 "순(舜)이 올라가서 제요(帝堯)를 뵈니, 제요가 순을 이실에 관사를 정해주고 사위로 삼았다(舜尙見帝 帝館甥于貳室)."에서 나온 말이다.

7 불출호정(不出戶庭): 문 밖을 나가지 않음. 《주역》 〈절괘(節卦)〉 '초효(初爻)'의 "문 밖을 나가지 않으면 허물이 없으리라(不出戶庭 无咎)."에서 나온 말이다.

으로 하늘을 우러러본단 말이오? 나는 문자만 깨치지 못한 게 아니오. 문(文)이라는 말만 들어도 머리가 빠개지려 하지요. 바라건대, 지금부터는 내 귓가에서 '문'이란 말이 두 번 다시 들리지 않게 해주었으면 좋겠소."

아내는 탄식하며 물러갔다.

원래 유신은 문장으로 이름이 나서 그 마을에서 명성이 자자했다. 그의 두 아들도 또한 문장에 능했다. 그러나 이미 안국의 사정을 들었기 때문에 처음부터 글을 가르칠 생각이 없었다. 또한 찾아가서 만나보려고도 하지 않았다. 단지 아내만 남편이 나이가 점점 들어가는데도 아무것도 하지 않는 것을 민망히 여길 뿐이었다. 그러던 어느 날, 아내가 안국에게 다시 말했다.

"첩의 아버님과 오라버니가 모두 문학에 능하니, 당신은 바깥사랑채에 나아가 시험 삼아 글을 배워보시지 그러세요."

안국이 벌컥 화를 내며 말했다.

"저번에 내가 이미 '문' 자만 들어도 머리가 아파진다는 말을 들려주었잖소. 그러면 다시는 내 앞에서 글에 관한 말은 하지 않는 게 마땅하거늘, 지금 또다시 망발을 하는 것은 무엇 때문이오?"

그러고는 머리가 아프다며 누워버렸다. 아내도 무안해하며 물러났다. 그 후로는 그가 글 때문에 상처를 입는다는 것을 알고, 두 번 다시 글〔文〕이라는 말은 꺼내지도 않았다.

본래 이씨는 여자들 중에서도 문장이 뛰어난 사람이었다. 《시경》과 《서경》 및 육예[8]의 문장은 물론, 제자백가의 글까지 익히지 않은 것이 없

---

8 육예(六藝): 예전에 학생을 교육하는 여섯 가지 과목. 예(禮, 의례), 악(樂, 음악), 사(射, 활쏘기), 어(御, 말 몰기), 서(書, 글씨), 수(數, 산수). 이는 선비가 갖추어야 할 교양 과목이었다.

었다. 그러나 천성이 온유하고 또 사리에 밝았기 때문에, 문장은 여자가 종사할 일이 아니라고 생각했다. 그래서 혼자만 알 뿐, 입을 열어 남에게 드러내 보인 적이 없었다. 비록 부모와 형제라 하더라도 그녀가 문장에 능하다는 사실을 알지 못했다. 그녀는 항상 남편이 아버지께 죄지은 것을 한탄하며, 어떻게든 문자를 풀어서 가르쳐보려고 했다. 그러나 여자가 남편에게 문자를 가르치는 것은 예법이 아닐뿐더러, 남편도 '문'이라는 말만 나와도 듣기 싫어하는지라, 정말 '어떻게 해볼 방법이 전혀 없는〔無可奈何〕' 상황이라 할 만했다. 그저 문장의 의미를 직접 드러내는 대신 비유적으로 전달하는 방법을 통해 남편의 재주가 어떠한지나 시험해 보고자 해서, 안국에게 다시 물었다.

"돌부처나 목각인형이 아닌 다음에야 종일토록 입을 다문 채 한마디 말도 하지 않고 지낼 수 있나요?"

"말이야 하고 싶지만, 누구와 말을 하겠소?"

"첩과 함께 옛날이야기나 나누는 건 어때요?"

"나야 원하는 바지요."

아내는 천황씨[9] 이후의 역사를 이야기로 풀어 말해주었다. 안국은 주의 깊게 귀를 기울이며 이야기를 들었다. 들으면서 줄곧 이야기가 재미있다며 칭찬도 했다. 한 권의 책을 다 풀어서 이야기를 한 후 아내가 말했다.

"이런 쓸데없는 이야기도 돌아서자마자 금방 잊어버리면 안 됩니다. 부탁하건대, 들은 이야기를 첩에게 도로 들려주실 수 있으신지요?"

---

9 천황씨(天皇氏): 전설상의 제왕. 지황씨(地皇氏)·인황씨(人皇氏)와 함께 삼황(三皇)의 하나로, 각각 1만 8000년을 살았다. 초학자들이 읽기 쉽게 만든 역사책인《사략(史略)》첫머리에 나온다.

"그러지요."

이야기를 외워 말하는데, 빠지거나 틀린 곳이 없었다. 아내는 마음속으로 몹시 신기하게 생각했다.

'이 사람은 탁월한 재주를 가졌는데, 뭔가에 꼬여서 막혀 있었던 것뿐이구나. 내 반드시 그의 꼬인 것을 풀어 밝은 것이 밖으로 드러날 수 있도록 만들어보리라.'

마침내 밤낮으로 이야기를 한 후, 그것을 다시 들려달라고 했다. 안국은 역사 이야기에서부터 성경현전[10]에 이르기까지, 천만 가지나 되는 내용을 외우지 못하는 게 없게 되었다. 그러던 어느 날, 안국이 뜬금없이 물었다.

"지금까지 나와 당신이 서로 주고받은 이야기는 도대체 어디에 있는 말이오?"

"그게 다름이 아니라 이른바 '글〔文〕'이라는 것입니다."

안국은 깜짝 놀라고 또 의아해하여 말했다.

"정말로 그게 글이었다고? 이른바 글이라는 게 이렇게 재미있는 것이라면, 그동안 내가 무엇 때문에 머리를 아파했겠소?"

"글이란 게 본래 이렇게 재미있는 것이랍니다. 서방님께서 머리를 아파할 이유가 무에 있겠어요?"

"그렇다면 지금부터 지난날에 이야기해 주었던 문자라는 것을 배워보리다!"

아내는《사략》첫째 권〔初卷〕을 가지고 왔다. 천황씨 이하부터 글자 하나하나를 손가락으로 짚어가며 말했다.

---

10 성경현전(聖經賢傳): 성인과 현인들이 지은 책. 성인의 글은 경(經), 현인의 글은 전(傳)이라 한다.

"이 부분이 지난번에 외었던 어느 이야기랍니다."

그러고는 책을 앞에 두고 안국에게 읽어보게 했다. 1권과 2권을 지나서부터는 모두 스스로 풀이할 수 있게 되었다. 안국은 '평생토록 깨닫지 못했던 것을 하루아침에 깨달았으니 잠깐도 게을리할 수 없다'고 생각했다. 그날부터 그는 낮에는 밥을 먹는 것도, 밤에는 잠을 자는 것도 잊은 채 날마다 읽고 또 읽었다. 더 이상 읽지 않은 책도 없게 되었다. 그가 외운 책들만으로도 방 안을 가득 채웠는데, 안국은 그것을 모두 풀이하여 읽을 수도 있게 되었다.

아내는 또 글 짓고 글씨 쓰는 법도 가르쳤다. 안국은 마음을 차분히 하고 깊이 생각하여 글을 짓고 글씨도 썼다. 깊은 사유가 거듭해서 솟아 나오고, 오묘한 필법은 계속 새로워졌다. 짧은 시〔短歌〕와 긴 문장〔長文〕, 초서(草書)와 해서〔正字〕까지 능숙하지 못한 것이 없게 되었다.

아내는 그를 문 밖으로 나가게 하고 싶었지만, 그럴 만한 이유를 찾지 못했다. 이에 경전을 인용하여 이야기로 꾸며서 말했다.

"《논어》에 이르기를 '덕이 있는 사람은 외롭지 않다. 반드시 이웃이 있다(德不孤 必有隣).'[11]라고 했습니다. 문장과 도덕은 그 이치가 다르지 않습니다. 지금까지 당신은 10년을 홀로 지내느라 이웃에 벗이 없습니다. 이제부터는 바깥사랑채에 나가서 사람들과 학문을 논하면서 덕을 쌓는 게[12] 어떨까요?"

안국은 목욕하고 의관도 단정히 한 후, 사랑채로 나가 장인에게 인사를 드렸다. 애초에 유신은 자기 딸이 글을 잘한다는 것을 전혀 모르고 있었던 터라, 어찌 그녀가 안국을 가르쳐 문장가를 만들었다는 사실을 짐

11 《논어》〈이인(里人)〉에 나오는 말이다.

12 여택지익(麗澤之益): 학우(學友)가 서로 도와서 학문과 덕을 닦는 것.

작할 수 있었겠는가? 또 안국이 밖으로 나오지 않은 지도 이미 10여 년이 지난 때였다. 그런데 지금 처음으로 불쑥 나와 절을 하니, 한편으로는 놀랍고 다른 한편으로는 반가웠다. 두 처남도 퍽 어리둥절하여 물었다.

"오늘 저녁은 무슨 저녁이기에 김 서방께서 문 밖을 다 납시었소?"

"자네들이 글을 잘 짓는다는 말을 듣고, 서툰 글이나마 지어볼까 해서 왔네."

유신과 두 처남은 모두 비웃으며 말했다.

"전에는 듣지 못했던 말일세그려. 그러나 뜻이 가상하니, 한번 시험해 본다고 해서 해로울 것은 없지."

그러고는 시제(詩題)를 분판[13] 위에 썼다. 안국이 제목을 보자마자 곧바로 붓을 들어 한 편의 시를 지었다. 문장에 쓰인 내용은 힘차고, 글씨체는 정교했다. 유신과 두 처남이 그것을 보더니, 깜짝 놀라 얼굴도 하얗게 질렸다.

"이는 옛 문장가들이 쓰는 솜씨인데, 안국이 이에 능숙하다니……. 이는 참으로 엄청난 변고일세."

유신은 허겁지겁 안채로 들어가 딸을 불러 캐물었다.

"김 서방이 문자를 깨치지 못했다는 사실은 내가 평소에 들어 알고 있는지라. 그런데 지금 갑자기 문장가에다 명필이 되었으니, 이게 도대체 무슨 영문이냐?"

딸이 이에 무릎을 꿇고 그간의 전후 사정을 아뢰었다. 모든 사람들은 탄복하기를 마지아니할 뿐이었다. 이때부터 안국의 문장과 재예가 일취월장하여, 비록 영남에서 덕망을 갖췄다는 선비(老士)나 명망이 높다는

13 분판(粉板): 예전에 아이들이 붓글씨를 익히게 하기 위해 만든 칠판의 일종. 널조각에 기름에 갠 분을 발랐다.

선비(宿儒)도 안국보다 나은 이가 없게 되었다.

이 무렵 나라에 태자가 탄강(誕降)했다. 그를 축하하기 위해 나라에서 '경설과(慶設科)'라는 이름으로 과거 시험을 시행했는데, 시험 날짜가 막 공포되었다. 이에 이씨가 말했다.

"지금 경설과가 눈앞에 닥쳤습니다. 우리나라에서 유학자라는 이름을 가진 사람이라면, 쌓아둔 재주를 겨루기 위해 시험장으로 달려가지 않는 자가 없습니다. 대장부가 글을 배우지 않았다면 그만이지요. 하지만 지금 당신의 문장은 이만큼 성취도가 높아졌습니다. 그런데 어찌자고 좋은 기회를 헛되이 보냄으로써 영원히 안동의 촌사람으로 남으려 하십니까? 또 부모님께서 이곳으로 쫓아낸 것은 단지 글을 깨치지 못했다는 이유 하나 때문입니다. 지금은 문장이 옛날과 달라졌잖아요. 바라건대, 당신은 이런 때를 타서, 돌아가 부모님을 뵙는 좋은 기회로 삼았으면 합니다."

안국은 길게 한숨을 내쉬더니 눈물을 흘리며 말했다.

"나라고 어찌 답답하게 오랫동안 이곳에 머물며 살고 싶겠소? 그러나 내가 처음 이곳으로 올 때, 아버님께서 부자의 연을 끊으며 하신 말씀이 '만약에 다시 서울에 올라오면 너를 죽일 것이다.'였소. 내 어찌 죽는 게 무섭다고 해서 가지를 않겠소? 내가 진짜 무서운 것은 아버님이 자식을 죽였다는 오명을 입는 것이오. 내가 아무리 부모님을 뵙고 싶다고 한들, 어떻게 올라갈 수 있겠소? 또한 자식이 되어 부모에게 죄를 지었으면 마땅히 문을 닫아걸고 머리를 풀어헤친 채 일생을 마치는 것이 도리지요. 어떻게 태연스레 과거 시험장에 들어가서 임금을 섬기겠다는 마음을 갖는단 말이오?"

"대의(大義)는 당연히 그렇죠. 그렇다고 권도[14]도 행할 수 없답니까? 우

---

14 권도(權道): 특수하고 예외적인 상황에서 임시로 정당성을 갖는 행위규범.

선 당신이 과거 시험장에 들어가 금방[15]에 이름을 건다면, 이것으로 글을 깨치지 못한다는 것을 충분히 해명하는 기회가 되겠지요. 그렇게 한 뒤에 부모님을 뵙는다면, 부모님도 기꺼이 용서할 마음이 생기지 않겠습니까?"

안국은 마침내 그렇게 하는 것이 좋겠다고 여겨 그날로 길을 떠났다. 천 리 먼 길을 종 하나와 말 한 필에 의지하여, 산 넘고 물 건너 겨우겨우 서울에 이르렀다. 안국은 자기 집으로 돌아가고 싶었지만, 아버지께 들킬까 봐 두려웠다. 다른 데로 가려 해도, 모든 곳이 낯설었다. 방황하고 있자니 탄식이 절로 났다.

'아아! 어디로 가야 하나?'

이런저런 생각을 해봐도, 결국 갈 만한 곳은 유모 집뿐이었다. 이내 말을 몰아 그곳으로 찾아갔다. 유모는 안국이 온 것을 보고 놀랍고도 반가워, 문 밖까지 나가 손을 잡아끌며 맞이했다.

"저는 서방님이 이미 저세상 사람이 된 줄로만 알았습니다. 어찌 오늘 이렇게 다시 만날 것을 헤아려나 봤겠습니까? 그러나 상공(相公)께서 서방님이 오신 것을 혹시라도 알게 되면 반드시 큰일을 낼 테니, 서방님은 골방에 계시면서 다른 사람에게 들키지 않도록 하십시오."

밤이 되자, 유모는 남모르게 부인을 찾아갔다.

"안동 서방님이 쇤네의 집에 와서 머물고 있습니다."

부인은 여자인지라, 안국을 보낸 뒤로부터 그리움에 눈물 마를 날이 없었다. 그런 아들이 왔다는 소식을 듣고 급히 데려오고 싶었지만, 상공이 알까 봐 걱정되었다. 이에 유모에게 속삭여 말했다.

"상공께서 잠자리에 들면 몰래 데리고 오게."

---

15 금방(金榜): 과거에 합격한 사람의 이름을 써서 길거리에 붙인 방.

유모가 분부대로 따랐고, 모자는 비로소 만나게 되었다. 부인이 울며 안국에게 말했다.

"내가 너를 이별한 지 지금 10년이 되었지만, 살았는지 죽었는지에 대한 소식을 듣는 게 마치 이승과 저승이 가로막혀 있는 것 같더구나. 문밖에 나가 먼 구름을 바라보고 있으면 항상 애간장이 끊어지더니, 이제 네 얼굴을 보니 서러움과 기쁨이 한데 뒤섞이는구나."

안국이 우러러 어머니를 보니, 주름진 얼굴과 흰머리가 예전에 보던 모습이 아니었다. 또한 감정이 복받쳐 눈물을 흘리며 말했다.

"소자가 불초하여 아버님께 죄를 얻고 오랫동안 먼 시골에 쫓겨나 있으면서 어머니까지 상심케 하였습니다. 이게 어찌 사람 된 자의 도리라 하겠습니까?"

서로 울며 이야기할 때였다. 문득 창밖에서 신발을 끄는 소리가 들려왔다. 어머니는 안세가 들어왔음을 알고 나지막한 소리로 안국에게 말했다.

"네 부친이 네가 온 것을 알면 반드시 너를 죽이려 들 게다. 그러니 네 아우에게도 너를 보일 수가 없겠구나."

그러고는 이불을 뒤집어쓰고 뒤쪽에 누워 있게 했다. 안세가 방문을 열고 들어와 보고서 말했다.

"저기 이불을 뒤집어쓰고 누워 있는 자는 누군가요?"

부인은 끝내 자취를 감추기 어려울 줄 알고, 안세를 앉히고 소리를 낮춰 말했다.

"여기에 누운 사람은 안동에 있는 네 형 안국이다."

그러자 안세는 손뼉을 치고 웃으며 말했다.

"이런 일이 있었군요. 안동에 계신 형이 여기 왔군요! 아까 아버님께서 꿈에서 안동 형을 본 탓에 지금도 머리가 몹시 아프다고 하시기에 어머님께 아뢰려 왔거늘, 과연 이런 일이 있었기 때문이군요. 안동 형이 여기 와 있어서!"

부인은 안세의 입을 막고 말리며 말했다.

"네 부친께서 만약에 이 일을 아신다면 반드시 큰 변고를 내고 말 게다. 너는 나가서도 삼가 입 밖에 내지 마라."

아우 안세도 평소에 안국의 일을 들어서 알고 있었다. 그 또한 아버지가 알면 곧바로 죽일 것을 생각하여 끝내 아버지께 알리지 않았다. 안국도 어머니께 하직하고 유모의 집으로 돌아갔다.

새벽이 밝았다. 이날은 곧 과거 시험을 보는 날이었다. 안국이 과거를 보려 했지만, 10년 동안 집을 떠났다가 이제야 서울에 들어왔으니, 사방이 어디고 과거 시험을 보는 장소가 어느 곳인지 분간할 수가 없었다. 혼자서 서울에 올라왔으니 누구와 함께 시험장에 가겠는가? 바야흐로 주저하고 있을 즈음이었다. 어떤 젊은 도령 하나가 시험에 필요한 것들을 잘 갖춰서 과장으로 향하고 있었다. 유모가 말했다.

"서방님은 가만히 저 뒤만 쫓아가십시오."

안국이 유모의 말대로 따라갔다. 그 도령은 곧 아우 안세였다.

과거장에 들어가니, 한데 모인 사람들은 모두 재상집 자제들이었다. 안세는 형이 글도 모르면서 따라온 것이 부끄러웠다. 간혹 어떤 사람이 누구냐고 물어도 형이라 답하지 않고, 끝내는 '시골에서 온 손님'이라고만 말했다.

이윽고 글제가 걸렸다. 국가 정사에 대한 방법을 쓰라는 책문(策文)이었다. 사람들은 글제를 먼저 베껴 오겠다고, 붓과 벼루를 든 채 요란하고 분주하게 뛰어가 다투어가며 베끼기 시작했다. 안국은 빈손으로 나아가 쓱 훑어보고 한번 읊고서 돌아왔다. 돌아와서는 등을 돌리고 앉아 잠깐 동안 생각하더니, 마침내 두루마리 시험지를 펼치고 먹을 갈아 붓을 휘둘렀다. 그러고는 한번 쭉 읽은 뒤에 가장 먼저 시험지를 제출했다. 안세는 마음속으로 놀라, '누가 안동 형이 글을 못한다고 했던고?' 하며 감탄했다. 과장의 문이 열리자, 안국은 유모의 집으로 돌아왔다.

이윽고 고관[16]이 과거 시험에서 급제한 사람의 방을 내걸었다.[17] 장원은 바로 김숙의 아들 안국이었다. 고관은 친구의 아들이 장원 급제했음을 알고, 기쁜 마음에 말을 몰아 축하하러 갔다. 그런데 고관이 김숙의 문 앞에 도착하기 전에 '신은(新恩)은 나서라〔出立〕'는 명령이 먼저 이르렀다. 김숙은 으레 안세려니 하고 생각하며 기쁜 마음으로 방목[18]을 열었다. 그러나 방목 안에 적힌 사람은 다름 아닌 10년 전에 안동으로 내쫓은 안국이었다. 김숙은 놀라면서도 화가 뻗쳐 말했다.

"저놈이라면 안동에서 바짝 엎드려 지내는 게 참으로 분수에 맞거늘, 감히 아비의 명을 거역하고 서울에 들어왔다고! 그 죄는 만 번 죽어 마땅한지라. 또 저놈이 비록 급제를 했다고 하나, 그는 필시 남이 대신 쓴 것〔借作〕일 터. 어디 김숙의 집안에서 남의 손을 빌려 급제한 놈을 그냥 둔단 말이냐?"

그러고는 당장에 박살을 내려고 급히 종을 불렀다.

"빨리 가서 안동 놈팡이를 잡아오너라!"

안국은 어쩔 줄 몰라 하면서 섬돌 아래에 무릎을 꿇고 앉았다. 숙은 몹시 화가 나서 한마디도 묻지 않고 급히 종들에게 명령했다.

"중장(重杖)을 가지고 와서 매우 쳐라!"

이럴 즈음에 고관이 들어와 말했다.

---

16 고관(考官): 과거 시험을 관장하는 시험관.

17 탁방(拆榜): 과거 시험에 급제한 사람의 성명을 게시함.

18 방목(榜目): 과거에 급제한 사람들의 명단.

"신은은 어디에 있나?"
"지금 때려죽이려 하네."
고관이 깜짝 놀라 물었다.
"그 무슨 말씀이신가?"
"이러이러한 사정이네."
"비록 그럴지언정, 잠깐이나마 남의 손을 빌려 지었는지 아닌지 여부 정도는 시험해 본 뒤에 자네 마음대로 처리하는 게 옳지 않겠나?"
숙은 비웃으며 말했다.
"심하군, 사정에 어두운 자네의 말이! 저놈은 열네 살이 되도록 끝내 '하늘 천(天), 따 지(地)' 두 글자도 이해하지 못했네. 그런데 10년 사이에 어떻게 과문(科文)을 짓고, 어떻게 급제를 할 수 있겠나? 그럴 이치가 전혀 없으니, 시험하고 말 것도 없네."
그러고는 급히 매를 치게 했다. 고관은 말려도 어쩔 수 없음을 알고, 직접 마당으로 내려가 안국을 이끌고 올라왔다. 숙은 고관에게까지 몹시 화를 내며 꾸짖었다.
"내가 내 자식을 죽이겠다는데, 자네가 왜 그러나? 또 나는 저놈을 보기만 해도 저절로 머리가 아파지더니, 지금 또 그러네."
숙은 이불을 뒤집어쓰고 누웠다. 안국은 아버지의 노여움을 풀기 어렵다는 것을 알았다. 틀림없이 죽을 것이라 여기면서, 그저 숨을 죽인 채 무릎을 꿇고 엎드려 있을 수밖에 없었다. 곁에 있던 고관이 말했다.
"잠깐 일어나서 내가 묻는 말에 대답하거라."
인하여 물었다.
"오늘 과거의 글제를 자네는 기억하는가?"
안국은 예를 갖춰 일어났다가 다시 앉아 외워 대답하는데, 한 자도 틀림이 없었다. 숙은 누워서 듣다가 속으로, '글자 하나도 깨치지 못한 놈이 책문의 글제를 외우다니 참으로 이상하네.' 하며 몹시 의아해했다. 그러던 차에 고관이 다시 물었다.

"오늘 네가 지은 과문도 기억하느냐?"

안국이 또 읊는데, 빠짐이 없었다. 그 글은 마치 끝없이 넓은 바다에서 파도가 저절로 일고, 천 리 먼 길을 준마가 거침없이 달리는 것과 같았다. 가만히 듣던 숙은, 일어나 안국의 손을 잡고 말했다.

"꿈이냐? 생시냐? 네가 어떻게 문장을 이루었더냐? 10년 동안 얼굴을 보지 못함이 애석하구나! 너는 타향의 밤 등잔 아래서 서울을 그리는 회포를 어떻게 참아내었느냐? 허허! 잘했다. 우리 선조의 혁혁한 명성을 이제 다시 떨치게 되었도다! 내가 전날에 머리가 아파오던 징후도 지금 네가 읊은 청아한 목소리에 씻은 듯이 치유되었다. '부모와 자식 사이에는 잘하라고 요구해선 안 된다'며, '자식은 바꿔서 가르치라'[19]는 말씀이 지금에 와서 증명이 되었도다!"

안국은 꿇어앉아 글을 잘하게 된 자초지종을 진술했다. 숙은 손뼉을 치고 몹시 기뻐하며 말했다.

"하인들은 빨리빨리 가마를 준비해서 안동으로 가 며느리를 맞이해 오너라."

또한 고관에게도 사례하여 말했다.

"참으로 어진 벗이 아니었다면, 내 문장가 아들(文章兒)을 거의 죽일 뻔했구려."

김청도 밖에서 이 소식을 듣고 황급히 달려와 축하해 주었다. 그리고

---

19 《맹자》〈이루 상(離婁上)〉에 나오는 말이다. "옛날 사람들은 자식을 바꿔가면서 가르쳤다. 부자 사이에는 잘못했다고 꾸짖지 않는 법이다. 잘못을 꾸짖으면 사이가 멀어지게 되고, 사이가 멀어지면 그보다 더 큰 불행이 어디 있겠는가?(古者易子而教之 父子之間不責善 責善則離 離則不祥莫大焉)"를 인용했다.

안국의 글을 가져다 보니, 세상에 드문 문장이었다.

"누가 이렇게 만들어놓았더냐?"

"제 아내가 가르쳤습니다."

청은 숙을 돌아보고 감탄하며 말했다.

"우리 형제가 평생토록 가르치지 못한 것을 그 아내가 능히 가르쳤으니, 당당한 대장부가 오히려 아녀자 하나에도 미치지 못했습니다그려."

며느리 이씨가 올라오자, 숙은 일가친척들과 손님들을 불러 크게 잔치를 베풀며 말했다.

"내 아이가 문장을 이뤄 선조의 유업을 빛내게 한 것은 모두 이 신부의 공입니다."

모인 사람들은 모두 '안동에 저런 신부가 있을 줄 어찌 짐작이나 했겠는가?'라고 하며 칭찬하기를 마지않았다.

이씨가 시집에 들어온 뒤로는, 극진한 효성으로 시부모를 섬기며 며느리의 도리를 다했다. 그러면서도 조금도 자신의 공로를 스스로 자랑하는 기색이 없었다. 시부모도 그런 그녀를 더욱더 사랑했다. 안국의 명성과 재주도 날마다 더욱 융성해졌다. 처음에는 한림(翰林) 옥당(玉堂)을 역임한 후, 마침내 대제학에까지 이르렀다.

기이하도다, 안국의 재주여! 아비가 가르치지 못한 것을 아내는 능히 가르쳤도다. 지금 여기에 빈집이 있다. 대문은 안에서 잠겨 있고, 대문 옆에 쪽문이 열려 있다. 대문을 열고자 하는 사람이 있는데, 그는 곁에 쪽문을 보지 못하고 종일토록 대문 밖에 서서 무수히 두드렸다. 그러나 끝내 대문은 열리지 않았다. 어떤 사람이 그 대문 앞에 이르렀는데, 문을 두드려보고는 대문이 닫혔음을 알았다. 그때 문득 곁에 있는 쪽문을 보고 들어가 그 대문을 열었다. 애초 안국의 재주는 텅 빈 대가(大家)로, '하늘

천(天), 따 지(地)' 두 글자를 해득하지 못한 것은 그 대문이 닫힌 것과 같다. 그러나 한담이나 설화를 잊지 않았던 것은 그 쪽문이 열린 것과 같다. 아비는 대문을 열려고만 했지, 곁에 쪽문이 열려 있음을 알지 못한 자다. 아내는 쪽문으로 들어가서 대문을 열어준 자라 하겠다. 그러니 아비가 가르치지 못한 것을 아내가 가르쳤다고 해서 무에 이상한가? 아! 이것이 어찌 안국의 재주에만 한정되겠는가. 무릇 사람들 중에 도덕에 밝지 못한 자와 문장에 통달하지 못한 자는 모두 대문이 닫힌 집과 같을지라. 그런데도 세상에는 쪽문을 좇아 대문으로 들어가려는 사람이 퍽 적다. 믿을진저! 문장과 도덕을 갖춘 사람 만나기 어려움을. 나 또한 대문이 닫힌 빈집과 같은 부류다. 지금 안국의 일로 인해 그윽이 감동된 바가 있어서 마침내 그것을 기록하나니, 먼 훗날 쪽문으로 들어와 대문을 열어줄 사람을 기다리노라.

김안국 | 상고(詳考)하지 못했다.

13

길정녀(吉貞女)

길정녀는 서관[1] 영변(寧邊) 사람이다. 아버지가 고을 향관[2]으로 있었는데, 길정녀는 그의 서녀였다. 부모가 모두 죽자, 그녀는 숙부(從父)에게 의탁하여 지냈다. 그러나 스무 살이 되도록 시집을 가지 못한 채 길쌈과 바느질로 생계를 꾸려갔다.

이보다 앞선 때의 일이다. 경기도 인천에는 신명희[3]라는 사람이 있었는데, 그는 어렸을 때에 기이한 꿈을 꾼 적이 있었다. 꿈속에서 한 늙은이가 여자아이를 데리고 왔는데, 여자아이의 나이는 대여섯 살 정도였다. 그런데 아이의 얼굴에는 입이 열하나가 달려 있어서 몹시 놀랍고 해괴망측했다. 늙은이가 신생에게 말했다.

"이 아이가 뒷날 네 짝이 될 것이니, 둘이서 평생토록 해로하시게."

꿈에서 깨고 나서 몹시 이상하게 생각했다.

그 후 신명희는 마흔 살이 넘었을 때 아내를 잃었다. 음식을 비롯한 안채의 일을 주관하는 사람이 없으니 마음도 쓸쓸했다. 그래서 첩을 맞아[4] 새장가를 들려고도 했지만, 그럴 때마다 항상 일이 틀어지는 바람에 성사되지 못했다.

마침 친구가 영변 수령으로 나아가게 되었다. 신생도 덩달아 유람을

---

1 서관(西關): 황해도와 평안도 지방을 통칭함.
2 향관(鄕官): 향청(鄕廳)의 좌수나 별감.
3 신명희: 누구인지 확인하지 못했다.
4 복성(卜姓): 첩을 얻을 때 동성(同姓)을 피해 고름.

떠났다. 영변에서 하루는 꿈을 꾸었는데, 지난번 꿈속에서 보았던 늙은 이가 또다시 열한 개의 입을 가진 여자아이를 데리고 나타났다. 여자아이는 어느덧 성장해 있었다.

"아이가 장성했으니, 이제는 자네에게 돌려보내네."

꿈에서 깬 신생은 더욱 이상해했다.

그때 관아 안채에서는 아전에게 가늘고 고운 베를 사서 바치라고 했다. 아전이 대답했다.

"이 고을에서 향관을 지낸 집에 처자가 있는데, 그 처자가 짠 베가 최상품이라고 경내에는 소문이 자자합지요. 지금 짜고 있는 베가 금방 마무리된다고 하오니, 조금만 기다려주십시오."

이윽고 사서 바친 베를 보니, 가는 게 사발 하나에 쏙 담길 만했다. 게다가 깨끗하고 촘촘한 게 세상에서 보기 드문 것이었다. 보는 사람들마다 감탄하지 않는 자가 없을 정도였다.

신생은 그녀가 서녀(庶女)임을 알고 첩으로 삼으려 했다. 그래서 그 집을 잘 아는 사람과 친밀한 관계를 맺은 뒤에 그를 통해 다리를 놓게 했다. 그녀의 숙부도 기뻐하며 그의 말을 따랐다.

신생이 폐백을 준비하고 예를 갖춰 그 집으로 갔더니, 그녀는 단지 비단 짜는 기술만 특출한 것이 아니었다. 자태와 용모는 더욱 아름답고, 행동거지 하나하나가 여유롭고 우아했다. 서울에서 벼슬깨나 하는 집안 여인의 법도를 완벽하게 갖추고 있었던 것이다. 신생은 기대했던 것 이상의 여인을 얻은 게 몹시 기뻤다. 그리고 꿈에서 보았던 열하나〔十一〕의 입〔口〕이 길(吉) 자가 된다는 사실도 깨닫고, 하늘이 정해둔 운명이 본래 정해져 있다는[5] 것에 가슴이 벅차기도 했다. 두 사람 간의 정의는 그렇게

---

5 유소(有素): 본디부터 있음.

돈독했다.

두어 달 영변에 머물던 신생은 고향에 돌아가야만 했다. 여인에게는 오래지 않아 데리러 돌아오겠다고 약속했다. 그러나 고향에 돌아가자, 여러 일들에 매여 어느덧 3년을 흘려보내고 말았다. 그동안에 데리러 오겠다는 약속도 실천하지 못했다. 영변은 신생이 있는 곳[6]에서 너무 멀리 떨어져 있어서, 연락할 길마저 끊겨버렸기 때문이다. 여인의 친척들은 모두 그녀에게 말했다.

"신생은 믿을 만한 사람이 아니다."

그러면서 한편에서는 몰래 다른 사람에게 팔아버릴 생각을 했다. 그럴수록 여인은 몸가짐을 더욱 조신하게 했다. 방문 밖을 나설 때에도 반드시 주위를 살피곤 했다.

여인이 사는 마을은 운산[7]과 산등성이 하나만 넘으면 되는 곳이었다. 숙부가 사는 곳도 그곳에 있었다. 당시 운산 수령은 무관으로, 나이가 젊었다. 그는 첩을 두고자 하여 항상 고을 사람들에게 적당한 자리를 물색해 달라고 했다. 숙부는 여인을 거기에 두고 싶었다. 그래서 관아를 드나들면서 수령과 주도면밀하게 모의하고 혼인 날짜까지 잡아두었다. 또 수령에게는 여인에게 비단 등을 보냄으로써 혼인날 입을 옷을 만들게 하자는 요청도 했다. 그러고 난 뒤에 숙부는 여인을 찾아가 은근하게 안부를 묻고 나서 곧바로 말했다.

"내가 며느리를 보는데, 날짜가 얼마 남지 않았다. 또 신부의 옷도 지어야 하는데, 집안에서는 재봉을 할 사람이 없구나. 네가 잠깐 와서 도와

---

6 관하(關河): 함곡관(函谷關)과 황하(黃河)의 병칭으로, 고향이나 도성에서 멀리 떨어진 변방을 뜻한다. 여기서는 영변과 인천을 두고 한 말이다.

7 운산(雲山): 지금의 평안도 평양 부근.

주었으면 한다."

여인이 대답했다.

"남편이 평양 순영(巡營)에 와서 머물고 있으니,[8] 제가 가야 할지 말아야 할지는 모름지기 그에 합당한 말을 들은 뒤에 결정해야겠지요. 숙부님 댁이 비록 가깝기는 하지만, 이곳과 경계를 달리한 고을입니다. 결코 제 마음대로 경계를 넘어 드나들 수가 없습니다."

"그럼 신생이 허락하면 가겠느냐?"

"그렇습니다."

숙부는 집으로 돌아가 거짓으로, '친척과 화목하게 지내는 데 힘써야 하니 얼른 가서 도우라'는 신생의 편지를 만들어냈다. 무릇 그때에 판서를 지낸 조관빈이 바야흐로 평안감사가 되어[9] 서관 지역을 돌아보고 있었는데, 신생은 그와 인척이었던[10] 까닭에 마침 거기에서 잠깐 머물고 있었다. 숙부는 신생이 오랫동안 돌아오지 않기에, 이미 여인을 버렸다고 생각해서 이런 계교를 썼던 것이다.

여인은 가짜 편지를 받고 어쩔 수 없이 가야만 했다. 며칠 동안 옷감을 마름질하고 바느질하는 등의 일을 했지만, 집안의 남자들과는 말 한마디 섞는 일이 없었다. 오직 주어진 일만 부지런히 해나갔다.

하루는 숙부가 운산 수령을 모셔 와서 그로 하여금 몰래 훔쳐보게 했다. 그렇게 함으로써 자기가 한 말에 꾸밈이 없었음을 확인시켜 주려 한 것이다. 여인은 수령이 온다는 말이야 들었지만, 그 의도가 자기 때문이라는 것을 어떻게 알 수 있었겠는가?

---

8 뒤의 내용을 참조하면, 신생은 당시 평양 순영에 와 있었던 것을 알 수 있다.
9 조관빈: 1691-1757. 조선 후기 문신. 그가 평안감사가 된 때는 1742년이다.
10 연인(連姻): 혼인하여 인척이 되는 것.

날이 저물어 하나둘 불이 밝혀질 때였다. 숙부의 큰아들이 여인에게 와서 말했다.

"누이는 항상 벽 쪽으로만 등불을 비추고 있군요. 무슨 생각으로 그러시는 게요? 여러 날 일만 했으니, 잠깐 쉬며 나와 이야기나 나눕시다."

"나는 피곤한 걸 모르겠으니, 그저 앉아서 말을 하게. 내게도 귀가 있으니 자연히 듣지 않겠나."

큰아들은 실없이 웃으며 앞으로 다가왔다. 그러고는 여인을 돌려 앉히려고 했다. 여인은 표정을 바꿔 화를 내며 말했다.

"비록 몹시 가까운 친척이라 하더라도 남녀가 유별하거늘, 어찌 이다지 무례하냐?"

이때 수령은 창틈에 눈을 대고 훔쳐보고 있었다. 그는 둘이 수작하는 사이에 요행히 얼굴을 한번 보고서 몹시 기뻐했다.

여인은 화가 누그러지지 않아 문을 밀치고 나가 뒷마루에 앉아 있었다. 그때 홀연 남자의 목소리가 들려왔다.

"저런 사람은 내가 처음 보았네.[11] 비록 서울에서 예쁘고 아름답다고 하는 여인들도 적수가 될 수 없겠어."

여인은 비로소 그 남자가 수령임을 알았다. 가슴이 뛰고 기가 막혀 한참 동안 정신을 잃었다가 겨우 일어날 수 있었다. 날이 밝아오자, 여인은 모든 것을 팽개치고 급히 돌아가려고 했다. 숙부는 비로소 사실대로 알리고 다시 말했다.

"저기 신생이란 자는 집이 가난한 데다 나이도 많아, 머지않아 황천객이 될 것이네. 집도 까마득히 멀고……. 게다가 한번 떠나간 뒤로 돌아오지 않으니, 네가 버림을 받은 게 분명하잖느냐. 꽃다운 나이에 고운 바탕

---

11 창견(刱見): 처음 봄.

을 가진 너라면, 부잣집으로 시집을 가는 게 마땅하잖느냐. 이 고을 수령은 나이도 젊은 데다 이름난 무반이라, 앞길이 만 리나 되는 사람이란다. 너는 어찌하여 희망 없는 사람을 기다리며 평생을 그르치려 하느냐?"

달콤한 말과 속임수로 달래도 보고 으름장도 놓아보았다. 그럴수록 여인의 분노는 더욱 쌓이고, 기세는 더욱 사나워지고, 욕설은 더욱 거칠어졌다. 다시는 숙부와 조카의 관계도 돌아보지 않으려는 것 같았다. 숙부는 달리 어떻게 할 방법이 없었다. 그렇다고 뭐라도 하지 않으면 수령에게 죄를 얻게 될까 두렵기도 했다. 이에 아들들과 공모하여 일시에 몰려가 여인을 붙잡아, 앞에서 잡아끌고 뒤에서 떠밀어서 별실에 가두어두었다. 별실 문 밖에는 빗장을 단단하게 걸어 잠그고, 음식만 겨우 건넬 수 있는 틈만 남겨두었다. 그 상태로 기약한 날이 올 때까지 기다렸다가 수령으로 하여금 겁탈하도록 했던 것이다.

여인은 방 안에서 목 놓아 울며 부르짖고 욕하기를 마지않았다. 음식을 먹지 않은 지도 여러 날이 되었다. 그사이에 얼굴이 초췌해지고 기운은 점점 약해져서 목소리조차 낼 수 없는 지경에 이르렀다. 그리고 방 한쪽에 많이 쌓인 생마[12]를 보고 그것을 가져다가 몸에 감았다. 가슴부터 다리까지 칭칭 감음으로써 장차 닥칠 변고를 막고자 했던 것이다. 그러다가 잠시 후 생각을 고쳤다.

'흉악한 도적놈의 손에 헛되이 죽느니, 차라리 도적을 죽이고 나도 함께 죽자. 그렇게 함으로써 내 원통함도 보상받으리라. 그리하려면 억지로라도 밥을 먹어서 내 기력을 되찾아야지!'

여인이 처음에 들어와 갇힐 때, 그녀는 허리춤에 식칼 하나를 감추고 왔다. 하지만 사람들은 그것을 알지 못했다. 자신의 계획이 정해지자, 여

12 생마(生麻): 삶지 않은 삼.

인은 숙부에게 말을 전했다.

"이제는 기운도 없습니다. 그저 숙부님의 명을 따르겠습니다. 바라건대, 제게 먹을 것이나 후하게 주어 오랫동안 굶주려 허기진 몸이나 보양하게 해주십시오."

숙부는 반신반의했지만, 그럼에도 마음이 몹시 기뻤다. 큰 밥그릇에 맛있는 반찬을 갖춰 문틈으로 잇따라 넣어주면서 여인을 꾀며 달래는 정성이 지극했다. 그렇게 이틀을 먹고 났더니, 여인의 기력도 충만하고 씩씩해졌다.

그날은 혼례를 하는 날이었다. 수령도 와서 사랑채에 머물러 있었다. 숙부는 비로소 문을 열어 여인을 내보려고 했다. 그때 여인은 문 안쪽에 몸을 바싹 붙이고 있었다. 문이 열리자마자, 여인은 식칼을 빼어 들고 급히 튀어나와 자기를 데리러 온 큰아들에게 휘둘렀다. 큰아들은 외마디 비명을 지르며 고꾸라졌다. 그것을 시작으로 여인은 소리를 내지르고 날뛰면서 남자든 여자든 어른이든 아이든 가리지 않고 닥치는 대로 칼을 휘둘러 댔다. 어느 누구도 마구잡이로 날뛰는 여인을 막을 수가 없었다. 깨진 머리와 상처 입은 얼굴에서 흐르는 피가 땅바닥을 흥건하게 적셨지만, 한 사람도 그녀 앞에 감히 나서지 못했다.

그 광경을 본 수령은 넋이 빠지고 간담이 서늘하여 방문 밖으로 나갈 생각도 못 하고, 그저 문고리만 굳게 붙잡고 어떻게 해야 할지를 몰라 했다. 여인은 빗장을 걷어차고 손과 발을 모두 놀려 온 힘으로 방문을 밀어붙였다. 방문이 부서지자, 여인은 온갖 말로 수령을 꾸짖었다.

"너는 나라의 후한 은혜를 입어 한 고을의 수령〔專城〕[13]이 되었으면, 온 힘을 다해 백성을 어루만짐으로써 우리 임금님께 보답할 길을 찾아야 할

13 전성(專城): 한 고을의 수령.

것이다. 그러나 지금 너는 백성을 괴롭히고 여자 사냥[14]에만 급급한지라. 자기 고을의 흉악한 백성과 결탁하여 권위로 사대부의 소실을 겁박하니, 이것은 금수만도 못한 짓이다. 천지간에 용납할 수 없는 짓이고말고! 나는 네 손에 죽게 되었으니, 반드시 너부터 죽인 뒤에 나도 한가지로 죽을 것이다."

서늘한 말은 마치 칼날과 같고, 매서운 기세는 마치 서릿발과 같았다. 울부짖으며 꾸짖는 소리가 사방에 울려 퍼졌다. 구경꾼들도 몰려들었다. 그들은 여러 겹으로 집을 둘러싸고 구경하는데, 혀를 차며 칭찬하는 소리가 그치지 않았다. 어떤 사람은 분통을 터트리며 팔을 걷어 올리기도 하고, 어떤 사람은 하염없이 눈물을 흘리기도 했다.

이런 상황인데도 숙부 부자(父子)는 숨은 채 감히 나와 볼 생각도 못 했다. 수령만 방 안에서 머리를 굽혀 이마를 땅에 조아린 채 이런저런 말로 애걸했다.

"사실대로 말하겠네. 나는 별실의 정열이 이런 줄도 모르고, 저 도적의 꼬임에 빠져 이 지경에 이른 것이라네. 내 마땅히 저 도적을 다스려서 별실에게 사죄를 할 것이니, 용서만 해주시게. 천 번 만 번 바라고 바라네."

그러고는 아전을 애타게 불러 숙부를 잡아들이게 했다. 숙부를 잡아오자 화를 내며 꾸짖고는 중장(重杖)을 치게 했다. 피와 살점이 사방으로 튈 때까지 친 이후에 수령은 비로소 그 집 문을 나올 수 있었다. 문을 나서자, 다급하게 말을 몰아 관아로 돌아갔다.

이때 이웃 사람이 여인의 집에 소식을 알렸다. 집에서는 즉시 와서 여인을 데리고 갔고, 일의 전말을 갖춰 신생에게도 급히 알렸다. 평안감사도 소식을 듣고, 한편으로는 놀라면서 한편으로는 화가 났다.

---

14 어색(漁色): 어부가 그물에 걸린 물고기를 다 취하듯이, 마음에 드는 여자를 다 취하는 것.

당시 영변 수령도 무관이었는데, 그는 같은 무관 출신인 운산 수령의 부탁을 받아 여인이 칼을 뽑아 들고 사람들에게 휘두른 것만 감사에게 보고했다. 여인의 죄를 무겁게 다스려줄 것도 청했다. 그러자 평안감사는 공문을 보내[15] 영변 수령을 엄하게 꾸짖었다. 그리고 곧바로 임금께 장계[16]를 올려, 운산 수령을 파직하고 종신토록 벼슬길에 나아갈 수 없게 했다. 숙부 부자는 형벌을 엄격하게 시행한 후 외딴 섬으로 유배를 보내도록 했다. 또 관아의 사내종(僕從)[17]들을 많이 보내, 감영으로 여인을 맞이해 오도록 한 뒤 칭찬을 보탰다. 후한 상도 내리고, 관아에서 머물 수 있게도 해주었다.

신생은 첩과 함께 서울로 올라가 애오개[18]에서 몇 년 동안 살다가 인천의 옛집으로 돌아갔다. 여인은 집안을 다스리는 데에도 부지런하여 마침내 큰 부자가 되었다. 그리고 평생을 해로하고 삶을 마쳤다.

---

15 행관(行關): 관아에서 공문을 보내는 것.

16 장계(狀啓): 벼슬아치가 임금의 명을 받들고 지방에 나가 민정을 살핀 결과를 글로 써서 올리던 보고서.

17 복종(僕從): 남자 하인.

18 아현(阿峴): 서울 아현역 일대. 애오개.

14

유복자 증명서〔遺腹手記〕

예전에 어떤 선비가 시골에서 살았는데, 이웃 마을로 아들을 장가보내고 난 직후에 갑자기 관격[1]을 일으켜 죽고 말았다. 겨우 초례만 지냈을 때 부고장이 이르자, 신랑은 아버지의 장례를 치르기 위해 급히 집으로 돌아갔다.[2]

초상(初喪)을 치르기 위해서는 산소를 정해야 하는데,[3] 적당한 묏자리〔山地〕를 구하지 못했다. 땅을 보는 지관〔地師〕을 데리고 묏자리를 구하러 전전하다가, 그는 방금 결혼한 처의 뒷산에까지 이르렀다. 지관은 산의 풍수를 이리저리 살펴보고 말했다.

"묏자리로 쓰기에 몹시 좋군요. 그러나 산 아래에 양반댁이 있으니, 허락하지 않을까 걱정입니다."

상인(喪人)이 주위를 자세히 살펴보니, 지관이 지목한 산 아래 양반집은 바로 자기 처가였다. 처가에는 홀로 사는 장모에 무남독녀만 살았다. 이에 상인은 산 아래로 내려가 장모를 찾아뵙고 인사를 올렸다. 장모는 슬픔과 기쁨이 한데 어우러지는지라, 정성껏 점심을 차려 사위를 대접했다. 그러고서 온 이유를 묻자, 상인은 묏자리를 구한다는 사연으로 대답했다. 장모가 말했다.

---

1 관격(關格): 먹은 음식이 갑자기 체하여 가슴속이 막히고 위로는 계속 토하며 아래로는 대소변이 통하지 않는 위급한 증상.

2 분상(奔喪): 먼 곳에서 어버이의 죽음을 듣고 집으로 급히 돌아감.

3 영폄(永窆): 완폄(完窆). 영원히 모실 산소.

“다른 사람이라면 참으로 허락할 수 없는 일이네. 그러나 자네가 뒷자리로 삼고자 한다는데, 어찌 허락하지 않을 수 있겠나?”

상인은 몹시 기뻐하며 돌아가겠다고 아뢰자, 장모가 말했다.

“이왕 자네가 여기까지 왔으니, 잠깐이라도 신방으로 넘어가서 딸내미를 보고 가게.”

처음에는 상인이 강하게 거부했지만, 결국 장모의 손에 이끌려 방으로 들어갔다. 장모는 신부와 둘이 서로 마주 앉게 해놓고서 방을 나갔다. 상인은 처음에는 부끄러워 얼굴까지 붉어졌지만, 갑자기 춘심(春心)이 발동하여 억지로 첫날밤을 치렀다. 그렇게 일을 마치고서 곧장 나갔다.

집으로 돌아온 상인은, 장례에 필요한 물품들을 준비한 뒤에 상여를 운구해서 산 아래에 이르렀다. 이제 막 하관[4]을 하려고 할 때였다. 처가의 여종이 와서 아뢰었다.

“저희 집 안채의 작은 아씨께서 분곡례[5]를 한다며 왔습니다. 그러니 여기서 삯을 받고 일을 하시는 분(役丁)들은 잠깐만 자리를 피해주십시오.”[6]

잠시 후, 신부가 산 위로 올라가 관 앞에서 통곡하며 몹시 슬퍼했다. 그러고 나서 상인을 향해 말했다.

“아무 날 낭군께서 오셨을 때 저와 동침을 하고 가셨지요. 그 표적이 없어서는 안 될 터이니, 모름지기 낭군은 직접 증명서를 써서 제게 주십시오.”

상인이 얼굴을 붉히며 신부를 꾸짖었다.

“아녀자가 어찌 그렇게 난잡한 말을 하는가? 속히 내려가라!”

---

4 하관(下棺): 관을 묻기 위해 광중(壙中: 무덤의 구덩이)으로 내리는 일.

5 분곡례(奔哭禮): 부모상을 입은 여인이 급히 와서 곡을 하는 예.

6 일가친척이 아닌 사람은 자리를 피해달라는 의미다.

신부는 끝내 내려가려 하지 않았다.

"직접 쓰신 증명서를 얻지 못한다면, 비록 죽는다 해도 내려가지 않을 것입니다."

이때 산 아래에는 상인의 숙부를 비롯해 친척들이 많이 모여 있었는데, 모두가 놀라며 해괴망측하다고 여기지 않는 사람이 없었다. 숙부가 나서서 상인을 꾸짖으며 말했다.

"세상에 어찌 이런 일이 있단 말이냐? 우리 집안은 망했구나! 만약 그런 해괴망측한 짓을 했다면, 모름지기 증명서를 작성해서 줘라. 날이 이미 늦었다. 그러다 삯을 받고 일하는 사람들까지 가버리면, 어찌 대사를 치르는 데에 큰 낭패가 아니겠느냐?"

숙부가 상인에게 권하여 써서 주라고 하니, 그는 어쩔 수 없이 증명서를 써서 주었다. 그제야 신부는 비로소 산을 내려갔다. 거기에 있던 사람들은 모두 침을 뱉어가며 욕을 해댔다.

봉분을 만든 후에 신주를 모셔 집으로 돌아온 지 며칠이 지난 뒤였다. 상인은 갑자기 병이 들더니 다시 일어나지 못했다.

그로부터 두세 달 뒤였다. 신부의 배가 점점 불러오더니, 열 달이 차서 남자아이가 태어났다. 친척들과 이웃 사람들은 모두 의아해하며 말했다.

"그 집 상인은 식만 겨우 올리고 급히 집으로 돌아가지 않았나? 그런데 저 아이가 어떻게 해서 생겨났을까?"

그런 말이 돌고 돌면서 의혹은 걷잡을 수 없을 만큼 번져갔다. 신부는 비로소 남편이 직접 손으로 써준 증명서를 꺼내 보여주었다. 보여준 이후로 소문도 잠잠해졌다. 사람들 중에서는 그때 그런 일을 했던 까닭을 묻는 자도 있었다. 신부는 이렇게 말했다.

"초례만 겨우 마치고 급하게 장례를 치르러 간 상인이, 장례를 치르기도 전에 그의 아내를 보러 온 것 자체만으로도 이미 예법에서 벗어났지요. 하물며 서로 얼굴을 마주했고, 거기에다가 예법이 아닌 일도 억지로 행하였지요. 그것은 사람의 보편적 감정에서 벗어나는 것이지요. 인지상정에서 벗어나면 무엇이든 오래 남아 있는 게 있겠습니까? 저도 예로써 그를 거부해야 한다는 것을 모르진 않지요. 그러나 혹시라도 그 집안의 씨가 끊어지지 않기를 바라는 마음으로 억지로 따랐던 게지요. 그러고 나서 생각해 보니, 그때 부부가 화합한 것은 비록 집안의 사람들이라 할지라도 알 수가 없는 일인지라…… 남편이 죽고 난 뒤 만약에 자식이라도 생긴다면, 반드시 더러운 이야기를 듣게 될 수밖에 없겠더라고요. 변명을 하려 해도 해명할 길도 없고요. 이런 까닭에, 죽기로 작정하고 부끄러움을 참아가며 많은 사람들이 모인 자리에서 받은 증명서가 이것이랍니다."

그렇게 말을 했다고 한다. 사람들은 모두 탄복했다. 유복자는 그 후에 문과에 급제하여 현달했다고 한다.

15

호랑이를 붙잡은 신부〔新婦抱虎〕

충청도〔湖中〕에 사는 한 선비가 아들을 오륙십 리 떨어진 이웃 마을로 장가보냈다. 신랑은 초례를 마친 뒤 밤이 되자, 신방에 들어가 신부와 함께 마주 보고 앉았다.

밤이 점점 깊어가고 있을 때였다. 천둥이 치는 듯한 소리가 들리면서 뒷문이 부서지더니, 커다란 호랑이 한 마리가 갑자기 신방 안으로 돌입하여 신랑을 물고 가버렸다. 신부는 당황하여 급히 일어나 호랑이 뒷다리를 붙잡고서 놓지 않았다. 호랑이는 곧바로 뒷산으로 올라가는데, 그 걸음이 마치 날아가는 것만 같았다. 신부도 죽음을 불사하고 따라갔다. 높고 낮은 바위와 자갈, 풀밭과 나무숲에 난 가시덤불도 생각하고 말 것이 없었다. 그러는 사이에 옷은 다 찢어지고, 머리카락은 풀어 헤쳐지고, 온몸에서는 피가 하염없이 흘러내렸다.

그렇게 몇 리쯤 갔을 때였다. 호랑이도 기운이 모두 빠졌다. 이에 풀언덕 위에 신랑을 팽개쳐 두고 떠나버렸다. 신부는 비로소 정신을 차려 손으로 신랑의 몸을 어루만졌다. 미약하나마 온기가 남아 있었다. 사방을 둘러보았다. 언덕 아래에 인가가 보였는데, 그 집 뒤쪽 창문으로 희미한 불빛이 흘러나왔다.

신부는[1] 불빛만 보며 곧장 아래로 내려가 뒷문을 열고 들어갔다. 거기에는 대여섯 명이 모여 술을 마시고 있었는데, 안주와 과일이 풍성하게

1 《기문총화》에는 "호랑이가 멀리 갔음을 확인한 신부는(度其虎行之旣遠)"으로 되어 있다.

갖춰져 있었다. 갑작스레 들이닥친 신부를 보니, 얼굴에는 연지와 분가루가 피와 엉켜 뒤죽박죽이고, 입고 있는 옷은 여기저기 다 찢어져 있었다. 영락없는 처녀귀신의 모양이었다. 모든 사람들이 놀라 땅에 자빠지니, 신부가 말했다.

"저는 사람입니다. 여러분들은 놀라지 마십시오. 뒷동산에 사람이 있는데, 지금 생사의 갈림길에 놓여 있습니다. 간절히 바라건대, 급히 구해주십시오!"

모든 사람들은 비로소 놀란 넋을 진정하고, 일제히 횃불을 들고 뒷동산으로 올라갔다. 거기에는 젊은 남자가 언덕 위에 널브러져 있었다. 숨도 막 끊어지려는 듯했다. 모든 사람들이 자세히 살펴보니, 그는 주인집 아들이었다. 깜짝 놀라 그를 안고 내려가 방 안에 눕혀 약물을 입에 부으니, 몇 시간이 지나서야 비로소 깨어났다. 처음에는 집안사람들 모두가 놀라 당황하다가, 나중에는 경사스럽고 다행한 일이라고 여겼다.

신랑의 아버지는 아들의 혼례에 필요한 행장을 꾸려 보내놓고, 마침 이웃에 사는 친구들과 모여 술자리를 가졌다. 그곳이 바로 그 집 뒤뜰이었다. 비로소 호랑이를 잡은 여인이 신부라는 것도 알았다.[2] 뒷날 신부의 집에 연락하니, 친정 부모도 모두 놀라면서 기뻐했다.[3] 고을 근처에 사는 여러 선비들은 그 사실을 관아와 감영에 진정[4]하고, 열녀문을 세워 표창하는 은전(恩典)을 내리게 했다고 한다.

---

2 《기문총화》에는 이 내용 뒤에 "신부라는 것을 알고 방으로 데려가 미음을 먹였다(延置于房 饋以粥飮)."라는 내용이 첨가되어 있다.

3 《기문총화》에는 이 내용 뒤에 "그녀의 지극한 정성과 높은 절개에 감탄했다(歎其至誠高節)."라는 내용이 첨가되어 있다.

4 진정(進呈): 물건이나 보고서를 올림.

제3권

권택(眷澤)

1

공주 이 진사(公州 李進士)

성종 때 공주에 이 진사라는 사람이 있었는데, 그의 이름은 잊었다. 뼈에 사무칠 만큼 가난했던 그는, 서울에서 치러지는 정시[1]에 응시하려 했지만 서울까지 갈 여비가 없었다. 공주 목사에게 사정(呈訴)[2]을 써서 올려도 봤지만, 그 역시 허락되지 않았다. 결국 낡은 도포 한 벌을 주막집 할미에게 저당잡혀 쌀 한 말(斗米)을 빌리고서야 떠날 수 있었다. 그는 아내와 이별하며 말했다.

"이번에도 낙방하면 나는 한강에 빠져 죽으려 하오. 방(榜)이 나오는 날이 곧 내가 죽은 날로 여기면 될 것이오."

길을 떠나 금강에 이르렀을 때였다. 주막집 할미의 딸이 도포를 가지고 뒤따라오며 급하게 "진사님, 진사님!" 하며 외쳤다. 이 진사는 저당잡힌 것을 도로 물리자고 하는 줄로만 알고, 강변까지 달려가 급하게 뱃사공을 불렀다. 그렇게 부르고 있을 때에 여인이 쫓아왔다. 그리고 이 진사에게 말했다.

"이 도포가 없으면 진사님은 서울에 들어가실 수 없습니다. 제 늙은 어머니가 사리를 알지 못해 옷을 저당 잡아 쌀을 빌려주었나 봅니다. 쌀은 제가 변상하겠으니, 이 도포를 가지고 가십시오."

이 진사는 감사하다고 사례했다.

---

1 정시(庭試): 주로 나라에 경사가 있을 때 실시되던 과거제도의 하나.

2 정소(呈訴): 호소하는 말을 써서 관아에 제출하는 것.

서울에 올라갔지만, 이번에도 결과가 좋지 않았다. 그래서 한강에 빠져 죽으려고 강 언덕에 다다르니, 저절로 대성통곡을 하게 되었다. 그때 마침 호남에서 서울에 번(番)을 들기 위해 상번군[3]으로 올라온 사람이 그 광경을 보고 이유를 캐묻자, 이 진사는 자기의 사연을 말해주었다. 군졸이 말했다.

"나는 병든 아버님이 계셔서 집을 떠날 수 없는 처지라오. 그런데도 주어진 국가의 의무가 임박했기 때문에 억지로 올라왔소. 지금 내 주머니에는 빌려온 돈 수십 전이 있소. 당신이 나를 대신하여 번을 들어줄 수 있겠소?"

이 진사는 속상해하면서도 허락했다. 이에 군졸의 짐을 짊어지고 도로 성안으로 들어가 정해진 순번에 맞춰 궁궐에서 번을 들었다.

어느덧 번을 든 지 한 달이 되었다. 이때는 음력 9월〔季秋〕 16일〔旣望〕이었다. 밝은 달을 마주하고 누워 있자니 잠을 이룰 수 없었다. 이런저런 걱정에 몸을 뒤척거리다가 일어나 발길 닿는 대로 걸었다. 그러다가 자기도 모르는 사이에 궁궐 후원에 들어서고 말았다. 밤은 적막하고 인적도 끊겼다. 오직 단풍나무와 국화만이 달빛과 어울려 서로 어른거릴 뿐이었다. 활짝 핀 꽃과 선명한 빛의 조화가 볼만한지라, 흥에 겨워 맘껏 구경하며 다녔다.

그러다 그는 홀연 단풍나무 아래에 자리가 펼쳐져 있는 것을 보았다. 붓과 벼루, 그리고 시축(詩軸)이 자리에 놓여 있었다. 시축에는 단풍나무와 국화를 읊은 사운시(四韻詩)가 쓰여 있었다. 나아가 보니, 시는 다음과 같았다.

---

3 상번군(上番軍): 지방에서 차례가 되어 서울에 올라와 보통 두 달씩 어영청이나 금위영 등에서 근무하는 군사.

霜後能黃霜後紅	서리 내린 뒤 각각 노랗게도 붉게도 되었지만
楓林菊蕚共秋風	단풍 숲과 국화 송이는 가을을 함께하네.
楚江烟外無窮樹	초강[4] 노을 밖엔 끝없는 나무들이 이어지고
彭澤樽前有幾叢	팽택[5] 술동이 앞엔 몇 떨기 꽃이 피었던가.
禁苑微風香馥馥	궁궐 후원으로 바람이 향기를 실어 오고
玉階斜日影重重	섬돌에 비친 달[6] 그림자 겹겹으로 드리우는데.

시는 세 구만 있었다. 마지막 한 구는 아직 완성하지 못한 상태였다. 이 진사가 한번 쭉 읊고 나니, 갑자기 시를 짓던 습관이 발동했다. 이에 붓을 잡아 빠르게 써 내려갔다.

君王不是耽花草	군왕은 그저 화초를 탐하는 것이 아니라
要職乾坤造化功	천지가 조화하는 신묘함을 알고자 함이네.

쓰기를 막 마쳤는데, 사람들의 말소리가 들렸다. 이 진사는 깜짝 놀라 숲으로 들어가 몸을 낮췄다.

이는 임금이 밤에 내시〔黃門〕[7] 몇 명만 거느리고 나와서 단풍과 국화를 감상하다가 시를 지음으로써 운치 있는 풍경을 담아두려 했던 것이다. 그러다가 마지막 구절을 완성하지 못한 채 뒷간에 갔다 오는 상황이었

4 초강(楚江): 굴원이 몸을 던진 멱라수.

5 팽택(彭澤): 도연명이 벼슬한 곳. 도연명은 국화를 몹시 좋아했다.

6 원문에는 '해〔日〕'로 되어 있는데, 의미상으로는 '달〔月〕'이 맞다. 《계압만록》에는 '月'로 되어 있다.

7 황문(黃門): 내시. 동한(東漢) 황문령(黃門令)에 속한 관직을 내시가 모두 맡아보았던 데서 유래했다. 《성호사설》을 보면, 내시가 거주하는 곳에는 누렇게 칠한 작은 문이 있다고 한다.

다. 돌아와 보고서, 놀랍고 괴이하여 내시를 불러 자신의 말로 부르도록 했다.

"이 근처에 반드시 사람이 있도다. 죄는 묻지 않고 상을 줄 것이니, 속히 나오라!"

이 진사는 결국 나와 바닥에 엎드렸다. 임금이 물으니, 이 진사는 전후 사정을 자세히 아뢰었다. 임금은 혀를 차며 기이하게 여기더니, 이에 하교했다.

"며칠 뒤에 별과(別科)가 있을 듯하니, 너도 나아가 응시토록 하라."

그러고는 궁으로 돌아갔다. 이 진사도 다시 후원에서 나가 대궐을 수비하는 임무를 계속했다.

과연 며칠 뒤에 별과가 실시되었다. 이 진사는 임금의 명령을 좇아 과거 시험장으로 들어갔다. 시험장에는 임금이 몸소 나와 '궁궐 후원의 단풍과 국화〔禁苑楓菊〕'를 제재로 한 사운시를 짓되, 시운(詩韻)에는 구애를 받지 않아도 된다고 전했다. 이 진사가 사운시를 지어 올렸더니, 임금은 직접 심사하여 그를 장원으로 선발했다. 그리고 그를 불러 물었다.

"어떤 벼슬을 하고 싶은가?"

"오직 전하의 처분을 따르겠습니다."

"공주 목사는 과거를 보러 간다는 데도 도움조차 주지 않았으니 특별히 파직하고, 그 자리를 이 아무개로 대신케 하라. 전라도에서 금위군[8]으로 왔던 자는 천총[9]으로 삼으라. 주막집 할미의 딸은 첩으로 삼으라."

이 진사는 하루아침에 높은 벼슬아치가 되었다. 궁핍한 것과 현달한 것의 대부분이 이러하도다.

---

8 금위군(禁衛軍): 궁궐을 지키고 임금을 호위하며 경비하는 군대.

9 천총(千摠): 훈련도감, 금위영, 어영청, 총융청, 진무영 등에 딸린 정3품 무관직.

2

교리 이장곤〔李校理〕

연산군 때에 사화(士禍)가 크게 일어났다. 당시 교리[1]로 있던 이씨 성을 가진 사람도 화를 피해 달아났다.

전라도 보성 지방에 이르렀을 때였다. 이 교리는 몹시 심한 갈증을 느꼈다. 마침 냇가에는 한 여자아이가 물을 긷고 있었다. 다가가 물을 얻어 마시자고 했더니, 아이는 바가지에 물을 가득 담았다. 그러더니 냇가의 버드나무 잎을 한번 훑어 물 위에 띄운 다음에 바가지를 건네주었다. 이 교리는 마음속으로 몹시 괴이하게 여겨 물었다.

"지나가는 나그네가 심한 갈증으로 급히 물을 마시려 하거늘, 너는 어쩌자고 버들잎을 물 위에 띄워서 주었느냐?"

"제가 보니, 과객께서는 몹시 목이 마른 듯했습니다. 만약에 급히 냉수를 들이켠다면 반드시 생병이 나고 말지요. 그래서 버들잎을 띄워놓음으로써 과객으로 하여금 천천히 물을 마시도록 했던 것입니다."

이 교리는 깜짝 놀라면서도 기특하여 '뉘 집 딸인가'를 물었더니, 아이는 '건너편 집에 사는 고리백정(柳器匠)[2]의 딸'이라고 대답했다.

이 교리는 아이의 뒤를 따라 고리백정의 집에 갔다. 가서 그의 사위가 되겠다고 애걸하여, 그 집에 몸을 맡기게 되었다. 그러나 서울에서 귀족

---

1 교리(校理): 홍문관에 속한 정5품 벼슬아치.

2 유기장(柳器匠): 고리백정. 고리백장. '고리장이(버들로 고리짝이나 키 따위를 만들어 파는 일을 직업으로 하는 사람)'를 낮잡아 이르는 말.

으로 자란 사람인지라, 어찌 버들고리 엮는 일을 알겠는가? 날마다 하는 일 없이 낮잠 자는 게 일상이었다. 고리백정 부부는 화를 내며 꾸짖었다.

"내가 사위를 받은 것은 버들고리 엮는 일에 도움을 받을까 해서인데, 지금 사위란 자는 아침저녁으로 밥만 축내고 밤낮으로 잠만 늘어지게 자니, 그야말로 밥통일세그려."

이날부터는 밥도 평소의 반만 주었다. 아내는 그를 가엾게 여겨, 언제나 솥 밑바닥에 눌어붙은 누룽지라도 더 내어주었다. 그러는 사이에 부부의 애정도 돈독해졌다.

이렇게 몇 년이 흘러 중종반정〔中宗改玉〕[3]이 일어났다. 조정〔朝著〕은 다시 정비되었다. 연산조〔昏朝〕에 쫓겨났던 사람들도 모두 사면되어 관직이 부여되었다. 이 교리에게도 벼슬이 다시 주어졌고, 팔도의 관리들에게 알려〔行會〕[4] 그를 찾도록 했다. 소문이 파다했고, 이 교리도 풍편에 소식을 들었다.

이때는 마침 초하룻날이었다. 고리백정은 버들로 만든 그릇을 관아에 납품할 준비를 하고 있었다. 이 교리가 장인에게 말했다.

"이번 초하룻날에 관아로 납품하는 고리짝 그릇은 제가 가지고 가서 드리고 오지요."

장인이 꾸짖으며 말했다.

"자네처럼 잠만 쳐 자는 놈〔渴睡漢〕[5]이 동서도 구분하지 못하면서 관아에 가서 고리짝 그릇을 납품하겠다고? 내가 직접 납품할 때도 매번 퇴짜

---

3 중종개옥(中宗改玉): 중종반정. 1506년에 연산군을 몰아내고 진성대군(晉城大君) 이역(李懌)을 왕으로 추대한 사건.

4 행회(行會): 조정의 명령을 지방에 알리고 그 실행 방법을 논정(論定)하기 위한 모임.

5 갈수한(渴睡漢): 잠자기를 지나치게 좋아하는 사람. 《육일시화(六一詩話)》에 원천을 둔 말로, 송나라 문목공(文穆公) 여몽정이 과거에 오르기 전에 잠자기를 좋아한 데서 나온 고사다.

를 맞는데, 자네 같은 놈이 어떻게 납품을 하겠느냐?"

그러면서 허락하지 않았다. 그러자 아내가 말했다.

"시험해 보고 난 뒤에 안 되면 그만둘 일이지,[6] 어째서 가보지도 못하게 하십니까?"

고리백정이 비로소 허락하니, 이 교리는 이내 등짐을 지고 관아로 향했다. 정문에 이르자, 곧장 관아의 마당으로 들어갔다. 동헌 가까이에 이르자, 큰소리로 외쳤다.

"아무 곳에 사는 고리백정이 고리짝 그릇을 바치려고 들어와서 대령하고 있소이다."

고을 수령은 평소에 이 교리와 절친하게 지냈던 무관이었다. 그의 행색을 보고 그의 말소리를 듣더니, 깜짝 놀라 일어나서 급히 마당으로 내려갔다. 손을 붙잡아 마루 위로 이끌고 올라와서는 그를 윗자리에 앉게 한 뒤에 말했다.

"이 사람아! 이 사람아! 어느 곳에서 자취를 감추었다가 이제 이 모양으로 오셨는가? 조정에서 자네를 찾은 지도 오래네. 감영에서 보낸 공문이 여기저기에 두루 전송되었네. 어서 서울로 올라가세."

이어서 술상을 차려 올리게 했다. 이 교리에게는 의관을 건네주며 갈아입게 했다. 이 교리가 말했다.

"죄를 지은 사람이 구차하게 목숨을 탐내 고리백정의 집에서 지금껏 연명해 왔네. 어찌 다시금 하늘의 해를 볼 수 있을 것이라고 생각이나 했겠나?"

---

6 시가내이(試可乃已): 능한지 그렇지 않은지를 시험해 보고 취사함. 《서경》〈요전(堯典)〉의 "사악이 말하기를 '그만두더라도 가한가를 시험해 보고 이에 그만두어야 합니다.'(岳曰 异哉 試可 乃已)"에서 온 말이다.

말을 하는데, 감격의 눈물이 흘러 감당할 수 없을 지경이었다. 수령은 이 교리가 자기 고을에 있음을 감영에 보고했다. 그러고는 이 교리에게 역마(馹騎)[7]를 재촉해서 서울로 급히 떠나라고 했다. 그러자 이 교리가 말했다.

"3년 동안 주인과 객으로 지낸 정의(情誼)를 돌아보지 않을 수는 없네. 또한 조강지처의 정도 생각해야 하고. 게다가 주인 영감에게 고별인사도 해야 하지 않겠나? 나는 지금 가겠네. 자네는 내일 아침에 내가 머무는 곳으로 찾아와 주게."

"그리함세."

이 교리는 올 때 입었던 옷으로 도로 갈아입고 고리백정의 집으로 곧장 돌아왔다.

"이번의 고리짝 그릇은 아무 탈 없이 상납했소."

장인이 혼잣말을 했다.

"이상하네. 옛말에 '솔개도 10년을 묵으면 꿩을 낚아챈다'던데, 참으로 헛말이 아닐세. 기특하고도 기특할세. 오늘 저녁에는 마땅히 우리 사위에게 밥 몇 숟갈이라도 더 얹어 주어야지."

뒷날, 날이 밝았다. 이 교리는 새벽부터 일어나 마당에 물을 뿌리며 빗질을 했다. 장인이 보고 다시 혼잣말을 했다.

"어제는 고리짝 그릇을 잘 상납하고 오더니, 오늘은 또 마당 청소까지 하네. 오늘은 정말 해가 서쪽에서 뜨려나 보다."

이 교리가 마당에 자리를 펴자, 장인이 말했다.

"자리는 펴서 뭘 하려고?"

"이 고을 사또가 오늘 아침에 여기로 행차하오. 그래서 이리하우."

---

7 일기(馹騎): 역마. 역마를 모는 사람.

장인은 냉소하며 말했다.

"자네 지금 무슨 잠꼬대를 하나? 사또님께서 무슨 일이 있어서 우리 집까지 행차하시겠나? 천부당만부당한 허황된 말일세그려. 이제 생각해 보니, 어제 고리짝 그릇을 잘 상납했다고 한 말도, 길가에다 던져버리고 돌아와서는 괜히 떠벌린 헛소리였던 게군!"

말을 채 끝내기도 전이었다. 관아 공방(工房)에 속한 아전이 알록달록한 돗자리를 옆에 낀 채 헐레벌떡 들어왔다. 그러고는 마당에 돗자리를 깔아놓고 말했다.

"사또 행차가 금방 도착하십니다."

고리백정 부부는 당황하여 어쩔 줄 몰라 얼굴에 핏기까지 사라졌다. 그저 머리를 감싸 안은 채 울타리 아래로 가서 몸을 숨겼다. 잠시 후, 앞에서 사또를 인도하며 길을 비키라고 외치는 소리가 문 앞에까지 들렸다. 이윽고 고을 수령이 말을 탄 채 마당으로 들어오더니, 말에서 내려 방으로 들어갔다. 이 교리와 서로 인사를 나눈 뒤 수령이 물었다.

"아주머니는 어디에 있나? 나오시도록 하게."

이 교리는 아내를 불러 인사를 시켰다. 그녀는 나무로 만든 비녀에 베치마를 입은 채로 나와 사또 앞에 절을 올렸다. 의상은 비록 해졌지만, 용모와 행동거지가 단아하여 천민으로 사는 여인처럼 보이지 않았다. 수령도 공경하는 자세로 답례를 하고 말했다.

"이 학사가 궁한 처지에 놓였을 때, 다행히 아주머니의 힘을 입음으로써 오늘에 이를 수 있었소. 비록 의기 있는 남자라 해도 이보다 더하지 못했을 것이외다. 어찌 기뻐하여 존경하지 않겠소?"

아내는 옷깃을 여미고 대답했다.

"돌이켜 보면, 지극히 천한 시골 아낙이 군자의 건즐을 받들면서도 이렇게 귀하신 분인 줄을 전혀 몰랐습니다. 접대하고 주선하는 데에도 전혀 예의를 갖추지 못했습니다. 지은 죄가 이처럼 큰데, 어찌 감히 존엄하신 사또의 감사 말씀을 감당할 수 있겠습니까? 사또께서 오늘 천민의 누추한 집까지 왕림해 주신 것만으로도 지극한 영광입니다. 그러나 천첩의 집에 들르신 것 때문에 사또의 복력(福力)에 손상이나 입지 않을까 염려되옵니다."

듣기를 마친 수령은 하인을 시켜 고리백정 부부를 불러와 술상을 차려 먹도록 했다. 그들을 바라보는 얼굴빛도 온화했다. 이윽고 이웃 고을 수령들의 방문이 이어지고, 관찰사도 비장(幕客)[8]을 보내 자신의 생각을 전했다.[9] 고리백정의 집 밖에는 사람과 말이 뒤섞여 시끌벅적하고, 사람들은 마치 담장을 둘러친 것처럼 겹겹이 모여들어 그 광경을 구경했다. 이 교리가 수령에게 말했다.

"저 사람은 비록 천민이지만, 내가 이미 존비(尊卑)의 구별을 두지 않고 지냈네.[10] 그러니 필시 내 배필이잖은가. 게다가 여러 해 동안 애를 썼고, 지금까지 정성을 다했네. 지금 내가 귀하게 되었다 해도 처까지 바꿀 수는 없는 법. 바라건대, 가마 하나를 빌려 함께 갈 수 있게 해주게."

수령은 즉시 가마를 마련해서 행장까지 갖춰 떠나게 했다.

이 교리는 궁궐에 들어가 임금께 인사를 올렸다. 중종은 가까이 오도록 한 후, 그동안 떠돌아다닌 사연을 물었다. 이 교리는 실상을 자세하게 아뢰었다. 임금은 두세 차례 감탄하더니, 이내 말했다.

"그 여인을 천첩으로 대해서는 안 될 것이네. 특별히 품계를 올려 후부인(後夫人)으로 삼도록 하라."

---

8 막객(幕客): 감사(監司), 유수(留守), 수사(水使), 병사(兵使), 사신(使臣) 등을 따라다니며 일을 돕는 벼슬아치.

9 전갈(傳喝): 자기의 말이나 뜻을 남에게 전함.

10 적체(敵體): 존비의 명분이 없는 것.

이 교리는 이 여인과 해로했다. 영화와 부귀가 비할 데 없었고, 자식도 많았다. 이 이야기는 판서 이장곤의 일이라고 한다.

판서 이장곤(1474-1519) | 자는 희강(希剛), 호는 학고(鶴皐) 또는 금헌(琴軒)이다. 본관은 성주다. 참군(參軍) 승언(承彦)의 아들이다. 연산군 을묘년(1495)에 생원을 거쳐, 임술년(1502)에 문과에 급제했다. 교리로 있다가 연산군의 미움을 사서 거제도에 유배를 갔는데, 연산군이 의심하여 다시 잡아오게 했다. 공은 거제도에서 빠져나와 바다를 건너 함흥으로 달아났다. 그곳 고리백정(楊水尺)의 집에 몸을 숨겨 살며 무쇠를 만드는 가게(水鐵店)에서 잔심부름을 했다. 중종 병인년(1506)에 나라가 안정되자, 소환되어 병조판서를 역임했다. 벼슬은 좌찬성에 이르렀다. 여기서는 '보성 땅'이라고 했는데, 왜 그런지 알 수 없다.

3

화담 서경덕〔徐花潭〕

화담 서경덕은 학식이 높고 견문이 넓어 천문(天文), 지리(地理), 술수(術數)와 관련된 학문까지도 모르는 게 없었다. 경기도 장단 지방에 있는 화담(花潭) 위쪽에 살아서 호를 화담으로 정했다.

어느 날, 학도들을 모아 강론하고 있을 때였다. 문득 늙은 중이 오더니, 절을 하고 지나갔다. 화담은 중을 보내고 난 뒤에 탄식하기를 마지않았다. 학도들이 그 까닭을 물으니, 화담이 말했다.

"너희들은 저 중이 누군 줄 아느냐?"

"알지 못합니다."

"그가 바로 아무 산의 산신 호랑이란다. 어느 곳에 사는 사람의 딸이 이제 막 신랑을 맞으려는데, 장차 해를 입게 되었구나. 불쌍하기도 하지."

한 학도가 물었다.

"선생님께서 이미 알고 계신다면, 또한 구할 방법도 있지 않습니까?"

"있기는 하지. 그러나 보낼 만한 사람이 없구나."

"제가 가보겠습니다."

"그렇다면 좋고."

그러고는 책 한 권을 주며 말했다.

"이것은 불경이다. 그 집에 가게 되면 미리 사연을 누설하지 않도록 해라. 그저 주인에게는 마루에 상탁[1]을 준비한 뒤 촛불을 켜두도록 하여라.

---

1 상탁(床卓): 보통은 물건을 차려놓는 상과 향로를 올려놓는 탁자를 아울러 이른다.

신부는 방 안에만 있게 하고, 그 방과 통하는 모든 문을 자물쇠로 철저히 잠가두고. 또 건장한 여종 대여섯 명으로 하여금 신부를 붙잡되, 절대 놓치지 않게 해야 한다. 그리고 너는 마루에서 이 책을 읽어야 하는데, 절대로 구두(句讀)를 잘못 끊어 읽으면 안 된다. 그렇게 해서 닭이 울 때까지만 기다리면 자연히 무사하게 될 것이다. 조심하고 삼갈지라."

학도는 가르침을 받고 그 집에 급히 달려가 보니, 집안사람들 모두가 떠들썩하며 바쁘게 돌아다녔다. 까닭을 물어보니, '내일 신랑을 맞는데, 지금 막 신랑집에서 보낸 납채를 받았다'고 대답했다. 학도가 집으로 들어가 주인을 뵙고 인사를 나눈 뒤 곧바로 말을 꺼냈다.

"오늘 밤에 주인댁에 큰 재앙이 있을 것입니다. 이 때문에 제가 왔는데, 재앙에서 벗어날 수 있도록 하겠습니다. 그러니 이렇게 하고 이렇게 하셔야 합니다."

주인이 믿지 않고 말했다.

"어디서 오신 과객인지 모르겠으나, 무슨 넋 빠진 소릴 하고 계시오?"

"제가 한 말이 넋 빠진 소린지 아닌지는 오늘 밤만 지나고 나면 자연히 알게 되겠지요. 오늘 밤이 지나도록 제 말에 영험이 없으면, 그때 두드려 패서 쫓아내면 되겠지요. 지금은 그저 제 말대로 시험해 보는 것이 좋겠습니다."

주인은 마음속으로 몹시 의심스러웠다. 하지만 일단은 그의 말을 좇아 자리를 마련해 주고 기다려볼 수밖에 없었다. 그가 가르쳐준 대로 방 안에 신부를 가둔 뒤, 여러 명의 여종들로 하여금 철저하게 호위하도록 해 놓았다. 학도도 마루에 앉아 촛불 아래서 불경을 읽기 시작했다.

삼경이 지날 무렵이었다. 갑자기 천둥 치는 듯한 소리가 들렸다. 집안사람들은 모두 벌벌 떨면서 자리를 피해 달아났다. 이윽고 커다란 호랑이 한 마리가 마당으로 들어와 쭈그리고 앉아 포효하기 시작했다. 학도는 얼굴색을 바꾸지 않은 채 쉬지 않고 불경만 읽었다.

이때였다. 신부가 갑자기 똥을 누겠다며, 죽음도 불사하고 나가려고 했다. 모든 여종들이 달려들어 붙잡았더니, 신부는 이리저리 제멋대로 날뛰었다. 여종들이 감당할 수 없을 정도였다. 잠시 후, 호랑이는 갑자기 크게 울부짖더니, 문 앞에 심어진 나무를 물어뜯었다. 이렇게 세 번을 물어뜯고 나더니, 호랑이는 홀연 사라져버렸다. 그 순간 신부도 정신을 놓고 쓰러졌다. 집안사람들도 비로소 정신을 차려 따뜻한 물을 신부의 입에 넣어주었더니, 얼마간의 시간이 지나서 깨어날 수 있었다.

학도도 불경 읽기를 마치고 마루에서 내려왔다. 집안사람들은 예를 갖춰 사례하며 모두가 그를 신인(神人)으로 여겼다. 그리고 수백 금으로 은혜를 갚겠다고 하자, 학도가 말했다.

"저는 재물을 탐내고 온 것이 아닙니다."

그러고는 옷깃을 떨치며 작별했다.

학도는 돌아와 화담 선생에게 인사를 드린 후에 지난 사연을 보고했다. 화담이 웃으며 말했다.

"자네는 어찌하여 세 군데서 구두를 잘못 끊어 읽었느냐?"

학도가 '잘못 읽은 일이 없다'고 대답하니, 화담이 말했다.

"조금 전에 그 중이 또 지나가면서 내게 사람을 살린 공을 사례한 뒤에 '세 군데서 경문을 잘못 읽었기 때문에 마루 앞에 심은 나무를 물어뜯어서 그 사실을 알게 했다'고 하더구나."

학도가 생각해 보니, 과연 잘못 읽은 데가 있었다.

화담 서경덕(1489~1546) | 자는 가구(可久), 본관은 당성(唐城)이다. 송도에서 살았다. 중종 때에 생원으로 참봉에 제수되었지만 나아가지 않았다. 뒤에 좌의정에 증직되었다. 시호는 문강(文康)이다.

4

승지 양사언의 아버지〔楊承旨〕

양 승지는 고질적으로 유람을 떠나는 습관이 있었다. 말 한 필에 아이 종 한 명만 데리고 멀리 함경도〔北關〕 일대를 두루 구경하면서 백두산까지 올라갔다. 돌아오는 길에 안변[1] 지방을 지나게 되었다. 양공은 그곳 객점에 들러 말에게 꼴을 먹이려 했는데, 객점은커녕 집집마다 사립문이 굳게 닫혀 있었다.

사방을 살펴보며 갈팡질팡하는 중에, 길가에서 수십 걸음 정도 떨어진 시냇가 깊숙한 곳에 작은 농막(農幕)이 보이는데, 개 짖는 소리와 닭 우는 소리도 들려왔다.[2] 농막 앞까지 다가가니, 열네댓쯤으로 보이는 여자아이가 문 앞에 나와 손님을 맞으며 물었다.

"어디에서 오셨습니까?"

"먼 길을 나선 사람이네. 객점을 찾는데, 문이 모두 닫혀 있구나. 말에게 꼴이라도 먹이고 갈까 하는데…… 네 집 주인은 어디 가셨느냐?"

"객점 주인과 함께 뒷마을 계모임에 가셨습니다."

그러고는 부엌에 들어가 말죽 한 통을 내다가 말에게 먹였다.

양공은 햇살이 너무 뜨거워 옷을 벗고 나무 그늘에서 더위를 식히고 있었다. 여자아이는 나무 아래로 가서 대자리를 깔아놓더니, 도로 부엌

---

1 안변(安邊): 지금의 함경남도 안변군.

2 계견상문(鷄犬相聞): 닭 우는 소리와 개가 짖는 소리가 여기저기에서 들린다 하여, 인가(人家)가 잇대어 있음을 이르는 말. 《노자》에 나온다.

으로 들어갔다. 그리고 잠시 후에 밥상을 내왔는데, 산나물과 채소로 만든 반찬이 몹시 깔끔했다. 양공은 어린 아이가 손님을 접대하는 태도가 세밀하고 공손하며, 행동 하나하나가 온화하고 어진 것을 보고 마음속으로 매우 기특하게 생각했다. 또 갑자기 찾아온 손님을 접대하는 절차도 모두 이치에 맞았다. 이에 양공이 물었다.

"나는 말에게 먹일 것만 부탁했거늘, 너는 사람이 먹을 것까지 내온 까닭이 무엇인고?"

"말도 이미 지쳐 있는데, 사람이라고 시장기가 없겠습니까? 어찌 사람은 천히 보고 가축만 귀하게 대접하겠습니까?"

양공이 나이를 물어보니 열다섯 살이었고, 그녀의 부모는 시골의 백성이었다. 떠나면서 밥값을 지불하려 하니, 아이는 한사코 받지 않았다.

"손님 접대는 사람이라면 으레 해야 하는 일입니다. 만약 밥값을 받는다면, 아름다운 풍속이 아닐뿐더러 부모의 꾸지람도 피할 수 없게 됩니다."

옥신각신하던 양공은 마침내 부채에 달아둔 향주머니(扇頭香)[3]를 풀어서 주었다. 여자아이는 무릎을 꿇고 앉아 그것을 받으며 말했다.

"이것은 어른께서 주시는 것인데, 어찌 감히 사양하겠습니까?"

양공이 더욱 감탄하며 말했다.

"외딴 시골집 어떤 늙은이들이 저렇게 기특한 아이를 낳았을까?"[4]

그러고는 집으로 돌아가 한가롭게 지냈다. 그로부터 몇 년이 지난 어

---

3 선두향(扇頭香): 구체적으로 어떤 물건인지 분명치 않다. 뒤에 나오는 내용을 고려하면, '둥근 부채에 달아 향기가 풍기도록 하는 향주머니'로 볼 수 있다. 번역도 그렇게 했다.

4 원문은 "遐土村家 何物老媼 生此寧馨兒乎". 진나라 때 태보(太保)를 지낸 왕연이 젊은 시절에 산도(山濤)를 방문하자, 산도가 그를 보고 말하기를 "어떤 아낙이 이런 아이를 낳았단 말인가(何物老媼 生寧馨兒)."라고 한 데서 나온 말이다. 주로 자질과 풍채가 뛰어난 사람을 가리킨다.《진서(晉書)》〈왕연열전〉에 나온다.

느 날, 어떤 사람이 와서 섬돌 아래에서 절을 한 뒤에 말했다.

"소인은 안변 아무 마을에 사는 사람입니다. 아무 해 어느 날, 영감님께서는 누추한 제 집에 우연히 들르셨다가 어린 여자아이에게 향주머니를 주신 일이 있으신지요?"

양공은 한참을 곰곰이 생각하고 말했다.

"과연 그런 일이 있었지."

그 사람이 말했다.

"딸내미가 그날 이후로는 다른 데로 시집을 가려 하지 않고, 오직 영감님 댁에 가서 평생토록 기추[5]를 받들고 살겠다고 합니다. 그러면서 스스로 '남이 주는 물건을 받고서는 다른 데로 시집을 갈 수 없는 게 여자의 행실'이라는 말만 합니다. 그래서 천릿길을 멀다 하지 않고 이렇게 오게 되었습니다."

양공이 웃으며 말했다.

"나는 늙어 머리도 희었네. 어찌 어린 여자아이에게 마음이 있어서 그리했겠는가? 그 용모가 아름답고 행동이 민첩한 것을 특별히 아꼈고, 또 밥값까지 받지 않겠다고 하기에, 달리 줄 것이 없었던 차에 부채에 매단 향주머니를 풀어서 주었을 뿐이네. 설령 내 집에 온다 해도, 내가 조만간에 죽어버린다면 어린 여자의 꽃다운 나이가 어찌 애석하지 않겠느냐? 자네는 돌아가서 내 뜻으로 타이른 후, 사위를 골라 시집을 보내게. 그리고 다시는 헛된 생각은 하지 말라고 전하게."

그 사람은 하직하고 돌아갔다. 그런데 며칠 후에 그가 다시 찾아와서 말했다.

"백방으로 타일렀지만 죽기로 맹세하는지라, 어쩔 수 없이 데리고 왔

---

5 기추(箕箒): 키와 비라는 뜻인데, 전하여 처나 첩이 되어 남편을 섬기는 일.

습니다. 영감님께서는 헤아려 처리해 주십시오."

양공이 굳이 사양했지만, 듣지 않았다. 결국 그는 웃으며 그녀를 받아들였다.

양공은 군자다운 사람이었다. 홀아비로 수십 년을 살았지만, 여색을 가까이하지 않았다. 오직 거문고와 책 읽는 것을 오락거리로 삼았고, 산수 유람을 즐겼을 따름이었다. 소실이 들어온 뒤에도 딱 한 번 불러 그녀가 멀리서 찾아와 준 마음을 달래주었을 뿐, 마음속에서나마 애틋해하는 기미는 조금도 드러내지 않았다.

하루는 새벽에 사당에 배알한 후 안채로 들어가 보았다. 안마당과 실내가 깨끗하게 청소되어 있었고, 음식 그릇들도 용도에 맞춰 가지런하게 정리되어 있었다. 양공이 며느리를 불러 물었다.

"이전에는 아침저녁으로 먹을거리가 자주 떨어졌던 터라, 이런저런 것들이 모두 어수선하고 더러워서 마치 다스림이 없는 집안과 같았다. 그런데 오늘은 전에 보던 것들이 완전히 달라졌구나. 게다가 내가 좋아하는 음식도 거의 빠지지 않고 올라오더구나. 무슨 일이 있었던 게냐?"

"안변의 작은어머니가 들어오신 뒤로, 바느질과 길쌈은 오히려 일을 하다 여유가 있을 때에 하는 일처럼 여기신답니다. 집안을 다스리고 일을 판단하는 것도 결코 평범한 사람이 미칠 바가 아닙니다. 첫닭이 울면 일어나서 종일토록 부지런히 일을 하시지요. 요즘 가계가 조금 넉넉해질 수 있었던 것도 참으로 이 때문입니다. 또 성품과 행실이 순후하셔서 사대부댁 여인의 풍모를 간직하고 있습니다."

며느리는 입에 침이 마르도록 칭찬했다. 양공이 그 말에 감동되어 그날 저녁에 소실을 불러 이야기해 보니, 그윽한 여유로움과 정숙한 태도가 평민 출신이라고 볼 수 없을 만큼 빼어났다. 게다가 현숙하면서도 명민한 식견은 옛사람과 비교해도 부끄러움이 없을 정도였다. 이로부터 양공은 소실을 몹시 사랑하고 아꼈다. 소실은 잇따라 두 아들도 낳았는데, 둘 다 용모가 단정하고 총명했다.

두 아들이 각각 여덟 살과 아홉 살이 되었을 때다. 소실은 갑자기 집을 지어 따로 살겠다고 했다. 집은 자하동[6]에서 산수가 빼어난 곳으로 고르되, 집 입구 길목에는 높고 큰 대문을 세워달라고 요청했다.

어느 날이었다. 성종이 자하동에 거둥하여 꽃구경을 하고 돌아가는 길이었다. 갑자기 동이로 물을 퍼붓는 듯한 폭우를 만났다. 성종은 비를 피해 급히 한 집으로 들어갔다. 그 집 정원과 뜰은 깨끗하게 정비되어 있었고, 온갖 화초는 다투어 향기를 뿜어내고 있었다. 성종이 '누구의 집인가'를 묻자, 따르는 관원이 사실대로 대답했다.

잠시 후, 수려하게 생긴 두 아이가 깔끔한 옷과 건(巾)을 갖춰 입고 앞으로 나아와 절했다. 성종이 물으니, '양 아무개 소실의 아들입니다.'라고 대답했다. 성종은 그들을 한번 보고 '신선의 풍채와 도인의 골격(仙風道骨)을 갖췄다.'라며 일컬은 후 공부한 수준을 타진해 보니, 옛날의 신동에 비해서도 부끄럽지 않을 정도였다. 글씨도 마치 물이 흘러가는 듯 온갖 품격을 갖추고 있었다. 운을 불러 시를 짓게 하니, 거침없이 응답했다. 그 모습을 본 성종은 몹시 기뻤다.

시간이 조금 지나자, 처마에서 비를 피하고 있던 관원들이 서로 돌아보고 소곤거렸다. 성종이 물었다.

"어째서 그러는가?"

신하들이 대답했다.

"주인집에서 음식을 내오고 싶어 하는데, 어떠하실지 몰라 감히 말씀을 올리지 못한다고 합니다."

---

6 자하동(紫霞洞): 지금의 종로구 청운동 일대. 창의문이 있는 곳으로, 궁과 가까이 있다.

임금이 상을 올리게 하니, 진수성찬이 매우 정갈하게 차려져 있었다. 아울러 따라온 관원들에게도 접대했다. 성종은 이렇게 급작스레 음식을 준비할 수 있는 것에 의아해하면서도, 후하게 상을 내려주었다. 또 두 아이도 데리고 함께 궁궐로 돌아갔다.

궁으로 돌아온 성종은 기뻐하며 동궁(東宮)에게 말했다.

"내가 이번 행차에 두 명의 신동을 얻었는데, 너를 보필하는 신하로 삼겠노라."

그러고는 두 아이에게 왕세자의 교육을 맡은 세자시강원〔春坊〕[7]의 임시 어사〔假御史〕[8]로 제수하여 오랫동안 궁궐 안에 남도록 해놓았다. 무릇 두 아이의 나이가 동궁과 비슷했기 때문이다. 임금의 은총이 비할 수 없었으니, 그 큰아이는 양사언이다. 호는 동래(蓬萊)로, 벼슬은 안변 부사에 이르렀다. 작은아이는 양사준이다.

그 뒤에 소실은 집을 철거하여 도로 큰집으로 돌아가서 생애를 마쳤다고 한다.

내가 일찍이 호곡(壺谷) 남용익이 편찬한 《기아(箕雅)》[9] 시집을 보니, 양봉래 형제와 봉래의 아들과 첩의 이름이 나란히 들어 있기에 마음속으로만 몹시 의아해했었다. '어떻게 인재가 한 집안에 모여 있을까?' 그런데 안변에서의 기이한 만남을 듣고 난 후, 비로소 양공의 순수한 덕성과 소실의 정숙한 행동이 이런 결과로 나타났음을 알게 되었다.

---

7 춘방(春坊): 세자시강원(世子侍講院). 왕세자의 교육을 맡아보던 관아.

8 가어사(假御史): 임시 어사. 여기서는 시어사(侍御史)를 말함인 듯. 궁궐에서 세자를 호종하는 일을 맡은 것으로 보인다.

9 기아(箕雅): 남용익이 신라 말에서부터 조선 현종 때까지 총 497명의 시를 선별해 간행한 시선집. 1688년에 간행했다.

봉래 양사언의 아버지는 음관[10]으로, 전라도 영암 군수가 되었다. 그가 휴가를 얻어 서울에 올라갔다가 다시 임소로 돌아올 때였다. 영암군에서 하룻길 정도 못 미친 데서 묵고 새벽에 다시 길을 나섰다.

객점에는 아직 도착도 못 했는데, 사람과 말은 모두 지쳐버렸다. 이에 길가의 여염집에서라도 점심을 먹을 요량을 했다. 그러나 그때는 농사철이어서 사람들 모두가 들에 나가 마을은 텅 비어 있었다. 그중 어느 시골집에는 여자아이가 하나 있었는데, 나이는 열한두 살 정도로 보였다. 그녀가 하인을 통해 말했다.

"제가 밥을 지어 올릴 테니, 잠깐만 저희 집에 들어오시지요."

하인이 말했다.

"너처럼 어린 아이가 어떻게 밥을 지어서 대감 행차를 대접한단 말이냐?"

"그런 일은 걱정할 게 못 됩니다. 행차를 모셔 오기나 하시지요."

군수 일행은 부득이하여 그 집 문 안으로 들어갔다. 아이는 방을 깨끗이 청소하고 자리를 깔아놓고 일행을 맞이했다.[11] 군수가 여자아이를 자세히 보니, 용모가 단정한 데다 말씨도 밝고 맑아 조금도 시골 처녀의 모습이 없었다. 마음속으로 그저 기특하게만 여겼다.

이윽고 점심이 나왔는데, 정결하고 소담하여 평소에 먹던 것과 달랐다. 일행 모두가 혀를 차며 칭찬했다. 군수는 그녀를 가까이 불러 물었다.

"네 나이가 몇이나 되었느냐?"

"열두 살입니다."

---

10 음관(蔭官): 과거를 거치지 아니하고 조상의 공덕에 의해 맡은 벼슬. 또는 그런 벼슬아치.

11 《기문총화》에는 "그리고 하인에게 말했다. '행차께서 드실 쌀은 우리 집에서 준비하겠습니다. 그러나 다른 분들은 각자의 양식을 내어주시면 좋겠습니다.'(謂下隷曰 行次進支米 自吾家辦出矣 只出下人各名之粮可也)"가 첨가되어 있다.

"네 아비는 무엇을 하는고?"

"이 고을 장교[12]로 계신데, 아침에 어머니와 함께 김을 매러 들에 나가셨습니다."

군수는 아이가 몹시 기특하고 사랑스러워, 상자에서 청색 부채와 홍색 부채 각각 한 자루씩을 꺼내 주며 농담조로 말했다.

"이것은 내가 네게 예물로 보내는 물건이다. 신중하게 받아라."

여자아이는 그 말을 듣자마자 곧장 방 안으로 들어가더니, 상자에서 붉은 보자기를 꺼내가지고 나왔다. 그리고 보자기를 앞에 펼쳐놓은 뒤에 말했다.

"부채를 이 보자기 위에 놓아주십시오."

양공이 그 까닭을 묻자 아이가 대답했다.[13]

"이것이 정혼이 되었다는 납폐(納幣)로 주시는 것인데, 막중한 예물을 어찌 감히 손으로 주고받겠습니까?"

일행들은 상하를 막론하고 모두 기특하다며 칭찬했다. 이윽고 군수 일행은 문을 나서 길을 떠났다. 영암군에 도착해서는 그 일을 까맣게 잊고 지냈다.

몇 년이 지난 뒤였다. 문지기가 들어와 아뢰었다.

"이웃 마을 아무 곳에 사는 장교 아무개가 와서 사또를 뵙겠다고 명함을 들였습니다."

군수가 들어오게 해서 보니, 한 번도 만난 적이 없는 사람이었다. 이에 물었다.

"자네는 이름이 무엇이며, 무슨 일로 나를 보러 왔는가?"

---

12 장교(將校): 지방 관아에서 군사에 관한 사무를 담당하던 하급 관리.

13 이 부분이 《동상기찬》에는 빠졌다. 내용상 필요한 대목이어서 본문에 첨가했다.

그는 바닥에 엎드려 절을 한 뒤에 말했다.

"소인은 아무 고을의 장교입니다. 사또께옵서는 재작년에 서울에서 돌아오시다가 소인의 집에서 점심을 드셨다는데, 그때에 여자아이 하나가 밥을 지어 접대한 적이 있었는지요?"

"있었지."

"혹시 그때 여자아이에게 신물(信物)을 주셨습니까?"

"그것은 신물이 아니네. 그 아이가 똑 부러지게 행동하는 것이 사랑스러워, 색깔 있는 부채를 상으로 주었던 것이네."

"그 아이가 바로 소인의 딸입니다. 올해 열다섯 살이 되었습죠. 그래서 혼인을 의논하려고 하면, 딸아이는 '제가 영암 수령에게 혼인을 약속하는 예물을 받았으니, 한사코 다른 사람에게 시집을 갈 수 없습니다.'라고 합니다. 소인이 '한때의 농담을 어찌 믿으려 드느냐'며 생각을 바꾸도록 했지만, 아이는 죽기로 작정하며 따르지를 않습니다. 온갖 방법으로 달래도 봤지만, 그 마음을 돌리기가 어려웠습니다. 그래서 부득이 찾아와서 고하는 것입니다."

군수가 웃으며 말했다.

"네 딸의 호의를 내가 어찌 차마 저버리겠는가? 자네는 모름지기 날을 받아서 오시게. 나도 마땅히 맞이해서 오겠네."

혼인날이 되자, 예를 갖춰 맞이해 와서 소실로 앉혔다. 당시 군수는 마침 홀아비로 지내고 있었다. 그래서 그녀를 안채 정당(正堂)에 거처하게 하여 집안 살림을 주관토록 했더니, 음식과 의복이 군수의 마음에 들지 않는 것이 없었다.

임기가 끝나자, 군수는 본가로 돌아왔다. 소실은 본부인의 자식을 돌보고 사랑하는 것이 매우 독실했다. 비복을 다스리는 데에도, 상황에 따른 적절한 도리를 벗어나지 않았다. 그래서 문중과 친척들 모두에게 환심을 살 수 있었다. 그녀를 칭찬하는 소리가 집 안팎으로 자자할 정도였다.

소실은 한 아들을 낳았는데, 그가 곧 봉래다. 풍채가 뛰어나고 용모가 수려하여, 그야말로 '신선의 풍채와 도인의 골격〔仙風道骨〕'을 갖췄다.

몇 년이 지나 군수가 작고했다. 소실은 슬퍼하고 애통해하는 것을 예법에 맞게 행했다. 성복(成服)하는 날[14]이 되자 일가친척들도 모두 모였다. 소실은 한바탕 통곡을 하고 나서 그들이 있는 자리로 나아갔다.

"오늘은 여러 어른들이 모두 모여 계시고, 상제〔喪人〕들도 모두 자리에 있습니다. 이 자리에서 제가 부탁드릴 일 한 가지가 있습니다. 능히 들어주시겠습니까?"

상제들이 말했다.

"서모님은 현숙하신 분이십니다. 부탁하시는 것을 저희들이 어찌 따르지 않겠습니까?"

일가친척들의 대답도 한결같았다. 소실이 말했다.

"첩에게는 아들이 하나 있는데, 사람 됨됨이가 어리석지 않습니다. 그러나 예전부터 내려오는 우리나라 풍속에 따르면, 서자로 태어나면 비록 성인(成人)이 된들 어디에 쓰일 수 있겠습니까? 여러 도련님〔公子〕들께서 베풀며 사랑해 주시는지라, 지금은 적서[15]의 구별을 느끼지 못하지요. 그러나 제가 죽으면 도련님들은 서모의 복(服)을 입으셔야 합니다. 적자와 서자의 구분도 분명히 드러나게 되지요. 그렇게 되면 이 아이는 어떻게 사람 도리를 하며 살아갈 수 있겠습니까? 첩은 오늘 자결하려 합니다. 만

---

14 성복지일(成服之日): 초상이 나서 처음으로 상복을 입는 날. 즉 초상이 난 지 나흘째 되는 날.

15 적서(嫡庶): 적자(嫡子)와 서자(庶子).

약 대상(大喪) 중에 섞여 임시로 제 장례까지 치르게 되면, 적서의 구분도 드러나지 않겠지요. 바라건대, 여러 도련님들께서는 장차 죽으려 하는 사람을 불쌍히 여기시어, 저승에 가서도 한을 품지 않게 해주십시오."

모든 사람들이 입을 모아 말했다.

"그 일은 우리가 도리에 맞는 좋은 방법을 의논해서 차등이 없도록 하면 됩니다. 어쩌자고 죽음으로써 기약하시렵니까?"

"여러분들의 마음에 감사드립니다. 비록 그렇다 해도, 어떤 방법이든 한번 죽는 것만은 못할 것입니다."

말을 마치자, 품 안에서 작은 칼을 꺼내 양공의 관 앞에서 자결했다. 모든 사람들은 몹시 놀라 슬픔에 겨운 탄식을 했다.

"현숙한 성품을 가진 사람이 죽음으로써 이렇듯이 애써 부탁하였는데, 죽어가면서 했던 부탁의 말을 차마 저버릴 수 없네."

마침내 상의하여, 적자 형들은 서자 봉래를 친동생처럼 돌보며 조금도 차등을 두지 않고 지냈다.

봉래가 장성한 뒤에는 높은 벼슬을 두루 역임했다. 명성도 온 나라에 자자했다. 그렇지만 사람들은 그가 서자 출신이란 것을 알지 못했다고 한다.

양 승지 | 이름은 희수(希洙), 본관은 청주다. 음사(蔭仕)로 나아가 벼슬이 주부(主簿)에 이르렀다. 아들 셋을 두었는데, 사준이 형이고, 차자는 사기다. 여기에서는 차자를 '사준'이라고 했는데, 왜 그랬는지 모르겠다.

사언(1517–1584)의 자는 응빙(應聘)이고, 봉래(蓬萊)는 그의 호다. 명종 경자년(1540)에 진사를 거쳐, 병오년(1546)에 문과에 급제했다. 벼슬은 부사에 이르렀다. 사준(1521–?)의 자는 응거(應擧)다. 아우와 동시에 급제했다. 벼슬은 첨정에서 그쳤다. 봉래의 아들은 만고(1574–1655)로, 자는 도일(道一)이다. 광해 경술년(1610)에 진사를 거쳐, 문과에 급제했다. 벼슬은 정(正)에 그쳤다.

호곡 남용익(1628-1692) | 자는 운경(雲卿). 호곡은 그의 호로, 본관은 의령이다. 부사 득붕(得朋)의 아들이요, 지소재(志素齋) 효의(孝義)의 6세손이다. 인조 병술년(1646)에 진사를 거쳐, 무자년(1648)에 문과에 급제했다. 대제학을 지냈다. 벼슬은 이조판서에 이르렀다. 시호는 문헌(文憲)이다.

5

상국 김우항〔金相國宇杭〕

상국(相國) 김우항은 48세에 이르도록 분수를 지키며 살다 보니 집안 형편이 몹시 어려웠다. 황량한 집은 마치 달팽이집과 같았고, 먹고사는 것은 마치 거미줄과 같았다.[1] 아침저녁[2]을 잇기가 어려웠고, 제대로 갖춰진 옷도 없었다.

그는 딸만 다섯을 두었다. 모두 비녀를 꽂을 나이가 되었지만, 한 사람도 혼인을 시키지 못했다. 그러던 중에 가난한 한 서생(措大)이 자기 아들과 공의 딸의 혼사에 대해 의논해 왔다. 공은 그러자고 언약했다. 그러나 가만히 생각해 보니, 자기 몸뚱이 외에는 쓸모 있는 물품이 없고 또한 친척도 없는 처지라, 어디에 말을 붙여볼 만한 곳도 없었다. 그러니 어떻게 몸치장할 물건 하나라도 마련해 보낼 수 있으랴?

김공은 매일 밤낮으로 탄식하며, 밥 먹고 잠자는 것까지 잊은 지 거의 열흘이나 되었다. 그러다 문득 평소에 알고 지내던[3] 한 친척 무관이 현재 단천[4] 부사로 재직하고 있다는 것을 떠올렸다. 그는 자기보다 항렬이 조금 높았다.[5] 거기에 가서 돈이나 재물을 얻는 은혜를 받는다면,[6] 그럭저

---

1 거미줄 같았다: 若蛛(약주). 거미가 거미줄을 치고 사냥감이 걸려들기를 기다리는 것처럼, 먹을 것을 구하는 것도 그와 같다는 의미인 듯하다.

2 조포(朝晡): 본래의 뜻은 조시(朝时: 오전 7-9시)에서 포시(晡时: 오후 3-5시)를 의미. 하루 두 번 먹는 식사를 뜻한다.

3 《청구야담》에는 '평소에 알고 지내던〔素親〕'이 '소원하게 지내는〔疎親〕'으로 되어 있다. 의미상 후자가 더 타당하다. 소원(疏遠)은 '친하지 않고 서먹서먹한 상태'를 말한다.

4 단천(端川): 지금의 함경남도 동해안 북부에 있는 마을.

력 혼사를 치를 수도 있을 것 같았다. 몹시 부끄러운 일이지만, 그렇다고 달리 어떻게 할 방법도 없었다. 이에 다른 사람들에게 두루 간청해서 이자를 주는 조건[7]으로 어렵사리 돈을 빌려 노자[8]를 마련했다. 그리고 여윈 말 하나를 빌린 후, 하인에게 고삐를 잡게 하여 길을 나섰다.

바람을 맞으면서 밥을 먹고, 이슬을 맞으면서 잠을 자가면서 천릿길을 걸어 마침내 단천 고을에 이르렀다. 공은 관아의 문을 두드려 부사 뵙기를 청했지만, 도리어 문지기에게 거부를 당해야만 했다. 이미 '사람들을 멋대로 들여보내지 말라'는 수령의 명령이 있었기 때문에 감히 들일 수 없다는 것이었다. 공이 여러 차례 꾸짖었지만, 끝내 받아들이지 않았다.

서로 옥신각신하다 보니, 날도 이미 저물었다. 여관[9]으로 돌아와 방을 빌려 자고, 다음 날 아침에 다시 가서 문을 두드렸으나 또한 들어갈 수 없었다. 공은 화를 참지 못해 그냥 돌아갈까 하는 생각도 했지만, 이미 시위를 떠난 화살이니 중간에 그만둘 처지도 아니었다. 그저 밤에는 여관에서 자고, 낮에는 관아의 문 앞에 가서 들어가자고 부탁만 할 수밖에……. 그렇게 한 달이 되었지만, 여전히 기회를 얻지 못했다.

노자는 이미 다 떨어졌다. 임시로 머물고 있는 여관 주인에게 빌린 돈도 꽤 되었다. 주인은 공이 타고 온 말까지도 담보로 잡은 상태였다. 공은 마치 절굿공이로 가슴을 빻는 듯이 걱정이 되었지만, 나아갈 수도 달아날 수도 없었다. 주인이 그의 사정을 알고 조용히 일러주었다.

---

5 초존(稍尊): 나이나 항렬이 조금 높은 사람.

6 첨개(沾丐): 후세에 끼쳐준 은덕.

7 대식(貸息): 본래는 관아에서 양식을 빌려주고 받는 이자를 뜻하는데, 여기서는 단지 이자를 준다는 의미로 쓰였다.

8 노자: 자부(資斧). 여행할 적에 산이나 들에서 잘 경우 가시나무를 벨 때 쓰는 도끼인데, 여기서는 '노잣돈(여비)'으로 쓰였다.

9 전사(傳舍): 여관. 전령이나 빈객들이 잠자는 숙소.

"내일은 사또께서 사창[10]에 나가 친히 환곡(糶米)[11]을 검사한답니다. 거길 가자면 이 여관 앞을 지나가야 하지요. 길 한쪽에 서서 기다리고 있다가 그때나 한번 얼굴을 뵙는 게 어떻겠소?"

공은 그게 좋겠다고 생각하여, 다음 날 아침부터 주인이 시킨 대로 길 한쪽에서 기다렸다. 정말로 사또가 가마를 타고 나타났다. 나졸들은 가마를 옹위하며 다른 사람들의 접근을 막았다. 그때 공이 급히 외쳤다.

"내가 여기에서 머물며 기다린 지도 오랩니다!"

사또가 머리를 끄덕이고 말했다.

"무엇 때문에?"

공이 그 까닭을 조목조목 이야기했다. 말이 다 끝나기도 전에 사또가 말했다.

"지금은 공무가 있어서 한가하게 이야기할 겨를이 없네. 일단 가서 기다리고 있게."

그리고 돌아서서 하인에게 말했다.

"너는 관아[12]로 모시고 들어가 내가 돌아올 때까지 기다리게 하라."

공은 종을 따라 곧장 공당[13]으로 들어갔다. 들어가 한참을 기다렸지만, 해가 저물 때까지도 먹을 것이 나오지 않았다. 굶주림과 갈증에 버티기가 어려울 정도였다.

저녁때가 지나서 사또가 돌아왔다. 자리를 정해 앉자 공이 말했다.

"종일토록 아무것도 먹지 못해서인지 정신이 혼미합니다. 요깃거리를 내어 주린 창자나 채우게 해주십시오."

---

10 사창(社倉): 환곡을 저장해 두던 각 고을의 창고.

11 조미(糶米): 국가에서 춘궁기에 주린 백성들에게 꾸어주던 환곡.

12 관아: 동각(東閣)은 재상이나 수령이 거처하는 집.

13 공당(公堂): 집무를 보는 곳. 여기서는 관아.

"우선은 술과 안주를 먹고……."

잠시 후에 술을 담당하는 여종이 주둥이가 깨진 작은 술병을 가지고 들어왔다. 거기에 다시 다시마〔海藿〕 한 조각을 술안주랍시고 내어놓았다. 공은 종일 굶주렸기 때문에, 처음에는 '반드시 좋은 술과 살진 고기 안주가 나오겠지. 그러면 입맛을 쩝쩝 다시면서 시장했던 입 안에 가득 가득 채워놓으리라.'라고 생각하던 차였다. 그런데 이렇게 대접하는 것을 보자, 노기가 등등하여 벌떡 일어나 술상을 발로 걷어차 땅바닥에 내동댕이쳤다. 그리고 사또에게 말했다.

"이렇게까지 사람을 부당하게 대접하시오?"

사또도 화를 내며 말했다.

"내가 너보다 항렬이 높거늘, 내가 먹으라고 준 것을 어찌 감히 이렇게 한단 말이냐?"

사또는 다급하게 하인을 불러 문 밖으로 쫓아내도록 했다. 그리고 아전들도 불러 말했다.

"너희들은 모름지기 이 고을 일대에 내 말을 전하라. 만약에 저런 도깨비〔怪鬼〕 같은 놈을 맞아 머물게 하는 자가 있으면, 혹독한 벌을 받게 될 것이라고!"

공은 분을 머금은 채로 머물던 여관으로 돌아왔다. 그러나 여관 주인은 문을 막아서며 공을 받아들이지 않았다. 게다가 말까지 빼앗아 버렸다. 공은 어쩔 수 없이 하인과 함께 다른 여관으로 가보았다. 하지만 거기도 앞 여관에서 보여준 것과 다르지 않았다. 모든 여관을 다 가보았지만 마찬가지였다.

날은 이미 저물었다. 게다가 비까지 퍼부었다. 읍내에서 멀리 떨어진 궁벽한 곳까지 옮겨가게 된 공은 우거진 숲에서 잠깐 쉬려고 생각했다. 마침 숲 옆에는 질그릇 굽는 가마가 있었다. 가마 입구는 거적을 쳐놓았다. 거기는 가죽신을 만드는 갖바치가 사는 곳이었다. 공이 갖바치에게 말했다.

"날이 저물고 갈 길은 머니, 하룻밤만 신세 집시다."

갖바치는 다행히 거절하지 않았다. 아마 움집은 일반 민가와 달라 사또의 명령이 미치지 않았던 모양이다.

들어가서 잠시 앉아 있었더니 비가 그쳤다. 시각은 이경[14]에 가까워지고 있었다. 구름도 걷혀 달이 휘영청 밝게 떴다. 빛나는 달빛이 사람을 비추며 거적문 틈으로 들어왔다. 달빛은 아주 작은 털까지도 골라낼 수 있을 만큼 밝았다. 공은 굶주림과 피곤함에 몸과 마음이 모두 제멋대로 노는 듯했다. 다른 한편에서는 파고드는 분노와 억울함에 눈을 붙일 수 없었다.

그때 홀연 발자국 소리가 들렸다. 소리는 점점 가까워지더니, 거적문 밖에 이르러서 그쳤다. 공이 목을 늘여 내어다보니, 남다른 용모에 달마저 움직이게 할 것 같은 이목구비를 갖춘 여인이 서 있었다. 그녀가 문을 두드리며 말했다.

"이 움집에 서울에서 오신 손님이 계시죠?"

공은 사또가 시킨 것인가 의심하여, 갖바치를 불러 숨겨달라고 했다. 여인이 말했다.

"어찌 저를 속이려 드시나요?"

그러면서 곧장 문을 밀치고 들어왔다. 공은 피할 곳이 없었다. 여인이 공을 가리키며 말했다.

"맞군요. 두려워 마세요."

공이 찾아온 사연을 묻자, 여인이 말했다.

---

14 이경(二更): 저녁 9시부터 11시까지.

"첩은 이 고을에서 술 시중을 드는 기생입니다. 사또께서는 언제나 보리술〔麥酒〕과 다시마로 사람들을 대접했지요. 첩은 일찍부터 그가 재물만 아끼며 사람은 경멸하는 것을 증오하고 있었습니다. 그런데 이런 대접을 받는데도 사람들은 모두가 그것을 달게 드시더군요. 첩은 그런 행위가 천한 장부들이나 하는 짓이라고 생각했지요. 그들 모두를 기개 없는 사람들로 여겼더랬지요. 그런데 오늘 상공께서는 비록 굶주리고 피곤한 게, 마치 가뭄에 비가 내리지 않아 바싹 말라버린 땅과 같은 지경인데도 당당히 일어나서 상을 차시는 것을 보고 평범한 인물이 아니라는 것을 알았습니다. 이런 지기(志氣)를 가지고 있는데, 어찌 부귀가 따르지 않겠습니까?"

공은 재삼 이어지는 칭찬이 가당치 않다며 손을 내저었다.

그럴 즈음에 어린 여종 하나가 옻칠한 함 하나를 머리에 이고 왔다. 기생이 함을 공 앞에 놓았는데, 그 안에는 밥, 국, 고기, 식해 등 모든 것이 깔끔하게 담겨 있었다. 공이 수저를 들고 음식을 탐하는데, 순식간에 다 먹어치웠다. 음식이 입에 맞지 않는 게 없었다. 공은 입이 마르게 칭찬하며, 뼈에 새길 만큼 깊이 고마워했다. 기생이 말했다.

"이미 서로 이야기하는 것도 허락하셨으니, 바라건대 잠시 제 집[15]으로 가셔서 품고 있는 속내나 펴보시지요."

공은 그녀를 따라 그곳으로 갔다. 그 집은 녹색 창에 붉은 대문, 산초 열매를 섞어 바른 벽〔椒壁〕[16]에 하얀 담장을 두르고 있었다. 기둥에는 당시(唐詩)가 마주 보게 붙어 있고, 마당에는 많은 골동품들이 진열되어 있

---

15 제 집: 폐려(弊廬). '자기 집'의 겸사.

16 초벽(椒壁): 초벽은 산초 열매를 섞어 바른 벽인데, 산초는 열매가 많이 열리므로 자손의 번성을 기원하는 뜻으로 바른다. 그렇게 초벽을 바른 초방(椒房)은 보통 후비(后妃)의 방을 지칭한다.

었다. 청동화로에는 용유[17]를 쪄서 향기가 스며들게 했고, 등잔불도 휘황찬란하게 빛났다. 무늬를 수놓은 비단들은 그 불빛을 받아 반짝거렸다. 기생은 공에게 수놓은 방석에 앉게 했다. 그리고 속마음을 털어놓고 이내 물었다.

"천 리나 떨어진 곳에 있는 사람을 찾아와야 할 만큼 급히 봐야 할 일[18]이 무엇인지요?"

공이 실상을 말하자, 기생은 눈살을 찌푸리고 이마를 찡그리며 불쌍히 여기는 빛을 비췄다. 밤이 깊어 잠자리에 들었다. 기생이 공을 껴안고 한 이불을 덮으니, 운우(雲雨)의 즐거움[19]으로 잠자리가 어지러웠다.

날이 밝았다. 기생은 먼저 일어나 비단 상자에서 말쑥한 옷 한 벌을 꺼내 공에게 주었다. 공은 거절하지 않고 입었는데, 몸에도 딱 맞아 잘 어울렸다.

공은 사랑에 빠져 거기에서 벗어나지 못했고, 그 집에서 머문 지도 몇 달이 지났다. 그러자 기생이 그를 타이르며 말했다.

"상공께서는 어찌하여 여기에서 오랫동안 머물러 계시는지요?"

"집에서는 처자식이 추위에 떨며 굶주리고, 종들은 누렇게 뜬 채 이제나저제나 내가 돌아오는가 하며 멀리 바라보는 눈이 시렸을 것을 내 왜 모르겠는가. 나 또한 깊이 생각하고 또 생각하고 있네. 그러나 빈손으로 그저 돌아가면, 집안사람들을 볼 면목이 없지 않은가. 더구나 지금은 주머니도 텅 비어 동전 한 닢(青蚨)[20]조차 없네. 어떻게 천릿길을 떠날 수 있

---

17 용유(龍乳): 용의 젖인데, 구체적으로 무엇인지 분명치 않다.

18 소간(所幹): 볼일.

19 체우약운(殢雨弱雲): 남녀 간의 사랑이 거침없음을 비유적으로 이르는 말.

20 청부(青蚨): 구멍 뚫린 동전, 즉 돈. 《수신기(搜神記)》에 청부충(青蚨蟲) 모자(母子)의 피를 동전에 발라놓으면, 어디에 있든 서로 날아와 같은 장소로 모여든다는 고사에서 유래한 것이다.

겠나? 무엇이든 하고 싶은데, 어떻게 할 수가 없네. 이래서 내가 결정을 내리지 못한 채 주저하며 허송세월만 하고 있는 것이라네."

"대장부라면 세상에 나서서 힘을 써야 하거늘, 어쩌자고 변두리에 눌러앉아 세월만 보내십니까? 옛사람 중에는 뽕나무 아래서 일을 도모한 사람도 있었다지요.[21] 첩은 비록 여자지만 어찌 지각이 없겠습니까? 노자는 첩이 이미 헤아려 준비해 놓았습니다."

공은 기대하지 않았던 말을 듣고 몹시 기뻤다. 다음 날, 문 밖에서 말 두 마리가 투레하는 소리가 들렸다. 공이 사연을 묻자 기생이 말했다.

"공을 위해 준비했습니다."

공은 고마웠지만 선뜻 받을 수가 없었다. 그러자 기생이 다시 말했다.

"한 필은 상공이 타십시오. 그리고 다른 한 필에는 얼마간의 의복을 마련해 수레에다 실어놨습니다."

그러고는 두 개의 채색 상자에다가는 베, 담비 가죽, 진귀한 다리, 은화를 담아 수레에 실은 후 서둘러 떠나게 했다. 공은 눈물을 뿌리며 이별했다. 기생의 의리에 감복하고 그녀의 정에 이끌렸던 공은, 돌아가는 길에도 자꾸자꾸 북녘으로 고개를 돌려 바라보며 그리워했다.

집에 돌아온 공은 가지고 온 물건으로 혼수를 갖춰 혼인을 시켰다.

그해 가을에 치러진 과거 시험에서 그는 장원 급제를 하여 처음으로 벼슬길에 나아갔다. 그리고 얼마 지나지 않아 홍문관에 들어가 숙직[22]을 하게 되었다. 그때 숙종이 숙직하는 신하를 급히 불렀다. 공이 명령을 받

---

21 모어상하(謀於桑下): 《사기》〈진문공(晉文公)〉 '중이(重耳)'에 나오는 고사. 중이가 제나라 여자를 총애하여 떠나지 않는다. 조최와 구범이 뽕나무 아래서 모의하여 그를 해치려 하자, 주인 강씨가 알고 중이에게 서둘러 떠날 것을 권했다. 여기서는 가만히 있다가 김우항이 죽임을 당할 수 있음을 기생이 고사를 들어 깨우친 것이다.

22 청릉(靑綾): 푸른 깁으로 만든 이불로, 궁중에서 숙직하는 것. 한나라 때 상서랑이 건례문에서 숙직할 때에는 푸른 비단 잠옷을 지급했다고 한 데서 유래한 말.

고 곧바로 들어가 뵈니, 임금이 말했다.

"지금 북쪽 지방은 거듭해서 흉년이라 하네. 홍수와 가뭄이 계속된 데다 중앙에서 멀리 떨어져 있어서 조정의 명령도 행해지지 않는다고 하더군. 거기에 수령들도 탐욕스럽게 백성들의 살을 바르고 뼈를 깎아내면서까지 수탈한다고 들었네. 그대를 안렴사[23]로 제수하여 급히 보내니(乘傳)[24], 그대는 신분을 숨기고 마을에 들어가 선한 것과 악한 것을 분명히 밝힘으로써 내 명령이 지닌 가치를 떨어뜨리지 않게 하라."

왕명을 받은 공은 감격하고 황공하여, 곧바로 해진 적삼을 입고 비밀리에 함경도로 잠입했다. 그리고 시골집에 들어가 밥을 빌어먹으며 수령의 정치 실적(政績)을 탐문했다.

그러다 하루는 날이 저물어 단천에 이르렀다. 공은 기생의 옛 은혜가 떠올라 마음이 벅차 가장 먼저 달려가고자 했다. 그러다가 한번 속여 그녀의 마음이 어떠한지를 떠보고 싶었다. 문 앞에 당도해서 외쳤다.

"밥 한 덩이만 보태줍쇼. 남은 밥이 없으면 돈 한 푼이라도 줍쇼."

그렇게 두 번을 외쳤다. 기생은 창문을 통해 들려오는 소리를 듣더니 놀라움과 기쁨을 이기지 못했다. 머리를 다듬을 새도 없이 급히 마루에서 내려오는데, 신발도 제대로 신지 못했다. 공을 보고 잡아끌어 안으로 들어오며 말했다.

"어쩌다가 이리되시었소?"

공이 길게 한숨을 내쉬고 말했다.

"말하자면 끝이 없네. 그때 이별하고 절반이나 갔을까…… 중간에서

---

23 안렴사(按廉使): 고을의 풍속을 관찰하라고 중앙에서 보낸 관리. 행차를 숨기고 비밀리에 업무를 수행하기도 한다.

24 승전(乘傳): 역참에 비치한 말이나 수레를 타고 급히 떠나는 것.

도적을 만나 노자와 말까지 모두 빼앗겼네. 처자식 보기가 부끄러워 집에 돌아가지도 못하고, 그저 길거리를 떠돌며 밥을 빌어먹으며 지금껏 연명했네. 의지할 데라곤 아무 데도 없더군. 끝없는 이 세상에서 그래도 기댈 언덕은 자네밖에 없었네. 다시 오기는 했지만, 이런저런 심란한 마음에 차마 선뜻 들어올 수도 없더군. 그래서 밖에서 시끄럽게 떠들었던 것이네."

"여기저기를 힘들게 다니셨다니[25] 굶주림이 심하셨겠습니다. 어떻게 요기를 한담……. 제가 마침 저녁을 먹으려고 막 한술 뜨던 참이니, 우선은 그거라도 함께 듭시다."

공을 데리고 와서, 한 밥상에 마주 앉아 밥을 먹었다. 식사를 마치자, 기생은 새로 지은 옷 한 벌을 주어 갈아입게 했다.

"제가 공을 위해 이왕에 옷을 짓고 인편에 부치려고 한 지도 오랩니다. 그러나 소식을 전할 기러기도 날아가 버리고 물고기도 숨어버려서[26] 여태껏 보내지 못했지요. 뜻밖에 오늘 작은 정성이나마 보일 수 있게 되었군요."

공은 해진 옷을 벗더니, 그 옷을 단단히 묶어 머리맡에 두었다. 그걸 보고 기생이 말했다.

"해지고 떨어져 더 꿰맬 데도 없는 옷을, 다시 입지도 못할 옷을 뭐에 쓰려고 그리 두십니까?"

옷을 집어 창밖으로 던져버렸다. 공은 급히 마당으로 내려가 그것을 가지고 올라오는데, 마치 누군가 먼저 가져갈까 봐 두려워하는 모양이었다. 기생이 다시 낚아채서 던지니, 공은 다시 내려가 즉시 주워 왔다. 이

---

25 발리(跋履): 발리산천(跋履山川). 여행길이 힘들고 어려움.
26 안래어침(鴈飛魚沉): 서신이 끊겨 소식이 단절된 것을 비유하는 말.

런 일이 세 번이나 반복되었다. 그러자 기생은 공을 빤히 쳐다보았다. 한참 동안 그렇게 바라보던 기생은 갑자기 얼굴빛을 바꾸어 화를 내며 말했다.

"첩은 오직 정성과 공경하는 마음으로 공을 우러르며 대접했거늘, 공께서는 도리어 거짓된 마음으로 조작하여 응대하심은 무엇 때문이십니까?"

공이 깜짝 놀라 말했다.

"왜 그러느냐?"

"공께서 이미 새 옷으로 갈아입었는데도 지극한 정성〔苦心血誠〕[27]을 들이면서 해어진 옷을 버리지 못함은 장차 쓸 곳이 있어서겠지요? 암행어사가 아니라면 어찌 그리하겠습니까?"

그러고는 소매를 뿌리치며 일어섰다. 공은 웃으면서 잡아끌어 앉히고 말했다.

"과연 내가 과거에 급제하고 이제 막 이 직책을 맡아 자네를 만나러 왔네. 그렇지만 어떻게 내 스스로 '내가 어사다.'라고 말할 수 있겠느냐?"

기생은 그제야 마음이 풀렸다. 그러더니 다시 물었다.

"앞으로 이 고을 사또는 어떻게 하시렵니까?"

"그게 가장 난처한 일이야. 이 고을 수령이 탐학하여서 백성을 병들게 한 죄가 너무 많아 그 죄를 다 기록하기 어려울 정도지.[28] 내가 만일 수령의 허물과 악행을 들춰서 파직을 시키면, 이는 친척 간에 화목함을 꾀하는 풍속이 아니요, 그렇다고 만약 숨겨서 보호하면, 이는 알면서도 고발하지 않는 형세로, 나랏일을 돌보지 않는 게 되네. 어쩌면 좋을지……."

---

27 고심혈성(苦心血誠): 온 마음과 힘을 다하는 지극한 정성.

28 경죽난서(磬竹難書): 저지른 죄가 너무 많아 모두 다 적을 수 없음.

"만일 이 일을 주달하여 끝내 법으로 다스린다면, 사람들은 반드시 공께서 전날 품었던 분노를 드러냈다고 하겠지요. 그렇다고 만일 그대로 두고 논하지 않는다면, 사적인 일로 공론을 배척하는 꼴이 됩니다. 두 가지 모두 결코 행할 수 없는 일입니다. 만약에 공께서 몰래 사또를 만나 뵙고 죄와 허물을 따지신 후에 타일러 스스로 물러나게 할 수 있다면, 이것이야말로 이른바 두 가지 모두를 얻는 게 아니겠습니까? 어떠하신지요?"

"네가 나보나 훨씬 낫구나!"

기생은 공을 불러 붓을 들게 하고 사또가 불법하게 저지른 일을 들춰냈다. 법을 빙자해 곳집에 쌓아둔 곡식을 몰수해 갔던 일[29], 교활하게 시세를 조장해 백성의 재산을 빼앗음으로써[30] 사람들이 공동으로 등장[31]을 올렸던 일 등을 정리하여 기록하게 했다.

밤이 되었다. 기생은 공을 인도하여 몰래 동헌으로 들어갔다. 사또는 앉아 있다가 공을 보고 깜짝 놀랐다. 이미 그가 과거에 급제하여 벼슬길에 나아간 것〔釋褐〕[32]을 알고 있었기 때문이다. 사또가 일어나 몸을 떨며 말했다.

"귀하신 분께서 어떻게 여기까지 행차하셨습니까?"

"내가 어명을 받들고 이곳에 왔습니다. 그대가 다스리는 고을〔貴府〕에도 이르게 된 터라, 몰래 뵙고자 하여 왔소. 그간 별고나 없으셨는지……. 살피지도 못했습니다."

사또는 황공하여 무릎을 꿇고 두 손을 올려 절을 하는데,[33] 손과 다리

---

29 건몰(乾沒): 법에 걸린 물건을 관아에서 몰수함.
30 조등(刁蹬): 농간을 부려 물가를 터무니없이 오르게 하는 일.
31 등장(等狀): 여러 사람이 연명하여 관아에 무엇을 하소연하는 일.
32 석갈(釋褐): 문과에 급제하여 처음으로 벼슬을 함.

가 후들거렸다. 공이 말했다.

"이 고을에 도착해서 그대의 정치 실적도 살펴보았습니다. 원망하고 헐뜯는 소리가 길에 자자하여, 귀를 막고 있어도 막을 수 없을 지경이었소. 피차가 서로 불행함은 더 말할 것도 없겠지요. 도대체 어떤 패악한 정치를 하셨기에 이 지경까지 이르게 하셨습니까?"

사또는 떠듬떠듬하며 말했다.

"바라건대, 이 사람의 죄목을 듣고자 합니다."

공이 기록한 것을 건네어 보게 하니, 사또가 말했다.

"명확한 증거가 여기에 있으니 변명의 여지가 없습니다. 바라건대, 어사또께서는 그래도 뿌리가 같은 정의(情誼)를 생각하시어 큰 죄나 면하게 해주심이 어떠하신지……."

"내 어찌 수다스럽게 죄목을 들춰내어서 그대로 하여금 평생토록 벼슬을 하지 못하게 하겠습니까?[34] 그러나 나는 이미 안렴사라는 중책을 맡았소. 내 사사로운 정의 때문에 한 고을의 백성들 모두가 고초를 받게 할 수는 없는 일이잖소. 나는 모름지기 그대가, 날이 밝으면 사직을 원하는 청원서를 세 번 올린 후에 곧장 떠나셨으면 합니다. 그렇지 않으면 봉고파직[35]한 뒤에 전하께 보고서를 올리리다."

사또는 고마워하며 말했다.

"공의 포용력과 덕량은 썩은 풀도 도로 살려내고, 뼈만 남은 시신에 다시 살을 돋게 하는 것 같습니다. 어찌 감히 명령을 따르지 않겠습니까?"

공은 지체하지 않고 곧장 그 자리를 떴다. 다음 날, 사또는 약속처럼

33 막배(膜拜): 무릎을 땅에 꿇고 두 손을 들어 정성스럽게 하는 절.

34 폐고지과(廢錮之科): 평생토록 벼슬살이를 할 수 없게 하는 것.

35 봉고파직(封庫罷職): 어사가 부정이 많은 수령을 파면하고 관가의 창고를 잠그는 일.

병을 빙자해서 고향으로 돌아갔다.

공도 떠날 때가 되어 기생에게 말했다.

"내 어찌 너와 함께 돌아가 금으로 집을 지어[36] 거기에 너를 꽁꽁 숨겨 두고서 인연을 이어가고 싶지 않겠는가? 그러나 홍문관(玉署)에 직함을 둔 사람은 흐르는 물처럼 청렴해야 하는 법이네. 그러니 난간에 마구잡이로 난 풀을 뜯어서 만든 나물 반찬[37]이나 푸성귀 반찬[38]도 충분하지가 않네. 만약 네가 굶주려 눈물을 머금으며 탄식이라도 나오게 한다면, 이는 모두 내 책임이 되겠지. 내가 벼슬이 높아지고 녹봉이 많아져서 형편(事力)이 조금 나아질 때까지만 기다리고 있게. 그러면 다시 만날 날이 생길 것이네."

"첩이 어찌 공께 누를 끼치겠습니까? 마땅히 높으신 뜻을 좇겠습니다."

공은 일을 끝내고 서울로 돌아왔다.

하루는 홍문관(瀛署)에서 다시 숙직을 서게 되었다. 당시 숙종은 춘추가 많은 데다 눈에 백태가 끼어, 보는 게 흐릿했다. 그래서 매일 밤마다 궐 안에서 숙직하는 여러 신하들을 불러 한담을 나누거나 고금의 역사를 자유롭게 토론하곤 했다. 또 항간에 떠도는 이야기를 들으면서 소일거리로 삼기도 했다. 모인 신하들은 각자 자기가 보고 들은 것을 임금께 아뢰었다. 신하들이 모두 아뢰고, 이제 공의 차례가 되었다. 공은 감히 성상께서 아셔야 할 만한 이야기가 없다고 하자, 숙종은 강제로 이야기하도록 시켰다.

---

36 금으로 지은 집: 금옥(金屋). 한무제(漢武帝)의 고사에서 나온 말이다. 한무제가 어릴 적에 고모의 딸 진아교와 사랑했는데, 고모가 아교를 배필로 삼으면 어떻겠는가를 묻자, 무제가 "아교와 배필이 된다면 금옥(金屋)에 감추어 두겠다."라고 했다.

37 난간에 마구잡이로 난 풀: 목숙(苜蓿). 목숙은 '개자리'라고 하는 식물로, 말먹이로나 쓰인다. 변변찮은 음식의 대명사로 쓰인다.

38 푸성귀: 여현(藜莧). 명아주라는 식물로, 가난한 자의 시원찮은 식사를 가리킨다.

"그대는 이왕에 북방을 순행했으니, 반드시 직접 겪은 일도 있었을 게다. 그것을 말하면 되잖느냐?"

공이 바닥에 바짝 엎드려 대답했다.

"너무 비루하고 자질구레하여 감히 아뢰지 못하겠습니다."

"임금과 신하의 관계는 집에서라면 아비와 자식과 같은데, 못할 말이 뭐가 있겠느냐?"

공은 옛날 단천에서 있었던 일을 조목조목 아뢰었다. 질그릇을 굽는 가마에서 기생을 만나 음식을 먹는 부분에 이르자, 숙종은 대나무로 만든 작은 부채〔竹角小扇〕를 들어 잇따라 앞에 놓인 책상〔御床〕에 내리쳤다. 또 말을 준비해 짐을 꾸려 보내주는 대목에 이르자, 연거푸 부채를 탁자에 치며 감탄했다. 어명을 받들고 단천에 이르렀을 때, 해어진 옷을 줍는 것을 보고 어사가 되었음을 알아보는 대목에 이르자, 부채는 이미 다 부서져 버렸다.

마지막으로 밤을 타서 태수를 만나 죄상을 논한 후, 떠나기 전에 기생과 뒷날의 기약을 약속하는 대목에 이르렀을 때다. 숙종은 급히 승지를 불러들여 임금의 뜻을 담은 전지[39]를 쓰게 했다.

'함경도 관찰사는 보라. 단천 고을에서 술 시중을 드는 기생 아무개를 지체하지 말고 홍문관 관원〔儒臣〕[40] 김우항의 집으로 올려 보내게 하라. 그 결과는 즉시 내게 보고하라.'[41]

함경도 관찰사는 임금의 명령에 따라 돈과 비단을 후하게 주고서 공의 집으로 기생을 올려 보냈다.

---

39 전지(傳旨): 임금의 뜻을 관청이나 관리에게 전하는 것.

40 유신(儒臣): 홍문관 관원을 통칭하는 말.

41 계문(啓聞): 관찰사 등이 글을 써서 임금에게 아룀.

기생은 공과 부인을 마치 친부모 섬기듯 모셨다. 비복을 다스리는 데에도 한결같이 은혜와 신의로 하였고, 살림도 잘 꾸려나가 부족함이 없게 했다. 공이 조정에서 짜임새를 갖춰 한 일〔布置〕[42] 중에는 기생의 도움을 받은 게 많았다고 한다.

상국 김우항(1649-1723) | 자는 제숙(濟叔)[43], 호는 갑봉(甲峰), 본관은 김해다. 부사 홍경(洪慶)의 아들이다. 기축년(1649)에 태어났다. 기유년(1669)에 생원을 거쳐, 숙종 신유년(1681)에 대과에 급제했다. 삼사(三司)와 옥당(玉堂)을 역임했다. 계사년(1713)에 재상이 되었다. 벼슬은 우의정에 이르렀다. 75세에 기로소에 들어갔다. 여기에서 48세에 포의로 있었다며 운운한 것은 아마도 맞지 않는 사실을 억지로 끌어 붙인 말〔附會〕일 뿐이다.

---

42 포치(布置): 일을 짜임새 있게 배치하는 것.

43 김우항의 자는 '제숙(濟叔)'이 아닌 '제중(濟仲)'이다.

6

연원부원군 이광정〔李延原光庭〕

연원부원군 이광정이 양주 목사로 있을 때였다. 공은 매 한 마리를 기르고 있었다.[1] 하루는 사냥꾼에게 매를 데리고 나갔다 오도록 했더니, 그는 하룻밤을 지내고 돌아왔다. 게다가 다리까지 다쳤는지 절뚝거렸다. 공이 괴이히 여겨 까닭을 물었더니, 사냥꾼은 웃으며 대답했다.

"어제 매를 놓아 꿩 사냥을 하는데, 꿩이 달아나자 매도 덩달아 사라져 버렸습죠. 사방으로 두루 찾다 보니, 매는 어느 마을 이 좌수 집 문 앞에 있는 큰 나무 위에 앉아 있더군요. 그래서 겨우겨우 매를 불러들여 팔뚝에 앉혔지요. 그리고 막 돌아오려고 할 때였죠. 갑자기 울타리 안에서 떠들썩한 소리가 나더군요. 울타리 틈새로 엿보았더니, 마치 건장한 남자 같은 호탕한 처녀 다섯 명이 한꺼번에 우르르 나옵디다. 나오는 기세가 얼마나 맹렬한지, 저는 혹시라도 봉변이나 당할까 싶어 급히 몸을 피했습지요. 그러다가 그만 발이 미끄러져 다치게 되었습니다. 당시는 해도 거의 저문 때였지요. 저는 속으로 몹시 궁금하여 울타리 밑 수풀 속에 몸을 숨기고 그들의 하는 말을 엿들었습죠. 마당으로 나온 다섯 처녀가 서로 이야기를 하더군요.

'오늘은 마침 조용하니 또 원님 놀이나 할까?'

모두들 '좋다'고 했고요. 그러자 그들 중 서른 살쯤 되어 보이는 가장

---

1 《기문총화》에는 "매일 사냥을 나갔다. 하루는 사냥꾼으로 하여금(每作山行 一日 獵夫)"이 첨가되어 있다.

큰 처녀가 바위 위에 올라가 앉더군요. 나머지 네 처녀는 각각 좌수[2], 형방, 급창[3], 사령[4]이라 하며 바위 아래에 나란히 벌려 섰습니다.

이윽고 원님 처녀가 명령을 내렸습니다.

'좌수를 잡아들이라.'

형방 처녀가 급창 처녀를 불러 원님의 지시를 전달하고, 급창 처녀는 사령 처녀를 불러 다시 분부를 전달하더군요. 사령 처녀는 명령에 따라 좌수 처녀를 잡아다가 바위 아래에 꿇어앉게 했습니다. 그러자 원님 처녀가 큰 소리로 죄를 따져 묻더군요.

'혼인이라는 것은 사람에게 가장 큰 윤리라. 네 막내딸도 이미 시집갈 때가 지났다지. 이로써 보면, 그 위의 언니들이야 말하지 않아도 알지라. 너는 어째서 네 다섯 딸들로 하여금 공연히 인륜을 어기게 하느냐? 네 죄는 죽어 마땅할지라.'

좌수 처녀는 바닥에 엎드려 아뢰더군요.

'제가 어찌 윤리의 막중함을 모르겠습니까? 그러나 제 살림살이가 몹시 가난한지라, 혼수를 마련할 가망이 전혀 없습니다.'

원님 처녀가 말했습니다.

'혼인이란 것은 집안의 형편에 맞게 하는 것이다.[5] 홑이불 한 채만 갖춰 냉수를 떠놓고 혼례한들 어찌 잘못된 도리라 하겠느냐? 네 말은 사리에 몹시 어두운지라.'

---

2 좌수(座首): 지방 자치 기구인 향청(鄕廳)의 우두머리. 수령의 권한을 견제하는 기능을 담당했다.

3 급창(吸唱): 군아에 속해 수령의 명령을 받아 큰 소리로 전달하는 일을 맡아보던 사내종.

4 사령(使令): 관아에서 심부름하던 사람.

5 칭가지유무(稱家之有無): 《예기》 〈단궁 상(檀弓上)〉에 나오는 말로, 자유(子遊)가 상구(喪具)에 대해 묻자, 공자가 "재물이 있고 없는 것에 걸맞게 해야 한다(稱家之有無)."라고 답한 말을 인용한 것이다.

좌수 처녀가 다시 변명을 합디다.

'제 딸이 한둘이 아닌지라, 신랑감으로 택할 만한 합당한 자리도 없습니다.'

그러자 원님 처녀가 꾸짖더군요.

'네가 만일 정성을 다해 널리 구하려고만 한다면, 어찌 찾지 못할 리가 있겠느냐? 이 고을에 들리는 자들로만 한정해도, 아무 고을의 송 좌수와 오 별감, 아무 고을의 정 좌수와 김 별감, 최 향소[6] 집에 모두 신랑감이 있지 않느냐? 이들만으로도 다섯 딸의 배필을 정할 수 있을 게다. 그들은 너와 비교해 지위나 덕망[7]이 서로 비슷한지라. 무슨 불가함이 있단 말이냐?'

좌수 처녀가 말했지요.

'삼가 가르치신 말씀을 받들어 혼인하겠다는 뜻을 전해보겠습니다. 하지만 저들은 필시 제 집이 가난하다는 이유를 들며 즐겨 허락하진 않을 것입니다.'

원님 처녀가 말했습니다.

'네 죄는 마땅히 태형(笞刑)으로 다스리는 게 마땅하도다. 그러나 지금은 짐짓 십분 참작할 것이니, 너는 가서 속히 혼사를 의논하여 혼례를 시키는 것이 옳도다. 그렇지 않으면 나중에 엄히 다스리리라.'

그러고는 죄인을 끌고 나가라고 하더군요.

그렇게 놀고 난 후에, 다섯 처녀들은 서로 한바탕 크게 웃더니 떠들썩하게 흩어져 가더군요. 그들의 형상이 몹시 우스워 마치 허리가 꺾이는

---

6 향소(鄕所): 유향소(留鄕所). 지방의 수령을 보좌하던 자문 기관.

7 지추덕제(地醜德齊): 《맹자》 〈공손추 하(公孫丑下)〉에서 유래한 말로, 서로 조건이 비슷함을 이른다.

줄 알았습니다. 그걸 보고 나서 거길 떠나 여관에서 잠을 잔 후 지금에서야 비로소 돌아오게 되었습니다."

연원도 듣고 한바탕 크게 웃었다. 그러고는 향소(鄕所)를 불러 이 좌수의 집안 내력과 형편, 그리고 자녀의 수를 물었더니, 향소가 대답했다.

"이 고을에서 일찍이 좌수(首鄕)[8]를 지낸 사람입니다. 집안 형편이 매우 어려운 데다 아들 없이 딸만 다섯을 두었습죠. 잡이 가난한 탓에 딸 다섯이 모두 때를 넘겼지만, 여태 혼인을 시키지 못했습죠."

연원이 즉시 예방으로 하여금 간단한 글(告目)[9]을 써서 이 좌수를 청해 오도록 했다. 얼마 지나지 않아 이 좌수가 와서 뵈었다. 연원이 말했다.

"그대가 일찍이 좌수로 있을 때에 일 처리가 밝았다고 들었소. 그래서 내가 그대와 일을 의논하고자 했는데, 여태 실행에 옮기지 못했소이다."[10]

그러고는 자식을 얼마나 두었는지를 물었다. 좌수가 대답했다.

"제 운명이 기구하여 아들 하나를 길러보지 못하고, 그저 쓸데없는 딸만 다섯을 두었습니다."

"모두가 진즉 시집을 갔겠구려?"

"여태 한 아이도 혼인을 시키지 못했습니다."

"나이가 각각 얼마나 되었는데?"

"막내딸도 이미 혼기가 지났습니다."

연원은 아까 들었던 원님 처녀가 지시했던 말 그대로 하나하나를 물었다. 좌수의 대답은 과연 아까 좌수 처녀가 했던 대답과 같았다. 연원은 이에 아무 좌수, 아무 별감, 아무 향소의 집을 나열한 후, 태수 처녀가 했던

---

8 수향(首鄕): 좌수(座首)의 별칭.

9 고목(告目): 지방 관아의 향리가 상관에게 공적인 일을 알리거나 문안하는 간단한 문서 양식.

10 미과(未果): 결과를 짓지 못함.

말 그대로 물었다.

"어째서 거기와는 혼사를 의논하지 않소?"

"저들은 필시 제 집이 가난하다는 이유를 들며 혼사를 시키려 하지 않을 것입니다."

"그렇다면 이 일은 내가 마땅히 중매를 서보지요."

연원은 이 좌수를 돌려보냈다. 그리고 다시 예방에게 다섯 명의 향소를 불러들이게 했다. 연원이 말했다.

"그대들 집에는 모두 신랑감이 있다고 들었습니다. 맞습니까?"

"과연 있습니다."

"그동안에 혼인은 시키셨습니까?"

"아직 혼처를 정하지 못했습니다."

"내가 들으니, 아무 마을 이 좌수 집에 딸이 다섯이나 있다고 합디다. 어째서 그 집과 혼담을 나눠 사돈 관계를 맺으려 하지 않으시는지요?"

다섯 사람은 주저하며 즉시 대답하지 못했다. 이에 연원이 정색하고 말했다.

"저 사람도 향족이고 당신들도 향족이지요. 문호가 서로 맞는데도 그대들이 그렇게 하지 않음은 오직 빈부를 따져서 그런 것이겠죠. 만일 그렇다면 가난한 집 딸은 앞으로도 머리를 땋아 늘어뜨린 채로 살다가 늙어 죽어야겠네요. 내 나이와 지위를 당신들과 비교해 보세요. 과연 어떠하신가요? 결코 낮지 않은 위치지요. 그런 내가 이미 말을 뱉었는데, 그대들이 감히 따르지 않겠다고 하지는 않겠죠?"

그러고는 다섯 장의 종이를 꺼내 다섯 사람 앞에 가져다 놓게 했다.

"각자 아들의 사주를 쓰시지요."

말을 하는 연원의 얼굴빛이 자못 매서웠다. 다섯 사람은 두려워 바짝 엎드린 채 말했다.

"삼가 가르침을 받들겠습니다."

다섯 사람은 각자 사주를 써서 바쳤다. 연원은 사주에 써낸 것을 보고 그들의 나이가 많고 적음에 따라 다섯 딸의 혼처를 차례로 정했다. 그러고는 술과 안주를 잔뜩 먹인 후, 다섯 사람에게 각각 모시 한 필씩을 주며 말했다.

"이것으로 도포를 짓도록 하세요."

다시 분부를 내렸다.

"이 좌수 집 다섯 딸의 혼수는 관아에서 준비할 것이니, 그 집에서 걱정하지 않게 하라."

그리고 곧장 날을 잡게 했는데, 혼인할 날이 불과 며칠 뒤였다. 이에 베와 비단, 돈과 곡식을 보내 급히 혼수를 마련하도록 했다.

잔칫날, 연원은 이 좌수의 집으로 갔다. 천막과 병풍 등은 관아에서 빌려다 설치했고, 마당에는 다섯 개의 상이 차려져 있었다. 다섯 쌍의 신랑과 신부가 한꺼번에 혼례를 행하니, 사람들이 빙 둘러서서 구경하는 게 마치 담장을 친 것과 같았다. 그들은 모두 감탄하기를 마지않았다.

그 뒤 연원의 자손들은 번성하고 현달했는데, 그것은 실로 연원이 선행을 베푼 결과에서 비롯된 경사였다고 한다.

연원 이광정(1552-1629) | 자는 덕휘(德輝), 호는 해고(海皐), 본관은 연안이다. 분봉(盆峯) 주(澍)의 아들이다. 선조 계유년(1573)에 진사를 거쳐, 경인년(1590)에 문과에 급제했다. 호성공신(扈聖功臣)으로 책훈되었다. 벼슬은 이조판서에 이르렀다. 청백리에 녹훈되었다. 기로소에 들어갔다. 78세에 죽었다. 연원은 그의 군호[11]다.

---

11 군호(君號): 왕이 군으로 봉한 이름. 여기서는 부원군의 호를 말한다.

7

영성군 박문수〔朴靈城文秀〕

영성군 박문수가 어사로 비밀리에 다니면서 어느 고을로 향하고 있을 때였다. 날이 이미 어두워졌지만 밥도 먹지 못하고 굶주려 있었던 그는, 마침 어느 한 집을 찾아 들어갔다. 거기에는 열대엿 살 정도 되어 보이는 아이가 있었다. 박문수가 아이에게 다가가 밥 한 사발만 얻어먹자고 부탁했더니, 아이가 대답했다.

"저는 홀어머니를 모시고 있는데, 집이 몹시 가난하여 불을 때지 못한 지도 벌써 며칠이 되었습니다. 손님께 드릴 밥이 없습니다."

박문수는 피곤했던 탓에 잠시 앉아 있었다. 그런데 아이는 후미진 서북쪽 한 귀퉁이[1]에 매달아 둔 종이 봉지를 자꾸 쳐다보며 부끄러워하는 얼굴빛을 짓는 것이었다. 그러더니 곧장 봉지를 내리고서 안방으로 들어가 버렸다. 그 집은 두어 칸밖에 안 되는 초가인지라, 문 안이 곧 안방이었다. 밖에 앉아 있어도 안에서 하는 소리가 모두 들렸다. 방 안으로 들어간 아이가 어머니를 불러 말했다.

"밖에 과객이 들었는데, 식사 때를 놓쳐 밥을 청합니다. 사람의 굶주림을 보고 어찌 돌아보지 않겠습니까? 그런데 양식이 모두 떨어져 대접할 게 없으니, 이것으로라도 밥을 지어 드리려 합니다."

---

1 옥루(屋漏): 방의 서북쪽 구석으로, 사람의 눈길이 닿지 않는 곳. 《시경》〈억(抑)〉의 "네가 네 집에 있을 때에 보니, 옥루에 있을 때에도 부끄러움이 없었네(相在爾室 尙不愧于屋漏)."라는 말에서 나왔다.

"그러면 네 아비 제사는 빼먹을 셈이냐?"

"사정이야 절박하지만, 그래도 당장 눈앞에 굶주린 사람을 보고서도 어찌 구제하지 않을 수 있겠습니까?"

어머니는 쌀을 받아서 밥을 지으러 갔다. 박문수는 이미 그 말을 들은 터라, 마음으로 몹시 측은하게 생각하던 차였다. 아이가 밖으로 나오자, 박문수는 그에게 사연을 물었다. 아이가 대답했다.

"귀하신 손님께서 이미 들어 아신다 하니 속일 수가 없군요. 사실 제 아버님 제사가 머지않았는데, 제사를 그냥 지나칠 수는 없잖습니까? 그러던 차에 마침 쌀 한 되가 생겼기에, 그것을 종이 봉지에 담아 매달아 두었습죠. 비록 끼니를 거른다 해도 그것만은 먹지 않았답니다. 그런데 지금 손님께서 굶주려 계신데도 대접할 만한 양식이 없기에, 부득이하여 이것으로 밥을 짓게 했습니다. 불행히도 손님께서 이미 들으셨다고 하니, 부끄러움을 이길 수 없습니다."

이렇게 서로 이야기를 나눌 즈음에 어떤 종이 와서 외쳤다.

"박 도령! 얼른 나오시오!"

아이가 애걸하며 말했다.

"오늘은 내가 갈 수 없네."

박문수가 아이의 성을 물어보니, 곧 자신과 같은 집안 종파〔同宗〕였다. 또 물었다.

"저기 온 자는 누군가?"

"이 고을 좌수 댁 종입니다. 제 나이가 어느 정도 장성하게 되었을 때죠. 모친께서는 좌수에게 딸이 있다는 말을 듣고 사람을 보내 혼담을 꺼낸 적이 있었답니다. 그런데 좌수는 그것이 자신에게 욕을 보인 것이라 운운하며 매번 종을 보내 나를 잡아오라고 합니다. 가면 머리채를 잡아 끌며 모욕을 주는데, 차마 하지 않는 짓이 없답니다. 지금도 또 잡아가려고 온 게지요."

그러자 박문수가 나가 종을 대면하고 말했다.

"나는 이 아이의 숙부다. 내가 대신해서 갈 것이다."

식사를 마친 후, 박문수는 종을 따라서 갔다. 좌수는 높은 마루에 앉은 채로 아이를 잡아들이게 했다. 안으로 들어선 박문수는 곧장 마루 위로 올라가 앉은 뒤에 말했다.

"내 조카의 문벌은 양반으로, 오히려 당신보다 낫소. 그러나 집안이 가난한 까닭에 당신에게 통혼을 했던 것이지요. 당신이 만약 생각이 없으면 그만두면 될 일이지, 어찌하여 매번 잡아들여 욕을 보인단 말이오? 당신이 이 고을 좌수〔首鄕〕랍시고 권력을 행사하느라 그러는 게요?"

좌수는 몹시 화를 내며, 오히려 박문수를 데려온 종을 잡아다가 꾸짖었다.

"내가 네게 박 도령을 잡아오라 했거늘, 너는 어쩌자고 이런 미치광이 길손을 잡아와서 네 상전에게 욕을 보이도록 한단 말이냐? 네 죄는 마땅히 볼기를 맞으리라!"

박문수가 소매에서 마패를 살짝 드러내 보이며 말했다.

"네 어찌 감히 이리하느냐?"

좌수가 마패를 언뜻 보더니, 얼굴은 흙빛이 되어 섬돌 아래로 급히 내려가 바닥에 바짝 엎드린 채 아뢰었다.

"죽을죄를 지었습니다. 죽을죄를 지었습니다."

박문수가 말했다.

"네가 혼인을 시키겠느냐?"

"어찌 감히 혼인을 시키지 않겠습니까?"

"내가 책력을 보니, 사흘 뒤가 길일인지라. 그날 내 마땅히 신랑과 함께 올 것이다. 너는 혼례 치를 준비를 하고 기다리도록 하라."

"삼가 받들겠습니다."

박문수는 문을 나서 곧바로 읍내에 들어갔다. 어사출또를 한 뒤에 고을 수령에게 말했다.

"내게 조카가 있는데, 아무 마을에 삽니다. 이 고을 좌수와 혼담을 나누었는데, 잔칫날이 아무 날이랍니다. 그날 혼인에 필요한 주변 물건들과 잔치에 필요한 물품은 관아에서 준비해 주시면 좋겠습니다."

"이는 좋은 일이지요. 어찌 넉넉하게 돕지 않을 수 있겠습니까? 마땅히 분부하신 대로 따르겠습니다."

또 이웃 고을 수령들도 잔치에 초청했다.

혼인날이 되었다. 박문수는 자기가 머물러 있는 곳으로 신랑을 불러와서 예복을 갖춰 입게 했다. 그리고 박문수 자신도 위의를 갖춰 신랑의 뒤를 따라갔다.

좌수의 집에는 이미 하늘까지 닿을 듯이 높게 친 구름 같은 차일이 세워져 있었다. 술과 음식들도 모든 상 위에 가득하게 차려져 있었다. 가장 중앙에 놓인 자리에는 박문수가 가서 앉고, 그를 중심에 두고 여러 수령들이 쭉 늘어앉았다. 좌수의 집안은 한층 더 빛이 났다.

혼례를 치르고 신랑이 나오자, 박문수는 좌수를 잡아들이도록 명령했다. 좌수는 머리를 조아린 채 말했다.

"소인은 분부에 따라 혼례를 치렀습니다."

"네 논과 밭이 얼마나 되느냐?"

"몇 섬지기[2]입니다."

---

2 섬지기: 논밭 넓이의 단위. 한 섬지기는 볍씨 한 섬의 모 또는 씨앗을 심을 만한 넓이로, 한 마지기의 열 배다. 지금 단위로 곧장 대입할 수 없지만, 보통 논은 약 2000평, 밭은 약 1000평 정도로 보면 무방하다.

"그걸 반으로 나눠 사위에게 주겠느냐?"

"어찌 감히 그리하지 않겠습니까?"

"노비와 소와 말은 얼마나 되며, 그릇과 세간이 얼마나 되느냐?"

"노비 몇 구, 소와 말이 몇 필, 그릇 몇 건, 세간이 몇 개입니다."

"그 또한 반으로 나눠 사위에게 주겠느냐?"

"어찌 감히 그리하지 않겠습니까?"

박문수는 즉시 그를 확인하는 증명서(文記)[3]를 쓰게 했다. 그리고 증명서 첫머리에 증인 '어사 박문수'라 한 후, 이어서 '이곳 수령 아무개'와 '아무 고을 수령 아무개'를 나란히 쓴 후 마패로 인(印)을 쳤다.[4] 그러고 난 후에 그는 몸을 돌려 다른 고을로 떠났다.

영성군 박문수(1691-1756) | 자는 성보(成甫), 호는 기은(耆隱), 본관은 고령이다. 부사 항한(恒漢)의 아들이다. 숙종[5] 계묘년(1723)에 대과에 급제했다. 분무공신(奮武功臣)에 책록되었다. 벼슬은 판돈령(判敦寧)에 이르렀다. 시호는 충헌(忠憲)이다. 영성은 그의 군호다. 일찍이 영남 지방 관찰사를 지냈다. 그러나 그의 관직을 살펴봐도 암행어사의 직임을 받은 일이 없다.[6] 항간의 이야기에서만 팔도 어사가 되었다고 운운할 뿐이다.

3 문기(文記): 땅이나 집 따위의 소유권이나 어떤 권리를 증명하는 문서.

4 인(印)을 치다: 도장을 찍다.

5 박문수는 숙종 때가 아닌 경종 3년(1723)에 문과에 급제했다. 숙종은 경종의 오류다.

6 실제 박문수는 1731년에 영남감진어사(嶺南監賑御史)를, 1750년에는 수어사(守禦使)를 지냈다. 백두용 당시에는 그 기록을 확인하지 못한 듯하다.

8

참판 여동식〔呂參判東植〕

참판을 지낸 여동식이 영남우도 어사가 되었을 때다.[1] 진주에 도착했을 즈음에서 우연찮게 그를 따르던 일행들과 떨어지고 말았다. 거기에 날까지 어두워졌지만, 투숙할 만한 곳도 찾지 못했다.

그러던 중, 마침 길가에 초가 하나가 있기에 거기로 다가가 문을 두드렸다. 어떤 사람이 나와 어사를 맞았는데, 그는 양반이었지만 아직까지 결혼하지 못한 채 머리를 늘어뜨리고 있었다. 하룻밤 머물렀다 가자고 부탁하니, 그 사람은 조금도 난처해하는 기색 없이 바로 허락했다. 그러고는 방으로 맞아들여 정성스레 접대하다가, 이윽고 누이를 돌아보고 '저녁밥을 준비해 올리라'고 말했다.

밤이 되자, 그 사람은 손님과 함께 윗목에서 자고, 누이는 아랫목에서 잤다. 어사는 그가 말하는 자세나 행동거지를 살피고 더불어 이야기를 나누다 보니, 그의 사람됨이 자못 사랑스러웠다. 게다가 남매는 같은 방에서 지내면서도 내외의 구분이 엄격했다. 어사는 마음속으로 기특하게 생각하며 물었다.

"나이가 이미 많은 듯한데, 무슨 이유로 여태 장가를 들지 않았소?"

"집이 가난하다는 이유로 사람들 모두가 원하지를 않더군요. 앞마을 부잣집 영감과는 일찍이 사위를 맞는 절차까지 이야기가 되었지요. 하지만 거기도 가난함이 싫었나 봅니다. 지금 갑자기 약속을 저버리고 다른

---

1 여동식이 경상우도 암행어사를 지낸 때는 1808년이다.

곳 부잣집에 정혼하더니, 내일 예식을 행한다고 하더군요."

"당신의 누이도 정혼한 데가 없소?"

"누이 또한 정혼한 데가 없습니다."

어사는 이들 남매가 혼인할 때를 넘긴 게 가여웠다. 게다가 앞마을 부잣집 주인이 단지 가난하다는 이유만으로 혼인을 물렸다는 것에 화가 났다. 다음 날, 어사는 곧바로 부잣집으로 가서 밥을 구걸했다.

그 집은 대문이 높고 컸다. 뜨락도 넓었다. 마당에는 차일이 높게 쳐 있었고, 사람들이 앉는 자리도 넓게 펼쳐져 있었다. 채색 병풍으로 주위를 둘러쳐, 이제 막 신랑이 오기만을 기다리는 상황이었다. 집 안에는 하객들로 꽉 들어찼고, 마당에는 일하는 노복들이 가득했다. 노복들은 솥과 상과 그릇 따위를 죽 벌여놓고 있었다. 고기와 생선도 삶고 끓였다. 거기에 진귀한 반찬들까지 만들어 마당에서 집 안으로 차례대로 나르고 있었다. 이럴 즈음에 갑자기 밥 달라고 구걸하는 길손의 소리가 들려왔던 것이다.

주인은 종을 불러 길손을 내쫓게 했다. 어사는 잠깐 쫓겨 나갔다가 다시 몸을 빼고 들어가서는 큰 소리로 외쳤다.

"이처럼 성대한 잔치에 음식이 마치 물 흐르듯이 넘쳐나는데, 어찌하여 굶주리고 딱한 사람에게 단 한 번이나마 배불리 먹게 해주지 않느냐?"

잇달아 소리 질러대며 섬돌 아래로 나아갔다. 주인은 몹시 성가셔서, 종에게 '대충 한 상을 차려서 주라'고 명했다. 종은 먹다 남은 술과 식은 떡을 얼른 그릇에 담고 그것을 작은 소반 위에 올려서 가져다주었다.

어사는 어느 틈엔가 마루 위로 재빨리 올라가서 여러 하객들이 있는 말석에 몸을 붙이고 앉았다. 또한 같은 양반끼리 박대한다는 내용의 적잖은 욕설도 퍼부었다. 주인은 매우 화가 나서 다시 종을 시켜 그를 끌어다 쫓아내게 했다.

마침 이때, 역졸 한 놈이 어사가 있는 곳을 수소문해서 문 앞에 이르렀다. 어사는 얼핏 보고 그에게 눈을 깜박거렸다. 눈짓의 의미를 파악한 역졸이 큰 소리로 외쳤다.

"어사또 출두요!"

하는 소리가 갑자기 터져 나오자, 자리에 있던 모든 사람들은 놀라 흩어지는데, 머리를 싸쥐고 쥐구멍이라도 찾듯이 분주하게 달아났다. 이른바 신랑이 될 사람도 마침 도착했다가 이런 광경을 보고 말을 돌려 급히 달아나 버렸다.

어사를 따르던 모든 일행들도 차례차례로 와서 한자리에 모였다. 어사는 마침내 중앙에 놓인 자리에 앉았다. 이어서 집주인을 잡아들여 섬돌 아래에 꿇어앉힌 후 죄를 따져 물었다.

"너는 한 고을의 큰 부자인 데다 이미 큰 잔치를 베풀고 있으면서, 거기에 잘 차린 상 하나를 내어주는 게 네게 무슨 큰 손해를 입힌다고, 명령을 내리면서까지 손님을 쫓아내라고 하느냐? 심지어 몇 차례 정성껏 구걸했는데도, 사람들이 먹다 남은 음식으로 대충 차려 주며 박대했겠다! 또한 마루 위로 올라갔을 때에는 구박하며 억지로 끌어내기도 했지. 이런 도리가 어디 있고, 이런 심보가 어디 있단 말이냐? 또한 너는 처음에 건넛마을 아무개 도령과 혼인을 의논했다가 그의 가난함을 혐의하여 혼인날에 닥쳐서야 약속을 등지고 다시 다른 사위를 불렀겠다! 이 어찌 영남에 돈후한 풍속이라 하겠느냐? 오늘은 이미 날을 잡아 혼례 자리를 마련한 상황이다. 그러니 빨리 신랑의 의복과 백마 및 청사초롱을 준비해서, 건넛마을 아무 도령을 맞이해 와서 속히 혼례를 치르도록 하라."

또 가마 하나를 보내 신랑의 누이를 태워 오게 했다. 그러고는 다시 집주인에게 명하여 활옷〔華衣〕[2]을 준비하게 한 후, 아까 도망간 신랑을 급히 불러다가 그 집에서 초례를 치르게 했다. 어사는 거기에 앉아 두 사람의 혼례가 모두 끝나는 것까지 보고 떠났다.

고을 사람들은 주인집 사람이 징계를 받은 것을 두고 시원하게 여겼고, 도령 남매의 혼사를 이리저리 변통하여 판결을 내린 데 대해서는 잘했다며 칭찬했다.

참판 여동식(1774-1829) | 자는 우렴(友濂), 호는 현계(玄谿), 본관은 함양이다. 첨지 춘영(春永)의 아들이요, 운포(雲浦) 성제(聖齊)의 오대손이다. 정조 때 대과에 급제했다. 벼슬은 예조참판에서 그쳤다.

2 화의(華衣): 활옷. 혼례 때 여자가 입던 예복.

9

안동 권 참봉(安東權參奉)

안동의 권 아무개는 경서(經書)에 대한 이론과 그 이론을 몸소 실천(行義)[1]하는 사람으로 이름이 높아, 경상도 관찰사의 추천(道薦)[2]을 받아 휘릉 참봉[3]에 임명되었다. 그때 그의 나이 60세였다. 그의 집은 부유했다. 하지만 아내 상을 당한 이후로 집 안에는 손님을 맞으러 나올 아이가 없고, 집 밖에는 상을 당해도 상복을 입어줄 만한 가까운 친척[4]도 없었다. 당시 김우항은 휘릉 별검[5]으로 있었는데, 휘릉에 공사(役事)가 있어서 왔다가 권 참봉과 함께 머물게 되었다.

어느 날이었다. 능을 지키는 군사(陵軍)가 능 주변에 있는 나무를 함부로 벌목한 사람을 잡아왔다.[6] 권 참봉은 이치를 들어 꾸짖은 후, 태형(笞

---

1 행의(行義): 보통 출사하는 것을 뜻하는데, 여기서는 말 그대로 의를 행한다는 의미로 사용되었다. 《논어》〈계씨(季氏)〉의 "세상에서 물러나 숨어 살면서 자신의 뜻을 추구하고, 세상에 나아가 의를 행하여 자신의 도를 펼친다(隱居以求其志 行義以達其道)."에서 나온 말이다.

2 도천(道薦): 감사가 자기 도내(道內)의 학식 높고 유능한 사람을 임금에게 추천하던 일.

3 휘릉 참봉(徽陵參奉): 휘릉은 인조의 계비 장열왕후(莊烈王后)의 능. 현재 구리시 동구릉에 모셔져 있다. 참봉은 조선 시대에, 여러 관아에 둔 종9품 벼슬아치를 말한다. 능(陵), 원(園), 종친부, 돈령부, 봉상시, 사옹원, 내의원, 군기시 따위에 두었다.

4 기공지복(期功之親): 상을 당했을 때 기년복(朞年服)이나 공복(功服)을 입는 가까운 친척이라는 뜻이다. 기년복은 상복을 입는 기간이 1년이며, 공복 중 대공복(大功服)은 9개월, 소공복(小功服)은 5개월을 입는다.

5 별검(別檢): 정8품 혹은 종8품의 벼슬아치.

6 조선시대에는 왕릉을 계획적으로 관리했다. 나무 종류 및 수까지 조사할 정도였다. 그런지라, 능 주변의 나무를 함부로 벌목한 자는 엄한 처벌을 받았다.

刑)을 시행하려 했다. 나무꾼은 노총각이었는데, 시종 눈물만 펑펑 쏟을 뿐 아무런 대꾸도 하지 않았다. 권 참봉이 총각을 자세히 살펴보니, 결코 상놈은 아닌 듯했다. 이에 물었다.

"너는 어떤 사람이냐?"

"말씀드리자니 부끄럽습니다. 저는 양반의 후손입니다. 아버지는 일찍 여의었고, 노모의 연세가 지금 일흔하고도 하나입니다. 누이도 한 명이 있는데…… 올해로 서른다섯 살인데 아직까지 시집을 가지 못했습니다. 저도 서른 살이지만 여태 아내를 맞이하지 못했습니다. 저희 남매는 나무를 하고 물을 길어서 어머니를 봉양하고 있습니다. 저희 집은 화소[7]에서 가깝습니다. 그런데 요 근래에는 날씨가 너무 추운 탓에, 나무를 하러 멀리까지 갈 수가 없었습니다. 그래서 함부로 나무를 베었던 것입니다. 제가 지은 죄를 잘 알고 있습니다. 알다마다요."

그러면서 또다시 눈물을 흘렸다. 권 참봉은 우는 모습을 보고 문득 측은한 마음이 들었다. 그는 김우항이 있는 쪽으로 고개를 돌려 말했다.

"불쌍하군요, 그 사정이! 특별히 용서해 주면 어떨까요?"

김우항이 웃으며 대답했다.

"문제 될 게 없겠지요."

권 참봉이 총각에게 말했다.

"네 딱한 사정을 듣고 특별히 풀어주나니, 다시는 죄를 범하지 말라."

그리고 쌀 한 말과 닭 한 마리를 주며 말했다.

"이것으로 연로하신 어머니를 봉양토록 하라."

총각은 감사를 드리고 돌아갔다.

---

7 화소(火巢): 산불이 번지는 것을 막기 위해 능(陵), 원(園), 묘(墓) 등 울타리 밖에 있는 풀과 나무를 불살라 버린 곳.

며칠이 지난 뒤였다. 총각은 또 함부로 나무를 베다가 잡혀 왔다. 권 참봉이 크게 꾸짖으니, 그는 목 놓아 통곡하며 말했다.

"성의까지 저버렸사오니, 참으로 두 가지 죄를 한꺼번에 지었습니다. 그러나 노친께서 춥다고 호소하시는 것을 차마 볼 수 없었습니다. 눈이 쌓인 상황에서 땔감을 구할 길은 막혔고요. 그래서 이 지경까지 이르고 말았습니다. 이제는 차마 머리를 들 수조차 없습니다."

권 참봉은 다시 측은한 마음이 생겨, 눈썹만 찡그린 채 한참 동안 있으면서 차마 태형을 시행하라고 명령을 내리지 못했다. 그때 곁에서 지켜보던 김우항이 빙그레 웃으며 말했다.

"닭 한 마리와 쌀 한 말로는 감화가 되지 않았나 봅니다. 제게 좋은 방법이 있는데, 제 말대로 하시렵니까?"

권 참봉이 말을 듣겠다고 하자, 김우항이 말했다.

"어르신께서는 아내를 잃은 데다 자식까지 없으니, 총각의 누이를 계실[8]로 들이시면 어떻겠습니까?"

권 참봉은 흰 수염을 쓰다듬으며 말했다.

"제가 비록 늙기는 했지만, 근력이야 아직은 쓸 만하지요."

김우항은 권 참봉의 뜻을 헤아려, 총각을 불러 가까이 오게 했다.

"저기 권 참봉은 충후(忠厚)하신 어른이네. 집안이 넉넉하지만, 아내를 잃은 데다 자식도 없네. 자네 누이는 혼기가 지났는데도 시집을 가지 못했다고 했지? 비록 범절이 어떤지 모르겠지만, 권 참봉과 짝을 맺으면 자네 집안도 의지할 데가 생기지 않겠나? 그러면 서로 좋지 않겠는가?"

"집에 노모가 계시니, 제 맘대로 결정할 수 없습니다. 마땅히 가서 의논하겠습니다."

---

8 계실(繼室): 새로 맞은 아내.

그러고는 집에 갔다가 돌아와 말했다.

"집에 돌아가 노모께 말씀을 드렸습니다. 노모께서는 '우리 집은 대대로 벼슬을 하던 가문이었건만, 지금은 이렇게까지 쇠락(衰替)한 지경에 이르렀구나. 전대였다면 해서는 안 되는 일이지만, 그래도 지금은 윤리를 저버리는 것보다 그것이 낫지 않겠느냐'며 울며 허락하셨습니다."

김우항은 매우 기뻐, 애써가며 권 참봉에게 좋은 날을 받아 속히 혼례를 치르도록 권했다. 혼례를 치르고 보니, 신부는 과연 명문가의 후손이요, 여자들 중에서도 현숙한 사람이었다.

그 후 어느 날, 권 참봉이 김우항을 찾아와 말했다.

"당신이 애를 쓰며 권해주셔서 좋은 짝을 구했습니다. 제 나이가 이미 예순인데 무엇을 더 바라겠습니까? 이제는 아주 고향으로 돌아가려고 합니다. 그래서 작별 인사를 드리러 왔습니다."[9]

"잘 생각하셨소."

둘은 술을 마시며 이야기를 나눈 뒤에 헤어졌다.

그로부터 25년이 지났다. 김우항은 처음으로 당상관이 되어[10] 경상도 관찰사[11] 직임으로 안동에 내려왔다. 관아에 부임한 다음 날, 한 백성이 명함을 드리고 뵙기를 청했다. 들인 명함을 보니, 곧 전 참봉 권 아무개였다. 김우항은 한참 동안 생각을 하고 나서야 비로소 휘릉에 있었을 때 같이 머물렀던 일이 떠올랐다. 권 참봉의 나이를 헤아려보니, 여든네다섯

---

9 《기문총화》에는 이 뒤에 김우항이 "부인이야 데려가겠지만, 그 집 사람들은 어떻게 하기로 했소?"라고 묻자, 권 참봉이 "모두 데려간답니다."라는 내용이 첨가되어 있다. 《동상기찬》에는 이 부분이 누락되었다.

10 당상관이 되어: 원문은 '비옥(緋玉)'으로 되어 있다. 비옥은 홍포(紅袍)에다 옥관자를 붙인 것으로, 당상관의 차림새를 말한다.

11 김우항이 경상도 관찰사가 된 해는 1695년이다. 김우항이 경상도 관찰사가 되어 안동 관아에 머문 것으로 보인다.

이었다.

김우항은 서둘러 그를 맞이했다. 머리카락이 희었지만 얼굴은 여전히 앳되었고, 지팡이도 짚지 않고 가뿐하게 들어오는 모습이 마치 신선처럼 보였다. 김우항은 손을 잡고 지난 회포를 풀며 이야기를 나눈 후, 술과 안주를 갖춰 대접했다. 술을 마시고 음식을 씹는 것도 예전과 다르지 않았다. 권공이 말했다.

"제가 오늘 사또(城主)[12]를 뵐 수 있게 된 것은 하늘의 덕택입니다. 저는 사또께서 힘써 혼처를 구해주셔서 늦은 나이에 좋은 짝을 얻었지요. 그리고 연년생으로 두 아들까지 낳고 지금까지 해로하며 살고 있습니다. 두 아들은 시문(詩文)을 조금 배운지라, 서울에 올라가 재주를 겨루더니 나란히 진사시에 합격을 했답니다. 내일이 집으로 돌아온다고 한 날입지요. 사또께서 마침 이 고을에 부임하셨는데, 어찌 저희 집으로 모시지 않을 수 있겠습니까? 제가 급히 사또를 뵙겠다고 요청한 것도 참으로 이 때문이었습니다."

김우항은 축하하기를 마지아니하면서 그의 요청을 흔쾌히 받아들였다. 권공은 사례하고 떠났다.

다음 날, 김우항은 기생과 악사에다 술과 음식까지 준비해서 일찌감치 권공의 집을 찾았다. 그가 사는 곳을 보니, 주위가 수려한 데다 꽃이 만발하고 나무도 무성했다. 그 사이 탁 트인 곳에 누사[13]를 우뚝 세운, 참으로 좋은 집이었다. 집주인이 섬돌 아래로 내려와 맞이하니, 원근에 있던 사람들도 모두 고무되어 그야말로 손님들이 구름 모이듯이 몰려들었다.

---

12 성주(城州): 자기가 살고 있는 고향의 수령. 백성들은 지방 수령은 물론 관찰사도 사또라고 불렀다.

13 누사(樓榭): 다락집으로 된 정자.

이윽고 두 명의 신은[14]이 도착했다. 복두[15]를 쓰고 앵삼[16]을 입은 풍채가 사람을 감동케 했다. 신은이 탄 말 앞에는 두 개의 백패[17]를 세웠고, 두 개의 태평소〔雙笛〕[18]에서 연주되는 소리는 맑고도 밝았다. 보는 사람들은 마치 담장을 두르듯이 모여들어서 입이 마르도록 권공의 복력(福力)을 칭송했다.

김우항이 신은을 함께 불러 나이를 물으니, 큰아들은 스물네 살이고, 작은아들은 스물세 살이었다. 권 참봉이 계실을 얻은 다음 해와 그다음 해에 잇따라 두 아들을 얻었던 것이다. 함께 이야기를 나눠보니, 용모는 난새와 고니가 우뚝 선 것 같고,[19] 문장은 옥으로 만든 귀한 보옥〔琬琰〕[20]과 같았다. 이른바 난형난제[21]라 부를 만했다. 김우항도 감탄하기를 마지않았을 정도니, 늙은 주인의 기쁨이야 가히 알 만하리라.

권공이 자리에 앉아 있던 사람들 중에 한 사람을 지목하더니, 그에게 앞으로 나아와 김우항에게 절을 하게 했다.

---

14 신은(新恩): 과거에 급제한 사람.

15 복두(幞頭): 과거에 급제한 사람이 홍패를 받을 때 쓰던 관(冠). 사모같이 두 단(段)으로 되어 있으며, 위가 모지고 뒤쪽 좌우에 날개가 달려 있다.

16 앵삼(鶯衫): 나이 어린 사람이 생원시나 진사시에 급제하면 입었던 연두색 예복.

17 백패(白牌): 소과에 급제한 생원이나 진사에게 주던 흰 종이의 증서. 참고로 대과 합격증은 붉은 종이에 써서 홍패(紅牌)라고 한다.

18 쌍적(雙笛): 영조 때에 용호영 등 군영에서 행진에 사용하던 관악기로, 행진할 때 주로 사용되었다. 아마도 두 개의 호적(胡笛)을 이르는 것이 아닌가 한다. 쌍적은 영조 때에만 쓰였다.

19 이 말은 한유가 쓴 〈전중소감마군묘지(殿中少監馬君墓誌)〉의 "푸른 대나무와 푸른 오동나무에 난새와 고니가 우뚝 서 있는 듯하다(翠竹碧梧 鸞鵠停峙)."에서 나온 말이다. '훌륭한 자녀'를 이른다.

20 완염(琬琰): 아름다운 옥의 일종으로, 뛰어난 시문을 비유한다. 《서경》 〈고명(顧命)〉에 나온다.

21 난형난제(難兄難弟): 이 말은 후한의 진기(陳紀) 원방과 아우 진심(陳諶) 계방이 모두 훌륭하여 서로 우열을 가릴 수 없었던 데서 나온 말이다. 《세설신어》 〈덕행(德行)〉에 나온다.

"사또께서는 이 사람을 아시겠습니까? 이 사람이 옛날 나무를 함부로 뱄던 그 자입니다."

나이를 헤아려보니, 그도 쉰다섯이었다.

이윽고 풍악을 울리며 한바탕 즐겼다. 즐기고 나자, 권공은 김우항에게 하룻밤만 머물고 가기를 청했다.

"오늘 제가 받는 경사는 모두 사또께서 주신 것입니다. 사또께서 이렇게 누추한 곳까지 오시게 된 것도 하늘이 부여하신 일이지, 결코 사람의 힘으로는 할 수 없는 일이지요."

김우항은 마침내 그 집에 머물러 자면서 편안하게 이야기를 나누었다.

다음 날 아침이 되었다. 권공은 술과 음식을 올려 식사를 하게 했다. 그리고 곁에 앉아서 무슨 말인가 하려는 듯하다가 우물우물하며 내뱉지 못했다. 김우항이 물었다.

"하실 말씀이라도 있으신 겝니까?"

권공이 이에 말했다.

"제 늙은 아내는 평소에 사또께 결초보은하는 게 소원이라고 말하곤 했습지요. 그런데 지금 다행히 누추한 곳까지 직접 오셨으니, 존안을 뵙고 절이라도 한번 올릴 수 있다면 자기의 지극한 소원을 이룰 수 있겠다고 합니다. 여자로서 지켜야 할 체면은 생각하지 않고 그저 감사드리고 싶은 마음에서 그러는 것이니, 혹시라도 괴이하게 생각하지 마십시오. 바라옵건대, 사또께서는 잠깐 안방으로 들어가셔서 절을 받으시는 것에 대해 어떻게 생각하실지 두렵기만 합니다. 게다가 사또께서 제 늙은 아내에게 베풀어주신 덕은 천지와 같고, 은혜는 부모와 같습지요. 그러니 무슨 혐의가 되겠습니까?"

김우항이 마지못해 안채로 들어갔더니, 방석을 깔아 그 위에 앉게 했다. 이윽고 노부인이 나와 김우항 앞에 와서 절을 하는데, 지극한 감회를 못 이겨 눈물이 뚝뚝 떨어졌다. 또 곱게 단장한 두 명의 젊은 부인도 노부인 뒤에 있다가 앞으로 나아와 절을 했다. 두 부인은 곧 며느리들이었다. 세 부인이 말없이 김우항을 모시고 앉았는데, 소중하게 떠받드는(愛戴) 마음 씀씀이가 얼굴에 넘쳐났다. 이윽고 한 상 가득히 차린 진수성찬이 나왔다.

권공은 다시 김우항에게, 안방에 딸린 작은 방(夾房)으로 가자고 청했다. 따라가니, 거기에는 예닐곱 살 정도로밖에 안 되어 보이는 어린아이가 보였다. 머리카락은 칠한 것처럼 검었지만 헝클어져 있었고, 손은 창문의 빗장을 잡고 서 있었다. 맑은 눈동자는 말없이 사람을 향해 바라보는데, 정신이 있는 것도 같고 없는 것도 같았다. 권공이 그를 가리키며 말했다.

"사또께서는 이 사람을 아시겠습니까? 이분이 나무를 함부로 벤 사람의 어머니입니다. 올해 나이가 아흔다섯이지요. 그 입에서는 무슨 소리를 내는데, 사또께서 한번 자세히 들어보시지요. 다른 소리가 아니지요. '김우항에게 정승 벼슬을 내리소서. 김우항에게 정승 벼슬을 내리소서.' 25년 동안 한결같이 축원하던 말인데, 지금까지도 그 소리가 입에서 떨어지질 않습니다. 지극한 정성에 하늘인들 어찌 감동하지 않겠습니까?"

말을 들은 김우항은 몸에 소름이 돋으면서도 편안해져서[22] 웃음을 지었다.

그 후 김우항은 숙종 때에 정말로 정승이 되었다. 그가 내의원 도제조(藥房都提調)[23]로 있을 때에 연잉군(延礽君)의 문병을 간 적이 있었다. 그때

---

22 편안해져서: 이연(犂然). 《장자》 〈산목(山木)〉에 나오는 말로, 소가 밭을 갈아 그 밭이 풀어지는 것처럼 사람의 마음이 편안해지는 것을 의미한다. 다른 뜻으로는, 두려워하는 모습을 말하기도 한다. 여기서는 두 가지 의미가 모두 포함되어 있다.

평생 동안 벼슬했던 발자취를 쭉 늘어놓다가 말이 권 참봉에게 미치게 되자, 그는 당시 사건의 전말을 모두 이야기해 주었다. 연잉군은 영조가 아직 왕이 되기 전에 받았던 봉호[24]인데, 그는 이야기를 듣고 몹시 기이하게 생각했었다.

그 후 영조가 등극한 뒤에 식년과[25]에 급제한 사람들의 이름을 적은 방(榜)이 붙었는데, 영조는 거기서 우연히 안동 진사 권 아무개가 방목(榜目)에 들어 있는 것을 보았다. 그는 곧 권 참봉의 손자였다. 이에 영조가 특별히 하교를 내렸다.

"돌아가신 정승 김우항이 들려준 권 아무개의 일은 무척이나 희한하고 기이했다. 그런데 그 손자가 사마시 방목에 다시 이름을 넣었으니, 이런 일은 우연이라 할 수 없다. 특별히 재랑[26]으로 제수하여 그 할아버지의 뒤를 잇게 하라."[27]

영남 사람들은 이를 영광으로 여기고 있다.

김우항 | 이미 앞에서 보았다.

---

23 약방도제조(藥房都提調): 약방은 왕의 약을 조제하던 내의원을 말하고, 도제조는 내의원에 속한 정1품이다.

24 봉호(封號): 군(君)으로 봉한 이름.

25 식년과(式年科): 3년마다 정기적으로 시행하던 과거 시험. 자(子), 묘(卯), 오(午), 유(酉)가 드는 해가 식년이다.

26 재랑(齋郎): 묘(廟), 사(社), 전(殿), 궁(宮), 능(陵)의 참봉을 두루 이르는 말. 혹은 제향(祭享) 때에 향로를 받들어 가지는 제관(祭官).

27 승무(繩武): 선조의 행적을 본받아 자신을 경계하고 삼가는 방도로 삼는 것.

10

옥소선(玉簫仙)

예전에 한 재상이 평안도 관찰사가 되었을 때, 외아들을 데리고 갔다. 당시 그곳에는 아들과 동갑(同庚)인 예쁜 기생이 있었다. 아들은 그녀와 가깝게 지내는 동안에 두터운 애정이 산처럼 높고 바다처럼 깊어졌다.

어느덧 관찰사의 임기가 다 차서 집으로 돌아가게 되었다. 관찰사 부부는 아들이 기생과의 정을 끊지 못할까 걱정이 되어 물었다.

"네가 아무개 기생과 더불어 정이 들었는데, 오늘 당장 정을 끊고서 결연하게 집으로 돌아갈 수 있겠느냐?"

"이는 그저 한때의 풍류와 호사일 뿐입니다. 어떻게 사랑에 끌렸느니 어쨌느니 하는 말들을 하겠습니까?"

부모는 말을 듣고 기뻐했다. 떠나는 날에도 아들은 이별에 아파하는 빛이 별로 없었다. 집으로 돌아오자, 부모는 아들에게 책을 짊어지고 산사에 가서 글공부에 전념하도록 했다.

생[1]이 산사에 있는 방에서 글공부를 하던 어느 밤이었다. 쏟아져 내리던 눈이 그치고 밝은 달빛이 뜰에 가득히 내려앉았다. 생은 홀로 난간에 기대어 쓸쓸히 사방을 돌아보았다. 모든 소리도 멈춰선 듯 온 숲이 고요했다. 간혹 무리를 잃은 한 마리 학이 구름 사이에서 구슬피 울며 날아가고, 짝을 찾는 잔나비는 바위굴 안에서 서글피 울어댔을 뿐이다.

---

1 생(生): 여기서의 '생'은 공부하는 어린 선비라는 의미다. 작품에서는 딱히 아들의 이름을 제시하지 않고 생이라고 밝혔기 때문에서 번역에서도 '생'으로 통일한다.

생의 마음도 우울해졌다. 그러면서 평안도 기생이 갑자기 떠올랐다. 그녀의 곱고 아리따운 태도와 단아하면서도 고운 얼굴이 뚜렷해서 마치 눈앞에 잡힐 것만 같았다. 그리워하는 마음은 마치 샘물이 솟아나듯 했다. 아무리 잊으려 해도 떨쳐지지 않았다. 도무지 견딜 수가 없었다. 이에 일어나 앉아 새벽종이 치기만을 고통스럽게 기다렸다. 종이 울리자, 주위 사람들도 모르게 홀로 짚신을 신고 약간의 여비만 지닌 채 천천히 걸어서 절문(山門)을 빠져나왔다. 그러고는 곧장 큰길을 따라 평안도로 떠났다.

이튿날 모든 중들과 같이 공부하던 사람들은 몹시 놀라서 생을 찾았다. 하지만 그의 그림자조차도 보이지 않았다. 생의 집에 소식을 알리니, 집안사람들은 모두 놀라 당황하며 두루 찾아 나섰지만 끝내 찾을 수가 없었다. 마음속으로만 호랑이에게 물려갔는가 보다 하고 생각할 뿐이었다. 그들이 비통해하고 아파하는 형상은 말로 다 표현할 수 없을 정도였다.

생은 험한 길을 걷고 또 걸어 며칠 만에 겨우겨우 평양에 이르렀다. 그는 곧장 기생의 집으로 갔다. 그러나 거기에는 기생이 없고 기생의 늙은 어미만 있었다. 어미는 초라한 그의 행색을 보고 쌀쌀한 눈으로 대했다. 전혀 반기며 맞이하려는 마음도 없었다. 생이 물었다.

"자네 딸은 어디에 있나?"

"새로 오신 사또 자제분께 수청을 들러 갔수다. 한번 들어간 후로 아직까지 나온 적이 없다우. 그나저나 서방님이야말로 어쩌자고 천릿길을 걸어서 오시었수?"

"자네 딸에 대한 그리움에 내 여린 창자가 마치 끊어질 것만 같았네. 천 리를 마다하지 않고 온 것도, 한 번이나마 그 사람의 얼굴을 볼까 해서라네."

기생의 어미는 비웃으며 쌀쌀맞게 말했다.

"천리타향까지 공연한 헛걸음을 하셨구려. 내 딸이 이곳에 있기는 하나, 나 또한 얼굴 한번 볼 수가 없다우. 하물며 서방님이 어찌……. 일찌감치 돌아가시는 게 낫겠습니다그려."

말을 마치고는 도로 방으로 들어가 버렸다. 그를 맞아들이겠다는 생각이 조금도 없었다. 생은 개탄하며 그 집 문을 나오긴 했지만, 막상 갈 곳이 없었다.

그러다 문득 평양 감영의 이방을 떠올렸다. 이방은 평소에 그와 친했고, 또한 아버지에게 은혜도 입었던 자였다. 이에 이방의 집을 물어가며 찾아갔다. 이방은 몹시 놀라 일어나 맞이하고는 자리에 앉히고 물었다.

"서방님께서 어인 일입니까? 귀하신 공자께서 천 리 먼 길을 걸어서 오실 것이라고는 정말 꿈에서도 생각지 못했습니다. 감히 여쭙니다. 여기에는 무엇 때문에 오셨는지요?"

생이 이유를 말하니, 이방이 머리를 저으며 말했다.

"참으로 어렵고도 어렵군요. 지금 사또 자제가 그 기생을 몹시 총애하는지라, 곁에서 단 한 걸음도 떨어지지 못하게 한답니다. 참으로 만나볼 길이 없군요. 그렇지만 일단은 소인의 집에서 며칠간 머물면서 만나볼 기회를 찾아봅시다."

그러고는 정성껏 대접했다.

며칠 동안 그 집에 머물러 있던 어느 날이었다. 갑자기 눈이 펑펑 퍼붓기 시작했다. 이방이 말했다.

"이제 얼굴을 한번 볼 수 있는 기회가 만들어진 것 같습니다. 하지만 서방님께서 능히 하실 수 있을지 모르겠습니다."

"만약 내게 단 한 번만이라도 그녀의 얼굴을 볼 수 있게 해준다면, 나는 죽음도 피하지 않을 것이네. 하물며 그 밖의 일이야 뭐……."

"내일 아침이면 이 고을 장정들을 모아서 관아의 마당에 쌓인 눈을 쓸게 할 것입니다. 소인은 서방님을 책방 앞마당에서 눈을 쓸 일꾼으로 충원해 놓겠습니다. 그러면 눈을 쓰는 도정에 잠깐이라도 만나볼 기회가 있지 않을까요?"

생은 기뻐하며 이방의 말을 좇았다. 그리고 상민이나 천민이 입고 쓰는 옷과 모자로 갈아입고서 눈을 쓰는 일꾼들 무리에 섞여 관아로 들어갔다. 옆구리에 빗자루를 끼고 책실 앞마당을 쓸면서, 그는 곁눈질을 하며 대청마루를 자주 올려다보았다. 그렇지만 끝내 그녀의 얼굴은 볼 수 없었다.

한 식경쯤 지나서였다. 방문이 열리더니, 그 기생이 화장을 하고 나와서는 굽은 난간 위에 서서 눈 구경을 하였다. 생은 눈 쓸기를 멈추고 뚫어져라 그녀를 바라보았다. 기생은 갑자기 얼굴색이 바뀌더니, 급히 몸을 돌려 방으로 들어가 버렸다. 그리고 다시는 밖으로 나오지 않았다. 생은 마음속으로 몹시 원망하다가 그저 밖으로 나와야 했다.

이방이 물었다.

"여인을 보았는지요?"

"아주 잠깐 얼굴만 보았네."

그러고는 방으로 들어가 나오지 않았던 정황을 들려주었다. 이방이 말했다.

"기생이란 게 본래 그런 것이지요. 차고 따뜻한 것을 비교해서 옛사람은 보내고 새사람을 맞는 것이니…… 어찌 그녀만 탓하겠습니까?"

생은 스스로 자기 행색을 생각해 보니, 앞으로 나아가기도 뒤로 물러서기도 어려운 처지인지라, 마음속으로만 몹시 민망해할 뿐이었다.

기생은 생의 얼굴을 잠깐 보고, 속으로 그가 자기를 보러 내려왔음을 알아챘다. 당장에 나가서 보고 싶지만, 책방 도령이 잠시도 떨어지지 못하게 하니 어찌할꼬? 마음속으로 빠져나갈 계책을 궁리했다. 그러더니 갑자기 눈물을 흘리며 슬프면서도 괴로워하는 표정을 지었다. 책방 도령이 놀라 물었다.

"왜 이러느냐?"

기생은 얼굴을 가리고 울며 말했다.

"쇤네에게는 다른 형제가 없습니다. 그런 까닭에 집에 있을 때에는 쇤네가 직접 돌아가신 아버님 무덤 위에 쌓인 눈을 쓸어냈지요. 오늘은 큰 눈이 내렸는데도 눈을 쓸 사람이 없군요. 그래서 슬퍼한답니다."

"그렇다면 내가 종놈을 보내 눈을 쓸어내라고 하마."

기생이 말리며 말했다.

"이 일은 관아에서 할 일이 아닙니다. 이렇게 추운 날, 종으로 하여금 부당하게 쇤네 선산에 쌓인 눈을 쓸게 한다면, 쇤네와 쇤네의 아비는 분명히 무수한 욕설을 듣게 될 것입니다. 이는 절대로 해선 안 될 일이지요. 쇤네가 잠깐 가서 눈을 쓸고 곧바로 돌아와도 꺼릴 것은 없지 않을까요? 또한 아비 무덤은 성 밖에서 10리가 채 안 되는 곳에 있으니, 갔다가 돌아오는 시간이라야 불과 몇 식경 정도밖에 안 될 것입니다."

책방 도령은 그녀의 사정을 불쌍히 여겨 허락해 주었다. 기생은 곧장 어미에게 갔다.

"아무개 서방님이 여기에 오시지 않았어요?"

"며칠 전에 잠깐 왔다가 갔지."

"오셨는데 어째서 머물러 계시도록 하지 않았나요?"

"너도 없는 데다, 머물게 한들 뭐 좋을 게 있다고!"

"어느 곳으로 간다고 합디까?"

"나도 묻지 않았지만, 저도 말없이 가버리던데 뭐."

기생은 애써 울음을 참아가며 어미를 책망했다.

"사람의 정리라는 게 참으로 이런 것인가요? 저분은 재상가의 귀공자인데도 천릿길 걸음을 하심은 오로지 나 하나를 보자고 한 것이거늘……

어머니는 어찌하여 그를 가지 못하게 붙잡아 머물게 한 뒤에 제게 기별을 하지 않으셨단 말이오? 어머니가 쌀쌀맞게 대하는데, 저분인들 즐겨 여기에 머물러 있고 싶었겠소?"

기생은 눈물만 흘릴 뿐이었다. 생이 있는 곳에 찾아가려 해도 물어볼 데가 없었다. 그러다가 문득 지난번 관찰사가 계셨을 때[2]에 그가 책방에서 이방과 매양 친하게 지냈던 일이 뇌리에 스쳤다. '혹시 그 집에 잠시 머물러 있지 않을까?' 바삐 찾아가서 보니, 과연 거기에 그가 있었다. 서로 손을 잡으니, 슬픔과 기쁨이 서로 교차했다. 기생이 말했다.

"첩이 서방님을 뵈오니, 이제는 죽어도 헤어질 마음이 없습니다. 지금 이 길로 손을 맞잡고서 달아나는 게 좋겠어요."

두 사람은 도로 기생의 집으로 돌아왔다. 마침 집에는 기생의 어미도 없었다. 기생은 상자에 모아두었던 오륙백 냥의 은자를 꺼냈다. 그녀의 장신구와 패물도 짐 하나로 만들었다. 그런 다음 사람을 사서 등짐을 져서 따라오게 했다. 이방의 집으로 온 두 사람은 이방에게 돈을 주며 말 두 마리를 빌려오게 했다. 이방이 말했다.

"말을 빌리러 오간다면, 그 사이에 금세 종적이 드러날 것입니다. 제게 건장한 말 몇 필이 있으니, 그것을 선물로 드리지요."

이방은 또 40냥이나 되는 은자를 꺼내 여비로 쓰게 했다.

생은 기생과 함께 즉시 길을 떠나 양덕과 맹산[3]의 경계 지방으로 갔다. 그리고 조용하고 외진 곳에 집을 사서 함께 거주했다.

그날, 책방 도령은 기생이 늦게까지 돌아오지 않는 것을 괴이하게 여

---

2 전등(前等): 전번의 등내(벼슬아치가 벼슬을 지내는 동안). 곧 이전의 지방관이 다스리던 때.

3 양덕, 맹산: 지금의 평안남도에 위치한 지방으로, 함경남도와 인접해 있다.

겨 사람을 보내 탐문케 했다. 그러나 그림자조차 보이지 않자, 기생의 어미에게 물어보았다. 기생의 어미 또한 놀라며 당황해할 뿐, 간 곳은 알 수 없었다. 사람을 시켜 사방으로 수색도 했지만, 행적은 묘연하기만 했다.

집안일을 정돈하고 난 뒤 기생이 생에게 말했다.

"낭군께서 부모님을 등지고 이런 걸음을 하셨으니, 이른바 부모에게 죄를 지은 사람이라 하겠습니다. 속죄하는 길은 오직 과거에 급제하는 데 있고, 과거에 급제하는 방법은 오직 학업을 부지런히 하는 길밖에 없습니다. 입고 먹는 근심은 첩에게 맡기시고, 이제부터는 글을 읽고 짓는 데에만 전념하십시오. 공부하는 것을 전보다 곱절로 하신 연후에야 가히 사람 노릇도 할 수 있을 것입니다."[4]

그러고는 생으로 하여금 책을 파는 사람을 두루 찾아 책값은 따지지 말고 구해 오도록 했다. 책을 사 와서 학업에 부지런히 힘쓰니, 하루가 다르게 과거 공부도 발전해 갔다.

이렇게 사오 년이 지난 뒤였다. 나라에 큰 경사가 있어서 이제 막 과거 시험을 실시해 선비를 구한다고 했다. 그녀는 생에게 과거 시험을 보도록 종용한 후, 여비를 마련해 서울로 떠나보냈다.

서울에 올라온 생은 차마 자기 집으로 들어갈 수 없어서 여관에 머물렀다. 날이 되어 시험장으로 들어간 그는, 문제가 걸리자마자 일필휘지로 답안을 써서 바쳤다. 그러고는 방(榜)이 나기를 기다렸다. 방이 나서 보니, 장원 급제였다. 임금은 이조판서를 탑전[5]에 가까이 오게 한 후에 말했다.

---

4 사람 노릇도 할 수 있다: 가이유의(可以有爲). 이 말은《맹자》〈이루(離婁)〉의 "사람이 바르지 않은 일을 하지 않겠다는 마음을 가진 뒤에야 가히 사람 노릇을 할 수 있다(人有不爲也而後 可以有爲)."에서 나온 것이다.

5 탑전(榻前): 임금이 있는 자리.

"짐은 일찍이 경(卿)의 외아들이 산사에서 글을 읽다가 호랑이에게 물려 갔다는 말을 들은 적이 있다. 그런데 지금 새로 급제한 장원의 시험지〔秘封〕[6]를 열어보니, 경의 아들이 분명한지라. 그런데 아비의 직함을 어째서 대사헌이라고 썼는고? 이것이 의아하구나."

이조판서가 바짝 엎드려 아뢰었다.

"신 또한 의아하옵니다. 그러나 신의 아들은 결코 살아 있을 리가 없습니다. 혹 같은 이름을 가진 사람이려니 하고 생각도 했습니다만, 아비와 아들의 이름까지 같으니 그 또한 참으로 이상한 일이옵니다. 또한 조정에서 재상의 반열에 오른 사람 중에 신과 같은 이름을 쓰는 사람이 어찌 둘씩이나 있겠습니까? 참으로 어떤 연유인지 모르겠습니다."

그러자 임금이 신은을 불러오도록 명했다. 이조판서도 탑전 아래에 가만히 엎드린 채로 기다렸다. 마침내 신은이 명을 받들고 입시하니, 과연 그의 아들이었다. 부자가 만나자, 두 사람 모두 남몰래 눈물을 훔치며 차마 떨어질 줄 몰랐다.

임금도 기이하여 신은으로 하여금 가까이 오게 하여 이렇게 된 사연을 자세히 물었다. 신은은 바닥에 엎드렸다가 일어나서, 아비를 등지고 달아났던 일, 관아의 마당에서 눈을 쓸던 일, 그리고 기생과 함께 도망쳤다가 공부하여 과거에 오른 사연을 하나하나 자세히 아뢰었다. 임금은 책상을 치며 기이하다고 칭찬한 후 하교를 내렸다.

"너는 패륜아가 아니라 효자로다! 네 첩의 절개와 마음 씀씀이는 다른 사람보다 탁월한지라. 천한 창기 무리에서 이런 인물이 있을 줄은 미처 몰랐구나. 이 사람을 그저 천한 창기로만 대하는 것은 옳지 않으니, 품계

---

6 비봉(祕封): 시험지 겉면. 여기에 시험 응시자의 성명, 나이, 거주지, 향관(鄕貫), 사조(四祖)가 기록되어 있었다.

를 올려 부실로 삼도록 하라."

그러고는 그날 평안도 관찰사에게 명을 내려, 그 기생의 행장을 꾸며 서울로 올려 보내도록 했다. 신은도 사은하고 물러 나와 아비를 쫓아 집으로 돌아갔다. 집안사람들이 기뻐하는 모습은 안팎으로 흘러넘쳤다.

시험지 안에 아비의 직함을 대사헌이라고 쓴 것은, 산사에 있을 당시에 생의 아버지가 맡고 있던 직책이 대사헌이었던 까닭이었다. 기생의 이름은 자란(紫鸞)이요, 자는 옥소선이라고 한다.

11

김 역관〔金姓譯人〕

제독[1] 이여송[2]은 임진왜란 때에 우리나라로 왔다. 그는 여러 달 동안 김포에 주둔해 있었는데, 거기에서 금(琹)씨 성을 가진 여인과 가깝게 지냈다. 그러다 군대를 돌려 돌아가는 길에 남색을 파는[3] 김씨 성을 가진 역관과 만나 밤낮으로 사랑을 나누었다. 김 역관은 겨우 스무 살로, 토실토실한 게 자못 예뻤다. 김 역관이 말을 하면 반드시 따랐고, 무슨 계책을 내면 반드시 시행했다. 그런 것만 봐도 이여송이 얼마나 역관을 총애했는지는 가히 알지라.

압록강을 건널 때였다. 당시 제독은 '군량미 얼마를 아무 날까지 산해관[4]으로 수송하라'는 내용을 담은 공문을 요동[5] 도통[6]에게 보냈다. 그러고는 강을 건너 바야흐로 책문[7]으로 향했지만, 곡식을 수송해 놓으란 명

---

1 제독(提督): 명나라 때 최고의 무관직. 임진왜란 때 조선에 2차로 출병한 원군의 총사령관이다.

2 이여송: 1549-1598. 중국 명나라 장수로, 임진왜란 때 동정(東征)에 나섰다. 1593년에 평양에서 소서행장(小西行長) 군대를 격파하기도 했지만, 벽제관(碧蹄館) 싸움에서 대패했다. 1597년에 요동 총병관(摠兵官)으로 있다가 이듬해 토번이 침범하자 그들의 본거지를 공격하다 매복에 걸려 전사했다.

3 용양지총(龍陽之寵): 용양의 총애. 전국시대 위왕(魏王)의 총신이었던 용양군(龍陽君)이란 자가 남색(男色)으로 출세한 것. 남색을 파는 자를 말한다. 《전국책》 〈위책(魏策)〉에 나온다.

4 산해관(山海關): 중국 하북성의 도시. 군사적으로 중요한 요지다.

5 요동(遼東): 요하(遼河) 동쪽. 요령성 남동부 일대.

6 도통(都統): 중국의 관직명. 지방의 군령이나 군정을 통할하는 벼슬.

7 책문(柵門): 조선에서 청나라로 들어가는 관문. 만주의 구련성과 봉황성 사이에 있다.

령이 지켜지지 않았다. 제독은 몹시 화가 나서 군율에 의거해서 도통을 다스리려 했다.

도통에게는 세 명의 아들이 있었다. 큰아들은 당시 시랑[8], 둘째는 서길사[9]로 있었다. 막내는 신통한 능력을 지닌 중이었는데, 황제께서 신사(神師)라고 하며 접대하는 것[10]이 마치 당나라 숙종(肅宗)이 이필〔鄴侯〕[11]을 궁궐 안 봉래원(蓬萊院)에 두고 머물게 했던 고사[12]와 같았다. 세 아들은 소식을 듣자마자 아버지가 계신 곳으로 모두 모여들어 위기에서 벗어날 계책을 상의했다. 중이 말했다.

"묘한 계책이 있습니다."

그러더니 김 역관을 모시고 와서는 그들과 같은 자리에 앉힌 뒤에 말했다.

"아버님이 이런 불행한 일을 자초했으니, 살아날 길이 전혀 없습니다. 유일한 희망은 그대가 우리를 위해 좋게 말씀을 드려 장군의 얽힌 마음을 풀어주십사 하는 것뿐입니다."

"돌아보건대, 외국의 보잘것없는 제가 어찌 감히 대국의 장군〔天將〕께서 시행하는 군율에 간여할 수 있겠습니까? 그러나 간청하시는 바가 이토록 간절하시니, 듣고 안 듣고는 사람에게 달린 소관이라, 그저 조용히

---

8 시랑(侍郎): 중국의 관직명. 육부(六部)의 차관.

9 서길사(庶吉士): 중국의 관직명. 새로 진사가 된 자들 중에서 학문이 뛰어나거나 글씨를 잘 쓰는 자들로 구성되었다.

10 《기문총화》에는 "궁궐 안에 별원(別院)을 세워 그를 머물게 했다."라는 내용이 첨가되어 있다.

11 업후(鄴侯): 당나라 때 명재상 이필(722-789). 당 현종 재위 때에 태자 숙종에게 이필과 교제를 맺게 하고 선생이라 부르게 했다. 숙종이 즉위한 뒤에는 말을 함께 탔고, 잘 때는 탑(榻)을 마주하는 게 태자로 있을 때와 다름없이 대우했다.

12 《자치통감》을 보면, 777년에 궁궐 안에 봉래원 서각(書閣)을 지은 뒤 이필로 하여금 거기에 머물러 지내도록 했다는 기록이 있다.

말씀이나 드려보지요."

역관이 바로 안으로 들어가니, 제독이 물었다.

"저들이 너를 불러내서 무슨 수작을 하더냐?"

역관은 자초지종이 어떠어떠했다고 모두 말했다. 제독은 한참 동안 가만히 있다가 말했다.

"내가 지금껏 전쟁터를 누비면서도 일찍이 개인적으로 부탁하는 말은 한마디로 따르지 않았다. 그런데 지금 너는 변변찮은 존재건만 저렇게 귀한 분들의 간청까지 받았다니, 네가 나에게 얼마큼 중요한 사람인지 알 만하구나. 또 내가 네게 생색을 낸 것도 없으니, 네 말을 좇도록 하마."

역관은 밖으로 나와 세 사람에게 제독이 한 말을 모두 들려주었다. 세 사람은 머리를 숙여 두 번 절을 하고 나서 말했다.

"당신의 은덕이 하해(河海)와 같습니다. 어떻게 보답을 해야 하겠습니까?"

역관은 덕이라 할 것도 없다며 사양하자, 세 사람이 말했다.

"그대는 젊으니, 필시 각종 보물이나 노리개에 마음이 있으실 듯합니다. 어떠하신지 모르겠습니다."

"제가 비록 나이는 어리지만, 본디 검소함을 마음에 새겨두며[13] 지냅니다. 또한 집안이 가난하지 않아서인지 일찍부터 노리개에 마음을 끌린 적도 없습니다."

"그대는 조선국의 일개 역관일 뿐입니다. 우리나라에서 그대에게 작위를 내려 조선국 정승으로 삼게 하면 어떠하신가요?"

---

13 존심(存心): 맹자에서부터 유래하는 유교의 실천 명제로, 욕망에 의해 본심을 해치지 말고 항상 본연의 상태를 지니면서 선천적으로 내재하는 도덕성을 기르라는 것이다.

"우리나라는 명분을 존중하며 숭상하지요. 나는 중인입니다. 만약에 정승으로 삼는다면, 중인이면서 정승이 되었다며 손가락질받겠지요. 그럴 바에는 차라리 하지 않는 게 낫지요."

"그렇다면 그대를 우리나라의 고관대작으로 삼아 중국에서도 손꼽히는 지체 높은 가문이 되게 하면 어떻겠습니까?"

"제 부모님이 모두 생존해 계십니다. 고향에서 멀리 떨어져 지내는 마음은 지금도 절박한지라, 어서 빨리 돌아가기만을 바라고 있지요. 제독께서 회군을 하시고 난 뒤에 곧바로 명령을 내려 '이제는 돌아가라.'라고만 해주신다면…… 그것이야말로 가장 큰 은혜겠지요."

"저희들이 받은 은혜는 다시 말하지 않겠습니다. 오직 당신의 소원이 무엇인지만, 그것만 말씀해 주십시오."

세 사람은 간절하고도 간절하게 빌었다. 역관이 마침내 입을 열어 말했다.

"제 평생소원은 그저 천하일색(天下一色)이나 한번 보는 것입니다."

그 말을 들은 세 사람은 한참 동안이나 말없이 있었다. 그러다가 중이 말했다.

"좋습니다. 그리하지요."

두 사람도 따라서 허락했다.

"그렇게 하고말고요."

그렇게 하고 헤어졌다. 역관이 안으로 들어가 제독에게 보이니, 제독이 물었다.

"너는 무슨 소원을 말했느냐?"

"그저 천하일색이나 한번 보자고 말씀을 드렸습니다."

제독은 벌떡 일어서서 역관의 손을 잡고 말했다.

"너는 결코 작은 나라 사람이 아니다. 하는 말이 어찌 그리도 크단 말인가? 그랬더니 저들이 허락이나 하더냐?"

"허락했습니다."

"저들이 어떻게 구해 올까? 그 일은 황제의 권위를 가졌다 해도 가히 할 수가 없을 텐데."

이후 김 역관은 제독을 따라 황성에 들어갔다. 세 사람은 역관에게 찾아와 그를 초대했다. 역관은 그들을 따라갔다.

차를 다 마시자 세 사람이 요청했다.

"돌아가지 마십시오. 은혜를 영원히 기억하려는[14] 오늘 밤은……."

이윽고 집 안 가득히 향기가 번지더니, 정원으로 향한 문이 열렸다. 열린 문으로 화장을 한 수십 명이 들어왔다. 어떤 여인은 향기 나는 촛불을 들고, 어떤 여인은 붉은 보자기를 덮은 상을 들고 두 사람씩 짝을 지어 다가오더니 마루 위에 쭉 늘어섰다. 김 역관이 지금까지 보았던 경험에 비춰보면, 경국지색이 아닌 여인은 없었다.

역관이 그 여인들을 한번 보더니, 일어나 돌아가려 했다. 세 사람이 말했다.

"왜 일어나십니까?"

"내가 이미 천하일색을 보았으니, 머물 필요가 없잖소."

세 사람이 웃으며 말했다.

"이들은 시중을 드는 아이들일 뿐입니다. 어찌 천하일색이라 하겠습니까?"

그러고는 '나오라!'라고 명했다. 잠시 후 정원의 문이 활짝 열렸다. 한

---

14 영이(永以): 보잘것없는 선물에 귀한 보배로 답례하는 것을 표현한 말인데, 여기서는 그 반대의 의미로 쓰였다. 이 말은 본디 《시경》 〈목과(木瓜)〉의 "나에게 목도(木桃)를 보내주기에, 내가 아름다운 옥으로 보답했지. 그러고도 보답했다고 여기지 않음은, 길이 우호를 갖고자 해서라네(投我以木桃 報之以瓊瑤 匪報也 永以爲好也)."에서 나왔다.

떨기 꽃〔一朶〕[15]에서 진귀한 향기〔蘭麝〕[16]가 짙고 자욱하게 피어오르는데, 시녀 10여 명이 그 주위에 둘러싸서 마루 위로 이끌었다. 화려하게 꾸미고 곱게 화장을 한 보석 덩어리〔一塊〕[17]가 의자 위에 앉았다. 세 사람은 김 역관을 권해 의자에 나란히 앉힌 뒤에 말했다.

"이 사람이 당신이 말한 진짜 천하일색입니다."

역관은 눈에 여인의 형상이 들어오지가 않아 어떤 모습인지 알 수가 없었다. 그러던 중에 세 사람이 말했다.

"오늘 밤 당신은 필연적으로 이 사람과 운우지정(雲雨之情)을 나누게 될 것입니다."

"나는 그저 한번 보기만을 원했을 뿐이지, 침실에서의 사랑[18]을 원했던 것은 아닙니다."

"그게 무슨 말입니까? 저희는 당신에게 은혜를 입었고, 당신도 이미 천하일색 보기를 원하셨지요. 우리들이야 비록 뼈를 갈고 살을 도려내는 일인들 어찌 듣고 따르지 않을 수 있었겠습니까? 천하에서 두 번째 가는 미인이나 세 번째 가는 미인을 찾아 데려오는 일쯤은 어려울 게 없지요. 그러나 천하일색은 비록 황제의 권위와 권세로도 구해서 데려오기란 참으로 어렵습니다. 몇 년 전이었죠. 운남[19] 왕이 다른 사람과 원수를 진 적이 있었습니다. 그때 저희들은 그를 대신해서 복수를 해준 일이 있었는데, 운남 왕도 은혜를 갚으려고 한답니다. 당신이 전번에 일색을 보는 게 소원이라 말했지요. 그런데 운남 왕의 딸이 천하일색이랍니다. 지난번

---

15 일타(一朶): 한 떨기 꽃. 이는 곧 천하일색의 여인을 가리킨다.
16 난사(蘭麝): 난향(蘭香)과 사향(麝香)을 합해 부르는 말로, 매우 진귀한 향을 뜻한다.
17 일괴(一塊): 보석 덩어리. 천하일색의 여인을 가리킨다.
18 동방지친(洞房之親): 동방은 그윽하고 깊숙한 내실(內室)로, 동방지친은 특히 부부의 침실을 의미한다. 여기서는 침실에서 이루어지는 일을 의미한다.
19 운남(雲南): 중국 남쪽의 성(省)으로, 베트남과 인접해 있다.

에 저희들이 오랫동안 침묵하다가 '그렇게 하겠다.'라고 말할 수 있었던 것도 그 여인을 염두에 둔 까닭이었습니다. 당신과 헤어지고 난 뒤에 저희들은 운남 왕에게 중매인을 보냈습니다. 왕도 허락을 하더군요. 그리고 당신이 연경에 들어오는 동안 우리도 저 여인을 데리고 왔답니다. 그 사이에 천리마 세 마리가 지쳐 죽었고, 그간 쓴 비용도 은자 수만 냥이나 됩니다. 운남은 연경에서부터 삼만 리나 떨어져 있는 먼 곳이기 때문이지요. 그런 과정을 거쳐 지금 이렇게 만나게 된 것입니다. 당신은 남자요, 저 사람은 여자지요. 만약 한 번만 보고서 헤어진다고 합시다. 깊은 규방에 머물면서 사람들과의 만남도 두려워하면서 지내야 하는 저 여인의 마음은 어떨 것 같습니까? 다시는 사양하지 마시고, 오늘 저녁에 혼례〔合巹之禮〕를 지내는 게 또한 마땅한 일이 아니겠습니까?"

역관은 부득이하여 그곳에 머물러 잤다. 그날 밤에 혼례〔共牢〕[20]를 행하는데, 초가 타면서 흘러내린 촛농은 쌓여만 가고, 사향(麝香) 향기는 이불에까지 스며들었다. 그러나 역관의 눈동자는 흐리멍덩한 채 여인을 보면서도 마치 보지 않는 것처럼 하였다. 미친 나비가 꽃을 찾아 탐닉하려는 마음도 없고, 원앙이 물결을 희롱하려는 요란한 소리도 없었다.

밖에서 세 사람은 이런 모습을 훔쳐보고 있었다. 그들은 김 역관이 풍류를 즐기지 못하는 것을 알아채고 그를 밖으로 불러냈다.

"남녀 간의 잠자리〔合歡之樂〕가 어찌 그리도 고요하고도 적적하단 말이오?"

그러고는 납작한 접시 하나를 꺼내 역관 앞에 놓고 말했다.

---

20 공뢰(共牢): 혼례에 부부가 하나의 그릇에 담긴 고기를 함께 먹는 예를 말한다. 고기는 희생(犧牲)을 뜻한다. 《예기》〈혼의(昏義)〉에서 공영달의 소(疏)를 보면, 이런 행위는 부부 사이에는 존비(尊卑)의 차별 없고 동등한 지위임을 상징하는 것이라고 했다.

"이것을 드십시오. 촉산[21]에서 생산된 인삼인데, 이것을 드시고 방 안으로 들어가시면 눈이 밝아지고 정신이 상쾌해지실 것입니다. 저 미인의 머리카락에서부터 정수리와 발꿈치까지 모든 게 환히 보일 것입니다."

역관이 그 말을 따랐다. 밤을 지내고 났더니, 세 사람은 먼저 와서 기다리고 있었다. 그들이 역관에게 물었다.

"저 여인은 어떻게 하시렵니까?"

"돌아보면 저는 외국 사람으로, 지금까지 외람되다 할 만큼 큰 은혜를 입었습니다. 그러나 앞으로 닥칠 일들에 대해 어떻게 해야 할 것인지는 생각해 보지 않았습니다."

"당신이 다행히 기이한 인연으로 천하일색을 얻으셨는데, 어찌 한 번만 만나보고 헤어지겠습니까? 당신은 외국 사람이지요. 부모님과 이별한 채 여기에서 부부가 되어 해로하는 것은 의리상 도저히 할 수 없는 일이지요. 우리 세 사람은 이미 당신의 두터운 은혜를 입었습니다. 그러니 매년 조선에서 정사[22]를 연경으로 올려 보낼 때마다, 그들을 따라 역관의 직임을 맡을 자로 당신을 반드시 지명해 놓겠습니다. 그러면 마치 견우와 직녀가 칠월 칠석에 만나는 것처럼, 일 년에 한 번씩은 만날 수 있겠지요. 그 또한 아름답지 않겠습니까?"

김 역관은 그들의 말을 좇았다. 그는 젊은 때부터 늙을 때까지 역관으로 연경에 가서 해마다 한 차례 즐거움을 누렸다. 끝내 아들도 하나를 두었는데, 그의 후손들은 연경에서 크게 번성했다고 한다.

---

21 촉산(蜀山): 중국 안휘성 합비(合肥)에 있는 구(區). 난징(南京)과 우한(武漢) 사이에 있다.

22 정사(正使): 여기서는 하정사(賀正使)를 뜻한다고 볼 수 있다. 하정사는 정월 초하룻날 새해를 축하하러 가던 사신이다. 동지와 정월이 가까이 있으므로, 동지사(冬至使)가 정조사(正朝使)를 겸했다.

제4권

복연(福緣)

1

현령 이공린〔李縣令公麟〕

현령(縣令) 이공린은 익재(益齋) 이제현의 후손으로, 감사를 지낸 이윤인[1]의 아들이다. 참판을 지낸 박팽년의 딸을 아내로 맞아 혼례를 치른 날 밤이었다. 꿈속에 여덟 명의 노인이 그 앞에 와서 하소연을 했다.

"우리들은 이제 죽게 됩니다. 만일 가마솥에서 죽게 될 우리들을 공께서 살려주신다면, 훗날에 후히 보답하겠습니다."

공린이 놀라 깨어나 수소문했더니, 밥을 짓는 사람이 이제 막 '자라 여덟 마리로 국을 끓이려고 한다.'라고 했다. 공린은 자라를 즉시 강물에 놓아 보내도록 명령했다. 그러던 차에 자라 한 마리가 무리에서 빠져나와 기어갔다. 그를 본 어린 여종이 삽으로 건져 올리려다가 잘못하여, 자라의 목을 쳐서 죽이고 말았다.

그날 밤이었다. 꿈속에 일곱 명의 노인이 또다시 찾아와 사례를 하고 갔다.

뒷날 공린은 여덟 명의 아들을 낳았다. 그들의 이름은 각각 오(鼇), 귀(龜), 원(黿), 타(鼉), 벽(鼊), 경(鯨), 곤(鯤)이라 지었는데, 꿈속의 조짐을 드러낸 것이다. 자식들은 모두 재주가 있는지라, 당시 사람들은 이들을 순씨 팔룡[2]에 비유하곤 했다. 그중 원(黿)의 자(字)는 낭옹(浪翁)인데, 행의(行義)와 문장으로 더욱 추앙을 받았다. 점필재 김종직의 문인으로 있다

---

1 이윤인: 1415-1471. 조선 전기 문신. 1447년(세종 29)에 문과에 급제했고, 평안도 관찰사를 역임했다.

가 갑자사화 때에 죽임을 당했으니,[3] 그 증험이 더욱 뚜렷하다.

지금도 경주 이씨 문중에서는 자라를 먹지 않는다고 한다.

현령 이공린 | 자는 □□[4], 본관은 경주다. 익재 이제현의 7세손이다.[5] 익재의 이름은 제현(齊賢)이다. 고려조 때 벼슬이 문하시중에 이르렀다. 계림부원군(鷄林府院君)으로 봉해졌다. 시호는 문충(文忠)이다.

공린의 여덟 명의 아들 중에 오(鼇)는 진사시에 장원 급제한 후 성종 병오년(1486)에 대과에 급제했다. 벼슬이 정랑(正郎)에서 그쳤다. 귀(龜)의 자는 자장(子長), 호는 사미정(四美亭)이다. 생원을 거쳐 문과에 급제했다. 벼슬은 판결사(判決事)에 그쳤다. 원(黿)의 호는 재사당(再思堂)이다. 성종 기유년(1489)에 진사를 거쳐, 문과에 급제했다. 벼슬은 좌랑(佐郎)에 그쳤다. 별(鼈)의 자는 낭선(浪仙), 호는 장륙(藏六)이다. 진사시에 급제했지만, 무오년(1498)[6] 이후로 과거에 응시하지 않고 방랑 생활을 하다가 죽었다. 타(鼉)는 생원시에 장원 급제했다. 벽(鼊)은 진사시에 급제했다.

참판 박팽년(1417-1456) | 자는 인수(仁叟), 호는 취금헌(醉琴軒), 본관은 순천이다. 한석당(閑碩堂) 중림(仲林)의 아들이다. 세종 갑인년(1434)에 대과에 급제했다. 단종 갑술년(1454)에 좌승지가 되었다. 을해년(1455))에 성삼문, 하위지, 유성원, 이개, 유응부 등과 함께 상황(上皇=단종) 복위를 꾀하다가 발각되어 화를 당했다. 벼슬은 형조참판에 그쳤다. 영조 무인년(1758)에 이조판서에 증직되었다. 시호는 충정(忠正)이다. 정려문(旌閭門)을 세워 표창했다.

---

2 순씨 팔룡(荀氏八龍): 중국 후한 때 순숙의 여덟 아들. 곧 순검(荀儉), 순곤(荀緄), 순정(荀靖), 순도(荀燾), 순왕(荀汪), 순상(荀爽), 순숙(荀肅), 순전(荀專)을 가리킨다.《후한서》〈순숙열전〉에는 8명 모두 재주가 뛰어나 당시 사람들은 그들을 '팔룡'으로 불렀다고 한다.

3 이원(?-1504)은 1504년에 참형을 당했다. 그는 봉상시에 재직할 때 김종직에게 문충(文忠)이라는 시호를 내릴 것을 제안하기도 했다.

4 원문에 빠져 있지만, 이공린의 자는 백시(伯時)다. 생몰년은 확인되지 않는다.

5 실제 이공린은 이제현의 6세손이다.

6 무오사화(戊午史禍)를 말한다.

2

물재 손순효(勿齋孫舜孝)

물재 손순효는 평해[1] 사람으로 교생[2]의 아들이다. 남들보다 훨씬 똑똑한 데다 문장에도 능했다. 그는 과거에 응시하려 했지만, 시험지로 쓸 종이를 마련할 수가 없었다. 그러던 차에, 고을 수령이 손순효를 불러 자기의 두 아들과 함께 향시[3]에 응시하도록 했다.

손순효는 한 번에 세 개의 답안지를 작성했다. 그중에서 순효는 생원시와 진사시 두 시험에 동시 합격했고,[4] 두 사람은 각각 하나에서만 합격했다. 순효는 이어서 대과 초시(東堂試)[5]에도 응시했는데, 거기서도 장원 급제를 했다. 수령의 두 아들 중에 한 사람도 합격했다.

이에 두 사람은 함께 회시[6]를 보러 떠났다. 충주 고을에 이르렀을 때다. 날이 저물어 두 사람은 그 고을 호장(戶長)의 집에 투숙했다. 수령의 아들은 객사에서 잠을 잤지만, 순효는 가난한 탓에 방앗간에서 잠을 잤다.

---

1 평해(平海): 지금의 경상북도 울진의 옛 이름.

2 교생(校生): 향교에 등록된 학생. 고을마다 학생 수가 정해져 있었다. 현에는 보통 30명이 정원이었다.

3 향시(鄕試): 조선 시대 각 도에서 실시하던 제1차 시험. 초시(初試)에는 관시(館試: 문과에 한함)·한성시(漢城試)·향시가 있었는데, 향시는 각 도에서 실시하는 초시였다.

4 쌍중(雙中): 생원시와 진사시에 동시에 합격한 사람. 구중(俱中)이라고도 한다.

5 동당시(東堂試): 소과에 합격한 사람에 한해 치르는 본시험. 대과 초시의 별칭 혹은 관용어다. 여기서는 지방에서 행해졌던 동당향시를 지칭한다. 즉 손순효는 향시를 합격한 뒤 문과 초시까지 합격한 것이다. 그러고서 문과 복시를 보기 위해 서울로 올라가는 상황을 그렸다.

6 회시(會試): 초시에 급제한 사람들이 서울에 모여 다시 치르는 시험.

그날 호장 부부 및 두 딸 모두는 큰 용이 방앗간에 누워 있는 꿈을 꾸었다. 잠에서 깬 그들은 이상하다고 생각하면서 불을 밝혀 방앗간으로 찾아갔다. 거기에는 손순효가 있었다. 호장은 거기서 자는 까닭을 묻고 난 뒤에 다시 말했다.

"내게는 딸 둘이 있네. 그중에서 딸 하나를 자네의 아내로 삼게 하고 싶은데, 자네가 선택하게."

"첩으로 삼겠다면 당신께서 용납하지 않으실 것입니다. 그렇다고 처로 삼겠다고 하면, 부모님께 알리지도 않고 아내를 맞이하는 꼴이 되겠지요?"

"첩으로 삼는다 해도 괜찮네."

손순효는 큰딸을 선택한 후, 바로 그 집에서 혼례를 치렀다. 수령의 아들은 사실을 알고 몹시 화를 내며 그를 버려둔 채 떠나버렸다.

손순효는 며칠 동안 호장의 집에 머물렀다가, 여비와 과거 시험에 필요한 도구를 갖춰서 서울로 올라갔다. 회시에서 순효는 진사 시험에 합격했고, 또 문과 전시[7]에서도 장원으로 급제했다. 성종은 인재를 얻었다고 기뻐하며, 이조판서 신공에게 딸을 손순효의 아내로 삼게 했다.[8] 그리고 손순효와 같이 급제한 사람들(同年)이 모두 모이는 합격자 명단(榜) 발표 날에 혼례식을 행하게 했다. 조정의 대신들이 모두 그를 보려고 주위를 둘러쌌을 정도니, 참으로 성대한 예식이었다.

---

7 문과 전시(殿試): 임금이 친시(親試)하는 문과의 마지막 시험. 복시의 최종합격자 33인과 성균관에서의 성적우수자 등이 참여했다. 여기서는 석차만 정한다. 이때의 성적은 평생을 따라다니면서 승진에 중요한 역할을 하기도 했다.

8 손순효는 신자의(申子儀)의 딸을 아내로 맞이했다. 그러나 신자의가 이조판서를 했다는 행적은 찾을 수 없다. 또한 손순효는 문종 1년(1451)에 진사, 단종 1년(1453)에 증광 문과, 세조 3년(1457)에 문과에 급제했다. 성종 때 합격한 것으로 나온 것은 오류다.

손순효는 정언[9] 벼슬을 받고 고향으로 내려가게 되었다. 가는 도중에 충주 호장의 집을 들렀는데, 고을에서는 이미 역참까지 사람을 보내 맞아 와서 접대했다.[10] 순효는 첩을 데리고 집으로 갔다가, 다시 부모를 모셔서 서울로 올라왔다. 이에 임금은 묵사동[11]에 있는 집을 사서 그에게 주라는 어명을 내렸다. 순효에 대한 임금의 은총이 비할 데 없을 정도였다. 손순효는 마침내 병조판서와 이조판서를 거쳐 좌참찬〔貳相〕의 지위에까지 올랐다.

어느 날 밤이었다. 성종이 여러 대신들과 함께 편전[12]에서 술을 마시고 있을 때였다. 손순효는 술기운을 빌어 어탑[13]을 어루만지며 말했다.

"이 자리가 참으로 애석합니다."

연산군을 염두에 둔 말이었다. 그러자 사헌부와 사간원에서 상소하는 글〔臺章〕[14]이 격렬하게 올라왔다. 임금은 보고 웃으며 말했다.

"저 사람이 나를 아비처럼 여기는지라, 내가 과음하는 게 걱정되었나 보다. 그래서 예의에서 벗어났다는 것조차 깨닫지 못했던 게지."

그럼에도 불구하고 삼사[15]에서는 그의 말을 크게 쟁점화하자, 임금은 마지못해 한강으로 유배를 보냈다. 그러고는 하루 만에 다시 좌참찬으로 불러들였다.

임금이 끝내 술병으로 인해 모든 신하들을 버리고 말았다.[16] 손순효는

---

9 정언(正言): 사간원에 속한 정6품 벼슬.

10 출참(出站): 사신(使臣)이나 빈객(賓客) 등을 맞아 접대하려고 그들이 머물고 있는 가까운 역에 사람을 보내 여비와 곡식과 역마 등의 편의를 제공하는 것.

11 묵사동(墨寺洞): 서울 성북동에 있던 마을 이름. 이곳에 관청에 제공하는 먹을 제조하던 관아인 묵시(墨寺)가 있었던 데서 유래한다.

12 편전(便殿): 임금이 항상 거처하며 정사를 보던 궁전.

13 어탑(御榻): 임금이 앉는 평상이나 침상.

14 대장(臺章): 사헌부 및 사간원에서 상소한 글.

15 삼사(三司): 조선 시대 사헌부, 사간원, 홍문관을 아울러 이르는 말.

산에 올라가 대성통곡을 하는데, 넘어지고 엎어지고 땅을 치고 팔짝팔짝 뛰느라 얼굴 곳곳에서 피가 흘러내렸다. 그렇게 하고 난 뒤, 그는 거짓으로 미친 척하며 마을을 돌아다녔다. 그것은 앞으로 다가올 화를 피하려는 계책에서 나온 것이다. 연산군이 즉위하여 여러 신하들을 죽였지만, 유독 손순효에게는 이렇게 말하곤 했다.

"내가 평소에 이 사람은 꼭 죽이려고 했거든. 그런데 지금은 미치광이가 되어버린 탓에 죽이지 않는다."

손순효는 76세에 집에서 편안히 죽었다. 자손들도 여러 대에 걸쳐 높은 벼슬이 끊이지 않았다.

물재 손순효(1427–1497) | 자는 경보(敬甫). 아비는 밀(密)이다. 물재는 그의 호다. 신미년(1451)에 진사시를 거쳐, 단종 계유년(1453)에 대과에 급제했다. 벼슬은 좌찬성에 그쳤다. 시호는 문정(文貞)이다.

---

16 연군신(捐羣臣): 모든 신하를 버림. 임금의 죽음을 높이는 말.

3

소재 노수신〔盧蘇齋〕

소재(蘇齋) 노수신이 아직 결혼하지 않았을 때다. 마침 송도를 지나다가 밤이 되어 여관에 묵게 되었다.

밤이 깊어갈 즈음이었다. 소재는 여종 하나가 초롱을 들고 있는 것을 보았는데, 여종 뒤에는 가냘프면서도 아름다운 젊은 처녀도 있었다. 그녀들은 소재 앞으로 다가오더니, 그에게 안방으로 들어갈 것을 요청했다. 소재는 영문도 모르고 그녀의 뒤를 좇아 들어갔다.

안방은 마치 신방을 꾸며놓은 것 같았다. 젊은 처녀는 소재 곁으로 가까이 오더니, 그를 모시려는 듯이 가만히 앉았다. 이윽고 저녁밥을 내왔는데, 모든 것이 풍성하면서 호화로웠다.

식사를 마치고 나니, 집주인이 와서 문 밖에서 절을 하는 것이었다. 소재가 까닭을 물으니, 주인이 대답했다.

"이 아이는 소인의 딸인데, 공의 처분에 맡기겠습니다."

소재는 그녀와 더불어 밤을 지냈는데, 두 사람 사이의 애정이 매우 깊어졌다. 그렇게 며칠을 머문 뒤, 소재는 그녀를 데리고 돌아가려 했다. 그러자 여인은 거부하며 말했다.

"이후에 다시 만날 기회가 없겠습니까?"

그러고는 옷가지를 많이 장만하여 보내주었다. 보내면서 여인은 당시(唐詩) 한 구를 읊었다.[1]

蕭蕭楚客帆　　나그네 싣고 가는 쓸쓸한 배는

暮入寒江雨　　　　　　날 저무는 찬 강 빗속으로 들어가네.

그러고 난 후에 당부의 말을 했다.

"부디 이 시구를 잊지 마세요."

그 뒤 소재는 결혼도 하고 과거에도 급제했다. 그동안 그녀를 찾아가 몇 번을 만났다. 만나서 며칠 동안 송도에 머물기도 했다. 그러나 같이 가자고만 하면, 끝내 따르려 하지 않았다. 도무지 왜 그러는지 이유를 알지 못했다.

그러던 어느 날이었다. 임금과 더불어 국정을 협의하는 경연청[2]에서 소재는 깜빡 졸다가 불쑥 '초객범(楚客帆)' 한 구절을 읊조렸다. 이는 소재가 항상 그 구절을 읊조리던 습관 때문이었다. 임금은 불쑥 시구를 읊조린 게 괴이한지라, 그 까닭을 물었다.[3] 소재는 사실대로 하나하나 아뢰었다. 임금은 기이한 일이라며, 마침내 송도 유수(留守)에게 '뒷날 행장을 차려 곧바로 여인을 대궐로 불러들이라'는 어명을 내렸다.

여인이 명령을 받들고 앞으로 나아가 대답하는데, 용모와 행동거지 모두에서 부족한 데가 없었다. 임금이 자세한 곡절을 물어보자, 여인이 대답했다.

"제가 일고여덟 살이 되었을 때였습니다. 집 뒤뜰에서 놀고 있었는데,

---

1 이 시는 당나라 류중용의 오언절구 〈강행(江行)〉의 전구와 결구다. 시 전체는 다음과 같다. "무성한 나무 그늘 잠깐 동안 모래톱을 덮는가 했더니, 낙엽이 포구에 떨어지기 시작하네. 나그네 싣고 가는 쓸쓸한 배는, 날 저무는 찬 강 빗속으로 들어가네(繁陰乍隱洲 落葉初飛浦 蕭蕭楚客帆 暮入寒江雨)."

2 경연청(經筵廳): 임금이 학문이나 기술을 강론하고 연마하면서 그와 더불어 신하들과 국정을 협의하던 곳.

3 《계압만록》에는 "괴이하게 여겨 그 까닭을 물었다(上怪之下問)."로 되어 있다. 여기서는 《계압만록》을 참조하여 임금이 '물었다(下問)'는 대목을 첨가하여 해석했다.

어떤 백발노인이 와서 제게 말을 건넸습니다. '너는 마땅히 귀인의 첩이 되어 복록이 범상치 않을 것이다.' 그날 이후로 어떤 때는 낮에 어떤 때는 밤에 오는데, 매일같이 찾아와서 보고 갔습니다. 그러던 어느 날이었습니다. 노인이 또 와서 말을 했습니다. '오늘은 네 지아비가 올 것이니, 너는 여차여차하여라. 그러나 절대로 지아비 집으로 가면 안 된다.'라고요. 당시를 읊어 전하게 한 것도 모두 노인이 가르친 것입니다."

소재도 그제야 자세한 내막을 들을 수 있었다. 임금은 매우 기이하게 생각하여 직접 '영도부인'[4]이라는 네 글자를 써서 내려주었다.

그녀는 종신토록 복을 누렸다고 한다.

소재 노수신(1515-1590) | 자는 과회(寡悔). 소재는 그의 호다. 또는 이재(伊齋)라고도 한다. 본관은 광주다. 별제(別提) 홍(鴻)의 아들이요, 상촌(桑村) 숭(嵩)의 8세손이다. 탄수(灘叟) 이연경의 사위다. 을해년(1515)에 태어났다. 갑오년(1534)에 진사를 거쳐, 중종 계묘년(1543)에 문과에 장원 급제했다. 이조정랑과 대제학을 역임했다. 선조 계유년(1573)에 재상이 되었다. 벼슬은 영의정에 이르렀다. 40년 동안 재상으로 있다가 기로소에 들어갔다. 76세에 죽었다. 시호는 문의(文懿)다.

탄수 이공(李公)의 부인은 전주 이씨로, 종실 지(墀)의 딸이다. 지인지감(知人之鑑)이 있어서, 일찍이 동고(東皐) 이준경에게 사위를 골라달라고 요청했다. 동고는 탄수의 사촌동생〔從弟〕이다. 동고는 뒷날 소재를 사위로 삼게 했다. 예식을 마친 뒤였다. 이씨가 수심에 잠겨 기뻐하지 않았다. "사위가 좋기는 좋군요. 문장이나 덕망으로 보면 반드시 국가의 큰 그릇이 되겠군요. 하지만 후사가 매우 적은 게 큰 흠입니다." 그러자 동고가 말했다. "존경하는 형수님의 안목으로도 개인적인 애정이 앞을 가려 조카딸의 관상은 살피지 못했나 봅니다." 이씨가 다시 자기 딸을 보니, 과연 자식을 둘 수 없는 관상이었다. 뒷날 과연 징험대로 되었다.

4 《계압만록》에는 '영통부인(靈通夫人)'으로 되어 있다.

4

동악 이안눌〔東岳李公〕

동악 이안눌이 막 결혼을 하고 난 뒤였다. 정월 대보름날 밤, 그는 운종가[1]에 나가 종소리를 들은 후 술에 취한 채 집으로 돌아오다가 이동[2] 앞길 어느 집 대문에 기대고 누워 있었다. 그런데 잠시 후에 여러 명의 종들이 오더니 시끌벅적하게 떠들었다.

"신랑이 술에 취해서 여기에 쓰러져 있었잖아!"

그들은 동악을 부축하고 돌아와 신방에 들여보냈다. 그러나 그는 몽롱하여 정신을 차릴 수가 없었다. 신방을 비추는 환한 촛불 아래에서 그저 신부와 잠자리를 같이했을 뿐이다.

다음 날 새벽이 되었다. 동악이 깨어나서 보니, 그곳은 자기 처가가 아닌 전혀 모르는 사람의 집이었다. 동악이 신부에게 물었다.

"여기는 누구의 집이오?"

신부는 의아해하며 도리어 따져 물었다. 두 사람은 뜻밖의 상황에 깜짝 놀랐다.

무릇 그 집 신부는 혼인한 지 사흘이 지났는데, 그 집 신랑도 종소리를 듣겠다고 밖으로 나가더니 밤새도록 놀며 돌아오지 않았던 것이다. 그런 상황에서 종들은 동악을 그 집 신랑으로 잘못 알고 그를 신방에 들여보

---

1 운종가(雲從街): 지금의 종로.

2 이동(履洞): 서울 중구 을지로3가를 포함한 법정동 일대. 예전에 신을 파는 가게가 있어서 '신전골'이라 부르던 곳인데, 신전골을 한자로 표기한 것이 이동이다.

냈던 것이다. 동악이 신부에게 물었다.

"이 일을 어떻게 처리하면 좋겠소?"

"이 일은 제가 꾼 꿈의 징조와 꼭 맞아떨어지니, 이 또한 연분인가 봅니다. 아녀자의 도리로써 말씀드린다면, 저는 한번 죽는 게 맞겠지요. 그러나 저는 대대로 역관을 지낸 집안의 무남독녀랍니다. 제가 죽는다면 부모님은 늙어 의탁할 곳조차 없어지겠지요. 차마 그렇게 할 수는 없답니다. 부득이 권도[3]를 따르고자 하오니, 저를 소실(小室)로 삼아주십시오. 그러면 저 또한 늙으신 부모님을 봉양하면서 여생을 마칠 수 있겠지요. 그렇게 하심이 어떠신지요?"

"내가 일부러 범한 것도 아니요, 당신이 음란해서 그런 것이 아니지요. 그러니 권도를 따르는 것이 마땅하겠지요. 그러나 내 집에는 연로하신 부모님이 계시고, 집안의 법도도 퍽 엄격하답니다. 게다가 나는 약관[4]도 안 된 나이인 데다, 아직까지 과거에 급제하지도 못했소. 일개 서생으로서 소실을 두는 게 어찌 난처하지 않겠소?"

"어렵게 생각할 것도 없습니다. 당신의 이모나 고모 중에 혹시라도 나를 받아줄 수 있을 만한 댁이 있을까요?"

"있소."

"그렇다면 지금 급히 일어나서 저와 함께 그 댁으로 갑시다. 그 집에 저를 남겨두고, 우리 두 집안에서는 이 사실을 모르게 합시다. 당신은 반드시 과거에 급제하실 것입니다. 과거에 급제하기 전까지는 맹세코 서로 얼굴도 보지 말아야 합니다. 과거에 급제하시고 난 뒤에, 두 집안 어르신들께 사실대로 말씀을 드리지요. 그것만이 분쟁 없이 집안사람들과 다시

---

3 권도(權道): 사안에 따라 일을 변통하는 방법.

4 약관(弱冠): 스무 살.

웃으며 만날 수 있는 방법[5]일 듯합니다. 당신 생각은 어떠하신가요?"

동악은 그녀의 말을 좇아, 혼자 사는 이모 댁으로 신부를 보내 머물게 했다. 두 사람은 마치 모녀처럼 바느질도 도와가며 서로 의지하면서 지냈다.

신부집 사람들이 아침에 일어나서 보니, 신랑 신부가 간 곳이 묘연했다. 일이 몹시 놀랍고도 괴이한지라, 신랑집에 염탐을 하고 나서야 비로소 가짜 신랑과 함께 숨어버렸음을 알게 되었다. 결국 이를 비밀에 부치고, 신부가 갑작스레 병에 걸려 일어나지 못했다고 알린 뒤, 가짜로 염습까지 하여 헛장사(虛葬)[6]를 치렀다.

동악은 그 후로 소실과 얼굴 한번 마주치지 않고 밤낮으로 공부에 매진했다. 문장도 정통하게 되었다. 그리고 몇 년이 지나지 않아 과거에도 급제했다. 동악은 그제야 비로소 부모님께 아뢰고, 소실을 집으로 데리고 들어왔다. 또 소실의 집안에도 이 사실을 알리려 하자, 소실이 말했다.

"분명코 믿지 않으실 것입니다."

그러고는 혼인할 때 장만했던 붉은 비단 이불깃을 꺼내 주며 말했다.

"이것으로 신물(信物)을 삼으십시오. 이 비단은 옛날 아주 윗대의 할아버지께서 연경(燕京)에 들어갔을 때에 황제께서 하사하신 것입니다. 천하에 없는 특이한 비단으로, 오직 우리 집에만 있던 것이지요. 제가 혼인할 때 그 비단으로 이불깃을 만들었으니, 이것만 보이면 반드시 믿을 것입니다."

마침내 소실의 말대로 했다. 늙은 역관이 딸의 신물을 보고 있자니, 기쁨과 슬픔이 서로 넘나들었다. 그러다 다시 동악을 보니, 그는 재상이 될

---

5 단취(團聚): 한집안 식구나 친한 사람들끼리 화목하게 한데 모임.

6 허장(虛葬): 거짓으로 장례를 치르는 것.

관상이었다. 역관은 동악에게 물어 사건의 전말을 모두 듣고 말했다.

"우리 늙은 부부에게도 뒷일을 맡길 곳이 생겼도다."

역관에게는 다른 자녀가 없었다. 그래서 그 집의 재산, 노비, 논밭을 모두 동악에게 맡겨주었다. 이로써 동악은 장안의 갑부가 되었다.

소실은 어진 데다 지혜도 있었다. 그래서 집안 살림을 관리하고 남편을 받드는 일들 모두를 규범에 맞게 행동했다. 동악의 집안은 지금까지도 대대로 부자로 불리는데, 소실에게서 얻은 자손들도 또한 번성했다고 한다.

동악 이안눌(1571-1637) | 자는 자민(子敏). 동악은 그의 호다. 본관은 덕수다. 어수(漁叟) 형(泂)의 아들이요, 경재(敬齋) 기(芑)[7]의 증손이다. 선조 기해년(1599)에 대과에 급제했다. 제학(提學)을 역임했다. 벼슬은 예조판서에 이르렀다. 청백리에 뽑혔다. 시호는 문혜(文惠)다.

7 이안눌의 증조는 이기(1476-1552)가 아닌 이기의 동생 이행(1478-1534)이다.

5

해풍군 정효준(海豐君鄭孝俊)

해풍군 정효준은 나이가 38세인데도[1] 가난하여 의지할 데가 없었다. 아내와 사별한 것도 세 번이지만, 그동안에 딸 두 명만 있었을 뿐 아들은 두지 못했다. 그는 영양위[2]의 증손이었다. 그래서 자기 집 제사 외에 단종(魯陵), 현덕왕후(顯德王后) 권씨[3], 그리고 노릉왕후(魯陵王后) 송씨[4] 등 세 분의 신위[5]도 함께 모셨다. 그러나 제사에 필요한 향불(香火)조차 마련할 수 없는 처지였다.

해풍군은 집에 있으면 이런저런 걱정으로 심란했다. 그런 까닭에 날마다 이웃에 사는 병사[6] 이진경[7]의 집에 가서 내기바둑을 두며 시간을 보냈다. 이진경은 판서 준민[8]의 손자로, 당시에는 당하관(堂下官) 무관(武弁)으

---

1 정효준: 그의 생몰년은 1577-1665년이다. 《기문총화》에는 〈정효준 이야기〉가 두 편 실려 있는데, 《동상기찬》에는 두 편을 모두 실어놓았다. 뒤에 실린 이야기에서는 정효준의 나이가 38세가 아닌 47세로 되어 있다.

2 영양위(寧陽尉): 정종(鄭悰, ?-1641). 문종의 둘째 딸이자 단종의 누나인 경혜공주(敬惠公主)의 남편이다. 1450년에 경혜공주와 혼인함으로써 영양위로 봉해졌다.

3 현덕왕후(顯德王后): 1418-1441. 문종의 비(妃). 단종의 어머니.

4 노릉왕후(魯陵王后): 정순왕후(定順王后, 1440-1521) 송씨(宋氏). 단종의 비(妃).

5 신위(神位): 죽은 사람의 영혼이 의지하는 자리로, 위패나 신주 등이 이에 해당한다.

6 병사(兵使): 병마절도사(兵馬節度使). 조선 시대 각 지방의 군대를 통솔하고 경비를 담당하던 종2품 무관직.

7 이진경: 1629-1632년에 제주 목사를, 1637-1639년에 양주 목사를 지냈다. 1640-1642년에 경상우도 병마절도사를 역임했다.

8 이준민: 1524-1590. 본관은 전의(全義), 시호는 효익(孝翼). 남명(南冥) 조식이 그의 외삼촌이다.

로 있었다. 그 역시 해풍군과 더불어 내기바둑을 두곤 했다.

하루는 해풍군이 갑자기 말을 꺼냈다.

"내가 간절하게 부탁할 말이 있네. 자네는 믿고 곧이들어 주겠나?"

"자네와 내가 이렇게 친숙하게 지내는데, 들어주지 못할 부탁이 무에 있겠나? 말해보게."

해풍군은 한참 동안 무슨 말을 하려다가 주저하기를 반복하다가 결국 말을 꺼냈다.

"우리 집에서는 여러 대의 제사를 받들고 있네. 그뿐이 아니네. 지극히 존귀하신 분들의 신위도 받들고 있지. 그러나 나는 지금 홀아비로 지내는 데다가 아들까지 없으니, 대가 끊어질 게 분명할 터. 어찌 가련하지 않은가? 만약 자네가 아니라면 내가 어찌 입을 열 수 있겠나? 자네는 내 형편을 불쌍히 여겨 나를 사위로 삼아줄 수 있겠나?"

진경은 얼굴색을 붉히고 발끈 화를 내며 말했다.

"자네가 지금 진정으로 말하는 겐가, 농담을 하는 겐가? 내 딸은 이제 막 열다섯이네. 어떻게 쉰에 가까운 사람과 짝을 맺게 한단 말인가? 자네의 말이 망령이네. 다시는 이처럼 몰지각하면서도 되지도 않을 말은 두 번 다시 꺼내지 않았으면 좋겠네."

해풍군은 얼굴 가득히 수치스럽고 부끄러운 기색을 띤 채로 말없이 그 집에서 나왔다. 그리고 이후로 다시는 그 집에 가지 않았다.

그로부터 10여 일 지난 어느 날 밤, 진경이 잠자리에 들었을 때였다. 잠이 들까 말까 하고 있을 즈음이었다. 갑자기 안쪽 마당이 떠들썩하더니, 멀리서부터 벽제(警蹕)[9]하는 소리가 들려왔다. 이윽고 관복을 입은 한 사람이 들어와서 말했다.

---

9 경필(警蹕): 벽제(辟除). 임금이나 존귀한 사람이 거동할 때 경계하며 통행을 금하는 일.

"임금님께서 자네 집에 거둥하셨으니, 즉시 나와서 맞이하라!"

진경은 허둥지둥 계단에서 내려와 마당에 바짝 엎드렸다. 이윽고 나이 어린 임금이 면류관[10]을 단정히 쓰고 와서는 대청 위로 올라가 앉았다. 그러고는 진경을 가까이 불러 말했다.

"정 아무개가 네 딸과 혼인을 하고자 하는데, 네 뜻이 어떠하냐?"

진경이 일어났다가 다시 엎드린 채로 대답했다.

"임금님의 가르침을 어찌 감히 어기겠습니까. 그러나 신의 딸은 아직 비녀를 꽂을 나이[11]가 되지 않았을뿐더러, 정효준은 제 딸보다 나이가 서른 살 이상 많습니다. 어떻게 짝을 맺게 하겠습니까?"

"나이가 많고 적음은 군이 비교하여 따질 게 없다. 반드시 혼인을 시키는 게 옳겠다."

이에 궁으로 돌아갔다. 진경은 몽롱한 듯이 있다가 깨고서 안방으로 곧장 들어갔다. 그랬더니 아내도 촛불을 밝히고 앉아 있다가 진경을 보고 물었다.

"밤이 이미 깊었사온데, 무슨 일로 들어오셨습니까?"

진경이 꿈속에서 벌어진 일을 말하니, 아내가 말했다.

"제 꿈도 그러하였습니다. 매우 괴이한 일이로군요."

"이는 우연한 일이 아니오. 장차 어떻게 하면 좋겠소?"

"꿈이란 게 헛된 것이지요. 어찌 그것을 믿겠습니까?"

그렇게 넘겨버렸다.

그로부터 다시 10여 일 지난 뒤였다. 진경의 꿈에 또 임금이 왕림하셨는데, 얼굴빛이 좋지 않았다.

---

10 면류관(冕旒冠): 임금의 정복인 구장복(九章服)에 갖춰 쓰는 모자〔禮帽〕.

11 비녀를 꽂을 나이: 계년(笄年). 보통 15세를 가리킨다.

"전에 네게 가르침을 주었거늘, 너는 어찌하여 아직까지도 내 명령을 따르지 아니하느냐?"

진경은 두려워 몸을 잔뜩 움츠린 채 사죄했다.

"삼가 마땅히 헤아려 거행하겠습니다."

꿈에서 깨고 난 뒤 다시 아내에게 말했다.

"이번 꿈도 또 이와 같으니, 이는 필시 하늘의 뜻이라. 만일 하늘의 명령을 거역해서 큰 재앙을 입을까 두렵소. 앞으로 어떻게 해야 좋겠소?"

"설령 꿈이 그렇다 해도, 그 일은 할 수 없는 것입니다. 제가 어떻게 사랑하는 딸을 가난한 사람의 네 번째 아내가 되도록 차마 하겠습니까? 하늘의 뜻이든 사람의 뜻이든 간에 저는 죽어도 따르지 않겠습니다."

이날 이후로 진경은 마음이 몹시 복잡하고 두려워, 먹고 자는 것이 편치 않았다.

그렇게 또 10여 일이 지났다. 임금이 또 꿈속에 왕림하여 말했다.

"지난번 네게 내린 가르침은 단지 하늘이 정해준 연분 때문만이 아니다. 저 사람은 복이 많은 사람이다. 네게도 해가 없고 이익만 있을 게다. 내가 여러 차례 명령을 내렸는데도 네가 끝내 거역하니, 이게 무슨 도리란 말이냐? 장차 큰 재앙을 내릴 것이다."

진경이 황공하여 일어났다가 다시 엎드려 아뢰었다.

"삼가 임금님의 가르침을 받들겠습니다."

임금이 다시 말했다.

"이는 네가 한 짓이 아니다. 모두 다 네 처가 고집스럽게 어명을 받들지 않은 결과니, 내 마땅히 그 죄를 다스리리라."

이에 '잡아오라'는 명령이 내려졌다. 그러자 삽시간에 형벌을 베풀기 위한 각종 도구들이 펼쳐졌고, 진경의 아내가 잡혀 왔다. 임금이 죄를 따지며 말했다.

"네 가장은 내 명령을 따르려고 하는데, 너 혼자서 난처하다고 고집하며 어명을 받들지 않는지라. 이게 무슨 도리란 말이냐?"

그러고는 형장(刑杖)을 가하게 했다. 네다섯 차례 매질을 하니, 진경의 아내는 두려워 떨며 애걸했다.

"어찌 감히 어명을 어기겠습니까. 삼가 가르침을 받들겠습니다."

임금은 형벌을 그치게 하고 궁으로 돌아갔다.

진경이 놀라 꿈에서 깨고 안방에 들어갔더니, 아내가 꿈속에서 있었던 일을 말했다. 그리고 무릎을 문지르며 앉아 있었는데, 무릎에는 매를 맞은 흔적이 뚜렷했다. 부부는 몹시 놀랍고도 두려워 서로 의논하여 혼인을 결정했다.

이튿날, 진경이 해풍군을 초청했다.

'요새는 어째서 오랫동안 오지 않는가?'

해풍군이 바로 찾아오니, 진경은 그를 맞으며 말했다.

"자네는 지난번 일 때문에 스스로 멀리하며 발길을 끊었나? 내가 요새 천 번 만 번 생각하고 헤아려보니, 내가 아니면 이 세상에서 자네의 곤궁함을 구제할 사람이 없겠더군. 비록 내 딸의 평생이 잘못된다 해도, 결단코 자네 집으로 시집을 보내겠네. 자네를 내 사위로 삼겠다고 내가 이미 결정했으니, 달리 의논할 게 무에 있겠나? 사주단자를 서로 주고받고 할 것도 없네. 이 자리에서 혼서를 작성하면 그만이지."

진경이 종이 한 폭을 내어주며 해풍군에게 혼서를 작성하게 했다. 그리고 앉은자리에서 책력을 꺼내 펼쳐 들고 좋은 날도 잡았다. 진경은 분명히 약속을 하고서 그를 돌려보냈다.

다음 날 아침이 되었다. 잠자리에서 일어난 진경의 딸이 어머니에게 말했다.

"지난밤 꿈이 너무 기이했어요. 아버님의 바둑 친구이신 정 생원께서 갑자기 용으로 변하더니, 제게 '너는 내 아들을 받아라.'라고 말씀하더군요. 제가 치마를 펼쳐서 그것을 받았는데, 작은 용 다섯 마리가 치마폭 위에서 꿈틀대며 놀고 있더군요. 그런데 용을 주고받는 사이에, 작은 용 한 마리가 그만 땅에 떨어지더니 목이 부러져 죽고 말았습니다. 꿈이 정말 이상하지 않나요?"

부모도 딸의 말을 듣고 이상하게 생각했다.

그 후 진경의 딸이 해풍군의 집으로 시집가서 해마다 자식을 낳더니, 연거푸 아들만 다섯을 낳았다. 그들이 성장하자 차례로 과거에 급제했다. 1남과 2남은 벼슬이 판서에 이르고, 3남은 대사간(大司諫), 4남과 5남은 모두 홍문관(玉堂)에 들어갔다. 큰 손자 역시 해풍군이 살아 있을 때에 과거에 급제했고, 손녀사위도 급제했다. 다섯 아들이 급제함에 따라, 해풍군은 품계가 두 등급이나 가자[12]되어 지위가 아경[13]에까지 이르렀다. 아흔 살 남짓을 살면서 손자와 증손자가 가득했으니, 그 복록의 성대함은 세상에 비할 데 없었다.

다섯째 아들은 서장관[14]으로 연경에 갔다가 돌아오는 길에 미처 책문[15]을 통과하기 전에 죽어, 관에 실려 돌아왔다. 이때에도 해풍군은 여전히 살아 있었으니, 과연 꿈속의 일과 부합했다. 부인은 해풍군보다 3년 앞서서 죽었다.

---

12 가자(加資): 정3품 통정대부(通政大夫) 이상의 품계를 올리는 일. 또는 올린 품계. 관원들의 임기가 찼거나 근무 성적이 좋은 경우나 나라에 경사스러운 일이 있을 경우에 주로 행했다. 여기서는 아들이 모두 과거에 급제한 까닭에 가자되었다.

13 아경(亞卿): 정경(正卿) 다음 벼슬로, 육조의 참판이나 한성부 판윤 등을 이른다.

14 서장관(書狀官): 중국에 보냈던 사행 가운데 하나. 정사(正使), 부사(副使)와 함께 삼사(三使)의 하나였다. 정4품에서 6품 사이의 관원이 임명되며, 외교문서에 관한 직무를 맡았다.

15 책문(柵門): 조선에서 청나라로 들어가는 관문. 만주의 구련성과 봉황성 사이에 있다.

해풍군이 궁곤했을 때에는 이런 일도 있었다. 그는 친구 집에 갔다가 한 술사[16]를 만났다. 거기에 있던 모든 사람들은 술사에게 앞길이 어떠할지를 물었지만, 해풍군만 홀로 묻지를 않았다. 주인이 말했다.

"저 사람의 관상법이 신통하고 기이한데, 자네는 어찌하여 한 번도 묻지를 않는가?"

"가난하고 곤궁한 사람이 상을 본들 뭐 이로울 게 있다고……."

술사는 한참 동안 해풍군을 보다가 말했다.

"저분은 뉘신가요? 지금은 비록 이같이 곤궁하지만, 그 복록이 끝도 없겠군요. 초기에 궁하다가 후기에 달통하리니, 오복을 완전하게 갖춘 관상이라 하겠습니다. 여기에 계신 분들 모두가 저분에게는 미치지 못할 것입니다."

그렇게 말했는데, 훗날 과연 술사의 말과 같았다.

해풍군이 처음으로 결혼하는 날 밤이었다. 꿈에 어떤 사람의 집에 들어갔는데, 마루에 벌려놓은 것들이 모두 혼례를 행하려는 듯했다. 다만 거기에 신부만 없었다. 꿈을 깬 해풍군은 의아하게만 생각했다.

첫 번째 아내를 잃고 두 번째로 결혼하는 날 밤이었다. 꿈에 또 그 집에 들어갔다. 지난번 꿈과 모든 것이 같았지만, 이른바 신부란 자만 보자기〔襁褓〕에 싸여 있는 게 달랐다.

또다시 아내를 잃고 세 번째로 결혼하는 날 밤이었다. 또 꿈에 그 집에 들어갔더니, 이전의 꿈과 한결같았다. 다만 보자기에 싸여 있었던 신부가 열 살 남짓한 아이로 조금 자랐을 뿐이었다.

세 번째로 아내를 잃은 뒤, 네 번째로 혼례를 하러 이진경의 집으로 들어간 해풍군이 신부를 바라보았다. 신부는 곧 지난날 꿈에서 봐왔던 아

16 술사(術士): 음양이나 점술에 능통한 사람.

이였다. 무릇 모든 일에는 정해진 운명이 있어서 그러한 것이리라.

병사 이진경의 꿈에서 하교를 하셨던 임금은 단종이었다고 한다.

해풍군 정효준은 해주 사람으로 백정(栢亭) 역[17]의 후손이요, 소평공(昭平公) 미수[18]의 4세손이다. 그가 아내를 맞이하기 전에 꿈을 꾼 적이 있었다. 어떤 사람이 그를 이끌고 어느 곳인가에 데리고 가더니, 자줏빛 옷을 입은 부인을 가리키며 말했다.

"저 사람이 네 아내가 되어 네 집안을 복되게 하리라."

꿈에서 깬 해풍군은 그 일을 마음속에 담아두었다.

그 후에 장가를 들었지만, 연거푸 세 번이나 아내와 사별했다. 게다가 자식도 두지 못했다. 그러구러 어느덧 47세가 되었다. 그와 같은 마을에는 병사 이진경이 살고 있었다. 해풍군은 가난하고 궁핍한 데다 무료함을 견딜 수 없어서, 때때로 진경의 집에 가서 바둑을 두곤 했다.

진경에게는 아직 시집가지 않은 딸이 있었다. 그 딸이 일찍이 '꿈속에서, 바깥사랑채에서 바둑을 두시던 정 생원이 자기에게 알 다섯 개를 주기에 자기가 치마에 싸서 안고 있었더니, 그 알이 모두 부화하여 용이 되었다'는 말을 했다. 진경은 그 말을 듣고 기이하게 생각했다.

어느 날, 진경이 해풍군과 바둑을 두고 있었다. 그러다가 '네 번째 장가'와 관련된 말이 나왔다. 이에 진경이 말했다.

"자네가 내 집으로 장가를 들면 어떻겠나?"

"쉰 살이나 된 궁핍한 선비가 어찌 그럴 수 있겠나?"

---

17 정역(鄭易): ?-1425. 고려 우왕 9년(1383)에 이방원과 함께 문과에 급제하여 호조판서를 거쳐 대제학을 역임했다. 효령대군의 장인이기도 하다.

18 정미수: 1456-1512. 조선 시대 문신으로 우찬성을 지냈다. 아버지가 정종(鄭悰)이고, 어머니는 문종의 딸 경혜공주(敬惠公主)다. 아버지가 사사된 후에 세조가 그를 길렀다.

진경은 딸이 꾸었던 꿈 이야기를 하면서 자기 딸을 아내로 삼게 했다.

혼인하는 날, 해풍군은 신부의 얼굴과 의상, 거처하는 방과 창살, 그리고 마당과 섬돌까지 묵묵히 살펴보았다. 그 모습은 옛날 꿈에서 보았던 것과 완전히 일치했다.

그 후에 그는 아들 다섯을 낳았다. 식(植)은 벼슬이 필선[19]에, 익(榏)은 판서에, 석(晳)과 박(樸)은 모두 참판에, 적(樍)[20]은 장령(掌令)에 이르렀다. 식의 아들 중휘(重徽)도 참판 벼슬을 하였다. 모두가 문과에 급제하여 현달했던 것이다. 해풍군은 자손의 영화를 모두 보고, 홀로 89세의 삶을 누렸다.

해풍군 정효준(1577-1665) | 자는 효우(孝友), 호는 낙만(樂晩)이다. 판관 흠(欽)의 아들이다. 음관으로 군에 봉해졌는데, 해풍이 그의 군호다.

아들 식(1615-1662)의 호는 백효(白郊)다. 진사를 거쳐, 인조 경인년(1650)에 대과에 급제했다. 익(1617-1683)의 자는 사제(士濟)[21], 호는 욱헌(旭軒)이다. 진사를 거쳐, 임오년(1642)에 대과에 급제했다. 석(1619-1677)의 자는 백야(白也)다. 진사를 거쳐, 효종 기축년(1649)에 대과에 급제했다. 박(1621-1692)은 진사를 거쳐, 임진년(1652)에 대과에 급제했다. 적(1635-1672)은 진사를 거쳐, 임인년(1662)에 대과에 급제했다. 장손 중휘(1631-1697)의 자는 신백(愼伯), 호는 돈곡(敦谷)이다. 진사를 거쳐, 정유년(1657)에 대과에 급제했다.

병사 이진경(1576-1642) | 본관은 전의다. 종훈(從訓)의 아들이요, 위경(偉卿)의 사촌동생이다. 무과에 급제했다. 벼슬은 경상우병사(慶尙右兵使)에 이르렀다.

---

19 필선(弼善): 세자시강원(世子侍講院)에 속한 정4품 벼슬.

20 적(樍): 원문에는 '독(櫝)'으로 되어 있지만, 이는 '적(樍)'의 오류다. 정적(1635-1672)은 조선 중기 문신이다. 1671년에 사헌부 장령으로 있었고, 그해 11월에 동지사은사(冬至謝恩使) 서장관으로 사행을 다녀왔다.

21 정익의 자는 '사제(士濟)'가 아닌 '자제(子濟)'다.

6

얼룩무늬 호랑이〔斑寅〕

예전에 재상 부부가 서로 해로하며 살고 있었다. 그들에게는 어린 여종 하나가 있었다. 나이는 17-18세고, 얼굴도 못나지 않은 데다 성품도 순수하고 착해서 부인이 몹시 사랑했다.

그런데 재상이 항상 여종을 가까이하려고 했다. 여종은 그때마다 요청을 거부하다가, 마침내 울며 부인께 아뢰었다.

"소인이 이제 죽으려 합니다. 대감님께서 여러 차례 소인에게 잠자리 시중을 들라고 하십니다. 만일 명령을 따르지 않으면, 결국에는 대감님의 형장(刑杖) 아래 죽고 말 것입니다. 명령을 따른다면, 마님께서 자식처럼 길러주신 은혜를 입었거늘, 소인이 어찌 차마 눈엣가시가 되겠습니까? 그러니 한번 죽는 것 말고 다른 길이 없습니다. 강물에 몸을 던져 죽으렵니다."

부인은 여종의 뜻을 불쌍히 여겨 백은(白銀)과 청동(靑銅), 비녀와 귀걸이 등을 꺼냈다. 게다가 여종이 가지고 있던 옷가지들을 꺼내 보따리 하나로 꾸렸다. 그것을 여종에게 내어주며 말했다.

"이제는 네가 여기에 있을 수 없겠구나. 그러나 사람으로 나서 어찌 공연히 죽겠느냐? 이것을 가지고 네가 가고 싶은 곳으로 가거라. 이것으로 밑천을 삼으면 살아갈 수는 있을 게다."

부인은 새벽종이 울리기만을 기다렸다가, 몰래 문을 열어 여종을 내보냈다.

재상집 안채에서만 자란 여종은 지금까지 그 집 문 밖을 나서 본 적이 없었다. 부인이 싸준 봇짐을 껴안은 채 어디로 가야 할지 몰라 주저하다가 곧장 큰길만 따라서 갔다. 남대문 밖으로 나와 걷노라니, 나루터가 점점 가까워졌다. 그즈음에 동이 트며 날도 밝아왔다.

그때 문득 뒤쪽에서 말방울 소리가 들려왔다. 돌아보니, 한 사내가 앞으로 다가와 말을 걸었다.

"당신은 어디 사는 처녀이시기에, 이리도 이른 새벽부터 혼자서 어딜 그리 가시우?"

"제게는 슬프고도 원통한 일이 있답니다. 그래서 강물에나 빠져 죽으려고요."

"맹랑하게 죽기보다는…… 내가 아직 아내를 맞이하지 않았는데, 나와 함께 사는 건 어떻소?"

여종이 허락하니, 그는 말 위에 그녀를 태우고 떠났다.

그 뒤 몇 년 사이에 재상 부부는 모두 세상을 떠났고, 재상의 아들도 이미 죽고 없었다. 손자만 조금 장성해 있었지만, 집안이 퇴락하여 살아갈 방법이 없었다. 그러다 문득, 선대〔先世〕[1]의 많은 노비들이 여러 곳에 흩어져 살고 있다는 것을 떠올렸다. 추노[2]에 나서면 다시 살아갈 밑천을 얻을 수 있겠다고 생각했다. 마침내 혼자서 길을 나섰다.

그는 제일 먼저 아무 곳에 가서 모든 놈팡이들을 불러모았다. 그리고 호적단자를 내보이며 말했다.

"너희들은 모두 우리 선대의 노비들이다. 내가 지금 너희들이 납부해야 할 세금〔收貢〕[3]을 받으러 내려왔노라. 모름지기 너희들은 사람 수가 얼

---

1 선세(先世): 선대(先代). 조상 세대.
2 추노(推奴): 도망한 노비를 찾아오거나 외거노비를 찾아가 몸값을 받는 일.
3 수공(收貢): 노비가 신역(身役)으로 내야 하는 세금.

마고, 그중 남녀 비율이 얼마인가를 헤아려 빠짐없이 바치도록 하라."

모든 놈팡이들은 입으론 그리하겠다고 했지만, 마음속으로는 좋지 못한 생각을 품었다. 이에 방 하나를 정해 그를 머물게 하고, 저녁밥도 지어 접대했다. 그러면서 그날 밤에 무리를 모아 죽여 없애려고 했다. 생[4]은 그것도 모른 채 곤히 잠이 들었다.

밤이 깊어졌다. 창밖에서 문득 사람들의 목소리와 발걸음 소리가 들려왔다. 생은 마음속으로 의심이 생겨 벽에 귀를 대고 가만히 들어보니, 누가 먼저 문을 박차고 들어갈 것인가를 두고 서로 미루는 소리였다. 그제야 상황을 파악한 그는 커다란 두려움에 휩싸였다. 들키지 않게 조용히 자리에서 일어난 생은, 방 뒤쪽의 흙벽을 발로 힘껏 찼다. 그리고 흙벽이 허물어진 틈새로 얼른 달아났다. 그와 동시에 어떤 놈팡이들은 칼을 쥐고, 어떤 놈들은 몽둥이를 들고, 어떤 놈들은 방 안으로, 어떤 놈들은 부엌 뒤쪽으로 내달으며 그를 쫓았다. 생이 살아날 길은 없었다.

마침내 생은 낮은 울타리를 훌쩍 뛰어넘었다. 그때였다. 홀연 마침 울타리 밖에 있던 호랑이 한 마리가 달려들더니 그를 물고 가버렸다. 모든 놈팡이들은 생이 호랑이에게 잡혀가는 것을 보고 서로를 돌아보며 기뻐했다.

"굳이 번거롭게 우리 손을 빌릴 것도 없게 되었군. 호랑이가 알아서 물고 갔으니, 이야말로 하늘이 정하신 일이 아니겠나? 근심거리도 영원히 사라졌네그려."

호랑이가 생을 물고 가긴 했지만, 사실은 그의 옷 뒷자락을 물었다가 곧바로 몸을 들쳐서 그를 자기 등 위에 얹혀놓았던 것이다. 등 위에 올려

4 이하 원문에는 '생(生)'으로 쓰고 있다. 여기서도 일관성을 꾀하기 위해 손자를 생으로 쓴다.

놓고 밤새도록 달렸는데, 달린 거리가 얼마나 되었는지 알 수 없었다.

어느 곳엔가 다다랐을 때, 호랑이는 몸을 흔들어서 땅바닥에다 생을 떨어뜨렸다. 생의 몸에는 상처 하나 없었지만, 넋은 완전히 나가 있었다. 시간이 조금 지나서야 놀랐던 넋도 조금씩 진정되어, 눈을 뜨고 주위를 둘러볼 수 있었다. 둘러보니, 자기는 어느 큰 마을 중앙에 위치한 우물가와 가까운 어떤 대문 앞에 놓여 있었다. 여전히 호랑이는 곁에 쭈그려 앉아 있었다.

날이 점점 밝아왔다. 우물가 가까이 있던 집 대문이 열리며 사람들이 나왔다. 물을 긷기 위해 나온 것이다. 땅바닥에 어떤 사람이 누워 있고, 그 곁에는 커다란 호랑이 한 마리가 지키고 있는 광경이 눈에 확 들어왔다. 깜짝 놀란 그들은 급히 집 안으로 달아나며 큰 소리로 외쳤다.

"호랑이가 나타났다!"

그러자 남녀노소 할 것 없이 그 집 사람들 모두가 몽둥이를 들고 밖으로 나왔다. 호랑이는 많은 사람들이 한꺼번에 달려드는 것을 보더니, 비로소 몸을 일으켜 길게 기지개를 켜고는 어슬렁거리며 그곳을 떠났다. 사람들은 그제야 누워 있는 사람에게 물었다.

"당신은 누구며, 왜 여기에 누워 있소? 얼룩무늬 호랑이는 또 무슨 이유로 당신을 지켜 서서 떠나질 않고 있었던 게요?"

생은 비로소 일의 자초지종을 하나하나 들려주었다. 사람들은 모두 혀를 차며 신기하게 여겼다. 우물가에 있던 집 안방마님도 구경하러 나왔다가 생의 용모를 보고 그가 누구인지를 기억해 냈다. 그녀는 곧바로 생을 안채로 모셔 오라고 한 뒤에 말했다.

"당신의 어릴 적 이름이 혹 아무개가 아닙니까?"

생은 깜짝 놀라 말했다.

"제가 과연 그 사람입니다. 노마님께서 그것을 어떻게 아셨습니까?"

할미는 마침내 자세하게 이야기를 들려주었다.

"나는 아이 때부터 아무 댁 여종으로 있으면서 마님께 은혜를 많이 입었지요. 오늘까지 이렇게 살아올 수 있었던 것도 마님의 은덕이 아닌 게 없지요. 내 나이가 지금 일흔에 가까워졌지만, 어느 날인들 잊고 지냈겠습니까? 그저 서울과 지방이 멀리 떨어져 있고, 소식을 전할 길도 막혀 있었을 뿐이지요. 그렇게 40여 년이 되었으니, 대감님 내외분은 필시 세상을 떠나신 지 오래되었겠지요. 영감님[5]이 생존해 계신다면 팔순에 가깝겠군요. 도련님도 이렇게 늙수그레해졌지만, 여태 어렸을 때의 모습이 남아 있네요. 그래서 저도 기억할 수 있었던 게지요. 집안이 퇴락해진 까닭에 몸소 이렇게 위험한 걸음을 하셨다니, 삼가 옛 생각에 복받쳐 흐르는 눈물을 주체할 수가 없네요. 그러나 얼룩무늬 호랑이가 아니었다면[6] 도련님께서 어떻게 지금 여기에 올 수 있었겠습니까? 이는 하늘이 제게 옛 은혜에 보답하라고 하는 것이겠지요."

그러고는 아들과 손자들을 모두 불러들였다.

"이분이 내 상전이니, 너희들은 한 사람씩 인사를 드리도록 해라."

또 북쪽 문을 열어 모든 며느리들도 나와 인사를 드리게 했다. 그리고 음식을 풍성하게 갖춰 올리고 새 옷도 지어 입혔다. 그렇게 며칠 동안을 붙잡아 두었다.

할미의 아들들은 모두 건장하고 억센 데다가 위풍(威風)이 당당했다. 거기에 부자인지라, 한 마을에서 떵떵거리며 사는 자들이었다. 그런데 지금 갑자기 자기 어머니가 떠돌아다니는 어떤 거지 놈을 상전이랍시고

---

5 영감님: 여기서는 대감의 아들을 가리킨다.

6 '그렇게 40여 년이 ~ 얼룩무늬 호랑이가 아니었다면'은 이 이야기의 원출전인 《청구야담》에는 없는 내용이다. 이 내용이 첨가되면서 오히려 이야기의 시간 경과 양상이 뒤죽박죽되었다.

부르면서 자신들로 하여금 모두가 노비가 되라고 하니, 만약에 다른 사람들이 듣기라도 한다면 고을에서 수치를 받을 게 뻔했다. 분한 마음이 가슴속에서 끓어올랐다. 그러나 어머니의 성품이 엄격한지라, 아들들은 감히 그녀의 뜻을 어길 수도 없었다. 마지못해 억지로 명령을 따를 뿐이었다.

생이 할미에게 말했다.

"내가 집을 떠난 지 오래되었네. 빨리 돌아가고 싶은데…… 모름지기 나를 위해 빨리 떠나게 해주우."

"며칠 더 머무른다고 해서 문제 될 것이 무에 있겠어요?"

밤이 깊어졌다. 아들들이 깊은 잠에 빠진 것을 확인한 할미가 생의 귀에 대고 속삭였다.

"도련님께서는 우리 아이들의 분위기를 보지 못했습니까? 저들은 비록 내 명령 때문에 마지못해 겉으로야 따르는 척하지만, 그 속마음은 헤아릴 수가 없답니다. 만약에 홀몸으로 돌아가신다면, 반드시 가는 도중에 뜻하지 않은 재앙을 당할 것입니다. 내게 계책이 하나 있는데, 도련님께서는 그를 따르시렵니까?"

"어떤 계책인지?"

"내겐 손녀딸이 하나 있지요. 나이가 열여섯 살인데, 얼굴도 제법 예쁘답니다. 걔가 아직까지 정혼한 데가 없으니, 도련님이 걔를 거두면 어떻겠습니까?"

갑자기 말을 들은 생은 당혹스러워 대답하지 못했다. 할미가 다시 말했다.

"내 말을 따르면 살아서 돌아갈 수 있겠지만, 내 말을 따르지 않으면 분명코 천수를 다 누리지 못하는 화를 당하게 될 것입니다. 나는 옛 주인의 은혜를 잊지 못해 이렇게까지 계책을 내놓았거늘, 도련님께서는 어찌

하여 따르지 않으십니까?"

생이 허락했다. 뒷날, 할미는 아들들을 모두 불러서 말했다.

"내가 손녀 아무개를 아무개 도련님께 시집보내기로 했다. 너희들은 오늘 저녁까지 혼례에 필요한 각종 물품들을 준비해 놓아라. 내 말을 감히 어기지 마라."

아들들은 한마디 소리도 내지 못하고 그저 '예 예' 하며 물러났다.

저녁이 되자, 방 하나를 수리해 신방으로 꾸며놓은 곳으로 생을 들여보냈다. 그러고 나서 곱게 치장한 손녀를 들여보냈다. 드디어 혼인이 성립된 것이다.

다음 날 아침, 할미는 신방에 들어가 문안을 하고 난 뒤에 아들들을 모두 불러 말했다.

"상전께서 내일 댁으로 돌아가신다고 한다. 손녀도 마땅히 따라갈 것이다. 너희들은 타고 갈 말 한 필, 가마를 끌고 갈 말 한 필, 그리고 짐을 싣고 갈 말 몇 필을 속히 장만하여 대령해 놓도록 해라. 또 가마도 빌려오너라. 너희들 중에 아무개와 아무개는 행차를 모시고 함께 서울에 올라갔다가 거기서 서찰을 받고 돌아오도록 해라. 그리함으로써 행차가 무사히 도착했음을 내가 알게끔 하여라."

아들들은 바삐 명령을 좇아 모든 것을 준비한 뒤, 마침내 행장을 차려 서울로 올라갔다. 이불과 옷가지, 얼마간의 돈도 짐바리 몇 개에 함께 실어놓았다. 가는 도중에는 어떠한 일도 벌어지지 않은 채 편안히 서울에 도착할 수 있었다. 생은 편지를 써서 돌아가는 사람에게 부쳤다.

그 뒤로 해마다 심부름꾼 하나를 서울로 올려 보냈는데, 그 일은 할미가 죽을 때까지 계속되었다.

7

성 거사 장취성〔星居士〕

성 거사는 가산[1] 사람이다. 속세에서 쓰던 성은 장(張)이고, 이름은 취성(就星)이다. 일찍이 부모를 잃고 열다섯 살에 출가했다. 강릉 오대산 월정사에서 머리를 깎고 법승[2] 운대사(雲大師)의 제자가 되었다. 그는 총명하고 영특하여 다른 승려들보다 훨씬 돋보였다. 대사도 그를 몹시 아껴, 항상 이렇게 말하곤 했다.

"마땅히 취성에게 의발[3]을 전하리라."

그러면서 삼장[4]의 경문(經文)을 가르치지 않은 게 없었다. 그러나 오직 세 권의 책만은 상자 속에 깊이 넣어둔 채 보여주지 않았다.

하루는 대사가 금강산 유점사(楡岾寺)에서 열리는 가사회[5]에 가게 되었다. 떠나기 전에 취성에게 말했다.

"내가 일 년 안에 돌아올 것이니, 너는 모름지기 마음을 다잡고 착실히 공부하도록 해라. 그리고 상자 속에 넣어둔 세 권의 책은 절대 꺼내 보지 않도록 해라."

대사는 지팡이를 날려[6] 길을 떠났다. 취성은 여러 제자들과 함께 절 바

---

1 가산(嘉山): 평안북도 박천군의 옛 지명.

2 법승(法僧): 법사이면서 아직 법호(法號: 승려에게 붙여주는 별호)를 받지 못한 승려.

3 의발(衣鉢): 가사와 바리때. 의발을 전한다는 말은 스승과 제자 사이에 도통이 계승된다는 의미다.

4 삼장(三藏): 경(經)·율(律)·논(論)으로, 석가모니가 설법한 모든 불교 경전을 이른다.

5 가사회(袈裟會): 중들의 모임을 말하는 듯. 홍명희 소설《임꺽정》에서 중들이 벌이는 모임과 유사한 것으로 보인다. 가사(袈裟)는 중들이 입는 법의를 말한다.

깔문(山門)까지 나가서 전송하고 돌아왔다. 절에 돌아온 취성은 마음속으로 퍽 의아해하며 혼자 중얼거렸다.

"스승님이 감춰둔 세 권의 책이 도대체 무슨 기이한 글이기에, 제자에게도 한번을 보여주려 하지 않지?"

그러다가 틈을 타 그것을 꺼내 펼쳐봤더니, 그 책은 불경이 아니라 풍수지리와 관련된 책이었다. 위로는 하도낙서[7]에서부터 아래로는 성력[8]에 이르기까지, 음양오행의 이치와 구궁팔괘[9]의 방법. 그 모든 깊고 오묘한 이치[10]가 모두 갖춰져 있고, 길흉에 관한 것들도 모두 실려 있었다. 천만 년 동안 전해지지 않았던 천고의 비결[11]이 온전히 담긴 것이었다.

취성은 그 책을 잠깐 보고 난 후로 점점 더 거기에 빠져들었다. 불경 공부도 완전히 덮어두고 오로지 이 책만 읽었다. 그렇게 한 지 채 반년도 못 되어, 책 속에 담긴 오묘한 이치를 완벽하게 꿰뚫게 되었다. 평소에 산길을 걸을 때에도 용맥[12]의 기복[13]과 풍수의 취산[14]이 눈앞에 환히 들어오는 게, 마치 손바닥을 펴서 그 안을 들여다보는 것과 같았다. 취성은 스

---

6 비석(飛錫): 지팡이를 날린다는 말로, 승려가 유람하는 것을 이른다.

7 하도낙서(河圖洛書): 고대 중국에서 예언이나 수리(數理)의 기본이 된 책. 하도는 복희씨 때에 황하(黃河)에서 8척이 넘는 용마(龍馬)가 등에 지고 나왔다는 그림으로, 그 그림이 《주역》 팔괘의 근원이 되었다. 낙서는 우(禹)임금이 9년 동안 치수(治水)할 때, 낙수(洛水)에서 나온 거북이 등에 있었다는 글로, 이 글이 《서경》 '홍범구주(洪範九疇)'의 근원이 되었다.

8 성력(星曆): 천문역법(天文曆法).

9 구궁팔괘(九宮八卦): 구궁은 역술가의 아홉 개 방위이며, 팔괘는 복희씨가 지었다는 8가지 괘.

10 현묘(玄妙): 도리나 법칙이 깊고 미묘함.

11 비결(祕訣): 세상에 알려지지 않은 방법.

12 용맥(龍脈): 산맥. 풍수 용어로, 산줄기를 용에 비유한 것이다. 산의 기복(起伏)을 용맥이라 하는데, 풍수에서 묘지는 용맥이 통하는 곳에 써야 한다고 한다.

13 기복(起伏): 높고 낮음. 용맥이 위로 솟은 것을 기(起), 아래로 엎드려 있는 것을 복(伏)이라 한다.

스로 생각했다.

'나는 이미 세상에 없는 신비로운 술법을 터득했으니, 인간 세상에서 부귀를 얻는 게 마치 손바닥에 침을 뱉는 것과 같겠구나.'

그러면서 속세로 되돌아갈 마음도 생겼다. 그러다 하루는 문득 깨닫고 말했다.

"부처님의 가르침을 배우려면 마음을 바르게 하는 것이 최상이라. 나는 출가한 후로 10년 동안 티끌만 한 잡념도 없었지. 그러다 사악한 마음이 갑자기 발동하여 스승의 가르침을 따르지 않았을뿐더러, 불가의 가르침을 쓸데없는 것으로 여기면서까지[15] 풍수지리의 방술(方術)에 깊이 빠져들었구나. 수행에 어찌 방해가 되지 않으랴. 또 스승님이 알게 되면 호된 꾸지람을 면할 수도 없겠다."

취성은 단향[16]을 피우고 부들자리[17]에 앉았다. 손으로 염주를 굴리며 입으로는 부처님을 찬미하는 시〔佛偈〕[18]를 읊조렸다.

오래지 않아 대사가 돌아왔다. 대사는 취성을 불러 말했다.

"네 죄를 아느냐?"

취성이 섬돌 아래에 꿇어앉아 대답했다.

---

14 풍수취산(風水聚散): 풍수의 기운이 모이고 흩어지는 것. 주자가 땅을 가리는 법을 말할 때, 바람의 기운〔風氣〕의 취산, 물과 땅의 조화〔水土〕의 천심(淺深), 그리고 자리가 놓이는 곳〔穴道〕을 모두 따져봐야 그 땅이 좋고 나쁨을 환하게 알 수 있다고 했다.

15 변모(弁髦): 무용지물. 변(弁)은 치포관(緇布冠)으로 관례(冠禮)를 행하기 전에 잠시 쓰는 갓인데, 관례가 끝나면 버리는 모자다. 모(髦)는 동자(童子)의 이마 양쪽 머리카락을 가리키는 말로, 관례를 행할 때 길러둔 모를 깎아버리고 머리카락을 정리하여 상투를 틀게 된다.

16 단향(檀香): 전단향(栴檀香). 불교에서 가장 신성하게 여기는 나무인 단목(檀木)으로 만든 향.

17 포단(蒲團): 부들의 줄기나 잎으로 엮어 만든 자리. 거친 방석.

18 불게(佛偈): 부처를 찬미하는 시. 보통은 4구로 되어 있다.

"제가 사부님을 따르고 섬기면서 이미 10년이란 세월을 지냈지만, 정말 털끝만치도 불순한 일이 없었습니다. 제가 참으로 어리석어, 무슨 죄를 지었는지 모르겠습니다."

대사가 크게 꾸짖으며 말했다.

"수행 공부에는 그 요목〔目〕이 세 가지인데, 육체〔身〕와 마음〔心〕과 인식〔識〕[19]이 그것이다. 너는 옛 가르침을 등지고 잡된 방술책에 빠져, 불가의 적멸[20]에 염증을 내고 속세에 부귀를 흠모하였구나. 십년공부를 하루아침에 무너뜨렸도다! 그 죄는 진실로 한시인들 내버려 둘 수 없을 터. 너는 지금 당장 하산토록 하라."

마침내 엄하게 매질하여 그를 내쳤다.

취성은 스스로 더 이상 절에서 용납될 수 없다는 것을 깨닫고, 이내 고향으로 향했다. 강릉에서부터 서울에 올 때까지 거쳐 지나온 산과 강에는 명당자리라 할 만한 혈[21]과 좋은 묏자리[22]가 손가락으로 꼽을 수 없을 정도로 많았다. 그는 산줄기〔龍節〕[23]가 향하고 등진 방향[24], 주위의 봉우

---

19 심신식(身心識): 불교 유식(唯識: 모든 현상은 마음이 분별하고 인식하는 작용에 지나지 않는다는 사유) 사상의 기반이 되는 것들이다. 원문에는 '의(意)'로 되어 있는데, 이는 식(識)의 오류가 아닌가 한다.

20 적멸(寂滅): 불교에서, 번뇌의 경지를 벗어나 생사의 괴로움을 끊음. 입적(入寂), 열반(涅槃).

21 혈(穴): 용맥의 정기가 모여 응집한 곳.

22 명혈대지(名穴大地): 명당자리가 되는 혈과 좋은 묏자리.

23 용절(龍節): 풍수지리에서 산줄기〔龍〕가 뻗어오는 내맥(來脈). 산줄기〔龍節〕는 그냥 만들어진 것이 아니라, 하늘의 기운이 지상에 반영된 것으로 본다. 산줄기에는 생기가 있는 생룡(生龍)이 있는가 하면, 생기가 다한 사룡(死龍)도 있다. 이것을 잘 보는 방법을 '간룡법(看龍法)'이라 한다.

24 좌향(坐向): 묏자리나 집터 위치의 방향. 보통 시신의 머리 쪽 방향을 '좌'라 하고, 하반신 쪽 방향을 '향'이라 한다. 즉 좌향은 묘혈의 뒤쪽 방향과 정면으로 바라보이는 방향을 말한다.

리와 연계된 물의 흐름[25] 등을 자세하게 적어 바랑[26] 속에 넣어두었다. 그러고는 곧장 서울로 들어가, 그가 점찍어 둔 곳을 팔아보려고 성안을 두루 돌아다녔다. 만나는 사람들마다 붙들고 부지런히 설명을 해도, 듣는 사람은 모두 허무맹랑한 소리를 한다면서 외면했다. 사려고 하는 사람이 단 한 사람도 없었다.[27] 결국 취성은 고향 가산으로 돌아와, 갈산(葛山) 아래에 두어 칸 되는 초가를 짓고 지냈다.

그가 머무는 곳 뒷산 절벽에는 작은 동굴이 하나 있었다. 아침마다 그곳에 가서 주문을 외운 뒤에 동굴 중앙에 손을 넣으면 두 되가량의 쌀이 저절로 쏟아졌는데, 이 쌀로 아침저녁마다 밥을 지어 먹었다고 전한다.

당시 숙천[28] 백운산에는 안씨 성을 가진 형제가 살고 있었다. 그들은 일찍이 부모를 여의고 서른 살이 넘도록 장가를 가지 못했다. 생활도 몹시 어려워, 형제 모두가 남의 집에 가서 품팔이를 하며 지냈다.

어느 날, 취성이 백운산 아래를 지나게 되었다. 그때는 마침 유월이었다. 갑자기 소나기를 만나, 취성은 급히 한 집에 들어갔다. 그 집이 바로 안 수재[29]가 품팔이를 하는 집이었다. 취성은 문 앞에 서서 비가 그치기를 기다렸지만, 날이 저물도록 비는 그치지 않았다. 그래서 주인에게 하룻밤 묵고 갈 것을 부탁했더니, 주인은 꾸짖으며 허락하지 않았다. 마침 소에게 여물을 먹이다가 그것을 본 안 수재가 취성에게 다가가 말했다.

"이 집 뒤에 있는 조그마한 집이 저희 집입니다. 누추함을 꺼려하지 않

---

25 납수(納水): 땅속 물줄기의 방향. 이 방향이 어디로 향하는가에 따라 땅의 좋고 나쁨을 안다.

26 바랑: 승려가 들고 다니는 큰 주머니.

27 《청구야담》에는 이 사이에 삽화 하나가 더 들어 있다. 그 내용은 생략한다.

28 숙천(肅川): 현재 평안남도 평원군. 가산과 평양의 중간에 위치해 있다. 백운산은 행정구역상 평안남도 개천에 위치해 있다.

29 수재(秀才): 여기서는 결혼하지 않은 남자를 뜻한다.

는다면, 저희들과 함께 주무시는 게[30] 어떻겠습니까?"

"비 내리는 깊은 골짜기에 호랑이들이 함부로 나다니는데, 그런 밤에 노숙을 하게 되면 필시 죽게 되겠지요. 그런데 요행히 어진 수재를 만나 함께 잘 것을 허락해 주시니, 당신은 그야말로 사람을 살리는 부처님이라고 하겠습니다."

수재는 취성을 자기 집으로 데리고 갔다. 자리를 깨끗이 청소해서 앉힌 뒤 아우를 불렀다.

"우리 형제가 먹으려던 저녁밥을 이곳으로 가지고 오너라."

아우는 즉시 주인집으로 가서 상 두 개를 가지고 왔다. 그중 한 상은 취성에게 주고, 나머지 한 상으로 형제가 나눠 먹었다.

이튿날도 여전히 비가 내렸다. 거사(居士)는 길을 떠날 수가 없었다. 이렇게 삼사일이 되었지만, 비는 끝내 그치지 않았다. 그런데도 안 수재의 접대는 첫날과 조금도 다르지 않았다. 시종일관 게을리하거나 괴로워하는 빛이 없었다.

닷새째 되던 날, 비로소 비가 그쳤다. 취성은 막 떠나려고 하다가 수재에게 물었다.

"수재 부모님의 산소는 어디에 쓰셨소? 한번 봤으면 좋겠구려."

"거사께서는 풍수지리(堪輿)[31]를 아십니까?"

"거칠게나마 주워들어 조금은 알지요."

수재는 취성과 함께 선영[32]으로 갔다. 취성은 먼저 주산[33]에 올라가 산

---

30 《청구야담》에는 "함께 가시는 게(去)"로 되어 있다. 의미상 이 내용이 타당하다.

31 감여(堪輿): 감여는 풍수서와 지리술로, 풍수지리를 의미함.

32 선영(先塋): 선산(先山). 조상의 무덤.

33 주산(主山): 묏자리, 집터, 도읍터 등의 뒤에 있는 주된 봉우리로, 혈(穴) 뒤쪽에 높게 솟은 산을 말한다.

줄기가 내려온 형세(龍勢)와 무덤을 중심으로 해서 물이 빠져나가는 물길(水口)[34]을 자세히 살폈다. 그렇게 보고 난 뒤에 무덤을 쓴 곳(穴處)[35]으로 가서, 시신의 머리가 놓인 곳(入首)[36]과 무덤 앞의 평평한 땅(明堂)[37]을 자세히 살폈다. 그러고서 이내 말했다.

"무덤이 놓인 형세가 매우 아름다우니, 길(吉)한 땅이라고 말할 수도 있겠소. 그러나 혈[38]에서 기(氣)가 빠져나가는 게 이러니, 어찌 가난에서 벗어날 수 있겠소? 무릇 이 혈을 매우 넓게 쓰고 있으니, 그 평평한 부분(土體)[39]이 없어야 하오. 이런 혈에는 한가운데에다 하관[40]을 하면 안 되오. 그러면 한가운데가 움푹 파여 바람이 들고나게 되겠지요.[41] 흙이 없으면 무너지는 것은 이치에 당연하겠지요.[42] 무릇 흙(土)이라는 것에는 솟아오르는 뿔(角)을 써야 하오. 뿔이라는 것은 불(火)을 말합니다. 《역경》에서도 말하지 않았던가요? '불이 흙을 낳는다(火生土)'고."

그러고는 약간 솟아오른 곳을 골라 무덤의 위치를 다시 정해놓았다. 좋은 날을 잡아 무덤 위에 흙을 덮어[43] 봉분을 만들려고 할 즈음에 취성이 물었다.

---

34 수구(水口): 혈을 중심에 두고 볼 때, 사방의 물이 한곳으로 빠져나가는 물길.

35 혈처(穴處): 기와 혈이 모인 곳인데, 여기서는 무덤을 쓴 곳을 말한다.

36 입수(入首): 용의 머리가 들어온 곳으로, 보통 묏자리 후면의 윗부분을 가리킨다.

37 명당(明堂): 무덤 앞에 있는 평평한 땅.

38 여기에서의 혈(穴)은 무덤을 써서 그 집안에 경사(慶事)를 이끄는 정기가 모인 자리를 의미한다. 기(氣)가 빠져나가면 당연히 경사가 줄어들 수밖에 없다.

39 토체(土體): 산의 정상 부분이 평평하게 된 것.

40 폄(窆): 하관(下棺). 주검을 묻기 위해 관을 광중(壙中)에 내리는 것.

41 당중즉요의(當中則凹矣): 이 부분은 일정 부분 의역을 했다. 풍수에서 요(凹)는 바람을 맞게 되는 곳을 가리키는데, 이 때문에 시신이 뒤집힌다고 보았다. 원문에서는 함축적으로만 써놓았는데, 번역자가 조금 부연하여 써넣었다.

42 이는 명리학에서 말하는 '토공즉붕(土空卽崩)'을 말한 것이다. 번역도 이를 응용했다.

43 개정(開井): 풍수에서, 무덤 위에 흙을 덮는 것.

"수재의 소원 중에서 무엇이 가장 급하오?"

"제가 사람으로 태어나 장차 윤리를 저버리고 대를 끊게 생겼으니, 불효가 막심합니다. 짝을 구하는 것이 가장 급합니다."

거사는 이에, 모자라는 기운을 보태주는 상생의 법칙[44]에 따라 나침반으로 묏자리를 조금씩 조정해 가며[45] 안장했다. 안장을 마치고 난 뒤에, 취성이 수재에게 말했다.

"팔월 아무 날에 어떤 미인이 천금을 가지고 와서 짝이 되자고 할 것이오. 그 후로는 가난에서도 벗어나고, 10년 안에는 자손들로 집안이 넘쳐날 것이오."

"조상의 음덕〔發蔭〕[46]이 어찌 그렇게 빨리 나타납니까?"

"음덕을 받을 상대〔龍氣〕[47]가 무덤의 주인과 먼 사이가 아니기 때문이오. 내가 10년 후에 다시 올 것이니, 그때까지는 비록 몇백 명의 술사들이 헐뜯어도 절대 무덤을 옮기지 마시오."

그러고는 이별하고 떠났다.

팔월 아무 날이 되었다. 안씨 형제는 집에 있었다. 점심때가 되자, 봇짐 하나를 짊어진 어떤 사람이 마을 입구에서부터 그들 집으로 오더니 물었다.

"여기가 안 수재의 집인가요?"

"그렇소."

"형제가 서로 의지하고 산다고 하던데…… 형의 이름은 아무고, 아우

---

44 상생법(相生法): 오행상생(五行相生)에 근거하여 모자라는 기운을 보태주는 것.

45 재혈(裁穴): 혈(穴)의 맥을 따라 나침반〔佩鐵〕으로 재고 맞추며 명당을 찾는 것.

46 발음(發蔭): 조상의 음덕으로 운수가 열리고 복을 받는 일.

47 용기(龍氣): 감응을 주고받는 대상이 부조(父祖)에서 직계자손으로 이어지는 양상을 말하고 있다.

이름은 아무인데, 아직까지 배필을 얻지 못하셨다죠?"

"그렇습니다만, 무엇 때문에 묻는 게요?"

그 사람은 말없이 방 안에 들어가서는 짊어진 짐을 풀어놓았다. 그리고 안 수재를 향해 말했다.

"나는 이 고을 좌수 곽 아무개의 딸입니다. 올해 스무 살인데, 부모님께서는 이웃 마을 오씨 성을 가진 사람에게 정혼을 해둔 상태랍니다. 내일이 혼례를 치르기로 한 날이고요. 그런데 지난 6월 언제부턴가, 꿈속에 신인(神人)이 나타나서 제게 다가와 말을 하더군요.

'나는 백운산 신령이다. 네 천생연분은 백운산 아래에 사는 안 아무개다. 안 아무개는 지금 형제가 함께 살고 있는데, 여태 짝을 찾지 못했다. 네가 만약 안 아무개의 집에 들어가 부부가 된다면, 백 년 동안 네 몸이 편안하며 부귀와 즐거움을 누릴 것이다. 그러나 오씨 집안과 혼례를 맺으면, 반드시 네 평생이 잘못될 것이다.'

꿈에서 깨고 나니, 마음속에서 적이 의아하고 혼란스럽더군요. 그런데 뒷날 꿈도 또 그와 같았습니다. 그날 이후로 꿈속에 신령이 나타나지 않은 날이 없었습니다. 하지만 규중처녀의 몸인지라, 대문 밖으로는 한 걸음도 내디딜 수가 없었습니다. 게다가 꿈속의 일을 부모님께 말씀드리기도 난처했고요. 그렇게 지금까지 주저하며 있었습니다.

내일은 곧 혼례를 해야 하는 날입니다. 그런데 신기한 꿈이 정말로 틀리지 않는다면, 결코 그대로 앉은 채 내일이 오기만을 기다릴 수 없는 노릇이었습니다. 백방으로 생각하다가, 마침내 계책 하나를 떠올렸습니다. 이에 남자 옷으로 갈아입고 새벽을 타서 문을 나섰습니다. 여러 차례 엎어지고 넘어지면서[48] 겨우겨우 여기에 이르렀지요. 이는 삼생(三生)의 인연[49]은 무겁고 한때의 부끄러움은 가볍다고 생각한 까닭이랍니다. 정도(正道)를 버리고 권도(權道)를 좇은 게지요. 수치심을 참아가면서 예법을 갖추지도 않고 스스로 아내가 되겠다고 찾아왔으니, 마치 음탕한 메추라기의 행실처럼 보일지도 모르겠습니다.[50] 첩은 남자가 아니라 여자이오니, 오직 군자의 처분에 따르겠습니다."

안씨 형제는 듣고 기이하게 여기며, 마음속으로 탄식하며 중얼거렸다.

"거사는 정말로 신인(神人)이었구나!"

그러고는 곽씨 처녀와 혼례를 하려는데, 형이 아우에게 양보하며 말했다.

"나는 이미 많이 늦었으니, 네가 아내로 맞이하려무나."

"형은 아직 마흔 살도 아니 되었소. 또 아우가 먼저 결혼하고 형이 나중에 하는 것 자체가 몹시 잘못된 일이지요."

형은 부득이하여 그녀를 아내로 맞이하기로 했다. 날을 잡아 혼례를 행하니, 그 기쁨이 어떠했을지는 가히 알 만하리라.

혼례를 하고 사흘이 지난 뒤, 곽씨는 가져온 물건들 중 몸에 지니고 있었던 값비싼 보석부터 꺼내 차례로 파니, 넉넉히 잡아 수천 금이나 되었다. 이로써 집안 살림도 부유해지니, 동생의 혼례는 굳이 찾으려 들지 않아도 자연스럽게 이루어졌다. 형제 모두가 아내를 맞아 자녀를 많이 두니, 이웃 사람들 중에 칭찬하며 축하하지 않는 자가 없었다.

10년이 지나 취성은 정말 그 집을 찾아왔다. 안씨 형제는 넘어질 듯이 급히 나가 맞이하는데, 그 모습이 마치 천지신명을 맞이하는 듯했다. 취성이 말했다.

---

48 십전구부(十顚九仆): 열 번 엎어지고 아홉 번 넘어진다는 뜻으로, 하는 일마다 순조롭지 못하여 고생함을 이른다.

49 삼생지연(三生之緣): 삼생(三生)을 두고 끊을 수 없는 깊은 연분. 즉 부부 사이.

50 순분(鶉奔): 메추라기 암수가 나란히 난다는 의미로, 음란한 여인을 비판하는 말이다. 《시경》〈용풍(鄘風)〉 '순분(鶉奔)'의 "메추리는 서로 짝을 지어 다정하게 날고, 까치도 서로 짝을 지어 다정하게 나는구나(鶉之奔奔 鵲之彊彊)."에서 온 말이다.

“그대 형제가 이미 아내를 맞이하고 집안도 부유해진 데다 자녀들이 무릎에서 놀고 있으니, 조상의 음덕으로 받은 복이 자못 크군요. 그러나 사람이 부유해져도 글을 하지 않으면 천하게 여기는 법이지요. 그러니 다시 무덤을 옮겨 문장가가 나오도록 하는 게 좋겠소.”

그러고는 지난번에 옮긴 무덤 왼쪽 언덕에 묏자리를 정하고, 예를 갖춰서 이장했다. 취성이 말했다.

“이 무덤의 후손은 대대로 이 고을 최고의 집안이 될 것이외다. 글을 잘 짓는 문장가가 대대로 끊어지지 않아, 과거 시험[51]에 합격하는 자가 잇따라 나올 것이요, 높은 벼슬을 하는 사람도 계속해서 이어질 것이외다.”

그 후로 나타난 영험 모두는 취성이 말했던 것과 완전히 일치했다고 한다.

---

51 과갑(科甲): 과거 시험.

8

이의남(李義男)

철산[1] 지방의 지인[2] 이의남이 고을 수령을 쫓아 서울에 올라갔다. 때는 마침 화창한 봄날이었다. 의남은 '한강 주변을 둘러보며 울적한 마음을 풀어보겠다'고 수령에게 말씀을 드리고 용산[3]으로 놀러 갔다. 높은 언덕에 올라가 돛단배가 오고 가는 풍경을 구경하다가, 문득 피곤함이 몰려와 앉은 채로 잠깐 동안 졸았다.

그 순간에 꿈을 꾸었는데, 한 노인이 편지 한 통을 가지고 와서 의남에게 주며 말했다.

"내가 집을 떠난 지가 이미 오랜지라. 집안사람들은 내 소식을 듣지 못해 몹시 조마조마하고 있을 것이네. 바라건대, 나를 위해 이 편지를 우리 집에 전해주시게."

"어르신 댁이 어느 곳인데요?"

"내 집은 아무개 산 아래 있는 큰 연못 속에 있네. 연못 주변에 가서 '유철아!'를 세 번 부르면 어떤 사람이 물속에서 나올 것이네. 그 사람에게 이 편지를 전해주시면 되네."

의남이 허락하고 나니, 꿈에서도 깨었다. 주위를 살피니, 곁에 봉한 편

---

1 철산(鐵山): 평안북도의 북서쪽 해안에 위치한 고을.

2 지인(知印): 통인(通引). 수령을 모시는 시동(侍童)으로, 수령의 행차를 수행하거나 명령을 전달하는 등 잔심부름을 하던 구실아치. 지인은 수령의 관물(官物)을 관리한다는 점을 더 부각한 용어다.

3 용산(龍山): 서울 용산구. 한강과 접해 있다.

지 한 통이 보였다. 자못 놀랍고도 이상한 일이라, 그것을 주머니 속에 넣고 돌아왔다.

며칠이 되지 않아 수령은 다시 철산으로 돌아왔다. 수령을 모시고 함께 온 의남은, 그날 즉시 말미를 얻어 관아 밖으로 나왔다. 그러고는 자기 집에도 들르지 않고 곧바로 아무 산 아래에 있는 연못가로 갔다. 연못 주변에서 '유철아!'를 세 번 외쳤다. 그랬더니 홀연 연못에서 물 끓듯이 거품이 올라오더니, 정말로 어떤 사람이 물속에서 나왔다.

"당신은 어떤 사람이며, 무슨 이유로 나를 불렀소?"

의남은 전할 게 있다는 사연을 말하고, 봉한 편지를 건넸다. 그 사람이 말했다.

"잠깐만 머물러 계십시오. 위에서 내리는 처분[4]을 받아 오겠습니다."

이에 몸을 돌려 다시 물속으로 들어갔다가 잠시 후에 다시 나와서 말했다.

"수부[5]에서 보자고 부르시니, 그곳으로 가셨으면 합니다."

"내가 어떻게 물속으로 들어갈 수 있겠소?"

"그저 눈을 감은 채 제 등에 업혀만 있으면 걱정할 게 없습니다."

의남이 그의 말대로 했더니, 물결이 저절로 열리면서 몸에는 물 한 방울도 스며들지 않았다. 단지 두 귀에 바람 소리와 파도 소리만 세차게 들려왔을 뿐이다.

이윽고 언덕 위에 이르렀다. 그 사람은 의남을 내려놓고 눈을 뜨도록 했다. 눈을 떠서 보니, 하얀 모래언덕 위에 붉은 대문이 우뚝 솟아 있었다. 그 사람이 말했다.

---

4 발락(發落): 승낙. 위에서 결정하는 것. 여기서는 용궁의 허락을 말한다.

5 수부(水府): 해신(海神)이나 용왕(龍王)이 사는 바닷속 궁전. 용궁.

"여기서 잠깐만 기다리십시오. 제가 먼저 들어가서 도착했음을 알리겠습니다."

그러고는 몸을 돌려 안으로 들어갔다가 다시 나와 들어올 것을 청했다. 몇 개의 중문[6]을 거쳐 들어가자, 단청을 한 누각이 웅장한 자태를 드러냈다. 계단을 밟고 위로 올라가니, 아직 머리를 올리지 않은 젊은 여인이 몹시 기뻐하는 얼굴로 맞이했다.

"제 아버님이 집을 떠난 지 오랜데도 여태 소식을 듣지 못했습니다. 그런데 이렇게 편지를 가져다주시니 지극히 감사합니다. 또 아버님이 보낸 편지에는 '당신과 결혼하라'는 가르침이 있던데, 당신의 생각이 어떠하신지 모르겠습니다."

의남은 기뻐하며 허락했다. 여인이 다시 말했다.

"나는 용왕의 딸(龍女)입니다. 그래도 거리낌이 없겠습니까?"

의남은 그녀의 아름다운 얼굴을 보았던지라, 바로 대답했다.

"거리낄 게 뭐가 있겠소!"

마침내 그곳에서 사흘을 머물게 되었다. 끼니마다 나오는 음식은 진기한 것들이 아닌 게 없었다. 또 그에게 목욕을 시킨 뒤에 옷을 만들어 주었는데, 어디서 구한 유명한 비단인지는 몰라도 휘황찬란하기가 그지없었다.

용녀와 동침을 하며 지낸 지 사흘이 되었다. 의남이 그곳에서 나가겠다고 하자, 용녀가 물었다.

"무엇 때문에 갑자기 돌아가려고 하셔요?"

"말미를 얻은 기한이 지나면, 죄에 대한 문책이 있을까 두려워서……. 어쩔 수 없지만 나가야 하오."

---

6 중문(重門): 대문 안에 거듭 세운 문.

"당신이 관아에서 맡아 하는 직임이 무엇인가요?"

"지인이지요."

"지인의 의복은 어떤가요?"

"긴 겉옷〔長衣〕 위에 쾌자[7]를 입습니다."

용녀는 즉시 상자를 열어 특별한 비단을 꺼냈다. 그것으로 바느질을 해서 옷 한 벌을 만들어 입히고는 부탁의 말을 건넸다.

"앞으로는 자주자주 들어오세요."

그러고는 유철을 불러, 의남을 업어서 보내드리라고 했다.

본래 의남은 수령이 총애하는 지인이었다. 말미를 받고 나간 기한이 이미 지났는데도 한참 동안 얼굴을 비취지 않자, 그 집으로 탐문을 했다. 그랬더니, '서울에서 돌아온 후 애당초 집에는 오지도 않은 채 어디로 가 버렸는지 알 수 없다.'라고만 했다. 수령은 몹시 화가 나서 의남의 아버지를 잡아 가둬두고 날마다 돌아와서 보고하도록 압박했다. 의남의 어머니는 두려움에 떨며 어떻게 할지도 모르고, 그저 날만 밝으면 길가에 나가 여기저기 헤매 다니며 만나는 사람마다 붙들고 물어볼 뿐이었다.

엿새째 되는 날이었다. 비로소 어떤 산에서 의남이 내려오는 것이 보였다. 어머니는 그를 맞으며 말했다.

"관아의 규율이 엄격하고도 중요하거늘, 너는 어디에 갔다가 이다지 늦었단 말이냐? 네 아비는 옥에 갇혔다. 나도 이렇게 나다니며 너를 기다린 지 벌써 여러 날이 되었다. 네가 무거운 문책을 받을 것은 분명하지만, 그래도 어서어서 들어가서 인사를 드리도록 해라."

의남도 몹시 두렵고 죄송하여 곧장 관아로 달려갔다. 들어가 관아 마

7 쾌자(快子): 전복(戰服)의 하나. 등솔을 길게 째고 소매는 없다. 요즘에 복건과 함께 명절이나 돌날에 어린아이들이 입는 옷과 비슷하다.

당에 바짝 엎드려 있으니, 관아에 딸린 하인들〔官隸〕이 수령에게 알렸다.

"이의남이 현신[8]하겠답니다."

수령은 몹시 기뻐하며, 문을 활짝 열고 내려다보았다. 그랬더니 의남이 입고 있는 옷이 먼저 눈에 띄었는데, 옷이 아주 화려하고 독특하여 결코 인간 세상에서 만든 게 아니었다. 마음속으로 몹시 의아하여, 화를 내며 꾸짖겠다는 생각도 잊었다. 의남에게 마루 위로 올라오라 한 뒤, 그의 곁으로 다가가 물었다.

"너는 말미를 얻고 곧장 어디로 갔던 게냐? 그리고 입고 있는 옷가지는 어디서 생겨난 것이더냐?"

의남은 감히 속이지 못하고 하나하나 곧이곧대로 말씀드렸다. 수령도 기이한 일로 여기며 마침내 그를 문책하지 않았다. 수령이 다시 말했다.

"네 처가 이왕에 용왕의 딸이라면, 내가 생각건대 필시 아름답고 예뻐서 가히 볼만할 것 같구나. 내가 그 얼굴을 한번 보았으면 하는데, 네 처를 보여줄 수 있겠느냐?"

"삼가 가서 상의해 보겠습니다."

의남은 다시 연못가에 가서 유철을 불러 나오게 한 후, 전처럼 그의 등에 업혀 수부로 들어갔다. '수령이 보고 싶어 한다'는 말을 용녀에게 전하니, 용녀는 처음에는 몹시 난처해하다가 말했다.

"육지에 있는 수령이 보고자 하시니, 어찌 감히 거역하겠습니까? 아무 날에 연못가로 오시라고 말씀을 드리세요."

의남이 돌아가 말씀을 전하니, 수령은 몹시 기뻐했다.

아무 날이 되었다. 수령은 연못 주변에 커다란 장막을 설치해 놓은 채 위세를 떨치며 그곳으로 출발했다. 마을 백성들은 물론 아전과 노비들까

---

8 현신(現身): 아랫사람이 윗사람을 찾아뵘.

지, 남녀노소 할 것 없이 모두가 '수령이 용왕의 딸을 보러 간다'는 소문을 듣고 마을을 텅 비워둔 채 연못 주변으로 모여들었다. 그야말로 산과 들을 가득 채워놓았다.[9]

수령이 연못가에 도착하여 자리에 앉았다. 그러고는 '물속으로 들어가 용녀를 불러 나오게 하라'고 했다. 의남이 물속으로 들어가 용녀에게 나와서 뵐 것을 요청하자, 용녀가 말했다.

"평상시에 입던 옷을 입을까요? 아니면 군복(戎服)[10]을 입을까요?"

의남이 나와서 말씀을 여쭈었다. 수령이 마음속으로 생각했다.

'미인이 군복을 입는다면, 아름다운 모습이 더욱 특별하겠지.'

이에 군복을 입고 나타나도록 분부했다. 의남이 다시 돌아가 수령의 생각을 전하니, 용녀는 대단히 난처해하며 한참 동안이나 침묵하고 있었다. 그러다가 말했다.

"수령의 분부가 이미 이러하니, 그 역시 어쩔 수 없는 일이지요."

의남이 육지로 돌아와 다시 말씀을 드렸다. 그러자 수령에서부터 그 아래 관아에 속한 사람들, 심지어 고을 백성들까지 모두가 물결이 일어나는 쪽으로 눈길이 모아졌다. 그들 중에 절대미녀를 눈으로 보지 못할 것이라고 의심하는 사람은 아무도 없었다.

이윽고 연못에서 물 끓듯이 물거품이 올라왔다. 그리고 물 밖으로 뿔이 나오더니, 곧바로 황룡 한 마리가 물 위로 몇 자 남짓 솟구쳐 올랐다. 눈동자는 번개처럼 번쩍거리고, 비늘은 나는 듯이 꿈틀거렸다. 수령은 생각하지도 못했던 일을 갑자기 마주한지라, 깜짝 놀라 자신도 모르게

---

9 만산편야(滿山遍野): 산과 들을 가득 채움.

10 융복(戎服): 예전 군복의 하나. 철릭과 주립(朱笠)으로 구성된다. 철릭은 길이가 길고 허리에 주름을 잡았고, 주립은 호박·마노·수정 등으로 장식했다.

두 손으로 얼굴을 가린 채 땅바닥에 바짝 엎드렸다. 구경하던 모든 사람들도 또한 놀라움을 금할 수 없었다.

용녀가 그런 광경을 보고 걱정에 잠겨 있다가, 이내 물속으로 들어가 버렸다. 관아의 관리들과 백성들도 모두 무료하게 돌아갔다. 그 후로는 의남이 가끔 말미를 청해도 수령은 괴이하게 여기지 않았다.

몇 달이 지나 6월이 되었다. 날이 갈수록 가뭄이 심해졌다. 수령은 여러 차례 기우제를 지냈지만, 한 방울의 비도 얻지 못했다. 그러다가 문득 생각했다.

'용은 능히 비를 다스릴 수 있다고 했지. 만약 용왕의 딸에게 요청하면 비를 얻을 수 있지 않을까.'

수령이 의남에게 그것을 부탁해 보도록 했더니, 용녀가 듣고 말했다.

"비를 내리는 게 용이 하는 일이긴 하지요. 그러나 상제(上帝)의 명령이 있어야만 비를 내릴 수 있답니다. 지금은 상제의 명령이 없으니 어렵습니다."

의남은 계속해서 백성의 애타는 마음과 수령의 준엄한 명령을 들먹이며 애써 비를 내리게 해달라고 졸랐다. 용녀는 슬픈 얼굴빛을 드리우며 애처롭게 말했다.

"그렇다면 부득이 제가 한번 법술(法術)을 부려보지요.[11] 그러나 이로써 당신과의 인연도 다하게 될 것입니다. 어떻게 하시겠습니까?"

의남은 용녀가 한 말의 뜻을 이해하지 못했다.[12] 용녀는 마침내 군복을 갖춰 입고, 손에 작은 병 하나와 버드나무 가지 하나를 쥐고 밖으로 나왔

11 시법(施法): 법술을 시행함.

12 《청구야담》에는 '그러나 이로써 당신과의 인연도 다하게 될 것입니다. 어떻게 하시겠습니까? 의남은 용녀가 한 말의 뜻을 이해하지 못했다.'가 빠져 있다.

다. 의남은 용녀의 법술을 구경하고 싶었던지라, 함께 가자고 졸랐다. 용녀는 또다시 거절했다.

"용은 공중을 날아다닙니다. 당신은 인간 세상에 태어난 평범한 사람인데, 어떻게 구름을 탈 수 있겠습니까?"

그래도 간청하기를 마지아니하자, 용녀는 어쩔 수 없어 하며 이내 말했다.

"그러면 제 옆구리 아래에 나 있는 비늘 속에 들어가 단단히 붙들고 계십시오. 절대로 손을 놓으시면 안 됩니다."

마침내 의남을 옆구리에 끼운 채 공중으로 올라가, 구름을 일으키고 천둥과 번개를 내리쳤다. 그리고 버드나무 가지를 작은 병에 담았다가 꺼내고는 물방울 세 점을 아래로 떨어뜨렸다. 의남이 구름 위에서 아래를 내려다보니, 물방울이 떨어진 곳은 철산 지방이었다. 벼가 타들어 가고 있고, 논과 밭이 바짝 말라 쩍쩍 갈라지는 곳에 세 방울의 물은 너무도 부족한 양이었다.

옆구리 아래에 있던 의남은 슬쩍 손을 빼냈다. 그러고는 대뜸 용녀가 가지고 있던 병을 빼앗아 그 안에 든 물을 몽땅 쏟아부었다. 용녀는 깜짝 놀라 말했다.

"빨리빨리 여기서 나가세요. 큰 화가 닥칠 거예요."

의남은 멍해지면서, 용녀가 갑자기 왜 그러는지를 전혀 몰랐다.

"왜 그러는지……?"

"저는 처음부터 이럴까 봐 우려했던 것입니다. 그래서 한사코 거절하며 따라오지 못하게 했던 게지요. 상제의 명령 없이 비를 내린 것만으로도 이미 하늘의 뜻에 거역한 일인데[13]……. 수부의 한 점 물방울이 인간 세상에서는 한 마디(一寸)[14] 정도의 비가 됩니다. 세 방울이면 이미 족하지요. 그런데 지금 병째 몽땅 쏟아부었으니, 그 피해는 말로 다 할 수 없을 정도겠지요. 제가 이미 하늘에 죄를 지었으니, 하늘에서 내리는 징벌이 막 닥쳐오겠지요. 당신은 어서 여기를 빠져나가세요. 만약에 당신이 오늘의 정을 잊지 않으신다면, 내일 모름지기 백각산(白角山) 아래에 와서 제 머리나 거두어 묻어주십시오."

다시 말했다.

"당신의 아버님께서 평소에 좋은 일을 많이 하셨습니다. 살리는 것을 좋아하여, 아무 해 아무 달 아무 날에 잉어 두 마리를 방생하신 적이 있었지요. 그중 수컷은 죽어서 그 영혼이 다른 세상에 태어났는데,[15] 그가 바로 당신이랍니다. 암컷은 살아 지금껏 숨 쉬고 있으니, 그게 바로 저랍니다. 이러한 인연으로 인해 제 아버님께서는 당신에게 편지를 전하게 했고, 혼례까지 맺도록 했던 것이지요. 장차 당신의 부모님을 모시고 와서, 유의(柳毅)가 남긴 이야기의 자취[16]를 이어 수궁에서 영원히 행복하게 살기를 꾀했건만……. 지금 이렇게 된 것도 다 하늘이 정하신 것이겠지요. 어쩔 수 없는 일이겠지요. 그러나 당신 아버님의 은혜는 보답하지 않을 수 없습니다. 15년 뒤에는 당신과 더불어 속세의 미진한 인연을 이을 수 있겠지요."

그러고는 의남에게 급히 떠나도록 했다. 그렇게 오열하며 이별했다.[17] 의남은 어쩔 수 없이 거기서 빠져나오는데, 보이는 것이라곤 하염없이

---

13 《청구야담》에는 '상제의 명령 없이 비를 내린 것만으로도 이미 하늘의 뜻에 거역한 일인데…….'가 빠져 있다.

14 일촌(一寸): 손가락 한 마디 정도. 대략 2.5cm.

15 투태(投胎): 영혼이 딴 세상에 가서 다시 태어나는 것. 여기서는 인간 세상을 가리킨다.

16 유의(柳毅): 당나라 때 이조위가 지은 〈유의전(柳毅傳)〉의 남자 주인공 이름. 유의는 용왕의 딸 삼랑(三娘)을 도와준 일로 동정호 안에 있는 용궁에 가서 환대를 받고, 용왕의 딸과 결혼하여 살다가 훗날 자신도 신선이 된다는 내용이다.

17 《청구야담》에는 '다시 말했다. ~ 오열하며 이별했다.'가 빠져 있다.

펼쳐진 아득한 모래사막뿐이었다.

마을에 도착해서 보니, 예전에 있던 논과 밭은 그 흔적도 찾을 수 없었다. 마을 사람들이 하는 말을 들어보니,

"어젯밤 삼경(三更) 즈음에 큰비가 내리는데, 마치 동이를 뒤집어 놓은 듯, 아니지 동이가 뭐야, 마치 봇물 터진 것처럼 내리퍼붓더군. 정말로 눈 깜박할 사이에 평평했던 길이 사람 키[18] 남짓하게 들이찼네. 산과 언덕이 무너져 산사태로 이어지니, 어디가 언덕이고 어디가 계곡이었는지도 분간할 수 없었지."

그렇게들 말했다. 의남은 비로소 스스로를 꾸짖으며 한탄했다.

집으로 돌아와 아버지에게 용녀가 했던 말을 들며 물어보니, 아버지는 이렇게 말했다.

"과연 그때 연못가를 지날 때였지. 어부가 잉어 두 마리를 잡았는데, 그게 진짜로 크더구나. 한 마리는 죽어가고 한 마리는 살아 있었는데, 불쌍한 게 내 마음이 편치 않더구나. 그래서 돈을 주고 그것을 사서 함께 연못에 풀어준 일이 있었지."

의남은 더욱 서글펐다.[19]

뒷날 의남은 백각산으로 갔더니, 과연 거기에 용의 머리가 떨어져 있었다. 그것을 껴안고 돌아와 모래로 깨끗하게 닦았다. 그러고는 자기가 입던 홑적삼으로 싸서 나무함에 담아 백각산 아래에 묻어놓고 한바탕 통곡을 하고 돌아왔다.[20] 그때 의남의 나이는 열다섯이었다.

그 뒤 의남은 아내를 맞이하기 위해 여러 군데서 혼담이 오갔지만, 무

---

18 장(丈): 시대마다 길이가 다르게 적용되지만, 보통 한 자의 10배인 3m 정도를 가리킨다. 통상적으로 말할 때는 사람 키 정도를 지칭한다.

19 《청구야담》에는 '집으로 돌아와 ~ 더욱 서글펐다.'가 빠져 있다.

20 《청구야담》에는 여기서 끝난다. 이하는 《동상기찬》에서만 보인다.

엇인가 자꾸 어긋나서[21] 끝내 혼인으로까지 이어지지 못했다. 의남도 결국 혼인하겠다는 마음을 저버렸다. 그러다가 용천[22] 고을의 용씨 성을 가진 집에서 통혼하기에, 마침내 그 집 딸을 아내로 맞이했다. 신부는 열다섯 살이었는데, 얼굴과 자태가 퍽 아름다웠다. 성격도 자못 유연했다. 시부모를 정성껏 섬김으로써, 뒷날에는 관아에서 표창을 받아 세금이 면제되기도[23] 했다. 길쌈은 더더욱 잘했다. 게다가 집안을 꾸려나가는 데에도 근검을 위주로 하여, 재산도 풍족하게 모았다. 자녀도 많이 두었다.

의남이 아내가 태어난 때를 물어보았더니, 태어난 때는 아무 해 자신이 용녀의 머리를 묻었던 바로 그날이었다. 15년 뒤에 다시 미진한 속세의 인연을 이을 것이라던 용녀의 말이 지금에 와서 증명된 것이었다. 아내가 살았던 마을 이름 용천과 아내의 성 용씨도 확실한 증거였다. 이 모든 것은 하늘이 정해준 것이지만, 그 실상은 아비의 숨은 공덕(陰功)에서부터 말미암은 결과였다.

---

21 차지(差池): 고르지 않고 차이가 나는 모양.
22 용천(龍川): 평안도 의주목에 있었던 마을. 철산 지방과 가깝다.
23 급복(給復): 충신, 효자, 열녀 등으로 표창된 집안에 세금을 면제해 주는 것.

9

염희도(廉喜道)

허적이 영의정으로 국정을 맡아보고 있을 때였다. 겸종[1] 중에 염희도라는 자가 있었다. 그는 사람이 흐리멍덩하고 미련하여, 일 처리에 서툴렀다. 그러나 타고난 성품이 우직하여, 허적이 무슨 잘못이라도 하면 항상 거리낌 없이 직언했다. 그런지라, 허적은 미워하다가도 기특히 여겨, 희도 앞에서는 일찍이 옳지 못한 일을 보이지 못했다.

하루는 희도가 밖에 나갔다가 손에 큰 봉물[2] 하나를 들고 와서 말했다.

"이것이 길 위에 떨어져 있었는데, 필시 은화나 그 비슷한 것이 아닌가 싶습니다. 누군지 모르겠지만, 길을 가다가 잃어버린 것 같습니다. 소인이 그 주인을 찾아서 돌려주려고 했지만, 그가 누군지 알 수가 없어서 이렇게 가지고 왔습니다. 이것을 어떻게 처리할까요?"

"네가 이왕에 주운 것이고, 네 집 또한 가난한지라…… 왜 네가 가지려 하지 않느냐?"

희도는 허적을 가만히 쳐다보며 말했다.

"대감께서는 어찌 이리도 야박하게 소인을 대하십니까? 소인이 비록 굶어 죽을지언정, 어찌 감히 길 위에 떨어진 물건을 함부로 갖겠습니까? 대감께서 내리신 가르침은 참으로 꿈속에서도 생각지 못할 일입니다."

---

1 겸종(傔從): 청지기. 양반이나 부잣집에서 잡무를 맡아보거나 시중을 들던 사람.

2 봉물(封物): 본래는 시골에서 서울의 벼슬아치에게 선사하는 물건인데, 여기서는 단단하게 묶은 보따리 하나를 의미한다.

허적은 웃으며 그를 칭찬하고, 이내 말했다.

"내가 어제 공무를 보던 자리에서 들은 게 있다. 병조판서 청성부원군[3]이 은자 육백 냥을 받고 말을 팔았다고 운운하더구나. 네가 주운 봉물은 틀림없이 그 집 종놈이 실수로 길가에 떨어뜨린 물건일 게다."

희도는 봉물을 보이지 않게 소매 안에 넣고 청성부원군 집으로 갔다. 명함을 드려 뵙기를 청해, 들어가 인사를 드린 뒤에 말했다.

"혹시 대감님 댁에서는 말을 팔아 그 대금을 받으신 일이 있으십니까?"

"있지. 종놈 아무개가 오늘 가지고 오겠다고는 했는데, 아직까지 가져오지는 않았네."

"그 값이 얼마입니까?"

"육백 냥이네."

희도는 소매 안에서 봉물을 꺼내 드리며 말했다.

"소인이 오늘 아침에 길에서 이 물건을 주웠습니다. 듣건대, 대감님 댁에서 말을 팔았다고 운운하기에, 속으로 '주운 게 그것인가 보다'고 생각해서 가지고 왔습니다. 돌려드리겠습니다."

말을 듣고 청성부원군이 물었다.

"너는 누구더냐?"

"소인은 영의정 대감님 댁 겸종입니다. 성이 아무이고, 이름은 아무개입니다."

청성부원군이 이상히 여겨, 말을 팔고 온 종을 불러 물었다.

"너는 말 판 대금을 오늘까지 가져오겠다고 하지 않았더냐? 그런데 이 사람이 길에서 주운 물건이 말을 팔아 받은 대금 같다고 하는데…… 참

---

3 청성부원군(淸城府院君): 김석주. 조선 후기의 문신. 청성부원군은 1680년 경신환국 때에 일등공신으로 책록되어 받은 군호다.

으로 의아하구나."

종은 땅바닥에 바짝 엎드리고 머리를 땅에 조아린 채로 말했다.

"과연 어제 말을 팔고 대금을 받았습니다. 그런데 말을 팔면서 홍정[4]하느라 마셔댄 술이 너무 지나쳤던 모양입니다. 술에 취한 채 돈을 짊어지고 왔는데, 그것을 어디서 잃어버렸는지조차 알 수가 없었습니다. 당장 눈앞에 닥친 죄에 대한 책임만 피하려고, 오늘까지 바치겠다고 미뤘던 것입니다. 미루고 나서 지금까지 두루 찾아다녔지만, 흔적조차 찾을 수 없었습니다. 그래서 이제 막 스스로 목숨을 끊으려고 하는 찰나에 이런 하문[5]을 받자오니, 황공하기 그지없습니다."

말을 듣고 청성부원군이 희도에게 말했다.

"네가 길 위에 떨어진 물건을 본주인에게 직접 찾아와 돌려주었으니, 그 청렴결백함이 참으로 사람으로 하여금 감탄케 하는구나. 우리는 이미 돈을 잃어버렸고, 너는 이왕에 돈을 얻었다. 돈은 네 것이다. 그러니 절반은 가지고 가는 게 마땅하겠다!"

희도가 고개를 저으며 말했다.

"소인이 만약 물건에 욕심이 있었다면, 전부를 감춰두는 게 마땅했겠지요. 무엇 때문에 본주인에게 돌려주고 나서 그 절반만 받겠다고 하겠습니까? 그 말씀은 감히 죽인다 해도 따를 수 없는 일입니다."

그러고는 인사를 드리고 물러났다. 청성부원군 댁 문 밖을 나서자, 돈을 잃어버린 종의 어미와 아내가 함께 앞으로 나아와서 가던 길을 막고 절을 하며 말했다.

---

4 홍성(興成): 홍정. 물건을 파는 사람과 사는 사람의 중간에 들어서 매매가 성립되도록 주선하는 일.

5 하문(下問): 윗사람이 아랫사람에게 특정 사안에 대해 물음.

"어제 우리 아들이자 남편인 저놈이, 술에 취해 말 판 돈을 잃어버리고 빈손으로 돌아왔더군요. 상전의 성품이 몹시 엄한지라, 그놈은 뒷날 반드시 죽게 될 것이라고 하더군요. 그러느니 지금 막 스스로 죽겠다고 하던 차였습니다. 그런데 정말 어떤 행운인지, 살아 있는 부처님을 만나 끊어진 목숨이 살아남게 되었습니다. 그 은혜와 은덕은 산과 바다와 같습니다. 비록 우리 몸이 문드러지고 뼈가 가루가 된다 해도 보답할 길이 없습니다. 바라건대, 은인께서 잠깐이라도 저희 집에 들러주시면, 감사의 표시로 술 한 잔이나마 올리고자 합니다."

희도가 사양하며 말했다.

"당연한 일을 했을 뿐인데, 사례할 게 뭐가 있겠소?"

그렇게 말하고 떠나려 했다. 종의 어미와 아내는 희도의 옷깃을 붙잡아 놓지 않은 채 눈물까지 머금으며 간절히 빌었다. 희도는 마지못해 잠깐 그 집으로 들어갔다. 집에 들어가니, 술과 안주를 풍성하게 갖춰놓고서 그를 대접했다. 거기에는 얼굴이 예쁘고 태도가 단정한 여자아이도 있었는데, 나이는 열서너 살쯤 되어 보였다. 여자아이가 희도에게 가까이 다가와서 감사의 말을 건넸다.

"아버지를 살려주신 은혜에 보답할 길이 없습니다. 그러니 제가 당신을 따라가서 심부름하는 종이라도 되겠습니다."

희도는 좋은 말로 그녀의 말을 거절하고, 옷깃을 떨치고 일어나 그 집 대문을 나와 집으로 돌아갔다.

경신년[6]이 되자 역적 허견[7]의 옥사[8]가 크게 일어났다. 허적이 희도에게

---

6 경신년(庚申年): 숙종 8년(1680) 경신환국을 말한다. 이 일로 남인이 실각했다.

7 허견: ?-1680. 허적의 서자. 허견의 옥사로 인해 허적도 사사(賜死)되었다.

8 옥사(獄事): 반역이나 살인 등과 같은 중대한 범죄를 다스리는 일.

말했다.

"너는 우리 집에서 특별하게 은혜를 입은 것도 없건만, 세상 사람들은 모두 너를 우리 집 심복으로 지목하고 있네. 화가 어떻게 닥칠지 예단하기 어려우니, 너는 미리 몸을 피해 있거라."

희도가 울며 말했다.

"이런 때에 소인이 어찌 차마 대감님을 두고 저 혼자 편안하겠다고 떠나겠습니까?"

"그런 게 아니다! 너는 죄가 없는 사람인데, 우리와 같이 사지(死地)로 들어가는 것은 몹시 잘못된 일이다. 충주 목사가 나와 친밀하니, 내가 편지를 써서 부탁하면 어떻게든 네가 살아갈 방도[9]는 마련해 줄 게다. 너는 모름지기 편지를 가지고 충주로 떠나거라."

희도는 울며 하직 인사를 드린 후, 편지를 받아들고 충주에 갔다. 충주 목사를 뵙고 편지를 전하니, 목사가 말했다.

"여기도 사람들이 많이 오가는 큰 길목이다. 사람들 눈에 띄기 쉬우니, 너는 순흥(順興)에 있는 부석사[10]로 가 있거라. 거기에 몸을 숨기는 게 좋겠다."

그러면서 돈과 양식을 후하게 지원해 주었다. 희도는 어쩔 수 없이 다시 부석사로 가서 머물렀다. 부석사에 머문 뒤로부터 서울 소식은 까마득히 들을 수 없는지라, 먹고 자는 것이 편안하지 않았다. 그러던 어느 날 밤이었다. 꿈속에 어떤 신인(神人)이 나타나 말했다.

"월해암(月海菴)으로 가면 서울 소식을 들을 수 있을 게다. 또한 네 앞날의 길흉이 어떠할지도 알게 되리라."

---

9 접제(接濟): 살림살이에 필요한 물건을 차려 살아갈 방도를 세움.

10 순흥 부석사: 지금의 경상북도 영주 부석사를 말한다.

깜짝 놀라 잠에서 깬 희도는, 스님들에게 월해암에 대해 물었다. 그러나 월해암을 아는 중은 아무도 없었다. 그런데 어떤 늙은 중 하나가 한참 동안 생각을 하다가 말을 꺼냈다.

"이 절에서 육칠 리 떨어진 절벽 위에 허물어진 암자 하나가 있는데, 그 암자가 월해암이 아닌가 싶소. 그러나 거기로 올라가는 좁은 돌길이 높은 데다 깎아지른 듯해서, 비록 날아가는 새들조차도 쉬지 않고 단번에 올라갈 수가 없는 곳이지요. 이삼십 년 전에 어떤 중 하나가 올라갔다는 말은 들었습니다만, 여태까지 내려왔다는 말은 듣지 못했습니다. 그가 살았는지 죽었는지도 분명하지 않지만, 아마도 죽은 지 오래되었을 것입니다. 비록 연로하신 노스님들이라 하더라도, 그 암자에 직접 올라가 보신 분은 한 분도 안 계시지요."

희도가 혼자서 생각했다.

'내 신세가 이미 이렇게 되어 천지간에 용납할 수 없게 된지라. 만약 암벽들이 둘러싸인 틈새에 숨어 지내다가 죽는다면, 그 또한 달가운 일이 아니겠는가?'

마침내 지팡이를 짚고서 길을 찾아, 넝쿨에 매달리고 등나무를 끌어당기면서 한 걸음 한 걸음씩 앞으로 나아갔다. 산 중간쯤에 이르자, 서로 마주 보듯이 대치한 두 바위언덕 앞에 다다랐다. 바위언덕 아래는 몇만 길인지도 알 수 없을 만큼 까마득히 내리깎은 절벽이었다. 두 바위언덕에는 각각 열 칸 남짓한 땅이 있었는데, 그 두 땅을 연결하는 외나무다리가 하나 있었다. 그러나 외나무다리는 오래전에 걸쳐놓았는지, 썩고 부서진 데가 많아 발을 내딛기조차 난처했다. 희도는 죽기로 작정하고 다리를 껴안고 엉금엉금 기기 시작했다. 그렇게 천신만고 끝에 겨우겨우 외나무다리를 건널 수 있었다.

드디어 절 입구(山門)에 이르렀다. 절문 입구 위 문미[11]에는 과연 '월해

(月海)'라고 쓴 현판이 걸려 있었다. 희도는 속으로 기이하다고 생각하며 절문 안으로 들어갔다. 절은 여기저기 부서지고 무너져 있었다. 보이는 것이라곤 잔뜩 쌓인 먼지들뿐이었다. 주지승이 거처하던 방〔上方〕[12]으로 가보니, 탁상 위에 한 스님이 눈을 감고 가부좌를 한 채 앉아 있었다. 먼지가 잔뜩 내려앉은 얼굴은 마치 말라죽은 나무처럼 보였다. 희도가 탁상 앞으로 나아가 절을 한 뒤 엎드린 채로 말했다.

"저는 천지간에 어디로도 갈 수 없는 절박한 사람입니다. 바라건대, 스님〔生佛〕[13]께서는 특별히 자비를 드리워 제 길흉화복을 가르쳐주십시오."

합장하고 백배(百拜)를 올렸다. 한참 후에 스님이 말했다.

"항렬로 따지면 나는 네게 5촌 할아버지뻘[14]이 되느니라. 이별한 지 40년이 가까운데, 여기서 다시 만나니 위안이 되는구나."

희도도 눈물을 흘리며 말했다.

"그렇다면 스님께서는 속세에 계실 때의 존함이 아무개였습니까?"

"그렇다."

희도의 5촌 할아버지뻘 되는 그는, 열대여섯 살 때 갑자기 정신병이 생겨 문 밖을 나섰는데, 그 후 종적도 없이 사라져버린 분이었다. 그랬는데, 지금 저기 있는 스님이 바로 그때 그 사람이었던 것이다. 희도가 말했다.

"저는 갈 곳 없는 절박한 사람입니다. 다행히 여기에서 가까운 친척분을 만났으니, 이제부터는 탁상 아래에서 오랫동안 모시면서 이곳에 부쳐

---

11 문미(門楣): 문 위에 가로 댄 나무
12 상방(上方): 선종(禪宗)에서 '주지'를 일컫는 말.
13 생불(生佛): 살아 있는 부처를 말하는데, 보통 부처처럼 덕행이 아주 높은 승려를 존칭해서 부른다.
14 증대부(曾大父): 촌수가 먼 증조부 항렬.

살아보려 합니다. 맹세컨대, 다른 데로는 가지 않으렵니다."

"그럴 수 없다! 내가 갈 길과 네가 갈 길은 다른지라…… 여기에 머물러 있어도 이로울 게 없다. 네 앞길에 대해서는 내가 번거롭게 말하지 않으련다. 어느 곳 아무 절에 가면, 아무개라 불리는 중이 있을 게다. 그 중은 내 사촌동생이기도 하다. 가서 그에게 물으면, 네 길흉화복을 알 수 있을 게다."

말을 마치고는 희도에게 서둘러 떠나라고 재촉했다. 희도가 말했다.

"제가 여기에 올 때에는 외나무다리에서 거의 죽을 뻔했습니다. 그런데 어떻게 지금 또다시 그 두려움을 반복하라 하십니까?"

스님은 껍질을 벗긴 삼〔麻〕 지팡이 하나를 주며 말했다.

"이것을 짚고 가거라. 도움을 받아 아무 일 없이 갈 수 있을 게다."

희도는 마지못해 그 지팡이를 쥐고 하직 인사를 하고 문을 나섰다. 문을 나서니, 몸이 가벼워지고 발걸음이 씩씩해져서 걷는 게 마치 날아가는 것만 같았다. 외나무다리도 편안하게 건널 수 있었다. 희도는 마음속으로 의아해하며 혼자서 생각했다.

'이 지팡이는 신선들이 쓰는 물건인가 보다. 지팡이를 가지고 세상에 나가면, 어디를 다니든지 간에 어려움이 없겠군. 이른바 천하에서 으뜸으로 삼을 만한 보물〔絶寶〕일세.'

골짜기를 빠져나와 시냇물을 건널 때였다. 희도는 발을 잘못 디뎌 미끄러지면서 물에 빠지고 말았다. 그때 지팡이도 놓쳤다. 고개를 돌려 놓친 삼 지팡이를 보니, 그것이 꿈틀거리더니 공중으로 솟구쳐 올랐다. 그러고는 월해암이 있는 방향으로 날아가 버렸다. 희도는 망연자실하여 그저 바라만 볼 뿐이었다. 그러다가 다시 가던 길을 따라 걸었다.

스님이 말한 종제를 찾아가니, 과연 그곳에 있었다. 가서 스님이 전한 말을 아뢰니, 중이 말했다.

"허씨 집안은 이미 법에 의해 죽임을 당해[15] 한 사람도 살아남지 못하였다. 또한 너에게도 그 여파로 인해 미칠 재앙이 가까이 다가온 듯하구나. 너를 잡으러 온[16] 포교들이 이미 문 앞에까지 와 있으니, 속히 나가거라. 하늘이 정한 운명과 임금님의 명령은 거역할 수 없는 법이다. 그러나 이번에 가더라도 피해는 조금도 없을 게다. 필시 어떤 귀인이 애써 힘을 써서 너를 구원할 것이다. 그의 도움을 받아 무사히 돌아가게 될 것이고…… 그리고 그 뒤에 너는 어진 아내를 얻게 될 것이야. 그 후 집안 살림이 넉넉하고 자손도 번성하게 될 걸세. 흉한 것은 적고 길한 것은 많은 지라, 의심하지 말거라."

말을 듣고 문 밖에 나서 보니, 서울에서 온 포도청 관리들이 그를 잡으러 과연 와 있었다. 이에 스스로 나아가 체포되었고, 희도는 서울로 끌려가 옥에 갇혔다.

당시에는 청성부원군이 판의금부사(判金吾)[17]로 이 옥사를 담당하고 있었다. 그는 희도가 말을 판 대금으로 받은 은자를 자신이 가지지 않았던 일을 임금께 아뢰었다. 또한 그의 이런 지조로 보면, 흉악한 역모에 가담했을 리도 없다며 애써 변호해 주었다. 임금이 특별히 그를 용서하여 풀어주도록 했다.

옥에서 나온 희도는 청성부원군을 찾아가 자기를 살려준 은혜에 감사를 드렸다. 청성부원군이 말했다.

"네 지조로 보면, 어찌 흉악한 역적모의에 참여했겠느냐? 내가 힘써 너를 구한 것은 네 지조에 탄복했던 결과니, 사례할 게 무에 있겠느냐?"

---

15 복(伏): 복주(伏誅). 형벌을 받아 죽임을 당함.

16 근포(跟捕): 죄인을 추적하여 잡음.

17 판금오(判金吾): 판의금부사의 별칭. 의금부의 으뜸 벼슬. 종1품.

그러면서 은자 이백 냥을 내어주면서 먹고 살아갈 기반으로 삼게 했다. 희도는 거듭거듭 감사를 드린 후에 그 집에서 나왔다.

희도는 청성부원군이 준 돈으로 물건을 사서 팔도로 행상을 다녔다. 그러다 영남 지방의 어느 고을에 이르러 어느 큰 집 앞을 지날 때였다. 한 여종이 살 물건이 있다면서 그를 그 집 안으로 이끌었다. 희도가 여종을 따라 대문 안으로 들어가니, 중문이 있어서 다시 중문 안으로 들어갔다. 그랬더니, 머리를 올리지 않은 한 여인이 마치 넘어질 듯이 급히 마당으로 내려오며 그를 맞았다.

"제가 누군지 알아보시겠습니까?"

"모르겠습니다만……."

"저는 청성부원군 댁에서 말을 판 대금을 잃어버렸던 종의 딸입니다. 그때에 서로 얼굴을 본 적이 있었지요? 저는 당신께서 아버지를 살려주신 은혜에 보답하고자, 머리를 깎고 팔도를 두루 다니면서 당신의 종적을 수소문했지요. 수소문하며 전전하다가 여기까지 오게 되었던 것이지요. 여기서 길쌈을 업으로 삼아 오륙 년 동안 애쓰다 보니, 어느덧 재산이 늘어나고 어느 순간에 부자가 되어 있더군요. 언제나 저는 밤낮으로 하늘에 기도를 드렸습니다. 당신을 한 번만 만나게 해달라고……. 어젯밤 꿈에는 한 신인(神人)이 와서 말을 하더군요. '내일 아무 시에 네가 그렇게 보고 싶어 하는 사람이 아무 방향에서 올 것이다. 모름지기 조금이라도 때를 놓치지 않도록 해라.'라고. 이런 까닭에 저는 아침부터 여종을 시켜 손님을 맞이하도록[18] 해놓았던 것입니다. 무슨 행운인지 다시 만나게 되었으니, 이것이야말로 어찌 하늘이 도운 게 아니겠습니까?"

마침내 두 사람은 서로 짝이 되어 살았다.

---

18 연후(延候): 손님을 맞이하는 일.

희도는 언제나 허씨 집안이 망한 것을 몹시 슬퍼했다. 재물을 흩어서라도 그들의 억울함을 풀어주려고[19] 꾀했다. 논과 밭을 모두 팔고 아내와 함께 서울에 올라가 수천 금도 써봤지만, 끝내 그의 뜻대로 되지가 않았다. 희도도 더 이상 어떻게 할 수 없다는 것을 알고 결국은 그만두었다. 그 뒤에 아들과 손자를 두고 풍족하게 살림을 살다가 여든 살에 죽었다.

안동에 사는 김 아무개[20]가 희도의 전(傳)을 지어서 풍원군 조현명[21]에게 보여주었다. 조현명이 그의 자손들을 수소문했는데, 당시 자손 중에 한 사람이 장례원[22]에서 구실아치〔員役〕[23]로 일하고 있었다고 한다.

염시도는 서울〔漢師〕[24] 수진궁방[25]에서 태어나 줄곧 거기에서 살았다. 성품이 착실하고 청렴하여 재상 허적의 겸종이 되었는데, 겸종이 되어서도 신임과 총애를 받았다. 하루는 허적이 시도에게 말했다.

"내일 새벽에 심부름 가야 할 데가 있으니, 반드시 일찍 오도록 해라."

그날 밤, 시도는 동료들과 함께 술을 마시며 노름을 하다가 잠깐 잠이 들었는데, 그게 깊은 잠으로 빠져들어 해가 밝는 줄도 미처 깨닫지 못하게 되었다. 뒤늦게 허겁지겁 일어난 그는 서둘러 달려갔다.

제용감[26]과 솔재〔鵽峴〕[27]를 지날 때였다. 길가 공터에는 오래된 나무가 하나 있었는데, 나무 밑의 무성하게 자란 풀 사이로 푸른 보자기 하나가

---

19 신설(伸雪): 가슴에 맺힌 원한을 풀어버리고 창피스러운 일을 씻어버림.

20 김 아무개: 김경천(1675-1765)을 가리킨다. 그는 조선 시대 향리 출신으로, 염희도의 이야기를 〈염승전(廉丞傳)〉으로 지은 바 있다.

21 조현명: 조선 후기의 문신.

22 장례원(掌隷院): 노예의 호적과 송사에 관한 일을 맡아보던 관아.

23 원역(員役): 이서(吏胥)의 하나. 보통 관아에 딸린 구실아치를 통틀어 일컫는다.

24 한사(漢師): 한성(漢城). 서울.

25 수진방궁(壽進宮坊): 현재의 종로구 수송동 및 청진동 일대. 수진궁은 본래 제안대군(齊安大君)의 저택이라고 한다.

눈에 띄었다. 가까이 가서 보니, 보자기는 야무지게 꽁꽁 묶여 있었다. 들어보니 상당히 무거웠다. 일단 그것을 소매에 넣고 사직동[28]에 있는 허적의 집으로 달려갔다. 가서 늦게 온 것에 대해 죄를 청했다. 허적이 말했다.

"이미 다른 사람을 보냈네. 네게 무슨 죄를 묻겠느냐?"

시도는 대청 아래로 물러 나와 묶인 보자기를 풀었다. 그 안에는 은 이백삼십 냥이 있었다. 그는 혼자서 중얼거렸다.

"돈이 상당하네! 이 돈을 잃어버린 주인이 얼마나 걱정하고 경황이 없어 할지는 굳이 말하지 않아도 알지라. 내가 가지면 좋기야 하겠지만, 그야말로 아무 근거 없이 횡재하는 것이잖은가? 나 같은 그저 그런 사람에게 횡재는 좋은 징조가 아니지. 집으로 가져가지 않을 바에는 차라리 대감님께 드리는 게 낫겠다."

마침내 은을 가지고 허적에게 가서 사연을 말씀드린 후, 그것을 받아달라고 했다. 허적이 말했다.

"네가 얻은 것을 내가 어찌 소유하며, 게다가 너도 가지려 하지 않는 것을 내가 어찌 갖겠느냐?"

시도는 부끄러워하며 물러났다. 잠시 후 허적이 그를 불러 말했다.

"며칠 전에, 병조판서 댁에서 기르는 말값이 이백 은인데…… 광성부원군[29] 댁에서 그것을 산다고 운운한다는 말을 들은 적이 있다. 이 은이 그게 아닌가 싶다. 네가 가서 한번 여쭤보려무나."

---

26 제용감(濟用監): 궁중에서 쓰던 모시나 마포 등 옷감 직조와 의복 제조 및 공급을 담당하던 관청. 지금의 중학동으로, 광화문역 2번 출구 인근에 있었다.

27 치현(鴟峴): 솔재. 경복궁에서 안국동으로 넘어가는 길. 종로구 중학동 한국일보사와 건너편 종로문화원 사이에 있던 고개로, 주위에 소나무가 울창했던 데서 붙여진 이름이다. 솔고개 또는 송현(松峴)이라고도 불렸다.

28 사직동(社稷洞): 종로구 사직동. 지금의 사직터널 입구 근처에 허적의 서자 허견이 살았다.

병조판서는 곧 청성부원군 김공[30]이다. 허적의 말대로 시도가 뒷날 그 집에 가서 뵈니, 청성부원군이 '와서 보자고 한 이유가 무엇인가'를 물었다. 시도가 말했다.

"오랫동안 인사를 드리지 못해 문후나 여쭙고자 해서 왔습지요."

이어서 말했다.

"어르신 댁에서 근래 뭔가 잃어버리신 게 있으신지요?"

"그런 거 없다."

그렇게 말을 하던 공은 급하게 대청 아래에 있던 하인을 불러 물었다.

"종 아무개가 말을 끌고 나간 지 이미 이틀이 지났거늘, 아직까지 돌아왔다는 보고가 없구나. 무슨 일이 있느냐?"

"아무개 종은 죄를 지었다면서 감히 뵈러 나올 수 없다는 말만 한다고 들었습니다."

공은 화를 내며 말했다.

"그게 무슨 말이냐? 당장 아무개 종을 잡아들이라!"

하인이 종을 잡아와 마당에 꿇리니, 종은 절을 하고 말했다.

"소인이 죄를 지었습니다. 죄는 만 번을 죽어도 용서받기 어렵습니다."

공이 까닭을 묻자, 종이 대답했다.

"소인이 재동[31]에 있는 광성부원군 댁에 가서 말값을 받아가지고 오다가 그것을 잃어버렸습니다."

공이 몹시 화를 내며 말했다.

---

29 광성부원군(光城府院君): 김만기. 숙종의 첫째 비인 인경왕후(1661-1680)의 아버지이자 김만중(1637-1692)의 형이다.

30 김공: 김석주를 지칭한다.

31 재동(齋洞): 종로구 재동. 지금의 안국역 일대 헌법재판소가 있는 부근이다. 숙종이 인경왕후의 친정에 지어준 집이 재동에 있었다.

"종의 변명이 이 지경까지 이르렀구나. 네놈이 간사한 꾀를 깊이 숨겨 두고서 나를 속이려 드느냐?"

그러면서 큰 몽둥이를 가져오라 하여 그를 때려죽이려 했다. 시도는 공에게 잠깐 형벌을 멈춰달라고 한 뒤, '은을 잃어버린 이유를 자세하게 들어보자'고 요청했다. 공도 깨닫고 그 이유에 대해 묻자, 종이 대답했다.

"처음에 말을 끌고 광성부원군 댁에 이르렀더니, 대감님께옵서 그 댁 종에게 말을 타서 달려보게[32] 하셨습니다. 대감님은 그걸 보고, '과연 뛰어난 말이로구나.'라고 하시면서 감탄하셨지요. 그러고는 다시 반지르르하게 윤기가 흐르는 말을 흡족하게 보시더니, '이 말을 네가 먹이고 키웠느냐?'라고 물었습니다. 소인이 '그렇다'고 말씀드렸지요. 대감님은 '네가 종이면서 이렇듯이 성실하게 돌보았구나. 참으로 가상하다'고 하면서 저를 가까이 오라고 했습니다. 그러고는 소인에게 '술을 마실 줄 아느냐'고 묻기에, '황송할 따름'이라고 대답했습니다. 대감님은 곁에 있던 사람을 시켜 소인에게 독한 홍로주[33]를 큰 사발에 가득 부어 따라 주라고 했습니다. 그렇게 연거푸 석 잔을 내려주셨습니다. 그러고 난 뒤에 은 이백 냥을 계산해 주셨습니다. 거기에다가 은 삼십 냥을 더 주시면서, '이것은 네가 말을 잘 키운 공을 칭찬하는 상이다.'라고 하시더군요. 소인이 감사 인사를 올리고 문을 나섰는데, 나와 보니 날은 벌써 저물어 저녁이 되었더군요. 그런데 술기운이 몹시 심해서 도저히 걸을 수가 없었습니다. 몇 걸음 걷다가 길가에 거꾸러져 있었는데, 그게 어딘 줄 모르겠습니다. 밤이 되어서야 얼핏 깨었는데, 그때 갑자기 통행금지가 시작된다는 종

---

32 반마(盤馬): 말에 올라타고 회선(廻旋)하는 것. 보통은 무술을 연마하는 일을 의미하는데, 여기서는 말의 상태를 시험하는 정도다. 원문의 '반(鞶)'은 '반(盤)'의 오기다.

33 홍로주(紅露酒): 소주에다 멥쌀로 만든 누룩과 계피 등을 넣고 우려 만든 약주. 감홍로(甘紅露) 혹은 감홍주(甘紅酒)라고도 부른다.

소리(人定)[34]가 들리더군요. 급하게 몸을 일으켜 돌아오느라, 은을 담은 보따리를 떨어뜨린 것도 몰랐습니다. 죄를 지은 게 이렇습니다. 소인도 죽을죄임을 알기에, 주저주저하면서 감히 찾아뵙고 말씀을 드릴 수 없었습니다."

이 말을 듣고 시도는 비로소 찾아온 이유를 하나하나 말했다. 이에 즉시 은을 드리니, 보따리에 담긴 액수가 잃어버렸다는 액수와 꼭 같았다. 공은 몹시 칭찬하고 기특해하며 말했다.

"너는 요즘 사람이 아니구나! 그러나 이것은 이미 잃어버린 물건이다. 지금 그 절반을 네게 상으로 줄 테니, 사양하지 말라."

"소인이 재물에 욕심이 있었다면, 마땅히 혼자 가지고 있으면서 말도 꺼내지 않았겠지요. 그러면 누가 그것을 알겠습니까? 애초 제 것이 아닌 것을 취하면, 오직 스스로 두려움과 더러움에 휩싸일 뿐입니다. 무슨 상을 받겠습니까?"

공은 몸에 소름이 쫙 끼침을 깨닫지 못한 채 그저 표정 관리만 할 뿐, 상을 주겠다는 말은 두 번 다시 꺼낼 수 없었다. 여러 차례 탄식하다가, 시도를 불러 술을 내려주며 위로해 줄 뿐이었다. 종은 비록 죄를 지었지만, 바로 풀어주었다.

시도가 하직하고 문을 나서려 할 때였다. 한 어린 여자아이가 그의 뒤를 쫓아오며 급히 불렀다.

"도와주신 염씨 어른! 잠깐만 기다려주십시오."

시도가 고개를 돌려 자신을 부른 이유를 물었다. 그러자 여자아이가 말했다.

---

34 인정(人定): 밤에 통행을 금지하기 위하여 종을 치던 일. 매일 일경 삼점(一更三點)에 28번을 쳤는데, 종을 치면 성문을 닫았다.

"아까 은을 잃어버린 사람이 제 오빠입니다. 저는 오빠에게 의지해 살고 있습니다. 지금 당신 덕분에 목숨을 구했으니, 이 은혜를 어떻게 갚아야 할지……. 제가 안채에 들어가 말씀을 드렸더니, 마님께서도 몹시 칭찬하시면서 술과 음식을 내어주라고 명령하셨습니다. 그러니 잠깐만 머물렀다 가십시오."

들어가니, 바로 대청 아래에 자리를 깔아놓더니 몸을 돌려 안채로 들어갔다. 이어서 커다란 상을 들고 나왔는데, 상 위에는 온갖 진수성찬과 좋은 술이 모두 놓여 있었다. 시도는 얼큰하게 술도 마시고 배부르게 음식도 먹은 뒤에 집으로 돌아왔다.

경신년이 되자, 허적은 죄를 입어 사약을 받고 죽게 되었다. 시도는 현장에 막무가내로 들어가 사약 그릇을 잡고 마시려 했지만, 도사[35]가 그를 끌어냈다. 허적이 이미 죽자, 시도는 미쳐 날뛰며 통곡했다.[36] 다시는 세상에서 살고 싶은 생각도 사라졌다. 이에 살던 집도 내팽개치고, 산과 강을 찾아 두루 돌아다녔다.

시도에게는 강릉에 사는 친척 형이 있었다. 그래서 강릉으로 찾아갔지만, 그는 이미 중이 되어 어디로 갔는지 알 수가 없었다. 이에 표훈사[37]에 가서 거기에 머물러 있는 중에게 물었다.

"저도 부처님〔空門〕께 귀의[38]하고자 합니다. 학덕이 높으신 스님을 스승으로 모시고 싶은데, 어느 스님이 거기에 적합하겠습니까?"

---

35 도사(都事): 금부도사(禁府都事). 의금부에 속한 벼슬아치로, 죄인을 다스리거나 문초하는데, 사약을 전하기도 한다.

36 원문에는 '귀(歸)'로 되어 있는데, 의미가 모호하여 《기문총화》에 기초하여 이렇게 해석했다. '귀(歸)'를 억지로 해석하면 '함께 죽으려 했다.'로 볼 수도 있다.

37 표훈사(表訓寺): 강원도 금강산에 있는 절.

38 귀의(歸依): 불법의 기본인 삼보(三寶), 즉 불(佛=부처), 법(法=가르침), 승(僧=승단)에 의지하는 것. 혹은 의지할 것을 약속하는 것.

"묘길상[39] 뒤 외딴 암자에서 참선하는 승려가 살아 있는 부처라 불릴 만큼 덕행이 높습니다."

시도가 가서 보니, 과연 한 중이 가부좌를 하고 앉아 참선하고 있었다.[40] 시도는 앞으로 나아가서 엎드린 채 '마음을 다해 모시겠다'는 생각을 하나하나 아뢰고, 이어서 머리를 깎아달라고 빌었다. 시도가 하는 말은 간절했지만, 스님은 마치 듣지 못한 것처럼 가만히 있었다. 시도도 엎드린 채 일어나지 않았다. 그러는 사이, 날도 이미 어두워졌다. 스님이 갑자기 말을 꺼냈다.

"시렁 위에 쌀이 있거늘, 어째서 밥을 짓지 않느냐?"

시도가 일어나서 보니, 시렁 위에 과연 쌀이 있었다. 스님의 말처럼 밥을 짓고, 밤이 되어서는 전처럼 다시 엎드려 있었다. 아침이 되자, 스님은 다시 밥을 짓도록 명령했다. 이런 일이 오륙일 동안 반복되었지만, 스님은 끝내 다른 어떤 말은 하지 않았다.

시도도 애초 먹었던 생각이 다소 풀어져, 암자를 나가 산책하기도 했다. 그러다가 암자 뒤에 몇 칸밖에 안 되는 작은 초가를 발견했다. 그 안으로 들어가 보니, 열여섯 살 정도 되어 보이는 데다 아주 예쁘게 생긴[41] 여자아이가 있었다. 시도는 젊은 사람의 욕망을 이기지 못해, 급히 앞으로 달려가 여자아이를 껴안으며 그녀를 범하려고 덤벼들었다. 그러자 여자아이는 품 안에서 작은 칼을 꺼내 들고 스스로 목숨을 끊으려 했다. 시도는 놀랍고도 두려워, 하던 짓을 멈췄다. 그러고는 그녀에게 '어디서 왔

---

39 묘길상(妙吉祥): 강원도 금강산 만폭동에 있는 골짜기. 여기에는 북한의 국보 102호인 높이 40m나 되는 고려 시대 마애불(아미타여래좌상)이 있다. 묘길상암(妙吉祥庵)을 중창한 나옹이 직접 새겼다고 전한다. 이야기에서, 수행하는 스님은 묘길상암에 있었던 것으로 짐작할 수 있다.

40 입정(入定): 수행하기 위해 방 안에 들어앉는 일.

41 완련(婉孌): 나이가 젊고 예쁨.

는지'를 물었다. 여자아이가 대답했다.

"저는 본래 동구 밖에 있는 마을에서 사는 시골 사람입니다. 오빠가 이 산으로 출가한 뒤, 암자에 계시는 스님을 스승으로 모시고 있지요. 어머니는 암자에 계신 스님을 신처럼 생각하시는지라, 그분께 제 운명을 물었지요. 스님께서는 '앞으로 사오 년 동안 네 딸에게 큰 재앙이 있겠구나. 만약 속세를 떠나 이 암자 주변에서 숨어 지내면 액을 면할 수 있겠다. 그리고 아름다운 인연도 만날 수 있겠다.'라고 하셨답니다. 어머니는 그 말씀을 믿었지요. 이에 이곳에다 초가를 지어놓고, 저하고 단둘이서 몇 년 동안 머물러 지낼 계획을 세웠던 것입니다. 지금 어머니는 잠깐 고향집에 내려가 계신데, 갑자기 당신에게 핍박을 받는군요. 이제 이렇듯이 죽을 지경에 이르렀으니, 이것이야말로 큰 재앙이 아니겠습니까? 이왕에 부모님께서 혼인 허락을 하지 않았으니, 비록 죽을지언정 어찌 가히 더러운 짓을 받아들이겠습니까? 비록 그렇기는 하지만, 이 일도 우연은 아닌 듯합니다. 스님께서 말씀하신 '아름다운 인연을 만나리라'는 게 필시 이 일을 두고 하신 것인가 봅니다. 남녀가 이미 한번 보고 마주 앉아 이야기를 나누었으니, 제가 어찌 다른 곳으로 시집갈 수 있겠습니까? 맹세컨대 당신을 따르겠으니, 당신은 어머니가 돌아오시기를 기다렸다가 당당하게 혼례를 치르는 것이 좋지 않겠습니까?"

그녀가 하는 말이 옳은지라, 시도는 그대로 따르겠다고 했다. 그렇게 하직하고 암자로 돌아왔다. 스님은 여전히 말이 없었다.

그날 밤, 시도의 마음은 온통 그리움으로 가득 찼다. 오직 그녀만 떠오르며, 불교에 귀의하겠다는 마음은 조금도 없었다. 오로지 날이 밝기를 기다려 어머니의 허락을 받겠다는 생각뿐이었다.

아침이 되었다. 잠자리에서 일어나려는데, 스님이 벌떡 일어서서 시도를 꾸짖었다.

"도대체 어떻게 생겨먹은 괴상한 놈팡이가 나를 이렇게까지 흔들어놓는단 말이냐? 반드시 죽여버리리라!"

그러면서 육환장[42]을 집어 들고 당장에 박살 내려고 했다. 시도는 뜻밖의 일이라, 거기서 얼른 몸을 피해 암자 밖으로 나가 우두커니 섰다. 한참 동안 그렇게 서 있었더니, 스님이 시도를 불렀다. 그러고는 부드러운 말로 타이르며 말했다.

"네 얼굴을 보니, 스님이 될 상이 아니다. 암자 뒤에 사는 여인도 결국에는 네 아내가 될 것이니, 너는 곧장 떠나거라. 조금도 머뭇거리지 마라. 떠나면 비록 조금 놀랄 일도 있겠지만, 복록(福祿)은 거기에서부터 시작될 것이니라."

그러고는 '이성득전작교가연(以姓得全鵲橋佳緣)'[43]이라는 여덟 글자를 써서 주었다. 시도는 울며 하직하고 떠났다.

표훈사에 도착해서 잠깐 앉아 있었는데, 갑자기 기찰포교[44]가 들이닥쳤다. 그들은 시도를 단단하게 묶더니, 머리에는 자루[45]를 씌워 앞을 보지 못하게 했다. 이어서 수레에 올라타게 한 뒤에 급히 말을 몰았다. 그렇게 달려 며칠 만에 서울에 이르자, 손과 발과 목에 각각 수갑과 차꼬와 칼[46]을 채웠다. 무릇 이때는 허적 집안의 옥사와 관련된 사람들을 모조리 처벌하고[47] 있었던 정국이었다. 그 집안과 친근했던 겸종들도 잇따라 체포되었는데, 그들에게서 시도도 긴밀하게 연관되었다는[48] 진술[49]이 있었

42 육환장(六環杖): 중이 짚는 지팡이. 윗부분에 고리가 여섯 개 달렸기에 붙여진 이름이다.
43 이성득전작교가연(以姓得全鵲橋佳緣): 두 성이 온전히 합해지고, 오작교에서 아름다운 인연을 맺으리라.
44 기찰포교(譏察捕校): 포도청에 속해 죄인의 탐정 수사를 맡아보던 벼슬.
45 낭두(囊頭): 죄인이 밖을 보지 못하도록 그 머리에 씌우는 형구.
46 삼목(三木): 죄인의 목·손·발에 각기 채우던 세 가지 형구. 곧 칼, 차꼬, 족쇄.
47 주련(株連): 한 사람이 저지른 죄로 인해 연루자를 모조리 형벌에 처하는 일.

기 때문이다.

의금부〔金吾〕 국청[50]에는 청성부원군이 죄를 조사하고 심문하는[51] 여러 재상들과 함께 나란히 앉아 있었다. 나졸들이 시도를 잡아들였다. 당시에는 심문을 받는 사람들이 많았던 탓에, 청성부원군은 그가 시도라는 것을 깨닫지 못했다. 그래서 그저 말로 한 차례 심문하고[52] 다시 옥에 가두라고 판결했다.

그때였다. 여종이 청성부원군에게 밥을 가지고 왔는데, 그녀는 바로 지난번에 은을 잃어버렸던 종의 여동생이었다. 그녀는 시도가 칼을 쓴 귀신 모양으로 있는 것을 보고 깜짝 놀라, 집으로 돌아가 부인께 알렸다. 부인은 그를 불쌍히 여겨, 청성부원군에게 편지를 보내 주의 깊게 살펴봐 달라고 전했다. 청성부원군도 그제야 문득 깨달아, 즉시 시도를 다시 데려오게 했다. 그리고 정밀하게 조사했더니,[53] 혐의가 드러나지 않았다. 이에 말했다.

"이 사람은 본래 의로운 사내네. 그 마음이야 내가 깊숙이까지 알고 있지. 그런 자가 어찌 역모에 가담하겠느냐?"

그러고는 즉시 풀어주도록 했다. 시도가 겨우겨우 의금부 문 밖을 나왔더니, 밖에서는 은[54]을 잃어버렸던 종이 새로 만든 옷을 가지고 그를 기다리고 있었다. 종은 시도를 자기 집으로 데리고 가서 대접하는데, 마

48 긴입(緊入): 빠져나올 수 없게 깊이 들어감.
49 초사(招辭): 공사(供辭). 범인이 자신의 범죄 사실을 진술하는 말.
50 국좌(鞫坐): 죄인을 국문하기 위해 국청에 나아가서 앉음.
51 안옥(按獄): 죄를 조사하여 다스리는 것.
52 평문(平問): 죄인을 심문할 때, 형장(刑杖)을 쓰지 않고 말로써 묻는 것. 평문을 해도 죄를 자백하지 않으면, 형구를 써서 심문하는 고신(拷訊) 과정으로 들어간다.
53 반힐(盤詰): 반핵(盤覈). 정밀하게 조사함.
54 원문에는 '금(金)'으로 되어 있지만, 이는 '은(銀)'의 오류다. 이하 같다.

음 씀씀이가 퍽 지극했다. 그리고 행상이라도 하라며, 장사 밑천과 말도 내어주었다.

그로부터 얼마 지나지 않아, 허적의 조카 신후재[55]가 상주 목사로 있다는 말까지 들은 시도는, 그를 뵈러 상주로 찾아갔다. 그때가 7월 7일이었다. 이른바 견우와 직녀가 서로 만나느라 오작교가 만들어지는 날이다.

상주로 들어가는 경계에 이르렀을 때에는 이미 날이 저물어 있었다. 시도는 급히 말을 몰아, 인적이 끊어진 으슥한 곳을 지나 한 마을의 민가로 들어갔다. 시도는 말보다 뒤처져서 들어갔는데, 말은 이미 마구간에 매어져 있었다. 그리고 한 여인이 마당에서 베를 짜고 있다가 급히 몸을 돌려 방 안으로 들어가는 모습이 눈에 들어왔다.[56] 시도가 말고삐를 풀려고 하자, 어떤 할미가 안에서 나오며 말했다.

"뭐 하려고 말고삐를 푸시는가? 말도 자기가 갈 곳을 알고 찾아왔는데……."

시도는 멍한 상태가 되어, 그녀가 하는 말이 무슨 의미인지 몰라 물었다.

"일찍이 뵙고 인사를 드린 적도 없는데, 부인께서 비유하신 말씀이 무슨 의미인지 깨닫지 못하겠습니다. '말도 자기가 갈 곳을 알고 찾아왔다'고 하신 게 무슨 말씀인지……."

할미는 불러 가까이 와 앉게 한 뒤에 말했다.

"내가 말하리다."

그 순간 갑자기 창문 안쪽에서 목멘 울음소리가 들려왔다. 할미가 말했다.

---

55 신후재: 조선 시대 문신. 신후재는 허적의 조카(누이의 아들)다.

56 이 부분은 뒤의 내용과 연결이 되지 않는다. 《기문총화》를 보면, '避入屋中'이 빠졌음을 알 수 있다. 번역에서는 이 부분을 첨가하여 넣었다.

"왜 우느냐? 어째, 기쁨이 지극해서 그러는 게냐?"

시도는 더욱 의아하여 까닭을 들려달라고 재촉했다. 할미가 말했다.

"아무 해에 자네는 금강산 작은 암자 뒤에서 한 여인과 만난 적이 있지?"

"그렇습니다."

"그 여인이 내 딸이네. 지금 울고 있는 사람이 바로 그 사람이지. 또 자네는 암자에 있었던 스님이 어디서 오신 분인지 아나? 그분이 바로 강릉에 살았던 자네의 친척 형이네. 신이한 스님이시지. 사람을 보매, 빈틈없이 꿰뚫어 보시거든. 그래서 앞으로 닥칠 일들을 알아맞히시는데, 그게 털끝만큼의 차이가 없단 말이야. 그런 스님이 일찍이 내 딸을 두고 말하더군.

'이 여자아이는 내 친척 동생 염 아무개와 인연이 있습니다. 그러나 지금으로부터 앞으로 몇 년 동안 큰 재앙이 미칠 것이오. 만약 내게 와서 의지하면 재앙을 면할 것이고, 인연도 찾을 수 있을 것입니다. 그러나 부부가 되어 함께 살 수는 없을 것입니다. 그 인연은 영남 상주 지방에서 아무 해 아무 달 아무 날이 되어야 필시 이루어질 것입니다.'

그렇게 말씀하기에, 나는 억지로 스님에게 딸을 맡겨 재앙에서 벗어나게 했지. 그리고 자네가 왔었을 때에는 마침 내가 나가 있어서 볼 수 없었고……. 그 후에 스님은 암자를 떠나셨는데, 어디로 갔는지 알 수가 없었지. 근래에 내 아들이 이 고을에 있는 절집(寺宇)에 머물게 되어서, 우리도 따라 여기까지 왔던 게고……. 그런데 오늘이 스님께서 말씀하신 그날인지라,[57] 자네가 정말로 올 줄 알고 있었던 게지."

그러고는 딸에게 나오라고 불렀다. 한참이 지나 딸이 나왔는데, 과연 금강산 암자에서 보았던 그 사람이었다. 얼굴은 통통해진 게 더욱 아름다웠다. 시도는 한데 어우러지는 감격과 서러움을 감당할 수 없었고, 여인은 슬픔과 기쁨의 마음이 서로 뒤섞였다. 두 사람 모두 그저 눈물만 흘릴 뿐이었다.

이윽고 진귀한 반찬이 풍성하게 차려진 저녁 밥상이 나왔는데, 이는 시도가 올 줄 알고 미리 준비해 둔 것이었다. 마침내 신방을 꾸미니, 스님이 말한 여덟 글자와 완전히 맞아떨어졌다.

시도는 며칠을 머문 뒤에 상주 목사를 찾아뵈었다. 상주 목사에게 지나간 일의 자초지종을 모두 이야기하니, 목사는 매우 신기하게 여기면서 선물도 많이 내려주었다.

그때는 시도의 전처가 죽은 지도 이미 오래된지라, 그의 집은 친척이 맡아 지키고 있었다. 시도는 상주에서 여인과 장모를 데리고 서울로 올라가 다시 옛집에서 살림을 살았다. 시도의 이름은 양반들 사이에 널리 퍼졌고, 청성부원군도 지극정성으로 그의 뒤를 봐주었다. 그래서 집안도 자못 부유하게 되었다. 사람들은 모두 '염 의사(廉義士)'라고 불렀다. 시도는 그의 아내와 함께 복록과 장수를 누리며 살다가, 여든 살 남짓해서 죽었다. 지금도 그의 후손들이 안국동에 살고 있다고 한다.

영의정 허적(1610-1680) | 자는 여거(汝車), 호는 묵재(默齋), 본관은 양천이다. 한(僩)의 아들이요, 한천(寒泉) 잠(潛)의 손자다. 진사를 거쳐, 인조 정축년(1637)에 대과에 급제하여 한림을 역임했다. 현종 갑진년(1664)에 재상이 되었다. 숙종 경신년(1680)에 서자 견(堅)의 역모 사건에 연좌되어 사사되었다. 당시 그의 나이 71세였다.

청성부원군 김석주(1634-1684) | 성은 김이요, 명은 석주(錫胄)다. 호는 식암(息菴), 본관은 청풍이다. 귀계(歸溪) 좌명(佐明)의 아들이다. 진사시에 장원 급제하고, 현종 임인년(1662)에

57 이 책에는 단지 "그래서 오늘 자네가 필시 올 줄을 알았네(固知今日君之必來也)."로만 되어 있다. 원출전(及至此日 固知君之必來也)과 약간 차이가 있는데, 여기서는 원출전을 참조하여 부분적으로 첨가했다.

대과에 장원 급제했다. 홍문관(玉堂)에 있다가 1년도 안 되어 병조판서로 승진했다. 대제학을 역임했다. 보사공신(保社功臣)에 책록되었다. 숙종 임술년(1682)에 재상이 되었는데, 당시 그의 나이 49세였다. 벼슬은 영의정에 이르렀다. 시호는 문충(文忠)이다. 청성은 그의 군호(君號)다.

풍원군 조현명(1690-1752) | 자는 시회(時晦)[58], 호는 해촌(海村), 본관은 풍양이다. 학암(霍岩) 문명(文命)의 아우다. 생원시에 장원 급제했다. 숙종 계사년(1713)에 대과에 급제했다. 육조의 판서와 사군문대장(四軍門大將)을 역임했다. 분무공신(奮武功臣)에 책록되었다. 영조 경술년(1730)에 재상이 되었다.[59] 벼슬은 좌의정에 이르렀다.[60] 시호는 문충(文忠)이다.[61] 풍원은 그의 군호다.

광성부원군 김만기(1633-1687) | 성은 김이요, 이름은 만기(萬基)다. 호는 단석(端石)[62], 본관은 광산이다. 충정공(忠貞公)[63] 익겸(益兼)의 아들이다. 효종조에 문과에 급제했다. 대제학을 역임했다. 숙종의 장인(國舅)이 되었다. 벼슬은 영의정에 이르렀다.[64] 시호는 문충(文忠)이다. 광성은 그가 부원군으로 봉해진 호다.

신후재(1636-1699) | 자는 덕부(德夫), 호는 규헌(葵軒), 본관은 평산이다. 인재(寅齋) 개(槩)의 9세손이다. 대과에 급제했다. 벼슬은 판윤에 그쳤다.

---

58 원문에는 '시회(時晦)'로 되어 있는데, '치회(稚晦)'가 맞다.
59 조현명이 우의정으로 임명된 때는 경신년(1740)이다.
60 조현명은 1750년에 영의정으로 제수받았다.
61 원문에는 '문충(文忠)'으로 되어 있는데, '충효(忠孝)'가 맞다.
62 김만기의 호는 '단석(端石)'이 아니라 '서석(瑞石)'이다.
63 원문에는 '충정(忠貞)'으로 되어 있는데, '충정(忠正)'이 맞다.
64 김만기가 영의정으로 제수된 일은 없다. 백두용이 착각한 것으로 보인다.

10

서울 선비〔京居一士人〕

옛날, 서울에 사는 선비가 일이 있어서 영남 지방에 갔다가 돌아올 때다. 중간에 길을 잘못 들어, 태백산 안쪽으로 들어가 헤매는 바람에 객점을 지나쳐버렸다. 게다가 날까지 저물어, 결국 어떤 시골집에 들어가 투숙할 수밖에 없었다. 그 집은 안채와 사랑채가 모두 기와집인 것이, 서울 집과 다를 게 없었다.

선비는 집주인을 불러 재워줄 것을 부탁했다. 주인은 몸가짐이 몹시 훌륭했는데, 수염과 머리카락은 반쯤 희어 있었다. 그는 흔쾌히 허락하고, 저녁밥까지 내어서 먹게 해주었다. 주인이 물었다.

"나이는 얼마나 되었으며, 자녀는 두셨습니까?"

"나이는 서른이 채 못 되었지만, 아들만 열 명 가까이 두었습니다. 방사[1]를 한 번만 했다 하면 애오라지 아들이 생깁니다. 집이 본디 가난한데도 집 안에는 자식으로 가득 차 있으니, 도리어 큰 걱정입니다."

주인은 부러워하는 빛이 얼굴에 그대로 드러났다. 그러더니 탄식하며 말했다.

"어떤 사람이 이런 복을 누린담?"

선비가 웃으며 말했다.

"걱정 중에서도 큰 걱정이건만, 어째서 그것을 복이라 말씀하십니까?"

"나는 나이가 예순이 넘었지만, 아직까지 자식을 낳아 길러본 적이 없

---

1 방사(房事): 남녀가 육체적으로 관계하는 일.

소. 비록 만석이나 되는 곡식을 쌓아둔들, 이 어찌 살아가는 모습이겠소? 만약이라도 내게 자식 하나만 있다면, 나는 아침저녁을 죽으로 연명한다 해도 또한 한이 없겠소. 지금 손님의 말씀을 들으니, 어찌 부러운 마음이 없겠소?"

다음 날, 선비는 인사를 드리고 떠나려 했다. 그러나 주인은 그를 만류하며, 닭을 삶고 개를 잡아 풍성하게 마련한 밥상을 내어주었다.

밤이 되었다. 주인은 곁에 있는 모든 사람들을 내보냈다. 그러고는 선비를 데리고 작은 방으로 들어가더니, 조용히 말을 꺼냈다.

"내가 간곡하게 드릴 말씀이 있소. 나는 부잣집에서 나고 자라서, 지금 이렇게 늙어 백발이 될 때까지 가난하고 군색한 것을 전혀 모르고 지냈소. 그러니 다시 무엇을 바라겠소? 그러나 부부간의 운세(子宮)[2]가 기구했던지, 평생토록 자식 하나를 길러보지 못하였소. 어떻게든 자식[3]을 만들어보겠다고, 정상적으로든 비정상적으로든 첩(偏房)과 부실(副室)도 적잖이 두었지요. 효험이 있다는 곳에 가서 기도도 드려봤고, 용하다는 의술과 좋다는 약재도 모두 시험해 봤지요. 자식을 얻는 일이라면 하지 않은 게 없었답니다.[4] 비록 평소에 자식을 잘 낳았던 여인들도 임신 한번 하지를 못했으니……. 내 인생의 해는 저물어[5] 점점 사라지려는데, 불현듯이 외롭고 쓸쓸해지는구려. 지금 내 집에 둔 첩만도 세 명인데, 모두가 스물 남짓하오. 물론 그녀들에게서도 기쁜 소식이 없지만……. 비록 다른 사람에게서 낳은 자식이라도, 단 한 번만이라도 '아버지' 하고 부르는 소리를 들을 수만 있다면, 죽어서도 눈을 감을 수 있을 것 같소. 듣건대,

---

2 자궁(子宮): 12궁의 하나로, 자식과 관련되는 자리. 자궁은 부부간의 운을 주로 가리킨다.
3 광사(廣嗣): 자식 복.
4 비불용극(靡不用極): 어떤 일을 위해 마음과 힘을 다함.
5 상유(桑榆): 해 질 무렵. 또는 인생의 노년기.

손님께서는 한 번만 잠자리를 가져도 곧바로 잉태가 된다고 하셨지요? 바라건대, 손님의 복에 기대서 아이를 가질 수 있는 방법을 시행해 볼까 하는데, 어찌 생각하오?"

선비는 깜짝 놀라, 물러서며 말했다.

"그게 무슨 말씀입니까? 남녀의 분별은 예법(禮防)[6]에서도 지극히 무겁게 다루며, 지아비를 둔 여인과 간통하는 것은 법률(法意)[7]에서도 엄격히 다스리고 있지요. 비록 평생을 모르고 지낸 사이라 해도 감히 생각해서는 안 될 일이거늘, 하물며 며칠 동안 주인과 손님이라는 정분을 쌓은 사이에서야…… 어찌 차마 입 밖에 낼 수 있겠습니까? 객점에서 오가다 만난 천민 아낙에게서라도 할 수 없는 일이거늘, 하물며 사대부 별실에게……. 따를 수 없는 일입니다!"

"첩이야 천한 것들이고…… 또 내가 발설한 것이니 꺼릴 것도 전혀 없소. 게다가 밤이 깊고 인적도 없는 상황이니, 훗날 자식을 낳는다 해도 어느 누가 알겠소? 내 말은 진심에서 우러나서 하는 것이지, 털끝만치라도 속이거나 꾸며대는 게 아니요. 제발 이놈의 신세를 가엾게 생각해서, 당장에 뜻을 굽혀주시는 은혜를 베풀어주시구려. 그래서 자식 없는 궁색한 늙은이로 하여금 아들을 낳았다는 기쁜 소식을 듣게 해주십시오. 그렇게만 된다면, 몇 번을 죽어 환생해서라도 어떻게든 그 은혜에 보답하리다. 존귀하신 손님께서는 적선을 하는 일이고, 내게는 헤아릴 수 없는 은혜가 되는 일이외다. 두 사람 모두에게 이보다 더 이로운 일이 없거늘, 왜 그렇게 한사코 사양만 하십니까?"

선비는 한참 동안이나 마음속으로 깊이 생각했다.

---

6 예방(禮防): 예법(禮法)으로 그릇된 행동을 막음.

7 법의(法意): 법률의 근원적인 의미.

'주인이 이미 애타게 요청한 일이니, 내가 남들 모르게 간통하는 것과는 다르지. 게다가 주인이 진정한 마음에서 벌인 일이니, 다른 염려도 없겠고…….'

그렇게 결정한 뒤, 겉치레로 두세 번 사양하다가 마침내 말을 꺼냈다.

"도리로 따지면 결코 해서는 안 될 일이지만, 주인의 마음이 이처럼 간절하고 지극하시니, 말씀하신 대로 따르겠습니다. 그러나 제 마음은 몹시 편치 않습니다."

주인은 말을 듣고 아주 기뻐, 마치 기도라도 하듯 두 손을 싹싹 비비며 감사를 드렸다.

"이제는 손님의 은덕에 힘입어 아버지라는 소리를 들을 수 있게 되었구려!"

그러고는 세 첩에게 사연을 말했다. 선비는 세 명의 첩과 사흘 밤을 돌아가며 동침했다. 세 명의 첩도 반드시 아들을 낳을 것이라고 생각해, 선비에게 그의 이름과 사는 곳을 물어 마음속에 깊이깊이 간직해 두었다.

사흘 밤이 지나 작별을 하게 되었다. 주인은 후하게 선물을 주었다. 하지만 선비는 짐이 무겁다며 모두 사양하고, 태백산을 빠져나와 서울 집으로 돌아갔다.

선비는 자식이 많았던 탓에, 분수에 맞게 살아가는 것[8]도 매우 어려웠다. 며느리와 손자까지 생겨나서, 식구만도 서른 명이 넘었다. 몇 칸 안 되는 초가에는 무릎을 꿇고 앉을 만한 공간도 없었고, 한 달 서른 날 중에 아홉 끼나 겨우 먹을까 말까 하고, 10년 동안에 갓 한 번 쓰는 일조차도 변통하기가 어려웠다. 결국 모든 자식들을 내보내 그들에게 처가살이를 하게 했다. 그리고 늙은 선비 부부는 큰아들 내외만 데리고 살았다. 그

8 조도(調度): 정도에 알맞게 살아가는 계교.

렇게 지낸 지도 어느덧 20년이 흘렀다.

어느 날이었다. 한가롭게 앉아 있는데, 갑자기 잘생긴 청년 세 명이 좋은 말을 타고 차례대로 들어왔다. 그러더니, 마루 위로 올라와서는 무릎을 꿇은 뒤에 머리를 숙여 절했다. 그들은 입고 있는 옷이 화려한 데다가 행동거지도 단정하고 우아한지라, 선비는 얼떨결에 답례를 하고 물었다.

"객들은 어디에서 오시었소? 예전부터 얼굴 한번 뵌 적이 없는[9] 것 같은데……."

세 청년이 말했다.

"저희들이 바로 생원님의 아들입니다. 아버님께서는 아무 해에 아무 지방에서 여차여차했던 일들을 기억하시는지요? 우리는 그날 밤에 생겨난 자식들입니다. 날짜만 앞뒤로 약간 차이가 있을 뿐, 우리 모두는 같은 달에 태어났습니다. 모두가 올해로 열아홉 살이지요. 저희들이 어렸을 때에는 그저 연로하신 어르신의 자식이려니 하고 지냈습니다. 그러다 열 살 남짓 되었을 때에 어머님께서 곡절을 자세하게 말씀해 주셔서 비로소 진실을 알게 되었습니다. 그러나 아버님이 어느 곳에 살고 있는지를 몰랐지요. 게다가 10여 년 동안 길러주신 은혜가 지극히 높고 무거운데, 하루아침에 그 은혜를 등질 수도 없었습니다. 그래서 어르신께서 세상을 떠나실 때까지 기다렸다가 그 이후에 찾아뵙고 모시기로 계획했던 것입니다. 열다섯 되던 해, 저희들은 같은 날 동시에 아내를 맞았습니다. 신부례[10]도 그 집에서 행했지요. 그러다가 재작년 아무 달에 어르신께서는 여든한 살의 연세로 아무 병 없이 돌아가셨습니다. 성대하게 장례식을 치르고, 좋은 땅을 골라 예법에 맞게끔 장사도 치렀습니다. 그리고 3년 동

---

9 일면지아(一面之雅): 일면식도 없음.

10 신부례(新婦禮): 신부가 처음으로 시집에 와서 올리는 예식.

안 상복을 입음으로써 그 은혜에 보답하려 했습니다. 지금은 대상(祥朞)[11] 도 이미 마친 상태입니다. 그래서 어머님이 간직해 둔 기억을 좇아, 세 형제는 직접 말고삐를 잡고 서울에 올라와 지금 이렇게 찾아뵙고 인사를 드리는 것입니다."

선비는 지난 일이 환히 떠올라 그들의 얼굴을 자세하게 살펴보니, 과연 자기 얼굴과 꼭 닮아 있었다. 마침내 선비는 아내와 아들, 그리고 며느리들에게 이 일을 말했다. 세 아들에게도 각각 인사를 드리게 한 후, 선비가 다시 말했다.

"네 어미는 올해 나이가 얼마며, 모두 별일 없으시더냐?"

세 아들이 각각 거기에 대해 답변한 후 다시 말했다.

"집안 살림을 대충 보건대, 차마 말씀드리기가 어렵습니다. 저희들이 오는 길에 마침 가지고 온 것들이 있습니다."

그러고는 종들에게 가지고 온 봇짐에서 돈 몇 냥을 꺼내도록 했다. 그 돈으로 쌀과 땔나무를 사 오도록 한 뒤에, 그것으로 아침저녁 거리를 마련하게 했다. 밤이 되자, 세 아들이 조용히 말했다.

"아버님의 춘추가 이미 높으십니다. 형님 또한 어려서 학문할 기회를 잃었으니, 벼슬길에 나아가는 것은 거의 바랄 수 없는 형편입니다. 게다가 송곳 하나 꽂을 만한 땅이 없으니, 가을이 된들 거두어들일 한 가마니 곡식조차 없지요. 가진 것 없는 빈손에다 거둬들일 땅[12]도 없는데, 어떻게 삶을 꾸려나갈 수 있겠습니까? 차라리 시골로 내려가 여생을 보내시는 것이 낫지 않겠습니까?"

"나 또한 그럴 생각이야 있다만, 시골에 간들 땅도 없고 집도 없는데

---

11 상기(祥朞): 대상(大祥). 《청구야담》에는 '祥禫(상담: 대소상과 담제)'으로 되어 있다.
12 백지(白地): 농사가 제대로 되지 아니하여 거두어들일 것이 없는 땅.

어떻게 하겠느냐?"

"아무 고을 어르신께서는 누거만[13]이나 되는 부자였습니다. 돌아가신 후로 다른 친척분들도 없는지라, 그 재산은 모두 저희들 소유가 되었습니다. 이 집을 헐값에 팔고[14] 모든 식구들과 함께 가셔도 넉넉하고 풍족하게 살 수 있을 것이니, 걱정하지 마십시오."

말을 들은 선비는 몹시 기뻐, 마침내 말과 가마를 빌려서 그날 당장 세 아들과 함께 길을 나섰다. 그 집에 이르러 세 첩과 세 며느리를 보고 난 뒤에, 선비는 큰집으로 들어가 지냈다. 세 아들은 각자 자기 어머니를 모시면서 큰집과 이웃한 곳에 집을 장만해 살았다.

며칠이 지난 뒤에, 선비는 제물을 준비해서 부잣집 주인 무덤을 찾아가 통곡하며 제사를 지냈다. 그리고 부잣집 주인의 제사는 세 아들이 죽을 때까지 그치지 않았다.

선비는 처가살이를 하러 갔던 모든 아들들도 차례로 불러들여, 재산을 나눠주며 거기서 함께 살도록 했다. 그래서 선비의 집 앞뒤와 좌우로 수십 채의 집들이 들어섰다. 선비는 번갈아 가며 세 첩의 집에서 지냈는데, 옛 인연을 이어 호의호식하면서 남은 삶을 잘 보냈다.

---

13 누거만(累巨萬): 거만(巨萬)의 여러 곱절로, 매우 많은 액수를 강조하는 말. 거만은 '수만 단위로 셀 만큼 매우 많은 돈의 액수'를 말한다.

14 척매(斥賣): 헐값에 팖.

11

신분이 낮은 사내〔賤男子〕

서울에 사는 신분이 낮은 사내가 아내를 맞았다. 신부의 집은 부유했지만, 얼굴은 아주 못났다.

혼례를 마친 다음 날이었다. 신부가 시부모께 인사를 드리러 시댁으로 가야 하는데, 친정 부모는 자기 딸이 못난 것으로 인해 흉잡히는 게 싫었다. 마침 이웃집에는 예쁘게 생긴 과부의 딸이 살았는데, 그녀는 가난한 탓에 여태 시집을 가지 못한 상태였다. 그래서 '그녀가 자기 딸 대신 갔다 오면 좋겠다'고 생각하여 과부를 불러 의논했다. 과부는 흔쾌히 허락해 주었다.

마침내 과부의 딸이 대신 갔다. 시부모는 그녀의 얼굴을 보고 몹시 기뻐지라, 예물도 후하게 내어주며 억지로 머물러 있도록 했다. 그녀는 명령을 어길 수 없어, 그 집에서 며칠을 머물렀다. 그러는 동안에 신랑과 서로 사랑하는 사이가 되어버렸다. 신랑은 오히려 진짜 부인을 꺼리게 된 것이다. 친정 부모는 몹시 후회하며 형부(刑部)에 소송을 걸어, 사위와 과부 딸을 떨어뜨려 달라고 요청했다.

형부의 관리는 '이미 혼사가 이루어진 것이니, 두 사람 모두 부인이 되는 것을 허락한다.'라고 결정했다. 사내는 하루아침에 두 아내를 얻게 되었다. 부잣집 딸의 재산과 예쁜 여인과의 잠자리로 호사를 누리게 되어 고을에 소문이 자자했다. 당시 사람들은 아름다운 이야기라고 생각했다.

12

강릉 서생〔江陵一書生〕

한 서생이 다른 지방으로 공부하러 다니다가 강릉에 이르렀다. 거기서 매우 아름다운 양갓집 여인을 보고, 그는 시를 써서 그녀를 꼬드겼다. 여인이 말했다.

"여자는 함부로 사람을 따르는 게 아닙니다. 부모님께 허락을 받으면 어울릴 수도 있겠지요."[1]

서생은 곧장 서울로 돌아가 과거 공부에 매진했다. 그러는 동안에 여자 집에서는 사위를 맞으려 했다.

여인은 평소에 연못에서 물고기를 기르고 있었는데, 하루는 연못을 보며 말했다.

"내가 너희들을 기른 지도 오래되었으니, 너희들도 내 마음을 분명히 알겠지."

그러고는 비단에 쓴 글을 연못으로 던졌다. 그러자 커다란 물고기가 튀어 오르더니 편지를 삼키고 가버렸다.

서생이 서울에 머물러 있던 어느 날, 그는 부모님을 위해 시장에서 물고기를 사가지고 돌아왔다. 물고기 배를 갈랐더니, 비단에 쓰인 글이 있었다.

놀랍고도 이상하여, 곧장 여인의 편지와 자기 아버지가 보내는 편지를

---

1 이후는 다소 비약이 심하다. 본디 《고려사》 〈악지(樂誌)〉에 전하는 〈명주가(溟州歌)〉 설화인데, 축약하는 과정에서 변개가 심하게 일어났다.

함께 가지고 여인의 집으로 찾아갔다. 여인의 집 대문 앞에는 이제 막 맞이하려는 사위가 도착해 있었다.

여인의 부모는 그것을 이상히 여기며 말했다.

"이것은 정성이 하늘에까지 미친 것이니, 사람의 힘으로 할 수 없는 일이다."

그렇게 말하고는 맞이하려던 사위를 돌려보내고 서생을 사위로 받아들였다.

제5권

보유(補遺)

1

고지식한 사람〔盧木櫃〕[1]

옛날에 한 선비가 사위를 맞았다. 사위는 몹시 어리석어 콩과 보리도 구분하지 못했다.

혼인한 지 사흘째 되는 날이었다. 신부와 함께 앉아 있던 신랑은, 소반에 놓인 만두를 가리키며 말했다.

"저게 뭐요?"

신부가 한숨을 내쉬었다.

"휴— 휴—"

사위가 만두를 쪼개 보니, 그 속에는 잣〔海松子〕이 들어 있었다. 신랑은 다시 물었다.

"이건 뭐요?"

"말도 마세요."

사위가 자기 집으로 돌아가니, 부모가 '뭘 먹었냐'고 물었다. 그가 대답했다.

"'휴— 휴—' 하나 안에 '말도 마세요' 세 개가 있는 것이요."

신부집에서는 걱정과 후회에 어떻게 할 줄을 몰랐다. 하루는 개오동나무로 만든 궤 하나를 사 왔는데, 궤는 족히 50휘〔斛〕[2]나 들어갈 만큼 큰

1 노목궤(盧木櫃): 개오동나무로 만든 네모난 궤. 융통성이 조금도 없는 사람을 두고 이르는 말이다.

2 곡(斛): 휘. 10말 정도에 해당하는 용량. 오늘날로 보면 1휘가 180리터 조금 넘는 양이다.

것이었다. 장인과 장모가 서로 약속하며 말했다.

"사위가 만약 이것이 무엇인 줄 알면, 쫓아내지 않기로 합시다."

신부는 밤새도록 신랑에게 그 물건이 무엇인지 가르쳐주었다. 이튿날 장인이 사위를 불러 궤를 보여주니, 사위는 지팡이로 그것을 툭툭 치며 말했다.

"개오동나무로 만든 궤인데, 족히 50휘는 들어가겠습니다."

그러자 장인은 기쁨이 지나쳤던지, 다시 한 되가 들어가는 나무통을 사가지고 와서 그것을 사위에게 보여주었다. 사위는 지팡이로 그것을 툭툭 치며 말했다.

"개오동나무로 만든 나무통인데, 족히 50휘는 들어가겠습니다."

이후에 장인이 생식기 문제로 병을 앓게 되자, 사위가 문병하러 갔다. 장인이 아픈 부위를 꺼내 보여주자, 사위는 지팡이로 그것을 툭툭 건드리며 말했다.

"개오동나무로 만든 거시기인데, 족히 50휘는 들어가겠습니다."

2

박효공(朴孝恭)

겸사복[1] 박효공은 공주 지방의 평민(小民)이다. 말 위에서 재주를 부리는 기술(騙馬)[2]이 뛰어났던 그는, 그 재주로 인해 무장(禦侮)[3] 벼슬에까지 이르렀다.

사대부 가문에 속한 과붓집에서 딸을 시집보낼 때였다. 달성군(達城君) 서거정도 친척 신분으로 예식에 참여했다. 혼례가 이루어지고 신랑도 절차에 따라 절을 하고 난 뒤에 예법에 따라 신방으로 들어가니, 하객들도 각자 흩어져 돌아갔다.

서거정도 돌아가는 길이었다. 그런데 그를 모시고 왔던 사람들이 서로 비웃으며 수군대는 소리가 들려왔다.

"오늘 신랑은 박효공이잖아!"

신랑이 절을 할 때, 서거정은 마음속으로 '저 사람은 박효공이 아닌가?' 하는 의심이 들긴 했지만, '필시 얼굴이 닮은 사람이겠지.' 하고 굳이 캐묻지 않았던 터였다. 그러다 수군거리는 말을 듣고 보니 몹시 놀라웠다.

"그게 무슨 소리냐?"

모두가 말했다.

---

1 겸사복(兼司僕): 궁중에서 쓰는 말을 관할하고, 세자궁 호위 및 궁궐 시위(侍衛)를 맡았던 금군(禁軍).

2 편마(騙馬): 마상재(馬上才). 달리는 말 위에서 여러 가지 무예를 선보이는 재주.

3 어모(禦侮): 보통 어모는 정3품 벼슬인 어모장군(禦侮將軍)을 말하는데, 여기서는 어모장군으로 볼 수 없다. 시대적 배경을 고려한다면, 아마도 당시 종8품에 해당하는 어모교위(禦侮校尉)로 보는 것이 타당해 보인다. 여기서는 '무장'으로 번역했다.

"오늘 신랑이 박효공이었습니다."

서거정은 말고삐를 되돌려 다시 그 집으로 갔다. 그랬더니, 박효공은 이미 옷을 벗고 베개에 기대어 있었다. 아직까지 화촉은 밝히지 않은 상태였다. 서거정이 물었다.

"오늘 신랑이 누구더냐?"

"충의위[4]에 소속된 민 아무개입니다."

"그렇다면 뭔가 잘못되었네. 지금 신방에 들어가 있는 자는 곧 겸사복에 소속된 박효공이네."

그러자 서로 크게 놀라워하며 어떻게 된 일인지 그 이유를 조사했다. 그랬더니, 그날 민 아무개와 박효공 두 집에서는 같은 날에 아내를 맞기로 했는데, 여자 쪽 집에서 잘못 알고 서로가 다른 신랑을 모셔 왔던 것이다.

밤이 깊었지만 아무 일도 벌어지지 않았기 때문에, 두 신랑은 모두 걸어서 각자 자기가 원래 결혼하기로 했던 처가로 되돌아갔다.

달성군 서거정(1420-1488) | 자는 강중(剛中), 호는 사가정(四佳亭), 본관은 달성이다. 목사 미성(彌性)의 아들이요, 양촌(陽村) 권근(權近)의 외손자다. 생원시와 진사시를 거쳐, 세종 갑자년(1444)에 대과에 급제했다. 연이어 발영시[5]와 등준시[6]에 급제했다. 대제학을 역임했다. 좌리공신(佐理功臣)에 책록되었다. 벼슬은 좌찬성에 이르렀다. 달성군에 봉해졌다. 시호는 문충(文忠)이다.

---

4 충의위(忠義衛): 충좌위(忠佐衛)에 딸린 군대로, 공신의 자손들 중에서 조직되었다.

5 발영시(拔英試): 세조 12년(1466)에 현직 중신과 문무 관리들에게 보게 했던 시험. 이 시험에서 서거정은 2등으로 급제했다.

6 등준시(登俊試): 세조 12년(1466)에 2품 이하의 문무관과 종친에게 보게 했던 과거 시험. 임시로 마련한 시험이다. 이 시험에서 서거정은 1등으로 급제했다.

3

대사간 유효통〔兪大司諫孝通〕

대사간 유효통의 자는 행원(行源)이고, 본관은 기계(杞溪)다. 자식이 있었는데, 정승 황보인의 딸을 아내로 맞이했다.

당시 풍속에는 아내를 맞이할 때, 신랑집이 부유하면 반드시 진귀한 보배를 함 상자에 풍족하게 담은 다음에, 앞에서 길을 인도하는 사람이 그걸 짊어지고 가서 예물로 쓰게 했다. 많이 쓰는 사람은 그런 함 상자가 서너 개나 되었다.

유효통의 아들도 함 상자 두 개를 예물로 보냈다. 황보 재상의 부인은 다급하게 함을 들이라 한 뒤, 하객들이 모인 자리에서 그것을 열었다. 그런데 함 상자 안에 들어 있는 것은 모두 책뿐이었다. 자리에 있던 사람들은 모두 놀라워할 뿐이었다.

나중에 황보 재상이 유효통에게 물었다.

"혼인하는 날 저녁에 보낸 함 상자에 담은 책들은 도대체 어디에 쓴답디까?"

"'황금이 상자에 가득 차 있어도 자식에게 경서 한 권을 가르치는 것만 못하다'고[1] 했으니, 혼인하는 날 저녁에 보내는 함에 담긴 책이 어찌 쓸 데가 없겠습니까?"

---

1 이 말은 《한서》에 실려 있는데, 《명심보감》에 실려 널리 회자되었다. "《한서》에서 이르기를, '황금이 상자에 가득 차 있어도 자식에게 경서 한 권을 가르치는 것만 못하다. 자식에게 천금을 물려준다 해도 자식에게 한 가지 기예를 가르치는 것만 못하다.'(漢書云 黃金滿籯 不如教子一經 賜子千金 不如教子一藝)"

대사간 유효통(1388-?) | 공조전서(工曹典書) 현(顯)의 아들이다. 태종 무자년(1408)에 대과에 급제했다. 벼슬은 제학에 그쳤다. 그의 아들 목로(牧老)는 대과에 급제했다. 벼슬은 정랑에 그쳤다. 원로(元老)는 대과에 급제했다. 벼슬은 직강에 그쳤다. 신로(臣老)는 대과에 급제했다. 벼슬은 전적(典籍)에 그쳤다. 신로의 아들 중익(仲翼)도 진사를 거쳐 문과에 급제했다. 벼슬은 사간(司諫)에 그쳤다.

정승 황보인(1387-1453) | 자는 사겸(四兼), 다른 자는 춘경(春卿)이다. 호는 지봉(芝峯), 본관은 영천이다. 지중추원사 림(琳)의 아들이다. 태종 갑오년(1414)에 대과에 급제했다. 세종 정묘년(1447)에 좌찬성으로 있다가 재상이 되었다. 문종 임신년(1452)[2]에 영의정이 되었다. 어린 임금(단종)을 잘 보필해 달라는 고명(顧命)을 받았다. 계유년(1453)에 김종서와 함께 같은 날에 화를 당했다. 영조 때에 충정(忠定)이란 시호를 받았다.

---

2 황보인이 영의정이 된 때는 임신년이 아닌, 이보다 한 해 앞선 신미년(1451)이다.

4

서평군 한준겸〔西平韓浚謙〕

서평부원군 한준겸에게는 네 명의 사위가 있었다. 큰사위는 정랑(正郎) 이유연, 둘째는 참판 여이징, 셋째는 감사 현곡(玄谷) 정백창, 넷째는 능양군(綾陽君)이다. 능양군은 인조대왕이 아직 왕위에 오르기 전에 받았던 군호[1]다.

서평부원군은 일찍이 네 사위에게 각각 별명을 지어 장난을 친 적이 있었다. 네 사위 모두에게 갓머리 면(宀) 자를 써서 별명을 만든 것이다. 이유연은 '뢰지(牢之)'라고 지었는데, 그가 살이 찐 것을 놀린 것이다.[2] 여이징은 '궁지(宮之)'라고 지었는데, 그의 성을 빌려 놀린 것이다.[3] 정백창은 '밀지(蜜之)'라고 지었는데, 그의 성격이 조급한 것을 놀린 것이다.[4] 인조는 '총지(寵之)'라고 지었는데, 그의 기상이 비상했기 때문이다.[5]

정백창은 자신을 '벼룩〔蚤〕'에 비유한 것이 싫어, 항상 그렇게 별명을 지은 것을 원망했다. 서평부원군이 유배를 가게 되었을 때, 정백창이 장인께 말했다.

---

1 군호(君號): 적출이 아닌 왕자, 종친, 훈신 등에게 임금이 군(君)으로 봉할 때 주는 이름.

2 뢰(牢)는 '집〔宀〕'과 '소〔牛〕'가 합해진 글자다. 우리〔牢〕 안에 가둔 소나 돼지처럼 살졌다고 놀린 것이다.

3 궁(宮)은 '집〔宀〕'과 '여(呂)'가 합해진 글자다. 집 안에 있기를 좋아하는 여이징이라며 놀린 것이다.

4 밀(蜜)은 '집〔宀〕'과 '벼룩〔蚤〕'이 합해진 글자다. 조급한 성격이 마치 날뛰는 벼룩과 같다고 놀린 것이다.

5 총(寵)은 '집〔宀〕'과 '용(龍)'이 합해진 글자다. 아직은 집에 있지만, 향후에 승천할 용임을 암시한다.

"장인께서는 일찍이 저를 '밀지'라고 부르시더니, 장인은 지금 '찬지(竄之)'[6]가 되었습니다."

무릇 '쥐〔鼠〕'를 써서 장인을 놀린 것이다. 서평부원군도 순간 웃음이 터져 나왔다.

서평부원군 한준겸(1557-1627) | 자는 익지(益之), 호는 유천(柳川), 본관은 청주다. 유음(柳陰) 효윤(孝胤)의 아들이다. 선조 기묘년(1579)에 생원시와 진사시를 거쳐, 병술년(1586)에 대과에 급제했다. 분관[7] 되기 전에 한림을 했다. 계축년(1613)에 고명(顧命)을 받은 일곱 명의 신하였다.[8] 유배를 갔다.[9] 이후에 다시 조정으로 복귀하여[10] 오도도원수(五道都元帥)를 했다. 인조 때 왕의 장인(國舅)으로 영돈녕부사(領敦寧府事)가 되었다. 시호는 문익(文翼)이다.

이유연(1571-1615) | 자는 □□[11], 본관은 전주다. 양중(養中)의 아들이다. 대과에 급제했다. 벼슬은 정(正)에 그쳤다.

참판 여이징(1588-1656) | 자는 자구(子久), 호는 동강(東江), 본관은 함양이다. 첨지 순원(順元)의 아들이다.[12] 진사시를 거쳐, 인조 갑자년(1624)에 대과에 급제했다. 벼슬은 이조참판에 이르렀다.

---

6 찬(竄)은 유배 간다는 의미다. '구멍〔穴〕'과 '쥐〔鼠〕'를 합함으로써, 쥐구멍에 사는 쥐새끼와 같다고 놀린 것이다.

7 분관(分館): 문과 급제자들을 승문원(承文院), 성균관, 교서관(校書館) 등의 3관에 분속시켜 배치하는 일.

8 선조로부터 영창대군(永昌大君)을 보살펴 달라고 부탁을 받은 7명의 신하 중에 한 명이었음을 가리킨다.

9 영창대군의 일로 1617년에 충주로 유배를 갔던 일을 말한다.

10 기폐(起廢): 파면시켰던 사람을 다시 불러들이는 것. 1621년에 오랑캐의 침입 조짐이 있자, 한준겸을 오도도원수로 삼았던 일을 가리킨다.

11 원문에는 빈칸으로 두었는데, 이유연의 자는 '연연(淵淵)'이다.

12 여이징의 아버지는 여유길(1558-1619)이다. 여순원은 그의 할아버지다.

현곡 감사 정백창(1588-1635) | 자는 덕여(德餘). 현곡은 그의 호다. 본관은 진주다. 감사 효성(孝成)의 아들이다. 진사시를 거쳐, 광해군 신해년(1611)에 대과에 급제했다. 한림과 부제학을 역임했다. 벼슬은 경기도 관찰사에 이르렀다. 부인, 첩, 며느리 윤씨가 정축년(1637)에 강화도에서 정절을 지키기 위해 스스로 목숨을 끊었다.

5

통제사 이현달〔李統制顯達〕

통제사 이현달은 인조 때의 무신이다. 집이 자못 부유했지만, 부인에게서는 아들을 두지 못하고 첩과의 사이에서 낳은 아들만 있었다. 이에 그는 첩에게 집안을 꾸려나가게 하고, 부인은 따로 집을 마련하여 거기서 지내도록 했다. 부인에게는 매달 먹고 입을 것만 나누어주었을 뿐이다.

그 후에 이현달이 죽자, 부인은 다시 정실 자리로 복귀했다. 첩은 부인 앞에 무릎을 꿇고 한 통의 문서를 올린 후에 말했다.

"이 문서는 집안의 재산 모두를 적어둔 것입니다. 공께서는 '무인(武人)인지라 집안 살림을 다스리는 법도는 모른다' 하시면서, 제게 집안일을 맡겨 처리토록 하였습니다. 첩은 미천한 처지이기에 감히 그 뜻을 어길 수가 없었습니다. 그러나 신분의 높낮이에 대한 분별이야 대략 알고 있는 터. 베 한 필, 돈 한 푼도 감히 사사로이 쓴 적이 없습니다. 집안 물건은 모두 다 기록해서 책자로 만들어두었는데, 그것은 언젠가 오늘 같은 날이 오면 부인께 바치려고 생각한 까닭입니다."

부인은 문서를 열어보지도 않고 다시 첩에게 주며 말했다.

"내가 만약 네 잘못을 추궁한다면, 그것이야말로 지아비의 부덕함을 드러내는 게 되느니라. 내가 차마 할 수 없는 일이지. 자네가 이왕에 집안 곳간을 관리해 왔던 것처럼 그대로 하게. 그리고 나를 모시는 것도 영감이 살아 계실 때처럼만 하면 되네."

그러고는 두 사람이 함께 살았는데, 지난날의 일들은 조금도 마음에 두지 않았다.

통제사 이현달(1591–1645) | 자는 □□[1]. 호는 소성(笑醒) 또는 □□. 벼슬은 총관을 지냈다. 향관[2]은 확인하지 못했다.

1 원문에는 빈칸으로 두었는데, 이현달의 자는 '계심(季深)'이다.

2 향관(鄕貫): 시조가 태어난 곳. 이현달의 본관은 전주다.

6

유언겸〔俞公彦謙〕

유언겸이 서울에 올라와 벼슬을 하느라 온갖 고생을 다 하고 있었다. 친구가 첩이라도 들일 것을 권하자, 그는 날을 잡아 첩을 맞으러 갔다. 그러나 문 앞에 이르기도 전에 발길을 되돌렸다. 어떤 사람이 이유를 묻자, 유언겸이 대답했다.

"가는 도중에 갑자기 이런 생각이 들더군요. '내 처는 시골에서 성장한 반면, 첩은 서울 여자라. 얼굴 생김새가 반드시 처보다 나을 것이고, 옷차림새도 반드시 처보다 나을 것이고, 일을 처리하는 것도 반드시 아내보다 낫겠지.' 그렇게 나은 것들로 나를 모시다 보면, 반드시 처에게 교만해지겠지요. 잘한다고 하면 처첩에 대한 분별이 없어질 테고, 못한다고 하면 여러 감정이 생길 테고……. 그러면 나 또한 후회가 많아지겠지요. 그런지라, 내가 어떻게 첩을 두겠습니까?"

유언겸(1496~1558) | 자는 겸지(謙之), 본관은 창원이다. 음사로 벼슬은 호조정랑에 이르렀다. 효행으로 알려져, 고향 사당[1]에 모셔져 제사를 받고 있다.

---

1 유언겸의 사당은 지금 천안시 풍세면에 있다.

7

판원 김효성〔金判院孝誠〕

판원 김효성은 첩이 많았다.[1] 하루는 밖에 나갔다가 안채로 들어갔더니, 부인이 한쪽 귀퉁이에 앉아서 베를 검게 염색하고 있었다. 김효성이 물었다.

"베를 검게 염색해서 무엇에 쓰려고?"

부인이 정색하며 말했다.

"당신이 여러 첩들에게 빠져서 나를 마치 원수처럼 보시지요. 그래서 저는 결연히 출가(出家)할 마음으로 이렇게 베를 염색하고 있답니다."

효성이 웃으며 말했다.

"내가 본래 여색을 좋아하지요. 기생과 무당, 양민과 천민…… 누구든 가릴 것 없이 여자 형태만 갖춰져 있으면 사통하지 않은 적이 없었지요. 그런데 유독 비구니와는 한 번도 가까이하지 못해 몹시 유감스러웠거늘……. 이제 당신이 비구니가 되겠다니, 이야말로 내가 바라던 일이구려!"

부인은 한마디 말도 못 한 채, 그저 염색하던 베를 땅바닥에 내동댕이쳤을 뿐이다.

판원 김효성(1585-1651) | 자는 행원(行源), 본관은 광산이다. 부사 수연(秀淵)의 아들이다. 광해군 계축년(1613)에 진사시에 급제했다.[2] 벼슬은 지중추에 이르렀다.

---

1 《청파극담》에는 "부인 또한 질투심이 몹시 심했다."가 첨가되어 있다.

2 김효성은 1613년 생원시에서 3등으로 급제했다.

8

재상 조태억의 부인〔趙相泰億夫人〕

재상 조태억의 부인 심씨는 시기와 질투가 많았다. 조태억은 부인을 마치 호랑이처럼 무서워한 탓에, 한 번도 외도를 한 적이 없었다.

그 후 사촌형 조태구가 평양 감사로 부임했다. 당시 태억은 승지로 있었는데, 마침 임금의 명령을 받들어 관서 지방으로 가게 되었다. 평양 감영에서 머물러 있는 며칠 동안에, 조태억은 처음으로 마음에 담은 기생이 생겼다.

소문은 심씨에게도 들려왔다. 심씨는 곧장 행장을 차렸다. 그러고는 남동생에게 자기를 보좌하라 하여 즉시 평양 감영으로 향했다. 도착하는 즉시 기생을 때려죽일 작정이었다. 소식을 들은 태억은 아연실색했다. 평양 감사도 깜짝 놀라며 말했다.

"이를 장차 어찌한담? 기생에게 피해 있으라고 하는 수밖에."

기생이 말했다.

"소인이 굳이 피하지 않아도 살 수 있는 길이 있답니다. 다만 가난한 탓에 비용을 마련하기가 어려울 뿐이지요."

평양 감사가 까닭을 묻자, 기생이 대답했다.

"소인의 몸을 진주와 비취로 꾸며야 하는데, 돈이 없어서 유감이지요."

"네가 살아날 길만 있다면, 비록 천금이 든다 해도 내가 모두 충당하마."

평양 감사는 비장〔幕裨〕[1]으로 하여금 기생에게 들어가는 모든 비용을

---

1 막비(幕裨): 비장(裨將). 감사나 사신을 수행하던 관원으로, 지방 장관이 데리고 다닌다.

내어주라고 했다. 그리고 중화[2]와 황주[3] 지방에도 각각 비장을 보내 심씨에게 안부를 여쭙는 한편, 음식과 말〔廚傳〕[4]도 갖춰 보냄으로써 도움을 드리라고 했다.

심씨 일행이 황주에 도착하니, 비장이라는 자가 와서 인사를 드렸다. 거기에 음식까지 준비해 올렸다. 이를 보고 심씨가 비웃으며 말했다.

"내가 무슨 나라의 재상〔大臣〕이나 외국으로 나가는 사신〔別星〕[5]의 행차랍시고, 비장까지 와서 문후를 여쭙는단 말입니까? 또한 여행에 필요한 경비도 넉넉하니, 음식도 필요 없습니다."

그렇게 모두를 되돌려 보냈다. 중화에 도착했을 때에도 황주에서처럼 모두 물리쳤다.

계속 길을 떠나, 재송원[6]을 지나 심씨 일행은 무성한 나무숲으로 들어섰다. 당시는 마침 늦봄으로, 십 리에 걸쳐 펼쳐진 긴 숲은 생명을 키워내는 봄기운으로 한층 무르녹아 있었다. 굽이굽이 흐르는 맑은 강물까지, 풍경은 더욱더 아름다웠다. 심씨도 가마에 친 발을 걷어 올려 경치를 구경하면서 긴 나무숲을 빠져나왔다. 숲이 끝나는 곳에 이르렀다. 그곳은 하얀 모래밭이 마치 명주를 깔아놓은 듯이 펼쳐져 있고, 강물은 거울처럼 맑았다. 하얀 석회를 바른 성가퀴[7]는 강가 언덕을 따라 둘러 있고, 물건을 사고파는 배들은 물가 이리저리에 모여 있었다. 연광정, 대동문, 을

---

2 중화(中和): 지금의 황해북도 중화군.

3 황주(黃州): 지금의 황해북도 황주군.

4 주전(廚傳): 주(廚)는 숙식, 전(傳)은 역마. 지방에 나가는 관원이 경유하는 역참(驛站)에서 음식과 역마를 제공하는 것을 이른다. 여기서는 심씨 부인에게 음식과 역마를 제공하는 것을 의미한다.

5 별성(別星): 임금의 명령을 받들고 외국으로 가는 사신.

6 재송원(栽松院): 평양시에 있었던 정자. 소나무가 우거진 곳으로 유명했다.

7 분첩(粉堞): 석회를 바른 성가퀴.

밀대의 누각은 알록달록한 단청(丹青)을 밝게 빛내고, 아득하게 이어진 집들은 사람의 눈길을 빼앗았다. 심씨는 자신도 모르게 탄식이 나왔다.

"경치가 빼어난 곳(勝區)이란 이름이 결코 허황된 게 아니었구나!"

그렇게 가다 구경하다 하며 천천히 나아가고 있을 때였다. 저 멀리 백사장 위에 한 송이 꽃이 아스라이 보였다. 꽃송이가 조금씩 가까워졌다. 꽃송이는 연둣빛 저고리에 다홍빛 치마를 입은 한 미인이 좋은 말에 수를 놓은 안장 위에 앉고서 바쁘게 다가오는 행차였다. 심씨는 마음속으로 몹시 의아하여, 자신이 탄 말을 멈추게 하고 가만히 그곳을 쳐다봤다. 말은 점점 가마 가까이 다가오더니, 한 미인이 말에서 내렸다. 말에서 내린 미인은 꾀꼬리 같은 목소리로 존경을 표시하며[8] 말했다.

"아무개 기생이 뵙기를 청합니다."

심씨는 기생의 이름을 듣자마자 알 수 없는 화가 불같이 일어났다.[9] 화는 순식간에 삼천 장이나 치솟아, 이내 소리를 내지르며 꾸짖었다.

"아무개 기생? 아무개 기생? 그게 뭐 어째? 뵙기를 청한다고? 일단 말 앞에 가만히 서 있어 봐라!"

기생은 몸가짐을 단정히 하고 말 앞에 공손히 섰다. 이슬을 머금은 복숭아꽃과 같은 얼굴, 바람에 흔들리는 가는 버드나무 가지와 같은 허리. 곱고 아름다운 비단으로 지은 옷, 위아래에 장식한 진주와 비취. 참으로 나라를 뒤흔들 만큼이나 아름다웠다. 심씨는 가만히 쳐다보다가 이내 말했다.

"네 나이가 얼마더냐?"

"열여덟 살입니다."

---

8 창야(唱喏): 말로 존경을 표시하는 인사법.

9 업화(業火): 불같이 일어나는 노여움.

"너는 과연 명물이로구나. 사내대장부가 이런 기생을 보고도 가까이하지 않는다면, 그것이야말로 졸장부리라. 내 이번 걸음은 너를 죽이려는데 있었다. 그러나 이왕에 너를 보니 과연 명물인지라, 내가 굳이 손을 볼 필요가 없겠다! 너는 돌아가 영감을 잘 모시도록 해라. 영감은 아무것도 모르는 사람이다. 만약 그로 하여금 네게 빠져서 병이라도 들게 만든다면, 그때 네 죄는 마땅히 죽어야 할 게다. 조심하고 조심하여라."

말을 마치자, 말을 돌려 곧바로 서울로 돌아갔다. 평양 감사가 사연을 듣고, 달리기 잘하는 심부름꾼(走伻)을 급히 보내 자신의 말을 전했다.

"제수씨 행차가 이미 평양성 외곽에까지 이르렀거늘, 성안에 들어오지도 않고 되돌아가심은 무슨 까닭이오? 바라건대, 잠깐이라도 성안에 들어와 며칠 동안 평양 감영에서 머물렀다가 댁으로 돌아가시는 게 좋겠습니다."

심씨가 냉소하며 말했다.

"제가 염치없이 재물을 긁어모으는 걸태객[10]도 아닌데, 성안으로 들어가 무엇 하겠습니까?"

마침내 뒤도 돌아보지 않고 말을 몰아 서울로 되돌아왔다.

그 뒤에 평양 감사가 기생을 불러 물었다.

"너는 어찌 그리도 대담하게 호랑이 아가리 속으로 들어가야만 화를 면할 수 있다고 생각했느냐?"

"부인의 성품이 비록 모질고 질투심이 있다고 할지라도, 천 리나 되는 먼 길을 훌쩍 떠날 만큼 행동으로 곧장 옮긴다는 게, 보통의 아녀자들이라면 어디 그리 쉽게 결정할 수 있겠습니까? 뒷발질치거나 깨무는 말의 행동은 반드시 어디론가 나아가려는 것이지요. 사람도 이와 같습지요.

---

10 걸태객(乞駄客): 염치를 돌아보지 않고 재물을 긁어모으는 것.

소인이 죽게 되면 죽어야지, 몸을 피한들 화를 면할 수 있겠습니까? 그래서 곱게 화장하고 예쁘게 옷도 차려입어 찾아가 인사를 드렸던 것입니다. 만약에 때려죽이면 할 수 없는 일이지만, 그렇지 않으면 불쌍히 여기는 마음이 발현되리라 기대했던 것이지요."

그렇게 말했을 뿐이다.

재상 조태억(1675-1728) | 자는 대년(大年), 호는 겸재(謙齋), 본관은 양주다. 태촌(苔村) 가석(嘉錫)의 아들이다. 숙종 계유년(1693)에 진사를 거쳐, 임오년(1702)에 대과에 급제했다. 한림과 이조 낭관을 역임하고, 대제학을 지냈다. 영조 갑진년(1724)에 재상이 되었다. 벼슬은 좌의정에 이르렀다. 시호는 문충(文忠)이다. 을해년(1755)에, 이미 죽고 난 뒤였지만 역적죄가 적용되었다.[11] 심씨는 교리 귀서(龜瑞)의 딸이다.

사촌형 조태구(1660-1723) | 자는 덕수(德叟), 호는 소헌(素軒)이다. 만회(晩悔) 사석(師錫)의 아들이다. 숙종 계해년(1683)에 생원시에 급제했다. 병인년(1686)에 대과에 급제했는데, 사촌동생 조태채(1660-1722)와 함께 합격했다. 부제학과 육조 판서를 역임했다. 경자년(1720)에 재상이 되었다. 벼슬은 영의정에 이르렀다. 을해년(1755)에, 이미 죽고 난 뒤였지만 역적죄가 적용되었다.

---

11 추시역률(追施逆律): 죽은 뒤에 역적의 죄가 드러났을 때, 죽은 사람에게 적용하는 형률. 1755년에 조태억이 '나주 괘서 사건'으로 관작이 추탈된 것을 말한다.

9

양산 사람 오 아무개〔梁山人吳某〕

오 아무개는 양산 사람으로, 사람이 어리석었다. 짚신을 만들어 생활했는데, 그가 만든 신발은 생김새가 몹시 추했다. 서울에서 내려온 젊은 사람이, 마침 그가 만든 짚신을 보고서 놀려 말했다.

"이런 신발이 서울에 있었다면 백 냥은 받겠구먼!"

오 아무개는 그 말을 진담으로 받아들였다. 이에 짚신 70켤레〔七竹〕[1]를 짊어지고 서울로 올라갔다. 가지고 간 신발을 길가에 풀어놓았다. 간혹 가격을 묻는 사람이 있으면, 그는 이렇게 말했다.

"값이 한 냥이오!"

사람들은 모두 웃고 지나갔다. 그렇게 며칠 동안 시장에 앉아 있었지만, 한 켤레도 팔지 못했다.

당시에 어떤 재상집에서 일하는 여종이 있었다. 그녀는 얼굴이 자못 예쁜 데다가 퍽 영리했다. 열여섯 살이나 되었지만, 혼삿말이 나와도 쉽게 허락하지 않았다. 일찍부터 '자기에게 맞는 사람을 스스로 택해서 배필로 삼겠다.'라고 말할 뿐이었다.

그러던 어느 날이었다. 여종은 우연히 오 아무개가 짚신을 펼쳐놓은 곳을 지나게 되었다. 거기서 오 아무개가 부르는 가격이 너무 터무니없는지라, 아무도 사려고 하는 사람이 없는 광경을 보았다. 그녀는 마음속으로 몹시 이상하게 생각했다. 그래서 계속해서 삼사일 동안 그곳에 가

1 죽(竹): 옷, 신, 그릇 따위의 열 벌을 한 단위로 부르는 말.

서 보았더니, 오 아무개는 한결같이 그러고 있었다. 이에 오 아무개에게 말했다.

"내가 모두 사겠소. 값이 얼마요?"

"모두 일곱 죽이니, 칠십 냥이오."

"나와 함께 가서 돈을 받아 가시면 어떻겠소?"

"그렇게 하지요."

오 아무개는 짚신을 짊어지고 그녀를 따라갔다. 한곳에 이르니, 집이 넓고 화려하며 대문도 높고 거대했다. 여종은 그를 자기가 머물고 있는 행랑채로 데리고 갔다. 자리를 마련해 앉게 했더니, 오 아무개는 그저 신발값만 달라고 독촉했다. 여종이 말했다.

"내일 아침에 내어드릴 테니, 하룻밤만 머물러 계십시오."

그러면서 좋은 술과 맛있는 안주를 내어놓았다. 조금 뒤에는 저녁밥도 내어왔는데, 그릇이 깨끗한 데다 음식은 모두 귀하면서 맛있는 것이었다. 외진 시골에서 산나물만 먹어왔던 그에게는 난생처음 보는 것들인지라, 숟가락질 몇 번 만에 음식을 모두 먹어치웠다.

밤이 되자, 여종이 다시 말했다.

"손님께서 이미 여기까지 오셨으니, 오늘 밤은 나와 한 이불을 덮고 자면 어떻겠습니까?"

오 아무개는 놀랍고도 두려워하며 말했다.

"말씀인즉 좋긴 하지만, 어찌 감히 그런 것을 바라겠소?"

여종은 마침내 불을 끄고 옷을 벗어 함께 잠자리에 들었다.

날이 밝기 전에 일어나 장롱을 열어 새 옷을 꺼낸 여종은, 그에게 목욕을 하게 한 후 옷을 입혔다. 새 옷을 입은 오 아무개의 모습은 위풍도 당당했다. 여종이 말했다.

"나는 이 집에서 심부름하는 종입니다. 당신이 이미 제 지아비가 되었으니, 마땅히 대감님을 뵙고 인사를 드려야 합니다. 그러나 삼가 마루 아래에 선 채로 절을 하지는 마십시오."

"그리하겠소."

여종이 즉시 사랑채로 들어가 주인께 아뢰었다.

"제가 지난밤에 지아비를 얻었습니다. 지금 대감님을 뵙고 인사를 드리려고 합니다."

"그랬느냐? 얼른 들어와서 인사를 드리게 해라."

오 아무개는 바로 마루 위로 올라가서 절을 하려 했다. 곁에 있던 사람이 그를 내려보내려 하니, 그는 꼿꼿하게 서서 미동도 하지 않고 말했다.

"나도 향족[2]이오. 비록 종의 지아비가 되긴 했지만, 결코 마당으로 내려가 절을 할 수는 없소."

재상이 웃으며 말했다.

"아무개 여종이 고른 자가 분명하군!"

마침내 그는 대문 옆에 붙은 행랑채(廊底)[3]에 머물게 되었다. 하루는 여종이 말했다.

"당신은 몹시 어리석지요. 만약에 돈을 쓰다 보면, 보는 눈이 저절로 커져서 배포도 분명히 넓어질 것입니다."

그러면서 엽전을 묶은 돈꿰미를 건네주었다.

"이것을 가지고 나가, 다 쓰고 돌아오십시오."

해 질 녘이 되어 돌아온 오 아무개가 말했다.

"배가 고프지도 않아 술이나 떡을 사 먹을 필요가 없었소. 종일토록 돌아다녀 봐도 돈을 쓸데가 없더군. 그래서 돈 한 푼 쓰지 않고 그냥 돌아

---

2 향족(鄕族): 좌수나 별감 등과 같은 향원(鄕員)이 될 자격이 있는 집안.

3 낭저(廊底): 대문간에 붙은 행랑채.

왔소."

"길가에 거지들도 많았을 텐데요. 왜 그들에게라도 주지 않고요?"

"거기까지는 생각이 미치지 못했구려."

다음 날, 그는 돈꿰미를 차고 다시 나갔다. 여러 거지들을 모이게 한 뒤, 땅바닥에 그 돈을 뿌렸다. 거지들이 다투어가며 그 돈을 주워대는데, 그 모습이 참으로 볼만했다. 그래서 날마다 돈을 뿌려대는 게 일상이 되었다. 그러다가 문득 깊은 생각에 빠졌다.

'그 많은 돈〔青蚨〕[4]을 아무 이유 없이 거지에게 주는 것이야말로 도리〔義〕에서 벗어난 노릇이 아닌가.'

이에 활터로 가서 거기에 있는 한량들과 사귀었다. 술과 고기를 사서 날마다 그들을 먹이니, 금세 막역한 친구가 되었다. 이어서 그는 초라한 집[5]에서 글을 읽는 가난한 선비들과도 왕래하면서 친하게 지냈다. 때로는 그들의 아침저녁 끼니를 마련해 주기도 하고, 때로는 공부하는 데 필요한 붓과 먹 등을 사는 비용을 대주기도 했다. 그러자 사람들 모두가 그를 두고 이렇게 말했다.

"오 아무개는 정말로 요즘 사람이 아니네!"

여종은 다시 그에게 《사략》, 《육도삼략》, 《손자병법》 등을 배워서 그 책이 지닌 대강을 조금이나마 이해하도록 했다. 그렇게 하는 동안에 쓴 돈이 수만금에 이르렀다. 여종이 말했다.

"당신은 모름지기 활 쏘는 법을 배워 이름을 드날릴 수 있는 방법을 찾

---

4 청부(青蚨): 몸빛이 푸른 강충이로, 구멍 뚫린 동전(돈)을 말함. 청부충(青蚨蟲)이란 벌레의 피를 동전에 발라놓으면 그 어미나 새끼가 어디에 있든 서로 날아와 같은 장소로 모여든다는 고사에서 유래한 말이다.

5 봉필(蓬蓽): 쑥대로 만든 문〔蓬門〕과 싸리나무로 만든 집〔篳戶〕의 준말로, 시골의 가난한 선비가 사는 집을 이른다.

아보세요."

오 아무개는 본래 건장한 장부였다. 또한 여러 한량들과 잘 지냈던 까닭에, 한량들은 다투어가며 활쏘기를 가르치겠다고 나섰다. 그래서 아주 크고 무거운 화살(鐵箭)에서 아주 작은 아기살(細箭)까지 모두 다 멀리 있는 과녁에 맞출 수 있게 되었다. 거기에 병법에 관한 일곱 종류의 책, 즉 무경칠서[6]도 모두 밝게 이해할 수 있게 되었다.

무과 과거 시험이 있자, 오 아무개는 시험에 응시해 합격했다. 홍패[7]를 안고 집으로 돌아왔더니, 여종은 그것을 몰래 숨겨두고 집안사람들이 알지 못하게 하라고 일렀다. 그러고 난 후에 그에게 말했다.

"제가 모아두었던 돈은 십만 냥 정도에 불과했습니다. 당신이 이리저리 쓴 게 거의 칠만 냥 정도고, 이제 삼만 냥 남짓한 돈이 남아 있습니다. 그 돈으로 당신은 행상[8]을 하십시오."

"나는 어떤 물건을 사서 무역해야 하는지도 모르는데……."

"지금 보니, 대추 농사가 대흉년입니다. 그런데 충청도(湖西) 어느 고을에는 대추가 잘 열렸다고 합니다. 당신은 모름지기 거기에 가서 대추를 몽땅 다 사서 돌아오십시오."

여종의 말대로 아무개 고을에 갔더니, 가을 농사는 대흉년이었다. 들마다 낫을 들어 수확할 만한 곡식이 전혀 없었다. 많은 사람들은 의지할 데 없이 그저 고통을 운명처럼 받아들이고 있었다. 오 아무개는 그 모습을 보고 불쌍한 생각에, 가지고 간 돈을 손길 닿는 대로 모두 나누어주고 빈손으로 돌아왔다. 여종이 말했다.

---

6 무경칠서(武經七書): 중국의 병법에 관한 일곱 가지 책.

7 홍패(紅牌): 대과 시험에 합격한 사람에게 주는 붉은 합격증서.

8 행상(行商): 물건을 이리저리 가지고 다니면서 파는 일.

"적선이야말로 참으로 위대한 일이지요. 그러나 가진 돈이 거의 다 사라졌으니, 앞으로는 어떻게 삶을 꾸려나가시려고요?"

그러고는 만 냥을 묶은 돈꿰미를 주며 말했다.

"팔도의 면화 농사가 모두 흉년인데, 유독 황해도(海西) 몇몇 고을은 조금 낫다고 하더군요. 모름지기 그곳에 가서 면화를 사서 오세요."

그는 다시 황해도 지방에 갔다. 하지만 그곳에서도 충청도 지방에서 했던 것처럼 똑같이 적선한 뒤에 빈손으로 돌아왔다. 여종이 말했다.

"우리가 가진 돈이 겨우 만 냥 남짓입니다. 이제 남은 것 모두를 드릴 테니, 모름지기 이 돈으로 낡은 옷가지들을 사 들고 북방(北道)으로 가십시오. 거기에서 삼베, 인삼, 가죽 등과 바꿔 오세요. 이번에는 지난번 때처럼 허투루 돈을 쓰지 마십시오."

그는 시장에 가서 낡은 옷가지들을 샀다. 수십 바리나 되는 그 짐을 싣고 함경도 경계에 들어섰다. 북방은 본래 면화 농사를 지을 수 없는 땅인지라, 면화를 마치 금처럼 귀하게 여기는 곳이다. 그곳 사람들은 옷을 지을 수가 없기 때문에, 날씨가 포근한 겨울에도 오히려 춥다고 투덜거리곤 했다.

오 아무개는 일찍부터 돈 쓰기를 마치 물 쓰듯이 했던 터라, 일 처리가 몹시 헤펐다. 안변[9]에서부터 육진[10]에 도착할 때까지, 가지고 간 옷가지들을 옷이 없는 사람들에게 모두 나누어주었다. 그래서 막상 도착했을 때에는 고작 치마와 바지 각각 한 벌씩만 남아 있었다. 그는 혼자서 깊이 탄식했다.

---

9 안변(安邊): 지금의 함경남도 안변군.

10 육진(六鎭): 함경북도 북변(北邊)의 여섯 진. 곧 경원(慶源), 경흥(慶興), 부령(富寧), 온성(穩城), 종성(鍾城), 회령(會寧).

"내가 비록 좋은 일을 했지만, 돈 십만 냥을 다 써버린 채 빈손으로 돌아간다면 무슨 낯짝으로 집사람을 다시 볼 수 있으랴? 차라리 호랑이 배속에 장사를 지내는 게 낫지."

그러고는 한밤중에 홀로 산속으로 들어갔다. 벼랑을 기어오르고 돌부리에 차이며 가다 보니, 어느 으슥한 곳에 이르게 되었다. 우거진 나무숲과 무성한 풀 틈에서 등불이 반짝거리는 것이 보였다. 오 아무개는 그 집으로 가서 문을 두드리며 하룻밤만 재워달라고 부탁했다. 노파가 문을 열고 나왔다.

"이렇게 깊은 밤에, 이렇게 깊은 산골에, 어떤 손님이 이렇게 오시었나?"

그러고는 맞아들여 밥상을 내왔는데, 접대하는 것이 자못 다정했다. 그가 가지고 있던 치마와 바지를 주니, 노파는 몹시 기뻐하며 그 자리에서 옷을 입고 감사하다며 수없이 굽실거렸다. 그는 할미가 내어놓은 반찬을 보았는데, 거기에는 인삼이 있었다. 마음속으로 이상한 생각이 들어 물었다.

"이 나물은 어디서 구해 오셨습니까?"

"이 근처에 도라지(吉更)밭이 있는데, 항상 거기서 캐 와 나물 반찬을 만든다우."

"캐어둔 것이 또 있습니까?"

노파가 수십 단[11]을 가져와 보여주는데, 그것은 모두 인삼이었다. 작은 것은 손가락만 하고, 큰 것은 정강이 크기만 했다.

잠시 후, 문 밖에서 짐을 내리는 소리가 들렸다. 노파가 말했다.

"아들이 왔나 보네. 저놈이 태어날 때에는 양쪽 겨드랑이 밑에 작은 날

---

11 단(丹): 채소 따위의 묶음을 세는 단위. 한자 '단(丹)'은 우리말을 음차한 것이다.

개가 있었다우. 그래서 종종 날아 올라가 벽 위에 붙어 있곤 했지요. 재애비가 달군 쇠를 가져다가 지져보기도 했지만, 날개는 다시 생겨나더군요. 조금 성장하니, 힘이 다른 사람과 비교할 수 없을 만큼 빼어났지요. 허나 나라에 일이 없어 태평할 때에는 도리어 화가 미치기 십상이지요. 그래서 저놈을 데리고 깊은 산골로 들어와 사냥을 하며 생활하게 되었던 게죠. 이제는 저놈의 애비도 죽고, 나 혼자 세상에 남아 있지요."

이어서 아들을 향해 말했다.

"귀한 손님께서 마침 오셨으니, 너는 들어와서 인사를 드리도록 해라. 이 손님이 내게 치마와 바지를 주어 몸을 가릴 수 있게 해주었으니, 참으로 고마운 분이란다."

아들은 곧바로 들어와 인사를 드렸다. 다음 날 아침, 오 아무개가 할미에게 말했다.

"도라지밭을 한번 구경할 수 있겠습니까?"

노파가 그를 데리고 함께 집을 나섰다. 한 고개를 넘어 어느 곳에 이르러서 할미는 한쪽을 가리켰다. 거기에는 인삼이 온 산을 뒤덮고 있었다. 오 아무개는 하루 종일 인삼을 캤다. 인삼은 크고 작은 것이 한결같지 않았지만, 그중에는 동자삼[12]도 꽤 많았다. 대여섯 바리는 족히 될 듯했다. 오 아무개가 말했다.

"산속에는 말이 없으니, 어떻게 이걸 가지고 간담?"

노파의 아들이 말했다.

"제가 짊어지고 원산[13]까지 가져다드리지요. 그 이후는 당신이 말에 싣고 가시구려."

---

12 동자삼(童子蔘): 어린아이 모양처럼 생긴 산삼.

13 원산(元山): 함경남도 남쪽에 있는 도시.

그는 아들의 말대로 하여, 원산에 도착해서는 말을 빌려서 그것을 싣고 왔다. 집으로 돌아와 여종에게 자초지종을 모두 들려주었다. 여종이 기뻐하며 말했다.

"당신이 적선한 게 많아 하늘이 당신에게 보물을 내려주셨나 봅니다. 오늘 집으로 돌아온 것도 우연이 아니고요. 내일은 대감님께서 회갑이 되는 생신입니다. 온 조정의 관료들이 모두 여기로 오실 것입니다. 당신이 만약 그분들께 인사를 드릴 기회를 얻는다면, 그를 연줄로 삼아 벼슬길에 나아가는 데 무슨 어려움이 따르겠습니까?"

다음 날 아침, 여종은 가지고 온 인삼 중에서 약간 큰 것 다섯 뿌리를 골라 들고 사랑채로 들어가 재상께 바치며 말했다.

"첩의 지아비가 행상을 나갔다가 마침 이런 물건을 구해가지고 왔기에 대감마님께 바칩니다."

재상은 몹시 기뻐하며, 오 아무개에게 직접 들어와 뵈라고 했다. 여종은 이미 비단으로 만든 갓과 무관들이 입는 철릭(帖裏)[14]을 준비해 두고 있었다. 그녀는 남편에게 준비해 둔 갓과 옷을 입고 재상에게 가도록 했다. 재상이 물었다.

"네가 왜 그 복장을……."

오 아무개가 대답했다.

"소인이 몇 년 전에 무과에 급제했습니다. 그러나 장사를 해서 생활을 꾸려나가야 했기 때문에 홍패를 감춰두었습니다. 그래서 대감님께도 아뢰지 못했던 것입니다."

"신수[15]가 훤하구먼!"

---

14 첩리(帖裏): 철릭. 무관이 입는 공복(公服)의 하나. 상의와 하의(주름 잡은 치마)를 따로 구성하여 허리에서 연결한 도포.

조금 있더니, 여러 관료들이 차례로 들어왔다. 그들은 인삼을 보며 말했다.

"이렇게 귀한 물건을 대감 혼자서만 맛볼 수 없지 않습니까? 우리에게 한 가닥씩이라도 나눠주시지 않으시렵니까?"

"받은 게 이것뿐인데, 모든 분들께 어떻게 나눌 수 있겠소?"

오 아무개가 곁에 있다가 말했다.

"소인이 가지고 온 자루 안에는 또 얼마간의 인삼이 남아 있습니다. 마땅히 나눠드림으로써 작은 성의라도 보이겠습니다."

그러고는 집으로 돌아와 각각 세 뿌리씩 싸가지고 와서 모든 관료들에게 절을 하고 그것을 바쳤다. 관료들도 몹시 기뻐하며 재상에게 물었다.

"저 사람은 누군가요?"

"저 사람은 내가 아끼는 여종의 지아비라오. 지위가 향족이지요. 게다가 무과에도 합격했고."

그러자 관료들이 나서며 말했다.

"대감댁 여종의 지아비 가운데 이런 무인(武弁)이 있는데도…… 여태 벼슬길에 한번도 나아가 보지도 못했다고요? 그야말로 대감의 책임이 아니겠소?"

"그 사람이 무과에 급제했다는 것을 나도 오늘에서야 처음 알았소."

해는 이미 기울고, 관료들도 모두 술에 취해 각각 흩어졌다.

오 아무개는 인삼을 팔아 수십만 냥을 얻었다. 그리고 모든 관료들이 서로 밀어주고 이끌어준 까닭에, 그로부터 얼마 지나지 않아 그는 무겸선전관[16]으로 제수될 수 있었다. 그 후에는 절차에 따라 승진하여 변방의

---

15 신수(身手): 용모와 풍채.
16 무겸선전관(武兼宣傳官): 무관으로 선전관을 겸하는 것을 말한다.

영장[17]을 역임했다. 벼슬은 수군절도사[水使][18]에 이르렀다. 아내도 속량하고서 해로하며 잘 살다가 삶을 마쳤다고 한다.

17 영장(營將): 진영장(鎭營將). 각 진영의 으뜸 장관.
18 수사(水使): 수군절도사. 수군을 통솔하기 위해 두었던 정3품의 당상관.

10

복흥군 조반〔趙復興胖〕

복흥군(復興君) 조반에게는 고모가 있었다. 그녀가 원나라 탈탈 승상[1]의 부인이 되었던 까닭에, 조반은 어려서부터 고모를 좇아 탈탈 승상의 집에서 자랐다.

이후 탈탈 승상이 정쟁(政爭)에서 패배하자,[2] 조반은 사랑하던 아름다운 여인과 벼슬이 낮은 관리만 데리고 화를 피해 고려로 돌아왔다. 돌아오는 길에, 관리가 조반에게 향후의 일에 대해 의논했다.

"우리 세 사람이 화를 피해 여기까지는 왔습니다. 그러나 만약이라도 의심을 품고서 문초하는 자가 있으면, 그야말로 식탁 위에 올려놓은 고기와 같은 신세가 되고 말 것입니다. 그런 상황에서 미인까지 동행하면, 사람들은 더욱 해괴하게 바라볼 것입니다. 차라리 애정을 끊고 살아남는 방법을 찾는 게 좋을 듯합니다."

두 사람이 서로 말을 주고받으며 의논하고 있을 때였다. 미인도 똑똑한 사람이었던지라, 분위기를 보고 말을 꺼냈다.

"물고기와 곰 발바닥을 한꺼번에 얻을 수는 없지요.[3] 저 때문에 모두가

---

1 탈탈(脫脫) 승상: 1314-1355. 원나라 몽골 사람 멸리걸씨(蔑里乞氏). 1352년에 홍건군(紅巾軍)을 진압했지만, 1354년에 유배를 간 뒤에 독살되었다. 조반(1341-1401)의 고모를 아내로 맞았다는 사실은 분명치 않다.

2 1354년에 원나라 대표 간신인 합마(哈麻)의 참언을 받아 탄핵되어 유배 간 사건을 말한다.

3 물고기와 곰 발바닥을 한꺼번에 얻을 수는 없지요(魚與熊掌 不可兼得): 《맹자》에 나오는 말이다. 맹자가 생명과 의리 중에서 취사선택하라면 어떻게 할 것인가 하는 질문에 대해 '물고기와 곰 발바닥을 한꺼번에 취할 수는 없다.'라고 비유한 데서 비롯되었다.

함께 죽는 길을 택할 수는 없지요."

그녀는 하염없이 눈물을 흘렸다. 그러고 나서, 작은 술상을 차려 서로 더불어 술을 마신 뒤에 길가에서 이별했다.

두 사람이 말에 채찍질을 더해가며, 이틀을 가야 도착할 수 있는 길을 하루 동안에 도착할 정도로 속도를 올렸다. 그렇게 160-170리[4]를 달려갔을 때다. 조반은 미인에 대한 서러운 생각에 한 걸음도 옮길 수가 없었다. 머릿속에는 온통, '돌아가서 미인을 데리고 와 다시금 애틋한 사랑을 펴리라.' 하는 생각뿐이었다. 관리가 말했다.

"공께서 직접 가실 필요가 없습니다. 제가 공의 뜻을 받들어 다녀오겠습니다."

"그렇게 하라."

관리가 가서 보니, 미인은 누각에서 투신하여 목숨을 끊은 상태였다. 관리는 그녀의 반지를 빼서 가지고 돌아왔다. 그러고는 조반을 속여 말했다.

"여인은 믿을 게 못 된다던데, 이 정도일 줄이야……. 바야흐로 두 명의 관원들과 함께 술상을 봐놓고, 서로 이런저런 수작을 하며 노래를 부르고 있더군요. 조금도 부끄러워하는 표정도 없이. 더럽기가 짝이 없었습니다."

조반 또한 침을 뱉고 훌훌 길을 떠났다.

일행이 압록강을 지나고 있을 때다. 관리는 조반에게 미인이 누각에서 떨어져 스스로 목숨을 끊은 사연을 모두 들려주었다. 빼가지고 간 반지

---

4 보통 10리는 1시간 정도 걷는 거리를 말한다. 그러니 여기서 말한 160-170리는 도보로 16-17시간을 말한다. 그러나 말을 탔고, 그 말을 두 배 속도로 몰았다는 점을 고려하면, 실제로는 미인과 헤어지고 3-4시간 정도가 지난 것으로 보면 될 듯하다.

도 꺼내 그에게 건넸다. 조반은 소리를 높여 울며 몇 번씩 기절했다.

조반은 고려에 돌아와서 아내도 얻고 자식도 다섯 명이나 낳았다. 자식들이 모두 현달하여 벼슬이 공훈을 세운 재상에 이르렀다. 그러나 조반은 죽을 때까지 미인을 가슴 아프게 기억했다. 해마다 미인의 죽은 날이 되면, 눈물을 흘리면서 제사를 지냈다.

복흥군 조반(1341-1401) | 본관은 배천(白川)이다. 고려조에서 밀직(密直)을 지냈다. 조선조에 들어와서는 개국공신이 되었다. 벼슬은 지문하부사(知門下府事)에 그쳤다. 복흥은 그의 군호다. 아들 서로(1382-1445)는 생원시를 거쳐 문과에 급제했다. 벼슬은 도승지에 그쳤다. 서강(?-1444)은 호가 경은당(耕隱堂)이다. 태종 갑오년(1414)에 생원시에서 장원 급제한 후, 문과에 급제했다. 벼슬은 이조참판에 이르렀다. 서안(?-1457)은 세종 기해년(1419)에 생원시를 거쳐, 문과에 급제했다. 벼슬은 참찬에 이르렀다. 세 아들이 모두 문과에 급제했다.

11

관홍장(冠紅粧)

관홍장은 서울에서 이름난 기생이었다. 사인[1] 한주(韓澍)가 그녀를 첩으로 삼아 딸 하나를 두었다.

을사년(1545)에 발생한 사화로 한주가 견책을 받아 멀리 남해[2]로 유배되니,[3] 관홍장은 신의를 지키면서 홀로 지냈다. 서울의 부자들이나 조정의 관리들이 다투어가며 그녀의 환심을 사려 했으나, 그녀는 어느 누구도 받아들이지 않았다.

여러 해가 지났지만, 한주를 공격하는 조정의 공론은 날이 갈수록 더욱 강경해져만 갔다. 관홍장은 어머니를 모시는 데다[4] 집안도 가난한 까닭에 고통을 감당하기가 어려웠다. 그때 이천군[5]이 매파를 보내 그녀에게 구혼했다. 그러자 관홍장이 말했다.

"제가 비록 기생 출신이지만, 이미 사인을 지낸 한씨 어른께 몸을 허락했습니다. 의리상 다른 곳에 몸을 맡길 수 없는 처지지요. 그러나 늙은 어

---

1 사인(舍人): 의정부에 속한 정4품 벼슬. 귀현(貴顯)의 자제들도 사인이라 했다.

2 남해(南海): 현재의 경상남도 남해군.

3 을사사화 때 한주의 형 한숙(韓淑)이 관련자 공초에 이름이 드러나 파직되었는데, 한주 역시 이와 관련하여 유배된 일을 가리킨다. 《실록》에는 1547년에 원방(遠方)에 부처(付處)되었고, 1567년에 방면이 되었다고 밝히고 있다. 이야기에서 말한 20년 동안의 유배 생활은 틀림이 없다.

4 장모(將母): 어머니를 봉양함. 《시경》 〈사모(四牡)〉의 "왕사를 소홀히 할 수 없어, 어머니 봉양할 겨를이 없네(王事靡盬 不遑將母)."에서 나온 말이다.

5 이천군(伊川君): 《명종실록》 '11년(1556) 3월 6일'에는 이천군이 기생 관홍장에게 빠져 부부의 윤리를 어겼다면서 죄를 줄 것을 요구하는 내용이 있다.

머니가 처절한 가난 속에서 생활하시는 것[6]은 차마 견딜 수가 없군요. 우선은 어르신의 말씀을 따르겠습니다. 하지만 한씨 어른이 돌아오시면, 그때는 비록 어르신 댁에서 아들 아홉을 낳았다 해도 돌아보지 않고 떠나렵니다. 바라옵건대, 그 약속을 지켜주신다고 하면 어르신의 말씀에 따르겠습니다."

"약속하지!"

이에 관홍장은 이천군의 집으로 들어갔다. 그 후 20여 년 동안 아들과 딸도 많이 낳았다.

그 후, 한주가 비로소 유배에서 풀려나 돌아오게 되었다. 관홍장은 이천군과 이별하고 자기가 낳은 자식들도 모두 버려둔 채 옛집으로 돌아갔다. 그러고는 한주와의 사이에서 낳은 딸을 보내 도중에서 한주를 맞이해 오도록 한 뒤, 그녀는 한주에게 입힐 옷과 버선을 만들기 시작했다. 관홍장은 딸에게, '이천군을 버리고 돌아온 사연'도 전하게 했다.

딸에게서 사연을 들은 한주가 말했다.

"네 어미가 늙어서 망령이 들었다더냐? 내가 어찌 이천군의 안사람을 감히 취한단 말이냐? 다시는 말도 꺼내지 마라!"

딸이 돌아가 한주가 한 말을 관홍장에게 들려주었다. 그러자 관홍장은 소리를 지르며 통곡하는데, 이천군도 꾸짖을 수가 없었다.

한주의 딸은 참판 홍인경[7]의 측실이 되었다. 그녀가 혼인할 때에 필요한 재물이나 비용은 이천군 집에서 충당했는데, 마치 자기 딸에게 하듯이 똑같이 했다. 이천군의 아들들은 모두 벼슬하여 수령을 지냈다. 자손

---

6 계옥(桂玉): '땔나무는 계수나무(桂)와 같고, 쌀은 옥(玉)같이 귀해서 근심스럽다'는 의미로, 생활이 매우 빈궁함을 이르는 말이다.

7 홍인경: 1525-1568. 조선 시대 문신. 대사간 등을 역임했다.

들도 모두 현달했다.

사인 한주(1511~?) | 자는 시중(時仲), 본관은 당진이다. 대사헌 숙(淑)의 동생이다. 중종 신묘년(1531)에 생원을 거쳐, 계사년(1533)에 대과에 급제했다.

이천군(1508~1568) | 이름은 수례(守禮)[8]. 성종의 서자[9]인 운천군(雲川君) 인(㥼)의 양자(系子)다. 생부는 완원군(完原君) 수(燧)다.

8 《실록》에는 이름이 '수례(壽禮)'로 되어 있다.

9 별자(別子): 서자.

12

매화(梅花)

매화는 곡산[1] 기생으로, 얼굴이 퍽 예뻤다. 나이 많은 재상이 황해도 관찰사가 되어 여러 고을을 순시하다가 매화를 보고 사랑에 빠졌다. 재상은 매화를 해주 감영에 데려다 두었는데, 그녀에 대한 총애가 다른 무엇과도 비교할 수 없을 정도였다.

당시에 어떤 이름난 선비가 곡산 부사가 되었다.[2] 부임 의식[3]을 행하는 과정에서 그는 매화의 곱고 아름다운 자태를 슬쩍 보았는데, 그 순간부터 마음속으로 그녀를 소유하고 싶다는 욕망이 싹텄다.

의식이 끝난 뒤에, 부사는 매화의 어미를 불러 후하게 음식을 내어주었다. 그 뒤로는 아무 때라도 관아에 출입할 수 있도록 했는데, 어미가 올 때마다 쌀과 돈, 고기와 비단 등을 내려주었다. 이렇게 한 지 몇 달이나 계속되었다. 매화 어미는 마음속으로 몹시 괴이하고 이상하다고 생각했다. 그러다가 하루는 부사에게 물었다.

"쇤네처럼 미천한 것을 이렇게까지 사랑해 주시니, 황송하여 몸 둘 바를 모르겠습니다. 사또께옵서는 제게 무슨 볼일이 있어서 이렇게까지 하시는지요?"

---

1 곡산(谷山): 지금의 황해북도 곡산군.

2 《청구영언》에는 늙은 재상의 이름이 '어윤겸'으로, 곡산 부사의 이름은 '홍시유'로 명기되었지만, 사실 여부는 분명치 않다.

3 연명(延命): 감사나 수령이 부임할 때, 객사의 궐패(闕牌) 앞에서 임금의 명령을 알리는 의식. 《기문총화》를 보면, 당시 부임 의식은 해주 감영에서 이루어졌음을 짐작케 한다.

"너는 비록 늙었지만, 본래 이름난 기생이었잖느냐. 그런 까닭에 자네와 더불어 적적함을 달래려 했던 것이네. 그동안에 나도 모르게 저절로 친숙하게 느껴져서 그리했던 것이지, 뭐 무슨 다른 이유가 있어서 그러는 게 아니네."

며칠이 지나 매화 어미가 또 물었다.

"사또께서는 필시 쇤네를 어딘가에 쓰려고 이리도 살갑게 대하고 있을 텐데, 어찌하여 분명히 가르쳐주지 않으십니까? 쇤네가 받은 은혜는 끝도 없지요. 그런지라, 비록 끓는 물에 들어가라거나 불 속에 뛰어들라 해도 마땅히 따라야 할 뿐, 마다할 수가 없지요."

곡산 부사가 조심스레 말을 꺼냈다.

"내가 해주 감영에 갔을 때 일이네. 거기서 자네 딸을 보았는데, 사랑에 빠진 것인지…… 아무리 해도 머릿속에서 떠나질 않더군. 생병이 나서 죽을 지경이네. 만약에 자네가 딸을 데리고 와서 다시 한번만 그녀의 얼굴을 볼 수 있게 해준다면, 나는 죽어도 한이 없을 것 같네."

매화 어미가 웃으며 말했다.

"그것은 아주 쉬운 일인데, 어찌하여 좀 더 일찍 말씀해 주지 않으셨습니까? 나중에 분명히 데리고 옵지요."

어미는 집으로 돌아가 매화에게 편지를 써서 보냈다.

'내가 알 수 없는 병에 걸려 지금 몹시 위태로운 지경에 놓였구나. 너를 보지 못하고 죽으면, 장차 눈을 감을 수도 없을 것 같구나. 어서어서 말미를 얻어서 내려오너라. 얼굴이라도 보고 이별을 하자꾸나.'

그렇게 써서, 심부름하는 사람(傳人)을 사서 급히 알렸다. 편지를 본 매화는 울면서 관찰사에게 사연을 말씀드린 후, 곡산에 다녀올 수 있도록 말미를 달라고 청했다. 관찰사는 허락해 주었을 뿐만 아니라 각종 물품들도 후하게 챙겨서 보내주었다.

매화가 곡산에 돌아와 어미에게 보이니, 어미는 전후 사연을 말하고서 매화와 함께 곡산 관아로 들어갔다. 당시 곡산 부사의 나이는 고작 서른 살 남짓이었다. 풍채도 호탕했다. 관찰사의 용모가 늙고 추한 것에 비교하면, 마치 신선과 속인처럼 현격한 차이를 드러냈다. 매화도 한번 보더니 사모하는 마음이 생겨나서, 이날부터 바로 잠자리 시중을 들었다. 두 사람의 애정도 흡족하게 스며들어 갔다.

한 달이 지나, 허용된 말미가 다 찼다. 매화는 다시 해주 영문으로 돌아가야 했다. 곡산 부사는 미련이 남아 차마 보낼 수 없었다.

"이제 헤어지고 나면, 뒷날 다시 만난다는 기약도 어렵겠지. 어떻게 해야 좋을지……."

매화도 눈물을 뚝뚝 떨어뜨리며 말했다.

"저는 이미 사또를 모시겠다고 결정하였습니다. 이번 걸음에는 해주에서 벗어날 계책도 함께 가지고 갑니다. 그리 오래 걸리지는 않을 것입니다. 다시 돌아와서 사또를 모시렵니다."

그러고는 길을 떠났다. 해주에 도착하여 관찰사를 뵈니, 관찰사는 '어머니 병환이 어떤가'를 물었다. 매화가 대답했다.

"병세가 위독하였는데, 다행히 좋은 의원이 잘 돌봐줘서 지금은 병이 많이 나았습니다."

매화는 다시 예전처럼 관찰사의 잠자리 시중을 들었다.

그로부터 10여 일이 지난 뒤였다. 매화에게 갑자기 병이 생겼다. 잠도 못 자고 밥도 못 먹었다. 앓는 신음 소리만 날마다 계속될 뿐이었다. 관찰사가 온갖 약물을 다 쓰며 시험했지만 효험이 없었다. 그렇게 누워 지낸 지 거의 10여 일이 되었을 때다. 갑자기 자리에서 벌떡 일어난 매화는 머리를 헝클어뜨리고 얼굴을 잔뜩 더럽힌 채 발을 구르며 손뼉을 쳐댔다. 그러고는 미친 듯이 소리를 질러대다가, 간간히 울기도 하고 웃기도 했다. 징청헌[4] 위로 올라가 제멋대로 날뛰면서 관찰사의 이름도 거리낌 없이 불러댔다. 사람들이 말리려고 하면, 발길질하거나 물어뜯으면서 자기 곁으로 다가오지 못하게 했다. 바로 미친병이었다.

관찰사는 뜻밖의 일에 놀라 매화를 밖으로 내쳤다. 그리고 다음 날, 매화를 결박한 채 가마에 태워 곡산 친정으로 돌려보냈다. 무릇 매화의 병은 거짓으로 행세한 미친병이었으니, 어찌 차도가 없겠는가? 집으로 돌아온 그날, 매화는 즉시 관아로 들어갔다. 곡산 부사에게 정황을 자세히 들려준 뒤, 매화는 관아에 딸린 작은 방에서 머물러 지냈다. 두 사람의 애정은 나날이 돈독해져만 갔다.

이렇게 지내는 동안에 소문이 널리 퍼져나갔다. 관찰사라고 어찌 소문을 듣지 못했겠는가? 그 뒤에 곡산 부사가 해주 감영에 들어갈 일이 생기자, 관찰사가 물었다.

"곡산에 있던 기생을 내가 수청기로 삼았는데, 몸에 병이 생겨서 잠시 친정으로 돌려보낸 일이 있네. 근래에 그 아이의 병세가 어떻던가? 가끔 불러서 보지 않았나?"

"병세는 조금 차도가 있다고 들었습니다. 그러나 해주 감영에서 수청 들던 기생을 저처럼 낮은 벼슬아치가 어찌 감히 불러서 볼 수 있겠습니까?"

관찰사는 싸늘하게 비웃으며 말했다.

"바라건대, 부사는 나를 생각해서라도 잘 돌봐주시게."

곡산 부사는 이런저런 상황을 짐작하고, 말미를 얻어 서울로 올라갔다. 그러고는 사헌부에 소속된 대관[5]을 부추겨 관찰사를 논박케 함으로써 결국 파직을 시켰다. 그 후로는 매화를 데리고 편안히 지낼 수 있었다.

---

4 징청헌(澄淸軒): 해주 감영에 있던 건물.

5 대간(臺官): 사헌부에 속한 관원. 관리들의 감찰을 맡았던 관원이다.

이후에 임기가 만료되자, 부사는 매화를 데리고 함께 서울로 올라갔다.

병신년(1776)에 옥사가 발생했다.[6] 전임 곡산 부사도 범죄 사실에 연루되어 옥에 갇히자, 그의 부인이 울며 매화에게 말했다.

"지아비(主公)가 지금 이 지경에 이르렀으니, 나는 이미 마음속으로 결정한 것이 있다. 너는 젊은 기생이라 굳이 여기에 있을 필요가 있겠느냐? 네 고향집으로 돌아가는 게 좋겠다."

매화도 울며 말했다.

"천한 첩이 영감님의 은혜와 사랑을 받은 지도 이미 오랩니다. 번창하고 화려했을 때에는 함께 영화를 누렸지요. 그런데 지금 이런 때를 당했다고 어떻게 차마 그를 등지고 집으로 돌아간단 말입니까? 죽음만이 있을 뿐입니다."

며칠 뒤, 죄인은 형장을 맞고 죽었다. 그의 아내도 목을 매고 죽었다. 매화는 손수 부인의 시신을 염습하고 입관까지 해두었다. 이후에 죄인의 시신을 내어주자, 매화는 다시 초상(治喪)을 치렀다. 그리고 부부의 관을 조상의 무덤(先塋) 아래에 함께 묻어주었다. 그러고 난 뒤에 매화는 무덤 근처에서 스스로 목숨을 끊어 지아비의 뒤를 따라갔다.[7]

그녀의 절개가 참으로 열렬하도다. 처음에는 관찰사에게 꾀를 씀으로써 자신의 책임에서 벗어났고, 나중에는 곡산 부사에게 절개를 세움으로써 의롭게 죽었다. 그 역시 여자 중에서 예양[8]이라 할 만하지 않은가?

---

6 병신년 옥사: 1776년 사도세자의 죽음에 대한 책임자 처벌과 관련된 옥사를 말한다.

7 하종(下從): 남편이 죽은 뒤에 아내가 따라서 자결하는 것.

8 예양(豫讓): 중국 춘추시대의 진(晉)나라 자객. 처음에 진의 경(卿)이었던 범(范)씨를 섬겼다가 나중에는 지백(智伯)을 모시며 총애를 받았다. 지백이 조양자에게 죽임을 당하자, "선비는 자기를 알아주는 자를 위해 죽고, 여자는 자기를 좋아하는 자를 위해 몸을 바친다."라고 하며 원수를 갚으려 했지만 실패하고 의연하게 죽었다. 《사기》 〈자객열전〉에 나온다.

13

병사 우하형〔禹兵使夏亨〕

병사 우하형은 평산[1] 사람으로, 집이 가난했다. 그가 무과에 급제한 뒤에 관서[2] 지방의 강변에 있는 고을로 수자리[3]를 살러 갔을 때였다. 그곳에서 관아 수급비[4]로 일하다가 면역[5]된 여인을 만났다. 그녀의 생김새가 그리 못나지 않은 터라, 하형은 그녀를 사랑하여 함께 살았다. 하루는 그녀가 하형에게 물었다.

"선달님께서 이미 나를 첩으로 삼았는데, 앞으로는 무엇으로 입고 먹을 비용을 충당하시렵니까?"

"내 집안이 본디 가난하네. 더구나 천리타향의 나그네 신세거늘, 손에 쥐고 있는 게 뭐가 있겠나? 내가 이왕에 자네와 함께 사는 것은, 그저 때 묻은 옷이나 빨아주고 떨어진 버선이나 기워줬으면 하는 바람 때문이었네. 자네에게까지 미칠 만한 게 무에 있겠느냐?"

"첩도 잘 알고 있습니다. 제가 이미 몸을 허락해 첩이 되었으니, 선달님의 옷가지들일랑은 제가 마련해 보지요. 아무 걱정 마세요."

"그런 것까지는 바라지도 않네."

그날 이후로 그녀는 부지런히 바느질하고 길쌈을 하여, 먹고 입는 것

---

1 평산(平山): 지금의 황해북도 평산군.

2 관서(關西): 한반도 북서부. 현재의 평남·평북·평양·자강도 일대.

3 부방(赴防): 변경에 파견되어 수자리를 사는 일.

4 수급비(水汲婢): 관아에 딸려 물 긷는 일을 하던 여자 종.

5 면역(免役): 몸으로 치르는 노역을 면제하는 일.

을 빠트리지 않았다.

어느덧 수자리 복무 기한이 다 찼다. 하형이 돌아가려 하자, 그녀가 물었다.

"선달님이 이곳을 떠나 돌아가면, 서울에 가 머물면서 벼슬자리를 구해보시렵니까?"

"가진 것 하나 없는 빈털터리 신세인 데다, 서울에는 아는 사람도 하나 없네. 무슨 돈과 무슨 양식으로 서울에 머물 수 있겠나? 그런 것은 바랄 수도 없는 일이지. 이 길로 그저 고향에 내려가 살다가, 늙어 죽으면 선산(先山) 아래에 묻히는 것이 계획이라면 계획이지 뭐."

"제가 보건대, 선달님의 풍채와 기상은 결코 예사롭지 않습니다. 앞으로 족히 병마절도사(閫帥)[6]는 되실 것입니다. 사내대장부가 이왕에 무엇인가 할 수 있는 기회가 주어졌는데, 어찌하여 재물이 없다는 이유만으로 주눅든 채 초야에 묻혀 지낼 생각을 하십니까? 너무 한탄스럽고 너무 애석합니다. 제게는 몇 년 동안 모아둔 은화가 있습니다. 대략 육백 냥 정도는 될 듯한데, 그 돈을 선물로 드리지요. 말과 안장도 준비하고, 노자로도 쓸 수 있을 것입니다. 바라건대, 고향으로 돌아가지 말고 곧장 서울로 올라가 벼슬자리를 구해보십시오. 10년을 기한으로 잡고 구한다면 가능할 것입니다. 저는 천민인지라, 선달님을 위해 수절하고 지낼 수는 없습니다. 어디든 몸을 맡겼다가 선달님께서 이 고을 수령으로 오시면, 그날 당장에 찾아가서 뵙겠습니다. 수령이 되어 오시는 날, 그날이 바로 우리가 다시 만나는 날로 기약을 삼겠습니다. 바라옵건대, 선달님은 몸을 잘

6 곤수(閫帥): 병마절도사와 수군절도사를 예스럽게 부르던 말. 특히 함경·평안 양도의 병마절도사와 수군절도사를 가리킨다. 실제 우하형은 1733년에 황해도 병마절도사를 역임했다.

보중하시고 또 보중하십시오."

뜻밖에 재물을 얻고 나니, 하형은 고맙고도 다행스러운 일이라고 생각했다.

이윽고 하형은 그녀와 함께 눈물을 흘리며 작별하고 길을 떠났다. 하형을 보내고 난 뒤, 그녀는 고을에서 홀아비로 사는 어떤 교관[7]의 집을 수소문하여 찾아갔다. 교관은 그녀가 영리한 것을 보고 아내로 삼아 함께 살았다. 교관의 집안은 자못 부유한 편이었다. 그녀가 교관에게 말했다.

"전 부인이 쓰고 남은 재물이 얼마나 되나요? 모든 일은 명백하게 하지 않을 수 없지요. 곡식이 얼마나 되고, 돈과 비단 및 베와 무명이 얼마나 되고, 그릇과 잡동사니 물건들은 얼마나 되나요? 이름과 수효를 모두 나열해 기록한 가계 문서(長件記)[8]를 만들렵니다."

"부부 사이에는 있으면 같이 쓰고 없으면 같이 마련하는 게 옳은 일이오. 무슨 거리낌이 있고 무슨 의심이 있기에 이런 짓까지 한단 말이냐?"

"그렇지 않습니다."

그러면서 간청하기를 마지아니하였다. 결국 교관이 그녀의 말대로 써서 주었더니, 그녀는 그것을 받아 옷상자 안에 깊이 감춰두었다.

이후로 부지런히 살림을 꾸려나가니, 집안은 나날이 부유해졌다. 그녀가 교관에게 말했다.

"저는 글을 조금 이해하는데, 서울에서 나오는 조보[9]에 실린 정치 관련 이야기를 읽는 게 좋더군요. 저를 위해 매일 관아에서 조보를 빌려다가 볼 수 있도록 해주시겠어요?"

---

7 교관(校官): 향교에서 아이들을 가르치는 사람.

8 건기(件記): 발기. 물품의 이름과 금액을 나열해 기록한 문서.

9 조보(朝報): 우리나라의 전근대적 신문의 하나. 승정원에서 처리한 일을 날마다 아침에 적어 반포했던 관보.

교관은 그녀의 말처럼 해주었다.

몇 년 동안 인물 동정을 보면서, 그녀는 선전관[10]으로 있던 우하형이 경력[11]을 거쳐 부정[12]으로 승진한 뒤, 곧바로 관서 지방의 어느 풍요로운 고을 수령으로 제수되었음을 알았다. 그 뒤로부터 그녀는 조보만 들여다보다가, '아무개 달, 아무개 날, 아무 고을 수령으로 떠나기 위해 우하형이 하직 인사를 하였다'는 사실을 확인했다. 이에 교관에게 말했다.

"처음에 왔을 때부터 저는 여기에 오랫동안 머물러 살겠다고 생각하지 않았습니다. 이 시간부로 영원한 이별을 하렵니다."

교관이 깜짝 놀라 이유를 물었다. 그녀가 대답했다.

"일의 자초지종을 묻지 마십시오. 저는 가야 할 곳이 있으니, 당신도 미련일랑 두지 마세요."

그리고 지난날에 각종 물품을 적어둔 가게 문서를 꺼내놓고, 그 문서를 보이며 다시 말했다.

"육칠 년 동안 저는 당신의 아내로 살면서 집안 살림을 다스렸습니다. 만약 그중에 하나라도 지난날과 대비해 줄어든 게 있다면, 떠나는 사람의 마음이 어찌 편안하겠습니까? 지금의 살림을 지난날의 살림과 견주어보면, 다행히 줄어든 것이 없더군요. 오히려 어떤 것은 두 배, 세 배, 네 배까지 불어났으니, 제 마음도 상쾌합니다."

교관과 작별한 그녀는 심부름꾼을 사서 짐을 지도록 하고, 자기는 남자 옷으로 갈아입은 뒤에 패랭이를 썼다. 그러고는 한 걸음씩을 걸어 마침내 우하형이 부임한 고을에 도착했다. 그때는 하형이 태수로 부임한

---

10 선전관(宣傳官): 선전관청(宣傳官廳)에 속한 무관직. 왕의 시위(侍衛)와 전령(傳令) 등의 일을 맡았다.

11 경력(經歷): 각 부(府)에서 행정 실무를 맡아보던 종4품 벼슬.

12 부정(副正): 종친부(宗親府), 선공감(繕工監), 훈련원(訓鍊院) 등에 두었던 종3품 벼슬.

지 고작 하루가 지났을 뿐이었다.

송사(訟事)할 일이 있다고 하면서 관아의 마당으로 들어간 그녀가 다시 말했다.

"아뢸 일이 있사오니, 바라옵건대 섬돌 위로 올라가서 청원 문서〔白活〕[13]를 드리겠습니다."

괴이한 생각이 든 하형은, 처음엔 허락하지 않다가 끝내 허락해 주었다. 그러자 그녀는 또다시 문 앞까지 갈 수 있게 해달라고 요청했다. 하형은 더더욱 이상히 여기면서도 허락해 주었다. 문 앞에 이른 그녀가 물었다.

"사또〔官司〕께서는 소인을 모르시겠습니까?"

"내가 이제 막 부임하였는데, 이 고을 백성을 어떻게 알겠느냐?"

"아무 해, 아무 고을에서 수자리 살며 같이 살았던 사람도 유독 기억하지 못하십니까?"

하형이 그 사람을 빤히 쳐다보더니, 갑자기 벌떡 일어났다. 그러고는 그녀의 손을 붙잡고 방 안으로 데리고 들어갔다.

"네가 어떻게 이런 꼴을 하고 여기에 왔느냐? 내가 부임한 바로 뒷날, 네가 또한 여기에 왔으니 참으로 기이한 만남이로구나!"

두 사람은 기쁨을 억제하지 못한 채 그동안 쌓인 회포를 서로 풀어나갔다. 당시 하형은 부인과 사별해 있었다. 이에 그녀로 하여금 관아 안채인 정당[14]에 있으면서 집안 살림을 도맡아 처리하도록 했다. 그녀는 본부인이 낳은 아들을 사랑으로 돌보았고, 하인들을 부리는 데에도 모두 예법과 제도에 따랐다. 온화함과 위엄을 함께 갖춰서 다스리니, 관아 안채에 속한 사람들도 모두 흡족해하면서 그녀를 칭찬했다.

---

13 백활(白活): 발괄. 관아에 올리는 소장·청원서·진정서.

14 정당(正堂): 한 구역 안에 지은 여러 채의 집 가운데 가장 중심이 되는 집.

그녀는 항상 하형에게 '비변사(備局)[15] 서리[16]에게 돈 몇 냥을 쥐어 주고서라도 매달 나오는 조보를 얻어다 볼 수 있도록 부탁해 달라'고 권했다. 조보를 보면서 당시 세상이 돌아가는 소식을 미루어 헤아렸던 것이다. 당시 벼슬아치들 중에서 아직은 이조판서나 병조판서[17]가 되지 못했지만 조만간에 될 수 있을 것 같은 사람에게는 반드시 후하게 대접하곤 했다. 이렇게 한 까닭에, 그 벼슬아치가 정권을 잡게 되면[18] 적극적으로 하형이 지닌 장점을 억지로 부풀려 가면서까지 추천한 것이다.[19] 그래서 우하형은 네 군데 모두 풍족한 고을에서 수령을 역임할 수 있었고, 그런 이유로 인해 집안 살림도 점점 더 풍요로워졌다. 살림이 늘어남에 따라 관료들에게 보내는 선물[20]도 더욱 후해졌다. 후해진 만큼 점점 승진하여 벼슬이 절도사[21]에까지 이를 수 있었다. 하형은 여든 살 가까워질 때까지 장수하다가 고향집에서 삶을 마쳤다.

소실은 예법에 따라 장례를 치렀다. 성복[22]을 마친 후, 그녀는 본처의 큰아들을 불러 말했다.

"영감은 시골의 무변 출신으로 벼슬이 아장[23]에 이르렀으니, 할 수 있는 벼슬은 다 한 셈이죠. 연세도 일흔(稀年)을 넘기셨으니, 살 수 있는 만큼 장수도 한 셈이고……. 무슨 유감이 있겠소? 또 내 처지로 말할 것 같으면, 지어미가 되어 지아비를 섬기는 것은 당연한 도리라, 자랑할 게 뭐

---

15 비국(備局): 비변사. 국정 전반을 총괄하던 실질적인 최고의 정무기관.
16 서리(書吏): 서울의 각사(各司)에 속한 아전의 하나.
17 전관(銓官): 이조와 병조에 속해 문관 및 무관을 선발하는 일을 맡아보던 벼슬아치.
18 병축(秉軸): 정권을 잡음.
19 취허(吹嘘): 풍을 쳐서 천거함.
20 궤문(餽問): 웃어른에게 물건을 보내고 문안하는 일.
21 절도사(節度使): 여기서는 병마절도사를 이름. 종2품 무관 벼슬.
22 성복(成服): 초상이 난 뒤에 상제와 상인들이 처음으로 상복을 입는 일.
23 아장(亞將): 무관 계통의 차관급 벼슬.

가 있겠수? 그렇긴 하지만, 여러 해 동안 지극정성으로 벼슬자리를 구할 수 있는 방법을 조언함으로써 지금에까지 이를 수 있게 했지요. 그렇게 한 데서 내 책임은 이미 다 한 것이지요. 나는 먼 시골구석의 천한 사람이라오. 그런 사람이 무변으로 재상이 된 영감의 소실이 되어 여러 고을을 다니며 후한 대접을 받았으니, 내 영화도 또한 지극한 데까지 이르렀다 할 수 있겠지요. 그러니 무슨 원통하고 억울한 마음이 있겠소? 영감이 세상에 계실 때에는 내게 집안 살림을 주관하도록 했지요. 그것은 어쩔 수 없어서 그렇게 한 것뿐이지……. 지금은 상주(喪主)도 이렇게 장성하셨으니, 족히 집안일을 주관할 수 있을 게요. 적자의 큰며느리가 집안 살림을 주관하는 것이 마땅한 일이지요. 오늘부터 집안 살림의 주도권을 큰며느리에게 돌려주리다!"

큰아들과 며느리가 울며 사양했다.

"우리 집안이 지금과 같이 될 수 있었던 것은 모두 서모[24]님의 공입니다. 저희들은 그저 서모님께 의지하여 말씀을 따르며 성공하기만 바랄[25] 뿐입니다. 서모님이 지금 무슨 이유로 갑자기 이런 말씀을 꺼내십니까?"

"마땅히 이렇게 해야 하는 게 집안을 다스리는 법도이기 때문이지요."

소실은 이내 크고 작은 물건들과 그릇, 돈과 곡식 따위를 문건(件記)으로 만들어 그 모든 것을 한꺼번에 넘겨주었다. 그리고 큰며느리에게 안채 정당에 거처하게 하고, 자기는 스스로 단칸짜리 건넌방으로 옮겨갔다. 그러고 나서 말했다.

"저 방에 한번 들어가면 다시는 나오지 않을 것이오."

그러고는 안으로 들어가 문을 닫아걸고 곡기를 끊었다. 그렇게 며칠

---

24 서모(庶母): 아버지의 첩.

25 앙성(仰成): 고개를 들고 성공하기를 바람. 《서경》〈필명(畢命)〉에 나오는 말이다.

만에 죽었다. 본처의 아들들은 모두 애통해하며 말했다.

"우리 서모님은 평범한 사람이 아니네. 어찌 기존 관례대로 모실 수 있겠느냐?"

그래서 본처의 아이들은 소실이 운명하고 졸곡할 때까지[26] 석 달을 기다렸다가 장사를 지냈다.[27] 게다가 특별히 사당도 세워서 제사를 지냈다.

우하형의 장례 날짜가 다가왔다. 시신을 모신 관을 운구해서 묘지로 가려고 발인하려 할 때였다. 상여를 매는 사람들이 관을 들어 올리려고 하는데, 아무리 애를 써도 관이 들리지 않았다. 수십 명, 수백 명이 달려들었지만, 관은 좀처럼 움직이지 않았다. 여러 사람들이 말했다.

"혹시 소실에게 마음이 매여 있어서 그런 것이 아닐까?"

그러고는 소실의 상여와 함께 발인하려 했다. 그랬더니, 우하형의 관도 가볍게 들리면서 비로소 떠날 수 있었다. 사람들은 모두 기이하게 생각했다.

우하형은 평산 땅 큰 도로변에 장사를 치렀다. 서쪽을 향해 묻힌 것이 우하형의 무덤이고, 그 오른쪽으로 열 걸음 남짓한 곳에 동쪽을 향해 바라보며 묻힌 것이 소실의 묘라고 한다.

병사 우하형(1686-1749) | 자는 □□[28], 본관은 단양이다.

---

26 초종(初終): 초상 이후부터 졸곡(卒哭)까지. 졸곡은 초상으로부터 3개월이 지난 뒤에 한다.

27 서모에 대한 장례 절차는 명확하게 규정된 것이 없다. 그런데 석 달을 기다렸다가 장례를 치르는 행동은 지극히 이례적이며 파격적인 일이다. 조선 초기에는 친모의 삼년상과 구분한다고만 했다. 다만 상복 제도 중 젖을 먹여 길러준 서모는 소공복(小功服)으로 다섯 달 동안 상복을 입도록 했고, 첩으로 들어와 자식을 낳은 서모는 시마복(緦麻服)으로 석 달 동안 상복을 입도록 했다. 《고려사》에는 어떤 구분도 하지 않고 일괄적으로 시마복을 입도록 규정했다.

28 원문에는 공란으로 되어 있는데, 우하형의 자는 '회숙(會叔)'이다.

14

무운(巫雲)

무운은 강계[1] 기생이다. 얼굴과 기예로 그 시대에 이름을 떨쳤다.

서울에 사는 성 진사가 우연한 일로 강계에 왔다가, 무운과 잠자리를 나누고 나서 정이 매우 깊어졌다. 서울로 돌아가게 되자, 두 사람은 서로 미련이 남아 차마 떨어지지 못했다.

성 진사를 보낸 뒤, 무운은 죽어도 다른 마음을 두지 않겠다고 스스로 맹세했다.[2] 그래서 양쪽 허벅지에 쑥뜸을 놓아 화상 자국을 만들어놓고 악성 종기가 있다는 핑계를 댔다. 이런 변명이 통해, 전임 수령 및 후임 수령의 수청에서 벗어날 수 있었다.

대장[3] 이경무가 새 수령으로 부임했다. 그는 무운을 불러들여 가까이 하려 했다. 무운은 옷을 풀어 상처 난 곳을 보여주며 말했다.

"첩에게는 나쁜 병이 있습니다. 어찌 감히 가까이 모실 수 있겠습니까?"

"그렇다면 너는 가까이 있으면서 심부름이나 하는 게 좋겠구나."

그로부터 무운은 날마다 동헌 마루에서 명령을 기다리다가, 밤이 되면

---

1 강계(江界): 평안북도 북동부에 있었던 군. 지금의 강계시.

2 죽어도 다른 마음을 두지 않겠다고 스스로 맹세했다: 시심미타(矢心靡他). 이 말은《시경》〈용풍(鄘風)〉'백주(柏舟)'에서 유래했다. 위(衛)나라 공백(共伯)과 결혼한 공강(共姜)이 남편이 요절하자 억지로 재가를 종용하는 친정어머니에게 자신의 굳은 지조를 드러내는 시를 지었는데, 그 시에 이 말이 쓰였다. "늘어진 다팔머리, 그이만이 진정한 내 짝이었으니, 죽어도 다른 마음 갖지 않으리(髧彼兩髦 實維我儀 之死矢靡他)."

3 대장(大將): 이경무가 금위대장, 포도대장, 어영대장, 훈련대장 등 무관직의 으뜸 벼슬을 역임했기에 대장이라 한 것이다.

관아를 떠나 집으로 돌아갔다. 그렇게 네댓 달이 지났다. 어느 날 밤이었다. 무운이 갑자기 경무 앞으로 다가가 말했다.

"오늘 밤에는 첩이 잠자리 시중을 들었으면 합니다."

"너는 이전에 나쁜 병이 있다고 하지 않았느냐? 어떻게 잠자리 시중을 든단 말이냐?"

"첩은 성 진사에게 수절하려고 했습니다. 그래서 쑥뜸을 놓음으로써 다른 사람의 잠자리 요청으로 인한 괴로움에서 벗어날 수 있었습니다. 그런데 대청에서 시중을 드는 몇 달 동안에 첩은 사또의 이런저런 모습을 가만히 살펴볼 수 있었는데, 사또야말로 대장부더군요. 첩이 이미 기생의 몸으로 살고 있거늘, 어찌 감히 사또 같은 대장부를 무심히 바라만 보고 가까이 모시지 않을 수 있겠어요?"

경무가 웃으며 말했다.

"그렇다면 잠자리에 들자꾸나."

두 사람은 사랑을 나누었다.

어느덧 경무는 임기가 차서 돌아가게 되었다. 무운이 따라가려고 하자, 경무가 말했다.

"내게는 첩이 둘씩이나 있다. 너까지 따라나서면 몹시 번거로울 듯하구나."

"그렇다면 첩은 마땅히 수절하겠습니다."

경무가 웃으며 말했다.

"네가 말한 수절이란 게, 성 진사에게 수절한다고 했던 말과 같은 것이더냐?"

무운은 얼굴을 붉히며 버럭 화를 내더니, 이내 차고 있던 작은 칼을 꺼내 왼쪽 네 번째 손가락을 잘라냈다. 경무가 깜짝 놀라 데려가겠다고 했지만, 무운이 따르지 않았다. 그렇게 두 사람은 작별했다.

그로부터 10년이 지났다. 경무는 훈련대장으로 성진[4]에 파견되었다.[5] 무릇 조정에서는 성진 지방에 새로 진(鎭)을 설치했는데,[6] 군사 지식이 풍부하면서도[7] 두터운 명망을 가진 관리를 보내 다스리게 한 까닭이다. 이에 경무는 식솔을 데리지 않고 홀로 부임했다.

성진군은 강계군과 비록 맞붙은 경계 지방이지만, 고을 간의 거리는 300리 남짓이나 되었다. 하루는 무운이 성진으로 찾아왔다. 경무도 반가워하며 맞이했다. 두 사람은 그동안 쌓인 회포를 풀고 함께 잠자리에 들었다. 밤이 되자, 경무가 무운을 가까이하려고 했다. 그러자 무운은 죽기로 작정한 듯이 거부했다. 경무가 물었다.

"왜 그러느냐?"

무운이 대답했다.

"사또를 위해 수절하는 것입니다."

"나를 위해 수절한다고 하면서, 무엇 때문에 나를 거부한단 말이냐?"

"이미 남자를 가까이하지 않겠다고 마음속으로 굳게 다짐했으니, 비록 사또라 해도 가까이할 수 없는 것입니다. 한번 가까이하면, 그것이야말로 훼절하는 것과 다를 바 없지요."

그러면서 끝내 거절했다. 무운은 경무와 1년 남짓한 기간을 함께 지냈지만, 끝내 가까이하지 않았다. 경무가 돌아갈 때가 되었다. 무운은 경무의 요청도 거절하고 자기 집으로 돌아갔다.

그 후에 경무의 아내가 죽었다. 무운은 급히 달려가 서울에 머물렀다. 그리고 장례(襄禮)가 끝나자 다시 고향으로 돌아왔다. 경무가 죽었을 때

---

4 성진(城津): 함경북도 남쪽의 도시. 지금의 함경북도 성진군.

5 이경무가 훈련대장이 된 때는 정조 11년(1787)이다.

6 성진에 진을 설치한 것은 영조 22년(1746)이다. 약간의 착오가 있는 듯하다.

7 숙장(宿將): 군사 지식이 풍부하고 경험이 많은 무관.

도 또한 그렇게 했다. 무운은 자신 스스로를 '운대사(雲大師)'라고 부르며 지내다가 마침내 늙어서 죽었다.

대장 이경무(1728-1799) | 자는 사직(士直), 본관은 전주다. 충목공(忠穆公) 상복(尙馥)의 증손이요, 무림군(茂林君) 선생(善生)의 14세손이다. 무과에 급제했다. 정조 때에 남쪽으로는 수군통제사(南統), 북쪽으로는 병마절도사(北梱)를 지냈다. 어영대장을 네 번, 금위대장을 여섯 번, 훈련대장을 세 번 맡았다. 벼슬이 형조판서에 이르렀다.

15

안동 권 진사(安東權進士)

안동 권 진사 아무개는 집안이 제법 부유했다. 성격이 엄격해서 집안을 다스리는 데에도 법도가 있었다. 아들 하나를 두어서 며느리를 맞았는데, 며느리의 성격이 사납고 질투심이 강해 어느 누구도 그녀를 굴복시킬 수 없었다. 그런 그녀였지만, 그녀 또한 시아버지의 위엄에 눌려 감히 멋대로 하지 못하고 화를 가라앉힌 채 온화한 표정을 지을 정도였다.

권 진사가 만약 화를 냈다 하면, 반드시 마당에 멍석을 깔게 했다. 그리고 그 앞에 앉아서 가끔씩 남녀종을 가리지 않고 때려죽이곤 했다. 목숨을 해치는 데까지 가지 않는 일이라 해도, 반드시 피를 봐야만 비로소 정리가 되었다. 그래서 마당에 멍석을 깐다고만 하면, 집안사람들은 모두 벌벌 떨며 '오늘도 어떤 사람이 죽어 나가는구나.'라고 생각했다.

아들의 처가는 이웃 마을에 있었다. 그가 장인 장모를 뵙고 돌아오는 길이었다. 돌아오는 길에 소나기를 만났는데, 그는 비를 피하기 위해 객점으로 들어갔다. 그곳에는 이미 어떤 한 소년이 도착해서 마루 위에 앉아 있었다. 마구간에는 대여섯 마리 말들이 매여 있고, 따라온 종들도 많았다. 그 모습은 마치 부인을 모시고 떠나온 행차처럼 보였다.

소년은 권생과 인사를 나눈 뒤에 술과 안주를 권했다. 술은 매우 맑고 상쾌했으며, 안주도 푸짐하고 맛있었다. 서로 성씨와 거주지를 물어보자, 권생이 사실대로 말했다. 그러나 소년은 자기의 성씨만 말하더니, 사는 곳은 말하지 않고 말을 돌렸다.

"우연찮게 이곳을 지나던 길에 비를 피하려고 객점에 들어왔는데, 운

좋게 나이도 비슷한 아름다운 친구를 만났구려. 이 아니 즐거운 일이겠소?"

그러고는 술잔을 주고받으면서 취할 때까지 마셔보자고 했다. 권생은 술을 이기지 못하고 먼저 취해 거꾸러졌다.

밤이 깊은 후, 비로소 술에서 깬 권생은 눈을 떠서 주위를 살펴보았다. 그와 더불어 술을 마시던 소년은 그림자도 보이지 않고, 자기 혼자 안방에 누워 있었다. 그러다 자기 옆에 소복을 입은 아리따운 사람이 있는 것이 눈에 들어왔다. 그녀는 18-19세 정도로 보이는데, 용모가 단아하면서도 고왔다. 상민이나 천민은 아니고, 서울에서 벼슬깨나 한다는 댁 여인임이 분명했다. 권생은 매우 놀랍고 의아하여 그녀에게 물었다.

"내가 왜 여기 누워 있죠? 그리고 당신은 뉘 댁 부인이시기에 여기에 계시는지……."

여인은 부끄러워하며 머뭇거리기만 할 뿐, 아무런 대답도 하지 않았다. 두세 번 물어봤지만, 끝내 입을 열지 않았다. 그로부터 몇 식경[1]이 지나자, 여인이 나지막한 소리로 말을 꺼냈다.

"저는 서울에 거주하는, 가문이 제법 알려진 관료 집안의 딸입니다. 열네 살에 시집을 갔지만, 열다섯 살에 지아비를 여의었지요. 그런데 아버님도 일찍 돌아가시는 바람에, 집안의 모든 일은 오빠가 주관하고 있었습니다. 오빠는 성격이 남달리 고집스러운 데가 있어서, 우리나라 풍속대로 예법에 따라 어린 여동생이 과부로 살게 놔두질 않았습니다. 개가시킬 곳을 구하려 했지요. 그러나 그럴 때마다 집안 친척들의 시비가 크게 일어났습니다. 가문을 더럽히고 집안을 욕되게 한다면서 준엄하게 훈계하며 막았지요. 오빠는 마지못해 의논하는 일을 그만두었지요. 그러더

1 식경(食頃): 한 끼 밥을 먹을 동안의 시간.

니, 저를 가마에 태워 대문 밖으로 나왔습니다. 정해진 곳도 없이 이리저리 다니다가 여기까지 이르렀답니다. 오빠의 생각에는, 만약에라도 마음에 드는 남자를 만난다면, 저를 그 사람에게 맡기고 오빠는 슬그머니 빠져나가려고 했나 봅니다. 그렇게 함으로써 친척들의 눈과 귀를 막을 수 있다고 생각했던 것이겠죠. 어젯밤, 당신이 술에 취하자 오빠는 종들을 시켜 당신을 안방에 눕히도록 했답니다. 그렇게 해놓고 떠났는데, 지금쯤에는 필시 멀리 가 계실 겁니다."

여인이 다시 옆에 있는 상자를 가리키며 말했다.

"저 상자 안에는 오륙백 냥의 은자가 들어 있습니다. 그것으로 입고 먹을 밑천으로 삼으라고 하더군요."

권생이 이상하여 밖으로 나와 보니, 소년은 물론 그 많았던 사람들과 말들도 모두 사라지고 없었다. 그저 맹한 여자아이 종 두 명만이 방문 근처에 있을 뿐이었다. 권생은 다시 안방으로 들어와, 그 여인과 잠자리를 같이했다. 그러면서 생각했다.

'엄한 아버지 슬하에 있으면서 내 맘대로 첩을 얻는다면, 반드시 큰 사달(擧措)이 나겠지. 게다가 사납고 질투심 강한 아내의 성격상 반드시 용납하려 들지 않을 테니, 이를 장차 어떻게 한담? 진짜, 천 번을 생각하고 만 번을 헤아려 봐도 해결할 좋은 방법 하나가 떠오르지 않네. 기이하게 만난 아름다운 여인이 도리어 골칫거리가 되었구나.'

아침이 되기를 기다렸다가, 그는 여종에게 집을 잘 지키고 있으라고 당부한 뒤에 여인에게 말했다.

"집에는 엄한 아버님이 계시오. 집에 돌아가 여쭙고 난 뒤에 데리고 갈 것이니, 조금만 더 기다려주구려."

객점 주인에게도 신신당부하고 그곳을 나왔다. 그러고는 곧장 친구들 중에서도 지혜롭고 생각이 깊은 친구의 집으로 달려갔다. 그에게 사실대로 말한 후, 무슨 방법이라도 만들어보라고 부탁했다. 친구는 한참 동안 생각하더니, 이내 말했다.

"매우 어렵고도 어려운 일이군. 참으로 좋은 계책이 없지만, 그래도 시도해 볼 만한 꾀가 하나 있네. 자네는 일단 집으로 돌아가 있게. 가 있으면 며칠 뒤에 내가 술자리를 마련해서 자네를 초청하겠네. 초청한 뒷날에는 자네도 똑같이 술자리를 마련해서 나를 부르게. 그러면 거기에 가서 내가 매 순간마다 벌어지는 상황에 맞춰 꾀를 써보겠네."

권생은 친구의 말대로 집으로 돌아갔다. 며칠 뒤, 친구가 심부름꾼을 보내왔다.

'마침 술과 안주가 생겨서 친한 친구들(諸益)이 모두 모이기로 했네. 이 자리에 그대가 빠질 수 없으니, 모름지기 왕림하시게.'

권생은 아버지 권 진사께 여쭙고 잔치에 참석했다. 참석한 다음 날, 권생이 아버지께 말씀드렸다.

"친구 아무개가 어제 술자리를 마련해서 저를 초대하였습니다. 친구의 호의에 회답하는 예의는 빠트릴 수 없는 일입니다. 오늘은 대략으로나마 술과 안주를 마련해서 여러 친구들을 초대하는 게 좋지 않을까 합니다."

권 진사가 허락했다. 권생은 술자리를 마련하여, 그 친구는 물론 동네의 여러 젊은 친구들을 모두 초청했다. 이에 모든 사람들이 초청에 응해 방문했다. 그들은 먼저 권 진사를 찾아뵙고 인사를 드렸다. 그들을 보자, 권 진사가 말했다.

"젊은 친구들이 번갈아 가며 술자리를 가지면서도, 이 늙은이에게는 한번도 와보라고 청하지를 않는구나. 그게 무슨 도리더냐?"

권생의 친구가 대답했다.

"어르신께서 술자리에 앉아 계시면, 젊은 저희들이 함부로 행동할 수 없습니다. 또 어르신께서는 원체 엄격하신지라, 저희들이 어르신을 잠깐

뵈올 때에도 십분 조심하면서, 혹시라도 무슨 잘못이 있지나 않을까 하며 두려워합니다. 그런데 어떻게 하루 종일 술자리에 모시고 함께 앉아 있을 수 있겠습니까? 어르신께서 만약에 참석이라도 하신다면, 그야말로 사람들이 말하는 '살풍경(殺風景)'이 되고 말 것입니다."

권 진사가 웃으며 말했다.

"술자리에서 무슨 장유유서(長幼有序)가 있단 말이냐? 오늘 술자리는 내가 주관함세. 그러니 예법에 구애받지 말고 종일 즐겁게 놀게. 자네들이 내게 비록 백 번을 실수한다 해도 꾸짖지 않을 테니! 자네들이 맘껏 즐기다가 끝내는 게 이 늙은이의 울적한 하루의 회포를 위로해 주는 일이네."

모든 젊은이들이 일시에 공손히 승낙했다. 이에 권 진사와 젊은이들이 한데 뒤섞여 앉아 술잔을 들었다. 술자리 분위기가 한창 무르익었을 때였다. 지혜 많은 친구가 권 진사 앞으로 다가가 말했다.

"시생[2]이 기이한 고담(古談) 하나를 알고 있습니다. 한번 들려드림으로써 한바탕 웃음거리를 만들어볼까 합니다."

"고담이라…… 좋지! 이야기해 보게."

친구는 권생이 객점에서 겪었던 기이한 만남을 고담처럼 엮어 이야기했다. 권 진사는 한 대목 한 대목마다 기묘하다고 감탄하며 말했다.

"기이하네, 기이해! 옛날에는 간혹 이런 기막힌 만남이 있었지. 그러나 요즘 세상에서 이러한 일이 있었다는 말을 들어보지 못했네!"

"만약에 어르신께서 이런 일을 당하셨다면 어떻게 처치하시렵니까? 아무도 없는 한밤중에 절대가인이 옆에 있으면, 어르신께서는 그녀를 가까이하시겠습니까, 안 하시겠습니까? 그리고 이미 가까이했다면, 데리고

---

2 시생(侍生): 웃어른에게 대하여 자기를 일컫는 말.

가서 함께 사시겠습니까? 아니면 버리시겠습니까?"

"이왕에 궁형[3]을 받은 사람이 아니라면 말일세…… 어두운 밤에 아름다운 여인을 만났는데, 헛되이 보내야 할 이유가 없지 않는가? 그리고 이미 잠자리를 같이했다면 어떻게든 데리고 살아야지, 무엇 때문에 사람을 버려서 죄악을 쌓는단 말인가?"

"그래도 어르신께서는 성품이 원래 방정맞고 엄격하신지라, 비록 이런 일을 당하신다 해도 결코 훼절하지 않으시겠죠!"

권 진사가 머리를 가로저으며 말했다.

"그렇지 않네. 그렇지 않고말고. 내가 그 일을 당했다 해도 어쩔 수 없이 훼절했을 게야. 그가 안방에 들어간 것은 자기가 원해서 들어간 것이 아니네. 다른 사람에게 속은 것이지. 그 사람이 억지로 여인을 범한 것도 아니지 않는가? 그리고 젊은 사람이 아름다운 여인을 보고 마음이 끌리는 것은 일반적인 일이네. 그 여인으로 본대도, 양반 신분임에도 그런 일까지 해야 할 정도라면, 그녀의 사정이 측은한 데다 처지도 몹시 딱하지 않나. 만약에 한번 보고서 버려둔다면, 여인은 반드시 수치심과 원통함을 안은 채 죽고 말 것이네. 그야말로 죄악을 쌓는 게 아니겠는가? 사대부의 일 처리가 그렇게까지 모질어서는 결코 안 되네. 안 되고말고!"

"사람의 정리로 보나 일의 이치로 볼 때, 과연 그렇게 해야 하는 것입니까?"

"무슨 다른 답이 있을 수 있겠나? 단연코 야박한 사람이 되지 않는 게 마땅하지. 그게 옳은 게야."

그러자 친구가 웃으며 말했다.

---

3 궁형(宮刑): 자손을 끊어 없앨 의도로, 남자는 불알을 까고 여자는 음부를 유폐하는 형벌. 중국에서 사형 다음으로 중한 형벌이었다.

"이 이야기는 고담이 아닙니다. 바로 어르신의 아드님[允友][4]이 며칠 전에 겪었던 일입니다. 어르신께서도 '일이 이치로 볼 때 당연하다'고 칼로 자르듯이 분명하게 말씀하시면서 두세 번이나 가르침을 주셨습니다. 그러니 아드님도 어쩌면 죄에 대한 책임을 면할 수 있지 않을까 합니다."

말을 들은 권 진사는 한참 동안 말없이 있었다. 그러다가 갑자기 정색하고 화를 내며 말했다.

"자네들은 모두 물러가라. 내가 처치해야 할 일이 있다."

모든 사람들은 놀라 두려워하며 뿔뿔이 흩어졌다. 이에 권 진사가 큰 소리로 외쳤다.

"마당에 멍석을 펼쳐라! 얼른!"

집안사람들은 모두 두려워했지만, 누가 벌을 받는지는 알지 못했다. 멍석을 펼치자, 권 진사는 자리에 앉아 큰 소리로 외쳤다.

"속히 작두를 대령하라!"

종들은 당황하면서도 분주하게 명령을 받들어, 작두와 널빤지를 마당 한쪽에 갖다 놓았다. 권 진사가 다시 큰 소리로 외쳤다.

"너희 서방님을 잡아다가 작두로 찍어낼 널빤지 위에 머리를 대게 하라!"

종들은 권생을 잡아다가 그의 목을 늘여 널빤지 위에 올려놓았다. 권 진사가 크게 꾸짖어 말했다.

"인간이 지켜야 할 도리마저 저버린 놈아! 입에서 젖내도 가시지 않은 아이놈이, 부모에게 알리지도 않고 맘대로 첩을 두다니……. 이는 집안을 망하게 하는 행동이라. 내가 살아 있을 때에도 오히려 이러한데, 하물며 내가 죽은 뒤에는 오죽할까! 이런 패륜아는 살려둬도 이로울 게 없다.

---

4 윤우(允友): 웃어른에게 말할 때, 그의 '장성한 아들'을 이를 때 쓰는 말.

차라리 내가 살아 있을 때에 목을 잘라, 조상님께 후환이 미치지 않게 하는 것이 옳다!"

말을 마치고는 종들에게 호령하여, '발을 들어 찍어내라'고 했다. 이때 집안사람들은 상하를 막론하고 모두가 허둥지둥하며 얼굴은 사색이 되어 있었다. 권 진사의 처도 며느리를 데리고 함께 마루로 나아가 애걸하며 말했다.

"저 아이의 죄가 비록 죽어야 할 만한 것이라고 해도, 어찌 차마 눈앞에서 하나밖에 없는 아들의 목을 자르려 하십니까?"

울며 간청하기를 마지않았다. 권 진사는 큰 소리로 '물러가라'며 꾸짖었다. 권 진사의 처는 놀랍고 무서워 자리를 피했다. 그러나 며느리는 떠나지 않고 머리를 땅에 찧어댔다. 피가 흘러내려 온통 피범벅이 된 얼굴을 한 상태로 말했다.

"젊은 사람이 설령 방자하게 행동한 죄가 있다고 합시다. 그래도 아버님의 핏줄은 오직 이 사람뿐입니다. 아버님께서 어찌 차마 이렇게까지 잔혹한 일을 벌이셔서, 여러 세대로 이어온 조상님 제사를 하루아침에 끊어버리려고 하십니까? 이 사람 대신 차라리 며느리인 저를 죽여주십시오."

"패륜아가 있어서 집안이 망하는 날에는 그 욕이 조상님께 미치게 된다. 차라리 내 눈앞에서 저놈을 죽이고, 다시 양자를 구하는 것이 옳도다. 이렇게 망하나 저렇게 망하나, 망하는 것은 매한가지다. 망해도 깨끗하게 망하는 것이 낫지."

그러고는 다시 작두를 밟으라고 호령했다. 종들은 비록 입으론 '예 예' 했지만, 차마 발을 들어 작두를 밟지는 못했다. 며느리는 울며불며 더욱 고통스럽게 간청했다. 권 진사가 다시 말했다.

"이놈이 집안을 망하게 할 일은 한 가지가 아니다. 부모 밑에서 사는 사람으로서 제 마음대로 축첩을 한 것, 그것이 망할 조짐 첫 번째다. 그리고 네 강한 질투심으로 볼 때, 반드시 첩을 용납하지 못할 것이다. 그러면 가정이 날마다 소란스러워질 것이니, 그것이 망할 조짐 두 번째다. 두 가지 망할 조짐이 있으니, 저놈을 일찍이 없애버리는 것이 좋도다."

"이 며느리도 사람의 얼굴과 사람의 마음을 가지고 있습니다. 눈으로 이러한 광경을 직접 보고서 어찌 질투의 '질' 자라도 생각하겠습니까? 만일 아버님께서 한 번만 용서해 주시는 은혜를 입는다면, 삼가 첩과 함께 거처하면서 조금도 화목함을 잃지 않겠습니다. 바라옵건대, 아버님께서는 제 일일랑 걱정 마시고, 특별히 넓디넓은 관용을 베풀어주십시오."

"너는 지금 상황이 절박해서 그런 말을 하는 게다. 비록 내 앞에서야 그러겠다고 해도, 속마음은 결코 그렇지 않을 게다."

"어찌 그럴 리가 있겠습니까? 만일에, 혹시라도 아버님께서 말씀하신 내용과 비슷한 뭐라도 한다면, 하늘이 반드시 저를 죽일 것이고, 귀신이 반드시 제게 벌을 내릴 것입니다."[5]

"내가 살아 있을 때에는 혹 그럴 수 있을지 몰라도, 내가 죽은 뒤에는 필시 나쁜 버릇이 재발할 것이다. 그때는 나도 이미 세상에 없고, 저놈은 너를 제어할 수 없을 터! 그것이 어찌 집안을 망하게 하는 일이 아니겠느냐? 그럴 바에는 차라리 저놈의 목을 잘라서 화근을 끊어버리는 것이 낫지."

"어찌 감히 그리하겠습니까? 아버님께서 하세(下世)하신 뒤에 한 푼어치라도 잘못된 마음을 갖는다면, 저는 개돼지와 다를 바 없습니다. 맹세하겠사오니, 다짐(侤)[6]을 받아주십시오."

---

5 하늘이 반드시 ~ 벌을 내릴 것입니다: 이 말은 《서경》〈탕서(湯誓)〉에 나오는 말을 인용했다. "하늘이 명하여 죄 있는 자를 죽이게 한 것(天必殛之)"을 이른다.

"정 그렇다면, 네가 맹세한 말을 종이에 써서 바치겠느냐?"

며느리는, 약속을 지키지 않으면 금수(禽獸)와 같다는 식의 맹세의 글을 썼다. 거기에다가 이런 말도 썼다.

'한 번이라도 제가 맹세한 말과 어긋나는 일을 한다면, 제 부모님의 살점을 씹어 먹겠습니다. 맹세가 이러한데도 아버님께서 끝내 믿지 않으시면, 죽음만이 있을 뿐입니다.'

권 진사는 그제야 용서하여 풀어주었다. 그리고 집안의 하인 중에서 가장 으뜸인 수노(首奴)를 불러 명령했다.

"너는 가마를 준비해서 사람들을 데리고 곧장 아무 객점으로 가거라. 거기에 가서 너희 서방님의 소실을 모시고 오너라."

하인이 명령을 받들고 모시고 돌아왔다. 여인은 시부모님께 인사를 올리는 의식을 행하고, 또 정실에게도 예를 갖춰 정중하게 인사를 올렸다. 정실과 소실은 한집에서 살았는데, 정실은 소실에게 한 소리도 내지 않고 늙을 때까지 서로 화목하게 잘 지냈다. 다른 사람들도 어느 누구 하나 그들에 대해 이러쿵저러쿵 비난하는 말이 없었다고[7] 한다.

---

6 고(侤): 고음(侤音). 맹세나 증언처럼 무엇을 다짐하는 문서.

7 인무간언(人無間言): 여러 방식으로 해석할 수 있는데, 여기서는《논어》〈선진(先進)〉의 "효성스럽구나, 민자건이여. 사람들이 그 부모와 형제들의 말에 다른 말을 하지 못하는구나(孝哉 閔子騫 人不間於其父母昆弟之言)."에 기초하여 본문처럼 풀이했다. 의역하여 '칭송이 자자했다.'로 봐도 큰 무리가 없다.

16

봉산 무변(鳳山武弁)

인조 때의 일이다. 황해도 봉산 지방에 이씨 성을 가진 무변이 있었는데, 재산이 많았다. 성격이 활달하여 남에게 베풀기를 좋아했고, 사람을 신뢰하며 의심하려 들지 않았다. 급한 일이 있다고 말하는 사람이 있으면, 모아둔 재물도 아낌없이 내어주었다. 그러다 보니, 집안 살림이 조금씩 줄어들어 버틸 수 없는 지경에 이르렀다. 그러나 풍채가 건장하고 매력적인지라, 그를 보는 사람들은 모두 그가 높고 귀한 지위에 오르리라 기대했다.

그는 선전관으로 벼슬살이를 시작했지만, 어떤 사건에 연루되는 바람에 실직하고 말았다. 이에 고향으로 돌아와 몇 년 동안 머물러 지냈지만, 인사권을 쥔 전조(銓曹)에서는 오랫동안 그를 추천(檢擬)[1]하지 않았다. 하루는 무변이 아내에게 말했다.

"무변이 시골에만 머물러 있으면, 벼슬자리가 저절로 생겨날 리 없겠지요. 게다가 이제는 집안도 이렇게 가난해져서, 하루아침에 구렁으로 떨어질까 두렵기도 하고……. 어찌 한탄스러운 일이 아니겠소? 남은 밭을 모두 팔면, 400냥 남짓은 받을 수 있을 것이오. 그 돈으로 서울에 올라가 벼슬자리를 얻어볼까 하오. 벼슬을 얻으면 살아갈 수 있을 것이고, 못 구하면 죽을 수밖에 없는 일. 나는 이미 그렇게 하려고 결정했소."

---

1 검의(檢擬): 당하관 이하의 무관직을 임명할 때, 선전관 등에 추천된 사실을 확인하여 천거할 것을 아뢰는 일.

아내도 동의해 주었다. 마침내 밭을 모두 팔아서 400냥을 얻었다. 그 중 100냥을 빼서 아내가 고향에서 생활할 수 있도록 남겨두고, 나머지 300냥을 가지고 서울로 올라갔다. 건장한 마부와 좋은 말은 자못 사람들의 눈길을 끌었다.

일행은 경기도 벽제[2] 객점에 도착하여 하룻밤을 지내게 되었다. 객점에 든 종이 말에게 먹이를 주고 있을 때였다. 전립을 쓰고 옷도 잘 차려입은 놈팡이 하나가, 처음에는 이리저리 무변의 동정을 엿보다가 이윽고 객점 안으로 들어왔다. 그리고 종과 더불어 몇 마디를 나누는데, 마음 씀씀이가 자못 살뜰했다. 종들도 즐거워하며, 그에게 어디서 왔는가를 물었다. 놈팡이가 말했다.

"병조판서 댁에서 심부름하는 종〔蒼頭〕이지요."

무변은 그들이 대화하는 소리를 가만히 듣다가 급히 놈팡이를 불러 물었더니, 그는 아까 했던 그대로 대답했다. 무변이 몹시 기뻐하며 말했다.

"내가 지금 벼슬을 구하려고 서울로 올라가는데, 서울에서 만나봤으면 하는 분이 병조판서네. 자네가 정말 병조판서 댁에서 신임을 받고 있는 종이라면, 나를 위해 일이 잘되도록 중간 역할을 해줄 수 없겠나? 그나저나 간에 자네는 여기에 무슨 일로 왔느냐?"

"소인은 병조판서 댁 수노[3]지요. 상전 댁 노비들이 서관[4]에 많이 살고 있는데, 판서의 명령을 받들어 그들에게 세금을 받으러 가는 길입니다. 오늘 막 떠났습죠."

무변이 탄식하며 말했다.

2 벽제(碧蹄): 지금의 경기도 고양시 법정동에 있었던 역관(驛館).
3 수노(首奴): 종들 중에서 최상위에 있는 자.
4 서관(西關): 서도(西道). 황해도와 평안도를 지칭한다.

"자네를 만나는 것도 쉽지 않은 일인데, 길이 서로 어긋나 버렸구나. 어떻게 중간에 다리를 놓을 방법이 없을까?"

"그거야 어렵지 않지요. 청컨대, 저와 함께 서울로 가시지요. 소인이 명령을 받들어 하직을 고한 지도 이미 며칠이 지났는데, 그때 좋은 날을 골라서 떠나라고 하신 까닭에 이제서야 떠나게 된 것이지요. 상전께서는 분명코 소인이 언제 떠나는지 모르실 것입니다. 지금 다시 서울에 들어갔다가 나리를 위해 주선한 뒤에 떠나도 그리 늦지 않을 것입니다. 그나저나 어르신께서 수중에 가지고 계신 게 얼마나 되시는지요?"

"300냥이 있네."

"적으나마 써볼 만은 하겠군요."

그는 무변 일행을 데리고 서울로 돌아왔다. 그리고 무변을 위한다며 병조판서 댁 근처에 객점 하나를 정한 후, 객점 주인에게 '이분들을 잘 대접하라'고 당부했다. 그를 본 무변은, 주인이 이놈과 평소에 잘 아는 사이라고 생각하여 더더욱 그를 신뢰했다.

그 사람이 집으로 돌아갔는데, 그 뒤로 며칠 동안 오지 않았다. 무변은 속으로 '내가 속임을 당했나?' 하며 의심 반 걱정 반으로 지내더니, 한참이 지나서 그가 돌아왔다. 무변은 너무도 기뻐하는데, 그 모습은 마치 한왕(漢王)이 도망갔다고 생각했던 소하(蕭何)를 다시 만난 것과 같았다.[5] 무변이 물었다.

"요 며칠 동안 무슨 일이 있었기에 오지 않았나?"

"나리가 관직을 얻을 수 있도록 도모하는 일이 어찌 순식간에 이루어

---

5 한신(韓信)을 데리고 오겠다며 떠난 소하(蕭何)가 도망가 버린 줄 알고 있던 한고조(漢高祖)가, 한참이 지나서 한신을 데리고 돌아온 소하를 보고 매우 기뻐했다는 고사를 말한다. 《사기》에 나온다.

지겠습니까? 아주 긴요한 지름길이 하나 있기는 한데, 거기에는 돈 100냥이 꼭 필요해서…….”

무변이 다급하게 지름길이 무엇인가를 묻자, 그 사람이 대답했다.

“병조판서에게는 과부로 사는 누이가 있습죠. 지금은 아무개 고을에 사는데, 대감께서는 그 누이를 몹시 생각하신답니다. 누이가 말하는 것이라면 반드시 따르곤 하지요. 소인이 그 댁에 가서 나리의 일을 아뢰었더니, 안주인 마님께서 ‘100냥 정도면 좋은 자리에 쓰도록 힘써 보겠네.’라고 말씀하시더군요. 나리께서는 돈을 아끼지 않고 내어주실 수 있는지요?”

“가져온 돈은 오로지 이런 데 쓰려고 한 것이네. 두말할 게 무에 있겠나?”

그러고는 즉시 봇짐을 열고는 100냥을 꺼내 그에게 주었다. 종들이 그를 보고 의심하며 말했다.

“나리께서 직접 가서 확인해 보시지도 않고, 그냥 저 사람에게 맡기시렵니까? 사기를 치는지 아닌지를 어떻게 아시고요?”

“그 사람이 병조판서 댁 노비라고 했으니 맞겠지. 사람을 믿지 못하는 게 이러해서야 어떻게 하겠느냐?”

다음 날, 그 사람이 다시 와서 말했다.

“안주인 마님께서 돈을 받더니 몹시 기뻐하셨습니다. 그리고 즉시 대감님께 전갈을 보냈습니다. 전갈은 ‘중간에 빈 벼슬자리가 생겨,[6] 그것이 이 사람에게 알맞은 자리라면[7] 반드시 제일순위〔首擬〕로 이름을 올려서 바뀌지 않게 해주라’고 간청하는 내용이었습니다. 대감께서도 허락하셨지요. 하지만 입이 무거운〔言重〕 분들께서 곁에서 한마디씩이라도 거들어

---

6 산정(散政): 정기적인 인사 조치 이외에 임시로 벼슬을 임명하거나 바꾸던 일.

7 당과(當窠): 그 사람에게 알맞은 벼슬자리.

주신다면 일이 더욱 확실해지겠지요. 아무 고을에 살고 계신 아무개 관료가 평소에 대감과 절친한 사이여서, 말씀만 드리면 반드시 따르실 것입니다. 그분께 50냥만 드리면, 반드시 기뻐하며 큰 힘이 되어주실 것입니다."

무변은 그 말이 진짜 그럴듯해서, '타진해 보라'고 했다. 그 사람은 기쁜 얼굴로 돌아와서 말했다.

"과연 좋은 소식을 듣게 될 것입니다."

무변은 다시 50냥을 내어주었다. 그랬더니 다시 와서 말했다.

"대감께서는 소실이 있는데, 참으로 이 나라에서 내로라하는 미인(國色)이지요. 그녀를 사랑하여 아들 하나를 낳았는데, 참으로 귀여워하지요. 그런 아들의 돌[8]이 머지않았습니다. 소실은 잔칫상을 잘 차리고 싶어 하는 모양인데, 모아둔 돈이 없나 봅니다. 그래서 걱정하고 있더군요. 만약에 나리께서 이런 때에 50냥만 내어주신다면, 일이 완전해지지 않을까 합니다."

무변이 다시 50냥을 내어주었다. 그 사람은 50냥을 가지고 돌아갔다가, 다시 와서 말했다.

"소실이 몹시 기뻐하더군요. 그러면서 힘껏 주선하겠다고 하셨으니, 나리께서 좋은 관직을 얻는 일은 이제 시간문제(非朝則夕)[9]입니다. 앉아서 기다리시기나 하십시오. 그러나 무관이 되어 근무를 하시려면, 관복을 갖추고 있어야 합니다. 다시 50냥만 꺼내, 옷을 준비해 두시는 게 좋을 듯합니다."

---

8 현호(懸弧): 아들이 태어난 것. 옛 풍습에 아들이 태어나면 문에 활을 거는 데서 유래했다.

9 비조즉석(非朝則夕): 아침이 아니면 곧 저녁이라는 뜻. 어떤 일의 시기가 임박했음을 이르는 말.

"그것이야말로 당연히 해야 할 일이지."

이에 돈을 꺼내 그 사람에게 옷을 준비하도록 시켰다. 오래지 않아 그 사람은 모립[10]과 철릭〔帖裡〕[11], 광대[12]와 오화[13], 황금빛 대구〔黃金帶鉤〕[14] 등을 하나하나 가지고 왔는데, 모두가 빛나고 고왔다. 무변은 마치 제갈공명을 얻은 것처럼 몹시 기뻐했다. 처음부터 의심했던 종들도, 모두가 그를 믿으면서 기쁜 표정으로 우러러봤다.

무변은 복장을 갖춰 입은 뒤, 곧바로 명함을 가지고 병조판서 댁으로 나아갔다. 병조판서를 뵙고 자기의 이력과 형편을 차근차근 말씀드리며 애걸했다. 그러나 병조판서는 고개만 끄덕거릴 뿐이었다. 비단 우회적으로 무슨 암시를 주는 말은 고사하고, 끝까지 불쌍히 여긴다는 말 한마디가 없었다. 무변은 '그렇게 하는 게 병조판서의 상사일 뿐'이라고만 생각했다.

그 뒤에 다시 가서 뵈었지만, 이번에는 여러 무변들과 똑같이 한 줄로 나란히 서서 문안 인사를 드리는 수준을 넘어서지 못했다. 특별히 그를 직접 만나겠다거나 따뜻하게 대접하려는 마음이 전혀 없었다.

벼슬의 임면 소식을 알리는 공고문〔政目〕[15]이 나왔다는 말을 들으면, 매

---

10 모립(毛笠): 무인이 쓰던 모자. 모양은 전립과 같지만, 모(毛)를 재료로 했다는 점이 다르다.

11 첩리(帖裡): 철릭. 원문의 '첩수(帖袖)'는 '첩리(帖裡)'의 오류다. 첩리는 철릭을 음차한 것이다. 상의와 하의(주름 잡은 치마)를 따로 구성하여 허리에서 연결한 도포로, 무관이 입는 옷이다.

12 광대(廣帶): 군복을 갖추어 입을 때 전복 위에 두르는 띠. 전복을 입고 광대를 가슴 위에다 바짝 졸라매고 다시 전대를 매어 앞으로 길게 늘어뜨렸다.

13 오화(烏靴): 검은 장화〔黑靴〕에 신발 바닥이 위로 들려 올라간 신발.

14 황금대구(黃金帶鉤): 혁대의 두 끝을 서로 걸어 합치거나 끼워 맞추어서 띠를 죄는 쇠붙이. 오늘날 허리띠 버클.

15 정목(政目): 벼슬아치의 임면(任免)을 적은 기록.

번 악착스럽게 찾아서 보았다. 하지만 거기에는 자기 이름과 비슷한 글자조차 보이지 않았다. 마음이 매우 조급했지만, 우선은 그 사람의 마음을 기쁘게 하는 데에만 힘을 쏟아부었다. 그가 오면 돈도 주고, 살찐 고기와 엄청난 술을 사주어 맘껏 먹고 마시게 했다. 그러는 사이에 남아 있던 돈 50냥도 거의 다 써서 없어졌다. 무변은 자못 걱정이 되어, 그 사람에게 물었다.

"자네가 했던 말과 달리 오랫동안 효력이 없으니, 왜 그런가?"

"대감께서 어느 날인들 나리를 잊고 계시겠습니까? 다만 어쩌다 보니 명함을 드린 사람들 중에 나리보다 더한 자가 있어서 도리어 그게 더 급했던 터라, 나리께서 어느 틈에 끼어들 수 있었겠습니까? 그러나 그들도 지금은 뜻을 이룬 자가 많습지요. 제가 들은 바로는, 훗날 특별히 벼슬을 임명하는 공고문(散政)이 나온다고 합디다. 대감께서 나리를 아무개 벼슬로 올렸다고 하는데, 그 자리는 재물도 넉넉하게 챙길 수 있는 관직이라고 하더군요. 잠시만 더 기다려보시지요."

뒷날 공고문이 나왔지만, 거기에도 또한 무변의 이름이 없었다. 그 사람이 와서 말했다.

"아무개 관료와 안주인 마님께서 힘써 대감께 요청한 덕에 벼슬자리가 마련되었었지요. 그런데 조정 대신(大臣)이 갑자기 어떤 사람을 부탁하더군요. 그 부탁은 차마 따르지 않을 수가 없는 것이었습니다. 결국 그 자리를 빼앗기고 말았으니, 어쩌면 좋습니까? 그러나 유월에 나오는 임면 공고문이 머지않았습니다. 아무개 관청의 벼슬자리는 재물이 들어오는 몹시 알찬 자립지요. 소인이 이미 안주인마님께 말씀을 드렸고, 아무개 관료와 소실도 함께 대감께 부탁을 드렸습니다. 대감께서도 흔쾌히 허락하셨으니, 이번에는 결코 자리를 놓치지 않을 것입니다. 또 조금만 기다려 보십시오."

무변은 반신반의했지만, 어쩔 수 없었다. 다시 기다리는 수밖에. 그사이에 가지고 간 재물도 모두 탕진되었다.

마침내 대규모 인사이동을 알리는 공고문(大政)[16]이 발표되는 날이 되었다. 무변과 종들은 아침 일찍부터 일어나서 소식이 오기만을 기다렸다. 문 밖을 내다보는 눈에서 눈동자가 빠질 듯이 기다리고 기다렸다. 해가 솟아올라 한낮이 되었다. 해가 점점 기울어 해 질 녘이 되었다. 이조와 병조에서 선발한 인사 발표도 이미 끝났다. 적막했다. 무변의 성명은 한 번도 들을 수 없었다. 그 사람 또한 그림자조차 비추지 않았다.

무변은 넋이 빠진 채 멍하니 있었다. 곁에서 종들이 헐뜯으며 분개하는 소리가 무척 시끄러웠지만, 무변은 한마디도 내뱉을 수가 없었다. 그래도 그저 그 사람이 다시 와주기를 바랄 뿐이었다.

전에는 매일같이 오던 사람이 지금은 사흘이 지나도 기척이 없었다. 무변은 비로소 의심이 생겼다. 이에 객점 주인을 불러 물었다.

"병조판서 댁 수노라는 자가 요새는 오지 않는데, 왜 그런가요? 당신이 이왕에 그와 친숙하니, 바라건대 즉시 불러주시구려."

주인이 말했다.

"나는 처음부터 모르는 사람이었소. 그 사람이 병조판서 댁 수노라는 것이야 나리께서 분명히 알고 계셨던 게 아니우? 그 사람이 스스로 병조판서 댁 종이라고 하고, 나리께서도 또 그를 두고 병조판서 댁 종이라고 말씀하시기에, 나야 그런가 보다 하며 병조판서 댁 종으로 믿고 있었을 뿐이지요. 그게 진짜인지 아닌지는 나야 모르죠."

"그래도 당신이 이왕에 그 사람과 친숙하게 지냈으니, 그 사람 사는 집

---

16 대정(大政): 해마다 음력 12월에 행하는 도목정사(都目政事). 도목정사는 6월과 12월에 두 차례 행하는데, 특히 12월에 행하는 벼슬아치 임면의 규모가 컸다.

이 어딘지는 아시겠죠?"

"그것도 모르죠. 나리야말로 저보다 더 친숙하셨으면서, 여태 집도 모르고 있었습니까?"

"거기까지는 미처 생각하지 못했지 뭐……."

그 뒤로 그 사람은 종적을 감추고 다시는 오지 않았다. 무변이 혼자 생각했다.

'집안 재산을 다 팔아서 도둑놈에게 갖다 바쳤구나. 이제는 누대로 해오던 제사와 많은 식구들을 모조리 구렁텅이에 빠트리게 되었구나. 친척들과 이웃 사람들, 그리고 아내와 종들의 분노 섞인 원망과 꾸짖음을 어떤 말로 풀어줄 수 있단 말인가?'

또 생각했다.

'내 성격상, 평생을 당당하게 지내왔는데…… 어떻게 쓸쓸한 거지가 되어 구차하게 살아갈 수 있으랴? 백 번을 생각해 봐도, 그저 한번 죽는 게 가장 마음이 편안하리라.'

마침내 목숨을 버리겠다고 결정했다. 다음 날, 아침 일찍이 일어나 곧바로 한강으로 갔다. 옷가지와 갓을 벗었다. 그리고 몇 차례 큰 소리를 내지른 뒤에 물속으로 뛰어들었다.

등과 배까지 물에 잠길 즈음이었다. 갑자기 두려움이 밀려오더니, 그는 자신도 모르게 몸이 움츠러들며 뒷걸음질을 치고 있었다. 그 모습에 그는 우두커니 서서 가만히 생각했다.

'스스로 목숨을 끊는 것은 참으로 어려운 일이구나. 스스로 목숨을 끊느니, 차라리 남에게 맞아 죽는 게 낫겠다.'

뒷날 아침, 무변은 한꺼번에 술을 잔뜩 들이켜 마셨다. 그리고 지난번에 입었던 비단 철릭에 오화를 신고, 황금빛 대구도 착용했다. 그러고는 8척이나 되는 거구의 몸을 이끌고 성큼성큼 걸어 곧장 종로 거리로 나아갔다. 그를 본 사람들은 모두 깜짝 놀라, 마치 거대한 신장[17]을 바라보듯이 쳐다봤다.

그는 많은 사람들 중에서 덩치가 크고 흉악하게 생긴 사람을 점찍었다. 제법 용력이 있어 보이는 사람이었다. 무변은 곧장 그 사람에게 가서 냅다 후려갈겼다. 이어서 힘껏 뛰어올라 한바탕 발길질도 했다. 그 사람은 한마디 비명을 지르며 땅에 거꾸러졌다. 그러더니 급히 일어나 잽싸게 달아나버렸다. 뒤쫓아갔지만, 그 사람은 따라잡을 수 없을 만큼 빠른 속도로 달아났다. 무변은 몹시 못마땅했다. 다시 눈길을 돌려 사람들을 살펴보니, 거기에는 자기보다 더 강해 보이는 자가 눈이 들어왔다. 그 사람 앞에 다가가 우두커니 서서 눈을 부릅뜬 채로 그를 노려보았다. 그 모습은 마치 미친 사람이 하는 짓거리와 같았다. 그래서인지, 그와 눈길 한 번이라도 마주친 사람들은 뿔뿔이 흩어져서 달아나 버렸다. 그러는 동안에 거리는 텅 비어 한 사람도 남아 있지 않았다. 무변은 다른 사람에게 맞아 죽으려고 했지만, 오히려 다른 사람들이 무변에게 맞아 죽을까 두려워하는 것이었다. 그러니 어떻게 죽을 수 있겠는가?

날도 이미 어두워졌다. 무변은 몹시 한탄하며 돌아와야만 했다. 밤이 되어 잠자리에 들어도, 좀처럼 잠을 이룰 수가 없었다. 죽고 싶은 생각 말고는 다른 어떤 생각도 할 수 없었다. 그러다가 다시 생각했다.

'만약 다른 사람의 안채에 들어가 그 부인이나 첩을 희롱한다면? 분명히 맞아 죽겠지!'

다음 날 아침, 또 술을 들이켠 뒤에 옷을 갈아입은 그는, 큰길가를 활개치고 다녔다. 그렇게 다니다가, 마침 새로 지은 예쁜 집 한 채가 눈에

17 신장(神將): 신격화되어, 신병(神兵)을 거느린 용맹스러운 장수. 혹은 불법을 지키는 위협적인 장수.

들어왔다. 무변은 곧장 대문을 지나 중문을 열고 들어갔다. 그런데도 아무도 막는 사람이 없었다. 마침내 안채 마루 앞까지 무작정 들어갔다.

마루 위에는 스무 살 남짓한 한 젊은 여인이 있었다. 꽃 같은 얼굴과 달 같은 자태를 지닌 그녀는, 구름 같은 머리를 빗다가 무변이 들어오는 것을 보았다. 그를 본 여인은 조금도 놀라거나 허둥대는 기색 없이 천천히 물었다.

"어떤 사람이기에 남의 안채까지 들어왔느냐? 미친 사람이 아니더냐?"

무변이 곧장 마루 위로 올라갔다. 그녀의 손을 잡고, 머리를 끌어안고, 입술을 훔쳤다. 그런데도 여인은 저항하지 않았다. 게다가 곁에서 그것을 꾸짖으며 못 하게 막아서는 사람들도 없었다. 무변은 몹시 괴이하여 그녀에게 물었다.

"당신 남편은 어디에 있소?"

"남의 남편이 있는지 없는지를 물어서 무엇 하시려고요? 세상에 어찌 이런 일이 있는지……. 취한 미치광이에게 족히 이러쿵저러쿵할 게 없지만, 스스로도 법을 다스리는 관청(法司)[18]이 있다는 것 정도는 알고 있을 테니, 어서 나가시오."

"단지 당신 남편이 있는 곳만 말하시오. 나는 진짜로 취한 게 아니오. 나도 사정이 있어서 어쩔 수 없이 이러고 있다오."

"당신이 말하는 사정이라는 게 뭔데요?"

"나도 예전에는 선전관을 지냈던 사람인데, 도둑놈에게 사기를 당해 재산을 모두 잃고 말았소. 그래서 죽기로 작정했지만, 스스로 목숨을 끊을 수가 없어서 다른 사람에게 맞아 죽으려고 했지요. 그래서 여러 차례 이런저런 시도를 해보았지만, 끝내 죽이려 드는 사람이 없더군요. 보아

---

18 법사(法司): 법을 다루는 관청. 곧 형조와 한성부.

하니 당신도 남편이 없는 듯하니, 이번에도 죽기가 매우 어렵게 되었소이다. 앞으로 어떻게 해야 할지……."

그러면서 혀를 찼다. 말을 듣던 여인은 한바탕 웃고 말했다.

"진짜로 미쳤군! 세상에 어찌 저렇게까지 하며 죽으려는 사람이 있담! 당신이 과연 무과에 급제하여 선전관(淸宦)[19]을 지냈고, 게다가 이런 풍채를 가졌으면서, 무엇 때문에 그리 허무하게 죽으려 하시우? 나야말로 어쩔 수 없는 사정이 있습니다. 그래서 다른 사람에게 몸을 의탁할까 생각하던 차였는데, 불현듯이 당신을 만났군요. 그것이 어찌 하늘이 정한 게 아니겠습니까?"

무변이 '사정이란 게 무엇인가'를 묻자, 그녀가 대답했다.

"첩의 지아비는 역관이랍니다. 집안에 본처를 두고 있지요. 그런데 첩이 곱다는 소문을 듣고 저를 둘째 부인으로 삼았답니다. 그것이 이미 4년 전 일이지요. 처음에는 저를 데려다가 집 안채 한쪽에 두었지요. 그러나 본처가 사나운 데다 질투도 심했답니다. 지아비는 이미 늙고 쇠약한지라, 그 난리(勃磎)[20]를 감당할 수 없었지요. 그래서 이 집을 사서 첩으로 하여금 여기에서 지내도록 했답니다. 처음엔 지아비가 여기에 와서 밥도 먹고 잠도 자는 등, 사랑하는 마음이 없지 않았지요. 그러나 본처의 질투를 두려워하여, 그 후 몇 달이 지나고서는 발길이 뜸해지더군요. 겨우 여

---

19 청환(淸宦): 원문의 '청관(淸官)'은 '청환(淸宦)'의 오류. 청환은 지위와 봉록(俸祿)이 높지 않으나 뒷날에 높게 될 만한 자리를 지낸 사람을 일컫는다. 엄밀하게 말해 선전관은 청환이라 할 수 없지만, 문맥을 고려하여 이렇게 쓴 것이다.

20 발계(勃磎): 마음속에서 일어나는 천리(天理)와 인욕(人慾)의 갈등. 좀 더 구체적으로, 시어머니와 며느리의 갈등을 가리킨다. 여기서는 처첩 간의 갈등을 의미한다. 본디 이 말은《장자》〈외물(外物)〉의 "방 안에 빈 곳이 없으면 며느리와 시어머니가 다투게 되고, 마음이 자연의 경지에 노닐지 못하면 온갖 욕정이 갈등을 빚게 된다(室無虛空 則婦姑勃磎 心無天遊 則六鑿相攘)."에서 나왔다.

종 몇 명과 더불어 지내니, 과부 신세와 다를 바 없게 되었지요. 작년에는 지아비가 수석 역관(首譯)[21]으로 사신을 따라 연경에 갔다가, 마침 일이 있어서 그곳에 머물러 있은 지도 이미 1년이 지났습니다. 그런데도 아직까지 돌아오지 않았답니다. 소식도 묘연해서, 언제 귀국하는지조차 알 수가 없답니다. 홀로 빈방을 지키고 있으면, 그저 그림자만이 저를 불쌍히 여길 뿐이지요.[22] 비록 먹고 입는 것이야 부족하지 않죠. 하지만 세상살이에 대한 생각이 삭막한지라, 봄날에 부는 바람과 가을에 뜬 달만 봐도 서글퍼져서 혼자서만 마음 아파했답니다. 단속하는 사람이 없어[23] 여종들도 잇따라 도망을 가버려, 지금은 나이든 여종 한 사람과 서로 말벗이 되어 지내고 있지요. 하지만 그녀도 집에 붙어 있을 때가 없습니다. 제 처지가 이렇게 서럽고 쓰라리답니다. 사람이 살면 얼마나 산다고, 늙어 쇠약하면서도 제게 무관심한 사람을 위해 수절을 해야 하나요? 사나운 본처의 질투도 잔혹하게 받아들여야 하나요? 길고 긴 여름 낮과 겨울 밤. 그런 날에 빈방에서 홀로 울며 지내는 사정을 가진 사람과 도적에게 사기를 당했다며 죽으려 해도 죽지 못해 하는 사람. 둘 사이에 무슨 차이가 있을까요? 가만히 생각해 보니, 제 몸뚱이는 양반댁의 그것과 달라, 헛되이 말라 죽을 수 없겠더라고요. 그래서 다른 방법을 찾고자 하던 차에 갑자기 이런 기이한 만남을 가졌으니, 이것이야말로 분명히 하늘이 우리 두 사람을 불쌍히 여긴 까닭이겠죠. 저는 그 뜻을 따르기로 했습니다. 그러니 당신이 또 뭘 걱정하시겠습니까?"

---

21 수역(首譯): 사신으로 가는 무리에 속한 역관의 우두머리. 당상역관(堂上譯官=우두머리 역관)의 별칭.

22 형영상조(形影相弔): 자기의 몸과 그림자가 서로를 불쌍히 여긴다는 뜻. 외롭기 그지없음을 뜻한다.

23 조검(照檢): 문서나 장부를 비교하며 검사하는 일.

말을 들은 무변은, 처음에는 불쌍한 마음만 있다가, 나중에는 기뻐서 천천히 말했다.

"당신 말이 퍽 좋구려. 그러나 사방을 둘러봐도 돌아가 의탁할 곳이 없으니, 그저 한번 죽는 것밖에 없소."

"대장부답지 못하시군요! 우리의 만남은 우연이 아니니, 어찌 순리대로 나아갈 수 있도록 제시한 길이 없겠습니까? 바라건대, 자기 스스로를 사랑하시어서 평생을 잘못되는 일이 없게 하십시오."

여인이 일어나 안방으로 들어갔다. 그러고는 술과 안주를 들고 나와 직접 술을 따라 권했다. 무변은 이미 여인의 고운 얼굴에 마음이 흡족한 상태였고, 또 그녀의 말에 감동했던 터라, 그녀가 권하는 대로 술을 받아먹었다. 술기운도 자못 일어났다. 이에 여인의 손을 이끌고 방으로 들어갔다. 그림이 그려진 병풍과 비단 이불, 꽃자리(花茵)와 수놓은 베개. 거기에서 벌이 꽃을 탐하듯이, 나비가 꽃을 그리워 찾아가듯이, 서로의 사랑은 몹시 지극했다. 시든 풀에 비가 내리고, 꺼진 재에서 다시 불길이 타오르니, 두 사람의 기쁨은 말하지 않아도 알지라.

이후로 무변은 항상 그 집에 머물렀다. 죽고 사는 문제는 하늘에 맡겨 둔 상태였다. 여인 또한 지아비 집안과 인연을 끊고자 하여, 더 이상 두려워하지도, 꺼리며 피하지도 않았다. 그저 좋은 옷과 맛있는 음식을 만들어 무변을 봉양했다. 수척했던 무변의 얼굴도 점점 살이 올라 보기 좋아졌다.

밤에는 여인의 집에 와서 잠을 자고, 낮에는 밖으로 나가 놀다 보니, 어느덧 한 달이 훌쩍 지났다. 그사이에 죽고 싶다는 생각은 점점 사라지고, 삶의 즐거움이 오히려 나날이 깊어져 갔다. 그러나 여인에 대한 풍문은 또한 막기 어려운 법.

이윽고 역관이 돌아오게 되었다. 역관보다 앞서, 그 사실을 알리는 편지가 먼저 도착했다. 편지를 본 여인이 무변에게 달아나도록 했다. 그러나 무변은 그게 부끄럽다며 달아나지 않고, 결정을 내리지 못한 채로 미적거리고 있었다.[24] 그러는 동안에 역관은 이미 고양 객점에 이르렀다.

집안사람들은 역관을 맞이하기 위한 물품을 준비하여 고양 객점까지 나아가 맞이했다. 역관이 본처를 보고 말했다.

"둘째 부인은 오지 않았구려. 무슨 일이 있소?"

"둘째 부인이야 자기가 생각하는 특별한 사람이 있는데, 당신에게 무슨 관심이나 두겠수?"

역관이 깜짝 놀라 사연을 물으니, 본처는 그녀가 들은 소문의 세세한 내용을 들려주었다. 역관은 화가 산꼭대기까지 치솟아 술잔을 내던졌다. 그러고는 급히 좋은 말을 준비해서 당장 떠날 수 있게 준비하게 한 후, 날카로운 칼을 손목에 감아쥐었다.[25] 질풍처럼 말을 몰고 들어가서 단칼에 두 사람을 당장 베어버리려고 했던 것이다.

역관이 대문을 발로 차고 곧장 안채로 들어가 큰 소리로 외쳤다.

"어떤 도둑놈이 내 안방에 들어와 내 아내를 훔쳤단 말이냐? 빨리 나와 내 칼을 받아라!"

말이 끝나기가 무섭게, 한 사람이 문을 열고 나와 방문 앞에 섰다. 그가 입고 있는 옷과 쓰고 있는 갓이 환한 데다, 풍채에서 풍기는 기운이 마치 신선처럼 보일 정도였다. 무변은 옷깃[26]을 풀어 헤쳐 가슴이 훤히 드러나게 했다. 그러고는 기쁜 얼굴로 웃으며 말했다.

---

24 지회(遲徊): 결단을 내리지 못하고 주저하여 머뭇거림.

25 완현(腕懸): 직역을 하면 '손목에 감아쥐었다'인데, 이는 칼을 쥐고 격전을 할 때 자칫하면 칼을 떨어뜨릴 수 있어서 천으로 칼을 손목에 묶는 것을 말한다. 그만큼 결사적으로 싸우겠다는 의미를 내포하고 있다.

26 의금(衣襟): 옷깃. 저고리나 두루마기의 목에 둘러대어 앞에서 여밀 수 있도록 한 부분.

"오늘에서야 진짜로 죽을 곳을 얻었군! 너는 내 가슴을 찌르라!"

무변의 기상은 편안하면서도 여유가 있었다. 동요하는 듯한 얼굴빛이 전혀 없었다. 역관이 겨우 고개를 쳐들고 그를 직시했는데, 그 순간 자기도 모르게 섬뜩함을 느꼈다. 기운이 쭉 빠지면서 입이 쩍 벌어졌다. 절로 뒤로 물러서며, 넋이 나간 사람처럼 한마디 말도 낼 수 없었다. 그저 탄식하는 외마디 소리만 들릴 뿐이었다. 그러다가 갑자기 칼을 내던지며 무변에게 말했다.

"집과 아내의 재산은 모두 당신 마음대로 하시오."

역관은 한 번도 뒤돌아보지 않고 황급하게 그곳을 떠났다. 그때 여인은 벽장 속에 숨어 있다가, 그 꼴을 보고 밖으로 나와 무변에게 말했다.

"저렇게 용렬한 사람이 뭘 할 수 있겠습니까? 그렇다 해도 빨리 이곳을 떠나야 합니다."

여인은 다락으로 올라가 궤 하나를 가지고 나왔다. 그 안에는 은 300냥이 들어 있었다. 여인이 말했다.

"제 아버지도 부자였지요. 이것은 제가 시집갈 때 아버지께서 보내주신 재물입니다. 남들 모르게 깊이 감춰둔 것인지라, 지아비도 모르지요. 아버지는 이미 돌아가셨고, 저는 더불어 살아갈 만한 사람이 없었지요. 그런데 지금 다행히 그럴 만한 주인이 생겼지요. 이것으로 살아갈 토대를 만들어보죠."

여인은 또 한 상자를 들고 와서 그것을 열어 보였다. 거기에는 금과 옥과 보석, 머리 장식과 각종 노리개, 그리고 비단과 옷가지들이 들어 있었다.

"이것도 수백 냥은 되겠지요. 이리저리 잘만 운용하면 부자가 되는 것도 걱정할 게 없겠지요. 어서 종들에게 명령하여, 말에다 이것들을 실어 놓게 하세요."

뒷날 아침, 무변은 드디어 두 명의 종을 시켜 말 두 마리에다 짐을 가득 실어놓게 했다. 그리고 짐 위에 여인을 앉히고, 무변이 그 뒤를 쫓아갔다. 말을 몰아 봉산으로 돌아간 것이다.

역관은 감히 그들을 뒤쫓을 수 없었다. 반면, 본처는 그들이 떠난 것을 다행으로 여겼다. 그녀는 오히려 역관이 관아에 소장이라도 놓아서[27] 혹시나 그녀가 되돌아올까 봐 그것을 두려워했을 뿐이었다. 그런 의심을 억누르면서 잠자리에 들었다.

무변은 여인의 재물을 가지고 지난번에 팔았던 땅들을 모두 다시 사놓았다. 그리고 자본을 잘 운용하여 재산도 축적했고, 몇 년 뒤에는 어느덧 부자가 되었다. 재물도 있는지라, 그는 다시 서울로 올라가 벼슬자리를 구했다. 지난날의 잘못을 깊이 되새겨, 일을 처리함에 매우 주도면밀하고 자세하게 살폈다. 그래서 견복[28]으로 6품직으로 나아가게 되었다. 그 후로 조금씩 승진하여, 중요한 변방[29]의 수령을 여러 차례 역임했다. 벼슬은 절도사에 이르렀다. 그는 여인과 더불어 편안한 삶을 누렸고, 복록도 매우 두터웠다고 한다.

---

27 발장(發狀): 소장을 해당 관아에 제출함.

28 견복(甄復): 나이가 많아 벼슬에서 물러났던 사람을 다시 불러들여 벼슬을 맡김.

29 웅진(雄鎭): 중요 도시의 주변을 다스리던 세력 있는 진. 이런 곳은 주로 절도사가 맡아서 다스렸다.

17

북관 어사(北關御史)

한 재상의 딸이 시집간 지 얼마 되지 않아 남편을 잃은 뒤, 친정 부모 곁에서 홀로 지냈다.

하루는 재상이 사랑채에 있다가 안채로 들어가다가 우연찮게 아랫방에서 지내는 딸을 보았다. 예쁜 옷으로 한껏 꾸미고 화장도 곱게 한 딸은, 거울을 마주해서 자신을 비춰보고 있었다. 잠시 후, 딸은 거울을 내던지더니 얼굴을 감싸 안고 흐느껴 울었다. 그 모습을 엿본 재상은 마음이 몹시 아팠다. 그냥 사랑채로 되돌아 나와, 여러 식경 동안 아무 말도 하지 않고 멍하니 앉아만 있었다.

그럴 즈음에, 마침 잘 알고 지내는 무변이 문후[1]를 여쭙겠다며 찾아왔다. 그는 재상의 문하[2]에 드나드는 사람으로, 젊고 건장했지만 아직까지 집도 없고 아내도 맞이하지 못한 자였다. 재상은 주변에 있는 사람들을 모두 내친[3] 뒤에 말을 꺼냈다.

"자네 신세가 이렇게 어렵고 궁핍한데…… 자네, 내 사위가 되면 어떻겠나?"

무변은 갑작스러운 재상의 말에, 황공하여 몸을 잔뜩 움츠린 채로 대답했다.

---

1 문후(問候): 웃어른에게 안부를 여쭙는 일.

2 문하(門下): 문객이 드나드는 권세 있는 집. 여기서는 재상의 집을 가리킨다.

3 병인(屛人): 곁에 있던 사람들을 모두 물리침.

"그게 무슨 가르침이신지……. 소인은 가르치시는 의도가 어떠한 것인지 몰라 감히 명을 받들지 못하겠습니다."

"농담하는 게 아닐세!"

재상은 궤 안에서 은이 담긴 봉지 하나를 꺼내 주며 말했다.

"이것을 가지고 가서 튼실한 말과 가마를 준비해 놓고 대기하고 있게. 대기하고 있다가, 오늘 밤 파루[4]를 치자마자 곧장 우리 집 뒷문 밖에 와서 기다리게. 절대로 때를 어기면 안 될 것이야."

무변은 반신반의하면서 은이 담긴 봉지를 받았다. 그리고 재상이 지시했던 말마따나, 가마와 말을 준비하여 뒷문 밖에서 기다렸다. 어둠 속에서 재상이 한 여인을 이끌고 왔다. 그는 여인에게 가마에 올라타게 한 뒤에 두 사람에게 훈계했다.

"곧장 함경도(北關)로 가서 터를 잡고 살아보거라."

무변은 무슨 이유가 있어서 그러는지도 모른 채, 그저 가마의 뒤를 좇아 성 밖으로 나갔다.

그들을 보낸 재상은 안채에 있는 아랫방으로 들어갔다. 그러고는 곡을 하며 외쳤다.

"내 딸이 자결을 하였구나!"

집안사람들은 놀라고 당황했다. 그러고는 머리를 풀고 곡을 하며 발상[5]하려 했다. 재상이 그들에게 바로 말했다.

"내 딸은 평소에 사람들을 만나려고 하지 않았다. 그러니 염습[6]도 내가

---

4 파루(罷漏): 오경삼점(五更三點), 즉 새벽 4시에서 5시 사이에 큰 쇠북을 33번 치는 일. 파루를 치면 통행금지가 풀려 사람들이 성 안으로 들어오거나 성 밖으로 나갈 수 있다.

5 거애(擧哀): 발상(發喪). 상례(喪禮)에서 죽은 사람의 혼을 부른 뒤에 상제(喪制)가 머리를 풀고 곡을 하며 초상이 났음을 발표하는 모든 일들.

6 염습(殮襲): 시신을 씻긴 뒤에 수의로 갈아입히고 염포로 묶는 일.

직접 할 것이다. 비록 딸아이의 오라비라 해도 절대로 들여보내지 말라."

이에 재상은 이불을 가져다가 그것을 돌돌 말고 꽁꽁 묶어서 시신의 모양처럼 만들어놓았다. 그 위에는 이불을 덮어두고 난 뒤에, 비로소 딸의 시댁에 그녀의 죽음을 알렸다. 그러고 나서 시신처럼 만든 것을 관 속에 넣고, 그것을 운구하여 시댁의 선산 아래에 묻었다.

그로부터 몇 년이 지났다. 재상의 아들 아무개가 암행어사로 함경도 지방을 돌아보게 되었다. 함경도 곳곳을 살피던 그는, 한곳에 이르러 어떤 사람의 집으로 들어갔다. 그 집 주인이 그를 맞으려고 일어서는데, 마침 두 아이가 주인 곁에서 책을 읽고 있었다. 아이들의 얼굴은 산뜻하고 수려했는데, 그들의 모습이 자기의 얼굴과 퍽 닮아 있었다. 마음속으로만 이상하다고 생각했다.

이미 날이 저물고 몸까지 피곤했던 터라, 어사는 아예 그곳에서 하룻밤 머물렀다. 밤이 무척 깊어졌을 무렵이었다. 안채에서 갑자기 한 여인이 나오더니, 어사의 손을 잡고 눈물을 흘리는 것이 아닌가? 어사는 놀라우면서도 괴이하여, 여인의 얼굴을 자세히 쳐다보았다. 그녀는 곧 이미 죽은 자기 여동생이었다. 몹시 의아하여 사연을 물으니, 여인이 '아버지의 명령에 따라 여기에 와서 터를 잡고 살면서 이미 두 아들도 낳았는데, 아까 봤던 아이들이 그들이다.'라는 뜻으로 대답했다. 어사는 입을 굳게 다문 채 한참 동안 말없이 있었다. 그러다가 그간에 쌓인 회포를 대강 말한 뒤에, 새벽이 오기만을 기다렸다가 작별하고 곧장 그곳에서 나왔다.

그 후, 임무를 마친 어사는 서울로 돌아와 임금님께 업무 경과를 보고한 뒤에 집으로 돌아갔다. 밤이 되자, 그는 아버지를 모시고 곁에 앉아 있었다. 마침 시간도 퍽 조용했다. 그는 나지막한 소리로 말을 꺼냈다.

"이번 걸음에서 참으로 괴이하고 이상한 일이 있었습니다."

그러자 재상은 눈을 크게 떠서 그를 노려보기만 할 뿐, 어떤 말도 하지 않았다. 그 모습을 본 아들은, 감히 더 이상의 말은 꺼내보지도 못하고 조용히 물러났다.

재상의 이름은 기록하지 않는다.

원문

東廂記纂 首卷

東廂記纂 序

書之能移易性情, 變化氣質, 捷應桴, 速傳郵, 學者不可以不愼. 故讀水滸傳, 則思傑士豪客, 一套爽快, 讀金瓶梅, 則思嬌妾美姝, 萬種裊娜, 氣激昂, 魂蕩漾, 究其實, 卽盜耳, 淫耳. 奈之何, 不峻斥, 而反艶慕哉? 此類書, 有志之士, 不惟不着眼掛齒, 亟宜毁之裂之焚之, 俾勿汙青箱牙籤, 可也. 夫何挽近, 猥雜淫褻之小說盛行, 稱以書籍界, 便是人人著作, 家家鋟梓, 不數年, 緗裝縹帙, 幾與木覔齊矣. 彼一時之食硯者, 始出於蠅頭微利, 藉以糊口之計, 終不料筆端之害, 及於千千萬萬個人. 由是而文益衰萎, 俗益渝靡, 惜哉! 白君心齋, 大隱者也. 家藏書, 侔二酉, 談笑必於是, 飮食必於是, 起居出入必於是, 未嘗須臾離也. 雖曰不文, 人必謂之學矣. 故多費翔楮, 不靳壽棗. 信余之言, 間嘗就質, 頃者, 以所著東廂記纂, 出示而請校正. 初以病且眼昏辭, 屢有書懇, 重違其意, 久而後强焉. 披閱, 才數十頁, 乃整襟起坐而言曰: “余平生不解讀艶詞瑣記, 但聞之, 輒蹙頞. 今見是纂, 不覺怡然. 上稽國乘, 旁摭野談, 俱有確據, 爰作便覽, 可知心齋之苦心矣. 書凡六卷, 首列原記, 重前人文字也. 次分原記之正目, 纂而爲四, 曰才賢, 英俊良弼, 道德弘儒也. 曰德慧, 性行貞淑, 知識明敏也. 曰眷澤, 施惠字恤, 幹事成就也. 曰福緣, 神佑靈異, 天定湊合也. 末附補遺, 槪多闕漏, 未盡採取也. 原記名曰東廂, 倣西廂而作也. 然而吏套俗諺, 荒駁沒鶻, 驟看之, 不甚了然, 至於逐節懸吐, 而鼠鬚活動, 曲盡其事狀. 信乎第一才子, 換手傳神之文法也. 使人可以拍案驚奇, 而若無心齋之纂, 不過歸之於戲場副墨而觀止矣. 安能使末世之庸男愚婦, 警醒勸勗, 敦五倫迺百福哉. 或云: '體裁不類, 不當曰東廂記纂, 當曰金申夫婦傳纂, 可也.' 其言亦復佳, 第今日遇心齋, 而始得刊布, 有補風化, 豈非東廂記之慶幸歟? 使汶陽散人而在, 盍討索一大醵, 與書林諸益醉飽, 而兼頌主人之德." 心齋輾然不已. 於是乎序而贈之. 時徒維敦牂之首夏月浴佛日, 其友蓮波居士也.

自序

夫京城, 人物之總會處也. 東方欲明, 聲沸騰氣紛郁 日中而滿, 至昏便息. 明日亦然, 又明日亦然, 洎乎三萬六千日而亦然. 或祁寒盛炎, 甚雨積雪之際, 稍休歇, 其間亦不過晷刻. 寺洞處中央, 而通南北之線, 控三市, 連九陌, 從大路而過行者, 實京城之全部也. 余于是開書林, 將近十稔, 彼或知而歷訪, 全味其姓名, 不顧而徑戛, 多慣其面目. 如是閱人而迎送之, 指不勝摟矣. 凡貴富窮賤, 老少婦幼, 獰壯健頑, 矮孱瘠弱, 馱乘牽曳, 荷擔負戴者, 不下幾十千億. 觀其貌, 蔑一個肖似, 其心之不同, 可知. 若乃豪客之珠履貂裘, 銀驄耀日, 游女之粉白黛綠, 蘭麝飄風, 足令癡人見之, 心艶羨而魂黯銷. 至於賣棒衒技, 吹篪丐錢之類而極矣. 余意儻或有忠信魁奇之士, 韜晦于其中, 每見人, 輒欲趍而與之語, 叩其道德經濟之所蘊抱而願學焉. 旣而深念, 汲汲求名之地, 孳孳謀利之場, 奔走馳騖, 擴而後已. 甚則喪心憒事, 不旋踵而觸禍網, 惟日不休, 必無其人於此矣. 縱有具眼如星, 從何而覵髣髴? 噫! 慕浮海之乘, 招還山之弄, 而知不可得. 聊將東廂記, 纂而解之, 自顧燕淺, 不敢現身說法. 或値猿馬攪亂之時, 掃靑苔地, 焚艾葯, 盥水展卷, 朗誦一二則, 假使聖歎, 復起而評, 其必曰不亦快哉. 伏願普天下愛讀僉君子, 當作如是觀. 歲在戊午之仲春上浣, 心齋白斗鏞, 書于翰南書林, 桃花雨中.

金申夫婦傳[1]

金禧集, 慶州人, 縣監思重庶孫, 申氏, 平山人, 士人[2]德彬庶女也. 禧集年二十八, 申氏年二十一,[3] 俱才且賢, 顧甚貧, 人不與之婚嫁. 上之十五年[4]春二月, 上閔士庶貧寠, 男女婚媾, 或不以時, 敕京兆五部勸成, 期遠者趣之, 官助資裝,[5] 錢五百, 布二端, 月輒以聞. 時禧集, 與沈氏約, 申氏, 與李氏約, 雖業已受官資, 姑未之婚也.[6] 五月晦日, 漢城判尹具庠奏, '五部之人, 貧而婚愆[7]期者, 今盡勸成. 惟西申德彬,[8] 縱有官資, 亦難[9]辦具. 且筮忌六月, 期在孟秋. 金禧集, 始與之約者, 諉[10]以門戶不敵, 恥不以女女焉.' 六月初二日, 上諭曰: "予念五部多鰥[11]曠, 勸而婚者, 無慮百數十人. 惟西部二人, 禮未克成, 烏在其導天和而諧物性也? 事貴[12]齊始, 政期勉終, 其可勸德彬, 更定吉期, 禧集, 亟求佳耦. 戶曹惠廳, 須各助贈, 較前豊饒, 俾完好事." 於是西部令李承薰, 馳赴京兆府, 主簿尹瑩曰: "纔聞李氏背申氏, 已與他人婚矣." 承薰愕然曰: "今奉上諭, 而申氏婚期, 顧無所趣之.[13] 前日之奏, 若是矛盾, 責有所歸. 其將奈何?" 判尹以下, 相視瞠然. 承薰曰: "下

---

1 《내각일력》에는 '辛亥六月 飭過時未昏 仍有金申兩家親事 命紀其事 載內閣日曆'이 첨가됨.
2 《동상기찬》에는 '士人'이 빠짐.
3 《동상기찬》에는 '二十一'이 '二十四'로 되어 있음.
4 《동상기찬》에는 '上之十五年' 뒤에 '辛亥'가 첨가됨.
5 《동상기찬》에는 '資裝'이 '需資'로 되어 있음.
6 《동상기찬》에는 '婚也'가 '定期'로 되어 있음.
7 《동상기찬》에는 '婚愆'이 '嚳婚'으로 되어 있음.
8 《동상기찬》에는 '申德彬'이 '申德彬女'로 되어 있음.
9 《동상기찬》에는 '亦難'이 '粧奩'으로 되어 있음.
10 《동상기찬》에는 '諉'가 '謂'로 되어 있음.
11 《동상기찬》에는 '鰥'이 '瘝'으로 되어 있음.
12 《동상기찬》에는 '貴'가 '積'로 되어 있음.
13 《동상기찬》에는 '之'가 '於'로 되어 있음.

官竊念, 禧集慶林相公之後, 申氏吏曹參判之裔, 俱是華閥. 且其夆敲, 其貧同, 其所遇, 適相類. 況又同日, 名姓[14]塵乙覽, 此天所定也. 盍相與通以成匹媲?" 滿座擊節, 僉曰: "幸甚. 不亦美乎?" 廛遂勸部令及主簿, 爲兩家之媒. 於是承薰, 詣磐石坊禧集之家, 瑩詣蟠松里德彬之家, 家俱門無扉, 屋簷垂垂, 椽霑雨指空, 日過午,[15] 厨烟蕭瑟. 賓主席地而語, 承薰宣上諭, 仍言與申氏約婚便宜, 禧集俯首逡巡, 良久而言曰: "禧集所以未有室者, 坐孤而貧也. 何幸沈氏許字, 謹受官資, 不料見棄, 自期其老白首無所耦, 竊又悲不能奉老母, 今承指教, 非不慰謝. 然萬一彼或不從, 卽禧集命數之畸也." 瑩見德彬, 如承薰言, 德彬愀然曰: "爲人父母, 使女子, 晼晚親事, 式至于今. 且我與人約, 人先違我, 夫誰之尤? 至荷聖諭鄭重, 優惠資裝, 諸公良苦, 躬行媒妁, 感激之極, 實欲愧死無地.[16] 金君名家子, 敢不許以爲婿." 於是承薰瑩大悅, 互相通報, 承薰卽使部史,[17] 傳庚帖于德彬, 瑩勸德彬, 揀吉日, 良吉在於[18]十二日. 遂申報于府[19], 府聞于上, 上喜曰: "匹夫匹婦, 爰得其所者, 古來幾許, 而未有如金申夫婦,[20] 機會巧湊, 非常可喜, 若此之奇也." 諭戶曹判書趙鼎鎭, 惠廳堂上李秉模, 曰: "兩家婚禮, 托于兩卿. 趙卿視禧集, 猶子也, 李卿視申氏, 猶女也, 亦各爲兩家, 代撰婚書. 凡厥綵幣·冠履·釵鐶·裳襦·衾褥·敦盂·盤匜·酒醪·餠餌·帟幕·屛障·紋筵·匣燭[21]·香孩·粧奩·脂粉·零瑣之屬, 暨鞍馬徒隷,[22] 以衛以儀之

14 《동상기찬》에는 '名姓'이 '上'으로 되어 있음.
15 《동상기찬》에는 '椽霑雨指空 日過午'가 '椽露穿日 晝影過午'로 되어 있음.
16 《동상기찬》에는 '無地'가 빠짐.
17 《동상기찬》에는 '部史'가 '府吏'로 되어 있음.
18 《동상기찬》에는 '良吉在於'가 '期在'로 되어 있음.
19 《동상기찬》에는 '府'가 '京兆府'로 되어 있음.
20 《동상기찬》에는 '夫婦'가 빠짐.
21 《동상기찬》에는 '帟幕·屛障·紋筵·匣燭'이 '屛帳·紋席·畫燭'으로 되어 있음.

具, 莫不畢給, 迺所以信王言, 其悉心辦備." 仍命內閣檢書李德懋曰: "如此奇事, 可無佳傳, 爾其筆記一通, 爲金申夫婦傳, 以奏." 十二日曉鷄旣鳴, 禧集卷桃紅縐紗, 雙文藍綃各一端, 交纏朱碧同心絲, 納于髹函, 著葳蕤鎖, 裹紅襆襆,[23] 四角會結, 方勝書謹封, 送于申氏.[24] 其婚書[25]曰: '昭代沐二南之化, 匹婦匹夫, 吉日結百秊之親, 宜家宜室. 伉儷, 莫非天定, 造化, 别是君恩. 僕之某親某, 幼而孤貧, 居然老大. 幸逢外無曠之盛世, 縱有周媒氏掌婚, 顧此早失怙之窮人, 誰憐陳孺子未娶? 竊聞令愛, 長於寒素, 教之婉柔, 深閨執絲枲之工, 已自怵[26]前之補綻, 貧家乏粧奩之具, 尙遲門內之施鞶. 猗! 我后發政施仁, 而有司承命勸嫁. 聖王制爲嫁娶, 政所當先, 男女願有室家, 時不可失. 迨五部婚媒[27]之告訖, 獨兩家子女之愆期. 冰上之昔夢不諧, 佳期盖亦有待, 月下之[28]奇緣自在, 良耦何必他求. 畹晩之年紀與同, 單寒之門戶相對. 恩出造命, 雖使[29]兩美之必成, 窮不聊生, 何由萬事之皆備? 惟重宸, 曲垂矜念, 俾兩臣, 分主婚姻. 若自己兒, 要体子心[30]育之意, 謂他人父, 爲憐窮無依之身. 盛渥卽一[31]世罕聞, 奇遇[32]爲百代異事. 졸盃釀泰和之氣, 導迎休祥, 牢筵飽需雲[33]之私, 歌咏聖德. 欣逢是月, 邦家膺萬秊之休, 獲際明時, 士女合二姓之好. 謹遵儷皮之禮, 爰

22 《동상기찬》에는 '隸'가 '御'로 되어 있음.
23 《동상기찬》에는 '襆襆'이 '襆袱'로 되어 있음.
24 《동상기찬》에는 '送于申氏'가 '乃送于申氏之家'로 되어 있음.
25 《동상기찬》에는 '婚書'가 '納幣之書'로 되어 있음.
26 《동상기찬》에는 '怵'이 '牀'으로 되어 있음.
27 《동상기찬》에는 '媒'가 '媾'로 되어 있음.
28 《동상기찬》에는 '月下之'가 '目下'로 되어 있음.
29 《동상기찬》에는 '使'가 '在'로 되어 있음.
30 《동상기찬》에는 '心'이 '而'로 되어 있음.
31 《동상기찬》에는 '一'이 '萬'으로 되어 있음.
32 《동상기찬》에는 '奇遇'가 '嘉耦'로 되어 있음.
33 《동상기찬》에는 '雲'이 '于'로 되어 있음.

趁鳴鴈之朝.'[34] 答婚書曰: '匹夫匹婦得其所, 萬物遂情, 皷瑟皷琴樂且和, 二姓合好. 捴造化力, 媿父母名. 僕之女, 以葑菲姿, 過摽梅節. 家事徒餘[35] 四壁, 顚倒紫鳳之紋, 笄齡更逾七[36]蓂, 晼晩乘龍之喜. 幸際周文之化, 擬卜朱陳之緣. 憫婚媾之不時, 遍命雒陽令勸助, 坐資裝之未具, 至煩京兆尹陳聞. 和氣周於繫羊, 孰非君賜? 旭朝晏於嗈鴈, 奈[37]嫌我貧? 方聖人軫終始之恩, 適兩家成媒妁之約. 飭教鄭重, 期欲速而毋遲, 物采光華, 禮孔嘉而克備.[38] 錢米布帛, 地部惠局之爭來輸, 鞶帨釵鐶, 高門盛族之不是過. 貧富換[39]造次[40]之頃. 今辰何辰? 寤寐結頭祝之忱, 千歲萬歲. 永惟塵露[41]之報, 只在室家之宜. 民樂秊豊, 共登仁壽之域, 夫和婦順 長囿修齊之治.'[42] 日禺中, 禧集旣盥梳,[43] 掠鬓刷鬚, 顧影習容觀,[44] 著閃紗袍·班犀帶·烏帽·麖韡, 坐白馬, 鏤金鞍, 肩竦背直, 色矜莊, 不游目, 徐徐而行, 鴈夫在前, 乳媼在後, 紅青紗燈, 對對前導, 京兆五部胥吏[45]皁隷, 左擁右護, 魚魚雅雅如也. 及抵申氏之門, 下馬奠鴈, 入醮席. 申氏艶粧, 具翠翘·金鈿·鏀步搖, 被百子菡萏紅褖[46]衣, 遮[47]珠絡扇, 交拜僮僮, 秩然無差. 粧婆引

34 《동상기찬》에는 이 뒤에 '戶判 趙鼎鎭製'가 첨가되어 있음.
35 《동상기찬》에는 '家事徒餘'가 '家計徒立'으로 되어 있음.
36 《동상기찬》에는 '七'이 '卄'으로 되어 있음.
37 《동상기찬》에는 '奈'가 '素'로 되어 있음.
38 《동상기찬》에는 '備'가 '脩'로 되어 있음.
39 《동상기찬》에는 '換'이 '幻'으로 되어 있음.
40 《동상기찬》에는 '次'가 '化'로 되어 있음.
41 《동상기찬》에는 '露'가 '剁'로 되어 있음.
42 《동상기찬》에는 이 뒤에 '宣惠廳堂上李秉模撰'이 첨가되어 있음.
43 《동상기찬》에는 '旣盥梳'가 '旣洗盥梳櫛'로 되어 있음.
44 《동상기찬》에는 '觀'이 빠짐.
45 《동상기찬》에는 '胥吏'가 빠짐.
46 《동상기찬》에는 '紅褖'이 '綠紅'으로 되어 있음.
47 《동상기찬》에는 '遮'가 '遮面'으로 되어 있음.

紅線, 졸盃三酳之, 呢喃祝吉[48]言, 夫婦起入鋪房. 兩家隣里, 相與歎詑曰: "金君年益壯, 操心愈貞固,[49] 申氏婉而雝, 容儀豊福, 一朝, 至尊造命, 宰相主婚姻, 儼然合爲賢夫婦, 恩光喜氣, 充溢門巷, 彼違約者, 匪徒[50]自絶, 其亦天也. 盖其所居, 地[51]名盤石, 里號蟠松, 佳兆非偶然. 可卜其壽考福祿, 欝[52]茂鞏固, 如石之盤也, 如松之蟠也云爾. 李德懋[53]曰: "自古云人主之心, 與天相通, 豈非然哉? 和氣致祥, 導之和[54]在上, 何哉? 今上[55]對越上天, 幽者晰之, 欝者疏之, 閔覆涵濡, 無物不遂. 歷驗是歲春夏, 民或望雨, 施一[56]仁政, 則[57]不待龍雩,[58] 雨輒隨下. 夫金申之媾媒定, 而雨又霈然, 不移晷, 天人孚感, 若是其捷也. 故朝野誦之曰: '至治之世.' 盖三代之[59]祈天永命, 亦不過曰導揚和氣而已. 嗚呼,[60] 休哉![61]

---

48 《동상기찬》에는 '吉'이 '告'로 되어 있음.
49 《동상기찬》에는 '愈貞固'가 '益堅固'로 되어 있음.
50 《동상기찬》에는 '匪徒'가 빠짐.
51 《동상기찬》에는 '地'가 '坊'으로 되어 있음.
52 《동상기찬》에는 '欝'이 '滋'로 되어 있음.
53 《동상기찬》에는 '李德懋'가 '臣德懋'로 되어 있음.
54 《동상기찬》에는 '和'가 빠짐.
55 《동상기찬》에는 '上'이 '我主上'으로 되어 있음.
56 《동상기찬》에는 '一'이 '以'로 되어 있음.
57 《동상기찬》에는 '則'이 빠짐.
58 《동상기찬》에는 '雩'가 '雲'으로 되어 있음.
59 《동상기찬》에는 '三代之祈天'이 '三代之所以祈天'으로 되어 있음.
60 《동상기찬》에는 '嗚呼'가 '豈不'로 되어 있음.
61 이하 《동상기찬》에는 한남서림 주인 백두용이 작품에 등장하는 인물의 주요 행적을 고증하여 써넣었다. 하지만 이 내용은 본문에 쓰인 내용과 중복되기에, 원문에서는 삭제했다.

金申賜婚記題辭

忙固不可耐, 閑亦不可耐. 今若羃一人於室, 使目無見, 耳無聞, 口無道, 手足無所役, 躁者不晡, 韌者三日. 是故寧守三年瘧, 難爲一日閑. 閑固余之所病, 人皆然乎哉? 否? 歲辛亥六月, 炎而霖, 人不堪其苦, 欲治學業, 則無窓件. 難自强, 欲事古文及詩, 則非徒才不逮, 興亦漫矣. 欲看書, 則睡輒至, 欲睡, 則便有數十蠅, 舐睫吮鼻, 不可得夢. 欲起而走, 雨且泥. 尼不得出, 其勢不可奈何, 亦不能自保其不狂且病也. 小奚歸自市門, 說所聞, 甚新. 曰: '奇哉, 盛哉. 吾可以已吾閑.' 起弄筆作劇一篇, 覺手稍開, 眼稍揩. 凡塡詞一日, 讎校一日, 謄錄一日, 所消爲三日閑. 是三日, 無雨無暑無蠅, 在余所得, 亦多矣. 幸有看官, 勿問事之或訛, 勿問文之爲何體裁, 亦勿須問作者之爲誰某, 而只消閑爲用, 則亦可爲半晌之助云爾.

梅花宕癡儂, 題.

東廂記[1]

汶陽散人 弄題

正目

窮措大南洞竊歎（才賢）[2]
老處女北闕徹聞（德慧）
諸尙書西城主婚（春澤）
好夫婦東廂感恩（福緣）

第一折

（金生上）大明天地無家客，太白山中有髮僧．賤生姓金名禧集．[3] 家世慶州金氏白邊，冠冕不遠，簪纓相傳，洞內上下，皆以秀才呼稱，但因家計，倒裂也似貧窮，三旬九食，十年一冠，正是樂貧的生涯，城底小屋，蟹殼般也窄窄．俗談艱難醜龍泉，果然俺艱難所致，早年失學，中年無業，非文非武，無才無德，居然今年二十有八歲．因此世上所謂丈家，難於上青天．人生三十，明日再明，尙未免道令之稱，[4]南大門成造的姜林道令呵[5]，長安曰者

1 한국학중앙연구원본 《동상기서(東廂奇書)》(이하 한중연본)에는 '東廂記'가 '김신부부사혼기(金申夫婦賜婚記)'로 되어 있음.
2 이하 才賢·德慧·春澤·福緣 표기는 한남서림본에만 나옴.
3 한중연본에는 '禧集'을 '喜集'이라고 씀.
4 한중연본·가람본에는 '南大門' 앞에 '這是'가 첨가되어 있음.

鄭道令呵, 雖是俺自己事思量來, 可憐也可憐也, 可笑哉可笑哉!

〔賞花時〕(金唱) 世上人間天下中, 窮也窮寒, 誰最窮? 一間屋阿房宮,[6] 住着里門小洞, 單隻漢條條紅.

今月是那個月? 眼兒裏空花擾擾, 綠沙堤新葉尖尖. 亂芭子鳴也錚錚, 從地理鳥三丈浮.[7] 三年陳的馬皮兒, 烏乎籠秪乎籠, 老道令心事, 最是難耐.

〔么〕紫燕雙栖西復東, 粉蝶翩飛雌與雄. 忽見桃花紅, 思量種種, 搔頭怨春風.

(歎科) 揮(歎聲. 若嘯而無音)![8] 三神帝釋指點, 俺出來這時, 口也似人, 眼也似人[9], 鼻也似人, 凡諸一應, 掩身上懸來的物件, 件件也似人[10], 何嘗有半件[11], 不及人處. 只這婚姻一事 不及人, 直到了九十三分, 六十半截, 所謂妻子息滋味, 未曾見了, 萬古天下, 寧有這般的身世麽? 俺是個兩班的緖餘, 若干聞古聖賢言語, 男子生而願爲之有室, 一妻一妾, 人皆有之, 大抵長安八萬家, 無論他班戶民戶, 似俺三十未娶的, 幾個幾個? 但況近來早婚成風, 世家大族除却了, 雖閭閻百姓, 稍喫了飯塊, 十五入丈家, 十六得正妻, 無人不然. 俺嘗看來.

〔點絳脣〕多少童蒙, 花轎繡鞚, 相迎送, 阿只氏十五乘龍, 道令主十四縹鸞鳳.

〔混江龍〕況是妻家尊奉, 新郎好事政丞同. 被却紫紗章服, 騎的白雪花驄.

---

5 원문에는 '呵'가 없지만, 한중연본·가람본과 비교해 '呵'를 첨가함.

6 한중연본에는 '寄'가 첨가됨.

7 한중연본·국도본·가람본에는 '從地理鳥三丈浮'가 빠짐.

8 한중연본·가람본에는 '(歎聲 若嘯而無音)'이 빠짐.

9 가람본에는 '眼也似人'이 빠짐.

10 가람본에는 '凡諸一應 掩身上懸來的物件 件件也似人'이 빠짐.

11 한중연본에는 '何嘗有半件'이 '未曾有'로, 국도본은 '何曾半件'으로, 가람본에는 '何曾有半件'으로 되어 있음.

斗里黃囊垂繡帶, 僧頭青扇擺香風, 鴛鴦幷宿綠波深, 桃花早結紅心動. 似俺的論其年歲, 合做公公.

這般說話, 都是他人家事, 傷子兒, 講了說也無益. 如俺且講俺, 自家入丈家方略哩. 千思萬想, 怎般的妖術, 可得一個阿只氏來? 俺嘗聞來, 古有一個老道令, 奄的般窮困, 供養了[12]一個彌勒, 那彌勒[13]慈悲他老道令, 現夢授了二字眞言, 能附了個物, 離了個物. 那道令因此致富,[14] 因此得入丈家了隣居的兩班.[15] 百姓嫁女迎婿,[16] 那道令見這閣氏,[17] 又用了眞言奪取, 做個小妾, 如俺得了那眞言時, 萬事除了, 急先向那閣氏身上, 粘了俺, 也豈不好麽? 奈此間沒一個靈驗的彌勒? 個前, 此[18]中媒, 亦多曾[19]做的. 一個常漢, 年紀極多, 要中媒的通婚,[20]往說道: '新郎更無可論. 家世賽了張良, 年紀恰滿十八, 正是好個新郎.' 那丈人做的, 聽得大悅, 完定婚姻. 旣[21]數日, 那中媒復來,[22] 說道: '仔細探來, 這新郞年紀, 不是十八, 是二十四. 你不嫌晩麽.' 新婦家, 信他做鐘閣支棟. 及了奠鴈,[23] 是個恰滿八十的老常漢, 那丈人如何不憤? 大罵喝中媒道: '你這磔殺的兒子? 亂杖木毒的女息漢? 呀! 如何花言, 騙了俺麽?' 那中媒呵呵大笑道: '俺何曾一毫差了, 半點兒錯道麽, 毫髮些騙爾的?[24] 張良是個五世相韓, 向所道家世

12 원문에는 '了'가 없지만, 다른 본과 비교해 '了'를 첨가함.
13 국도본 · 가람본에는 '那彌勒'이 빠짐.
14 가람본에는 '因此致富'가 빠짐.
15 한중연본·가람본에는 '兩班'이 '長者'로 되어 있음.
16 원문에는 '婚'으로 되어 있지만, 다른 본을 통해 '婿'로 바꿈.
17 한중연본·가람본에는 '甚美'가 첨가됨.
18 한중연본·가람본에는 '靈驗的彌勒 個前 此'가 '靈驗的何 前世'로 되어 있음.
19 한중연본·가람본에는 '曾'이 '善'으로 되어 있음.
20 한중연본·가람본에는 '往' 앞에 '那中媒'가 첨가됨.
21 한중연본·가람본에는 '旣'이 '無疑'로 되어 있음.
22 한중연본에는 '復來'가 '更'으로 되어 있음.
23 한중연본에는 '奠鴈'이 '成禮'로 되어 있음.

賽了張良, 道是父祖來常漢,[25] 十也八二十也四, 是個八十. 你眼見麽,[26] 你耳聽麽時節,[27][28] 耳孔裡釘了繫馬杙麽?' 那丈人雖是切痛, 是個還退不得的興成, 亦復奈何? 俺如有這般中媒, 爲俺效忠時, 俺坐地雖不及弘文校理焚香翰林[29]吏曹佐郎家世, 豈不賽過了五世[30]常漢? 俺年紀雖非阿只新郎, 若較他九九八十少一的老常漢,[31] 還是個新生的道令主, 俺豈不是好新郎材木麽? (歎科) 揮(句)! 這常漢想是個富者了, 如俺一盞兒沒出處, 有甚中媒, 看甚上德, 爲了俺宣力麽? 終是這夜叉兒, 稅米磨鍊,[32] 這獨甲飛, 羅祿磨鍊,[33] 甕器匠士數計! 此將奈何? 呀!

〔金菊香〕半成還甲白頭翁, 君子好逑, 獨未逢. 何等妻宮, 這樣凶? 心火焦胸, 長歎息又生風.

〔粉蝶兒〕環顧家中, 冷蒲團誰與伴夢, 短牛[34]衣誰與裁縫? 沒向方相思病, 症情危重. 若撞他月下仙翁, 扯斷他紅線, 打他青腫.

俺也不是北漢城老長首座, 俺也不是壯義洞知事[35]令監翁?[36] 這是甚樣八字麽? 耐過了亦已多年. 未知! 從此去了, 又耐了幾年苦行, 方見了西洋世

---

24 한중연본에는 '一毫差了 半點兒錯道麽 毫髮些騙爾的'이 '一言騙你麽'로 되어 있음.

25 한중연본에는 '向所道家世賽了張良 道是父祖來常漢'이 빠짐.

26 한중연본에는 '你眼見麽'가 빠짐.

27 국도본에는 '時節'이 빠짐.

28 한중연본에는 '你眼見麽 你耳聽麽時節'이 '你聽時節'로, 가람본에는 '你眼聽麽鼻聽麽'로 되어 있음.

29 한중연본에는 '焚香翰林'이 빠짐.

30 한중연본에는 '家世 豈不賽過了五世'가 '百勝了'로 되어 있음.

31 한중연본에는 '九九八十少一的老常漢'이 '八十的老'로 되어 있음.

32 국도본에는 '終是這夜叉兒 稅米磨鍊'이 빠짐.

33 한중연본에는 '這獨甲飛 羅祿磨鍊'이 빠짐.

34 한중연본·국도본·가람본에는 '牛'가 '中'으로 되어 있음.

35 가람본에는 '知事'가 '李'로 되어 있음.

36 한중연본에는 '俺也不是北漢城老長首座 俺也不是壯義洞知事令監翁'이 앞의 粉蝶兒 곡조에 붙어 있음.

界麼? (歎科) 揮(句)! 不知那裡住的大功德阿只氏! 你旣要做了俺配匹者, 緣何事, 消息也亦頓絶了! 此不可做的情景麼? 喺! 上看了下看了, 四面八方周看了, 那裏有病身八朔的生女, 與俺做了個窮漢子的妻麼? 呀! 柴門外有人來索者. 是誰? (出門醮科) 呀! 原來洞內任掌到了! 你甚麼事叫俺麼?

任掌: 金道令! 火速將自己姓名本貫年歲, 錄與小的麼!

金: 甚曲折?

任: 官家甘結內, 老道令有若無的物件, 置于他, 沒用處, 一一成册後, 都割了,[37] 付與如俺, 喫素酒的洞內任掌,[38] 做個生膾按酒者.

金: 休了面弄! 這眞[39]實收成册, 甚緣故?

任: 漢城府甘結內, 五部內各洞老道令, 成册報狀後, 自官家助婚, 不多日內, 完了婚姻者. 好也的, 好也的! 老道令丈家去了時節, 不可不償了俺好酒一盃哩! (作, 受名帖收去科)

金: 噓(句)! 近來夢兆頗好, 今日食前, 不知那裏住的鵲, 向俺也啼了可可, 果然今日聽得好消息.

〔端正好〕聽分付, 還如夢. 今朝也吹了何風? 便同四柱單子送, 已是春心動?

朝家要做, 豈有做不得的理? 今番俺也丁寧得入丈家, 不知怎樣阿只氏, 除得俺的衿也來了. 且待朝家處分哩. (下)

---

37 한중연본에는 '一一成册後 都割了'가 '待了成册後 一一割出'로, 가람본에는 '待了成册後 都割了'로 되어 있음.

38 한중연본에는 '喫素酒的洞內任掌'이 빠짐.

39 국도본에는 '面弄 這眞'이 '無常語'로 되어 있음.

第二折

(吏上) 堯之乾坤, 舜之日月. 國有風雲慶, 家無桂玉愁. 小人每中部南部東部西部北部五部書員的便是. 月前漢城府指揮內, 敬奉聖旨, 助婚次, 五部內老新郎老處女, 各別搜所聞, 坊坊谷谷無一人遺漏, 成册來報者. 小人每卽時頒布各洞,[40] 各該洞中任任掌, 眼同搜聞後, 尊位兩班報狀當部. 當部修正成册子, 粘連報狀于漢城府[41]判尹大監, 都合計數, 某部某坊某契第幾通第幾戶老道令姓某名某, 年甲幾何, 本貫某鄕, 老處女某氏, 父某年幾何, 本貫[42]某鄕, 已上幾百幾十人入啓後, 朝家處分內, 搜覓可合處, 催促過婚. 自戶曹新郎每名, 布幾匹錢幾兩, 處女每員, 布幾匹錢幾兩, 婚姻扶助者. 這是我聖朝無前㖠德事! 近來, 我國盛德事, 不知其數, 略畧大綱說來. 向來慘凶, 都城中許多乞兒的兒子們, 萬一非字恤之典, 新倉賑恤, 則怎得一個女息生活麽? 此亦盛德事. 向來北道連年慘凶時節, 萬一非朝家極力賑恤, 北道百姓活出也無路, 此亦盛德事. 上上年, 平安道漢子空一道上來時, 一變手牽了犬項, 一邊手挈妻子, 鼠含了那鼠尾, 慕華館陸續兒流來, 萬一非鐘閣殿座時給糧下送一欵, 那個女息, 得了生還故土麽? 此亦盛德事. 上年六月分以後, 刑漢兩司, 外方八道, 罪人的竄配徒流秩, 笞杖手續秩, 一齊兒白放了, 此亦盛德事. 丙丁戊己庚辛于今十六年, 田稅還上[43]貢布[44]蕩減, 不知爲幾百萬兩, 此亦盛德事. 此事也彼事也, 盛德事不一足. 至於今番, 老道令老處女助婚一欵, 尤是盛德事中盛德事. 你是較

---

40 가람본에는 '各洞'이 빠짐.
41 한중연본에는 '漢城府'가 첨가되어 있음.
42 한중연본에는 '本貫'이 '籍'으로 되어 있음.
43 국도본에는 '還上'이 빠짐.
44 가람본에는 '還上貢布'가 빠짐.

量來. 人間萬事離別中, 獨宿空房最可悲. 方春和時, 草木羣生, 花也滿發, 蝴蝶兒翩翩, 金鶯兒栗栗這時節, 興甚恒甚心事, 置着無處, 悲痛兒沒了指向. 上太息下太息, 低一聲太息, 長一聲太息,[45] 直令人消了肝腸, 便是感傷和氣的大椿事, 今賴朝家德分, 老道令丈家去了, 老處女媤家去了, 長安大道上, 新郎行次, 犬樣亂走, 這豈非盛德事中第一個盛德事麽?

〔錦上花〕(吏唱)[46] 爾莫道夫婦因緣天上來. 指[47]天外又天, 人君[48]是已. 恁牽合隨人, 婚姻流水. 今日分, 女嫁男婚, 朝家呵, 視民如子!

若非朝家處分, 渠們直到了彭祖同甲, 唐白絲樣白了, 實難見丈家味.

小: 上德也則上德, 凡世上婚姻, 下的下品過了, 尙不下百餘金剝呑了, 這個們婚姻, 只將他戶曹所賚布匹錢兩, 怎得經紀了麽? 想來多不成模樣.

大: 似這不解事的言語, 德也亦厭.

〔么〕一張禮狀函, 三幅木單被. 閣氏紅裳, 借了隣里, 贗夫藍袍, 貰于廛市, 草草行過, 權停禮以.

雖是赤條條兩身, 白白地四拜, 名以婚姻. 這便是好了事, 伊間滋味, 何渠不若三千兩婚姻麽? 這說話除却了. 好了不好了, 是渠每們好了, 不關俺奉行的好了. 俺每們職分內事, 這個成册裡道令處女, 已盡婚姻麽? 你將那成册來, 與俺考準者. 頭骨上打了一個黑點兒的, 是已婚姻, 未受點的, 是遺在的, 到今未受點的, 幾個麽?

小: (作, 瞧册科) 某坊某契老道令某, 於某月某日某處丈家去了, 某坊某契老處女某氏, 於某月某日某處媤家去了, 幾乎已盡收煞了. 呀! 有一個了.

---

45 한중연본에는 '低一聲太息 長一聲太息'이 '這一聲兒太息'으로, 가람본은 '這一聲太息'으로 되어 있음. 국도본에는 '長一聲太息'이 빠짐.

46 한중연본·국도본·가람본에는 '(吏唱)'이 빠짐.

47 한중연본에는 '天上來 指'가 '天生 點指'로, 가람본에는 '天上 點指'로 되어 있음.

48 가람본에는 '天 人君'이 '夫人'으로 되어 있음.

大: 你看他爲誰, 尙今未婚了?

小: 南大門外里門洞居金禧集, 年二十八, 這個那裡去了, 尙今未遷麽? 憂患也, 憂患也.

大: 這是萬科初試, 落榜擧子, 庚戌年大豊年, 乞兒的八字.

〔鴛鴦煞〕方今高突伊盡得新娘子, 佳山兒倂化阿只氏. 譬這神仙天上也去時, 屋兒亦昇, 鷄兒亦去, 狵兒亦至,[49] 混家兒沒數羽化, 老鼠兒獨自墜地, 可憐八字! 你雖名禧集, 原來未集喜.

俺想得了, 這個月前有好個婚處, 在廣州地, 判尹大監報通了京畿監營, 好事也幾乎[50]凝了. 那知冬至曉豆粥酸了,[51] 出了東大門鷄卵兒有骨, 間言風入, 廣州兩班, 忽出了腹臍, 監營使道, 亦無奈何. 這分明是這那道令哩.

小: 俺平生切痛的, 是那婚姻間言的. 一個間言的, 向那婚姻家去了, 中路淹沒了大水, 到了死境, 歎息道: '噓噓(句)! 不祥. 某婚姻, 今也則成了.' 這是甚心腸麽?

大: 閒談且置了. 更細細考準者.

小: (作, 飜冊科) 呀! 又一個有了.

大: 是誰?

小: 新門外居平洞[52]居處女申氏, 年二十四, 父幼學德彬, 是個未受點秩.

大: 是也, 是也. 這是小居平尉洞[53]最小巷, 小小飯饌假家, 一角中門三間草屋居住的. 可憐也艱難!

〔么〕冬月明, 雪裏人嫌冷, 秋花姸, 春去誰稱美. 一叢香愁, 令人脹死, 不

---

49 국도본에는 '狵兒亦至'가 빠짐.

50 한중연본·가람본에는 '幾乎'가 '九分'으로 되어 있음.

51 한중연본·가람본에는 '酸了'가 '兒'로 되어 있음. 국도본에는 '酸了'가 빠짐.

52 한중연본에는 '平洞'이 '鈴平尉洞'으로, 가람본에는 '平尉洞'으로 되어 있음.

53 한중연본에는 '平尉洞'이 '鈴平尉洞'으로, 가람본에는 '平洞'으로 되어 있음.

問可知. 蚕老了, 猶能室, 花老了, 尙能子, 處女老了, 奈何爾?

世上極難底事有三, 無形勢的虎班初入仕, 無器具的先輩監試初試,[54] 艱難的處女婚姻. 這三件事中, 貧處女婚姻尤難. 曾前一個老處女, 僥倖得了婚姻處, 四柱單子來了, 擇日單子去了, 婚姻日子, 看看迫了, 那處女不耐歡喜, 猶是體面所在, 十分忍住, 不得向人說道, 奈忍住無路, 走了厠間, 呼了犬兒, 暗暗詫道: '犬阿! 俺也再明日去了媤家!' 那[55]犬如何採得? 只打一番何品飮, 那處女悶悶, 又道: [56]'俺若謊說你時, 俺也是你的女息了!' 人情到這時, 豈非至樂所在麽? 此個處女, 那個, 再明日得去媤家了? 這等新郞這等處女, 當部[57]亦無奈何.[58] 直等到自家運通, 婚處自生, 方得婚了, 俺們且休看.[59] (幷下)

第三折

(吏上) 十日灘頭坐, 一日過十灘. 小人每戶曹書吏宣惠廳書吏. 便是朝家分付內, 老道令金禧[60]集老處女申氏, 終無可合處, 尙今自在云, 老新郞老處女許多人中, 惟此二人如此者,[61] 事不偶然. 非爲朝家於渠二人, 偏施厚恩. 此亦渠每們八字所關, 申處女金新郞, 依處分, 仍作夫婦, 從速擧行,

---

54 한중연본·가람본에는 '初試'가 빠짐.
55 원문에는 없지만, 다른 본을 참조해 '那'를 첨가함.
56 국도본·가람본에는 '犬阿'가 첨가되어 있음.
57 한중연본에는 '當部'가 '漢城府'로 되어 있음.
58 가람본에는 '當部亦無奈何'가 '當部無可奈何 漢城判尹亦無可奈何'로 되어 있음.
59 한중연본·가람본에는 '看'이 빠짐.
60 한중연본에는 '禧'가 '喜'로 되어 있음.
61 가람본에는 '終無可合處 尙今自在云 老新郞老處女許多人中 惟此二人如此者'가 '許多人中未成婚者 惟此二人'으로 되어 있음.

其婚[62]凡百, 惠廳戶曹拔例備給, 一依惠堂戶判親子女成婚例, 着實主婚事, 本曹堂上無沉橋趙判書大監,[63] 主了男婚, 惠廳堂上大寺洞[64]李判書大監,[65] 主了女婚, 使成新郎新婦的親阿爸一般, 婚書答婚書紙, 兩位大監已將四六文制置了, 新郎四柱單子往來, 擇吉了, 那婚姻的日子, 是個本月十二[66]日. 今已只隔, 兩宅婚需, 星火措備, 俾無未及者.

〔耍[67]孩兒〕幾番紅淚住春眼, 總角衣亦應濕盡. 天般盛德海般恩, 這婚姻已定佳辰, 前日呵無衣無食貧窮秩, 後日呵新郎新婦好事人. 願父母, 休搔鬢.

惠廳白木度支青銅,[68] 這婚需勿論錢入幾兩布入幾匹, 只從他極品好件措備, 方是個是莫非朝家盛德, 兩位大監奉行申飭[69]底事本意, 俺每們怎敢一毫兒歇后? 爲先把那外具, 點檢者. 新郎所騎馬, 梨花[70]似的白雪[71]馬, 青青月乃銀葉絲唐鞍粧, 別抄金某, 去番新納馬, 新郎馬第一擢行,[72] 有紋青紗燈籠各二雙訓鍊都監,[73] 白木大遮日各一浮, 一借御營廳, 一借禁衛營,[74] 八張付白紋地衣各一浮青邊飾[75]行步席長興庫, 牧丹屛風濟用監, 牀巾濟

62 한중연본에는 '擧行 其婚'이 '過婚 其婚需'로 되어 있음.
63 한중연본에는 '本曹堂上無沉橋趙判書大監'이 '本曹判書趙判書大監'으로 되어 있음.
64 한중연본에는 '大寺洞'이 빠짐. 가람본에는 '大寺洞'이 '信傳洞'으로 되어 있음.
65 국도본에는 '主了男婚 惠廳堂上大寺洞李判書大監'이 빠짐.
66 국도본에는 '十二'가 '十三'으로 되어 있음.
67 원문에는 '要'로 되어 있지만, 다른 본을 참조해 '耍'로 고침.
68 한중연본·가람본에는 '惠廳白木度支青緡'이 앞의 '耍孩兒' 곡조에 붙어 있음. 다만 가람본에는 '度支'가 빠진 '惠廳白木青緡'으로 되어 있음.
69 원문에는 '飭'로 되어 있지만, 다른 본을 참조해 '飭'으로 고침.
70 가람본에는 '梨花'가 '梨峴武將雪花'로 되어 있음.
71 한중연본·가람본에는 '雪'이 '縺'로 되어 있음.
72 한중연본·가람본에는 '別抄金某 去番新納馬 新郎馬第一擢行'이 빠짐.
73 한중연본에는 '訓鍊都監'이 빠짐.
74 한중연본에는 '一借御營廳 一借禁衛營'이 빠짐.
75 국도본에는 '青邊飾'이 빠짐.

用監,[76] 鍮大燭臺二工曹, 高足床繕工監, 香高支司僕寺, 香坐兒[77]尙衣院, 生鴈京畿監營, 芙蓉香內局, 淸遠香[78]木紅燭心紅燭紅羅照萬花方席奠鴈席交拜席, 各衙門及本曹本廳, 借送行下, 龍頭刻的函支機玉童子[79]貫物塵, 鴈夫所着朱紗笠貝纓水靴子, 軍門借用.[80] 只是新婦所乘金頂轎子, 非是借用底物, 孝經橋朴生員所有的, 出貰次.[81]

〔五煞〕拜鴈時, 易蹉跌, 跨馬時, 易墜隕, 紅燭下, 更詳愼. 生前孔雀屛間夜, 分外芙蓉帳裏春. 細細看, 終難認. 是仙? 是鬼? 是夢? 是眞?

呀嗟(句)! 侍陪一欵, 幾乎忘了. 本曹本廳漢城府五部書吏書員使令通大房, 一齊進去次. 且把新郎服着的, 點檢者. 草笠已是不少了, 細細凉臺漆笠兒, 銀色苧布青道袍, 白苧布中赤莫, 白苧布小氅衣, 生錦紬汗衫,[82] 漢布緞草綠腰帶, 豆綠大緞斗里囊子, 朱黃唐絲蝶樣流蘇結, 白苧複裙子, 細布裡衣單裙子, 細作白木新襪子, 白苧布筒行纏, 草綠唐絲細條帶, 單縷網巾, 赤玳瑁貫子, 紫芝唐八絲緊兒, 青黍皮六分, 鹿皮縵色唐鞋, 一齊準備. 有甚納鼠皮脫褌衣的念慮麽? 複紗角兒烏紗帽, 裌角紫芝色紗冠帶, 一品

---

76 가람본에는 '牧丹屛風濟用監 牀巾濟用監'이 '眞彩牧丹屛風各一座 紅質青緣三幅床巾濟用監'으로 되어 있음.

77 가람본에는 '香童子'가 첨가됨.

78 가람본에는 '淸遠香'이 빠짐.

79 국도본·가람본에는 '玉童子'가 빠짐.

80 국도본·가람본에는 '鴈夫所着朱紗笠貝纓水靴子 軍門借用'이 빠짐.

81 한중연본에는 '長興庫 牧丹屛風濟用監 牀巾濟用監 鍮大燭臺二工曹 高足床繕工監 香高支司僕寺 香坐兒尙衣院 生鴈京畿監營 芙蓉香內局 淸遠香木紅燭心紅燭紅羅照萬花方席奠鴈席交拜席 各衙門及本曹本廳 借送行下 龍頭刻的函支機玉童子貫物塵 鴈夫所着朱紗笠貝纓水靴子 軍門借用. 只是新婦所乘金頂轎子 非是借用底物 孝經橋朴生員所有的 出貰次'가 '眞彩畵 大屛風 大燭臺 高足床 香童子 香高支 香座兒 芙蓉香 淸遠香 畫龍燭 心紅燭 羅照 紅質青緣三幅床巾 萬花方席 萬花壽福交拜席 萬花紋奠雁席 生雁 龍頭刻的函支機 諸般兒細細物件 各衙門及本曹本廳 借送行下 新婦來的金頂兒八人轎子 沒了處借送 自本廳貰出來'로 되어 있음.

82 가람본에는 '布赤衫 布單袴'가 첨가됨.

秩犀角帶,[83] 黑鹿皮好靴子, 冠帶內供, 紫芝複氅衣, 三臺僧頭靑扇, 極盡了, 極盡了.

〔四煞〕家貧服自貧, 人新衣亦新. 原來這個風神俊, 着道袍, 形容端妙如先輩, 被冠帶, 服色輝煌似重臣. 一口兒難盡說, 宜丈人丈母口張似咸匏,[84] 倒着墮巾.

新郎衣服且置了, 把這新婦一襲, 打點者. 白苧布角支赤衫, 瓊光紬雙針腰帶, 白苧布四幅襦子, 細細北布鮒魚褌子, 眞紅縐紗複裙子, 藍方細細[85]單裙子,[86] 靑苧布常着裙子, 上衣三勺, 草綠色松花色寶羅色, 甲紗熟綃廣月紗等物, 紫芝色三懷粧, 五合無竹伊, 三合無竹伊, 細白木襪子, 綠[87]質紅眼錦唐鞋, 娘子髻次, 六鑹月子簇頭里銀竹節, 俗談生前好事一番, 死後好事一番, 生來初好事. 於余未[88]去豆微紅長衫金線繡鳳膝眼裙子[89]眞珠扇子, 這皆手母貰物.

〔三煞〕鳥無羽翼, 不得文, 婦無服飾, 不掩身. 終須錦繡與花粉, 可知白屋三間室, 初有紅羅九幅裙. 村嫗來休問, 一則非常八字, 一則無限天恩.

新郎奠鴈時新婦新行時,[90] 下任合用的幾雙麽? 羅照差備一雙, 香童子差備一雙, 芙蓉香差備一雙, 紅燭差備一雙, 納采時用的, 奠鴈時仍用了. 新婦禮時, 香下任一雙, 藍裳紫芝赤古里, 鏡臺下任食飩下任, 爲一對, 俱兒孩下任, 三繪粧豆綠[91]赤古里紅[92]裳. 函下任一雙, 玉色繪粧赤古里藍裳,[93]

---

83 국도본에는 '一品秩犀角帶'가 빠짐.

84 한중연본에는 '口張似咸匏'가 빠짐.

85 한중연본에는 '細細'가 '紗紬'로 되어 있음.

86 가람본에는 '藍方細細單裙子'가 빠짐.

87 원문에는 '線'으로 되어 있지만, 다른 본을 참조해 '綠'으로 고침.

88 국도본·가람본에는 '於余未'가 빠짐.

89 한중연본에는 '去豆微紅長衫金線繡鳳膝眼裙子'가 '繡鳳章服 金膝兒裙子'로 되어 있음.

90 한중연본에는 '媛任兒'가 첨부되어 있음.

幣帛下任一雙體下任一雙, 俱草綠繪粧赤古里藍裳. 兒孩下任一雙, 七寶簇頭里草綠唐衣紅裳, 道土洛唐只.[94] 乳母手母房直等, 所著長衣所騎鞍馬等物, 預爲待令.[95]

且把這新房所入, 點檢者. 彩畫花鳥寢屛, 花紋席登每, 方紗紬草綠兩衾, 繡花紬眞紅領子, 土錦紬紫芝禱衣, 多紅後的花鋪褥. 圓面雙鶴,[96] 新郎枕, 方面九鳳, 新婦枕. 男女溺江, 男女梳貼, 廣細布五尺, 手巾次. 飛陋筒養齒木, 黑漆洒金婚書函, 金剪紙毛緞袱 粉紅綿紬袱, 內外袱. 溢紋袱紫芝袱, 黃漆籠槐床, 倭朱紅三層鏡臺, 倭畵龍器, 鏡臺所入. 鄂斯羅金匣鏡, 鍮大鈍鍮飯床, 新房所入, 亦自不小.

〔二煞〕枕來初疑我腦門, 被來猶疑我布褌, 飯來又疑我西山椀. 牧丹屛風, 豈非今日初相見, 金匣鏡, 果是平生所未聞. 君須認, 這應是瑤池世界, 又或者畵裏神仙?[97]

凡事幾皆停當了, 這宴集一欸, 亦不可草草. 奉常寺熟手幾名, 星火招來, 使個辦備者. 蒸餠[98]引節味權母白雪糕松餠,[99] 卵[100]麵酸麵, 油蜜果紅糤

91 국도본·가람본에는 '豆綠'이 '玉色'으로 되어 있음.

92 국도본·가람본에는 '紅'이 '藍'으로 되어 있음.

93 국도본·가람본에는 '玉色繪粧赤古里藍裳'이 '衣裳上同'으로 되어 있음.

94 가람본에는 '唐只'가 '其合十二'로 되어 있음.

95 한중연본에는 '新婦禮時 香下任一雙 藍裳紫芝赤古里 鏡臺下任食餞下任 爲一對 俱兒孩下任三繪粧豆綠赤古里紅裳. 函下任一雙 玉色繪粧赤古里藍裳 幣帛下任一雙體下任一雙 俱草綠繪粧赤古里藍裳. 兒孩下任一雙 七寶簇頭里草綠唐衣紅裳 道土洛唐只. 乳母手母房直等 所著長衣所騎鞍馬等物 預爲待令'이 '新行時 香高支次知, 函次知 鏡臺食餞次知各一雙 另又二雙 合十二雙媛任兒 媛任綠衣紅裳 媛任生綿紬赤衫藍裙子 乳母手母房直等物 預爲待令'으로 되어 있음. 국도본·가람본에는 '乳母手母房直等 所著長衣所騎鞍馬等物 預爲待令'이 '乳母手母房直等物 預爲待令'으로 되어 있음.

96 국도본에는 '鶴'이 '鳳'으로 되어 있음.

97 한중연본에는 '神仙'이 '乾坤'으로 되어 있음.

98 한중연본·가람본에는 '散餠'이 첨가되어 있음.

子[101]中白桂茶食, 兩色蓼花各色剛丁,[102] 魚饅頭魚菜, 狗醬軟雞濡, 魚膾肉膾陽地頭熟肉,[103] 剪肉花花藥訥飮伊, 猪肉白肉, 雜湯蕩平菜花菜,[104] 楂果林檎柳杏[105]紫桃生梨黃栗大棗眞苽西苽, 這一般, 都責熟手進排. 呀! 繡八蓮不可不挿. 這便是使道盤床蝦蟆兒大卓一般.

〔幺〕[106] 平生飮食, 只知粥與飯, 未嘗一匙, 腹先滿. 半升黃栗, 新郎袖, 三酌紅絲, 手母樽. 頓飯休遮變. 這大卓此生難再焉.

今則木石俱備, 所欠者惟上樑文. 所欠者惟日子未備, 安排婚需, 待了者. 常談道'處女老福餘滓', 果然. 這處女若是早婚去了, 怎得了這般好事麽? 這是天生八字, 合有晩來的福. 又是朝家盛德, 古今無比, 匹夫匹婦, 皆得這般異數了, 壯的, 壯的!

〔收尾〕 前宵春雨中, 百花齊得綻. 流向人間, 川澤皆充滿, 量君恩大小, 東海猶有這畔.[107]

第四折

(三生率小奚上) 三年大旱逢甘雨. 千里他鄕逢故人. 花燭洞房無月夜, 少年

---

99 가람본에는 '松餠'이 빠짐.

100 가람본에는 '卵'이 '冷'으로 되어 있음.

101 한중연본·국도본·가람본에는 '白散子'가 첨가되어 있음.

102 한중연본에는 '兩色蓼花各色剛丁'이 '蓼花'로, 국도본에는 '兩色蓼花'로, 가람본에는 '五色蓼花'로 되어 있음.

103 한중연본·국도본·가람본에는 '陽地頭熟肉'이 빠짐.

104 한중연본·국도본·가람본에는 '蕩平菜花菜'가 빠짐.

105 한중연본·가람본에는 '丹杏'이 첨가되어 있음.

106 한중연본·가람본에는 '幺'가 '一煞'로, 국도본에는 '二煞'로 되어 있음.

107 가람본에는 '(幷下)'가 첨가되어 있음.

金榜掛名辰. 這首詩, 是個古人四喜詩, 這四件事, 儘是人生會心處, 就其中洞房花燭夜, 尤有滋味. 至於老道令花燭, 便是人間天下極樂的世界. 近聞金道令, 因朝家處分, 得入了丈家, 俺們俱是相親的, 這婚姻餘他婚自別, 且有四百年流來古風, 不可不一次往看, 且賀且打者.

(作, 到門科) 金道令! 呀嗟(句)! 金書房! 在家麽?

金: (出來科. 見科)

大: 你的事, 沒有那般奇特事.

金: 莫非天恩, 感祝無地哩.

大: 盛德事, 盛德事! 桃之夭夭, 灼灼其華. 之子于歸, 宜其室家. 眞個今日盛德事.

二: 總角丱兮, 突而弁兮. 你的樣子, 今日也魚變成龍.

三: 俺們今日見了太守, 兼得了還上, 你解得四百年流來的古風麽?

金: (笑科)

大: 俺們三人中, 俺也是[108]堂上, 俺當發問目取招, 你一一從實直招者. 執杖的, 爲誰麽? 依法!

二[109]: (大唱喏科. 奪帶作套鉤, 鋪金前科) 那邊足,[110] 是你的所憎足[111]麽? 速將憎的足[112]來納者!

金: (作, 不得已納足科)

二: (肩帶背立科)

三: 小奚呀! 你將洗踏砧子來納者.

---

108 한중연본에는 '今日'이 첨가되어 있음.

109 원문에는 '一'로 되어 있지만, 다른 본에 의거하여 '二'로 고침.

110 한중연본·국도본·가람본에는 '足'이 '手'로 되어 있음.

111 한중연본·국도본·가람본에는 '足'이 '手'로 되어 있음.

112 한중연본·국도본·가람본에는 '足'이 '手'로 되어 있음.

奚: (捧梆棰科)[113]

三: (打科) 是個長霾的足鐵也落盡了!

金: 哎呀! 哎呀! 犯了甚罪, 打這重杖?

大: (笑科) 你的罪, 你眞個不知麽? 衆人皆立, 你獨偃臥, 足向天上, 此非罪麽? 你[114]丈家去前一日, 你先送了甚物件麽?

金: 婚書紙綵緞, 只此送了.

大: 又是甚物件送麽?

金: 函送了.

大: 那函是市上買來的? 自己家中造作的? 如何樣輸送了?

金: 自戶曹輸送的, 鴈夫的負去了.

大: 旣是戶曹備送的, 想是別別調造的. 老道令函乙想是重了, 負去的應也備了! 你去丈家時, 路上沒一個觀光的麽? 有甚麽說話的麽?

金: 老的少的, 沙羅海女便內, 觀光的頗多, 說話的未聞也.

大: 奸惡也, 奸惡也! 重打者!

三: (打科)

金: 哎呀! 哎呀! 直招了, 直招了! 大道上, 奚兒們從後趕來, 齊聲叫罵道: '新書房! 將他新阿只氏, 昨日所與的貧的,[115] 餠價還償了.' 又一夥們, 擧手指揶揄道: '羞也呢, 羞也呢? 這新郎鬚髥, 幾乎生, 年紀恰滿了十五歲, 妙了, 妙了!' 這外眞實沒有聞的!

大: (笑科) 你騎馬到了妻家時, 馬的頭先入麽? 你的頭先入麽?

金: 馬的頭先入了.

---

113 가람본에는 '三: 小奚呀! 你將洗踏砧子來納者. 奚: (捧梆棰科)'가 빠짐.

114 한중연본·국도본·가람본에는 '衆人皆立 你獨偃臥 足向天上 此非罪麽? 你'가 빠짐.

115 한중연본·가람본에는 '昨日所與的貧的'이 '喫的負的'으로 되어 있음.

衆: (大笑科)

大: 你直從下馬時, 到了合宮時, 一通仔細招將來!

金: 死了死了乞了! 德分德分乞了!

大: 你全身, 都是朝家德分, 你又生心, 乞了人德分麽? 重打者!

三: (打科)

金: 哎呀! 哎呀! 俺騎了馬, 到了妻家奠鴈, 少退再拜.

〔少梁州〕(金唱)[116] 遮日屛風奠鴈廳, 拜鞠躬興, 俺的再拜致精誠, 低頭另[117]手了我朝廷.

轉入于同牢宴, 手母將他新婦再拜了.

〔么〕固知今夜可詳訂?[118] 不耐多情, 乍轉睛, 魂難定. 俺將何等福力, 伏侍了這般娘?

那手母便勸俺行了答拜, 俺雖然是個京新郎, 那裏瞞得過? 畢竟又行了新婦再拜, 俺始答了再拜, 分兩邊跪坐, 手母解了紅絲, 勸飮了三盃合歡酒.

〔鵲踏枝〕一飮了遐齡, 再飮了公卿, 這三次來盃, 這另是三個添丁. 若教你言无誕妄, 幷盃呑長醉不醒.

到了新房, 行了相會禮, 新婦仍作當日新婦禮回了, 俺好喫了夕飯好睡了. 乞乞乞, 解解解!

大: 你合宮節次, 生心這濶畧麽? 速速細細招將來!

金: 俺夕飯後, 入于新房, 紅燭兒輝煌, 衾枕兒燦爛, 香烟兒蓊蔚, 無何新婦亦到了.

〔調笑令〕是花枝依風行, 是雲捲青川明月昇? 是天上仙娥對粧鏡, 是觀音

---

116 한중연본·국도본·가람본에는 '(金唱)'이 빠짐.

117 원문에는 '拐'로 되어 있는데, 다른 본을 참조해 '另'으로 바꿈.

118 원문에는 '固知今日可詳證'으로 되어 있는데, 의미가 통하지 않아 다른 본을 참조해 바꿈.

菩薩顯神靈? 我擡頭細看, 面分不生. 原來俄間拜我娘!

解他紅裙, 褫他綠衣, 抽他銀釵, 剝他[119]裹, 好好睡了. (大笑不言科)

大: 老道令行事, 不問可知. 且你婚姻, 是箇別判付, 朝廷賜送的婚姻, 與他凡常拐處女的賊漢, 煞有分揀, 姑爲安徐. 聞你今則財多米多, 他前日沒猫粥的生涯, 天地相隔, 你速準備酒肴來者.

[120]三: (解帶放下科)

金: (起坐科) 大辱, 大辱! 小奚呀! 你去酒家, 買了幾盃燒酒好個按酒來者!

奚: (進酒肴科)

大: (飮酒科)

二: (飮科)

三: (飮科)[121]

衆[122]: (醉科. 起舞科)

金: (唱科)

〔天下樂〕今日小臣酒一觴, 誠心祝我王, 我王恩終身不可忘. 茫茫碧海深, 高高紅日長. 願東國聖人, 萬壽無疆.

魚乙氏古(句) 鳥乙氏古

〔太平令〕元子宮小官家, 一般[123]聖上, 天降福无疆, 享壽福康寧. 歌四重, 星輝海潤, 祝千歲, 日升月恒. 從此去萬年太平, 熙熙如烟花好景.

低乙氏古羅(句) 鳥乙鳥乙氏古羅(句) 的許自(句) 低乙氏古(句) 丁低乙氏古(句) 於我, 聖恩伊呀(句) 伊乃八字鳥乙氏古(句) 鳥乙鳥乙氏古羅(句)[124]

---

119 원문에는 '地'로 되어 있지만, 다른 본을 참조해 '他'로 바꿈.

120 한중연본·가람본에는 이 앞에 '三: 擲砧子科'가 첨가됨. 다음의 '三'은 '二'로 되어 있음.

121 한중연본·가람본에는 이 뒤에 '金: 醉科'가 첨가되어 있다.

122 국도본에는 '衆'이 '金'으로 되어 있음.

123 한중연본·가람본에는 '二'가 첨가됨.

(衆繞場走下)

詩曰:

泥金簇蝶繡雙鴛, 白馬金鞍輝里門. 御賜紅羅三百尺, 紅羅縷縷摠君恩.

春風吹不到貧家, 寂寞鶯啼半老査. 一夜東君宣雨露, 兩枝碧樹晚桃花.

---

124 한중연본·국도본·가람본에는 '的許自(句) 低乙氏古(句) 丁低乙氏古(句) 於我 聖恩伊呀(句) 伊乃八字鳥乙氏古(句) 鳥乙鳥乙氏古羅(句)'가 빠짐.

東廂記纂 卷之一
才賢

1-1. 遁村李公

遁村李公, 鍾愛一女, 擇壻於牧隱, 牧隱曰: “吾門下, 多矣, 性氣溫雅, 未有如二人者.” 盖指陽村與劉文僖公也. 李公遂以文禧, 爲贅. 文僖嘗過陽村, 欲弔父[1]喪, 坐久, 陽村辭以未朝食. 俄聞窓外杵臼聲, 乃家人, 鑿米供飯也. 先輩之不嫌賓,[2] 如是.[3]

1-2. 玄錫圭

世宗大王在潛邸時, 與諸大君王子, 會宴于濟川亭. 時適有科擧, 遠方士子連絡渡江, 彌滿於渡口. 世宗望見一儒生於稠衆中, 使人指示曰: “彼某色衣某樣人, 汝往招來.” 其人果承招來謁, 世宗待以賓禮, 問其姓名居住, 對曰: “玄錫圭, 家在嶺南某邑.” 世宗賜語繾綣, 設盛具以饋. 其人跋涉遠路, 衣冠籃縷, 形容瘦悴, 滿座無不怪訝. 世宗顧謂左右曰: “此間有處子者乎?” 孝寧大君雅[4]信聖明. 對曰: “兒孫瑞原君, 有處子, 方求婚姻矣.” 世宗曰: “欲得佳壻, 無踰此人.” 孝寧曰: “門戶似不相敵.” 世宗曰: “自古英雄豪傑之士, 多出於草野, 若是士家子, 決意定婚.” 後瑞原審問之, 其人乃嶺南巨儒, 才名方振, 遂納爲婿. 玄公後登第, 歷敭淸顯, 爲時名卿, 官至參贊. 世宗於百步之外, 偶一望見, 能知達人貴客, 大聖人識見, 夐出尋常萬萬矣.[5]

---

1 《소문쇄록》에는 ‘父’가 ‘友’로 되어 있음.
2 《소문쇄록》에는 ‘賓’이 ‘貧’으로 되어 있음.
3 《소문쇄록》에는 이 뒤에 ‘文僖每抱孫以戒’가 첨가되어 있음.
4 《죽창한화》에는 ‘雅’가 ‘訝’로 되어 있음.

1-3. 南怡

南怡兒時遊街上, 見小奚褁小笥, 褓上坐着粉面鬼, 心怪之, 從其所往, 入一宰相家. 俄而其家號哭云, 娘暴死, 怡曰: "我入見可活." 始入門, 粉面鬼據娘胸而坐, 見怡卽走, 娘起坐. 怡出, 娘復死, 怡更入, 還生. 怡曰: "小笥何物也?" 曰: "紅柿也. 娘先取食氣塞." 怡具言其所以, 以藥治之, 始得生, 卽權翼平[6]擥之第四女也.[7] 後翼平擇壻,[8] 南怡求之. 翼平令卜者筮之, 卜者曰: "此人必以罪死, 不可." 翼平令推其女命, 卜者曰: "此命極難,[9] 且無子, 當享其福, 而不見其禍. 可以爲壻矣." 翼平從之. 怡年十七魁武科, 極被寵遇, 二十八以兵判被誅, 女已先卒數年矣.

1-4. 尹孝孫

尹孝孫, 字有慶, 南原人. 生員文科重試, 官至左參贊, 鎰〔謚〕文孝. 小時,[10] 父爲議政府錄事, 晨往投刺相公之門, 閽人辭以寢, 不卽通. 日晩困飢, 歸家而謂子曰: "吾以不才, 喫辱至此, 爾可勤業, 無似爾父爲也." 孝孫書刺尾曰: '相國甘眠日正高, 門前刺紙已生毛. 夢中若見周公聖, 須問當年吐握勞.' 父[11]不省, 又往投刺, 相公見其詩, 卽引入問曰: "是爾所題否?" 其父驚懼失措, 視[12]其字, 乃孝孫筆也. 吐實伏罪,[13] 相公令召孝孫至, 年方十

---

5 《죽창한화》에는 '孝寧 乃余外先祖 李贊成直彦 孝寧直孫 故每言此事 而嘆異之'가 첨가되어 있음.

6 《기문총화》에는 '翼平'이 '相國'으로 되어 있음.

7 《기문총화》에는 '也'가 빠짐. 그리고 뒤에 '仍歸怡'가 덧붙어서 이야기가 종결됨.

8 《부계기문》에는 '後翼平擇婿'가 '權翼平擥 有女擇婿'로 되어 있음.

9 《부계기문》에는 '難'이 '短'으로 되어 있음.

10 《지봉유설》에는 '尹孝孫 字有慶 南原人 生員文科重試 官至左參贊 鎰〔謚〕文孝 小時'가 '尹孝孫 成廟朝人 兒時能屬文 其'로 되어 있음.

11 《지봉유설》에는 '父'가 '翌朝其父'로 되어 있음.

12 《지봉유설》에는 '視'가 '審'으로 되어 있음.

餘歲, 穎悟出倫. 公時[14]有小女擇配, 入語夫人曰: "今得佳壻矣." 夫人不可曰: "我女豈可與錄事兒爲壻乎?" 公不聽, 竟婚焉.[15] 公卽朴文憲元亨也.[16]

1-5. 申公用漑

金生麗, 成宗朝人也. 精於數命, 申公用漑, 欲以朴挹翠軒誾爲壻, 召金而問之, 金曰: "新郎則佳矣. 文章早達, 而二十六歲當凶死, 不可爲婚矣." 請見處女四柱而曰: "可婚也. 阿只氏二十二而夭. 其時, 新郎已爲吏郎, 無傷也." 果婚焉, 一如金言.

1-6. 金慕齋

金慕齋與姜壯元台壽, 約爲婚姻. 後子女俱長當婚. 慕齋聞姜男有疾, 惡負約, 遂成婚. 人以爲難.

1-7. 李鵝溪

李鵝溪山海, 土亭之從子也. 嘗有一女, 以其叔藻鑑, 請留意擇壻. 一日, 土亭曰: "昨日路遇一人, 馱家藏載, 小兒其上, 其父母以賤裝, 隨其後, 觀其兒, 爲國器. 吾思汝之托, 覘其去處, 入於某家. 似是士族, 貧不能居鄕, 依京洛親戚而來者耳." 李曰: "叔父雖有敎, 必待吾眼而決之." 明日, 尋其家問之, 主人曰: "果有鄕親族, 窮而來歸, 方留舍廊耳." 李公請見, 主人送其上服. 俄而來見, 鄕曲窮生, 借服他衣, 頗野朴齟齬, 李公曰: "聞君有子, 願一見之." 其子始出拜, 卽八九歲竪子. 衣服蒙戎, 擧止撇掛, 李公一見

---

13 《지봉유설》에는 '伏罪'가 빠짐.

14 《지봉유설》에는 '年方十餘歲 穎悟出倫 公時'가 '則穎悟不凡 極加獎嘆 時相公'으로 되어 있음.

15 《지봉유설》에는 '焉'이 '其女'로 되어 있음.

16 《지봉유설》에는 '公卽朴文憲元亨也'가 '孝孫後登科 官至判書'로 되어 있음.

奇之, 請與爲婚. 李公時[17]已位躋卿列, 其人驚惶不當.[18] 李公歸告土亭曰: "其兒俄者尋見, 誠如叔父所見, 未知其做得幾何." 土亭曰: "作相似先於汝之年矣." 兒其卽漢陰李相公也. 果如其言, 其後, 三十八[19]作相, 枚卜之年, 少於鵝溪云.

1-8. 金四味

金四味克孝, 故庶尹璠孫也. 總角時, 爲觀光上京, 往抵廛, 路不慣, 彷徨街路之際, 鄭林塘惟吉, 道逢金公, 注目熟視. 遂令傔從, 往邀至家, 問知誰家兒, 謂夫人曰: "佳賓方來, 可於窓隙, 窺見." 令潔羞精饌, 接待款至. 夫人闖見, 其衣服雜[20]異, 風彩茸闒, 而重違外教, 備羞極待. 夕後, 鄭公問夫人曰: "郞材果何如?" 夫人曰: "宰相之子若孫耶?" 曰: "否." "名宦之弟與侄耶?" 曰: "否. 是乃安東金姓人, 故庶尹之孫耳." 夫人曰: "家計裕厚耶?" 曰: "否." "才藝敏速耶?" 曰: "否. 但頰顄[21]豊碩, 步武謹重, 壽富多男之徵." 夫人落莫曰: "昏坐待晨之類." 鄭公決意定婚. 後夫妻偕老有五子. 仙源淸陰兩先生, 以節義道德名世, 後世福祿, 不下於鄭氏. 噫! 林塘先見, 不下於文翼公也.

1-9. 金文谷

金文谷壽恒夫人羅氏, 明村羅良佐之姊也. 有識鑑, 爲女擇婿, 使第三胤三淵, 往見閔氏諸少而定婚, 三淵往見而來告曰: "閔家兒皆氣短, 且貌不揚,

---

17 《기문총화》에는 '時'가 빠짐.

18 《기문총화》에는 '不當'이 '謝不堪當'으로 되어 있음.

19 《기문총화》에는 '八'이 '六'으로 되어 있음.

20 《기문총화》에는 '雜'이 '雖'로 되어 있음.

21 《기문총화》에는 '頰顄'이 '顴'로 되어 있음.

無可合者." 夫人曰: "此是名家也, 後進必不然矣." 其後, 三淵擇定於李氏兒, 而來言曰: "今日果得佳郞矣." 夫人問: "爲誰, 而風範如何?" 對曰: "風儀動盪, 才華發越, 眞大器之人也." 夫人曰: "若然則好矣." 及迎婚合巹之日, 夫人見而歎曰: "三兒有目而無珠矣." 三淵怪而問之, 夫人曰: "新郞佳則佳矣, 壽限大不足, 遠不過三旬, 汝何所取而定婚也?" 已而熟視而又歎曰: "吾女先死矣, 亦復奈何?"云, 而責三淵不已. 三淵終不以爲然. 一日, 閔趾齋鎭厚丹巖鎭遠諸從兄弟, 俱以弱冠, 適有事而來矣, 三淵入告曰: "母氏每以閔家之不得連婚, 爲恨矣, 今閔家少年來矣, 母氏可從窓隙窺見. 必下諒小子言之不誣也." 夫人從而窺見, 又責三淵曰: "汝眼果無珠矣. 此少年俱是貴人, 名垂後世之大器也. 惜乎! 不得連婚矣." 其後果符其言, 閔公俱大達, 而李氏年纔過三十, 以參奉夭, 夫人之女, 先一年而歿. 夫人嘗織錦布三端, 以一端, 造文谷之官服, 二端深藏, 而第二胤農巖登第, 而不許造朝衣, 後夢窩以蔭官登第, 仍造朝衣. 一端又藏之, 孫婿趙文命登第, 又使造朝衣. 三人俱位至三公. 夫人之意, 以爲未至三公之人, 不可許也. 農巖登第而入謁, 夫人嚬眉曰: "何爲而如山林處士樣也." 其後, 夢窩登第而入謁, 則笑曰: "大臣出矣."

1-10. 洪相沂川

洪相沂川命夏, 與金判書佐明, 俱是東陽尉女婿也. 金公早登科, 聲望蔚然, 洪公四十窮儒, 家貧贅居于東陽門, 自聘母翁主以下, 皆賤待之. 妻娚申冕, 亦早登第, 而爲人驕亢, 待沂川尤薄, 以奴隷視之. 一日對飯, 而適有雉脚之爲饌者, 申冕擧而投之於狗曰: "貧士之床, 雉脚何爲?" 洪公但含笑, 而少無怒意. 東陽尉獨知晩必大達, 每責其子, 而加意於洪公. 金公之爲文衡也, 洪公做數首表而示之曰: "可做科第耶?" 金公不見, 以扇揚之曰: "豹乎, 彪乎?" 洪公笑而收之. 一日, 東陽尉出他暮歸, 聞小舍廊, 有笙歌之聲. 問於傍人, 則以爲令監, 與金參判令監, 及他宰數人, 方張樂而遊矣. 申公問: "洪生在座否?" 曰: "洪生在下房而睡矣." 申公嚬眉曰: "兒輩事可駭矣." 仍請洪公而問曰: "汝何爲不叅於兒輩之遊耶?" 對曰: "宰相之會, 非儒生之所可叅, 况是不請客也." 申公曰: "汝則與吾一遊, 好矣." 仍命樂盡歡而罷. 申公有疾濱危, 把沂川之手, 一手擧盃而勸飮曰: "吾有一言, 可托於汝者. 可飮此盃, 而聽我臨終之言." 洪公謙讓曰: "未知有何下教, 願先承教, 後飮此盃." 申公連曰: "飮此盃後, 吾當言之." 洪公一味不從, 申公四五次勸之, 而終不聽, 仍擲盃於地, 而含涙曰: "吾家亡矣." 仍隕命. 盖似是托子之言也. 其後, 洪公登第, 十年之間, 位在左相. 至肅廟朝, 申冕獄事出, 而自上問于洪相曰: "申冕何如人也?" 洪相對以不知, 仍伏法. 冕之平日行事, 沂川含憾, 久矣. 旣受知於東陽尉, 則一言救之, 以報東陽知遇之感, 可也. 而不此之爲者, 沂川事極爲咄歎. 沂川拜相之後, 金公佐明尙帶文衡之任, 燕京奏文, 文衡製進, 而以四六爲之, 先鑑于大臣而入啓, 例也. 金公以其所製之表, 入鑑于大臣, 洪公以扇揚之曰: "豹乎, 彪乎?" 此亦量狹之事也.

1-11. 申判書銋

申判書銋, 號寒竹堂, 有知人之鑑, 喪獨子而有遺腹女, 年及笄矣. 其孀婦每請于其舅曰: "此女之郞材, 尊舅必親自相之而擇焉." 申公曰: "汝求何許郞材?" 對曰: "壽至八十而偕老, 位至大官, 家富而多男, 則幸矣." 公笑曰: "世豈有如此兼備之人乎? 若副汝願, 猝難得矣." 伊後, 出門而歸, 則必問郞材之可合者, 每每如是矣. 一日, 申公乘軒而過壯洞, 羣兒嬉戱, 叢中有一兒, 年可十餘歲, 而蓬頭突鬢, 騎竹而左右跳踉. 停軺熟視, 則衣不掩身, 而河目海口, 骨格異凡. 仍命一隷, 使之招來, 則掉頭不肯, 公使諸隷, 扶持以來, 其兒號哭曰: "何許官員, 空然捉我, 我有何罪而如是也?" 諸隷擁至軺前, 公曰: "汝之門閥, 何如人也?" 對曰: "門閥知之, 何爲也? 吾是兩班也." 公又問: "汝年幾何, 汝家何在, 汝姓云何?" 對曰: "欲捧疤軍丁乎? 何爲而問姓名年歲居住也? 吾姓兪也, 吾年十三也, 吾家在於越洞矣, 何爲問之? 速放我去." 公放送而尋其家, 則不蔽風雨之斗屋也. 只有寡居之母夫人. 公招出婢子傳喝曰: "我是某洞居申某也. 吾有一箇孫女, 方求婚矣. 今日定婚於宅都令而去."云云, 而仍飭下隷, 歸家愼勿言. 仍適他暮歸, 則孀婦又問郎材, 公笑曰: "汝求何許郎材?" 孀婦對如初, 公笑曰: "今日得之矣." 孀婦欣然而問曰: "誰家之子, 家在何處." 公曰: "不必知其家矣. 後當知之." 仍不言矣. 及到迎綵之時, 始乃言之, 則自內急送解事一老婢, 往見其家計之貧富, 郎材之姸醜. 婢子回告曰: "家是數間草屋, 而不蔽風雨, 廚下生苔, 鼎中有蛛絲, 而郎材則目大如筐, 髮亂如蓬, 無一可取, 無一可見. 吾小姐入門之後, 則杵臼必當親執矣. 以吾小姐, 如花如玉, 生長綺紈之弱質, 何可送于如此之家乎?" 孀婦聞此言, 膽落魂飛, 而卽受綵之日也, 事到無奈何之境. 仍飮泣而治迎郎之具矣. 翌日, 新郎入來行禮, 孀婦審視, 則果如婢言, 而卽一可憎之郎也. 心焉如碎, 而無奈何矣. 過三日後, 送郎而夕時, 新郎又來矣. 申公問: "汝何爲更來?" 新郎曰: "歸家則夕飯無期, 且有順歸人馬, 故還來矣." 公笑而留之. 自此每每留在, 而連日內寢. 新婦以質弱之女子, 見惱於丈夫, 幾至生病之境矣. 公憂之, 諭之曰: "汝何爲連日內寢也? 今日可出外, 與吾同寢, 可也." 新郎曰: "敬受教矣." 及夜, 公就寢, 而新郎寢具鋪之於前矣. 公闔眼, 則新郎以手, 搥公之胸, 公驚曰: "此何爲也?" 新郎對曰: "小婿果不安其寢, 昏夢之中, 每有此等事矣." 公曰: "後勿如是." 對曰: "諾." 未幾又以足擲之, 公又驚覺而責之. 已而又以手足, 或打或擲, 公不堪其苦, 乃曰: "汝可入內而宿. 吾則不可與同寢矣." 新郎仍捲其寢具, 荷而入內, 則時其家族黨婦女之來者, 適留於新房中. 夜三更, 驚起而避, 新郎高聲而言曰: "諸家婦女, 皆急避, 而獨留兪書房宅,可也."云云, 如是之故, 妻家上下, 皆厭苦之. 申公按海藩也, 內行將率去, 而使兪郎陪來, 孀婦曰: "兪郎不可率去. 姑留之, 使吾女暫時休息, 可也." 公不許而率去矣. 及墨進上時, 公呼兪郎而問曰: "汝欲墨乎?" 對曰: "好矣." 公指示而言曰: "任自擇去." 兪郎躬自擇之, 大折墨百同別置, 該監裨將前奏曰: "若如此, 則恐有闕封之慮矣." 公曰: "使之急急更造." 兪郎還至書室, 幷給下隷, 無一餘者云. 兪郎兪相國拓基也, 享年八十而偕老, 位至領相, 有子四人, 家又富, 果符申公之言. 其後, 兪公爲海伯, 率女壻洪南原益彬而去矣. 又當墨進上之時, 呼洪郎, 而使之任自擇去, 則洪郎擇其大折二同, 中折三同, 小折五同而別置, 公曰: "何不加擇?" 洪郎曰: "凡物皆有限用處, 小壻若盡數擇之, 則進上何以爲之, 洛下知舊, 何以問之? 小壻則十同, 優可用矣." 公睨視而笑曰: "緊莫緊焉. 可作蔭官之材云矣." 果如其言.

1-12. 李白沙

李白沙恒福, 有賤息擢壻, 招石洲之侄權侙, 以三色桃爲題, 呼韻, 侙卽應曰: "夭桃灼灼暎疎籬, 三色如何共一枝. 恰似美人梳粧[22]了, 滿顔紅粉未均時." 公卽令涓吉, 侙時年十三.

1-13. 崔相遲川

崔相遲川鳴吉, 少多病瘦甚, 人皆危之, 申玄翁欽獨雅賞曰: "崔某雖如此, 他日當爲名世器. 欲擇爲女壻, 而其於十年痼疾, 及子宮不好, 何?" 崔公果於二十後, 病在床席者十餘年, 又艱嗣續, 盖申公旁通星命云.

---

22 《기문총화》에는 '粧'이 '洗'로 되어 있음.

1-14. 朴判書遾

朴判書遾, 兒時, 約婚于某處, 未聘而處女中經危病, 人言兩目俱盲. 其兄欲改求他婚, 判書曰: "病盲天也. 盲妻猶可同居, 無信不立." 兄奇其言從之. 及合巹, 目實不盲. 盖爲仇家所誣也.

1-15. 金參判始振

金參判始振, 有知人之鑑, 嘗於路上, 有一童子, 遇戴水筩女兒, 與之戲焉. 見其容貌美秀, 使人問之, 乃是閔黯也. 知其必大貴, 許以女妻之. 及委禽之日, 金公見之, 忽色不豫. 客問其故, 公曰: "恨吾見之不明耳. 渠雖位極人臣, 其於不命終, 何? 然而吾女同享其樂, 不見其敗而先死, 亦何恨哉?" 後果如其言.

1-16. 延安李相公

延安李相公時白之聘家, 有奴名彦立者, 狀貌獰狠, 膂力過人, 一食一斗, 常患不足. 始自遠鄕來, 雖備使役, 每稱飢乏, 懶不事事, 若一善飯, 則出而取柴, 拔木全株, 擔負如山. 主家貧窮, 無以充其腹. 且畏其狀獰, 乃放之, 任其自便, 彦立不肯去曰: "上典之家, 使喚不足, 無可任事者, 吾何去?" 其家患之, 不復責以任事. 居未久, 其主君某以病卒, 獨有孤孀與一女, 號擗於房中而已. 無他親戚臨視者, 送終之具, 無以治之. 彦立哭之慟, 進伏庭下曰: "廳下雖罔極, 旣無至親可恃者, 初終大事, 片時爲急. 豈但哭耶? 凡家間什物, 有可作錢者, 幸付此奴, 可以經紀治喪, 庶及時矣." 主母乃盡出衣服器用付之, 彦立只取其獲錢者, 卽走市得錢, 盡貿襲斂之資. 又買棺材精好者, 擔負往召棺槨匠, 匠人見負大四板, 大懼卽隨而至, 盡心治棺. 又招諸隣婦, 一時裁縫送終之具, 一一精辦, 卽爲入棺成服. 彦立又訪問地師之有名者, 告以喪家惸孑可矜, 且進以一大白, 具請占山於近地, 地師許之, 彦立進一馬, 自控之. 地師至一處, 占穴稱道, 彦立指點龍勢案對砂水之疵, 誚以不合葬地, 言甚明切, 地師大驚慚. 又見其形貌之猛悍, 懼其逢辱. 乃往一處, 告以素所秘占之處, 彦立曰: "此地僅可用也." 歸告主母, 擇吉靷行, 喪需凡百, 渠皆主張, 無憾焉. 主母曰: "自此家事, 惟彦立是聽." 葬畢, 彦立又告主母曰: "主家喪敗貧窮, 更難京居. 請往鄕庄, 治農數年, 待其稍積, 可以復還." 主母曰: "豈不善哉?" 乃搬移下鄕, 彦立明於農理, 又强幹勤事, 土地所出, 視他十倍. 且鄕隣莫不異而愛之, 助役赴事, 如恐不及. 五六年間, 主家遂成大富. 彦立又告於主母曰: "阿只今已年長, 當求壻處, 而此可求京中矣. 某洞某宅, 非我宅之戚叔也. 小人曾謁其令監,[23] 廳下以一札, 求得郎材, 善矣." 主母依其言, 作書付之. 且厚贈遺. 彦立上京, 謁其家主, 納書[24]而告之故, 其家乃當朝名宦也. 許以盡心求之, 而顧無可合者. 彦立乃買得佳梨一擔, 自作梨商, 遍入士夫家, 以詳察郎材. 行至西小門外, 見一家門墻頹毁, 貧弊可知. 有一總角秀才, 拔刀削梨, 連噉數顆, 又取十餘顆, 入之袖中曰: "梨則好矣, 今無價, 後日更來." 彦立視其狀貌氣概, 大不凡常, 問秀才, 是誰氏宅, 答曰: "此李平山宅, 平山公我之嚴父耳." 彦立乃回往, 詣名宦家告曰: "西小門外李平山家郎材極佳, 請紹介定婚." 名宦曰: "李平山吾所親也. 其子年長成, 而放逸不學, 人皆憎之, 以此尙未定婚, 焉用此子?" 彦立固請, 不許. 乃歸告主母, 更製一札, 費辭固請. 名宦乃適李平山家, 具言其家富實, 閨秀賢淑. 李平山方患婚處之腕晩,[25] 聞而大喜, 卽涓吉定行. 此釣巖公也. 旣過禮, 公少年疎雋, 行多跅弛, 彦立獨甚奇之, 稱揚不離口, 主母甚喜而善待之, 所需無不致誠. 及

23 《기문총화》에는 '令監'이 '主君'으로 되어 있음.

24 《기문총화》에는 '納書'가 빠짐.

25 《기문총화》에는 '腕晩'이 '不出'로 되어 있음.

廢朝癸亥, 延平與昇平諸人, 方圖反正. 聞彦立是大奇才, 乃使延陽, 延之深室, 要與同事. 且問事之可否成敗. 彦立曰: "以臣伐君, 勸之固難, 國之將亡, 不勸亦難. 但未知同事者爲人如何耳." 延陽乃留彦立, 會集同事諸人, 使遍看之. 彦立看畢謂公, "皆將相之材, 事可濟矣. 而奴則不願立矣." 卽辭去. 去後月餘, 因不知去處. 延陽莫之測, 深慮之. 已而來謁, 問其何往,[26] 曰: "小人此去, 猶慮事之危殆, 走入海中, 求得一島, 可以避世. 事如不諧, 則欲陪上典, 闔門入處. 故今具一船於江上以待, 事[27]若有危端, 願公諧出臨." 公許之, 及反正改紀, 延平三父子一時策勳,[28] 尊榮無比. 益偉彦立之忠智明識, 不復以僮僕待之, 而主家乃白文放贖. 居在公州, 而其雲頗多. 其他奇事甚多, 不能云.

1-17. 宋政丞軼

宋政丞軼夫人, 甚妬. 宋公盥洗, 見一婢子甚美, 暫戲而握手, 及朝, 朝飯到, 開飯盖, 中有婢手, 赤血滿器. 公有三女, 皆學母, 季女未適人. 公一日, 以墨水三器, 賜三女曰: "汝輩甚妬, 無女子風, 宜服此而死." 二女服罪, 季女引器欲飮, 公大悶之, 欲得制其女者爲壻. 一日, 退朝歸家, 有一總角, 頭如旗纛, 自舍廓出. 公責之, 對曰: "吾亦士夫子. 適逐一婢, 入房做好事, 何深責也? 無長者之風度也." 公奇而問之, 乃洪承旨子也. 曰: "汝學書有幾?" 曰: "讀通鑑四卷[29]耳." 公曰: "汝他日當爲黑頭宰相, 何不自愛, 甘心悖禮, 不顧慈闈之情也? 吾有一女, 欲妻汝, 此意勿令他人知也." 數日後, 以錦布一同, 紬數十匹, 送之, 作婚具. 又來見, 辟人言曰: "鄙女性甚剛勇,

---

26 《기문총화》에는 '問其何往'이 빠짐.

27 《기문총화》에는 '以待事'가 '君'으로 되어 있음.

28 《기문총화》에는 '策勳'이 '疏封'으로 되어 있음.

29 《동인야설초》에는 '卷'이 '書'로 되어 있음.

要須如此如此, 可無日後, 難制之患." 洪童曰: "謹奉教." 及奠雁, 婢僕竊相謂曰: "某婢之夫也." 夫人聞之,[30] 急請公曰: "豈以婢夫, 作壻乎? 當退絀黜之." 如此之際, 已行禮入洞房, 夫人出坐,[31] 聲淚交發而曰: "公何棄女於婢夫也? 吾女雖死, 誓不適此漢." 洪呼奴, 使牽馬來, 公千般强勸, 遂黽勉留宿. 夫人果不[32]入送其女, 洪獨宿待漏請還, 公謂曰: "姑待療飢而去," 洪曰: "獨宿新郎, 安用早飯爲?" 請馬不已, 公不得已給馬. 去後斷信一日,[33] 夫人怒解, 勸相公送馬邀之, 洪杖奴而逐之. 又數月, 夫人私自送馬, 洪又逐之. 皆相國指導也. 自此夫人母女, 淚未嘗乾. 相國時時往見, 而夫人不知也. 荏苒三歲, 洪力學, 魁謁聖第, 相國竊歎之曰: "洪某魁闈, 唱榜之時, 風神一倍俊爽, 而夫人之故, 自同路人, 惜乎!" 夫人大加悔恨, 潸然淚下. 明日游街, 故歷其門, 相國家婢僕, 顚倒觀光. 前日所眄之婢, 頻頻拭淚. 夫人懇乞呼新來, 相國再三推辭, 終乃勉强, 呼之新來, 趨進上堂, 夫人出坐謂曰: "吾之所失, 固不可言, 而公以有識君子, 何深怒至此?" 洪拂衣欲起, 夫人執袂泣謝而不捨, 相國亦懇請縷縷. 夫人催進夕飯, 仍請入內, 令新婦入房. 數日後, 始行迎婦禮. 婦事姑孝, 事夫順, 爲世賢媲. 洪公名彦弼, 號黙齋. 官至領相, 生子暹, 號忍齋. 德位壽祿, 國朝罕比, 皆相國之助云.

1-18. 林龜城植

林龜城植, 錦湖亨秀之猶子也. 其繼室兪氏, 多才智, 有藻鑑. 晚年寡居羅州, 家甚饒富. 有女當婚, 兪氏曰: "吾當自擇壻." 遂上京, 僦屋於通衢之

---

30 《동인야설초》에는 '聞之'가 빠짐.

31 《동인야설초》에는 '公前'이 첨가되어 있음.

32 《동인야설초》에는 '不'이 빠짐.

33 《동인야설초》에는 '日'이 '月'로 되어 있음.

傍, 使琴歌之婢, 日邀往來敎官家童蒙, 或有不顧而去者, 或有呵叱而過者, 或勉强暫入, 羞愧而旋去, 皆不入意. 最後, 有一童子, 年約十四五, 眉目如畵, 略無難色而入坐, 引滿飮數盃後, 歌舞而和琴. 少頃, 拂袖而去, 旣無羞嫌之心, 亦無顧戀之意. 兪氏大稱於意, 訪而知之, 以女妻之, 卽林惰也. 林早登科, 官至監司, 有二子, 埬承旨, 墰冢宰. 兪氏藻識, 不讓於劉氏之知黃裳也.

1-19. 權生景裕

權生景裕, 字君饒,[34] 柳生順汀智翁. 少有才名, 嘗隷業[35]於山房, 有一少年, 亦學字於山僧, 權與柳向[36]曰: "汝何人?" 且曰: "觀汝貌妙, 亦有妹乎?" 對曰: "有一妹, 本羅州籍妓. 名玉膚香, 少名海島, 貌藝甲於南州, 曩歲, 擢入京中, 亦有聲譽." 二人情不自勝, 約曰: "吾二人中, 先及科第者, 必取香." 且問少年, 羅州鄕家, 所在里巷, 花木川石之類, 心記之. 二三年間, 二人俱捷科. 柳爲咸鏡[37]道評事, 權爲翰林. 權宴見玉膚香於歌妓中,[38] 謂曰: "汝識我耶?" 香曰: "未諳也." 權卽誣之曰: "汝隷羅州時, 余以布衣過之, 通判某使汝薦枕, 余往汝家, 留宿數日乃去. 汝母名某, 祖母名某,[39] 兄名某, 弟名某, 門前樹幾花幾, 川幾石幾, 摠不妄. 且汝訣我之言曰: '妾幸隷京妓, 郞亦復捷科, 則此一生再合之秋也.' 汝忘之乎?" 香異之, 仰面良久歎曰: "翰林所敎誠是, 而面目與曩時所見, 頗不類, 必有此事明矣. 但

---

34 《기문총화》에는 '字君饒'가 빠짐.
35 《기문총화》에는 '隷業'이 '隷習業課'로 되어 있음.
36 《기문총화》, 《추강냉화》에는 '向'이 '問之'로 되어 있음.
37 《기문총화》에는 '咸鏡'이 '永平'으로 되어 있음.
38 《기문총화》에는 '果絶艶也'가 첨가되어 있음.
39 《기문총화》에는 '祖母名某'가 빠짐.

妾東家西家，李郎張郎之間，胥忘矣.” 因嘘唏不止. 是夜素約成，士林傳說，莫不異之.[40]

1-20. 朴松堂

朴松堂英，以讓寧大君外孫，天姿超邁，家又豪富. 年十七，親往遼東，貿鳩鴿以還，[41]事多落拓不羈，成廟召戒之. 乃登武科，拜宣傳官. 一日，騎駿馬，美衣服，[42]過南小洞口，有一女，頗有姿色，以袖招之. 公下馬戒僕，'明日早來.' 遂踵女而去，家在深僻無人之處. 公旣到，天已昏黑矣. 其女忽對公，潸然淚下.[43] 公問其故，輒擧手止之，低聲附耳曰: “觀公風采，必非常人，由我枉死矣.” 公驚[44]駭而再問之，乃曰: “賊使我爲餌，誘殺人，分其衣服鞍馬者，有年矣. 我日思脫出，而賊徒甚多，怕死不敢生計，公能活我耶?” 公卽拔劍，按壁上四隅，不寐而坐. 夜半，自房上樓呼女，下大繩，公奮身，蹩其壁，急負女，自壁穴而出，超越數墻，絶裾而走，免焉.[45] 明日，遂解職歸善山，折節讀書，[46] 變化氣質，爲世醇儒. 女遂服事公，終身.[47] 公平生坐側，置絶裾衣，示子弟以戒.

1-21. 錦湖林校理

錦湖林校理亨秀，少時磊落有氣節，豪爽不羈，馳馬習射，好讀書能文章.

---

40 《기문총화》에는 '士林傳說 莫不異之'가 빠짐. 《추강냉화》에는 실려 있음.
41 《기재잡기》에는 '行'이 첨가되어 있음.
42 《기재잡기》에는 '乘昏'이 첨가되어 있음.
43 《기재잡기》에는 '淚下'가 빠짐.
44 《기재잡기》에는 '驚'이 빠짐.
45 《기재잡기》에는 '免焉'이 빠짐.
46 《기재잡기》에는 '聖賢書'가 첨가되어 있음.
47 《기재잡기》에는 '女遂服事公 終身'이 빠짐.

一日, 觀科上京, 與同接二人, 聯鑣而行, 中路見一素帳轎, 從後而來. 轎下童婢, 年可十八九. 頗有容色, 編髮至踝, 標致裊娜. 隨轎冉冉而來, 突過馬前, 回顧見錦湖. 行過一馬場, 又一顧見. 二同伴相嘲曰: "吾輩三人同行, 君之容貌, 非獨表出, 而厥女偏於君, 屢次顧見, 何也?" 錦湖曰: "吾亦不知." 前當大村, 其轎子入於曲巷中, 錦湖謂二人曰: "君輩須先往前店, 以待之. 我則明曉, 當追及矣." 二人或笑或罵曰: "士夫科行, 忽惑於一女子, 棄其同行, 中道改路, 寧有如許人事乎?" 錦湖笑而不答, 促奴子, 驅馬追到. 委進曲巷中, 見一高柱大門. 遂入門下馬, 繫馬於廊柱, 陞階而上, 則房門閉鎖, 塵埃滿廳. 姑爲入坐, 俄而其童婢, 一手持一立席, 一手持火具, 自內而出, 舖席于行廊房中, 置火具于前, 請錦湖, 入處房中. 錦湖笑曰: "汝安知我之必隨汝來, 而設此具也?" 女亦笑曰: "我三次顧見, 而豈有不來之理乎?" 且曰: "先吸南草, 將備夕飯以來, 姑待之. 夕飯後, 盤器等屬, 洗滌收煞, 而出來矣." 少焉果進夕飯, 持床而入. 少頃, 果出來, 坐房之一隅, 忽泫然泣下. 錦湖怪而問之, 女收淚而對曰: "吾上典, 家勢孤單, 某年娶某宅婦女, 一日, 婦人覲行歸路, 忽然急風, 捲轎之帳, 適有一頑僧, 窺見娘子之美色, 猥生淫慾, 隨轎而來, 以强力逼辱娘子, 遂殺上典. 此後頻數來往. 心切悲冤憤痛, 而量一女子, 無計可施. 陰求有力之士, 以圖復讎之擧, 而不逢其人. 潛求良弓勁矢, 待之久矣." 錦湖曰: "然則三人同行, 何故偏顧我也?" 女曰: "見行次, 形貌壯健, 足辦此事故也." 錦湖曰: "厥僧今安在?" 女曰: "見在房中, 與娘子戲謔." 錦湖卽加矢於弦, 使童婢前導指示, 隨而入門, 隱身於暗處, 而窺見之, 則僧明張燭火, 披衣露胸, 半醉依壁而坐. 錦湖彎弓滿彀, 極力射去, 正中厥僧之胸膛, 厥僧大叫一聲, 驀然仆地. 錦湖又欲更射其女人, 童婢挽止曰: "娘子所行, 雖如此, 亦吾之上典也, 不可自吾手殺之. 且當自斃, 不如棄之而去." 錦湖遂止, 與童婢出來. 婢謂錦湖曰: "小人願隨行次而去, 爲妾爲婢, 唯命是從." 忙收行裝, 急出門外, 與女幷騎而行. 到半里許, 女曰: "我有所忘事." 更下去.[48] 更到其家, 放火而燒之.[49] 錦湖駐馬而待之. 俄而見其家, 火光四起, 烟焰騰天. 童女旋卽回來, 遂依前幷馬. 趲到前店, 夜將曙矣.[50] 二同行出迎, 見錦湖携一女子而來, 又相與嘲罵曰: "今爲觀科而行, 挾一女而來, 不祥莫大焉." 錦湖但笑而不答. 遂携與上京, 留於旅店, 留置其女於內間, 整飭科具, 入場觀光. 遂擢嵬科, 遊街三日後, 携其女而還鄕. 與夫人相見, 使之使喚, 夫人聞其事顚末,[51] 大加稱歎, 而觀其爲人, 不似卑賤之流, 夫人遂勸與作妾. 其女溫順恭遜, 性又聰慧, 夫人遂大愛之, 相與和樂, 以終平生云.

1-22. 高霽峯

高霽峯敬命, 兒時, 在大人公州任所, 與一兒妓情密. 後赴庭試, 聞親病, 不待榜馳歸. 午站歷妓, 妓方爲方伯之子所眄, 晷刻不許外出. 公使妓母, 爲計招之. 及出, 妓挽公衣, 泣不捨. 盖妓之情愛, 甚於公也. 公行甚忙, 强之還入. 時營中張宴, 索妓甚急, 妓猶牽强不還. 公書一律於[52]紅裙底而送之. 監司怒將刑, 妓泣訴其實. 詩曰: '立馬沙頭別故遲, 生憎楊柳最高枝. 佳人緣薄[53]含新態, 蕩子情深[54]問後期. 桃李落來寒食節, 鷓鴣飛去夕陽時. 江南雨歇春波綠, 手折蘋花[55]有所思.' 監司大驚, 急請公, 已發行. 使追躡之, 至孝家里,[56] 牽擁而來. 監司曰: "若翁之病, 非可憂. 吾今發使, 二日內

---

48 《청구야담》에는 '更下去'가 빠짐.
49 《청구야담》에는 '燒之'가 '來 遂下去'로 있음.
50 《청구야담》에는 '夜將曙矣'가 빠짐.
51 《청구야담》에는 '聞其事顚末'이 빠짐.
52 《파수》 및 《동인야설초》에는 '妓之'가 첨가되어 있음.
53 《파수》에는 '薄'이 '重'으로 되어 있음.
54 《파수》 및 《동인야설초》에는 '深'이 '多'로 되어 있음.
55 《동인야설초》에는 '花'가 '蘩'으로 되어 있음.

探來, 爾可少留." 時宴猶未罷, 款遇無量. 夜半, 館人叩門索公, 果闡大魁. 監司卽盛備應榜之具, 而送之. 親病之安, 亦已探來矣. 應榜歸路, 復請入營中, 大宴以娛, 給其妓.

1-23. 鄭錦南

鄭錦南忠信, 初除宣沙浦僉使, 歷辭宰相, 一老宰殷勤致款曰: "吾知君大器也. 其進不可量. 且知君尙無室家, 吾側室有女, 與君爲小星, 使奉巾櫛, 何如?" 錦南感其意, 許之. 老宰曰: "然則不必煩人耳目. 發行之日, 特於弘濟院橋頭, 同行啓發, 可也." 及至橋頭, 見一轎馬, 行具鮮明, 翩翩而來, 問宣沙行次. 錦南遂迎見其婦人, 軀殼甚大, 語言無味. 錦南心中, 以爲見欺於勒婚. 然而亦難排却, 黽勉同行. 到鎭, 主饋而已, 頓無顧念之意. 一夕, 營門秘關來到, 坼見之, '有軍務相議事, 不留晷刻, 星火馳進.' 遂促飯而喫, 入別小室, 小室曰: "令監知今行, 有何事耶?" 曰: "不知." 小室曰: "當此亂世, 去就之際, 不能預料事機, 何以濟乎?" 錦南奇其言, 探問之, 小室曰: "有如許事, 應變之節, 如是如是." 仍出紅錦緞天翼着之, 品製適中, 錦南甚驚異之. 馳到營下, 則巡使辟左右, 而言曰: "今天使回路, 逗留此城, 討白銀萬兩, 若不聽施, 則梟首道伯云, 事係罔措, 物亦難辦. 百爾思量, 非君無以應變, 故請來." 聞其言, 則果是小室, 臨行時指敎之事也. 遂依其言, 自當措處之意, 大言之. 出坐練光亭, 招營校之伶俐者一人, 附耳語良久, 旋卽選營妓之慧黠者四五人, 使之隨廳, 或歌或琴, 杯酒狼藉. 又招營校, 附耳語曰: "今不出銀, 巡相被死, 滿城魚肉, 汝等死耳. 汝出往城內, 家家挿火藥, 練光亭上, 放砲三聲, 衝火之." 營校唯唯而退. 已而入告曰: "盡挿矣." 俄而放砲一聲. 諸妓在傍竊視, 大恐之, 佯托小避, 稍稍出

---

56 《파수》에는 '至孝家里'가 빠짐.

去, 各傳其家. 須臾滿城皆知, 呼爺喚孃, 挈妻携子, 爭出城外, 喧聲動天. 天使初聞砲聲, 甚訝之, 及聞喧聲驚動, 急起探問之際, 營校一人告曰: "宣沙浦僉使, 若此若此." 酬酌之間, 砲聲又起, 又曰: "若又一砲, 則燒存性矣." 天使神魂荒錯, 忙不及履, 走到練光亭, 握錦南手, 乞活殘命. 錦南據理責之曰: "上國父母之邦也. 使臣來宣詔命也, 沿路陪臣, 恪勤接待, 而使臣責出無例之銀, 固是行不得之政. 一城之人死耳, 無寧共死於灰燼中也." 天使曰: "吾之命, 懸於大爺之手, 今當立馬於階前, 上馬卽行, 罔夜疾馳, 三日內, 當渡鴨綠江, 願停一砲." 錦南曰: "天使無禮, 吾不之信焉." 因呼砲手, 天使抱錦南, 千乞萬乞, 號哭隨之. 錦南佯爲不得已, 遂許之. 使之促馬急發, 天使一行, 無限感謝, 一齊上馬, 風馳電邁. 果於三日內, 陪持來告天使渡江. 巡使大喜, 設宴以謝之, 由是名振一世. 錦南辭歸, 自此以後,[57] 每事問於小室而行之.[58] 眞異人哉! 故以貌取人, 失之子羽也.

1-24. 李貞翼公

李貞翼公浣少時, 射獵于山間, 逐獸而轉入深山, 日已暮, 四顧無人家, 心甚慌忙, 按轡而尋草路, 歷盡數岡, 至一處, 則山凹之內, 有一大瓦家. 仍下馬叩門, 則重關深鎖,[59] 無一應者. 居食頃, 一女子自內而出曰: "此處非客子暫留之處, 斯速出去." 公見其女子, 則年可二十餘, 而容貌頗端麗. 公曰: "山谷深矣, 日勢暮矣. 虎豺橫行之地, 艱辛尋覓人家而來, 如是拒絶, 何也?" 女曰: "在此則有必死之慮故也." 公曰: "出門而死於猛虎, 寧死於此處." 仍排門而入, 女子料其無奈何, 遂延之入室坐定, 公問'其不可留之

---

57 《기문총화》에는 '自此以後'가 빠짐.

58 《기문총화》에는 '而行之'가 빠짐.

59 《기문총화》에는 '重關深鎖'가 빠짐.

故,' 女曰: "此是賊魁之居也. 妾以良家女, 年前, 爲此賊魁所擄掠, 在此幾年, 尙不得脫虎口, 而今則賊魁適作獵行, 姑未還, 夜久必來. 若見客子之留此, 則妾與客, 當授首於一劍之鋩. 客子不知何許人, 而空然浪死於賊魁之手, 豈惜哉?" 公笑曰: "死期雖迫, 不可闕食, 夕飯斯速備來." 女子以其賊魁之飯, 進之, 公飽喫後, 仍抱女而臥. 其女牢拒曰: "如此, 而將於後患何?" 公曰: "到此地頭, 可謂削之亦反, 不削亦反. 靜夜無人之際, 男女同處一室, 雖欲別嫌, 人孰信之? 且死生有命, 恐懼何益?" 仍與之同寢,[60] 偃臥自若. 居數食頃, 忽聞剝啄之聲, 又有卸擔之聲. 其女戰慄, 而面無人色曰: "賊魁至矣, 此將奈何?" 公聽若不聞. 已而一大漢, 身長十尺, 河目海口, 狀貌雄偉, 風儀獰悍. 手執長劍, 半醉而入門, 見公之臥, 高聲大叱曰: "汝是何許人, 敢來此處, 奸人之妻乎?" 公徐曰: "入山逐獸, 日已昏, 寄宿於此." 賊魁又大叱曰: "汝是大膽. 旣來此處, 則處於外廊, 可也. 何敢入內室, 犯人之妻, 已是死罪. 況以客子, 見主人, 不爲禮, 偃臥而見之, 此何道理? 如是而能不畏死乎?" 公笑曰: "到此地頭, 吾雖貞白一心, 男女分席而坐, 汝豈信之乎? 人之生斯世也, 必有一死, 死何足懼也? 任汝爲之." 賊魁乃以大索縛公, 懸之樑上, 顧謂其女曰: "廳上有山獸之獵來者, 汝須洗而炙來." 其女戰兢出戶, 宰割山猪獐鹿等肉, 爛熟而盛于一大盤, 以進之. 賊魁又使進酒, 以一大盆, 連倒數盃, 拔劍切肉而啗之, 更以一塊肉, 揷于劍鋩曰: "何可置人於旁而獨喫乎? 渠雖當死之漢. 可使知味." 仍以劍頭肉, 與之, 公開口而啗之, 少無疑慮恐怯之色. 賊魁熟視曰: "是可謂大丈夫矣." 公曰: "汝欲殺我, 則殺之可也, 何爲而如是遲延. 又何大丈夫小丈夫之可言乎?" 賊魁擲劍而起, 解其縛, 把手而就坐曰: "如君之天下奇男, 吾初見之矣. 將大用於世, 爲國干城矣, 吾何以殺之? 從今以後, 吾以知己, 許之.

60 《기문총화》에는 '同寢'이 '交'로 되어 있음.

彼女子, 雖是吾之妻, 君已近之, 則卽君之內眷也. 吾何可更近也? 且庫中所積之財帛, 一一付之於君, 君其勿辭. 丈夫有爲於世, 而手無錢財, 何以營事? 吾則從此逝矣. 日後必有大厄, 君必救我." 語罷, 飄然而起, 出門,[61] 仍不知去向. 公以其馬, 騎其女, 且以廐上所係馬匹, 盡載財帛而出山. 其後公顯達, 以訓將兼捕將, 時自外邑, 捉上一大賊魁. 將按治之際, 細察其狀貌, 卽其人也. 乃以往事, 一一奏達于榻前. 仍白放而置之校列, 次次推遷, 登[62]武科, 位至梱帥云爾.

1-25. 金校里某

光海丙辰間, 金校理[63]某, 爲全[64]南繡衣, 暗行而至智異山, 兼爲遊賞, 無僻不到. 最深絶處, 有數間茅茨. 往叩焉, 一小婢出曰: "吾主人不在耳." 金曰: "[65]日暮無宿處, 願借客廊."[66] 婢入內復出, 迎接甚款. 供夕炊, 菜羹粟飯, 淸楚十分. 入夜[67]內屋, 燃松明, 微聞語聲, 金穴窓窺之, 有一婦人, 年可五十餘. 旁有一女, 對火治麻, 幽閒靜雅. 婦人曰: "汝父親, 今夕不來, 汝可出見." 女出庭仰天, 向母微語曰: "客星犯少微, 來客必貴人." 仍滅火入室, 金奇訝, 不能成眠. 翌朝, 主人荷雨笠, 携藥箱而至, 拜於庭下. 金惶忙扶起. 主人入內, 整衣而出, 葛巾荷服, 鶴骨松形, 神仙中人也. 金不覺膝之屢前. 仍留數日, 談今說古, 無不洞然. 主人曰: "吾本埋名于此, 不意被人所知, 今不可在. 觀君志氣凄楚,[68] 旣喪耦未娶. 吾女及笄, 可奉箕箒."

61 《기문총화》에는 '出門'이 빠짐.
62 《기문총화》에는 '登'이 '至於'로 되어 있음.
63 《계압만록》에는 '校理'가 빠짐.
64 《계압만록》에는 '全'이 '嶺'으로 되어 있음.
65 《계압만록》에는 '山深'이 첨가되어 있음.
66 《계압만록》에는 '一夜憩息也'가 첨가되어 있음.
67 《계압만록》에는 '夜'가 빠짐.

遂以妻焉. 且曰: "此非君出脚之時, 復命後, 卽又下來, 入山遯跡, 以待時清也. 不出十年, 將有太平之日也." 金竣事畢, 無他家眷, 卽日還山.[69] 其人留女, 與妻及一小奚,[70] 一小婢,[71] 移居一處. 盖不出智異山而終不言其地, 有時或來見而已. 果於癸亥[72]反正後, 金首膺召命, 官至判書.

---

68 《계압만록》에는 '凄楚'가 '不凡'으로 되어 있음.
69 《계압만록》에는 '金竣事畢 無他家眷 卽日還山'이 '金竣事還朝 卽又還出'로 되어 있음.
70 《계압만록》에는 '與妻及一小奚'가 '與之又一小子'로 되어 있음.
71 《계압만록》에는 '留之而'가 첨가되어 있음.
72 《계압만록》에는 '仁祖'가 첨가되어 있음.

東廂記纂 卷之二
德慧

2-1. 李月沙夫人

李月沙夫人, 權判書克智女也. 有德行, 二子白洲玄洲, 皆顯達, 而治家儉素, 華麗之衣, 未嘗近於身. 時某公主家迎婦, 自上命'滿朝命婦, 皆赴宴.' 諸家婦女, 競以華侈相尙, 伊日之宴, 珠翠綺羅, 奪人眼目. 追後有轎子入來, 而一老婦人, 扶杖而[1]葛衣布裳, 麤劣極矣. 將升堂, 主人公主, 倒屣下迎. 年少諸婦, 莫不指笑而驚訝, 不知爲誰家夫人. 主人迎之上坐, 執禮甚恭, 人尤訝之. 進饌後, 老婦人先起告辭,[2] 主人以日尙早挽止, 則老婦人曰: "鄙家大監, 以藥院都提調, 曉已赴闕, 伯兒以政官, 赴政席, 小兒以承旨坐直, 老身歸家, 可備送夕飯." 座中大驚, 始知爲月沙之夫人.

2-2. 金東園

金東園貴榮, 判書某之孫. 其父自少蒙騃, 不省人事,[3] 只有知覺而已. 判書退居鄕里, 鄕里中平民有女. 一日, 判書招其民語之曰: "我子昏迷, 不可與搢紳爲婚. 聞汝有女, 與我結親, 則何如?" 民曰: "歸當[4]與妻相議而告之." 歸語其妻, 妻曰: "是何言也? 金相公宅郞君, 但有[5]知覺土偶人. 何可爲也?" 其家女在傍, 從容言曰: "相公家何如, 而乃以常平之子, 與我結

---

1 《기문총화》에는 '而' 뒤에 '來'가 첨가되어 있음.
2 《기문총화》에는 '辭'가 '歸'로 되어 있음.
3 《기문총화》에는 '人事'가 빠짐.
4 《기문총화》에는 '歸當'이 '謹當歸'로 되어 있음.
5 《기문총화》에는 '但有'가 '無'로 되어 있음.

婚乎? 棄一女, 而家世因爲簪纓族, 何如?" 其父以其父[6]之言告之, 遂與成禮, 而判書之子, 不知人道, 因姆教以生子, 卽貴榮也. 能文章, 早貴歷揚華貫. 其母之兄弟族黨, 尙在軍籍, 有以上番, 至京者, 主於金公家. 公退朝, 見軍裝器械, 置於案上, 召從者曰: "此物曷爲置此, 藏之隱處, 勿令賓客見之." 母夫人聞之, 命拿入公, 數之曰: "汝家固是卿家, 我家卑賤, 羣從弟侄, 皆在軍籍, 以其至親也, 故入京來往於吾家, 宜盡心善遇, 使無間焉, 何可示以厭色, 不安其心也." 公悚然自沮.

2-3. 洪相允成

洪相允成, 以都元帥, 出湖南也, 聞'全州人某甲, 世爲望族家富, 而有三女, 皆美而婉.' 允成欲妾其女, 未行, 先下牒于湖南方伯全州府尹, 以其計告之. 又令設宿次於其家. 監司及府尹, 招其父, 以其文示之曰: "爾若排却, 不但禍入爾家, 監司與府尹, 亦皆得罪,[7] 爾急歸家, 整理婚具." 其父唯唯而退. 歸家而與其妻, 涕泣歎詫曰: "生女太多, 坐爲賤門." 其第三女問其故, 父曰: "非爾所知也." 女曰: "一家之事, 豈有子女不可知者乎?" 其父悉以告之, 女曰 "此甚易, 女有以應之, 願勿憂." 及允成之來, 其女盛容飾, 立於中門扉後, 允成戎服而入. 女肘其臂, 允成轉眄, 見一美娥, 相對而揖曰: "公乃國之相臣, 今爲大元帥, 余亦此地右姓之女. 若欲爲妻, 猶之可也,[8] 聞'公欲以我爲妾.' 是何辱我也? 必欲妾之, 今日願死於前, 公豈忍行此無禮, 而枉死人乎?" 允成笑曰: "如汝言." 遂揖而出. 遂密啓[9]于光廟曰: "臣有妻不慧, 不堪中饋, 久欲易之. 今來全州, 聞某人之女賢而美, 請爲

---

6 《기문총화》에는 '父'가 '女'로 되어 있음.

7 《오산설림》에는 '得罪'가 '死'로 되어 있음.

8 《오산설림》에는 '若欲爲妻 猶之可也'가 빠짐. 《기문총화》에는 '若欲爲妻 可也'가 들어가 있음.

9 《오산설림》에는 '遂密啓'가 '密狀'으로 되어 있음. 《기문총화》에는 원문과 같음.

繼室, 敢以聞.” 上答曰: “此卿家事, 何必問我?” 允成遂備禮而娶之. 允成死後, 前後妻爭嫡, 久未之正.[10] 後妻曰: “某年月日, 先王幸于女夫家, 令女行酒, 政院必有日記, 以夫人行酒, 書之乎? 以妾行酒, 書之乎? 願考其書.”[11] 出而觀之, 果書曰: “某年月日, 上幸洪允成家, 置酒酒酣, 令出允成夫人行酒.”[12] 以此列奏, 成廟[13]遂命後妻爲正室.

2-4. 安東姜錄事

安東姜錄事某,[14] 有二女, 字爲甲乙而長矣. 姜之家業稍饒, 其女兄弟, 自髫齔[15]出嫁, 每事相爲互勝, 未嘗有相負者矣. 以至生男生女, 必以供給. 長則嫁金姓, 次則嫁安姓, 而金則門閥稍可, 以爲司馬, 終至寢郎. 安則地閥小下於金, 雖得爲司馬, 至於寢郎, 無可爲之勢. 安婦以一事之不及於乃兄, 終至於絶食, 頓無生意而曰: “吾自兒時, 至成嫁, 未嘗有一事之見負於阿兄, 今以家長門閥之不逮, 有此不及於阿兄. 吾復何面目, 生於世乎?” 仍爲不食, 其子曰: “不必如是. 若與我數千金, 則自有父親初仕之道矣.” 其母遂許之. 其子翌日, 促裝而出. 伊時, 白休菴自湖南宰, 方爲銓曹亞堂, 乘召上來. 將入店舍, 安生先入店次, 休菴追後而入. 安生同坐一房, 不以爲避. 時至初昏, 門外有哀痛呼哭之聲, 安生問曰: “是誰[16]哭也?” 僕曰: “某郡由吏, 有待京耗於此, 俄聞京耗之良貝, 有此哀哭矣.” 安生招問其由

---

10 《기문총화》에는 ‘久未之正’이 빠짐.

11 《기문총화》에는 ‘以夫人行酒 書之乎 以妾行酒 書之乎 願考其書’가 ‘願考之’로 되어 있음.

12 《기문총화》에는 ‘出而觀之 果書曰 某年月日 上幸洪允成家 置酒酒酣 令出允成夫人行酒’가 ‘果考日記 則有曰 令夫人行酒’로 되어 있음.

13 《기문총화》에는 ‘以此列奏 成廟’가 빠짐.

14 《기문총화》에는 ‘安東姜錄事某’가 ‘安東有錄事’로 되어 있음.

15 《기문총화》에는 ‘至’가 첨가되어 있음.

16 《기문총화》에는 ‘誰’가 ‘何’로 되어 있음.

吏, 曰: "小人以某郡由吏之任, 積年而爲萬餘金之逋, 方收刷, 將至盡納, 今未備三千兩, 自京有所切緊處, 得諾, 故小人送子而來待於此店矣. 俄聞京報之良貝, 今若空還, 則闔門將至死境, 故不勝哀痛而哭也." 安生一聞, 黙然良久曰: "三千兩錢不少也. 數千金若備給, 則其餘汝可充納乎?" 由吏曰: "若得數千金, 則其餘有某條充納之道也." 安生無一言半辭, 天然呼僕曰: "行中駄來錢二千兩, 盡爲出給某吏也." 休菴在傍, 見其措處之如許, 不得不動心, 問其所從來與其地閥, 則某州某姓人. 問其行中錢所自出, 則曰: "以家計之不贍, 方爲推奴而來矣." 更問其先代之科宦, 以其父司馬言之. 休菴詳問其父姓名, 中心愛其少年之處事. 入京後, 有當窠, 竟爲寢郞. 其妻仍使之不仕, 然則高於金叅奉一等也. 一日, 安生言於其母曰: "聞休菴先生, 方在被謫. 顧以平日受恩, 不可不救之. 若備千餘金, 庶可爲休菴地也." 其母從其言.[17] 安生上京, 行貨賂, 結交曾經兩司一員, 以爲切緊之間, 給其困窮. 臺官問曰: "我與君, 素非親切之人, 吾賴君之濟急不少, 未知君有所關於我乎?" 安生曰: "無所關也. 白某與我, 有宿嫌, 方欲搆殺於士禍, 無便可乘. 幸逢君, 正是合意也. 吾不惜千金而托結者, 此也." 臺官曰: "白某有士林重望, 吾所宿慕者也. 子之言, 得無誤耶?" 安生曰: "白某之陰譎, 君尚不知耶? 方與倭國相通, 誘而入寇於我國, 年年自海上, 運送米穀. 此一事, 可謂大罪案, 君何爲靳之?" 臺官信疑間, 旣聞此說, 不可不劾.[18] 乃一奏疏, 朝廷洶洶, 竟覈白某之情跡, 則乃是孟浪說也. 自上判敎, 以白某之清儉貧寒, 一世之所共知, 且忠義節行, 亦多蘊抱, 其爲締結倭國, 而運送米穀云者, 莫非搆捏造語也. 爲先罪其言官. 以此推之, 則白某之符同趙某云者, 亦是糢糊不分明之事, 勿復擧論. 己卯士禍大起, 一時清

17 《기문총화》에는 '給錢'이 첨가되어 있음.

18 《기문총화》에는 '不可不劾'이 '乃不得不來劾'으로 되어 있음.

流, 盡爲混入, 休菴竟以安生得免.

2-5. 李起築

李起築, 店舍雇奴也. 爲人甚魯鈍, 不知東西, 而只以飽飯爲好, 有絶倫之力, 店主以奴隷使之. 主家有女, 年及笄, 而稍解文字, 性又穎敏. 父母鍾愛, 欲擇佳壻而嫁之. 其女不願曰: "吾之良人, 吾自擇之. 願嫁于李己丑矣." 己丑者, 己丑生, 故仍以名呼之. 起築云者, 後改之故也. 其父母大驚而叱責之曰: "汝何所緣, 而欲嫁于雇奴也." 使勿更言, 則其女以死自期, 不願他適. 父母責之諭之, 終不聽, 計無奈何, 遂許之. 其女曰: "旣以己丑作配, 不願在此. 欲與之上京, 買斗屋而資生"云云. 其父母, 亦以爲在此, 惹人恥笑, 不如各居之爲好. 仍給家産之資而送之. 其女與己丑上京, 買舍於壯洞, 而沽酒爲業. 酒甚淸冽, 人皆稱之. 一日, 以史略初卷授之, 而標於伊尹廢太甲, 放桐宮篇, 而示曰: "持此册, 往神武門後松陰下, 必有諸人之聚會者, 以册置于前, 而願受學焉." 己丑依其言而往, 則果有七八人, 團會而酬酌, 聞其言而相顧大驚曰: "誰所使也?" 對曰: "小人之妻, 如是云矣." 諸人問其家, 而偕往, 則其女迎之座, 而設酒肴以待之. 仍拜曰: "列位之事, 妾已知之. 家夫愚痴, 而有膂力. 日後自有用處. 事成之後, 得參勳錄, 幸矣. 吾家有酒, 而旨且多, 議事時, 必會于妾家, 無妨. 且妾家靜僻, 無有人知." 衆皆驚異而許之. 盖是昇平及延平諸人也. 其後擧義, 而入彰義門時, 己丑居前, 折將軍木而入. 事定後策勳, 叅二等功臣.

2-6. 丁監司彦璜

丁監司彦璜, 婚席見其夫人, 貌不美, 深恨之. 入室欲請其言, 以試其爲人, 先問其名, 夫人斂衽卽對其名, 丁曰: "處子婚席, 羞不敢言, 例也. 何許夫人, 初問卽告其名?" 夫人低眉斂手, 從容而告曰: "人士相遇於逆旅, 亦相通名. 況婦人迎婿, 將托爲百年, 有所問, 何敢不對?" 辭理雅正, 擧止雍容, 自此情誼遂篤.

2-7. 昭顯世子

仁廟爲昭顯世子擇嬪也. 有一處子, 容貌豊盈, 一見[19]可知爲有[20]其有德之人,[21] 而但其[22]坐立無儀, 哂笑不節. 賜之飮食, 則無論飯羹湯胾,[23] 皆以手旨, 攫取而飮啖,[24] 宮人指以爲狂. 上亦疑其病風, 不知察焉. 後有所歸, 甚有婦德, 仁廟聞而嗟咄嘆曰: "我墮其術中."[25]

2-8. 完南玄孫婦

完南家, 仍世富厚, 而長子早世. 孫曾仕宦顯達, 而俱未享年, 子姓[26]稀貴, 故其家自前媚鬼, 禱賽惟謹, 以內樓, 爲神舍, 春秋兩節, 備餱餌而祀之. 又製衣服而藏之, 布帛紬緞之入于門者, 亦必裂一幅, 而掛之神前. 累世爲常, 而不敢廢. 以是財産漸耗. 家中只有兩代老寡婦人. 時有孫兒漸長當婚, 擇配於湖鄕. 娶權判書尙遊之女. 于歸見姑, 纔過三日, 姑夫人捨中饋之勞, 悉以家務委之新婦. 一日, 老婢入告權夫人曰: "某日卽家中賽神之日也. 應用物力, 預先上下, 可以措備矣." 權夫人曰: "此何神也? 何事祈禱也?" 老婢曰: "此神之祈, 已自先代, 而春秋兩度, 備物行事, 祈之則

---

19 《기문총화》에는 '一見'이 빠짐.
20 《기문총화》에는 '爲有'가 빠짐.
21 《기문총화》에는 '之人'이 빠짐.
22 《기문총화》에는 '但其'가 빠짐.
23 《기문총화》에는 '湯胾'가 빠짐.
24 《기문총화》에는 '皆以手旨 攫取而飮啖'이 '以手取啖'으로 되어 있음.
25 《기문총화》에는 '其處子姓權云'이 첨가되어 있음.
26 《청구야담》에는 '姓'이 '孫'으로 되어 있음. '孫'이 맞음.

家內平安, 否則灾禍轉生, 不可廢也.” 權夫人曰: “然則一番神祀, 諸般所入, 當用幾何?” 老婢意謂夫人新入, 未諳前例, 一一增數以對, 權夫人曰: “今年則另加優厚. 凡百所入, 三倍於前日, 可也.” 遂依數出給, 老婢大喜而去. 其老大姑夫人聞之, 大加憂歎曰: “吾家從前以賽神, 家力漸耗, 意謂鄉中婦女, 似或惜費節用, 故結婚於湖中. 今反三倍加之, 迂濶如此, 吾家之蕩敗, 無日矣.” 及其日, 灑掃陳設, 飮食衣服, 極其豊備. 夫人澡潔盛服, 以諺書自製祭文, 頭辭則槪以人神不可雜糅爲主, 其下則以夫人新入舅家, 思變前規, 盛供厚幣, 行以終祭, 告以謝遣之意. 使他人讀之, 皆懼怯不敢讀, 夫人乃親自焚香, 跪讀畢, 其前後所藏置衣服錦緞之屬, 盡數撤出, 積于中庭, 謂婢輩曰: “此物盡爲燒火, 則暴殄天物, 不可爲也. 其中年未久而可以穿着者, 自吾先服之, 其餘汝輩亦皆衣之.” 遂一一分給諸婢. 其最久而腐敗者, 幷將燒之, 使人取火以來, 擧皆懼怮, 面面相顧, 無一聽令.[27] 自取火以來. 老夫人聞之, 大驚懼, 急使人挽之. 夫人不聽, 使婢子回告曰: “設有災禍, 婦可自當, 爲舅家, 永除此弊.” 婢使絡繹奔來, 苦苦力挽而終不聽. 遂盡燒之, 淨燒其灰, 埋之屛處. 其錦緞之焚也, 膿羶之臭觸鼻, 婢僕輩相顧駭譟曰: “鬼物盡燒矣.” 自是家中妥帖, 亦無災患.

2-9. 洛下柳生

柳生某, 洛下人也. 早有文名, 年二十, 登司馬, 而家甚貧窶, 居於水原地. 其妻某氏, 才質俱美, 以針線資生矣. 一日, 門外傳言, ‘有一女子, 善劒舞戱’云. 柳生招入內庭, 而使之試藝. 其女子入來, 熟視柳妻, 直上廳而相抱, 放聲痛哭, 莫知其故. 問于其妻, 則答以曾所面熟之人故也. 仍不試劒技, 留數日而送之矣. 越五六日後, 望見前路, 三個新轎, 駕駿馬而來, 前有婢

27 《청구야담》에는 ‘不得已’가 첨가되어 있음.

子數人,[28] 亦騎馬, 後無陪行, 而直向其家. 柳生甚訝之, 使人問'何來內行, 誤入吾家.' 下隷不答而入門, 下轎於內門之內, 人馬皆出,[29] 憩於店幕. 柳生倍生疑惑, 書問其內, 則以爲從當知之, 不必强問云云. 而自伊日, 夕飯饌品豊潔, 水陸備陳. 柳生心尤訝惑, 又書問, 則以爲徒可飽啜, 不必問之. 終當知之, 數日則不必入內云矣. 其明日, 朝夕飯又如是. 過數日, 自其內書請, 以爲同作京行云云. 柳生怪之, 請於中門內, 暫面而問曰: "內行從何而來也, 朝夕之供, 何爲而比前豊厚也, 洛行云云, 何爲而言也? 且洛行, 有何委折, 而何以治行發程耶?" 妻笑曰: "不必更問, 從當知之. 至如京行之人馬, 卽不必掛念. 自有備待, 只可治行而已." 柳生雖怪訝, 而任其所爲矣. 翌日, 三轎依前駕馬, 而自家所騎之馬, 亦已具鞍以待, 第騎馬而隨後矣. 到京城, 入南門, 而抵會洞一大第. 三轎入於門內, 自家下馬於中大門之外而入, 則卽一空舍也. 舖筵設席, 書册筆硯之屬, 唾壺溺器之物, 左右羅置. 有冠者數人, 如傔從者, 待令而使喚. 已而奴輩四五人, 入庭現謁, 柳生問曰: "汝輩誰也?" 對曰: "皆是宅奴子也." 柳生曰: "此宅誰人之宅也?" 對曰: "進士主宅也." 又問曰: "左右舖設之物, 何處得來者也?" 對曰: "進士主需用什物也." 柳生驚訝, 如坐雲霧中. 夕飯後, 擧燭而坐, 其妻作書曰: '今夜當出送一美人矣, 庶慰孤寂之懷也.'云. 柳生答以爲美人誰也, 此何事也, 又以從當知之爲答,[30] 而至三更深後, 傔從輩皆出外. 自內門, 一雙丫鬟, 擁出一個絶代美人, 凝粧盛飾而坐於燭下, 侍婢又鋪寢具而入. 生問以何許人, 則笑而不答. 仍與之就寢. 明朝, 其妻以書賀得新人, 而又曰: '今夜則當換送他美人.'云云. 柳生莫知其故, 任之而已. 其夜, 侍婢如

28 《기문총화》에는 '人'이 '雙'으로 되어 있음.
29 《기문총화》에는 '出'이 빠짐.
30 《기문총화》에는 '又以從當知之爲答'이 '妻曰 "從當知之"云'으로 되어 있음.

前, 擁一美人而出來, 察其形容, 乃是別人. 柳生不問, 而[31]又與之同寢矣. 明朝, 其妻又以書賀. 午時, 門外忽有喝導聲, 一隷入來而告曰: "權判書大監行次入來矣." 生驚起而下堂拱立. 俄而一白髮老宰相, 乘軒而來, 見柳生, 欣然把手, 上堂坐定, 柳生拜而問曰: "大監不知何許尊貴人, 而小生一未承顏, 何爲降臨也?" 其宰相笑曰: "君未覺繁華夢耶? 吾第言之. 如君之好八字, 古今罕倫者也. 年前君之聘家, 與吾家譯官玄知事家, 俱隔墻, 而同年同月同日, 三家俱産女. 事甚稀異, 故三家常常互相送兒而見. 及其稍長之時, 三女朝夕相從而遊嬉, 渠輩私自矢心, 同事一人相約, 而吾家不知, 彼家亦不知. 其後, 君之聘家移居, 而不聞聲息矣. 吾女卽側室生也. 而年及笄, 欲議婚, 則抵死不願曰: '旣有前約, 當從柳君之妻而事一人, 其外雖老死父母家, 決無入他門之念.' 而玄家女子, 又如是云. 責之諭之, 終不回心. 故至於[32]卄五歲, 而尙未適人矣. 向聞玄女學劒技, 粧男服, 出遊八方, 將尋君之聘家去處矣. 日前逢着於水原地云. 再昨之夜, 出來佳人, 卽吾女也. 昨夜之出來佳人, 卽玄家女也. 家舍及奴婢汁[33]物, 書册田土等屬, 吾與玄君排置者也. 君一擧而得兩美人及財産, 古之楊少遊, 無以加此. 君可謂好八字也." 仍使人呼玄知事而來, 須臾, 一老人金圈紅帶, 來拜於老宰之[34]前, 老宰指而言曰: "此是玄知事也." 使之接語, 而[35]盛設酒肴, 終日盡歡而罷.[36] 柳生與一妻二妾, 同室和樂者三[37]年. 一日, 柳妻謂其夫曰: "見今朝廷, 南人得時, 權判書南人領袖[38]而當局者也. 以近日事推測,[39]

---

31 《기문총화》에는 '不問 而'가 빠짐.
32 《기문총화》에는 '過'가 첨가되어 있음.
33 《기문총화》에는 '汁'이 '什'으로 되어 있음. '什'이 맞음.
34 《기문총화》에는 '老宰之'가 빠짐.
35 《기문총화》에는 '使之接語 而'가 '云 三人'으로 되어 있음.
36 《기문총화》에는 '權卽權大運也'가 첨가되어 있음.
37 《기문총화》에는 '三'이 '數'로 되어 있음.

不久必敗. 敗則恐有禍及之慮. 不如早自下鄕, 以爲免禍之計.” 柳生然其言, 盡賣家産, 携妻妾還鄕, 更不入京矣. 甲戌更化,[40] 坤殿復位之後, 南人皆誅竄, 權判[41]書亦叅其中, 而柳生獨不被收坐之律. 柳妻可謂女中有知識者也. 豈凡人耶?

2-10. 盧玉溪

盧玉溪禛, 早孤家貧, 居在南原地, 年旣長成, 無以婚娶. 其堂叔以武弁, 時爲宣川倅. 玉溪母親, 勸往宣川, 乞得婚需以來. 玉溪以編髮, 徒步作行, 行至宣川, 阻閽不得入. 彷徨路上, 適有一童妓, 衣裳鮮新者過去, 停步而立, 熟視而問曰: “都令從何而來?” 玉溪以實言之, 妓曰: “吾家在於某洞, 而卽第幾家. 距此不遠, 都令須定下處於吾家.” 玉溪許之. 艱辛入官門, 見其叔, 言下來之由, 則嚬蹙曰: “新延未幾, 官債山積, 甚可悶也.”云, 而殊甚冷落. 玉溪以出宿於下處之意, 告而出門, 卽訪其童妓之家, 童妓欣迎, 而使其母, 精備夕飯而進之, 夜與同寢. 其妓曰: “吾見本官, 手段甚小. 雖至親之間, 其於婚需之優助, 有未可知. 吾見都令之氣骨狀貌, 可以大顯達之狀也. 何必自歸於乞客之行也. 吾有私儲之銀五百餘兩, 留此幾日, 不必更入官門. 持此銀直還, 可也.” 玉溪不可曰: “行止飄忽, 則堂叔豈不致責乎?” 妓曰: “都令雖恃至親之情, 而至親何可恃也? 若有[42]多日, 不過被人苦色. 及其歸也, 不過數十金贐行, 將安用之? 不如自此直發.” 數日, 晝則入見其叔, 夜則宿於其妓之家. 一日夜, 妓於燈下, 理行裝, 出銀子, 裹

---

38 《기문총화》에는 ‘南人領袖’가 ‘南魁’로 되어 있음.
39 《기문총화》에는 ‘推測’이 ‘無非滅倫之事’로 되어 있음.
40 《기문총화》에는 ‘更化’가 빠짐.
41 《기문총화》에는 ‘判書’가 ‘大運’으로 되어 있음.
42 《기문총화》에는 ‘若有’가 ‘留許’로 되어 있음.

以袂，及曉，牽出廐上一匹馬，馱而使之促行曰：“都令不過十年內外，必大貴矣. 吾當潔身而俟之. 會面之期，只在一條路而已，千萬保重.” 灑淚而出門送之.[43] 玉溪不得已，不辭於其叔而作行. 平明，本官聞其去，竊怪其行色之狂妄，而心中也，自不妨恐[44]其費錢兩也. 玉溪歸家，以其銀娶妻，而營治産業，衣食不苟. 乃刻意科工，四五年之後登第，大爲上所知遇. 未幾，以繡衣按廉關西，直訪其妓之家，則其母獨在，見玉溪，認其顔面，乃執袂而泣曰：“吾女自送君之日，棄母逃去，不知去向，于今幾年. 老身晝夜思想，淚無乾時.”云云. 玉溪茫然自失，自量以爲吾之來此，全爲故人相逢矣，今無形影，心膽俱墜，然而渠必爲我而晦跡之故也. 仍更問曰：“老嫗之女，自一去之後，存沒尙未聞之否?” 對曰：“近者傳聞，吾女寄跡於成川境內山寺，藏踪秘跡，人無見其面者云云，風傳之言，猶未可信. 老身年衰無氣，且無男子，無以追尋矣.” 玉溪聽罷，仍直往成川地，遍訪一境之寺刹，窮搜而終無形影. 行尋一寺，寺後有千仞絶壁，其上有小菴，而峭峻無着足處矣. 玉溪攀蘿附藤，艱辛上去，則有數三僧徒，問之，則以爲四五年前，有一個年近二十之女子，以如干銀兩，付之禮佛之首座，以爲朝夕之費，而仍伏於佛座之卓下，被髮掩面，而朝夕之飯，從窓隙而入送，或有大小便之時，暫出而還入. 如是者，已有年矣. 小僧皆以生佛菩薩，不敢近前矣. 玉溪心知其妓，乃使首座僧徒，從窓隙而傳言曰：“南原盧都令，今[45]爲娘子而來此，何不開門而迎見?” 女因其僧而問曰：“盧都令如來，則登科乎? 否乎?” 玉溪以登科後，方以繡衣來此云云，女曰：“妾之如是積年晦跡而喫苦，全爲郎君地也. 豈不欣欣然，卽出迎之，而積年之鬼形，難見於郎

43 《기문총화》에는 '送之'가 빠짐.
44 《기문총화》에는 '恐'이 빠짐.
45 《기문총화》에는 '今'이 '全'으로 되어 있음.

君. 行次如爲我, 留十餘日, 則妾復[46]當梳洗理粧, 復其本形然後, 相見好矣." 玉溪從其言, 仍留矣. 過十餘日後, 女凝粧盛飾, 出而見之, 相與執手, 而悲喜交至. 僧徒始知其來歷, 莫不嗟歎. 御史通于本府, 借轎馬駄之, 送于宣川, 與其母相面. 俟事畢復命之後, 始送人馬, 率來同室, 而終身愛重云爾.

2-11. 沈一松

沈一松喜壽, 早孤失學, 自編髮時, 專事豪宕, 日夜往來於狹斜青樓, 公子王孫之宴, 歌娥舞童之會, 無處不往. 蓬頭突鬢, 破履弊衣, 少無羞澁, 人皆目之以狂童. 一日, 又赴權宰宴席, 雜於紅綠叢中, 唾罵而不顧, 敺逐而不去. 妓中有少年名妓一朶紅者, [47]自錦山上來, 容貌歌舞, 獨步一世. 沈童慕其名, 接席而坐. 紅少無厭苦之色, 時以秋波, 微察其動靜, 仍起如厠, 以手招沈童, 沈童起而從之, 紅附耳語曰: "君家何在?" 沈童詳言某洞第幾家, 紅曰: "君須先往, 妾須當隨後卽往矣, 幸俟之. 妾不失信矣." 沈童大喜過望, 歸家掃塵而待之. 日未暮, 紅果如約而來. 沈童不勝欣幸, 接膝而酬酌. 一童婢自內而出, 見其狀, 回告於其母夫人. 夫人以其子之狂宕爲憂, 方欲招而責之. 紅催呼童婢而來曰: "吾將入謁於大夫人矣." 沈童如其言, 呼婢使通, 紅入來, 拜於階下曰: "某是錦山新來妓某也. 今日某宰家宴會, 適見貴宅都令, 諸人皆以狂童目之, 以賤妾之愚見, 可知其大貴人氣像. 然而其氣太粗, 可謂色中餓鬼. 今若不抑制, 則將至不成人之境矣. 不如因其勢, 而利導之. 妾自今日, 爲都令, 斂跡歌舞花柳之場, 與之周旋於筆硯書籍之間, 冀其有成就之道矣. 未知夫人意下如何? 妾如或以情欲, 而有此

---

46 《기문총화》에는 '復'가 '謹'으로 되어 있음.
47 《기문총화》에는 '新'이 첨가되어 있음.

言, 則何必取貧寒寡宅之狂童乎? 妾雖侍側, 決不使任情受傷矣. 此則勿慮焉." 夫人曰: "吾兒早失家嚴, 不事學業, 全事狂蕩, 老身無以制之, 方以是晝宵惱心矣. 今焉何來好風, 吹送如汝佳人, 使吾家之狂童, 得至成就, 則可謂莫大之恩也. 吾何嫌何疑? 然而吾家素貧, 朝夕難繼, 汝以豪奢之妓女, 其能忍飢寒而留此乎?" 紅曰: "此則少無嫌矣. 萬望切勿慮焉." 遂自其日, 絶跡於娼樓, 隱身於沈家, 其梳頭洗垢之節, 始終不怠. 日出則使之挾冊, 學於隣家, 歸來後, 坐於案頭, 晨夕勸課, 嚴立課程, 少有怠意, 則勃然作色, 以別去之意, 恐動之. 沈童愛而憚, 課工不懈. 及到議親之時, 沈童以紅之故, 不欲娶妻. 紅知其意, 詰其故, 乃嚴責曰: "君以名家子弟, 前程萬里. 何可因一賤娼, 而欲廢大倫乎? 妾決不欲因妾之故, 而使之亡家矣. 妾則從此去矣." 沈童不得已娶妻. 紅下氣怡聲, 洞洞屬屬, 事之如老夫人.[48]定日限, 四五日入內房, 一日許入其房, 如或違期, 則必掩門不納. 如是者數年矣. 沈童厭學之心, 尤倍於前. 一日, 投書於紅而臥曰: "汝雖勤於勸學, 其於吾之不欲, 何?" 紅度其怠慢之心, 有不可以口舌爭也. 乘沈生出外之時, 告于老夫人曰: "阿郎厭讀之症, 近日尤甚. 妾雖以誠意, 亦無奈何, 妾從此告辭矣. 妾之此擧, 卽激勸之策也. 妾雖出門, 何可永辭乎? 如聞登科之報, 則須當卽地還來矣." 仍起而拜辭. 夫人執手而泣曰: "自汝之來吾家, 狂悖之兒, 如得嚴師, 幸免蒙學者, 皆汝之力也. 今何因一厭讀之微事, 舍我母子而去耶?" 紅起拜曰: "妾非木石, 豈不知別離之苦乎? 然勸激之道, 惟在於此一條. 阿郎若[49]聞妾之告辭, 而以決科後, 更逢爲約之言, 則必也發憤勤學矣. 遠則六七年, 近則四五年間事. 妾當潔身而處, 以俟登科之期. 幸以此意, 傳布于阿郎, 有所望也." 仍慨然出門, 遍訪老宰無內眷

48 《기문총화》에는 '使沈童'이 첨가되어 있음.
49 《기문총화》에는 '若'이 '歸'로 되어 있음.

之家, 得一處, 往見其主人老宰而告曰: "禍家餘生, 苦無托身之所. 願得厠婢僕之列, 俾效微誠, 針線酒食, 謹當看檢矣." 其老宰見其端麗聰慧, 憐而受之, 許其住接. 紅自其日, 入廚備饌, 極其甘旨, 適其食性. 老宰尤奇愛之, 仍曰: "老人以奇窮之命, 幸得如汝者, 衣服飮食, 便於口體, 今則依賴有地. 吾旣許心, 汝亦殫誠, 自今結父女之情, 可也." 仍使之入處內舍, 以女呼之. 沈生歸家, 則紅已無去處, 怪而問之, 則其母夫人傳其臨別時所言而責之曰: "汝以厭學之故, 至於此境, 將以何面目, 立於世乎? 渠旣以汝之登科, 爲期焉. 爲其人也, 必無食言之理. 汝若不得決科, 則此生無更逢之期, 惟汝任意爲之." 沈生聞而惘然, 如有失, 數日遍訪於京城內外, 終無踪跡. 乃矢於心曰: "吾爲一女之見棄, 以何顔面對人? 彼旣以科後相逢爲約, 吾當刻意工課, 以爲故人相逢之地, 而如不得科名, 未能如約, 則生而何爲?" 遂杜門謝客, 晝宵不掇其做讀, 才過數年, 嵬捷龍門. 生以新恩遊街之日, 遍訪先進, 老宰卽沈之父執也. 歷路拜謁, 則老宰欣然迎之, 說古談今, 留與從容做話. 已而自內饋饌, 新恩見杯盤饌品, 愀然變色. 老宰怪而問之, 仍以紅之始末言之, 且曰: "侍生之刻意做業, 期於登科者, 全爲故人相逢之地. 今見饌品, 則宛是紅之所爲也. 故自爾傷心矣." 老宰問其年紀狀貌而言曰: "吾有一個養女, 而不知所從來矣, 無乃此女子乎?" 言未畢, 忽有一佳人, 推後窓而入, 抱新恩而痛哭. 新恩起拜於老宰而言[50]曰: "尊丈今則不可不許此女於侍生矣." 老宰曰: "吾於垂死之年, 幸得此女, 依以爲命, 今若許送, 則老夫如失左右手矣. 事甚難處, 而其遇也甚奇, 相愛也如此, 吾豈可不許?" 新恩起拜, 而僕僕稱謝. 時日已昏黑, 與紅幷騎一馬, 以炬火導前而行. 及門, 疾呼母夫人曰: "紅娘來矣!" 其母夫人不勝奇喜, 屨及於中門之外.[51] 執紅之手而升階, 喜溢於堂宇, 復續前好矣. 沈後

50 《기문총화》에는 '老宰而言'이 '主人'으로 되어 있음.

爲天官郎, 一夕, 紅斂衽而言曰: "妾之一端心誠, 專爲進賜之成就,[52]念不及他, 吾鄕父母之安否, 亦不遑問知, 此是妾之日夜拊心者也. 進賜今當可爲之地, 幸爲妾, 求錦山宰, 使妾得見父母於生前, 則至恨畢矣." 沈曰: "此是至易之事也." 乃治䟽乞郡, 果爲錦山倅. 挈紅[53]赴任之日, 問紅之父母安否, 則果皆無恙. 過三日後, 紅自官府, 盛具酒饌, 而往其本家, 拜見父母, 會親黨, 三日大宴, 衣服需用之資, 極其豊厚, 以遺其父母而言曰: "官府異於私室, 官家之內眷, 尤有別於他人, 父母與兄弟, 如或夤緣, 而頻數出入, 則招人言, 累官政. 兒今入衙之後, 一入不得更出, 亦不得頻頻相通, 以在京樣知之, 勿復往來相通, 以嚴內外之分." 仍拜辭而入, 一不相通于外. 幾過半年, 一日, 內婢以小室之言, 出來請入. 適有公事, 未卽起, 婢子連續來請, 公怪之, 入內而問之, 則紅着新件衣裳, 鋪新件枕簟, 別無疾恙, 而顔帶悽愴之色而言曰: "妾於今日, 永訣進賜, 長逝之期也. 願進賜保重, 長享榮貴, 而勿以妾之故而疚懷焉. 妾之遺體, 返葬於進賜先塋之下, 是所願也." 言罷, 奄然而歿. 公哭之慟, 仍曰: "吾之出外, 只爲紅娘之故也. 今焉渠已身死, 我何獨留?" 仍呈辭單而圖遞, 以其柩同行, 至錦江, 有錦江秋雨銘旌濕, 疑是佳人泣別時之悼亡詩.

2-12. 金安國

金安國者, 判書大提學淑之子也. 自淑以上三代, 皆以文章才望, 世典文衡. 安國始生, 眉目淸揚, 容貌峻茂, 淑愛重曰: "此眞吾家子弟也." 逮夫能言, 父教以文字, 三月而不能解天地二字. 父怪而疑之曰: "此兒之容貌眉

---

51 《기문총화》에는 '外'가 '內'로 되어 있음.
52 《기문총화》에는 '十餘年'이 첨가되어 있음.
53 《기문총화》에는 '偕往'이 첨가되어 있음.

目, 如是婉然, 而何聰明才分之如是蒙昧也? 其或年之幼, 而才未及顯發也? 稍待數年後教之." 及期而更教, 則又如是不解. 父心甚悶然曰: "此兒終若如是, 則不但爲渠身之不幸. 墜落家聲, 莫大於此也." 乃晝夜敎訓, 時時警責, 凡所以解之之道, 千萬其方, 而終未能解天地二字. 如是者, 一月二月, 一年二年, 安國之年, 已十四矣. 淑痛惋流涕而言曰: "吾意其年幼而然矣. 今已十四, 而終始如此, 世間豈有如許等人物耶? 吾先祖赫赫然聲名, 此物將滅之. 與其有忝先之子, 寧無子而絶祀. 且吾輒見此物, 則忿火衝心, 頭面自痛, 勢不容畜家中也." 乃謀所以去之之方. 然旣不忍殺, 又欲逐去某所, 則恐其蹤跡之見露也. 姑令勿見於目前而已矣. 先時, 生小子安世, 年已五歲矣. 容貌之俊秀, 雖不及安國, 而才稟穎悟, 差勝於安國, 欲以此爲嗣, 而安國在焉, 則於禮不倫矣. 每擬逐去無聞之所, 而不得矣. 會從弟淸, 通判安東, 安東遠邑也. 與京師相隔, 其中又多富人焉. 淸辭肅將赴焉, 過訪淑, 淑乃以安國托之曰: "此兒素行, 如此如此, 欲殺之心, 一日三出, 而猶有所不忍, 逐去之計, 長時有之, 而無處焉送之, 今君好作安東伯, 願率此兒去, 永爲安東之氓, 而無使世人知之也." 淸辭而慰之曰: "兄何出此言也? 自古及今, 文章之家, 不文之子何限, 而未聞有放逐之說. 今兄肯爲之乎? 且此兒作人, 如是非凡, 假令終不識文字, 必能保家業承先祀. 安世雖才, 其器小, 且次子也. 何可以此而易彼也? 兄之此擧, 卽是悖常之擧也." 遂辭而起, 淑執手迫之曰: "君若不聽, 吾欲無生." 淸辭不能得, 乃許之. 淑召安國, 永訣曰: "自今以性, 吾不以汝爲子, 汝亦勿以我爲父. 無復上來京師. 來卽殺之." 淸旣赴任, 意謂'安國之容貌眉目, 如此不凡, 豈有不可教之理? 吾且訓教之.' 乃以簿牒之間, 召而教之, 三月而果不能解天地二字. 淸歎曰: "有是哉! 判書兄之放逐也." 乃從容問其故曰: "何爲其然也?" 安國曰: "侄自前若聞閒雜說話, 則精神自明, 晝夜千萬言, 一聽而能盡誦, 至於文字, 不惟不能解也. 輒聽文之一說, 則精神自眩, 頭痛又作, 叔主殺之, 則死耳矣. 至於文字, 實無可奈何.” 清知其末如之何也, 命還冊室, 無復教矣. 清聞本邑座首李有臣之家富, 而且有女, 欲以安國贅之, 云有冊室郎子, 而招有臣言之, 有臣曰: “敢問冊室郎子, 誰家郞子也?” 清曰: “卽吾判書從兄長子也.” 有臣退而竊自疑曰: “金淑京華貴族也. 世典文衡, 通國士族, 莫不景仰. 若是所生嫡子, 必無求婚於安東之理, 無乃其庶子乎?” 就清詰之, 乃故相國許捐之外孫也. 有臣又竊自疑曰: “此非庶子, 則必是病人也. 盲者耶? 啞者耶? 不然宦者也.” 復以詰之, 清知其疑病人也, 招安國出來, 身長八尺餘, 眉眼如畵, 聲音爽朗, 眞京華美男子也. 有臣心竊奇之. 然猶未知宦之與否, 欲將言而未能發, 清料度其意, 命安國脫袴, 則又非宦也. 有臣旣知其非庶子, 而又見其非病人, 又生疑訝, 問于清曰: “從氏大監, 京華貴族, 生子如此其奇, 而必欲求婚於安東千里之外者, 敢問其故何也?” 清度其畢竟諱之, 事不可成也. 遂直以其不文放逐之事告之, 有臣心自計較曰: “以安東座首之女, 嫁得時任大提學之子, 斯亦滿足. 又安敢望其能文, 且其雖見逐, 吾當率育, 亦何有妨?” 遂許婚. 清旣知其家産殷富, 足以忘憂, 且探其門閥, 爲士族. 大喜過望, 卽令擇日成婚. 居無何, 清罷官歸京, 語淑以安國婚姻之說, 淑喜適中其計, 謝曰: “善處善處矣!” 安國舍於有臣之貳室, 三月不出户庭, 其妻從容問曰: “大丈夫久蟄房中, 能無鬱鬱乎? 且立身揚名, 以顯父母之道, 莫過於文字, 而今夫子之處此室, 三月于兹矣, 未嘗讀書, 亦未嘗出門者, 何也?” 安國嚬額而答曰: “始吾能言時, 父親教以文字, 于今十四, 而終未能解天地二字, 故以爲亡家之物, 欲殺而不忍, 故放逐于此地, 使終身不復見於父母之目前, 我實罪人也. 何面目仰見天日乎? 且吾不惟不解文字, 聽到文之一言, 則頭骨欲碎, 自今以往, 請無復言文字於吾耳邊.” 其妻歎息而退. 元來有臣, 頗以文名, 稱於鄕里, 其二子亦皆能文. 然素聞安國之事, 故初不生教文之意, 亦未嘗就見焉. 其妻悶其夫之年長, 而無所爲也, 一日, 復語其夫曰: “妾之父兄, 皆能文學, 願夫子出就外舍, 試學焉." 安國怒叱曰: "向吾旣謂聞文疾首之說, 則宜不復向我說文, 而今又妄發者, 何也?" 因疾首而臥, 妻憮然而退, 知其傷於文, 而無復言矣. 元來李氏, 女中之文章也. 詩書六藝之文, 諸子百家之語, 無不通習. 然天性溫柔, 又達事理之宜義, 故以爲文章必非女子之所可從事也, 自知而已, 未嘗開口語人, 故雖父母兄弟, 亦未知其能文章矣. 每恨安國之得罪於父, 思欲解敎文字, 然女子旣無敎丈夫文字之禮, 且安國之惡聽文字說如是, 則可謂無可奈何也. 欲以言說諷諭, 以試其才稟之如何也, 復問安國曰: "人非石佛與木偶, 則終日閉口, 而無所言說, 可乎?" 安國曰: "雖欲言之, 誰與言之?" 妻曰: "請與妾論說古語, 可乎?" 安國曰: "顧[54]所願也." 妻乃自天皇氏以下, 解其言, 以語之. 安國潛心仄聽, 輒聽, 稱其言之善, 因盡解一卷而語之. 乃曰: "雖如此閑說話, 不可隨卽忘却, 請更爲妾還誦之." 安國曰: "諾." 遂盡誦其言, 而無所遺謬. 妻心甚奇之曰: "此乃卓越之才, 而有所梏焉者也. 吾必因其所明者, 而達之也." 遂晝夜與語, 使皆還誦, 始自史記諸說, 終於聖經賢傳, 千言萬語, 無不能誦. 一日, 安國忽問其妻曰: "今吾與君, 所誦說者, 果何等說也?" 妻曰: "此果無他也. 乃所謂文也." 安國極驚且訝曰: "信乎其文耶? 所謂文者, 若是其滋味, 則吾何疾首之有?" 妻曰: "所謂文者, 本如是滋味也. 夫何疾首之有?" 安國曰: "然則自今以往, 願學前日所謂文字者也." 妻乃持史略初卷, 自天皇氏以下, 字字指之曰: "向所誦某說, 某說之謂也." 遂使讀之於前, 一卷二卷之外, 皆能自解. 安國以爲平生所未覺者, 一朝而覺之, 不可斯須忽怠也. 晝以忘食, 夜以忘寢, 日日讀之, 又日讀之, 不惟盡讀. 其所語誦之書, 充棟之簡册, 亦皆解讀. 妻又以敎屬文寫字之法, 安國乃潛心積慮, 且做且書, 精思疊出, 妙法層生, 短歌長文, 草書正字, 無不備解. 妻又

---

54 《동상기찬》에는 '顧'로 되어 있는데, '固'가 맞음.

欲使其出門而無由，乃引而諷之曰："語云'德不孤，必有隣.' 文章道德，其理不殊，今夫子孤居十年，未有隣朋，自今以往，請出處外舍，以受麗澤之益，如何?" 安國遂沐浴衣冠，出拜於有臣. 元來有臣，素昧其女之能文. 豈料教安國，成文章之事乎? 且安國之不出，其間已十餘年矣. 始忽來拜於前，半驚半喜，其二子亦甚驚怪，問言曰："今夕何夕? 金郎出門." 安國曰："聞君做文之說，願草而來." 有臣以下，皆咥笑之曰："昔未聽也. 然意則可嘉，試之何妨?" 乃書題於粉板上. 安國覽卽成篇，揮筆以進，文辭遒勇，筆法精捷. 皆失色驚歎曰："此古作者手段，而安國能之，此誠大變也." 有臣顚倒入內，招問其女曰："金郎之不解文字，吾素所聞者，而今忽做出文章名筆，此何等變也?" 女於是跪陳其前後之狀，衆皆歎服不已焉. 自是，安國之文章才業，日就月將，雖嶺南之老師宿儒，無能出其右者. 是時，朝廷以太子之誕降，稱慶設科，擇日頒諭. 李氏謂其夫曰："方今慶科當前，東方之以儒爲名者，莫不蓄銳將赴，大丈夫不文則已，今夫子之文章，如是有成，烏可虛送好時，永作安東之氓也? 且父母之放逐此地者，但以不文之故也. 今則文辭異於前日，願夫子，及此時，好以爲歸寧." 安國歎息流涕而答曰："吾豈欲鬱鬱久居此乎? 始吾之來此，父親永訣之曰: '汝若更來京師，殺之也.' 豈其惡死而不往哉? 惟恐父親有殺子之名也. 吾雖欲歸寧，可得乎? 且爲人子者，得罪於其父，則宜閉戶編首，以自終身，烏可晏然入科場，以冀事君之心?" 妻曰："大義則誠然矣，豈無權道之可行乎? 今夫子先入科場，得掛名於金榜，則此足爲發明不文之道也. 然後歸寧父母，豈無喜赦之心哉?" 安國遂以爲然，卽日治發，千里長程，馬一奴一，間關跋涉，僅得至京. 於是欲歸其家，則恐見其父，欲向他處，則皆是素昧. 歎息彷徨，嗚呼曷歸? 此想彼想，可棲者只其乳母家矣. 乃策馬尋到，乳母望見其來，驚喜出門，携手迎入曰："意謂郎子已作泉下之人矣. 豈料今者更得相逢也? 然相公若知郎子之來，必出大事，請入處洞房，無使他人見之也." 至夜, 乳母潛往, 告于夫人曰: "安東郎子來往小的之家矣." 夫人女子也. 自送安國之後, 無日不泣思焉, 聞其來, 慾顚倒出迎, 而恐相公知覺, 乃密謂乳曰: "相公就寢後, 潛與之俱來." 乳母知其命, 母子始得相見. 夫人泣謂安國曰: "自吾别汝, 于今十年, 消息存亡, 如隔死生, 出門遙望遠雲, 每斷寸腸, 今見汝面, 悲喜交至." 安國仰看夫人, 蒼顔白髮, 非復舊時容矣. 亦感激流涕曰: "小子不肖, 得罪父親, 久放遐鄕, 令母悲思, 此何人子之道也?" 方與泣話之際, 窓外有曳履之聲, 夫人知安世入來, 潛謂安國曰: "汝之父親, 若知汝來, 必欲殺汝, 無使汝弟見汝也." 遂使蒙被, 而臥之於後. 安世入門見之曰: "彼蒙被臥者, 誰也?" 夫人知其終難掩跡, 命坐安世, 而低聲謂言曰: "此果汝安東兄安國也." 安世拍掌驚笑曰: "有是哉, 安東兄之在此也! 俄者父主, 以夢見安東兄之故, 今方大叚疾首, 將以告白於母主矣. 有是哉, 安東兄之在此也!" 夫人掩口而止之曰: "汝之父親, 若知此事, 必生大變, 汝出去, 愼勿出口也." 元來安世, 素聞安國之事, 故亦料其父之知卽殺之, 終未敢告之. 安國拜辭夫人, 遂出於乳母家. 是曉, 卽設科日也. 安國擬欲赴擧, 然十年離家, 今始入京, 四方何處, 科場何所, 單獨一身, 誰與爲共? 方才趦趄之際, 有一小郎, 方且盛備入場, 乳母曰: "郎子可潛隨其後." 安國如其言, 卽其弟安世也. 得至場中, 一接皆是宰相之子. 安世恥其兄之不文而從來, 或有問者, 不稱其兄而終曰: "鄕客."云. 及其懸題, 則乃策問題也. 相擧筆硯, 擾亂奔走, 爭先謄題. 安國乃空手進去, 看則誦來, 背坐小思, 遂解券, 磨墨揮毫, 而一番讀了, 躬自先呈. 安世心自驚服曰: "孰謂安東兄不文也?" 門開, 遂舍於乳母家. 考官坼榜, 壯元卽金淑之子安國也. 喜其知友之子居魁, 趣駕來賀, 未及門前, 催新來之出立. 淑意其安世之爲也, 喜見榜目, 則乃十年前放逐安東之安國. 遽驚發怒曰: "這漢蟄伏安東, 固其分也, 乃敢逆父命, 來入京師, 罪當萬死. 且渠雖爲及第, 必是借作, 安有金淑家人, 借作及第者乎?" 因大擬搏殺, 疾呼家僮曰:

“速捉安東漢來!”安國蒼黃來跪於庭下. 淑大怒, 不問一言, 急命衆僮, 持重杖來打. 此際, 考官入來曰:“新來何在?”淑曰:“方擬打殺也.”考官驚問曰:“是何言也?”淑曰:“如此如此.”考官曰:“雖然, 暫試其借作與否, 然後可任意處之也.”淑冷笑曰:“甚矣, 君言之迂也! 彼漢行年十四, 終不解天地二字, 十年之間, 安能做成科文, 作爲及第也哉? 必無其理, 何待試焉?”急令杖之. 考官挽不能得, 親下堂携入. 淑怒罵考官曰:“我殺我子, 君何爲者也? 且吾目前, 輒見其漢, 頭面自痛, 今又然矣.”因蒙被而臥. 安國見其父, 怒色難解, 自分必死, 屛息跪伏, 考官曰:“暫起對問.”因問‘今日科題, 君能記憶否?’安國起坐誦對, 無一字差錯. 淑臥聽而意謂難解一字者, 能誦策問題, 誠極殊常也. 疑訝之際, 考官又問曰:“今日所做, 亦能記憶否?”安國又誦對無遺, 其文若無邊大海, 波瀾自作, 千里長途, 騏驥逸騁. 淑聽畢, 起執安國之手曰:“夢耶眞耶? 汝何以成文章乎? 可惜十年之隔面, 殊方夜燈, 豈堪望京之懷? 噫噫可歎! 吾先祖赫赫之聲, 於是焉振矣. 吾前日疾首之症, 至今快瘳於一誦淸和聲. 父子不責善, 易子敎之之說, 到今可明矣.”安國跪陳其能文之始終, 淑抵掌大喜曰:“僮僕速速治轎, 去邀安東婦來.”又謝考官曰:“倘非賢友, 幾殺吾文章兒.”淸自外聽得此報, 顚倒來賀, 取見安國之文, 則稀世之文章也. 孰使之然也, 乃其妻之所敎也, 淸顧淑歎賞曰:“吾兄弟平生所未敎者, 其妻能敎之, 可以堂堂大丈夫, 反不及一兒女子乎.”李氏旣歸, 淑大會宗族賓客, 語之曰:“吾兒之作成文章, 以光先祖之遺業者, 皆吾新婦之功也.”衆皆稱羡, 豈意安東有如是之婦? 李氏自入壻家, 事舅姑盡孝, 甚執婦道, 未嘗以功, 有自伐之色, 父母愈益愛之. 安國之文名才望, 日以益盛, 始自翰林玉堂, 終至大提學. 异哉, 安國之才也! 以父則不能敎, 以妻則能敎. 今有空家於此, 大門自內閉, 而旁有一門開焉者, 有欲開其大門者, 不見其旁有門, 而終日立大門之外, 無數叩拍, 而終不能開焉. 有一人, 至其大門之前, 叩而知其閉也. 輒見其旁門而入,以開其大門. 始者安國之才, 乃大家空者, 而不能解天地二字, 卽其大門之閉焉, 不忘閑雜說話者, 卽其旁門之開焉. 其父則欲開大門, 而不見其旁門之開者也, 其妻則入其旁門, 而開其大門者也. 然則其父之不能敎, 其妻之能敎者, 有何足异哉? 噫! 是豈徒安國之才也? 然凡人道德之不明, 文章之不達者, 皆是空家閉大門之類, 而世之從其旁門, 而入開大門者, 幾希. 信乎! 文章道德, 難得見之也. 余亦空家閉大門之類也. 今因安國之事, 竊有感焉. 遂以記之, 以俟他日, 從旁門而開大門者也.

2-13. 吉貞女

吉貞女, 西關寧邊人也. 其父本府鄕官, 而女卽其庶女. 女父母俱沒, 依其從父, 年二十而未嫁, 以織紝針線, 自資奉焉. 先時, 京畿仁川地, 有申生命熙者, 年少時, 得一異夢, 有老翁携一女, 年可五六歲, 而面上有口十一, 可驚怪. 翁謂生曰: "此他日君之配也, 當與終老." 乃寤甚異之. 年踰四十, 喪其室, 中饋無主, 意緖凄凉. 亦嘗約聘卜姓, 而每齟齬未諧. 適是知舊, 出宰寧邊, 生往從遊焉. 一日, 又夢前見老翁, 率其女十一口者來, 而已長成矣. 曰: "此女已長, 今歸之君矣." 生覺而[55]愈怪之. 自內衙, 命府吏, 貿納細布, 吏曰: "此有鄕官處女, 織細布, 爲極品, 名於境內. 今所織, 將斷手云, 姑俟之." 已而買納, 其細盈鉢, 而纖潔精緻, 世所罕有, 見者莫不奇歎. 申生知其爲庶, 便有卜納之意, 厚結女人之與女家親切者, 使之居間, 女之從父樂聞之, 生卽備幣具, 禮造其家, 非特織紝之工. 姿容甚美, 擧止閑雅, 菀有京洛冠冕家儀度, 生大喜過望, 始寤十一口爲吉字也, 深感天定有素, 情義益篤. 留數月, 辭歸故鄕, 約以非久迎歸. 旣還, 事多牽掣, 荏苒三年, 未得踐言, 關河迢迢, 音信亦斷. 女之羣從族黨皆曰: "申生不可復

55 《청구야담》에는 '覺而'가 빠짐.

侍.” 潛謀賣送他人, 女操持彌篤, 雖戶庭出入, 亦必審焉. 時女所居之鄕, 與雲山地, 只隔一崗, 而女之從叔居焉. 是時, 雲山倅武官年少者也. 亦欲置別房, 每詢於邑人. 從叔者欲以此女應之, 出入官府, 謀議綢繆, 且已涓吉矣. 又請於倅, 以錦綺等物, 傳授於女, 使作婚日衣裳, 從父遂來訪, 殷勤存問, 仍曰: “吾子娶婦, 期日不遠, 亦欲裁新婦之衣, 而家無裁縫者, 願爾暫來相助.” 女答曰: “我有君子, 來留巡營, 我之去留, 須待其言. 叔家雖近, 旣是他邑, 則決不可率意去來.” 叔曰: “若得申生之諾, 則可許否?” 女曰: “然.” 叔還家, 僞作申生之書, 勉以敦族, 促其往助. 盖其時, 趙尙書觀彬方按西關, 生有連姻之誼, 適往留焉. 叔以其久而不來, 謂已棄之, 設計如此. 女旣得僞書, 不獲已往焉. 刀尺針線之勞, 已數日, 而女未嘗與其家男子接話, 惟勤於所事. 一日, 從叔邀其倅, 將使偸窺, 以質其言. 女雖聞其來, 安知其有意於己也?[56] 及暮擧火, 叔之長子謂女曰: “妹嘗面壁就燈, 此何意也? 爲勞多日, 可暫休, 相對話語.” 女曰: “我不知疲, 但坐言, 我有耳自聽.” 其子嬉笑而前, 將女斡之, 使回坐, 女作色怒曰: “雖至親, 男女有別, 何無禮至此耶?” 是時, 倅屬目窓隙, 幸一覩面, 大驚喜. 女則怒不已, 推窓而出, 坐後廳, 憤忿殊甚. 忽聞窓外有男子聲曰: “此吾所刱見. 雖京中佳麗, 未易敵也.” 女始知爲倅也, 心掉氣結, 昏倒良久而起, 及明, 將撥棄奔歸. 叔始以實告, 且曰: “彼申生者, 家貧年老, 非久泉下之人. 家且絶遠, 一去不來, 其見棄明矣. 以汝竗[57]齡麗質, 自當歸於富家. 今本邑倅, 年少名武, 前途萬里. 汝何可待望絶之人, 以誤平生?” 甘言詭辭, 且誘且脅, 女憤愈加, 氣愈厲, 罵愈切, 不復計叔侄[58]之分. 叔計無所生, 且恐得罪於倅,

56 《청구야담》에는 ‘於己也’가 빠짐.
57 《청구야담》에는 ‘竗’가 ‘妙’로 되어 있음. ‘妙’가 맞음.
58 《청구야담》에는 ‘計叔侄’이 ‘論嫡庶’로 되어 있음.

與諸子謀, 齊進捉女, 前挽後推, 囚之於別[59]室, 嚴其扃鐍, 僅通飮食, 以待期日, 令倅刦納. 女但於室中, 號泣叫罵, 不復食者累日, 形悴氣澌, 不能作聲, 而旁見室中, 多生麻, 取而纏身, 自胸至脚, 將以防變也. 而已改念曰: "與其徒死凶賊之手, 曷若殺賊, 與之俱死, 以償吾寃. 且可强食, 先養吾氣耳." 始女見囚時, 得一食刀, 藏在腰間, 人未知也. 計旣定, 謂叔曰: "今力已屈矣. 惟命是從, 幸厚饋我, 以療久飢." 叔半信半疑, 然心甚喜, 但以大飯美饌, 從隙連進, 所以慰誘之者甚至. 女食兩日, 氣已充壯, 而其日卽婚日也. 倅來留外室, 叔始啓戶引出, 女方帖身戶內, 見戶開, 持刀躍出, 迎擧[60]其長子, 一聲趺仆. 女乃呼號跳踢, 不計男女長幼, 遇則斫之, 東西隳突, 夫復能禦. 頭破面壞, 流血滿地, 無一人敢立於前者. 倅見之, 神魂飛越, 肝膽俱墜, 未暇出戶, 但於戶內, 牢縛窓環, 莫知所爲. 女蹴踏戶閾, 手足俱踴, 奮力擊窓, 窓戶盡破. 極口大罵曰: "汝受國厚恩, 享此專城, 但當竭力拊民, 圖酬吾君, 而今乃殘虐生靈, 漁色是急, 締結本邑之凶民, 威刦士大夫之小室, 是禽獸之所不如, 天地之所不容. 我將死汝之手, 必殺汝, 與之俱死." 爽言如鋒刀, 烈氣如霜雪. 叫罵之聲, 震動四隣, 觀者皆至. 繞屋百匝, 莫不嘖嘖嗟歎, 有爲之扼腕者, 有爲之泣下者. 是時, 叔之父子, 匿不敢出, 倅但於室中, 屈伏頓顙, 再拜哀乞, 稱以實不知別室之貞烈如此, 而爲此賊民所誑, 以至此境, 當懲賊民,[61] 以謝別室, 萬望有恕. 卽喝其吏, 搜索女叔. 旣至, 忿罵重杖, 至血肉披離, 始僅出戶, 疾驅歸官. 時隣人已通于其家, 卽來迎去, 遂具其事顚末, 走告申生, 巡使聞之, 大驚且怒, 而寧邊府使, 時武人也. 循雲山之囑, 以女拔刀斫人報營, 請重治其罪.[62]

---

59 《청구야담》에는 '別'이 '夾'으로 되어 있음.

60 《청구야담》에는 '擧'가 '擊'으로 되어 있음. '擊'이 맞음.

61 《청구야담》에는 '懲賊民'이 '殺賊'으로 되어 있음.

62 《청구야담》에는 '其罪'가 빠짐.

巡使行關嚴責, 卽啓罷雲山倅, 終身禁錮, 捉致其從叔父子, 嚴施刑訊, 流絶島. 盛其僕從, 迎女至營, 深加賞激, 厚贈留之, 申生卽與其妾上京, 居於阿峴數年, 歸仁川舊居. 女勤於治家, 遂至富饒, 皆偕老而終.[63]

2-14. 遺腹手記

古有一士人, 居于外邑, 治送其子婚于隣境, 而急患關格而死. 新郞才罷醮禮, 訃書及至, 仍卽奔喪而歸. 治喪而將營窆, 山地未定, 率地師求山, 轉至其妻家後山, 地師占山曰: "地極佳, 而山下有班戶, 恐其不許矣." 喪人左右審視, 則其下班戶, 卽其妻家也. 其妻家只有寡居之娉母, 又是無男獨女也. 喪人仍下去, 而拜其聘母, 則聘母悲喜交至, 精備午膳而待之, 問其來由, 則以占山爲對. 妻母曰: "他人固不可許矣, 君欲占山, 則豈不許乎?" 喪人乃大喜而告歸, 其妻母曰: "君旣來此矣, 暫入越房, 見女兒而去." 初則喪人强辭, 其妻母携手而入, 與其妻使之對坐而出, 喪人始也羞赧, 忽有春心之萌, 强逼而成婚, 事畢[64]而出去. 歸家治葬需, 行喪到山下, 將下棺之際, 其妻家婢子來告曰: "吾家內小上典, 方爲奔哭而來矣, 役丁須暫避之." 已而其妻上山, 哭於柩前而盡哀, 仍向喪人而乃言曰: "某日君子之來也, 與君[65]同寢而去, 不可無標跡. 須成手記, 以給我." 喪人面發騂而責之曰: "婦女胡得亂言? 斯速下去." 其妻終不去而曰: "不得手標之前, 雖死不得下去."云云. 時喪人之叔與諸宗, 會山下者甚多, 莫不驚駭. 其叔叱責喪人曰: "世豈有如許事乎? 吾家亡矣. 若有此等駭妄之擧, 須成給手記也. 日勢已晩, 役軍四散, 豈不良貝於大事耶?" 勸使書給, 喪人不得已書給手

63 《청구야담》에는 '皆偕老而終'이 빠짐.
64 《기문총화》에는 '事畢'이 '雲雨纔罷'로 되어 있음.
65 《기문총화》에는 '君'이 '吾'로 되어 있음. '吾'가 맞음.

記. 其妻乃下去, 諸人莫不唾罵. 及封墳還虞, 數日後, 喪人偶然得病, 仍以不起. 數三朔之後, 其寡女之腹漸高, 滿十朔而生男子, 宗黨及隣里, 皆驚訝曰: "其家喪人, 纔行醮禮而奔哭, 則此兒從何出乎?"云云, 而疑訝未定. 其女乃出其夫之手記, 示之然後, 是非大定. 人或問其故, 則對曰: "纔罷醮禮, 而奔哭之喪人, 葬前來見其妻, 已是非禮. 及其相見之時, 又以非禮逼之者, 乃是常情之外也. 人無常情, 則其能久乎? 吾非不知以禮拒之, 而或冀其落種, 强以從之, 旣而思之, 則此時夫婦之會合, 雖家內無有知者, 夫死之後, 若生子, 則必得醜談, 而發明無路. 以是之故, 冒死忍耻, 受手記於衆會之中者此也."云云. 人皆嘆服, 其遺腹子, 後登科顯達云矣.

2-15. 新婦抱虎

湖中有一士人, 行子婚於隣邑五六十里, 新郎醮禮, 夜入新房, 與新婦對坐. 夜將深, 一聲霹靂, 後門破碎, 忽有一大虎, 突入房中, 啣新郎而去. 新婦蒼黃急起, 抱虎後脚不舍. 虎直上後山, 其行如飛, 而新婦限死隨去, 不計岩壑之高下, 荊棘之叢樾. 衣裳破裂, 頭髮散亂, 遍身流血, 而猶不止. 行幾里, 虎亦氣盡, 仍抛棄新郎於草岸上而去. 新婦乃收拾精神, 以手撫身體, 則命門下, 微有溫氣. 四顧察視, 則岸下有人家, 後窓微有火光.[66] 乃尋逕而下, 開後戶而入, 則有五六人會飮, 肴核狼藉. 忽見新婦之入, 滿面脂粉, 和血而凝, 遍身衣裳, 隨處而裂, 望之卽一女鬼. 諸人皆驚仆於地, 新婦乃曰: "我是人也. 列位勿驚動. 後岸, 有人而方在死生未分之中, 乞急救." 諸人始收拾驚魂, 一齊擧火而上後岸, 有少年男子, 僵仆岸上, 氣息將盡. 諸人始審視, 則乃主人之子也. 大驚, 擧而臥之房內, 灌以藥水, 過數更後乃甦. 擧家始也驚惶, 終焉慶幸. 盖新郎之父, 治送婚行, 而適會隣友,

66 《기문총화》에는 '度其虎行之旣遠'이 첨가되어 있음.

飮酒之際, 而卽其家後也. 始知其女子之爲新婦, 而[67]翌日, 通于婦家, 兩家父母, 莫不驚喜. [68]鄕里多士, 以其事呈官呈營, 至承旌表之典云爾.

67 《기문총화》에는 '而'가 '延置于房 饋以粥飮'으로 되어 있음.

68 《기문총화》에는 '歎其至誠高節'이 첨가되어 있음.

東廂記纂 卷之三
眷澤

3-1. 公州 李進士

成廟朝, 公州有李進士, 忘其名. 窮餓到骨, 欲赴庭試, 無行資, 呈訴於公牧, 不售,[1] 典一弊袍於酒媼, 得斗米而去, 與其妻訣別曰: "今又見黜,[2] 當溺漢江而死, 以榜出日, 爲死日, 可也." 行至錦江, 酒媼之女, 持袍踵至, 急呼'進士進士,' 李以爲還退也, 走至江邊, 呼船之際, 女追至而曰 "進士無此袍, 則不能入洛矣. 老母不識事理, 典衣借米, 吾當償其米,[3] 須持袍而去." 李感謝之. 上洛又不利科, 欲投江而死, 臨岸大哭. 有湖南上番軍, 見而詰之, 李告之[4]故, 軍曰: "吾有父病, 不可離家, 而迫於王事, 黽勉上來, 而囊中有數十錢貫來, 可[5]假我名, 而入番乎?" 李慨然應諾, 負其卜還入, 替直闕內. 幾及一月, 時値季秋旣望, 對月無寐, 且愁心展轉, 信步而[6]潛入禁苑, 夜靜無人. 只有萬朶楓菊, 月下交暎, 爛熳可愛.[7] 恣意翫賞,[8] 忽見楓樹[9]下, 鋪席, 有筆硯及詩軸,[10] 咏楓菊四韻, 李就見之, 詩曰: '霜後能黃霜後紅, 楓林菊蕚共秋風. 楚江烟外無窮樹, 彭澤樽前有幾叢. 禁苑微風香馥

---

1 《계압만록》에는 '一錢'이 첨가되어 있음.
2 《동인아설초》에는 '見黜'이 '不中'으로 되어 있음.
3 《동인아설초》,《계압만록》에는 '價矣'가 첨가되어 있음.
4 《동인아설초》에는 '實'이 첨가되어 있음.《계압만록》에는 '故'가 '以實'로 되어 있음.
5 《동인아설초》,《계압만록》에는 '十錢貫來 可'가 '兩錢貫 公未可'로 되어 있음.
6 《동인아설초》,《계압만록》에는 '信步而'가 '家室滄茫'으로 되어 있음.
7 《동인아설초》,《계압만록》에는 '爛熳可愛'가 빠짐.
8 《동인아설초》,《계압만록》에는 '翫賞'이 '賞玩 彷徨之際'로 되어 있음.
9 《동인아설초》에는 '樹'가 '菊'으로 되어 있음.
10 《동인아설초》,《계압만록》에는 '鋪席 有筆硯及詩軸'이 '有詩箋筆硯'으로 되어 있음.

馥, 玉階斜日[11]影重重.' 三句[12]而已, 末句未及成, 李吟罷,[13] 動得騷人氣習, 取筆足書曰: '君王不是耽花草, 要[14]職乾坤造化功.' 書畢, 有人語狀, 李大驚, 還伏林中. 盖上夜與黃門數輩, 來玩楓菊, 作詩記勝, 而未畢落句, 適如厠而還見之, 不勝驚怪, 使黃門呼曰: "此必有人. 當無罪有賞, 可速自首." 李遂出伏, 上問之, 李細陳首尾, 上嗟[15]異之, 下敎曰: "數日後, 似有別科, 汝可赴觀也." 遂還宮, 李亦出來守闕. 果於數日後, 有別科, 李如命入場, 上親出禁苑楓菊詩四韻, '勿拘通韻.'[16] 李以四韻書呈, 上親考擢魁, 召問, '欲爲何職?' 對曰: "只在上意耳." 上曰: "公牧不給科糧, 特罷職, 以李爲其代, 使禁衛軍, 爲千摠, 酒媼女爲妾." 李一朝化爲達官, 窮達例如此矣."

3-2. 李校理

燕山朝士禍大起, 有一李姓人, 以校理亡命, 行到寶城地渴甚, 見一童女汲於川邊, 趨而求飮, 童女以瓠盛水, 而摘川邊柳葉, 浮之中而給之. 心竊怪之問曰: "過客渴甚, 急欲求飮, 何以柳葉, 浮水而給之也." 對曰: "吾視客子甚渴, 若急飮冷水, 則必也生病故, 以柳葉浮之, 使之緩緩飮之之故也." 李大驚異之, 問是誰家女, 則對以越家[17]柳器家女云. 李隨其後而往柳器匠家, 求爲其壻而托身焉. 自以京華之貴家, 安知柳器織造乎? 日無所事, 只以午睡爲常. 柳匠之夫妻怒罵曰: "吾之迎壻, 將欲助柳器之役矣. 今焉新

11 《계압만록》에는 '日'이 '月'로 되어 있음.
12 《계압만록》에는 '三句'가 빠짐.
13 《동인아설초》, 《계압만록》에는 '吟罷'가 빠짐.
14 《계압만록》에는 '要'가 '聊'로 되어 있음.
15 《계압만록》에는 '嗟'가 '笑'로 되어 있음.
16 《계압만록》에는 '韻'이 '格'으로 되어 있음.
17 《기문총화》에는 '家'가 '邊'으로 되어 있음. '邊'이 맞음.

壻, 只喫朝夕飯, 晝夜昏睡, 卽一飯囊也." 自伊日, 每食[18]減半而饋之. 其妻憐而悶之, 加以鍋底黃飯, [19]夫婦之恩情, 愈[20]篤. 如是度了, 數年之後, 中廟改玉, 朝著一新, 昏朝沉廢之流, 一并赦而付職. 李亦還付官職, 行會八路, 使之尋訪. 傳說藉藉. 李聞於風便, 而時適朔日. 主家將納柳器於官家矣. 李乃謂其婦翁曰: "今番則官家朔納柳器, 吾當輸納矣." 其婦翁責曰: "如君渴睡漢, 不知東西, 何可納柳器於官門乎? 吾雖親納, 每每見退, 如君者, 其何以納[21]乎?" 不肯許之. 其妻曰: "試可乃已, 盍使往諸?" 柳匠始許之. 李乃背負而到官門, 直入庭中, 近前高聲曰: "某處柳器匠, 納器次來待矣."云. 本官乃是李之平日切親之武弁也. 察其貌, 聽其言, 乃大驚起而下堂, 執手而迎之上座曰: "公乎公乎! 晦跡於何處, 而乃以此樣, 來此乎? 朝家之搜訪已久, 營關徧[22]行, 斯速上京."[23] 仍命進酒饌, 又出衣冠, 使之改服. 李曰: "負罪之人, 偸生於柳器匠家, 至今延命, 豈意天日之復見也?" 不勝感泣.[24] 本官以李某[25]之在邑, 報于巡營, 催發馹騎, 使之上京, 李曰: "三年主客之誼, 不可不顧. 且有糟糠之情, 當告別主翁. 今將出去, 君須於明朝, 來訪吾之所住處." 本官曰: "諾." 李乃還着來時衣, 卽還[26]柳匠家曰: "今番柳器, 無事上納矣." 主翁曰: "異哉! 古語云'鴟老千年, 能搏一雉.' 云, 信非虛矣. [27]奇哉奇哉! 今夕當加吾壻數匙飯矣." 翌日平明, 李早起洒

---

18 《기문총화》에는 '每食'이 '朝夕之飯'으로 되어 있음.
19 《기문총화》에는 '加數而饋之'가 첨가되어 있음.
20 《기문총화》에는 '愈'가 '甚'으로 되어 있음.
21 《기문총화》에는 '納'이 '無事納之'로 되어 있음.
22 《기문총화》에는 '偏'이 '遍'으로 되어 있음. '遍'이 맞음.
23 《기문총화》에는 '可也'가 첨가되어 있음.
24 《기문총화》에는 '不勝感泣'이 빠짐.
25 《기문총화》에는 '某'가 '校理'로 되어 있음.
26 《기문총화》에는 '卽還'이 '出門而向'으로 되어 있음.
27 《기문총화》에는 '吾婿亦有隨人而爲之事乎'가 첨가되어 있음.

掃門庭, 主翁曰: "昨日善納柳器, 今日又能掃庭, 今日日可出於西矣." 李乃鋪藁席于庭, 主翁曰: "鋪席何爲?" 李曰: "本郡官司, 今朝當行次, 故如是耳." 主翁冷笑曰: "君何作夢中語也? 官司主何可行次於吾家乎? 千不近萬不近之謊說也. 到今思之, 昨日之柳器之善納云者, 必是委棄路上而歸, 作誇張之虛語也." 言未已, 本官工吏持彩席而喘喘而來到, 鋪之庭中而言[28]曰: "官司主行次, 今方來到矣." 柳器匠夫妻, 蒼黃失色, 抱頭而匿于籬間. 少焉, 前導聲及門, 本官騎馬而來, 下馬入房, 與敍別來寒暄, 仍問曰: "嫂氏何在? 使之出來." 李乃使其妻來拜, 其女以荊釵布裙, 來拜於前, 衣裳雖獘,[29] 容儀閑雅, 有非常賤女子. 本官致敬曰: "李學士身在窮途, 幸賴嫂氏之力, 得至于今日, 雖義氣男子, 無以過此. 何不欽敬乎?" 其女斂衽而對曰: "顧以至賤之村婦, 得侍君子之巾櫛, 全昧如是之貴人, 其於接待周旋之節, 無禮極矣. 獲罪大矣, 何敢當尊客之致謝? 官司今日降臨於常賤陋湫之地, 榮耀極矣. 竊爲賤妾之家, 恐有損於福力也." 本官聽罷, 命下隷, 招入柳器匠夫妻, 饋酒賜顏. 已而隣邑守宰, 絡繹來見, 巡使又送幕客而傳喝. 柳器匠之門外, 人馬熱鬧, 觀光者如堵. 李謂本官曰: "彼雖常賤, 吾旣與之敵體, 必作配矣. 多年服勞, 誠意備至, 吾今不可以貴而易之. 願借一轎偕行." 本官卽地得一轎, 治行具以送. 李於入闕謝恩之時, 中廟命入侍, 而下問流離之顚末, 李乃奏其事甚悉. 上再三嗟歎曰: "此女子不可以賤妾待之, 特升爲後夫人, 可也." 李與此女偕老, 而榮貴無比, 多有子女. 此是李判書長坤之事云.

---

28 《동상기찬》에는 '言'이 빠짐. 《기문총화》를 참고해 삽입함.

29 《기문총화》에는 '獘'가 '弊'로 되어 있음. '弊'가 맞음.

3-3. 徐花潭

徐花潭敬德, 博學多聞, 天文地理術數之學, 無不通曉. 卜居于長湍花潭之上, 仍以爲號. 一日, 會學徒講論, 忽有一老僧, 來拜而去. 花潭送僧後, 忽爾嗟嘆不已. 學徒問其故, 花潭曰: "汝知其僧乎?" 曰: "不知矣." 先生曰: "此是某山之神虎也. 某處人之女, 方迎壻而將爲其害矣, 可憐." 一學徒問曰: "先生旣知之, 有何可救之道乎?" 先生曰: "有之, 而但無可送之人矣." 學徒曰: "弟子願往矣." 曰: "若然則好矣." 仍授一書曰: "此是佛經. 往其家, 勿爲先泄, 但使之具床卓, 燭火於廳上, 使其處女, 處之房中, 鎖其四面門, 而又使健婢五六人, 監執勿放. 汝於廳上, 讀此書, 而勿誤句讀, 則挨過鷄鳴之時, 自可無事矣. 戒之愼之." 學徒承教, 而馳往其家, 則上下紛紜, 問之, 則以爲明將迎壻, 今方受綵. 遂入見主人, 寒暄罷後, 仍言曰: "今夜主家有大厄, 吾以此而來, 欲使免焉. 可如斯如斯." 主人不信曰: "何處過客, 作此病風之言也?" 其人曰: "無論吾言之病風與否, 過今夜, 則自有可知之道矣. 過後, 吾言如無靈, 則伊時毆逐, 無所不可. 第須依吾言爲之, 可也." 主人心甚訝然, 第依其言, 鋪設而俟之, 其女亦如其人之指導,[30] 處之房內, 而使諸婢擁護,[31] 其人請[32]坐廳上燭影之下而讀經矣. 三更時候, 忽有一聲霹靂, 家人皆戰慄走避. 見一大虎, 蹲坐於庭下而咆哮, 其人顔色不變, 讀經不撤. 此時, 其處女稱以放矢, 限死欲出, 諸婢左右挽執, 處女跳踉不可堪. 其虎忽爾大吼, 而噬破窓前木, 如是者三矣, 仍忽不見, 而處女昏絶矣. 家人始收拾精神, 以溫水, 灌之於口, 須臾得甦. 其人讀罷出外, 則擧家揖謝, 皆以爲神人, 以數百金, 欲酬其恩. 其人曰: "吾非貪財而來

---

30 《기문총화》에는 '指導'가 '言'으로 되어 있음.

31 《기문총화》에는 '而使諸婢擁護'가 빠짐.

32 《기문총화》에는 '請'이 '端'으로 되어 있음.

者.” 仍拂衣告辭, 還拜花潭而復命, 先生笑曰: “汝何爲誤讀三處?” 對以無誤讀處矣, 先生曰: “俄者其僧又過去, 而謝我活人之功, 又曰: ‘經文誤讀三處, 故噬破廳木, 以識之云.” 其人思之, 果是誤讀也.

3-4. 楊承旨

楊承旨有遊覽之癖, 一馬一僮, 遠遊北關, 登白頭山, 回路歷安邊, 將欲秣馬於店舍, 家家盡鎖門扉. 彷徨回顧, 路邊數十步許, 溪岩窈窕, 中有一小庄, 鷄犬相聞. 遂至庄前, 一少娘, 年可十四五,[33] 應門而問‘從何來.’ 答曰: “遠行之人, 見店門盡鎖, 故將欲喂馬而去. 汝家主人, 何處去乎?” 娘曰: “與店主, 盡往後洞契會矣.” 因入廚下, 馬粥一桶, 出飼之. 楊公因天氣向熱, 解衣樹下, 娘舖簟席於樹下, 還入廚下, 俄而備飯而來. 山菜野蔬, 極其清潔. 楊公見其應對詳敏, 擧止溫淑, 心甚異之. 且其猝辦接客, 皆有條理, 問娘曰: “吾請喂馬, 而並與人饋之, 何也?” 娘曰: “馬旣餽矣, 人何不飢? 豈可賤人而貴畜乎?” 仍問其年則十五,[34] 其父母則村人也. 臨發, 計給烟價, 則固辭不受曰: “接賓客, 人家應行之事. 若受價, 則非但風俗不美, 將未免父母之責.” 末乃給扇頭香一枚, 娘跪而受之曰: “此則長者所賜, 豈敢辭也?” 楊公尤爲嗟嘆曰: “遐土村家, 何物老嫗, 生此寧馨兒乎?” 仍還家閑居,[35] 數年後, 有人來拜於階下曰: “小人安邊某村人也. 某年某時, 令監偶過陋室, 有贈香於小娘之事乎?” 楊公沈思良久曰: “果有是事.” 某人曰: “女自其後, 不欲適他, 願訪令監宅, 終老於箕箒之役. 自言女子之行, 受人贈物, 不可適他云, 故不遠千里而來耳.” 楊公笑曰: “吾老白頭矣. 豈

---

33 《기문총화》에는 ‘四五’가 ‘五六’으로 되어 있음.

34 《기문총화》에는 ‘五’가 ‘六’으로 되어 있음.

35 《기문총화》에는 ‘閑居’가 빠짐.

有意於小娘而然? 特愛其姸秀敏給, 且不受烟價, 故無物相贈, 解香而贈之. 假使歸吾家, 吾若朝暮逝, 則小娘之芳年, 豈不可惜乎? 汝歸諭吾意, 擇婿而嫁之, 更勿起妄念.” 其人辭歸, 又復來見曰: “百般解諭, 以死自誓, 不得不率來. 令監諒處之.” 楊公固辭之不得, 笑而受之. 楊公君子人也. 鰥居數十年, 不近女色, 琴書自娛, 遨遊山水. 小室入來之後, 一見慰勞其遠來之意而已, 少無繾綣之色. 一日, 晨謁家廟, 入內室, 見戶庭 房闥, 洒掃精潔, 飮食器皿, 井井有條理, 問其子婦曰: “前日吾家, 朝夕屢空, 凡百皆蕪穢不治, 近日則頓改前觀, 且吾甘旨之供, 頗不乏焉, 何以致此?” 子婦答曰: “安邊小室入來後, 針線紡績, 猶是餘事, 治家幹辦, 決非凡人. 鷄鳴而起, 終日孜孜, 近日家計之稍饒者, 良有以也. 且其性行淳厚, 有士女之風.” 讚不容口. 公感其言, 當夕招小室酬酢, 則非但幽閑貞靜之態, 迥出常品. 賢淑明敏之識, 無愧古人. 自此甚愛重之, 連生二子, 形貌端正, 穎悟夙成. 二子至八九歲時, 小室忽請築室各居, 且願治第于紫霞洞溪山勝處路傍高大門閭. 一日, 成廟幸紫霞洞, 賞花歸路, 遇暴雨, 注下如盆, 避入一家, 庭宇蕭洒, 花卉馨香. 問誰家, 從官以實對. 俄而有兩小兒, 衣帽鮮明, 容貌姸秀, 進拜於前, 自上問之, 則楊某小室子也. 上一見稱仙風道骨, 叩其學業, 則無愧古之神童. 筆翰如流, 皆有標格. 呼韻賦詩, 應口輒對, 上大喜. 已而從官皆避雨簷廡下, 相顧囁嚅, 上問何爲而然也, 對曰: “主家欲進饌, 而不敢云耳.” 遂進之, 珍羞妙饌, 極其精備, 並與從官, 而接待之. 上甚訝其猝辦, 賞賜頗優. 仍率兩兒還宮, 喜謂東宮曰: “吾今行, 得二神童, 爲汝輔弼之臣也.” 仍除春坊假御使, 使之長在闕中, 盖與東宮年相若也. 寵遇無比, 其長兒楊士彦, 號蓬萊, 官至安邊府使, 其次兒楊士俊也. 其後, 小室撤家還入大家, 以終焉. 余見南壺谷龍翼所撰箕雅詩集, 楊蓬萊兄弟, 蓬萊之子與妾, 俱入選中, 心甚訝之, 以爲人才, 何聚於一家之內, 及聞安邊之奇遇, 乃知楊公之純德, 小室之淑行, 有以鍾毓於此.

楊蓬萊士彦之父, 以蔭官爲靈岩郡守, 受由上京, 還官之路, 未及本郡一日程, 曉起作行, 未及店舍, 人馬疲困. 爲尋路傍閭舍, 欲爲中火之計, 時當農節, 人皆出野, 村中一空. 一箇村舍, 只有一女兒, 年可十一二歲. 對下隷而言曰: "吾將炊飯, 須暫接於吾家, 可也." 下隷曰: "汝以年幼之兒, 何可炊飯而供饋行次乎?" 對曰: "此則無慮. 須卽行次, 好矣." 一行無奈何, 入門, 則其女兒淨掃房舍, 鋪席而迎之. [36]楊倅細察其女兒, 則容貌端麗, 語音淸朗, 少無村女之態. 心甚異之, 已而進午飯, 則其精潔踈淡, 絶異常品. 一行之人, 皆嘖嘖稱奇. 楊倅招使近前, 而問其年幾許, 對曰: "十二歲矣." 又問'汝父何爲?' 對曰: "此邑將校, 而朝與吾母, 出野鋤草矣." 楊倅奇愛之, 乃出箱中靑紅扇各一而給之, 戲曰: "此是吾之送綵於汝之需, 謹受之." 其女兒聞其言, 卽入房中, 出箱中紅色袱, 而鋪之前曰: "[37]旣是綵幣, 則莫重禮物, 何可以手授受乎?" 一行上下, 莫不稱奇. 楊倅遂出門而作行, 到郡後, 忘之. 過數年後, 門卒入告曰: "隣邑某處居將校某, 來謁次通刺矣." 使之入來, 則素昧之人也. 楊倅問曰: "汝之姓名云何, 而緣何來而見?" 其人拜伏而言曰: "小人卽某邑之校也. 官司再昨年京行回路, 有中火於小人之家, 而伊時, 有一女兒, 炊飯接待之事?" 楊倅曰: "然矣." 又曰: "[38]或有信物之給此女兒乎?" 曰: "不是信物. 吾愛其女兒之怜俐, 以色扇賞之矣." 其人曰: "此兒卽小人之女也. 今年爲十五歲矣. 故方欲議婚, 則女兒以爲吾受靈岩官司禮幣, 矢死不之他云云, 故以一時戲言, 何可信之? 欲使絶[39]之, 則以死爲限. 萬端誘之, 難回其心, 不得已而來告矣." 楊倅笑

---

36 《기문총화》에는 '謂下隷曰 行次進支米 自吾家辦出矣 只出下人各名之粮可也'가 첨가되어 있음.

37 《기문총화》에는 '此扇置之此袱之上 楊倅問其故 對曰'이 첨가되어 있음.

38 《기문총화》에는 '伊時'가 첨가되어 있음.

39 《기문총화》에는 '絶'이 '强'으로 되어 있음.

曰: "汝女之好意, 吾何忍背之? 汝須擇日以來, 吾當迎來矣." 及吉期, 以禮迎來, 爲小室. 時楊倅適鰥居, 以其女處內衙之正堂, 而爲主饋, 飮食衣服, 無不稱意. 及遞歸本第, 其撫愛嫡子女篤至, 馭諸婢僕, 各盡其道, 至於一門宗黨, 無不得其歡心, 譽聲溢於上下內外. 生一子, 卽蓬萊也. 神彩俊逸, 眉目淸秀, 正是仙風道骨. 幾年之後, 楊倅作故, 哀毁如禮. 成服之日, 宗族咸集, 蓬萊之母, 號泣而出座言曰: "今日列位齊會, 諸喪人在座, 妾有一奉托之事, 其能肯許否?" 喪人曰: "以庶母之賢淑, 所欲托者, 吾輩安有不從之理乎?" 諸宗之答亦然. 乃曰: "妾有一子, 而作人不至愚迷. 然而我國之俗, 自來賤生, 渠雖成人, 將焉用哉? 諸位公子, 雖恩愛無間, 而妾死之後, 將服庶母之服矣. 如是則嫡庶懸殊矣. 此兒將何以行世? 妾當於今日自決, 若於大喪中彌縫, 則庶無[40]別矣. 奉望列位, 哀憐將死之人, 使勿飮恨於泉下." 諸人皆曰: "此事吾輩相議好樣道理, 俾無差等痕跡矣. 何乃以死爲期乎?" 蓬萊母曰: "列位之意, 雖可感激, 都不如一死之爲愈." 言罷, 自懷中出小刀, 自刎於楊倅之柩前, 諸人皆大驚而嗟惜曰: "此人以賢淑之性, 以死自決, 而如是勤托, 逝者之言, 不孤負也." 遂相議而嫡兄輩, 視若親同生,[41] 少無差等.[42] 蓬萊長成之後, 位歷顯[43]職, 名滿一國, 人不知其爲庶流云爾.

3-5. 金相國宇杭

[44]金相國宇杭, 年至四十八, 猶守布素, 家道旁落. 荒舍如蝸, 活計若蛛, 朝

---

40 《기문총화》에는 '嫡庶之'가 첨가되어 있음.
41 《기문총화》에는 '同生'이 '兄弟'로 되어 있음.
42 《기문총화》에는 '差等'이 '嫡庶之別'로 되어 있음.
43 《기문총화》에는 '顯'이 '士大夫之'로 되어 있음.
44 《청구야담》에는 '肅廟朝'가 첨가되어 있음.

哺不繼, 衣褐不完. 有五女, 年俱及笄, 一未嫁適, 有一措大, 爲其子, 與公女講[45]婚, 已有成言, 而公自念身外, 實無長物, 且無親戚, 無處控訴, 顧何以資送粧匳乎? 每中夜自歎, 寢食殆廢者, 幾旬朔. 忽憶其素[46]親一武官, 現任端川太守, 於己稍尊. 欲往投之, 沾丐錢財, 庶可有濟. 極知愧恧, 亦無奈何. 於是遍懇于人, 艱得貸息, 以備資斧. 又貰一款段, 使一蒼頭控之, 露宿風餐, 千有餘里, 及至端之邑治. 款門請見, 則反爲閽吏所搪, 謂以禁人擅入, 已有官令, 故不敢輒納. 公屢加訶叱, 而終不聽受, 相持有頃, 日已薄曛. 回至傳舍儆宿, 明朝又往叩之, 亦不得入. 公不勝憤慨, 欲待自回, 而已發之矢, 不可中輟. 只得夜宿旅店, 晝詣官門請入者, 恰過一朔, 猶不得間. 盤纏已竭, 多所假貸於居停主人, 主人以公所乘馬爲質. 公憂悶如擣, 進退不得. 主人知其狀, 惎之曰: "明日, 知府當詣社倉, 親檢糶[47]米, 路出店前, 何不候于路左, 一見其面乎?" 公然之, 翌朝試如其言, 使君果以便輿出, 皂卒呵擁. 公疾呼曰: "我滯此多時." 使君首肯曰: "何故?" 公條悉其由. 言未已, 使君曰: "方有公事, 未暇與語, 第往候之." 顧謂一隷曰: "汝可引入東閣, 待我之回." 公卽隨至公堂, 坐到日昃, 未嘗供飯, 飢渴難支. 夕後, 使君乃還. 坐定, 公告曰: "吾終日不食, 神思昏暈, 願以飯饘饋之, 以撑枵腸." 使君曰: "試以酒肴來饋." 少焉, 掌酒官娥, 以缺口一小壺進, 復以海藿一片, 爲壓酒之需. 公竟日飢餒, 初謂必以美酒肥肉餉之, 準擬大嚼, 以塞饞口. 及見此, 怒氣騰騰, 急起蹴之, 踣於地. 仍謂使君曰: "待人不當若是." 使君亦怒曰: "我是汝尊行, 我之所饋, 何敢如是?" 亟令公隷, 驅出門外. 又呼吏胥曰: "爾須申命一境, 如有許此怪鬼寄宿者, 則當被酷

45 《청구야담》에는 '講'이 '議'로 되어 있음. '議'가 맞음.
46 《청구야담》에는 '素'가 '疎'로 되어 있음. 의미상 '疏'가 타당함.
47 《청구야담》에는 '糶'가 '糴'으로 되어 있음.

罰.” 公含憤而回至舊店, 則主人拒門不納, 馬亦被搶. 公無如之何, 獨與蒼頭, 又之他店, 亦如前之爲. 凡百餘所, 無不皆然. 日已昏黑, 雨又如注. 遂到邑里將窮處, 要暫歇於林莽之間, 其旁有陶穴, 中有席門, 乃皮鞋匠所居也. 公謂匠曰: “日暮道遠, 願借一宵.” 匠亦不拒, 盖窨穴異於廬舍, 故號令不及也. 公少坐, 雨不霽, 將近二更. 雲消月青, 晶光射人, 入於席門之隙, 毫芒可鑑. 公腸肚飢困, 心神散落, 且憤且恨, 不能交睫. 忽聞跫音漸邇, 至席門外而止. 公引領而看, 則有一女子, 顏色殊衆, 明媚動月. 叩門而言曰: “此窨中, 有洛客否?” 公疑其爲太守所使, 呼匠令秘之, 女曰: “何瞞我?” 直排門而入, 公無所避. 女指公曰: “是矣, 無恐.” 公問其故, 女曰: “妾卽邑中掌酒妓也. 太守每以麥酒及海藿, 與人飮啜, 妾嘗憎疾其吝財而輕人. 然受此餽者, 皆甘受輒飮, 妾以爲此皆賤之爲丈夫也. 故無甚奇偉之氣也, 今者相公雖在飢困, 枯涸之際, 能起而蹴之, 可知其非凡鳥也. 以若志氣, 何患不富貴耶?” 公再三遜謝. 復有一丫鬟, 戴楪盒而至, 妓卽致于公前, 則飯羹胾鹽, 皆極精鑿. 公下箸耽食, 頃刻而盡, 無非可口者. 公極口稱誦, 銘感至骨. 妓曰: “旣許陪話, 請暫屈弊廬, 以伸情曲.” 公從之, 至其舍, 綠窓朱戶, 椒壁粉墻, 對貼唐律, 滿堆古董. 以銅爐, 爇龍乳, 芬澤襲人, 燈炧煒煌, 文繡璀璨. 妓令公坐畵氈, 抽情吐素, 仍問曰: “千里投人, 所幹何事?” 公爲道其狀, 妓嚬眉蹙額, 似矜憐之色. 夜將就闌, 妓攝公, 與之同衾而寢, 滯[48]雨弱雲, 狼藉枕席. 黎明, 妓先起從細箱中, 出粲衣一襲授公, 公不能卻, 乃穿着, 穩稱于身. 公留戀不能釋, 淹滯幾近數朔, 妓警[49]之曰: “相公寧久於此乎?” 公曰: “非不知家中妻子凍餒, 僮僕黃瘦, 待我不來, 望眼欲冷, 而我亦思之熟矣. 非徒空手而歸見家人, 無面. 方此行橐

48 《청구야담》에는 ‘滯’가 ‘殢’로 되어 있음. ‘殢’가 맞음.
49 《청구야담》에는 ‘警’이 ‘讋’로 되어 있음.

梣然, 實無青蚨, 何能致身於千里之外? 可謂欲罷不得, 此吾所以委決不下, 趑趄度日者也." 妓曰: "大丈夫當用力於當世, 豈可沈淪於外, 以送流年耶? 古人有謀於桑下者, 妾雖女流, 豈無知識耶? 所謂資斧, 妾已有理會者." 公大喜過望. 詰朝, 有二馬鳴於外, 公問之, 妓曰: "爲相公辦幹." 公謝以不敢, 妓曰: "一則公自乘之, 一則妾畧以衣裳賭之, 可備後車." 仍以二隻畵籠, 實以嫩布貂皮寶毾銀貨載之, 趣公行, 公揮淚而別, 服其義而領其情, 在途未嘗不北首眷戀. 及還第, 卽以所齎物, 辦需成親. 是歲秋圍, 又擢魁科, 賜及第出身, 俄入玉署, 持被青綾. 肅廟促召在直儒臣, 公應命入對, 上曰: "見今北道荐荒, 水旱相仍, 加以地方絶遠, 朝令不行, 守宰貪婪, 椎膚剝髓. 汝其乘傳[50]按廉, 潛行邑里, 臚列臧否, 無墮予命." 公承命感惶, 卽以懸鶉衣衫, 微行入關, 乞食村廬, 詗察政績. 一日將暮, 至端川, 感妓舊恩, 欲先訪之, 而又欲騙之, 以觀其志, 乃赴其門首, 呼曰: "請丐一飯, 如無有, 與我一錢." 如是者再, 妓隔窓聞之, 不覺驚喜, 雲鬟不整, 汲汲下堂而出, 未及穿鞋. 旣見公, 提携而入, 曰: "何故如此?" 公長吁曰: "言之不盡. 自分別以後, 半路遇偸兒, 攘奪盤費及馬匹, 羞見妻子, 不得還家, 飄蕩道路, 乞食延喘, 無可依賴, 悠悠此世, 惟可依望者, 無如汝者. 復來攪擾, 不敢輒入, 故爲叫噪." 妓曰: "奔走[51]跋履, 飢餒應甚. 何以療飢? 我方夕飯, 纔吃一匙, 可共之." 乃引公與之同卓而食. 食已, 妓更以新衣一襲, 衣之曰: "我爲公製此, 欲付信便者久, 而鴈飛魚沉, 尙未憑送矣. 不意今日, 少遂微誠." 公脫下弊衣, 束置突上, 妓曰: "敗絮殘布, 綻缺無餘, 不可復着, 安用此爲?" 仍拓窓, 擧而抛於外, 公急下堂取之, 如恐不及. 妓又攫而投之, 公隨卽拾取, 如是者三. 妓注視公差久, 勃然作色曰: "妾惟以誠

50 《청구야담》에는 '傳'이 '馹'로 되어 있음.

51 《청구야담》에는 '走'가 '湊'로 되어 있음.

虔, 仰接夫子, 夫子反以假意粧撰, 何爲也?" 公愕然曰: "何爲也?" 妓曰: "公旣着新衣, 而苦心血誠, 不棄弊衣者, 將以有用也. 豈非繡衣耶?" 仍絶袂而起, 公笑而挽住曰: "吾果登第, 方叨是職而逢汝, 豈可自詑曰吾御史也哉?" 妓卽釋然. 又請曰: "將如本郡太守, 何?" 公曰: "此吾所以疑難者也. 太守貪虐病民, 罄竹難書. 我若抉摘過惡, 至於黜落, 則是無敦睦之風也. 若隱忍掩護, 知而不言, 則是不恤國事也. 何爲而可?" 妓曰: "若以此奏撤, 終至抵法, 則人必謂公含憤畜怒而發也. 若置而不論, 以私滅公, 此皆斷不可行也. 公若潛見太守, 數以罪戾, 諭之使去, 則可謂兩得其中, 以爲如何?" 公曰: "過我多矣." 妓呼公搦筆, 仍枚擧太守不法之事, 乾沒倉穀, 刁蹬民財等狀, 使公繕錄. 當夜, 妓引公, 暗入東閣. 太守方坐, 見公大驚, 盖已知釋褐也. 仍起戰慄曰: "貴駕奈何至此乎?" 公曰: "吾奉命北至, 仍到貴府, 潛來伏謁, 未審別來無恙?" 太守惶縮膜拜, 手脚慌亂. 公曰: "自到貴府, 詗探政績, 則怨讟載路, 掩耳不得. 彼此不幸, 已不可言. 未知行何悖政而至此?" 太守囁嚅曰: "願聽下官罪類." 公以所錄遞示, 太守曰: "明證斯存, 卞白不得. 願使道特念同根之義, 俾免大罪如何?" 公曰: "我豈剌口論列, 陷公於廢錮之科哉? 然我旣忝按廉之重, 不可使一邑之民, 緣吾私誼, 一受苦楚也. 望須於明日, 三呈辭單, 卽卽解歸. 不然則封庫登聞矣." 太守謝曰: "公之包容德量, 使腐草續春, 枯骨復肉, 敢不惟命?" 公乃出. 翌朝, 太守果稱病歸田. 公將行謂妓曰: "吾曷欲將汝以歸, 重續金屋之緣, 而奈玉署一啣, 其淸如水, 苜蓿闌干, 藜莧不充. 若使汝有啼飢之歎, 則是余之責也. 稍待官尊祿肌, 事力稍集, 當有會合之日." 妓曰: "妾豈可仰累於相公也? 當一聽尊旨." 公竣事而還, 一日, 復鎖直瀛洲. 時肅廟春秋晼晩, 以眼眚不豫, 每夜悉召禁直諸臣, 怡然閑話, 商確古今, 且及閭巷諺俚之語, 以爲消遣之策. 諸臣僚各以所聞, 仰奏畢, 次及公, 公對以無可仰徹者, 上强之曰: "汝旣巡廉北方, 必有所踐歷. 盍言之?" 公俯伏對曰:

"鄙瑣不敢敷陳." 上曰: "君臣之間, 如家人父子, 何所不言?" 公卽以端川事. 條對. 至陶穴, 逢妓進食, 上仍擧竹角小扇, 連擊御床, 次至備馬送行一款, 擊節頗數. 復至因收弊衣, 知爲御史, 扇爲盡碎. 最後, 至乘夜見太守, 諭以治行, 及對妓證以後約, 上乃亟宣召承旨, 書傳旨, 諭關北伯, 端川府掌酒妓某, 不日治送于儒臣金宇杭家, 卽爲啓問云云. 北伯果依聖敎, 厚贐錢帛, 送妓于公家. 妓事公及夫人如嚴君, 使婢僕一以恩信, 治產業無匱乏, 公之立朝布置, 多妓所助云.

3-6. 李延原光庭

李延原光庭,[52] 爲楊牧時, 養一鷹, 使獵夫[53]出去, 經宿而還, 傷足而行蹇. 公怪而問之, 笑而對曰: "昨日放鷹獵雉, 雉逸而鷹逃, 四面搜索, 則鷹坐某處李座首家門前大樹上, 故艱辛呼鷹而臂之, 將欲復路之際, 忽聞籬內, 有喧擾之聲, 故自籬間, 窺見, 則有五個處女, 豪健如壯男樣, 相率而來. 氣勢甚猛, 故意其或被打, 急急避身, 足滑而傷. 時日勢幾昏, 心甚訝之, 隱身於籬下叢樾之中而聞之, 則其五處女相謂曰: '今日適從容, 又當作太守戱乎?' 僉曰: '諾.' 其中大處女, 年可三十. 高坐石上, 其下諸處女, 各稱座首刑房吸唱使令名色, 侍立於前. 已而太守處女出令曰: '座首拿入!' 刑房處女呼吸唱處女而傳分付, 吸唱處女呼使令處女而傳分付, 使令處女承命, 而捉下座首處女, 拿而跪于庭下. 太守處女高聲數罪曰: '婚姻人之大倫也. 汝之末女, 年已過時, 則其上之兄, 從此可知矣. 汝何爲而使汝之五女, 空然並將廢倫乎? 汝罪當死.' 座首處女俯伏而奏曰: '民豈不知倫紀之重乎? 然而民之家計赤立, 婚具實無可判之望矣.' 太守曰: '[54]稱家之有無. 只具

52 《기문총화》에는 '李延原光庭'이 '延原府院君李光庭'으로 되어 있음.
53 《기문총화》에는 '每作山行 一日 獵夫'가 첨가되어 있음.

單衾, 酌水成禮, 有何不可之理乎? 汝言太迂濶矣.' 座首曰: '民之女, 非一二人. 郎材亦無可合之處.' 太守叱曰: '汝若誠心廣求, 豈有不得之理乎? 以鄕中所聞言之, 某村之宋座首吳別監, 某村之鄭座首金別監崔鄕所家, 皆有郎材, 如是則可定汝五女之匹矣. 此人輩與汝地醜德齊, 有何不可之理?' 座首曰: '謹當依下教通婚, 而彼必以民之家貧不肯矣.' 太守曰: '汝罪當笞, 而今姑十分參酌, 斯速定婚而成禮, 可也. 否者, 後當嚴處矣.' 仍命拿出. 五處女相與大笑, 一鬨而散, 其狀絶倒. 仍而作行, 寄宿於旅舍, 今始還來矣." 延原聞而大笑, 召鄕所, 問李座首來歷與家勢子女之數, 則'以爲此邑曾經首鄕之人, 而家勢赤立, 無子而有五女, 家貧之故, 五女皆已過時, 而尙未成婚矣.' 延原卽使禮吏告目, 請李座首以來, 未幾來謁. 公曰: "君是曾經首鄕[55]而解事云, 故吾欲與之議事而未果矣." 仍問子女之數, 對曰: "民命途奇窮, 未育一子, 只有無用之五女矣." 問'俱已婚嫁否?' 對曰: "一未成婚矣." 又曰: "年各幾何?" 對曰: "第末女已過時矣." 公乃以俄所聞太守處女之分付, 一一問之, 則其答果如座首處女之答. 公乃歷數某座首某別監某鄕所之家, 依太守處女之言而言曰: "何不通婚也?" 對曰: "渠必以民之家貧, 不願矣." 公曰: "此事吾當居間矣." 使之出去, 又使禮吏, 請五鄕所而問曰: "君家俱各有郎材云, 然否?" 對曰: "果有之." 曰: "間已成娶否?" 對曰: "姑無定婚處矣." 公曰: "吾聞某村某座首之家, 有五女云, 何不通婚而結親乎?" 五人躕躇不卽應, 公正色曰: "彼鄕族此鄕族, 門戶相適, 君輩之不欲, 只較貧富而然也. 若然則貧家之女, 其將編髮而老死乎? 吾之年位, 比君輩, 何如? 不少之地, 旣發說, 則君輩焉敢不從乎?" 乃出五幅簡, 使置于五人之前曰: "各書其子四柱, 可也." 聲色俱厲, 五人惶恐俯

---

54 《기문총화》에는 '婚姻'이 첨가되어 있음.
55 《기문총화》에는 '首鄕'이 '鄕所'로 되어 있음.

伏曰: "謹奉教矣." 仍各書四柱以納. 公以其年紀之多少, 定其處女之次第. 仍饋酒肴, 又各賜苧布一疋曰: "以此爲道袍之資." 又分付曰: "李家五女之婚具, 自官備給, 本家勿慮也." 卽使之擇日, 期在數日之間. 仍送布帛錢穀, 使備婚需. 伊日, 公出往李家, 屛幛鋪陳之屬, 自官借設, 列五卓於庭中, 五女五郞, 一時行禮, 觀者如堵, 無不欽嘆.[56]其後承繁衍而顯達, 實因延原積善之餘慶云爾.

3-7. 朴靈城文秀

朴靈城文秀,[57] 以繡衣暗行, 轉向他邑, 日晩不得食, 頗有飢色. 仍向一人之家, 則只有一童子, 而年近十五六矣. 遂向前, 乞一盂飯, 則對曰: "吾偏親侍下, 而家計貧窮, 絶火已數日, 無飯與客." 靈城困憊少坐, 童子屢瞻見屋漏之紙囊, 微有慚愧之色, 而卽解囊入內, 數間茅屋, 戶外卽其內室也. 在外聞之, 則童子呼母曰: "外有過客, 失時請飯, 人飢豈不可顧耶? 粮米絶乏, 無以供飯, 以此炊飯, 可也." 其母曰: "如此而汝親之忌祀, 將闕之乎?" 童子曰: "情理雖切迫, 而目見人飢, 何可不救乎?" 其母受而炊之. 文秀旣聞其言, 心甚惻然. 童子出來, 問其由, 則答曰: "尊客旣聞知, 不得欺矣. 吾之親忌不遠, 無以過祀, 故適有一升米, 作紙囊懸之, 雖闕食而不喫矣. 客子飢餓, 而無供飯之資, 不得已以此炊飯矣. 不幸爲客子所聞知, 不勝慚愧." 方與酬酌之際, 有一奴子來言曰: "朴道令斯速出來!" 童子哀乞曰: "今日則吾不得去矣." 靈城問其姓, 則是乃同宗也. 又問'彼來者爲誰?' 曰: "此邑座首之奴也. 吾之年紀已長, 聞座首有女, 母親使人通婚矣,[58] 座

56 《기문총화》에는 '延原之積善'이 첨가되어 있음.
57 《기문총화》에는 '朴靈城文秀'가 '耆隱朴文秀'로 되어 있음.
58 《기문총화》에는 '母親使人通婚矣'가 '通婚 則'으로 되어 있음.

首以爲見辱云, 而每送奴子, 捉我而去, 捽曳侮辱, 無所不至, 今又推捉矣." 靈城乃對奴子而言曰: "吾乃此童之叔也. 吾可代往." 飯後, 仍隨奴子而往, 則座首高坐而使之捉入, 靈城直上廳而坐, 言曰: "吾侄之班閥, 猶勝於君, 而特以家貧之故, 通婚於君矣. 君如無意, 則置之可也. 何每每捉來示辱耶? 君以邑中首鄕, 有權力而然耶?" 座首大怒, 捉入其奴而叱之曰: "吾使汝捉來朴童, 而汝何爲捉此狂客而來, 使汝上典見辱乎? 汝罪當笞!" 御史自袖中, 露出馬牌曰: "汝焉敢若是?" 座首一見, 而面如土色, 降于階下俯伏而曰: "死罪死罪." 御史乃曰: "汝可結婚乎?" 對曰: "焉敢不婚?" 又曰: "吾見曆, 三明卽吉日. 伊日吾當與新郞偕來矣. 汝可備婚具以待." 座首曰: "敬諾." 御史仍出門, 直入邑內而出道, 謂本官曰: "吾有族侄而在於某洞, 與此邑首鄕過[59]婚, 而期在某日. 伊時外具及宴需, 自官備給, 爲好." 本官曰: "此是好事也. 何可不優助? 須當如命." 又請隣邑守令, 當婚日, 御史請新郞於自家下處, 具冠服, 而御史備威儀隨後, 座首之家, 雲幕連天, 杯盤狼藉. 座上御史主壁, 諸守令皆列坐, 座首之家, 一層生光輝矣. 行禮後, 新郞出來, 御史命拿入座首, 座首叩頭曰: "小人依分付, 行婚禮矣." 御史曰: "汝之田與沓幾何?" 曰: "幾石數矣." 曰: "分半給女婿乎?" 座首答曰: "焉敢不然?" 御史曰: "奴婢牛馬幾何, 器皿什物亦幾何?" 答曰: "幾口幾匹幾件幾個矣." 曰: "又爲分半給女婿乎?" 答曰: "焉敢不然?" 御史卽命書文記, 而證人首書御史朴文秀, 次書本官某某邑倅某, 列書而踏馬牌, 仍而轉向他處.

3-8. 呂叅判東植

呂叅判東植, 爲嶺南右道御史, 行到晉州, 偶與從人相失. 且値日暮, 無可

---

59 《기문총화》에는 '過'가 '通'으로 되어 있음. '通'이 맞음.

投宿處. 適有一茅屋, 在路傍者, 往叩之, 有人出應, 而乃班族而未冠者. 告其寄宿之意, 厥童無難色而許之, 邀入房中, 而款待之. 回語其妹, 備夕飯而進之. 夜則與客同寢上間, 其妹則寢於下間. 觀其言語動作, 與之酬酌, 則爲人可愛, 男妹同室, 內外截嚴. 心異之, 問曰: "年旣長矣, 而何故未娶?" 對曰: "以家貧之故, 人皆不願. 前村富翁家, 曾有醮婿之議, 亦以嫌貧,[60] 今忽背約, 更結婚於他處富家, 明日過婚矣." 又問'汝妹亦有定婚處否', 答曰: "亦無定婚處矣." 御史旣憐此兒男妹之過時失婚, 又憤前村富翁[61]之嫌貧退婚. 明日, 直往其家乞飯焉, 門閭高大, 階庭廣濶, 高張遮日, 盛設鋪陳, 圍以彩屛, 方等待新郞之來, 而賓客滿堂, 奴僕盈庭, 羅列釜鼎盤床器皿之屬, 烹飪魚肉, 備設盛饌, 以次進於堂上. 此際, 忽聞乞客之聲, 主人喚奴子, 逐出之. 御史乍出旋入, 高聲大呼, '如此盛會, 飮食若流, 而何不使飢餓窮困者, 一飽腹乎?' 連聲而進于階下, 主人甚苦之, 命奴子, 畧備一床而給之. 奴子乃以殘盃冷餠, 草草數器, 盛一小盤而待之. 於焉之頃, 倏上廳上, 厠[62]身於諸客之末. 又以薄待兩班之意, 多小詬詈. 主人大怒, 又使奴子, 牽出之. 適於此時, 譯[63]卒一漢, 尋御史所在, 來到門前. 御史瞥見, 以目瞬之, 譯[64]卒遂高聲大呼曰: "御史道出道矣!" 一聲纔出, 滿座驚散, 抱頭鼠竄, 奔走[65]而逃. 所謂新郞, 適來到, 見此風色, 亦回馬而急遁. 諸從人, 又次次來會, 御史遂據上座, 拿入家主, 跪于庭下, 數之曰: "汝以一邑巨富, 旣設大會, 一床盛饌, 何損於汝, 而汝令逐出. 至於屢度懇

---

60 《청구야담》에는 '嫌貧'이 '貧窶之故'로 되어 있음.
61 《청구야담》에는 '翁'이 '漢'으로 되어 있음.
62 《청구야담》에는 '厠'이 '側'으로 되어 있음. '側'이 맞음.
63 《청구야담》에는 '譯'이 '驛'으로 되어 있음. '驛'이 맞음.
64 《청구야담》에는 '譯'이 '驛'으로 되어 있음. '驛'이 맞음.
65 《청구야담》에는 '奔走'가 '塡門'으로 되어 있음.

乞, 而乃以衆人所食之餘, 草草薄待. 又至於上廳, 驅迫牽出, 豈有如許道理如許人心乎? 且汝始也, 議婚於越村某道令, 嫌其貧寒, 臨期背約, 更招他壻, 是豈嶺南敦厚之風耶? 今旣筮日, 醮席亦設, 速辦新郎服色白馬紗籠, 往迎越村道令, 速行醮禮." 又送一轎, 駄來其處子. 又命家主, 備給華衣, 速招退去新郎, 又行醮禮於其家, 坐見兩婚禮畢而去. 一邑莫不快其家主之見懲,[66] 而稱其道令男妹善爲區處焉.

3-9. 安東權參奉

安東權某, 以經學行義, 登道薦, 仕徽陵叅奉. 時年六十. 家富饒, 新喪配, 內無應門之童, 外無朞功之親. 時金相宇杭爲本陵別檢, 適有陵役, 與之合直. 一日, 陵軍捉犯樵人以納, 權公據理責之, 將笞罰之. 樵人卽老總角也, 涕泣漣漣, 無辭可答. 權公察其氣色, 决非常漢. 問'汝何許人也?' 總角曰: "言之慙也. 小童簪纓後裔, 早孤而老母年今七十有一. 有一妹, 年至三十五, 尙未嫁, 小童年三十, 未有室. 娚妹樵汲以奉養, 家近火巢, 而今當極寒, 不能遠樵, 故有犯樵, 知罪知罪." 仍又涕泣, 權公見其泣, 忽生惻隱之心, 顧謂金公曰: "可矜哉其情! 特赦之, 何如?" 金公笑曰: "無妨." 權公曰: "聞汝情理可矜, 故特放之, 更勿犯罪." 賜一斗米一隻鷄曰: "以此歸養老親." 總角感謝而去. 數日後, 又見捉於犯樵, 權公大責之. 總角失聲哭曰: "辜負盛意, 固知兩罪俱犯, 而不忍老親之呼寒, 積雪之中, 且無樵採之路, 故乃至於此, 今則擧頭無地." 權公又生惻隱之心, 縮眉良久, 不忍笞治. 金公在傍微哂曰: "隻鷄斗米, 不能感化. 第有好樣道理, 依我言否?" 權公願聞其說, 金公曰: "老人喪配而無子, 總角之妹, 娶爲繼室, 何如?" 權公捋其白鬚曰: "吾雖年老, 筋力足可爲也." 金公揣其意, 遂招總角近前

66 《청구야담》에는 '懲'이 '辱'으로 되어 있음.

曰: “彼權叅奉, 忠厚君子也. 家計饒足, 喪配而無子. 汝之妹過年未嫁, 雖未知凡節之何如, 而與之作配, 則汝家依托有所, 豈不好哉?” 總角曰: “家有老母, 不敢擅便. 當往議焉.” 去而復返曰: “往告老母, 則老母曰: ‘吾家世世閥閱, 今至衰替之極, 雖前世未行之事, 不猶愈於廢倫乎?’ 泣而許之.” 金公大喜, 遂力勸之, 涓吉而[67]急急成禮, 果是名家後裔, 女中賢婦也. 一日, 權公來見金公曰: “賴君之力勸, 得此良配, 吾年已六十, 何所求乎? 永歸鄕里, 故來別矣.”[68]金公曰: “大善哉!” 仍酌酒相別. 後二十五年, 金公始得緋玉, 出宰安東. 到官翌日, 有一民納刺請謁, 前叅奉權某也. 金公良久始記得徽陵伴僚事, 而計其年紀, 則八十四[69]五歲. 急爲邀見, 童顔白髮, 不扶不杖, 飄然而入, 若神仙中人. 握手敍懷, 設酒饌款待, 飮啖如常. 權公曰: “民之得拜城主於今日, 天也. 民賴城主勸婚, 晩得良耦, 連生二子, 至今偕老, 而二子稍學詩文, 戰藝於京師, 擢聯璧進士, 明日卽到門日也. 城主適莅此府, 豈可無下臨之擧耶? 故民急請謁者, 良有以也.” 金公驚[70]賀不已, 快許之. 權公謝去. 明日, 金公携妓樂備酒饌, 早往之, 見其居, 溪山秀麗, 花竹翳如, 樓榭穩敞, 好家居也. 主人下階迎之, 遠近風動, 賓客雲集. 俄而兩新恩來到, 幞頭鶯衫, 風彩動人. 馬前兩立白牌, 雙笛寥亮, 觀者如堵, 咸咨嗟權公之福力. 金公連呼新恩, 問其年, 則伯二十四, 季二十三, 權公續絃之翌年又翌年, 連得雙玉也. 與之酬酌, 容貌則鸞鵠也, 文章則琬琰也, 可謂難兄難弟. 金公欽嘆不已, 老主人喜色可知. 座間, 權公指在傍一人, 使之進拜[71]曰: “城主知此人乎? 此是昔年犯樵人也.” 計其

67 《기문총화》에는 ‘而’가 빠짐. 이 대목이 다른 《기문총화》 이본에는 ‘涓吉而辦需 助力於兩家 急急成禮’로 되어 있음.

68 《기문총화》에는 ‘金問夫人旣率歸 則其家區處 何如耶 答曰 並率去矣’가 첨가되어 있음.

69 《기문총화》에는 ‘四’가 빠짐.

70 《기문총화》에는 ‘驚’이 ‘慶’으로 되어 있음.

年數, 則五十五矣. 遂設樂而娛之, 主人仍請留宿曰: "民之今日之慶, 皆城主之賜也. 城主之適臨蓬蓽, 天與之, 非人力也." 金公遂止宿穩話. 翌朝, 權公進酒饌侍坐, 口欲言, 而囁嚅不敢發, 金公曰: "有所欲言乎?" 權公乃言曰: "老妻平日, 爲城主結草之願. 今幸臨陋地, 一拜尊顔, 則至願遂矣. 女子之不思體面, 只有感恩之心, 容或無怪. 願城主暫入內室受拜, 恐未知何如? 且城主之於老妻, 德如天地, 恩猶父母, 何嫌之有?" 金公不得已入內軒, 設席迎坐. 老夫人出拜於前, 感極而悲, 淚涕汍瀾. 又見兩少婦, 凝粧盛飾, 隨後而出拜, 其子婦也. 三夫人默然侍坐, 其愛戴之心, 溢於顔色. 遂進滿盤珍羞. 權公請金公入夾房, 見年可爲六七歲稚兒, 髮漆黑鬈鬆, 手執窓闌[72]而立, 方瞳瑩然, 黯黯視人, 精神若存若無. 權公指之曰: "城主知此人乎? 是犯樵人之慈親也. 今年九十五歲. 其口中有聲, 城主試細聽之. 非他聲也. '金宇杭拜政丞, 金宇杭拜政丞.' 二十五年, 祝願如一, 尙今口不絶聲, 至誠安得不感天乎?" 金公聽之, 犂然而笑. 其後, 金公果拜相于肅廟朝, 而以藥房都提調, 往視延礽君患候, 說其平生宦蹟, 語及權忝奉, 敍其顚末. 延礽君英廟潛邸時封號也. 英廟聞甚奇之, 登極後弌年唱榜日, 偶見榜目中安東進士權某, 乃是權公之孫也. 自上特敎曰: "故相臣金宇杭說權某之事, 甚稀事也. 其孫又捷司馬, 事不偶然. 特除齋郎, 使之繩武其祖." 嶺人榮之焉.

3-10. 玉簫仙

古有一宰相, 爲關西伯, 有獨子而率去. 時有童妓, 與其子同庚, 而容貌佳麗. 與之相狎, 恩情之篤, 如山如海. 及箕伯之遞歸, 其父母憂其子之不能

---

71 《기문총화》에는 '一人 使之進拜'가 '一老人'으로 되어 있음.

72 '闌'은 '閾'의 오류인 듯함.

斷情而別妓，問曰：“汝與某妓有情，今日倘能割愛，而決然歸去否？”其子對曰：“此不過風流好事，有何係戀之可言乎？”其父母聞而喜之．發行之日，其子別無惜別之意．及歸，使其子負笈於山寺，俾勤三餘之工．生讀書山房，而一日之夜，大雪初霽，皓月滿庭．獨依欄檻，悄然四顧，萬籟收聲，千林闃若．雲間獨鶴，失羣而悲鳴，巖穴孤猿，喚侶而哀號．生於此時，心懷愀然，關西某妓，忽然入想，其姸美之態，端麗之容，森然如在目．想思之懷，如泉湧出，欲忘而未忘，終不可抑．因坐而苦俟晨鍾，不使傍人知之，而獨自躡草履，佩如干盤費，步出山門，直向關西大路而行．翌日，諸僧及同窓之人，大驚搜索，終無形影．告于其家，擧家驚惶，遍尋而不得，意其爲虎豹所囓，悲寃呼痛之狀，無以形言矣．生間關作行，行幾日，僅到浿城，卽訪其妓之家，則妓不在焉，只有妓之老母，見生之行色草草，冷眼相對，全無欣款之心．生問曰：“君之女何在？”對曰：“方入於新使子弟守廳，一入之後，尙不得出來．然而書房主何爲千里徒步而來也？”生曰：“吾以思想君女之故，柔腸欲斷，不遠千里而來者，全爲一面之地也．”妓母冷笑曰：“千里他鄕，空然作虛行矣．吾女在此，而吾亦不得相面，何況書房主乎？不如早歸．”言罷，還入房中，少無迎接之意．生慨嘆出門，而無可向處．仍念營吏房親熟，且多受恩於其父者．仍問其家而往見，則其吏大驚，起而迎之坐曰：“書房主此何擧也？以貴价公子，千里長程，徒步此行，誠是夢寐之所不到．敢問此來何爲？”生言其故，其吏掉頭曰：“大難大難！見今巡使子弟，寵愛此妓，跬步不暫離，實無相面之道．姑暫留小人家幾日，庶圖可見之機．”仍接待款洽．生留數日，天忽大雪，吏曰：“今則有一面之會，而未知書房主能行之否？”生曰：“若使吾一見其妓之面，則死且不避，何況其外事乎？”吏曰：“明朝，發邑底人丁，將掃雪營庭．小人以書房主，充於册室掃雪之役，則或可瞥眼相面矣．”生欣然從之，換着常賤衣冠，混入於掃雪役丁之叢中，擁篲而掃册室之庭，時以眼頻頻偸視廳上, 終不得相面. 過食頃之後, 房門開處, 其妓凝粧而出, 立於曲欄之上, 玩雪景. 生停掃而注目視之, 妓忽然色變, 轉而入房, 更不出來, 生心甚恨之, 無聊而出. 其吏問曰: "得見厥女否?" 生曰: "霎時見面." 道其入房不出之狀, 吏曰: "妓兒情態, 本自如是, 仍較冷暖, 而送舊迎新, 何可責也?" 生自念行色, 進退不得, 心甚悶矣. 其妓一見生之面目, 心知其下來, 欲出而一面, 其於册室, 暫不得使離, 何哉? 仍心思脫身之計, 忽爾揮涕, 作悲苦之狀. 册室驚問曰: "汝何作此樣也?" 妓掩涕而對曰: "小女無他兄弟, 故在家之日, 小女親自掃雪於亡父之墳上矣. 今日大雪, 無人可掃, 是以悲之." 册室曰: "若然則吾使一隷, 掃之矣." 妓止之曰: "此非官事, 當此寒沍, 使渠掃雪於不當之小女先山, 則小女及小女之亡父, 必得無限辱說, 此則大不可. 小女暫往而掃, 旋卽入來, 無妨矣. 且父之墳, 在城外未十里之地, 去來之間, 不過數食頃矣." 册室憐其情, 許之. 妓卽往其母家, 問曰: "某書房主, 豈不來此乎?" 母曰: "數日前暫來見而去矣." 妓曰: "來則何不使留之?" 母曰: "汝旣不在, 留之何益?" 妓曰: "向何處云乎?" 母曰: "吾亦不問, 彼亦不言而去矣." 妓呑聲而責其母曰: "人情固如是乎? 彼以卿相家貴公子, 千里此行, 全爲見小女而來, 則母親何不挽留而通于我乎? 母以冷落之色相接, 彼肯留此乎?" 仍揮涕不已. 欲訪其所在處, 而無處可問, 忽念前等吏房, 每親近於册室, 無或寄宿其家乎? 仍忙步往尋, 則果在矣. 相與執手, 悲喜交切. 妓曰: "妾旣一見書房主, 則斷無相捨之意, 不如從此而相携逃避矣." 因還至其家, 則其母適不在. 搜其箱篋中所儲五六百銀子, 且以渠之資粧貝物, 作一負卜, 貰人背負, 往吏房家, 使吏貰得二匹馬, 吏曰: "貰馬往來之際, 踪跡易露, 吾有數匹健馬, 可以贐之." 又出四十兩錢, 俾作路需, 生與妓, 卽地發行, 向陽德孟山之境, 買舍於靜僻處, 以居焉. 伊日, 營册怪其妓之到晩不來, 使人探之, 則無形影. 問于其母, 則母亦驚惶而不知去向. 使人四索, 而渺然矣. 其妓幀家事, 謂生曰:“郎背親而作此行, 則可謂父母之罪人也. 贖罪之道, 惟在於登科 決科之道, 惟在於勤業. 衣食之憂, 付之於妾, 自今讀之做之, 用工倍他然後, 可以有爲.”使之遍求書册之賣者, 不計價而鬻之, 自此勤業, 科工日就. 如是而過四五年之後, 國有大慶, 方設科取士, 女勸生作觀行, 行資準備而送之. 生上京, 不得入其家, 寓於旅舍, 及期赴場, 懸題後, 一筆揮洒, 呈券而待榜. 榜出, 生嵬參第一人矣. 自上命招吏判, 近榻前而下教曰: “曾聞卿之獨子, 讀書山寺, 爲虎囕去云矣. 今見新榜壯元, 秘封則的是卿之子, 而職啣何爲而書大司憲也. 是可訝也.” 吏判俯伏曰: “臣亦疑訝, 而臣之子決無生存之理, 或有同姓名之人也. 然而父子同名, 亦是異事. 且朝班宰列, 寧有臣名之二人乎? 誠莫曉其故也.” 上使之呼新來, 吏判俯伏榻下而俟之. 及新恩承命入侍, 則果是其子也. 父子相見, 暗暗揮淚, 不忍相舍. 上異之, 使之近前, 詳問其委折, 新恩俯伏而起, 以背親逃走之事, 及掃雪營庭, 至於與妓逃避, 做工登科之由, 一一詳細奏達, 上拍案稱奇而下教曰: “汝非悖子, 乃是孝子也. 汝妾之節槪志慮, 卓越於他, 不知賤娼之流, 乃有如此人物. 此則不可以賤娼待之, 可陞爲副室.” 卽日下諭於關西道臣, 使之治送其妓. 新恩謝恩而退, 隨其父還家, 家中慶喜之狀, 溢於內外. 封內職啣之書以大司憲, 盖是上山時, 其父所帶職故也. 妓名紫鸞, 字玉簫仙云.

3-11. 金姓譯人

李提督如松東征時, 多月逗留金浦, 與栗姓女人親近, 而回軍歸路, 與金姓譯人, 有龍陽之寵, 晝宵相昵. 金譯年纔二十, 未容有美色. 言必從計必用, 其親愛可知. 渡鴨江時, 軍粮幾許, 以某日輸運于送山海關之意, 發關于遼東都統. 伊時, 提督渡江, 方向柵門, 運粮違令矣. 提督大怒, 將行軍律於都統. 都統有三子, 長則時任侍郞, 次則庶吉士, 第三子以神異之僧, 皇帝待之神師,[73]若唐肅宗之居鄴侯於蓬萊院也.[74]三子聞其事, 俱爲來會於其父, 相議紓危之策. 神僧曰: "有妙計." 於是, 邀見金譯, 合席請曰: "父親當此不幸, 萬無生路, 惟望君爲吾等, 善辯解紛也." 金曰: "顧以外國么麽之蹤, 何敢干天將軍紀乎? 所懇若是鄭重, 聽不聽在人, 第當從容言之." 卽入來, 提督問曰: "彼之邀汝, 有何酬酌?" 金言其顚末之如許, 提督良久曰: "吾橫行戰場, 未嘗從私人之一言, 今汝以么麽之蹤, 受如彼貴人懇托, 汝之爲吾緊切, 可知矣. 且吾無以生色於汝, 吾必從汝言矣." 金出語三人, 盡告提督所語, 三人幷稽首再拜曰: "君之德河海也. 何以報焉?" 金則不以爲德, 三人曰: "君以年少, 想必有意於寶貝之玩好, 未知如何." 曰: "吾雖妙年, 素以儉約存心, 家且不貧, 未嘗留心於玩好也." 三人曰: "君是朝鮮國一譯官, 自上國命君, 爲爾國之政丞, 何如?" 曰: "我國專尙名分, 而吾則中人也. 若爲政丞, 則必以中人政丞指之, 反不如不爲也." 三人曰: "然則以君, 爲大國高官崇秩, 仍爲中原高門大家之族, 何如?" 曰: "吾父母俱存, 離違[75]之情迫, 惟願速還. 提督回軍之後, 卽命還歸, 是爲大惠." 三人曰: "吾輩受恩, 不必更言. 惟君必言其所願也." 三人切切懇懇, 金卒發口而言曰: "吾平生所願, 願一見天下一色矣." 三人聞之, 默默[76]良久, 神僧曰: "然矣然矣." 二人從而許之曰: "然矣." 如是而散. 金入見提督, 提督問曰: "汝以何所願而言乎?" 金曰: "願一見天下一色, 爲言矣." 提督蹶起執手曰: "汝非小國人物! 何其言之大也? 然則彼皆許之乎?" 曰: "許矣." 提督曰: "彼從何而得來? 此是皇帝之貴, 不可見矣." 仍隨提督, 入皇城, 三人來邀, 金往焉.[77] 茶罷, 三人請曰: "勿歸, 以永今夕." 少焉,[78] 渾室香薰襲人, 園門

73 《기문총화》에는 '起別院於大內 而置之'가 첨가되어 있음.

74 《기문총화》에는 '伊時'가 첨가되어 있음.

75 《기문총화》에는 '違'가 '圍'로 되어 있음. '圍'가 맞음.

76 《기문총화》에는 '相顧嘿然'이 '默默'으로 되어 있음.

開處, 粉黛數十人, 或持香燭, 或捧紅帕床, 兩兩而出, 排立堂上. 以金所見, 無非傾城之色. 旣已見之, 欲起還歸, 三人曰: "胡起?" 曰: "吾旣見天下一色, 不必留矣." 三人笑曰: "此是侍娥, 豈得爲天下一色乎?" 令[79]出來, 須臾園門大開, 一朶蘭麝之薰濃郁, 侍女十餘擁護而出, 上堂. 凝妝粉脂一塊, 坐於交子上. 三人與金譯, 亦排坐交子上, 謂金曰: "此眞君所謂天下一色也." 金目無見, 不知爲何狀也. 三人曰: "今宵, 君必與此, 爲雲雨之會." 金曰: "吾只願一見, 而不願爲洞房之親也." 三人曰: "此何言也? 吾輩受恩於君, 君旣願見一色, 吾輩雖磨骨割肉, 豈可不聽乎? 第二色第三色, 不難得來, 至於天下第一色, 雖天子之勢, 實難得來. 年前雲南王, 有仇於人, 而吾輩爲之報仇, 其王方欲酬恩. 君旣願見一色, 而其王之女天下第一色. 向者, 吾輩之梁丘曰然者,[80] 以是故耳. 自君別來, 吾輩送媒於雲南王, 王亦許之. 及君入京, 彼姬率來, 這間折千里馬者三, 費銀子數萬, 以其雲南, 距京三萬里之遠也. 今此相會, 君卽男子, 彼卽女子, 若爲一見而散, 則彼以深閨畏人之行, 果如何哉? 勿復爲辭. 今夕爲合巹之禮, 不亦宜乎?" 金不得已仍留宿. 其夜共牢. 蠟燭成堆, 麝薰襲裾, 眼花迷離, 視而不見, 少狂蝶探花之心, 無鴛鴦弄波之聲. 三人自外窺見, 攄得其如此沒風致, 呼金而出曰: "合歡之樂, 何其寂寥也?" 出一楪子, 置金前曰: "喫此. 此乃蜀山紅蔘也. 喫而入房, 眼明神爽, 彼姬之毛髮頂踵, 瞭然可覩." 金如其言. 經夜後, 三人已來待矣. 問金曰: "彼姬何以區處乎?" 曰: "顧以外國之蹤, 今當猥恩, 來頭之事, 不可預料." 三人曰: "君幸以奇緣, 得此天下之一色, 豈

---

77 《기문총화》에는 '焉 茶罷'가 '見則'으로 되어 있음.

78 《기문총화》에는 '少焉'이 '茶罷少頃'으로 되어 있음.

79 《기문총화》에는 '令'이 '今方'으로 되어 있음.

80 《기문총화》에는 '君旣願見一色 而其王之女天下第一色 向者 吾輩之梁丘曰然者'가 빠짐. 빠진 부분은 연세대본에만 한정됨.

可一會而散乎? 君以外國之人, 兩親離違, 仍爲居此偕老, 義亦不可. 吾等三人, 旣蒙君之厚恩, 使貴國, 每年正使之行, 君以譯任, 必隨入來, 一年一逢, 若牛女七夕之會, 不亦爲美乎?” 金譯從其言, 自少至老, 以譯任, 每年一會行樂, 終有一個男子, 金之後裔, 大昌于燕京云爾.

東厢記纂 卷之四
福緣

4-1. 李縣令公麟

李縣令公麟，益齋之後，而監司尹仁之子也．娶朴參判彭年之女，合巹之夜，夢八翁來辭於前曰："某等將就死，公若活湯鑊之命，則將以厚報公．" 李驚覺而問之，則饔人將以八鼈調羹．卽令放于江流，一鼈逸去，小奚指銛以捕，誤斷其頸，死焉．其夜，又夢七翁來謝．後李生八子，名之曰鼇龜黿鼉鼊鯨鯤，志其詳也．皆有才名，時人比之荀氏八龍．黿字浪翁，行義文章，尤爲世所推，以佔畢齋文人，死於甲子之禍，其驗尤著．至今李氏，不食黿鱉云．

4-2. 勿齋孫舜孝

勿齋孫舜孝，平海人，校生子．穎悟能文，欲赴科擧，而無試紙．主倅召見，俾令二子，同赴鄕試．一手三作，孫則雙中，二人各中一場．又赴東堂，孫則居魁，一人又叅．同赴會試，至忠州邑，暮投戶長家，衙童則宿客室，孫則困憊，因睡碓室．戶長夫妻與二女皆夢，大龍臥碓室，覺而異之，持火索之，則孫在焉．問所以，且曰："吾有兩女，以一女妻君，君可自擇焉．" 孫曰："以爲妾也，君必不肯，以爲妻也，不告爲妻乎?" 戶長曰："作妾不妨．" 孫仍擇長女，卽其家成婚．太守子知之大怒，棄之而去．孫留戶長家數日，備行資及試具而上京．公又中進士，又魁於文殿試．成廟喜其得人，使吏判申公，妻以女，率諸同年，於放榜日成親，諸大臣皆作圍繞，甚盛禮也．以正言下鄕，歷入忠州戶長家，邑已出站矣．率其妾到家，陪父母上京，上命買第於墨寺洞，寵遇無比．終判兵吏曹而陞拜貳相．一日，上與諸大臣，夜觴于便殿. 公托醉撫御榻曰: "此座可惜." 盖指燕山也. 臺章峻發, 上笑曰: "渠視我如父, 悶我過飮, 不覺失禮." 三司大爭之, 不得已命配漢江, 一日復以貳相召入. 上竟以酒病, 捐羣臣, 公上山大哭, 顚仆攀踊, 流血滿面. 仍佯狂而奔走閭里間, 此出於避禍之計也. 燕山卽位, 誅戮諸臣, 獨於公曰: "吾素欲殺此人, 今作狂人, 故不殺."云. 公年七十六, 考終于家, 子孫累代簪纓不絶.

4-3. 盧蘇齋

盧蘇齋守愼, 未委禽時, 適過松都, 夜坐逆旅. 夜分後, 有一婢持燭籠, 後有童女傍佇綽約. 前進而請入內室, 公莫知其意, 尾而入, 有如新房, 童女侍坐. 俄進夕飯, 十分豊侈. 食罷, 主人拜於門外, 公詰其故, 對曰: "此乃小人之女也. 任公處分." 公遂與經夜, 情私甚篤. 留數日, 欲携歸, 女拒之曰: "此後, 豈無會耶?"[1] 多備衣袍而送之. 且以唐詩'蕭蕭楚客帆, 暮入寒江雨.'一句, 誦而托之曰: "[2]忘此也." 後公委禽登第, 數次往見後, 居留松都, 欲同歸而終不願, 莫知其故也. 一日, 侍筵中, 公忽昏睡中, 誦楚客帆一句. 盖公常常誦之也. 上怪之,[3] 公擧實細陳.[4] 上異之, 遂命松留,[5] 明日治送, 直入闕內, 女進對, 容貌擧止, 十分稱當. 上細問之, 女對曰: "臣妾七八歲時, 遊於家後園林中, 有白髮老人, 來言'汝當爲貴人之妾, 福祿非常, 自是或晝或夜, 每每來見. 一日, 又來言曰: '今日, 汝夫壻來, 汝可如此如此, 不往夫家.' 誦傳唐詩, 皆老人之指教也." 盧公始聞其詳. 上亦大

---

1 《계압만록》에는 '會耶'가 '會合之日'로 되어 있음.
2 《계압만록》에는 '愼勿'이 첨가되어 있음.
3 《계압만록》에는 '下問'이 첨가되어 있음.
4 《계압만록》에는 '擧實細陳'이 '細陳其由'로 되어 있음.
5 《계압만록》에는 '上異之 遂命松留'가 '上卽命松都留守'로 되어 있음.

異之, 以御筆[6]書靈道[7]夫人四字, 以賜之, 終身享福云.[8]

4-4. 東岳李公

東岳李公安訥, 新娶後, 上元夜, 聽鍾於雲從街, 醉過履洞前路, 倚一門而臥. 俄而婢僕輩來諠曰: "新郞醉倒于此." 仍扶入其家新房, 而公渾不省矣. 洞房花燭, 與新婦同寢. 翌曉睡覺, 則別人之室, 非聘家也. 公問新婦'此是誰家,' 新婦疑之, 反詰之, 相與錯愕. 蓋其家新婦過婚禮之三日. 新郞亦聽鍾夜遊, 仍爲不來, 東岳誤入此室. 公問新婦曰: "何以處事, 則好也?" 新婦曰: "吾有夢兆之符合, 此亦緣分. 以婦女之道言之, 吾辦一死, 可也. 然吾是屢世譯官家無男獨女也. 吾死, 父母老無依托之所, 不忍於此. 不獲已從權之道, 願爲小室. 且奉養老親, 以終餘年, 何如?" 公曰: "吾非故犯, 君非亂奔也. 從權無妨, 然而但家有老親, 庭訓甚嚴, 吾年未弱冠. 且未登第, 以書生畜小室, 豈不難乎?" 新婦曰: "無難. 君之姨姑之家, 或有置我之所乎?" 曰: "有之." 曰: "然則今急起, 與我偕行, 置我於其家, 使兩家莫知之. 君必登第, 而未第前, 誓不相面, 登第後, 實告于兩家老親, 以爲團聚之計, 如何?" 公如其言, 區處於其寡居姨母家, 助其針線, 相依如母女以過. 新婦家朝起視之, 則新郞新婦不知去向. 大驚恠, 往探新郞家, 始知假郞偕遁. 遂秘其事, 假稱以新婦暴疾不起, 假殯虛葬之. 東岳更不接面於小室, 晝夜勤工, 文章大達. 不幾年, 登高科, 始告老親, 率來小室. 又欲通小室家, 則小室曰: "不必信也." 出給新婚時紅錦衾領曰: "以此爲信. 此錦在昔年, 遠祖入燕時, 皇帝所賜也. 天下所無之異錦, 獨吾家有之, 以爲新婚

---

6 《계압만록》에는 '以御筆'이 빠짐.

7 《계압만록》에는 '道'가 '通'으로 되어 있음.

8 《계압만록》에는 '享福云'이 '享厚福豈不異哉'로 되어 있음.

時袞領耳, 見此必信." 遂如之, 老譯見其女, 悲喜交至. 且見李公, 宰相人也. 問其始終, 曰: "[9]吾老夫妻, 後事有托矣." 無他子女, 以其家貲奴婢田宅, 悉付之, 長安甲富也. 小室賢而有智, 治産業奉巾櫛, 皆有閨範. 李公家, 至今以世富稱,[10] 小室子孫, 且繁衍云爾.

4-5. 海豊君鄭孝俊

海豊君鄭孝俊, 年三十八, 貧窮無依. 喪妻者三, 而只有二女無一子. 以寧陽尉之曾孫, 本家奉先之外, 又奉魯陵及顯德王后權氏魯陵王后宋氏三位神主, 而無以備香火. 在家愁亂, 每日從遊於隣居李兵使眞卿家, 以賭博爲消遣之資. 李卽判書俊民之孫也. 時以堂下武弁, 與海豊賭博矣. 一日, 海豊猝然而言曰: "吾有衷曲之言, 君其信聽否?" 李曰: "吾與君, 如是親熟, 有何難從之請乎? 第言之." 海豊囁嚅良久, 乃曰: "吾家非但累世奉祀, 且奉至尊之神位, 而吾今鰥居無子, 絶嗣必矣. 豈不矜悶乎? 如非君, 則吾何可開口? 君其矜憫我情勢, 能以我爲女婿乎?" 李乃勃然作色曰: "君言眞乎, 假乎? 吾女年今十五, 何可與近五十之人作配乎? 君言妄矣. 絶勿更發此沒知覺必不成之言, 可也." 海豊滿面羞愧, 無聊而退. 自此以後, 更不往其家矣. 其後十餘日夜, 李就寢矣. 昏夢中, 門庭喧擾, 遠遠有警蹕之聲, 一位官服者入來曰: "大駕幸于君家, 須卽出迎." 李慌忙而下階, 俯伏于庭, 已而少年王者, 端冕珠旒, 來臨于大廳之上, 命李近前而下教曰: "鄭某欲與汝結親, 汝意如何?" 李起伏而對曰: "聖教之下, 焉敢違咈, 而但臣之女, 年未及笄, 鄭是三十年長, 何可以作配乎?" 教曰: "年齡多少, 不須較計, 必須成婚, 可也." 仍還宮. 李乃怳惚而覺, 卽起入內, 則其妻亦明燭而坐,

---

9 《기문총화》에는 '天也'가 첨가되어 있음.

10 《기문총화》에는 '履洞第宅 皆醉入之第也'가 첨가되어 있음.

問曰: “夜已晩, 何爲入來?” 李以夢中事言之, 其妻曰: “吾夢亦然, 大是怪事.” 李曰: “此非偶然之事, 將何爲之?” 妻曰: “夢是虛境, 何可信之云矣?” 過十餘日後, 李又夢大駕又臨, 而玉色不豫曰: “前有下教者, 汝何尙今不奉行乎?” 李惶蹙而謝曰: “謹當商量爲之矣.” 覺而言于其妻曰: “此夢又如是, 此必是天意也. 若逆天 則恐有大禍矣. 將若之何?” 妻曰: “夢雖如此, 事則不可成也. 吾何忍以愛女, 作寒乞人四室乎? 此則毋論天定與人定, 死不可從矣.” 李自此之後, 心甚憂恐, 寢食不安. 過十餘日後, 大駕又臨于夢曰: “向日下教於汝者, 非但天定之緣. 此乃多福之人也, 於汝無害而有益者也. 屢次下教, 而終始拒逆, 此何道理? 將降大禍矣.” 李乃惶恐, 起伏而對曰: “謹奉聖教矣.” 又教曰: “此非汝之所爲. 專由於汝妻之頑不奉命, 當治其罪.” 仍下教拿入, 霎時大張刑具, 拿入其妻而數之曰: “汝之家長欲從吾命矣, 汝獨持難而不奉命, 此何道理?” 仍命加刑, 至四五杖而止. 李妻惶恐而哀乞曰: “何敢違越? 謹當奉教矣.” 仍停刑而還宮. 李乃驚覺而入內, 則其妻以夢事言之, 捫膝而坐, 膝有刑杖之痕. 李之夫妻大驚恐, 相與議定, 而翌日請海豊曰: “近日何久不來.”云, 則海豊卽來矣. 李迎謂曰: “君以向日事, 自外而不來乎? 吾於近日, 千思萬量, 非吾則此世無濟君之困, 雖誤却吾女之平生, 斷當送歸于君家矣. 君爲吾家之東床, 吾意已決, 寧有他議? 柱單不必相請, 此席書之, 可也.” 仍以一幅簡, 給而書之. 仍於座上, 披曆而涓吉, 丁寧相約而送之. 翌日之朝, 其女起寢, 而言于其母曰: “夜夢甚奇. 嚴君之博友鄭生員, 忽化爲龍, 向余而言曰: ‘汝受吾子!’ 吾乃開裳幅而受之, 小龍五箇蜿蜿虵虵於裳幅之上. 授受之際, 一小龍落于地, 折頸而死, 豈不可怪乎?” 父母聞其言而異之. 及入鄭門, 逐年生産, 生男五人,[11] 皆長成, 次第登科, 一男二男, 位至判書, 三男大司諫, 四男五男, 俱是玉

---

11 《기문총화》에는 ‘生男五人’이 ‘生純男子五人’으로 되어 있음.

堂. 長孫又登第於海豊之生前, 其壻登第, 海豊以五子登科, 加二資, 位至亞卿, 享年九十餘, 孫曾滿前, 其福祿之盛, 世所罕比. 其第五男, 以書狀赴燕, 回路未出柵門而作故, 以其柩還, 時海豊尙在, 果符夢中之事. 其夫人先海豊三年而歿. 海豊窮時, 適於知舊之家, 逢一術士, 諸人皆問前程, 海豊獨不言. 主人言曰: "此人相法神異, 何不一問?" 海豊曰: "貧窮之人, 相之何益?" 術士熟視曰: "這位是誰? 今雖如此困窮, 其福祿無限, 先窮後通, 五福俱全之相. 座上人, 皆不及."云. 其後, 果如其言. 海豊初娶時, 醮禮之夕, 夢入一人之家, 則堂上排設, 一如婚娶之儀, 但無新婦, 覺而訝之. 喪妻而再娶之夜, 夢又入其家, 則又如前夢, 而所謂新婦未免襁褓. 又喪妻, 三娶之夕, 又夢入其家, 則一如前夢, 而稱以新婦之襁褓兒, 年近十餘歲而稍長矣. 又喪妻, 及四娶李氏門, 見新婦, 則卽向來夢見之兒也. 凡事皆有定數而然也. 李兵使夢中下教之君王, 乃是端廟云爾.

鄭海豊孝俊, 海州人, 栢亭易之後, 而昭平公眉壽四世孫也. 未娶時, 夢有人携往一處, 持紫衣夫人曰: "此爲汝妻, 當福汝家." 海豊覺而心識之. 旣娶連喪三妻, 並無男子. 年四十七, 與李兵使眞卿, 同里居, 困窮不自聊, 時往來李家對博. 李有女未嫁, 嘗夢外舍嗜博鄭生員與己五卵, 己以裙子包之, 盡化爲龍. 李聞而異之. 一日, 與海豊博, 語及四娶事, "君得娶如吾家者, 則何如?" 海豊曰: "五十窮儒, 安可得此?" 李遂告夢兆, 以女妻之. 委禽之日, 海豊黙觀其顔貌衣裳, 及所居房榭窓櫳庭除, 宛然昔夢之所覩者也. 旣而生五子, 植弼善, 榏[12]判書, 晳樸皆參判, 檟[13]掌令. 植之子重徽, 亦參判, 而皆以文科顯. 海豊見子孫之榮, 獨享年八十九.

12 《동상기찬》에는 빈칸으로 되어 있지만, 《기문총화》를 참조하여 '榏'을 첨가함.

13 원문에는 '櫝'으로 되어 있지만, 이는 '檟'의 오류임.

4-6. 斑寅

昔有一宰相, 內外偕老, 而有一童婢, 年十七八, 容色不醜, 性又醇良, 夫人寵愛之. 宰相常欲近幸, 童婢不承從, 泣告夫人曰: "小人將死矣. 大監屢欲以小人薦枕, 若不從命, 則畢竟死於大監刑杖之下, 若從命, 則小人蒙夫人子育之恩, 何忍爲眼中釘乎? 一死之外, 更無他道, 將欲往投江中而死." 夫人憐其志, 捐出白銀靑銅簪珥之屬, 幷與渠之衣服, 裹一袱而與之曰: "今無以在此. 人生何可空死? 持此物, 往投汝所欲去之處, 以此資生." 待曉鍾纔罷, 潛開門出送之. 童婢養於宰相家內舍, 未省出門行路. 持此袱裹, 不知所向, 直從大路而行. 出南門, 漸近津頭, 時天色方曙, 聞有馬鈴聲, 從後而來, 見有一丈夫, 近前而問曰: "汝是何處女兒, 如此早晨, 獨往何處?" 童女曰: "我有悲寃之事, 將欲投江而死." 其人曰: "與其浪死, 吾未娶妻, 與吾居生, 何如?" 童女許之. 遂馱之馬上而去. 其後幾年, 宰相內外俱歿, 其子亦已故, 其孫稍長矣. 家計剝落, 無以資活. 忽思先世奴婢, 散在各處者多. 若作推奴之行, 則可得要賴之資. 遂單身發行, 先往某處, 招致諸漢, 示以戶籍曰: "汝輩皆吾先世之奴屬也. 吾今以收貢次下來, 須從汝輩人口男女之數, 一一備出." 諸漢口雖應諾, 心懷不良, 定一房而居之, 備夕飯以待之, 將於其夜, 聚黨而謀殺之, 生則不知而困眠矣. 忽於半夜, 聞[14]有多人聲跡, 心竊疑之, 側耳潛聽之, 則以開戶先入, 互相推諉. 始乃覺之, 大生驚惕, 潛身起來, 蹴倒北壁而出走. 諸漢或持刀劍, 或持椎杖, 或從房中, 或從廚後而逐來, 生無計逃生. 遂超越短籬, 忽有一虎, 適在籬外,[15] 突前啣去. 諸漢見生爲虎所捉去, 相顧大喜曰: "不勞吾輩之犯手. 自爲虎狼所噉, 豈非天哉? 永無患矣." 其虎雖捉生而去, 只啣其衣後領, 而

14 《청구야담》에는 '窓外'가 첨가되어 있음.

15 《청구야담》에는 '適在籬外'가 빠짐.

緜其軆, 負背上, 半夜之間, 不知走幾里. 往投一處, 掀緜墮地. 生之肌膚, 則雖不傷, 而精神昏窒. 已而驚魂少甦, 開睫周視, 則乃一大村中, 井邊人家大門之前, 而虎尙蹲坐其傍. 天色向曙矣, 井邊家人, 將欲汲水, 開門而出, 忽見何許人, 僵臥地上, 有一大虎, 守其傍, 大驚走入, 而連呼聲有虎, 其家人老少, 一齊持杖而出. 虎見衆人齊來, 始起身欠伸, 徐徐而去. 衆人始問僵臥之人曰: "汝是何人, 緣何臥此, 斑寅又何故, 相守不去也?" 生始述其顚末, 人皆嗟異之. 其家主母出來見之, 認生容貌, 卽請入內舍, 語之曰: "子非兒名某氏者耶?" 生大驚曰: "吾果是也, 老嫗何以知之?" 老嫗遂細述'其兒時, 爲某宅婢子, 受恩於夫人, 今日如此居生, 莫非夫人之德. 吾年今七十不遠,[16] 何日忘之? 但京鄕落落, 聲聞莫憑, 爲四十餘年, 則大監內外分, 下世必久, 而令監生存, 將至八旬矣. 郎君如是老蒼, 而尙有髫齔時典刑, 故所以記得也. 家計零替, 作此踽危之行, 聞不勝感舊隕涕. 然非斑寅,[17] 郎君今何以到此?[18] 此天以吾使之報舊恩.' 遂遍呼諸子及諸孫, 諭以'此是吾之上典, 汝輩一一現身.' 又拓北窓, 招諸子婦, 亦幷現身, 備盛饌而進之, 製新服而衣之, 挽留數日. 老嫗諸子, 皆壯健傑驁, 有風力, 財産富饒, 行號令於一鄕者. 今忽不意, 其母以一個流乞之人, 稱之以上典, 使渠輩盡爲奴屬, 使聞於他人, 必爲鄕中之羞恥.[19] 憤怒撑中,[20] 然其母性嚴, 諸子莫敢違其志, 不得已而黽勉從令. 生謂老嫗曰: "吾離家已久, 可以急歸, 須爲我, 俾得速還." 嫗曰: "姑留數日, 亦何妨也?"[21]夜深後, 見諸

16 《청구야담》에는 '不遠'이 빠짐.

17 버클리대본《청구야담》에는 '爲四十餘年 則大監內外分 下世必久 而令監生存 將至八旬矣 郎君如是老蒼 而尙有髫齔時典刑 故所以記得也 家計零替 作此踽危之行 聞不勝感舊隕涕 然非斑寅'이 빠짐.

18 《청구야담》에는 '郎君今何以到此'가 '今日郎君意外到此'로 되어 있음.

19 버클리대본《청구야담》에는 '使聞於他人 必爲鄕中之羞恥'가 빠짐.

20 《청구야담》에는 '又爲鄕中之羞恥'가 첨가되어 있음.

子輩睡熟, 屬耳而言曰: "郎君不見諸子輩氣力[22]乎? 渠輩雖以吾命, 不得不外面從, 其心不可測也. 若單身歸去, 則必致中路, 非常之禍. 我有一計, 郎君其能從之否?" 生曰 "何計也?" 媼曰: "我有一孫女, 年近二八, 亦頗有姿色, 尙未定婚. 欲以此, 納于郎君, 則如何?" 生猝聞此言, 惝怳不能答, 媼曰 "從吾言, 則可以生還, 不從吾言, 則必致非命之禍. 我不忘舊主之恩, 爲計至此, 郎君何不聽之?" 生許之. 明日, 老媼召諸子輩, 語之曰: "吾以孫女某也, 納于某郎君. 汝於今夜, 整辦婚具, 無敢違忤." 諸子輩不做一聲, 唯唯而退. 其夕, 修理一房, 爲新婚之房, 使生入處, 靘粧其孫女而入送, 遂成婚焉. 翌早, 老媼入見問安, 又召諸子輩, 語之曰: "上典主明將還宅, 孫女又當率去. 騎馬一匹, 轎馬一匹, 卜馬數匹, 斯造備待, 轎子亦爲借來. 汝某某, 陪行上京, 受[23]書札而回來, 使吾知平安行次之奇." 諸子卉走應命, 一齊辦備, 遂治發上京. 衾枕衣服, 如干錢兩, 幷載數駄, 一路無事, 平安得達. 生作書, 付其回便. 其後每年一伻, 限老媼終身.

4-7. 星居士

星居士嘉山人也. 俗姓張, 僧名就星. 早失怙恃, 十五出家, 削髮於江陵五臺山月精寺, 爲法僧雲大師之弟子. 聰明穎悟, 卓出衆闍梨, 大師極愛之, 常曰: "衣鉢當傳就星." 三藏經文, 無不敎授, 而惟有三卷書, 深藏篋中, 不使看之. 一日, 大師將往金剛山楡岾寺袈裟會, 謂就星曰: "余之歸, 不出一年, 汝須着心工夫, 而篋中所藏三卷書, 愼勿出見." 遂飛錫而去. 就星與衆弟子, 拜送于山門而歸, 心甚疑訝曰: "師父所藏三卷書, 是何等奇文, 而不

---

21 《청구야담》에는 '待'가 첨가되어 있음.
22 《청구야담》에는 '力'이 '色'으로 되어 있음.
23 《청구야담》에는 '上典主'가 첨가되어 있음.

使弟子一覽乎?" 乘間搜出披閱, 則非佛經, 乃地理書也. 上自河洛, 下至星曆, 五行陰陽之數, 九宮八卦之法, 玄妙悉備, 吉凶俱著, 儘千古不傳之秘訣. 就星看來, 轉加沉惑, 全廢佛經, 專讀此書, 不過半載, 精通其妙. 鎭日山行, 龍脉之起伏, 風水之聚散, 暸如指掌, 森然在目. 自以爲吾已得不世之神術, 人間富貴, 唾手可得. 遂有退俗之心. 一日, 忽自悟曰: "釋教工夫, 正心爲上. 我出家十年, 曾無半点雜念矣. 邪心猝發, 不遵師教, 弁髦釋家之法教, 沈惑堪輿之方術, 豈不有妨於修行乎? 且師父知之, 難免重譴." 遂自焚檀香, 趺坐蒲團, 手轉項珠, 口念佛偈矣. 未幾大師還歸, 呼就星曰: "汝知汝罪乎?" 就星下堦跪對曰: "小子服事師父, 已十閱春秋, 而實無毫髮不順之事. 誠愚昧, 不知其作何罪也." 大師大責曰: "修行之工, 其目有三, 身也, 心也, 意也. 汝背馳古教, 眈看雜方, 厭佛家之寂滅, 慕世俗之富貴, 十年工夫, 一朝壞了, 其罪固不可一刻當置. 汝遂火速下山!" 遂重杖逐出之. 就星自度不容於沙門, 乃向故鄕而還. 自江陵抵京城, 所經山川名穴大地, 指不勝摟. 乃細錄其龍節坐向, 與消砂納水, 藏之囊中, 直入都門, 欲賣其所占處. 遍行城市, 逢人輒說, 聞者皆歸之虛謊, 無一願買者.[24] 居士遂到嘉山, 葛山之下, 搆數間茅屋. 屋後山壁, 有一小孔. 每朝, 念眞言, 以手探孔中, 則二升米自出, 以此朝夕炊飯云. 時肅川白雲山, 有安姓人兄弟者, 早孤無親, 年過三十, 未有室家, 資生甚艱, 兄弟俱爲人家雇傭矣. 居士行過白雲山下, 時適六月. 道遇急雨, 忙投村家, 乃安秀才入傭之

24 《청구야담》에 있는 "就星心竊恨歎 遂向嘉山 行至平山 所着繩鞋盡弊 而足大一尺餘 路傍所賣者皆不適足 足已繭矣. 寸寸前進 堇行數里許 至一村 有一喪人 見其無鞋而足傷 乃以一巨鞋進之. 居士心甚感之 問曰: '主人應有親喪 果已安葬耶?' 答曰: '山地尙未定 荏苒半載 不得完窆矣.' 居士曰: '余粗解風水 主人如信吾言 當占一穴 以報賜屨之厚意.' 喪人聞而大喜 卽延入中堂 接待甚厚. 居士乃與喪人偕行 不過十許里 占得一穴 謂主人曰: '此穴眞是名穴也. 百子千孫 且發蔭甚速 主人雖貧 不踰年當爲巨富. 服闋之後 又爲科甲矣.' 遂相別而去. 其喪人卽平山李氏祖先也. 下葬後 應驗一如居士之言." 내용이 모두 빠짐.

家也. 居士久立門前, 以待雨霽, 而山日已暮, 雨猶勢不止. 居士請借一宿於主人, 主人叱辱不許. 安秀才方飯牛, 出見居士, 謂曰: "此家後小屋, 卽吾家也. 如不嫌薄陋, 與吾同宿,[25] 未知如何." 居士曰: "雨中深峽, 虎豹橫行, 夜若露宿, 其死必矣. 幸逢賢秀才, 許以同宿, 可謂活人佛也." 安乃引至其所, 洒掃延坐, 呼其弟曰: "吾兄弟夕飯, 持來于此." 安弟卽往于主人家, 持二床飯而來, 一床進于居士, 一床兄弟共食. 至翌日, 雨下如一, 居士不得行. 如是三四日, 雨終不霽. 安秀才之接待, 一如前日, 終始不懈, 畧無苦色. 至第五日, 雨始止. 居士將行, 問曰: "秀才之親山, 在於何處? 願得一見." 安曰: "居士能通堪輿乎?" 居士曰: "畧知糟粕矣." 安卽與居士往見其先塋. 居士先上主山, 觀其龍勢與水口, 次登穴處, 察其入首與明堂, 乃曰: "局勢則甚美, 可謂吉地, 而但失穴如此, 安得免貧賤乎? 大抵此穴甚廣濶, 乃是掃蕩土體也. 如此之穴, 不可當中而窆, 當中則凹矣. 土空則陷, 理之常也. 凡土者用其角. 角者火也, 經不云火生土乎?" 乃更占一角之頭, 定坐向, 擇吉日, 而當開井時, 居士曰: "秀才所願何者爲先?" 安曰: "吾爲人子, 將至廢倫絶嗣, 不孝大矣. 得配最急." 居士遂以相生法裁穴, 安葬後, 謂安曰: "八月某日, 當有美人, 持千金, 自來作配, 可以發貧. 不出十年, 子孫滿堂矣." 安曰: "發蔭若是速耶?" 居士曰: "龍氣不遠故也. 吾當於十年後復來, 其間雖有千百術士毁之, 愼勿遷動." 仍爲別去. 至八月某日, 安之兄弟俱在家, 果於午間, 有一人背負一褓, 自洞內, 轉入安家門, 問曰: "是安秀才家耶?" 曰: "然." 其人曰: "兄弟相依, 而兄名某也, 弟名某也, 尙未得配匹耶?" 秀才曰: "然矣. 何以問之?" 其人乃入房中, 解置所負之褓, 向安曰: "吾本邑座首郭某之女也. 年方二十, 而父母定婚於隣洞吳姓人, 將行禮於明日矣. 自六月某日, 夢中有神人來謂曰: '我卽白雲

---

25 《청구야담》에는 '宿'이 '去'로 되어 있음.

山神靈也. 汝之天緣, 在於白雲山下安某, 安某今方兄弟同居, 而未有配偶. 汝若往安家, 與作夫婦, 則百年身世, 安富和樂. 若與吳家成婚, 則必當誤汝平生.'云云, 夢覺, 心竊訝惑. 其翌夜, 又如是. 自此無日不現夢, 而身爲閨中處子, 跬步不出門外, 亦難以夢事, 告于父母, 趑趄至今, 明日則勢將成禮, 而神夢若是丁寧, 則決不可坐待日至. 百爾思之, 遂出一計, 得着男服, 乘曉出門, 十顚九仆, 間關至此, 而三生之緣重, 一時之嫌小, 故捨經從權, 包羞忍耻, 不聘自來, 殆若鶉奔. 妾非男子, 乃是女人. 惟君子處之." 安聞而異之, 心自歎曰: "居士眞神人也." 乃與郭處子, 欲成婚禮, 兄讓於弟曰: "我已年紀晼晩, 汝其作配也." 弟曰: "兄年不滿四十. 且先弟後兄, 大是不可也." 兄不得已妻之, 卜日行禮, 其喜可知也. 過三日, 郭氏乃解出所帶輕寶, 次第出賣, 恰爲數千金. 家計富足, 其弟之婚, 不求自至. 兄弟俱娶, 多生子女, 隣里之人, 莫不稱賀. 十年以後, 居士果至其家, 安生兄弟顚倒出迎, 待以神明. 居士曰: "君兄弟[26]旣娶且富, 子女繞膝, 發福則大矣. 但人雖富足, 無文則賤矣. 當更遷窆, 俾出文章." 遂占一穴於前壙之左角, 乃備禮移葬, 居士曰: "此山之子孫, 世世爲本鄕之甲族, 雄文巨筆, 代不乏絶, 科甲連出, 簪纓相繼矣." 其後應驗, 如合符契云.

4-8. 李義男

鐵山知印李義男, 隨其倅由行上京. 適値春和, 欲玩景江邊, 疎暢幽鬱, 告于其倅, 出遊龍山, 就高阜處, 玩帆檣上下之景, 忽覺困憊,[27] 坐而假寐. 夢一老人, 持一封書, 來而授之曰: "余離家已久, 家人不聞消息, 甚憧憧,[28]

---

26 《청구야담》에는 '兄弟'가 '輩'로 되어 있음.

27 《청구야담》에는 '思睡'가 첨가되어 있음.

28 《청구야담》에는 '甚憧憧'이 빠짐.

幸爲我傳此書于吾家.”義男曰:“翁家在何處?”翁曰:“吾家在某山下大澤中, 往澤畔, 三呼兪鐵, 則自有人, 從水中出來, 以此書傳之.”義男許諾而覺, 忽見一封書在坐傍, 大驚異之, 遂藏囊中而歸. 不多日, 本倅還官, 陪來 卽日, 告由而出, 不到渠家, 直往某山下澤邊, 呼兪鐵三聲, 忽見池水沸湧, 果有人, 從水中出來曰:“汝是何人, 何故喚我?”童爲傳來意, 以封書給之, 其人曰:“少留以待發落.”遂飜身入水. 少頃復出來, 謂曰:“自水府見召, 請入去.”童曰:“吾何能入水?”其人曰:“第瞑目而負於吾背, 則自無慮矣.”童遂從其言, 水波自開, 身不沾濕, 而兩耳只聞風, 濤聲洶湧. 已而抵岸上, 其人卸負而請開目. 見之, 白沙岸上, 朱門屹然. 其人曰:“少待於此, 吾當先通矣.”旋卽復出,‘請入矣,’歷入數重門, 彩閣魁傑. 升階而上, 有年少未笄之女, 欣然迎接曰:“吾父久離家鄕, 未聞消息, 傳通音信, 極爲感謝. 且父書中, 有與君結婚之敎, 未知君意如何?”童喜而許之. 女又曰:“我是龍女, 得無嫌乎?”童見其美色, 答曰:“何嫌之有?”遂留三日, 所進飯湌, 無非奇珍. 又使沐浴, 製給衣服, 不知何名錦緞, 輝煌燦爛. 仍與之同寢, 三日後, 欲爲出來, 女曰:“何遽歸也?”曰:“受由過限, 恐有罪責, 不得不出去矣.”女曰:“君在官家, 見帶何任?”曰:“知印矣.”曰:“知印之服色, 何如?”曰:“長衣之上, 服快子矣.”女卽披箱, 出一別錦緞, 裁縫而衣之. 又囑以日後頻頻入來也. 遂呼兪鐵, 使之負出. 義男自是本倅寵愛之知印也. 由限已過, 久不還現, 問於其家, 則告以上京還來, 初不歸家, 不知去處. 本倅大怒, 嚴囚其父, 日督還現. 其母不勝惶懼, 日出路上而訪問之. 第六日, 始出某山下來, 其母迎謂曰:“官令嚴急, 汝往何處而遲滯若是? 汝父囚縶. 吾之等候, 亦多日矣. 汝必受重責, 速速入現.”義男亦甚惶懼, 直入走, 伏於官庭, 官隷告曰:“李義男現身矣.”本倅大喜, 開戶下視, 則所着衣服, 極其華異, 決非人間之所製. 心甚疑怪. 未暇發怒責之, 遂令陞堂, 進前而問曰:“汝於受由之後, 直往何處, 所着衣服, 是從何處出乎?”義男不敢隱諱, 一一直告. 其倅亦異之, 竟不之責焉. 又曰: "汝妻旣是龍女, 則想必美麗可觀. 欲一見其面, 汝能使我見之否?" 義男曰: "謹當往而議之." 又往澤畔, 呼兪鐵出, 又如前背負而入, 以主倅欲見之言, 傳于龍女. 龍女初甚持難, 乃曰: "地主欲見, 何敢拒逆? 請於某日, 來臨澤邊." 義男還告, 主倅大喜. 乃於其日, 大設帳幙於澤邊, 大張威儀而來. 邑中鄕人吏校奴令, 男女老少, 皆聞官家往見龍女, 一幷空邑而出, 漫山遍野. 主倅到澤邊坐定, 送義男入水, 招龍女出來. 義男入水, 請龍女出現, 女曰: "以平服乎? 以戎服乎?" 義男出來稟告, 主倅意謂美女戎裝, 則姸態尤別, 以戎服出現分付. 義男還傳主倅之意, 龍女大段持難, 沈吟半餉, 仍曰: "城主分付旣如此, 無可奈何?" 義男還告, 主倅以下, 至於邑村百姓, 莫不注目波中, 擬睹絶代美色. 俄而水波沸盪, 頭角聳出, 卽一黃龍, 出水上數尺許, 眼目閃電, 鱗甲飛動. 主倅不意撞見, 不覺驚駭, 以雙手掩目而伏. 觀光諸人, 亦無不驚駭. 龍女見其景狀愁絶, 仍卽入水. 官吏百姓, 擧皆無聊而歸. 其後, 義男間間告由, 而主倅不之怪焉. 數月之後, 時當六月, 旱乾日甚. 主倅屢行祈禱, 不得點雨, 意謂龍能行雨, 若請於龍女, 則可以得雨. 使義男往請之, 龍女曰: "行雨雖龍之所爲, 有上帝之命然後, 可以行焉. 今無帝命, 難矣." 義男屢以民情之渴望, 官令之嚴峻, 力請之. 龍女愀然不樂[29]曰: "然則不得不一往施法, 與君緣盡矣, 奈何?" 義男不省所語, 女[30]遂具戎裝, 手持一小甁一楊枝而出, 義男欲觀其法, 請與偕往, 女又辭曰: "龍則行於空中, 君則人間凡胎, 何以乘雲?" 猶懇請不已. 女不得已, 乃曰: "然則緊着於吾腋下鱗甲中, 固執之, 愼勿放手也." 遂以腋挾之, 騰空而去, 興雲發雷, 以楊枝, 點甁中水三點而灑之. 義男俯視雲下, 卽鐵山地也. 悶其禾稼焦焚, 田畓乾

29 《청구야담》에는 '愀然不樂'이 빠짐.

30 《청구야담》에는 '與君緣盡矣 奈何 義男不省所語 女'가 빠짐.

坼, 三點水太不足. 從腋下, 潛出手, 急掣龍女持甁之水, 盡覆全甁. 龍女大驚, 謂曰: “速速出去. 大禍將至矣.” 義男茫然不知其故, 曰: “何如?” 龍女曰: “吾始慮其然, 故拒君不使隨來者也. 無命行雨, 已是逆天, 而夫[31]水府一點之水, 卽人間一寸之雨. 三點已足, 今乃盡倒全甁, 其害可勝言哉? 我得罪於天, 天罰將至, 君卽速速出去. 如不忘今日之情, 明日須往白角山下, 收吾頭而埋之.” 又曰: “君父平日行善, 好放生, 而某年月日, 放二鯉. 雄死而投胎, 郎君, 雌生而尙存, 卽我也. 以是因緣, 吾父使君傳書而成婚, 將迎君父母, 而欲繼柳毅之迹, 以圖水宮之行樂, 今至於此, 天所定也. 奈何? 然君父之恩, 不可不報, 十五年後, 與君可續塵緣矣.” 使之急去, 嗚咽而別.[32] 義男不得已自出, 但[33]見茫然平沙, 一望無際. 至邑中, 一無田畓之形. 聞邑中之人言, ‘昨夜三更, 大雨暴注, 不啻翻盆. 有若河決, 霎時間, 平地水深丈餘, 山陵崩汰, 岸谷無辨.’云. 始乃大悔懊焉. 以龍女之言, 問于其父, 果於其時經過澤畔, 見漁者獲二鯉魚, 甚大. 一死一生, 心憐之, 以錢買之, 有並放澤中之事也. 義男尤悵然.[34] 明日, 往尋白角山下, 果有龍頭落下. 遂抱而歸, 淨洗沙土, 以己單衫裹之, 以木函盛之, 埋之於白角山下, 痛哭而歸. 時義男年十五歲. 後欲娶妻, 屢處議婚而差池, 終不成, 遂斷念焉. 有龍川邑龍姓家通婚, 遂娶之, 年方十五歲, 而姿色甚麗, 性行極順, 以善事舅姑, 後至於自官給復, 而尤工織錦, 持家勤儉, 饒富於財, 多育子

---

31 《청구야담》에는 ‘使隨來者也 無命行雨 已是逆天 而夫’가 ‘隨來 夫’로 되어 있음.

32 《청구야담》에는 ‘又曰: “君父平日行善 好放生 而某年月日 放二鯉. 雄死而投胎 郎君 雌生而尙存 卽我也. 以是因緣 吾父使君傳書而成婚 將迎君父母 而欲繼柳毅之迹 以圖水宮之行樂 今至於此 天所定也. 奈何? 然君父之恩 不可不報 十五年後 與君可續塵緣矣.” 使之急去 嗚咽而別.’이 빠짐.

33 《청구야담》에는 ‘已自出 但見’이 ‘已出來 自出山 目見’으로 되어 있음.

34 《청구야담》에는 ‘以龍女之言 問于其父 果於其時經過澤畔 見漁者獲二鯉魚 甚大 一死一生 心憐之 以錢買之 有並放澤中之事也 義男尤悵然’이 빠짐.

女. 義男叩其生時, 則卽某年埋龍頭之日也. 十五年後, 更續塵緣之言, 驗矣. 而地與姓, 爲確證也. 此莫非天定, 而實由於其父陰功之所致云.[35]

4-9. 廉喜道

許積以領相當局時, 有一傔從廉喜道者, 爲人儱侗不解事, 但天性戇直, 許之過失, 每每直言之. 許雖憎而奇之, 未以不是事, 視於此傔. 一日, 喜道出外, 而手持一大封物, 來言曰: "此是路上所遺者, 必是銀貨等屬. 不知何許人, 失於路上. 小人欲尋其主而還之, 不知誰何, 姑此持來, 將何以處之?" 許曰: "汝既得之, 汝又家貧. 盍作己物乎?" 喜道熟視曰: "大監待小人, 何如是其薄也? 小人雖至餓死之境, 何可取路上遺落之物? 大監此敎, 誠是夢外." 許笑而詡之,[36] 乃曰: "吾昨於公座, 聞兵判淸城, 以六百銀子, 賣鬣云矣, 必是此物, 而其奴子誤落於路邊也." 喜道袖其封, 往淸城門下, 通刺而拜謁曰: "大監宅, 或有賣馬捧價之事乎?" 淸城曰: "果有之. 奴子某以謂今日當納云, 姑未捧之矣." 喜道曰: "厥數幾何?" 曰: "六百兩矣." 喜道自袖中出而納之曰: "小人今朝於路上, 得此物矣, 聞大監宅新賣鬣者云, 故意謂此物, 而持來以獻." 淸城問曰: "汝是何人?" 對曰: "小人乃是領相宅傔從也, 某姓某名." 淸城異之, 招問賣鬣之奴曰: "汝以馬價, 今日當出云矣, 此人所得於路上之物, 似是馬價, 甚可訝也." 其奴俯伏叩頭而言曰: "果於昨日捧價之時, 過飮興成之酒, 乘醉負來, 不知落在何處, 圖免目下罪責, 以今日爲對, 遍尋而無迹, 故方欲自裁之際, 承此下問, 不勝惶

35 《청구야담》에는 '時義男年十五歲 後欲娶妻 屢處議婚而差池 終不成 遂斷念焉 有龍川邑龍姓家通婚 遂娶之 年方十五歲 而姿色甚麗 性行極順 以善事舅姑 後至於自官給復 而尤工織錦 持家勤儉 饒富於財 多育子女 義男叩其生時 則卽某年埋龍頭之日也 十五年後 更續塵緣之言 驗矣 而地與姓 爲確證也 此莫非天定 而實由於其父陰功之所致云'이 빠짐.

36 《기문총화》에는 '笑而詡之'가 '改容謝之'로 되어 있음.

恐矣.”清城謂喜道曰:“汝以路上遺物, 訪還本主者, 其廉潔, 誠令人嘆服矣. 此銀子, 吾旣失之, 汝旣得之, 便是汝財. 汝可取其半而去也.”喜道掉頭曰:“小人若生慾於此物, 則全數藏之, 可也. 何可還納本主, 而希其分半乎? 此則死不敢從.”仍告辭而退. 及出門, 淸城家奴子之母與其妻, 遮前而拜曰:“吾子吾夫, 酒後失馬價, 空手而歸. 上典之性度嚴峻, 明日則自分必死, 方欲自決. 何幸逢此生佛, 活我殘命, 其恩山德海, 雖粉身糜骨, 無以報答. 願恩人, 暫屈弊舍, 欲以一盃酒, 以表感謝之意.”喜道謝曰:“此是當然底事, 何謝之有?”欲辭去, 其奴之母與妻, 牽裾不舍, 含淚懇乞. 喜道不得已暫入其家, 則盛備酒肴, 以待之. 有一女子, 容儀端妙, 年可十三四許者, 來前致謝曰:“活父之恩, 無以報之, 吾當從子, 而爲使喚之婢矣.”喜道以好言拒之, 拂衣出門而去. 及庚申年, 逆堅之獄大起, 許謂喜道曰:“汝於吾家, 雖無恩私, 而世皆以心腹之傔, 目之. 禍將不測, 汝可預先避之.”喜道泣曰:“小人當此時, 何忍舍大監, 而去將安之?”許曰:“不然. 汝以無罪之人, 同入死地, 大是不可. 忠牧與我最親, 作書托之, 可以接濟. 汝須向忠州而去.”喜道泣而拜辭, 受書而向忠州地, 見牧使而傳書, 則忠牧曰:“此地亦是大路邊. 有煩耳目, 汝往順興浮石寺, 隱身可也.”仍厚給資糧, 喜道不得已, 往留浮石寺. 從此京信, 漠然無聞, 寢食不安. 一日之夜, 夢神人來告曰:“汝往月海菴, 則可聞洛奇. 且知前程吉凶矣.”喜道驚覺, 而問寺僧, 向月海菴, 則人無知者. 有一老僧, 良久後言曰:“此寺六七里地, 絶壁上, 有一廢菴, 似是月海, 而石徑峻急, 雖飛鳥無以上去, 而數三十年前, 聞有一僧上去, 仍不下來, 其生死未得解知, 必也死已久矣. 此菴雖老僧等, 一無往見者矣.”喜道自量曰:“身世旣如此, 不容於天地間. 若隱死於岩壁之間, 則亦所甘心.”遂扶杖而尋路, 攀蘿捫藤, 寸寸前進. 行過半山, 兩岸對立, 其下不知幾萬仞, 而數十間之地, 有一獨木橋, 而年久朽傷, 難以着足. 喜道以死爲限, 匍匐而往, 千辛萬苦, 僅度木橋. 及到山門,則門楣果以月海懸額. 喜道暗暗稱奇入門, 則卽一破落廢寺. 但見塵埃堆積, 而上方旁卓上, 有一僧, 瞑目跏趺而坐, 塵埃滿面, 形如枯木. 喜道拜伏于卓前曰: "某是天地間無歸處窮迫人也. 伏願生佛, 特垂慈悲, 指示禍福." 合掌百拜, 已而生佛乃言曰: "吾是汝之五寸曾大父也. 別來近四十年, 相逢於此, 豈不慰幸耶?" 喜道涕泣曰: "若然則生佛無乃兒名某氏乎?" 曰: "然矣." 盖喜道之從曾大父, 年近十五六, 忽發狂疾, 出門而去, 仍無形影矣. 今之生佛, 卽其人也. 喜道曰: "某是無去處之窮人. 幸逢至親於此, 從今長侍卓下, 依以爲命, 誓不之他矣." 生佛曰: "不然. 吾與汝, 道已殊矣, 留之無益. 汝之前程, 吾不必煩說. 某處某寺, 有僧名某, 卽吾之從弟也. 汝往質問, 則可知吉凶矣." 言訖, 促使出去. 喜道曰: "某之來時, 幾死於獨木橋矣. 今何以再躡此危乎?" 生佛以去皮麻杖一枝, 給之曰: "杖此而行, 則可保無事矣." 喜道不得已, 携其杖, 拜辭而出門, 則身輕足捷, 行步如飛. 穩度獨木橋, 心竊訝之, 自念以爲此杖乃是成仙之器, 杖此出世, 則行步必無難矣. 可謂絕寶. 及出洞, 渡溪水足滑, 墮於水中. 仍放杖顧視, 則[37] 杖蜿蜿蜒蜒, 飛上空中, 還向月海菴去. 喜道茫然自失, 復從去時路而作行, 遍訪生佛從弟, 果在焉.[38] 以生佛之言, 告之, 其僧曰: "許氏則已伏法, 而無一人遺者. 且子禍機迫頭, 跟捕之校, 已及門矣. 斯速出去! 天數王命, 有不可逆也. 然而子之此行, 小無灾害. 必有一貴人, 極力周旋, 多賴其力, 而自歸無事矣. 此後, 又得一賢妻, 家計饒足, 子孫繁盛, 小凶大吉. 不須疑問."云云. 喜道聽罷, 出門, 京捕校果跟捕而來矣. 仍自就捕, 上京而囚之王府矣. 時淸城以判禁吾, 當此獄. 乃以喜道不取馬價銀之事, 達于榻前. 且力言其志操如此, 則必無干涉於凶逆之理. 上特原之, 使之白放. 喜

37 《기문총화》에는 '麻'가 첨가되어 있음.
38 《기문총화》에는 '果在焉'이 '所在處'로 되어 있음.

道出獄, 往見淸城, 而謝其救活之恩, 淸城曰: “以汝[39]志操, 寧有豨涉於凶逆之理也. 吾之所以力救者, 欽嘆汝之志操也. 何謝之有?” 仍以銀子二百兩, 俾作衣食之資, 喜道僕僕拜謝而出. 以其銀販物貨, 行商於八道. 行到嶺南一處, 則有一大屋宇, 而門前有婢子, 以賣買物貨爲言, 導之入門. 又入重門, 則一未笄之女子, 顚倒下堂而迎之曰: “君能知我爲誰乎?” 喜道曰: “不知矣.” 其女曰: “某是金淸城宅失馬價銀之奴子女也. 伊時, 豈不相面乎? 吾欲報君活父之恩, 仍削髮[40]遍行八道, 尋君蹤跡, 轉而來此, 以紡績爲業, 五六年之間, 財產繁殖, 奄成一富家, 而晝夜禱天, 以冀見君之一面矣. 昨夜之夢, 有神人來言曰: ‘明日某時, 汝之所欲見之人, 自某方來矣. 須勿差失.’ 吾以是之故, 自朝使婢子延候, 何幸相逢, 此豈非天耶?” 仍與作配以處. 喜道每以許家之亡, 爲悲痛, 欲以財貨, 圖其伸雪. 遂盡賣田土, 而挈妻上京, 散數千金, 而終不得如意. 喜道知其無奈何而止之. 其後, 有子有孫, 家計豊足, 壽至八十而終. 安東金生某作傳, 示于趙豊原顯命. 趙乃訪問其子孫, 則有一人, 方帶掌院隷員役云爾.

[41]廉時道, 居生漢師壽進宮坊. 性素信實廉介, 爲許相積[42]之傔從, 甚見寵信. 一日, 許謂時道曰: “明曉, 有使喚處, 必早來.” 其夜, 時道與其徒飮博, 就睡甚濃, 不覺日已明矣. 急起奔往, 路過濟用監鴟峴, 見路傍空垈, 有一古木, 木下茂草間, 有靑袱露見. 就見則封裹甚密, 擧之甚重. 納之袖中, 走到社洞許家, 以晩來請罪, 許曰: “已先使他人, 汝何罪也?” 時道退于廳下, 開封則有銀二百三十兩. 時道自語曰: “此重貨也. 其主失之, 其

---

39 《기문총화》에는 ‘堂堂之’가 첨가되어 있음.

40 《기문총화》에는 ‘出門’이 첨가되어 있음.

41 《기문총화》에는 ‘許積之傔人’이 첨가되어 있음.

42 《기문총화》에는 ‘相積’이 빠짐.

心憂惶, 不言可知, 而我乃拾而有之, 幸矣. 此無端橫財, 在小民, 非吉祥也. 旣不可携歸於家, 不如納之相公." 遂將銀就許, 告之故而請納, 許曰: "汝之所得, 何有於我? 且爾之不取, 我何取之?" 時道慙而退. 俄而許召謂曰: "數日前, 聞兵曺判書家馬其價二百銀, 而光城家將買之云, 豈非此銀耶? 汝試往問之." 兵判卽淸城金公也. 時道如其言, 翌日往謁焉. 淸城問來現之意, 時道曰: "久未謁, 爲問候而來耳." 仍曰: "貴宅寧有所失耶?" 金公曰: "無有." 遽呼廳下蒼頭曰: "某奴持馬去已兩日, 而尙無回報, 何也?" 蒼頭曰: "某奴稱有罪, 不敢進現云." 公嗔曰: "是何言也? 卽捉入某奴." 一蒼頭押一奴, 跪於庭, 且拜且言曰: "小人有罪, 萬死難釋." 金公問其故, 對曰: "小人往齋洞光城宅, 受馬價而來, 失之矣." 公大怒曰: "奴詐至此, 汝乃弄奸沉沒而來誣我耶?" 將呼大杖, 欲撲殺之. 時道仍請暫停刑, 而使備陳失銀之由. 金公悟而問之, 奴曰: "始持馬到相公宅, 相公命奴鞶[43]馬馳驟曰: '果奇駿也.' 且嘉其肥澤曰: '此馬爾之所喂耶?' 小人對曰: '然.' 相公曰: '人家奴僕, 乃有如此忠篤. 誠可嘉也.' 仍呼之前曰: '爾能飮酒乎?' 對以惶悚,[44] 相公命一大椀, 酌紅露旨烈者, 連賜者三, 卽計給銀二百兩. 且加以三十兩銀曰: '此賞爾善喂之功也.' 小人辭出, 日已夕矣. 醉甚不能步, 行未幾, 倒臥路傍, 不知爲何處, 而向夜微醒, 忽聞鍾聲, 雖强起而歸, 不知銀封所落. 罪犯如此, 自知當死, 趑趄不敢來現." 時道始陳得銀來謁之由, 卽以銀進, 封識及數, 果所失者也. 公大歎異之曰: "汝非今世人也. 然此已失之物也. 今以其半賞汝, 汝其勿辭焉." 對曰: "使小人有貪財之心, 當自取不言, 其誰知之? 旣非其有, 惟恐或浼, 何賞之有?" 公不覺悚然改容, 不復言賞銀事, 咨嗟重複, 呼酒勞之, 奴罪得而快釋. 時道辭出, 有一

43 《기문총화》에는 '鞶'이 '盤'으로 되어 있음. '盤'이 맞음.
44 《기문총화》에는 '以惶悚'이 '曰然'으로 되어 있음.

少女, 從後疾呼曰: "願丞少留!" 時道顧問其由, 女曰: "俄者亡金者, 乃吾兄也. 吾倚以爲生, 今賴丞得生, 此恩當何以報? 吾入言于內, 夫人極歎之, 命賜酒饌. 所以請留耳." 卽設席廳下, 旋入擎出一大盤, 羅以珍羞美醞. 時道醉飽而歸. 及庚申, 許以罪賜死, 時道突入, 持藥欲分飮之, 都事曳出之. 許旣死, 時道狂奔而歸,[45] 無復世念. 仍棄家, 而遨遊山水. 有族兄在江陵地. 往訪則已爲僧, 不知去處. 遂往表訓寺, 問居僧曰: "吾欲皈依空門, 必得高僧爲師, 誰可爲者?" 曰: "妙吉祥後孤庵守座, 卽生佛也." 時道往見, 果有一僧, 趺坐入定. 時道前伏, 具陳誠心服事之意, 且請剃髮. 辭旨懇切, 僧若不聞. 時道堅伏不起, 日已昏黑. 僧忽曰: "架上有米, 何不炊?" 起視果有米, 炊食如命, 夜後前伏. 至朝, 僧又命之, 如是者, 五六日, 僧終不言, 而時道意稍弛, 出菴逍遙, 見菴後有茅廬數間. 入其中, 只見一幼女, 年可二八, 甚有姿色. 時道不勝婉孌之情, 遽前抱持, 欲犯之. 女於懷衽間, 拔出小刀, 欲自裁. 時道驚怕遂止, 問其所從來, 女曰: "吾本洞口外村女也. 男兄出家於此山, 師此菴僧. 母以菴僧神人, 問女之命, 謂以女有四五年大厄, 若絶棄人間, 來寓於此菴之傍, 可以度厄, 又有佳緣. 母信其言, 縛茅於此, 獨與女留住, 爲數年計. 母今暫還舊居, 而遽爲人所迫, 在此死境, 是豈所謂大厄耶? 旣無父母之命, 雖死何可受汚? 雖然此事非偶. 神僧佳緣之言, 亦必爲此. 男女旣一相接語, 更何他歸? 當矢心相從. 俟母之歸, 明白成親, 不亦善乎?" 時道異其言從之, 辭歸菴中, 僧又無言. 其夜, 時道一心憧憧, 只在此女, 無復問道之意, 專俟翌朝母言之許. 及朝睡起, 僧忽起立大責曰: "何物怪漢, 擾我至此? 必殺乃已!" 取六環杖, 將奮擊. 時道良貝而走, 佇立菴外久之, 僧招之前, 溫言諭之曰: "觀汝狀貌, 非出家之人. 後菴之女, 終必爲汝之歸, 從此直去, 勿少踟躕. 雖有小驚, 福祿自此

---

45 《기문총화》에는 '而歸'가 '號慟'으로 되어 있음.

始矣.” 書給‘以姓得全鵲橋佳緣’八字, 時道涕泣辭出. 至表訓寺, 席未煖, 忽有譏捕軍, 突入緊縛囊頭, 馱載驅疾. 不數日抵京, 具三木下獄. 盖是時, 許獄多株連, 追捉親近傔從, 而時道緊入招辭故也. 及金吾鞠[46]坐, 清城與按獄諸宰列坐, 羅卒捉時道入焉. 時就訊者多, 清城不省其爲時道也. 一次平問後, 復下獄. 適清城傳餐婢, 卽失銀奴妹也. 見時道鬼形着枷, 大驚歸告夫人. 夫人矜惻, 抵簡於清城, 以警告. 清城始覺, 卽命押入時道, 盤詰無驗. 乃曰: “此本義士. 其心事, 吾所深悉, 豈與於謀逆者耶?” 卽命解釋. 時道才出門, 亡金奴將新鮮衣服, 已候之矣. 遂同歸其家, 接待極其意, 給資本及馬, 使之行商. 已而聞許之甥侄申厚載爲尙州牧使, 往謁焉. 時適七月七日, 所謂牽牛織女相逢, 烏鵲橋成之日也. 旣入州境, 適日暮, 馬疾馳驅, 而從僻路, 入一村家, 時道落後入, 則馬已繫在廏中, 而見一女, 理織事於庭中. [47]時道欲解馬紲, 則有媼自內而出曰: “何必解馬紲? 馬則知所歸矣.” 時道茫然, 莫曉其意, [48]請曰: “未嘗拜現, 莫省主母所諭. 謂以馬知所歸者, 何也?” 媼邀之坐曰: “吾將言之.” 忽聞窓裡, 有哽咽聲. 媼曰: “何泣也? 豈喜極而然耶?” 時道益疑之, 亟請厥由, 媼曰: “君於某歲, 客遇一女於金剛山小菴之後耶?” 曰: “然.” 媼曰: “此吾女, 今泣者是也. 亦知菴僧之所自來耶? 此則君之江陵族兄也. 素以神僧, 徹視無際, 知將來, 毫釐無差也. 嘗指吾女, 謂曰: ‘此女與吾族弟廉某, 有因緣, 第從今以後, 有數年大厄, 若來依於我, 可以度厄, 而自致成姻. 然亦未同室, 必在於嶺南尙州地, 而某年某月某日也.’ 吾故將此女, 就僧欲度厄, 而君果來過, 吾適出未及見, 厥後, 僧移菴而去, 不知所向. 近日,[49] 吾子來寓此地寺宇, 故吾

46 《기문총화》에는 ‘鞠’이 ‘鞫’으로 되어 있음. ‘鞫’이 맞음.

47 《기문총화》에는 ‘避入屋中’이 첨가되어 있음.

48 《기문총화》에는 ‘拜且’가 첨가되어 있음.

49 《기문총화》에는 ‘近日’이 빠짐.

隨來在此, [50]固知今日[51]君之必來也." 因呼女出見, 久之女出來, 果是楓山所睹[52]者也. 顔狀益豊美, 時道不勝感愴, 而女悲喜交幷, 但揮涙而已. 俄而夕飯, 珍饌盛列, 皆預備者也. 是夕, 遂成親, 僧所言八字之符, 驗矣. 時道留數日, 往見尙牧, 言其事顚末, 尙牧大異之, 厚贈遺焉. 時時道之前妻, 死久矣, 而家則托族人守之. 時道遂與其女及其母歸京, 復居于舊宅. 時道之名, 播於縉紳, 而淸城之所以顧護者甚至, 家頗饒富, 皆稱廉義士. 與其妻, 俱享福壽, 時道年八十餘死. 今其諸孫, 尙在安國洞云爾.

4-10. 京居一士人

古有京居一士人, 因事往嶺南地, 轉入太白山中, 迷路越店, 日色向暮, 遂投宿於一村舍. 其家內外, 俱是瓦屋, 無異京第. 求見主人請寄宿, 其主人儀容甚偉, 鬚髮半白. 快許之, 饋之夕飯. 主人問曰: "年歲幾何, 而有子女否?" 士人曰: "年未三十, 而子則殆近十. 盖一經房事, 則輒生子矣. 家素淸貧, 而子孫[53]滿室, 還爲憂患矣." 其主人顯有欽艶之色, 仍嘆曰: "何許人有如許福力耶?" 士人笑曰: "憂患中大憂患, 何足以福力稱之耶?" 主人曰: "年過六十, 尙未產育. 雖積穀萬石, 有何世況乎? 使我若有一子, 則朝飯夕粥, 亦無恨矣. 今聞尊言, 豈無欽羡之意乎?" 其翌, 士人欲爲辭去, 主人挽之, 烹鷄磔狗, 豊其供饋. 至夜, 屛退左右, 引士人, 入狹室, 從容語之曰: "吾有衷曲可告之事矣. 吾生長富家, 今至老白首, 不識艱窘之狀, 復何所願, 而但子宮奇窮, 平生不育一子. 爲其廣嗣, 偏房副室, 亦非不多. 祈禱醫藥, 靡不用極, 雖平日宜子之女, 亦未有娠, 桑楡漸迫, 奄成孤獨. 今

---

50 《기문총화》에는 '及至此日'이 첨가되어 있음.

51 《기문총화》에는 '今日'이 빠짐.

52 《기문총화》에는 '睹'가 '睹'로 되어 있음.

53 《청구야담》에는 '孫'이 '姓'으로 되어 있음.

亦家蓄三妾, 年皆二十餘, 而亦無喜消息. 雖他人之子, 一聞呼爺之聲, 死可瞑目矣. 今聞客主, 一交卽孕云, 願藉客主之福力, 欲施借胎之方, 未知如何?" 士人驚謝[54]曰: "是何言歟? 男女之別, 禮防至重, 有夫通奸, 法意莫嚴. 雖一生素昧之間, 不敢萌心, 況數日主客之誼, 何忍發口? 逆旅常漢之婦, 猶不可, 況士夫之別室乎? 不可聽從."[55] 主人曰: "渠是賤物. 且自我發說, 則少無可嫌. 夜深人靜, 日後生子, 誰得知之? 言由心腹, 毫無飾詐, 幸憐此漢之身世, 卽賜俯從, 使此無子之窮老, 得聞生子之喜報, 則生生世世, 此恩如何可報. 在尊爲積善之事, 在我爲無窮之恩, 事之兩便, 莫過於此, 安用固辭爲也?" 士人尋思良久, 以爲渠旣懇請, 異於自己潛通. 且旣出渠之眞情, 似無他慮. 雖以外面人事, 再三辭拒, [56]乃曰: "揆諸道理, 萬萬不可, 而主人之請, 如是懇摯, 惟命是從, 而吾心則極不安矣." 主人聽罷大喜, 攢手稱謝曰: "今賴客主之德, 可聞呼爺之聲矣." 遂語其由於諸妾, 三夜輪回侍寢於三妾. 三妾亦意必生子, 問士人之姓名居住, 暗記于心中. 三宿之後, 仍爲告別, 主人厚有贈遺, 皆辭以卜重, 仍爲出山, 還歸京第. 其士以多子之故, 調度極艱, 有婦有孫, 食口恰過三十. 數間茅屋, 無以客[57]膝, 三旬九食, 十年一冠, 亦難變通. 遂分散諸子, 使之出贅, 只老夫妻與長子同居. 居然過二十春秋矣. 一日, 無聊閑坐, 忽有妙少年三人, 騎駿馬, 聯翩而來, 升階上堂, 納頭便拜. 士人見其衣服華麗, 擧止端雅, 乃慌忙答禮, 問曰: "客自何來? 前日似無一面之雅矣." 三少年曰: "我等卽生員之子也. 父親不記某年某地, 如是之事乎? 我等俱是伊所孕之子也. 並皆同月生, 而日子則稍有後先, 今年爲十九歲矣. 幼時只知爲老人之子, 及

---

54 《청구야담》에는 '謝'가 '訝'로 되어 있음.

55 《청구야담》에는 '不可聽從'이 빠짐.

56 《청구야담》에는 '男女大慾 人孰無之'가 첨가되어 있음.

57 《청구야담》에는 '客'이 '容'으로 되어 있음. '容'이 맞음.

至十餘歲, 母親細言其曲折, 始知之.[58] 然旣不知父親住在何處, 且十餘年養育之恩, 極爲隆重, 不忍一朝背之, 欲待老人之下世, 爲歸侍之計. 十五歲, 同日娶婦, 行婦禮於其家. 再昨年某[59]月, 其老人八十一歲, 無病而化. 厚其殯斂, 擇定吉地, 而依禮營窆, 服喪三年, 以報其恩. 今則祥朞[60]已訖, 故慈憑母親之所記, 兄弟三人, 聯轡上京, 今才來謁矣." 士人怳然大悟, 細察其顔貌, 果皆酷肖. 遂將此事, 言于妻子及子婦, 使之各各拜現, 且曰: "汝之母, 今年爲幾何, 而皆得無恙否?" 三子各各對之, 又曰: "畧察家計, 則萬不成說. 行中適有携來者." 使奴子, 解其行橐, 出錢幾兩, 使之貿米貿柴, 以爲朝夕之需. 其夜, 三子從容語曰: "父親春秋旣高, 兄亦早年失學, 科宦似無其望. 又地無立錐, 秋空擔[61]石, 赤手白地, 何以資生? 不如落鄕, 以度餘年."[62] 士人曰: "吾亦有意,[63] 而其於無田土庄獲, 何哉?" 三子曰: "某村老人, 是屢鉅萬富人, 身故而無他族戚, 其財産, 盡爲吾輩之所有. 斥賣家舍, 盡室行次, 則可以裕足無憂矣." 士人聽罷大喜, [64]遂貰馬貰轎, 同[65]日起程, 至其家, 見三妾與三婦, 其士人入處大家, 而其三子各奉其母, 析居于隣舍. 過幾日後, 士人備祭物, 往哭于富翁之墓, 其富翁之祭, 終三子之身, 不廢.[66] 士人之贅居諸子, 次次率來, 分産同居, 前後左右, 摠數十家. 士人周回輪宿三妾之家, 以續舊緣, 好衣好食, 以度餘年.[67]

---

58 《청구야담》에는 '之'가 '爲生員主之子'로 되어 있음.
59 《청구야담》에는 '某'가 '二'로 되어 있음.
60 《청구야담》에는 '朞'가 '禫'으로 되어 있음.
61 《청구야담》에는 '擔'이 '甔'으로 되어 있음.
62 《청구야담》에는 '何如'가 첨가되어 있음.
63 《청구야담》에는 '落鄕'이 첨가되어 있음.
64 《청구야담》에는 '曰 然則何妨'이 첨가되어 있음.
65 《청구야담》에는 '同'이 '卜'으로 되어 있음.
66 《청구야담》에는 '其富翁之祭 終三子之身 不廢'가 빠짐.
67 《청구야담》에는 '其富翁之祭 終三子之身不廢云'이 첨가되어 있음.

4-11. 賤男子

京城有賤男子娶婦, 婦家富而貌醜. 既婚翌日, 婦當往謁舅姑, 其父母嫌其女醜, 隣之一寡嫗有女, 貌[68]美而家貧未嫁, 意欲請其女以行, 召寡嫗媒之, 嫗肯諾. 遂送之,[69] 舅姑見其女貌美, 大懽喜, 厚給禮物, 强使留宿. 女[70]不敢違, 留[71]數日, 與壻相歡愛, 壻反疎本婦. 其父母乃大悔, 呈訟于刑部, 願離異. 部官以業已成婚, 許兩歸之. 其人一朝而得兩妻, 因富女之財, 宿美女之室, 以豪侈, 聞於鄕里. 時以爲美談.[72]

4-12. 江陵一書生

一書生遊學, 至江陵, 見良家女色美, 以詩挑之, 女曰: "女子[73]不妄從人, 父母有命, 則諧矣." 生[74]卽歸京師, 習擧業. 女家將納婿, 女平日臨池養魚. 一日謂曰: "吾養汝久, 宜知我意." 將帛書投之, 一大魚跳躍, 含書而逝. 生在京, 一日爲父母, 市魚而歸, 剝[75]之得帛書, 驚異, 卽持女書及父書, 詣女家, 壻已及門. 女父母異之曰: "此精[76]誠所感, 非人力[77]也." 遣其壻而納生焉.

---

68 《동인야설초》에는 '醜 既婚翌日 婦當往謁舅姑 其父母嫌其女醜 隣之一寡嫗有女 貌'가 빠짐.
69 《동인야설초》에는 '遂送之'가 빠짐.
70 《동인야설초》에는 '女'가 빠짐.
71 《동인야설초》에는 '留'가 빠짐.
72 《동인야설초》에는 '時以爲美談'이 빠짐.
73 《계압만록》에는 '女子'가 빠짐.
74 《계압만록》에는 '生'이 빠짐.
75 《계압만록》에는 '剝'이 '剖'로 되어 있음.
76 《계압만록》에는 '精'이 '情'으로 되어 있음.
77 《계압만록》에는 '所致'가 첨가되어 있음.

東廂記纂 卷之五
補遺

5-1. 盧木櫃

昔有一士人迎壻, 壻甚愚騃, 未辨菽麥. 三日, 與新婦同坐, 指盤中饅豆曰: "此何物?" 婦曰: "休休." 婿劈餠, 餠中有海松子, 問曰: "此何物?" 婦曰: "莫說." 壻歸其家, 父母問食何物, 對曰: "一休休裏, 有三莫說." 婦家憂悔, 莫知所爲. 一日, 買盧木櫃, 可容五十斛. 翁姑相約曰: "壻若知此, 則不黜之." 婦終夜誨之. 翌日, 翁呼壻而示之, 壻以杖叩之曰: "盧木櫃, 可容五十斛矣." 翁喜甚, 又買木桶而示之, 壻以杖叩之曰: "盧木桶, 可容五十斛矣." 翁患腎膀, 壻往問疾, 翁出而示之, 壻以杖叩之曰: "盧木腎膀, 可容五十斛矣."

5-2. 朴孝恭

兼司僕朴孝恭, 公州小民也. 以能騙馬, 位至禦侮. 時有士族寡婦家嫁女, 徐達城居正以族賓與焉. 及昏, 壻郎拜畢, 引入如禮, 賓客各散. 路上達城之從人, 相與嗤笑曰: "今日壻郎, 乃朴孝恭也." 方拜時, 達城心疑其朴孝恭, 而必其貌相似者也, 亦不致詰. 及聞其語, 乃大驚曰: "何謂也?" 皆曰: "今日壻郎, 乃朴孝恭也." 達城扳馬還, 就具家, 則朴已脫衣倚枕, 但燭未出也. 問曰: "今日壻郎, 誰也?" 曰: "忠義衛閔某也." 達城曰: "然則今之入內者, 乃兼司僕朴孝恭也." 相與大駭, 詰其所以, 則兩家同日娶妻, 而女家誤迎矣. 夜深無事,[1] 兩郎皆徒步, 各還於妻家.

---

1 《청파극담》에는 '事'가 '馬'로 되어 있음.

5-3. 俞大司諫孝通

俞大司諫孝通, 字行源, 杞溪人.[2] 有子娶於皇甫政丞仁. 世俗娶妻, 其豪富者, 必以珍寶盛之函, 擔以先導, 爲禮物, 多者至於三四函. 兪子亦以二函爲禮物. 皇甫相夫人[3]促函入, 對客開之, 皆書冊也, 滿坐愕然. 後皇甫相[4]謂兪曰: "婚夕之函, 何用書冊?" 兪曰: "黃金滿籯, 不如教子一經, 婚夕之函, 何以不用書冊乎?"

5-4. 西平韓浚謙

西平府院君韓浚謙[5]有四婿, 曰[6]李正郎幼淵, 次呂叅判爾徵, 次玄谷鄭監司[7]百昌, 次綾陽君, 卽仁祖潛邸時君[8]號也. 西平嘗各作別名以戱之, 皆用字戴冠者. 以李稱牢之, 言其肥腯也. 以呂稱宮之, 取其姓也. 以鄭稱蜜之, 謂其性操也. 以仁祖稱寵之, 以其氣像非常也. 鄭嫌其比之蚤, 常恨之. 西平被竄, 玄谷謂西平曰: "聘君曾稱我蜜之, 聘君則今爲竄之矣." 盖以鼠譏之也. 西平不覺發笑.

5-5. 李統制顯達

李統制顯達, 仁祖朝武臣也. 家頗豐饒, 而嫡無産妾有子, 使妾秉家, 置夫人于異室, 月分衣食. 統制之歿也, 夫人入正室, 妾跪進一封文書曰: "此乃家財總錄也. 公武人也, 不知御家之道, 使妾掌家事, 妾處賤, 不敢違其志,

---

2 《청파극담》에는 '字行源 杞溪人'이 빠짐.
3 《청파극담》에는 '相夫人'이 '氏'로 되어 있음.
4 《청파극담》에는 '相'이 '氏'로 되어 있음.
5 《파수》에는 '西平府院君韓浚謙'이 '韓西平'으로 되어 있음.
6 《파수》에는 '曰'이 '長'으로 되어 있음.
7 《파수》에는 '玄谷鄭監司'가 '鄭玄谷'으로 되어 있음.
8 《파수》에는 '君'이 '封'으로 되어 있음.

而粗知尊卑之分, 一疋布一兩銀, 不敢私用, 嘗錄家中所有, 以成册子, 正擬待今日, 以獻夫人也.” 夫人不坼見以授曰: “若追咎於汝, 是彰吾夫不德也. 吾不忍爲也. 汝仍舊行管庫事, 享我與享家翁在世.” 仍與同居, 不以前日事介意.

5-6. 俞公彦謙

俞公彦謙, 旅宦京師, 備嘗艱苦. 友人勸之妾, 期日未及門而返. 人問其故, 答曰: “中道忽自念, 吾妻生於鄕村, 妾則京城之女. 姿容必賢於妻, 服飾必賢於妻, 巧慧必賢於妻. 挾賢以事我, 必驕吾妻, 升之則無分, 降之則有憾, 後悔多矣. 吾何妾爲?”

5-7. 金判院孝誠

金判院孝誠多嬖. [9]一日, 自外入內,[10] 見夫人座隅有染緇布[11]一疋. 公問曰: “染此何用?”[12] 夫人正色曰: “公惑於衆妾, 視吾[13]如仇,[14] 故妾決然有出家之意, 乃染此布耳.” 公[15]曰: “吾本好色. 妓女巫女[16]良人賤人,[17] 苟有貌, 則無不有私, 而獨於尼僧, 未嘗一近, 深以爲恨.[18] 卿能爲尼, 是僕之願[19]也.”

---

9 《청파극담》에는 ‘夫人亦嫉妬過甚’이 첨가되어 있음.
10 《청파극담》에는 ‘自外入內’가 ‘公自外至 忽’로 되어 있음.
11 《청파극담》에는 ‘有染緇布’가 ‘有緇染苧布’로 되어 있음.
12 《청파극담》에는 ‘染此何用’이 ‘此緇布用於何處 而在夫人坐側也’로 되어 있음.
13 《청파극담》에는 ‘吾’가 ‘伉儷’로 되어 있음.
14 《청파극담》에는 ‘敵’이 첨가되어 있음.
15 《청파극담》에는 ‘笑’가 첨가되어 있음.
16 《청파극담》에는 ‘妓女巫女’가 ‘女妓女醫以至’로 되어 있음.
17 《청파극담》에는 ‘絃首針線之婢’가 첨가되어 있음.
18 《청파극담》에는 ‘苟有貌 則無不有私 而獨於尼僧 未嘗一近 深以爲恨’이 ‘苟有姿色 必皆私之 而至於尼僧 獨未一近’으로 되어 있음.

夫人無一言, 取布[20]投地.

5-8. 趙相泰億夫人

趙相泰億夫人沈氏, 性本猜妬, 泰億畏之如虎, 未嘗有房外之犯. 其從兄泰耉之[21]爲箕伯也, 趙以承旨奉命, 適行於關西, 留營中幾日, 始有所眄之妓. 沈氏聞其由, 乃卽地治行, 使其娚陪行, 而直向箕營, 將欲打殺其妓. 趙聞之失色.[22] 箕伯亦大驚曰: "此將奈何? 欲使其妓避之." 妓對曰: "小人不必避身. 自有可生之道, 而貧不能辦矣." 箕伯問其由, 對曰: "小人欲飾珠翠於身, 而無錢恨嘆." 曰: "汝若有可生之道, 則雖千金, 吾自當之."[23] 使幕裨隨所入出給, 而中和黃州間, 出送裨將問候, 且備送廚傳而支供矣. 沈氏之一行, 到黃州, 則云[24]有[25]裨將之問安,[26] 且有支供之來待.[27] 沈氏冷笑曰: "吾豈大臣別星行次, 而有問安裨將乎? 且吾之路需優足, 不必支供."[28] 幷使退出. 到中和, 又如是斥退. 發行過栽松院, 將入長林之中. 時當暮春, 十里長林, 春意方濃, 曲曲清江, 景物頗佳. 沈氏搴轎簾而玩賞, 過長林, 林盡而望見, 則白沙如練, 澄江似鏡, 粉堞周繚於江岸, 商船紛集於水濱. 練光亭大同門乙密臺[29]之樓閣, 丹青照耀, 屋宇縹緲, 奪人眼目. 沈氏嗟歎

---

19 《청파극담》에는 '願'이 '志'로 되어 있음.
20 《청파극담》에는 '取布'가 '手取緇衣'로 되어 있음.
21 《기문총화》에는 '從兄泰耉之'가 '伯氏'로 되어 있음.
22 《기문총화》에는 '趙聞之失色'이 '趙相聞其狀 失色無語'로 되어 있음.
23 《기문총화》에는 '唯汝所欲可也 仍'이 첨가되어 있음.
24 《기문총화》에는 '云'이 빠짐.
25 《기문총화》에는 '箕營'이 첨가되어 있음.
26 《기문총화》에는 '問安'이 '來待'로 되어 있음.
27 《기문총화》에는 '來待'가 '待者'로 되어 있음.
28 《기문총화》에는 '不必支供'이 '何用支供爲哉'로 되어 있음.
29 《기문총화》에는 '超然台'가 첨가되어 있음.

曰: "勝區[30]名不虛得矣!" 且行且玩之際, 遠遠沙場之上, 忽有一點花, 渺渺而來. 漸近則一個名姝, 綠衣紅裳, 騎一匹繡鞍駿驄, 橫馳而來. 心甚訝之, 駐馬而見之, 又近一女子下馬, 以鸚舌唱喏曰: "某妓請謁." 沈氏聞[31]其名, 而[32]無名業火衝起三千丈, 仍大聲叱曰: "某妓某妓! 渠何爲來謁? 第使立之于馬前." 其妓斂容而敬立馬前, [33]顏如含露之桃花, 腰似依風之細柳. 羅綺珠翠, 飾其上下, 眞是傾國之色. 沈氏熟視曰: "汝年幾何?" 曰: "十八歲矣." 沈氏曰: "汝果名物矣. 丈夫見此名妓而不近, 則可謂拙夫. 吾之此行, 初欲殺汝而來矣, 既見汝則名物也. 吾何必下手? 汝可往侍吾家令監, 而令監炭客也. 若使之沈惑而生病, 則其時汝罪當死. 愼之愼之." 言罷, 仍回馬直向京路. 箕伯聞之, 急走伻傳喝, '嫂時行次, 既來到城外, 而仍不入城, 何也? 願暫到城內, 數日留連於營中而還宅, 可矣.' 沈氏冷笑曰: "吾非乞馱客也, 入城何爲?" 遂不顧而馳還京第. 其後, 監司招致其妓而問曰: "汝以何大膽, 直向虎口, 而反獲免耶?" 對曰: "夫人之性, 雖悍妬, 而作此行於千里之地者, 豈區區兒女輩所可辦乎? 馬之踶齧者, 必有其步, 人亦如是, 小人死則死矣, 雖避之, 其可免乎? 故玆凝粧而往拜, 若被打殺, 則無奈何也, 不然則或冀有見憐之心故也云爾.

5-9. 梁山人吳某

吳某梁山人也. 爲人庸蠢, 捆屨資生, 而屨樣甚麤. 洛下年少, 適見其屨, 戲謂曰: "此屨在京, 則價直百金." 吳認以爲眞, 捆出七竹, 負入京中, 解置路傍. 人或問之, 則曰: "價是一兩." 皆笑而去. 數日坐市, 不得賣一隻. 時

---

30 《기문총화》에는 '勝區'가 '果爾絶勝之區'로 되어 있음.

31 《기문총화》에는 '聞'이 '問'으로 되어 있음.

32 《기문총화》에는 '而'가 '則曰某'로 되어 있음.

33 《기문총화》에는 '沈氏見之 則'이 첨가되어 있음.

有一宰相家婢子, 容貌嬋娟, 性度敏慧, 年方二八. 不肯許婚, 嘗言'自擇可人, 以作其配.' 一日, 偶過吳列屨之處, 見其呼價之太過, 人無買者, 心竊異之. 三數日連往見之, 則一直如此. 於是謂吳曰: "吾當盡買, 價爲幾何?" 吳曰: "七竹價七十兩." 婢曰: "與吾偕往, 持價而去, 何如?" 吳諾之. 遂負屨而隨, 之一處, 第宅宏麗, 門閭高大. 婢引入其所居之廊坐定, 吳索屨價, 婢曰: "明朝當出, 姑留一宿." 仍進美酒佳肴, 俄而又進夕飯, 器皿精潔, 饌品珍妙. 遐鄕菜腸, 平生初見. 數匙而盡之. 及暮, 婢曰: "客旣來此, 今夜與吾同裯, 何如?" 吳惶恸曰: "言則佳矣, 何敢望乎?" 婢遂滅火, 解衣同寢.[34] 未明而起, 開籠出新衣, 澡浴而衣之, 相貌亦桓桓矣. 婢曰: "吾是此家使喚婢也. 子旣爲吾夫, 當現謁于大監主, 而愼勿拜下也." 吳曰: "諾." 婢卽入告曰: "小婢夜得一夫, 當現身矣." 宰相曰: "然乎? 斯速入現." 吳直入升廳而拜, 侍者將吳下, 吳植立不動曰: "吾是鄕族也. 雖作婢夫, 決不可下庭拜也." 宰相笑曰: "宜爲某婢之所揀也." 遂出留廊底. 一日, 婢曰: "子甚不慧, 若用錢, 則眼目自大, 胸次必濶." 乃給一緡曰: "持此而去, 用盡而歸." 至暮吳還曰: "吾肚不飢, 酒餠不必買喫. 終日周行, 無他用錢處, 不費一文而來矣." 婢曰: "路上多乞人, 何不給之?" 吳曰: "此則未及思矣." 翌日, 又佩一緡而出, 聚會衆丐, 散擲地上, 丐皆爭持, 其狀可觀. 逐日以爲常, 尋思之, '許多靑蚨, 空給丐乞, 無義莫甚.' 乃往交射場閑良輩, 買酒買肉, 日日分饋, 便成莫逆. 繼而與蓬蓽讀書之窮儒寒士, 往來結交. 或助朝夕之供, 或資筆墨之費, 人皆曰: "吳某誠非今世人也." 婢使往學史略三略孫武子等書, 粗解其大旨, 於焉之頃, 費數萬錢矣. 婢曰: "子須學射, 以圖成名之道." 吳本是健夫, 又與諸閑良善, 爭教射法, 鐵箭細箭, 俱能遠射, 武經七書, 亦能通曉. 及赴試登第, 抱一紅牌而還, 婢潛藏紅牌, 不令家人

---

34 《청구야담》에는 '同寢'이 '雲雨一場而罷'로 되어 있음.

知之. 因謂吳曰: "吾所儲置之錢, 不過十萬, 而子之前後所用, 殆近七萬, 今餘三萬矣. 子須行商也." 吳曰: "吾何知何物之可貿乎?" 婢曰: "見今棗農大歉, 惟湖西某邑棗樹結實, 子須盡貿而來也." 吳依其言, 行至某邑, 秋事大歉, 野無掛鎌, 人多顚連. 吳生見而憐之, 隨手而盡散歸來. 婢曰: "積善則固大矣. 但吾錢將罄, 將何以聊生?" 又給一萬緡曰: "八道綿農皆歉, 獨海西如干邑稍登, 須往這處, 貿綿以來也." 吳又至海西, 如湖西時事, 空手而還. 婢曰: "吾錢只餘萬緡. 今當傾儲以給, 須以此盡, 盡貿弊衣等物, 入北道, 換布蔘皮物而來, 勿復如前浪費也." 吳往市上, 貿得弊衣, 載數十馱, 入咸鏡道界. 北道木棉本不宜土, 其貴如金, 人不得授衣, 冬暖而猶呼寒. 吳曾用錢如水, 手段甚濶. 自安邊至六鎭, 盡給無衣之人, 所餘者只裳袴各一件. 乃嘆曰: "吾雖行善事,[35] 費人十萬錢財, 實往虛還, 何面目復見家人乎? 寧葬於虎豹之腹." 夜半獨入山中, 攀崖緣磴, 轉到深處, 忽見萬樹叢中, 燈光耿耿. 尋其家叩門請宿, 有一老嫗開門而出語曰: "如此深夜, 如此絶峽, 客何以到?" 遂延入饋飯, 接待殷勤. 吳乃以所持裳袴給之, 嫗大喜, 卽地解着, 百拜致謝. 吳見饌中[36]之菜, 乃人蔘也. 問曰: "此菜從何處得來乎?" 嫗曰: "此近有吉更田, 故每採來作菜蔬." 吳曰: "又有採置者乎?" 媪出示數十丹, 皆是人蔘, 而小者如指, 大者如脛矣. 俄而門外有釋負聲, 嫗曰: "吾兒來矣. 兒生之初, 腋下兩傍, 俱有小翅, 往往飛付壁上, 其父鍛鐵灸之, 翅猶復生. 及長勇力絶倫, 在平時, 易及於禍, 故携入深峽, 行獵資生, 而其父已死, 吾獨在世矣." 仍曰: "尊客適至, 汝須入拜也. 此客與我裳袴, 得以掩體, 誠恩人也." 其子卽入拜. 翌朝, 吳謂嫗曰: "吉更田可得一見乎?" 嫗與吳偕行, 踰一嶺至一處, 指示之, 人蔘徧一山矣. 遂盡

35 《청구야담》에는 '雖行善事'가 빠짐.
36 《청구야담》에는 '所進'이 첨가되어 있음.

日採之, 大小雖不同, 而其中亦多童子蔘, 恰爲五六馱矣. 吳曰: “山中無馬, 將何以輸去乎?” 媼之子曰: “吾當擔至元山. 元山以後, 子須馱去.” 吳如其言, 貰馬輸來. 歸其家, 備道顚末於其妻, 妻喜曰: “子之積善多, 故天以寶物與之. 今日還家, 亦不偶然. 明日卽大監主回甲生辰也. 滿朝公卿皆來會, 子若得叅拜於諸公, 則夤緣做官, 何難之有?” 翌朝, 擇出稍大者五本, 入獻于大監曰: “妾夫行商次出去, 適得此物而來, 故奉獻于大監摟下.” 宰相大喜, 招吳入現, 婢已備置紗笠帖裏, 令吳着之而入. 宰相曰: “此何服也?” 吳曰: “小人年前爲武科, 而商賈資生, 故匿置紅牌, 未及告于大監矣.” 宰相曰: “身手亦赳赳矣.” 而已諸公次第而至, 見人蔘曰: “如此稀貴之物, 大監不可獨嘗, 何不分我一莖乎?” 宰相曰: “所得只此, 何以派及乎?” 吳方在傍, 乃曰: “小人歸橐, 又有餘蔘, 當分獻之, 畧表微誠.” 出其家, 各以三莖, 拜獻于諸公, 諸公亦大喜, 問曰: “彼何人斯?” 宰相曰: “此吾愛婢之夫, 而地處則鄕族也. 又爲武科出身矣.” 諸公皆曰: “大監宅婢夫, 有如此武弁, 而尙未得初仕一窠, 豈非大監之責耶?” 宰相曰: “其人之爲武科, 吾亦今始知之矣.” 日旣昃, 諸公盡醉而散. 吳斥賣其蔘, 得錢累十萬, 諸公互相汲引, 未幾得除武兼宣傳官, 節次推遷, 歷邊之營將,[37] 官至水使, 贖妻爲良, 偕老而終云云.

5-10. 趙復興胖

趙復興胖, 有其姑爲脫脫丞相夫人, 故幼從姑, 養於脫脫氏. 脫脫敗, 公與所幸美人及小官, 避禍本國. 中路小官謀於公曰: “吾三人脫禍至此, 若有疑而問之者, 是几上肉. 又美人同行, 怪駭人見, 不如割愛以圖存也.” 相與言議, 而美人亦英敏. 乃言曰: “魚與熊掌, 不可兼得. 不可以妾之故, 駢

---

37 《청구야담》에는 ‘歷邊之營將’이 빠짐.

首就戮也." 泫然泣下, 設小酌, 相與訣別於街路. 二人策馬兼程, 行百六七里許, 公悲念美人不已, 寸步不能進, 其意欲還導美人, 更敍情也. 小官曰: "不須公往. 奴當致公意而還也." 公曰: "諾." 小官往見, 美人墮樓而絶, 解其指環而歸, 給公曰: "兒女之不可信如此. 方與二官員, 設酌唱歌, 略無愧色, 可鄙之甚也." 公亦唾之. 旣到鴨綠江, 俱道墮樓之事, 出指環與之, 公痛哭幾絶. 到本國, 娶妻生子五人, 俱顯位至勳相, 猶終身悼念, 每遇忌日, 流涕而祭之.

5-11. 冠紅粧

冠紅粧長安名妓也. 韓舍人澍納以爲妾, 生一女. 乙巳之禍, 澍被譴, 遠■南海, 冠紅粧守信獨居. 富人朝士爭求之, 悉不應. 多歷歲年,[38] 朝論之攻澍, 久而愈篤. 冠紅粧 將母食貧, 其苦不可堪. 時伊川君使媒媼求之, 粧曰: "吾雖倡家女, 旣許韓舍人以身, 義 不可他適, 第以老母桂玉之憂, 姑從公子之言, 但韓舍人還, 雖生九子於公子家, 而且不不顧,[39] 願與成約而後從." 伊川曰: "如約." 居伊川家二十餘年, 多生子女. 澍始放還, 粧乃與伊川訣, 舍盡生産而往. 先令其女邀之路, 爲澍製衣及襪. 且道舍伊川來從之意, 澍曰: "汝母老而妄耶? 我安敢取公子室人? 勿復言." 女歸以澍言復之母, 於是冠紅粧放聲大哭, 伊川不能呵. 韓之女爲參判洪仁慶側室, 其婚也, 伊川家辨其資裝, 一如己女. 伊川之子皆官爲守, 子孫具顯.

5-12. 梅花

梅花者谷山妓也, 有姿色. 一老宰爲海伯, 巡到時變, 率置營下, 寵幸無比.

---

38 《기문총화》에는 '年'이 '月'로 되어 있음.
39 《기문총화》에는 '不顧'가 '欲留'로 되어 있음.

時有一名士之爲谷山府使者延命時, 雯見其妍美, 心欲之.[40]招其母[41]而厚遺, 此後無間出入, 米錢肉帛, 每每給之, 如是者幾月. 其母心切怪之, 一日問曰: "如小人微賤之物, 如是眷愛, 惶悚無地. 未知使道有何所見, 而若是也?" 本倅曰: "汝雖年老矣, 自是名妓, 故欲與破寂, 自爾親熟而然也, 別無他事." 一日, 老妓又問曰: "使道必有用小人處, 而如是款曲, 何不明言敎之? 小人受恩罔極, 雖赴湯蹈火, 自當不辭矣." 本倅乃言曰: "吾於營行時, 見汝女, 愛戀不能忘, 殆乎生病. 汝若率來, 更接一面, 則死無恨矣." 老妓笑曰: "此至易之事, 何不早敎也. 從當率來矣." 歸家作書于其女曰: "吾以無名之疾, 方在危境, 而以不見汝, 死將不瞑目, 速速得由下來, 以爲面訣."云云. 專人急報, 梅花見書, 泣告于巡使, 請得往省之暇, 巡使許之, 資送甚厚. 梅花歸見其母, 其母道其由, 與之偕入衙中. 時本倅年才三十餘, 風儀動盪, 巡使則容儀老醜, 殆若仙凡之別異. 梅花一見, 而亦有戀慕之心, 自伊日薦枕, 兩情歡洽. 過一朔, 由限已滿, 梅花將還向營門, 本倅戀戀不忍捨曰: "從此一別, 後會難期, 將若之何?" 梅花揮淚曰: "妾旣許君矣. 今行有脫歸之計, 匪久更當還侍矣." 仍發行到海州, 入見巡使, 巡使問'其母病之如何,' 對曰: "病勢委篤, 幸賴良醫, 今則向差矣." 依前在洞房. 過十餘日後, 梅花忽有病, 寢食俱廢, 呻吟度日, 巡使[42]雜試藥物而無效, 委臥近一旬, 忽爾突起, 蓬頭垢面, 頓足拍手, 狂叫亂嚷, 或哭或笑, 跳踉於澄淸軒之上, 而斥呼巡使之名, 人或挽之, 則蹴之嚙之, 使不近前, 卽一狂病也. 巡使驚駭, 使之出外, 而翌日縛置轎中, 送于渠家. 盖是佯狂, 安得不差? 還家之日, 卽入衙中, 見本倅語其狀, 留在夾室, 情愛

---

40 《기문총화》에는 '還衙後'가 첨가되어 있음.
41 《기문총화》에는 '賜顔'이 첨가되어 있음.
42 《기문총화》에는 '憂之'가 첨가되어 있음.

愈篤. 如是之際, 所聞傳播, 巡使安得不知?[43] 其後谷倅往營門, 則巡使問曰: "府妓爲守廳妓者, 以身病還渠家矣, 近則病勢如何, 而時或招見否?" 對曰: "病則少差云, 而巡營守廳, 下官何以招見乎?" 巡使冷笑曰: "願公爲吾善守直焉." 谷倅知其狀, 請由而上京, 嗾一臺官, 而駁巡使而罷之. 仍率畜梅花, 遞歸時, 與之偕來京第. 及丙申之獄, 前谷山倅辭連逮獄, 其妻泣謂梅花曰: "主公今至此境, 吾則已有所決於心者. 汝則年少之妓也, 何必在此? 還歸汝家, 可也." 梅花亦泣曰: "賤妾承令監之恩愛已久. 繁華之時, 則與之安享, 而今當如此之時, 安忍背之而歸家? 有死而已." 數日後, 罪人杖斃, 其妻自縊而亡. 梅花躬自殯殮入棺, 而及罪人屍體之出給也, 又復治喪, 夫婦之棺, 合祔于先塋之下. 然後仍自裁於墓傍而下從, 其節槩烈烈矣. 初於巡使, 則用計圖免, 後於本倅, 則立節死義, 其亦女中之豫讓也.

5-13. 禹兵使夏亨

禹兵使夏亨, 平山人也. 家貧, 初登科, 赴防于關西江邊之邑, 見一汲水婢之免役者, 貌頗免醜, 夏亨嬖之, 與之同處. 一日, 其女謂夏亨曰: "先達主旣以我爲妾, 將以何物, 爲衣食之資乎?" 禹曰: "吾本家貧, 況此千里客中, 手無所持者乎? 吾旣與汝同室, 則所望不過澣濯垢衣, 補縫弊襪而已. 其何物之波及於汝者乎?" 其女曰: "妾亦知之熟矣. 吾旣許身而爲妾, 則先達主之衣資, 吾自當之, 須勿慮也." 禹曰: "此則非所望也." 其女自其後, 勤於針線紡績, 衣服飮食, 未嘗闕焉. 及赴防限滿, 禹將還歸, 其女問曰: "先達主從此還歸之後, 其將留洛而求仕乎?" 禹曰: "吾以赤手之勢, 京中無親知之人, 以何糧資留京乎? 此則無可望矣. 從此還鄕, 老死於先山之下爲計耳." 其女曰: "吾見先達主容儀氣像, 非草草之人也. 前程優可至梱帥,

43 《기문총화》에는 '安得不知'가 '亦聞之'로 되어 있음.

男子既有可爲之機, 何可坐於無財, 而埋沒於草野乎? 甚可歎惜. 吾有積年所聚銀貨, 可至六百兩. 以此贐之, 可備鞍馬及行資. 幸勿歸鄕, 直向洛下而求仕焉, 十年爲限, 則可以有爲也. 吾賤人也. 爲先達, 何可守節? 當托身於某處, 先達主作宰本道然後, 卽日當進謁矣, 以是爲其期. 願先達主保重保重." 夏亨意外得財, 心竊感幸. 遂與其女揮淚作別而行. 其女送夏亨之後, 轉托於邑底鰥居之一校家, 其校見其人物之伶俐, 與之作配而處, 家頗不貧. 其女謂校曰: "前人用餘之物, 爲幾許? 凡事不可不明白爲之. 穀數爲幾許, 錢帛布木爲幾許, 器皿雜物爲幾許, 皆列書名色及數, 而作長件記." 校曰: "夫婦之間, 有則用之, 無則措備, 可也. 何嫌何疑, 而有此擧也?" 女曰: "不然." 懇請不已, 校乃依其言而書給之. 其女受而藏之衣笥. 勤於治產, 日漸富饒. 女謂其校曰: "吾粗解文字, 好看洛中之朝報政事, 盍爲我每每借得於衙中而示之乎?" 校如其言. 數年之間, 見一政事, 宣傳官禹夏亨, 由經歷而陞副正, 乃除關西腴邑也. 其女自其後, 只見朝報, 某月日某邑倅禹夏亨辭朝矣. 其女乃謂校曰: "吾之來此, 非是久留計也. 從此可以永別矣." 其校愕然而問其故, 其女曰: "不必問事之本末. 吾自有去處, 君勿留戀." 乃出向日物種長件記, 以示之曰: "吾於七年之間, 爲人之妻, 理家產, 萬一有一個之減於前者, 則去人之心, 豈能安乎? 以今較前, 幸而無減, 或有二三四倍之加數者, 吾心可以快活矣." 仍與校作別, 使一雇奴負卜, 而作男子裝, 着平陽子, 徒步而行, 至夏亨之郡, 太守莅任, 才一日矣. 托以訟民而入庭曰: "乃有所白之事, 願升階而白活." 太守怪之, 初則不許, 末乃許之, 又請近窓前, 太守尤怪而許之. 其人曰: "官司倘識小人乎?" 太守曰: "吾新到之初, 此邑之民, 何以知之?" 其人曰: "獨不念某年某地赴防時同處之人乎?" 太守熟視, 急起把手, 入于房而問曰: "汝何作此樣而來也? 吾之赴任翌日, 汝又來此, 誠一奇會." 彼此不勝其喜, 共敍中間阻懷. 時夏亨喪配矣. 因以其女入處內衙正堂, 而總家政, 女撫育其嫡子, 指使其婢僕, 俱有法度, 恩威幷行, 衙內洽然稱之. 每勸夏享, 托于備局書吏, 給錢兩而得見每朔朝報. 女見之, 惴度時事, 時宰之未及爲銓官, 而未久可爲者, 必使厚饋. 如是之故, 其宰相秉軸, 則極意吹噓, 歷任四腴邑, 家計漸饒. 餽問尤厚, 次次陞遷, 位至節度使, 而年近八十, 以壽終於鄕第. 小室治喪如禮, 過成服, 謂其嫡子喪人曰: "令監以鄕曲武弁, 位至亞將, 位已極矣. 年過稀年, 壽已極矣. 有何餘憾? 且以我言之, 爲婦事夫, 自是當然道理. 何必自矜, 而積年[44]誠力, 替助求仕之方, 得至于今, 吾之責已盡矣. 吾以遐方賤人, 得備小室於武宰, 享厚祿於列邑, 吾之榮亦極矣. 有何痛寃之懷? 令監在世時, 使我主家政, 此則不得不然, 而今喪主如是長成, 可幹家事, 嫡子婦當主家政. 自今日, 請還家政." 嫡子與婦, 泣而辭曰: "吾家之得至于今, 皆庶母之功也. 吾輩只可依賴而仰成, 今何爲而遽出此言也?" 女曰: "不可不如是, 家道故[45]也." 乃以大小物件器皿錢穀等屬, 成件記, 一幷付之, 使嫡子婦, 處於正堂, 而自家退處越邊一間之房而曰: "自此一入, 則不可出." 仍闔門絶粒, 數三日而死. 嫡子輩皆哀痛曰: "吾之庶母, 非尋常人. 何可以循例待之?" 初終後, 葬事待三月將行, 別立廟而祀之. 及兵使之葬期已迫, 將遷柩而靷行, 擔軍輩不得擧, 雖十百人無以動. 諸人曰: "無或係意於小室而然耶?" 乃治其小室之靷行, 將欲同發, 則兵使之柩, 始輕擧而行, 人皆異之. 葬于平山地大路邊, 西向而葬者, 兵使之墳, 其右十餘步地, 東向而葬者, 小室之墳云爾.

5-14. 巫雲

巫雲者江界妓也. 姿色才藝, 擅于一時. 京城居成進士者, 偶爾下來, 仍

---

44 《기문총화》에는 '費盡'이 첨가되어 있음.

45 《기문총화》에는 '故'가 '亂'으로 되어 있음.

薦枕而情愛甚篤，及其歸也，彼此戀戀不忍捨. 雲自送成生之後，矢心靡他，艾灸兩股，肉作瘡痕，託言有惡疾云. 以是之故，前後官家，一未嘗侍. 李大將敬懋之來莅也，招見而欲近之，雲解示瘡處曰：“妾有惡疾，何敢近前?” 李倅曰：“若然則汝可在前使喚，可也.” 自此以後，每日守廳，至夜必退. 如是四五朔，日[46]一夜，雲忽近前曰：“妾今夜願侍寢矣.” 李倅曰：“汝既有惡疾，何可侍寢?” 雲曰：“妾爲成進士守節之故，以艾灸之，以是避人之侵困矣. 侍使道，積有月，微察凡百，卽是大丈夫也. 妾既是妓物，則如使道之大男子，豈無心近侍耶?” 李倅笑曰：“若然則可就寢.” 仍與之狎. 及瓜熟將歸也，雲願從之，李倅曰：“吾有二妾，[47] 汝又隨去，甚不緊也.” 雲曰：“若然則妾當守節矣.” 李倅笑曰：“守節云者，如爲成進士守節乎?” 雲勃然作色，因以佩刀，斫左手第四指. 李大驚，欲率去，則又不聽. 仍以作別矣. 後十年，李以訓將，補城津，盖朝家新設城津，而以宿將重望，鎭之也. 李單騎赴任，城津與江界雖接界，乃三百餘里地也. 一日，雲來現，李欣然逢迎，敍積阻之懷，與之同處，夜欲近之，則抵死牢却. 李曰：“此何故也?” 對曰：“爲使道守節矣.” 李曰：“既爲吾守節，則何拒我也?” 雲曰：“既以不近男子，矢于心，雖使道不可近. 一近之，則便毁節也.” 仍堅辭，同處一年餘，而終不相近. 及歸，雲又辭歸渠家. 其後李喪妻，雲奔走而留京，過襄禮後，還爲下去，李之喪亦然. 自號雲大師，仍終老焉.

5-15. 安東權進士

安東權進士某，家計饒富，性嚴峻，而治家有法. 有獨子而娶婦，婦性行悍妬難制，而以其舅之嚴，不敢放肆而下氣怡聲焉.[48] 權如有怒氣，則必舖席

---

46 《기문총화》에는 '日'이 빠짐.《동상기찬》에는 '日'이 잘못 들어간 듯함.

47 《기문총화》에는 '有二妾'이 '妾有三'으로 되어 있음.

於大廳而坐, 或打殺婢僕, 若不至於傷命, 則必見血而後乃止. 以此若舖席於大廳, 則家人惴惴, 知其有必死之人也. 其子之妻家, 在於隣邑, 其子爲見其妻父母而行, 歸路遭雨, 避入於店舍, 先見一少年坐於廳上, 而廐有五六匹駿馬, 婢僕又多, 若率內眷之行. 其少年與權生, 仍爲寒暄, 而以酒肴饌盒勸之, 酒甚淸洌, 肴又豊旨. 相問其姓氏與居住, 權生則以實告之, 其少年則只道姓氏, 而不肯言所在處, 曰: "偶爾過此, 避雨而入此店, 幸逢年輩佳朋, 豈不樂乎?" 仍與之酬酌, 而以醉爲期, 權生不勝酒力,[49] 先醉倒. 夜深後始覺, 擧眼審視, 則同盃之少年, 已無形影, 而自家則臥於內室, 而傍有素服佳人, 年可十八九, 容儀端麗, 知其非常賤, 而的是洛下卿相家婦女也. 權生大驚訝, 問曰: "吾何以臥於此處, 而君是誰家何許婦女, 在於此處乎?" 其女子羞澁而不答. 叩之再三, 終不開口, 最後過數食頃, 始低聲而言曰: "吾是洛下門地繁盛之仕宦家女子, 十四出嫁, 十五喪夫, 而嚴親又早世, 娚兄主家矣. 兄之性執滯, 不欲從俗而執禮, 使幼妹寡居也, 欲求改適之處, 則宗黨之是非大起, 皆以爲汚辱門戶, 峻辭嚴斥. 兄不得已罷議, 因其轎馬, 馱我而出門, 無去向處而作行, 轉而至此, 其意若遇合意之男子, 則欲委而托之, 自家因以避之, 以遮諸宗之耳目者也. 昨夜乘君之醉, 而使奴子負而入臥內, 而家兄則必也遠去." 仍指在傍之一箱曰: "此中有五六百銀子, 以此使作衣食之資云爾." 權生異之, 出外而視之, 則其少年及許多人馬, 幷不知去處, 只有蒙騃之童婢二人在傍. 生還入內, 與其女子同寢, 而思量, 則嚴父之下, 私自卜妾, 必有大擧措. 且其妻悍妬之性, 必不相容, 此將奈何? 千思萬量, 實無好個計策. 反以奇遇之佳人爲頭痛. 待朝, 使婢子謹守門戶, 而言于其女曰: "家有嚴親, 歸當奉稟而率矣. 姑

---

48 《기문총화》에는 '放肆而下氣怡聲焉'이 '下氣'로 되어 있음.
49 《기문총화》에는 '權生不勝酒力'이 '權少年'으로 되어 있음.

少俟之.”申飭店主而出門, 直向親朋中有智慮者之家, 以實告之, 願爲之劃策. 其友沈吟良久曰:“大難大難. 實無好策, 而第有一計. 君於歸家之後數日, 吾當設酒席而請之. 君於翌日, 又設酒席而請我, 我當自有方便之計矣.”權生依其言, 歸家之數日, 其友送伻懇請, 以適有酒肴, 諸益畢會, 此席不可無兄. 兄須賁臨云. 權生稟其父而赴席. 翌日, 權生 稟于其父, ‘某友昨日擧酒有邀, 而酬答之禮, 不可闕也. 今日略具酒饌, 而請邀諸友, 則似好矣.’其父許之. 爲設酒席而請其友, 又邀洞中諸少年. 諸人皆來, 先拜見於權生之父, 權老曰:“少年輩迭相酒會, 而一不請老我, 是何道理?”其少年對曰:“尊丈若主席, 則年少侍生, 坐臥起居, 不得任意爲之. 且尊丈[50]嚴峻, 侍生輩暫時拜謁, 十分操心, 或恐其見過, 何可終日侍坐於酒席? 尊丈若降臨, 則可謂殺風景矣.”老權笑曰:“酒會豈有長幼之序乎? 今日之酒, 我爲主矣. 擺脫其拘束之儀, 終日湛樂, 君輩須百番失儀於我, 我不汝責, 盡歡而罷, 以慰老夫一日孤寂之懷也.”諸少年一時敬諾, 長幼雜坐而擧觴. 酒至半, 其多智之少年近前曰:“侍生有一古談之奇事, 請一言之以供一粲.”老權曰:“古談極好, 君試爲我言之.”其少年乃以權生之客店奇遇, 作古談而言之, 老權節節稱奇曰:“異哉異哉! 古則或有此等奇緣, 而今則未得聞也.”小年曰:“若使尊丈當之, 則何以處之? 中夜無人之際, 絶代佳人在傍, 則其將近之乎否乎? 旣近之, 則其將率畜乎? 抑棄之乎?”老權曰:“旣非宮刑之人, 則逢佳人於黃昏, 豈有虛度之理乎? 旣同寢席, 則不可不率畜. 何可等棄而積惡乎?”小年曰:“尊丈性本方嚴, 雖當如是之時, 而必不毁節矣.”老權掉頭曰:“不然不然. 使吾當之, 則不得不毁節矣. 彼之入內, 非吾爲也. 爲人所欺, 此則非吾之故犯也. 年少之人, 見美色而心動, 自是常事. 彼女子旣以士族, 行世則其情慽矣, 其地窮矣. 如或一見

50 《기문총화》에는 ‘性度’가 첨가되어 있음.

而棄之, 則彼必含羞寃而死矣. 豈非積惡乎? 士大夫之處事, 不可如是齷齪也.” 小年又問曰: “人情事理, 果如是乎?” 老權曰: “豈有他意? 斷當不作薄幸人, 可也.” 小年笑曰: “此非古談. 允友日前事也. 尊丈旣以事理當然, 再三質言而有敎, 然則允友庶免罪責矣.” 老權聽罷, 半餉無語, 乃正色厲聲曰: “君輩皆罷去. 吾有處置之事矣.” 諸人皆驚怯而散. 老權仍高聲曰: “斯速設席於大廳!” 家中人皆悚然, 不知將治罪何許人矣. 老權坐於席上, 又高聲曰: “急持斫刀以來!” 奴子慌忙承命, 置斫刀及木板於庭下, 老權又高聲曰: “捉下書房主, 伏之斫刀板!” 奴輩捉下權生, 以其項置之刀板. 老權大叱曰: “悖子以口尙乳臭之兒, 不告父母而私畜小妾者, 此是亡家之行也. 吾之在世, 猶尙如此, 況吾之身後乎? 此等悖子, 留之無益, 不如吾在世之時斷頭, 以杜後弊, 可也.” 言罷, 號令奴子, 使之擧趾而斫之. 此時, 上下惶惶, 面無人色. 其妻與子婦, 皆下堂而哀乞曰: “彼罪雖云可殺, 何忍於目前, 斷獨子之頭乎?” 泣諫不已, 老權高聲而叱使退去, 其妻驚怯而避, 其子婦以頭叩地, 血流被面而告曰: “年少之人, 設有放恣自擅之罪, 尊舅血屬, 只此而已. 尊舅何忍行殘酷之事, 使累世奉祀, 一時絶嗣乎? 請以子婦之身, 代其死.” 權老曰: “家有悖子, 而亡家之時, 辱及祖先矣, 吾寧殺之於目前, 更求螟嗣, 可也. 以此以彼, 亡則一也, 不如亡之乾淨之爲, 愈也.” 仍號令而使斫之, 奴子口雖應諾, 而不忍加足. 其子婦泣諫益苦, 權老曰: “此子亡家之事非一矣. 以侍下之人, 而擅自畜妾, 其亡兆一也. 以汝之悍妬, 必不相容, 如此則家政日亂, 其亡兆二也. 有此亡兆, 不如早爲除去之爲好也.” 子婦曰: “媳亦是具人面人心矣. 目見此等光景, 何可念及於妬之一字乎? 若蒙尊舅一番容恕, 則謹當與之同處, 少不失和矣. 伏願尊舅, 勿以此爲慮, 特下廣蕩之恩.” 權老曰: “汝雖迫於今日擧措, 而有此言, 必也面諾而心不然矣.” 子婦曰: “寧有是理? 如或有近似此等之言, 則天必殛之, 鬼必誅之矣.” 權老曰: “汝於吾之生前, 無或然矣, 而吾死之後, 汝必復肆其惡. 此時吾已不在, 悖子不敢制, 則此豈非亡家之事乎? 故不如斷頭, 以絶禍根." 子婦曰: "焉敢如是乎? 尊舅下世之後, 如或有一分非心, 則犬豚不若, 當矢言而納侤矣." 權老曰: "若然則汝以矢言, 書紙以納." 其子婦書禽獸之盟, 且曰: "一有違背之事, 子婦父母之肉, 可以生啗矣. 矢言至此, 而尊舅終不信聽, 有死而已." 權老乃赦而出之, 仍命呼首奴分付曰: "汝可率轎馬人夫, 卽往某店, 迎書房主小室而來." 奴子承命而率來, 行見舅姑之禮, 又禮拜於正配, 而使之同處. 其子婦不敢出一聲, 至老和同, 人無間言云爾.

5-16. 鳳山武弁

仁祖朝海西鳳山地, 有一武弁姓李者, 饒於財, 而性甚豁達, 喜施與, 信人不疑. 有告急者, 傾儲無所悋惜. 此家計耗敗, 至不可支. 然風骨偉麗, 見者皆以榮達期之. 仕至宣傳官, 坐事失職, 鄕居累年, 銓曹久不檢擬. 一日, 李謂其妻曰: "武弁鄕居, 官不自來, 而家貧如此, 實恐一朝塡壑. 寧不可歎? 所餘庄土, 賣可得四百餘金, 以此入京求官, 得則生, 不得則死, 我意已決矣." 妻亦許之. 遂盡賣田土, 得四百金. 留百金付妻謀生, 以三百金上京, 健僕駿騎, 頗動人目. 至碧蹄店止宿, 僕方治馬食, 忽有一漢, 着氈笠, 衣服新鮮. 始則窺覘, 俄而入來, 與僕輩語, 意頗懇款, 僕輩悅之, 問所從來, 曰: "兵曹判書宅使喚蒼頭也." 李微聞其說, 亟召問之, 對如前. 李大喜曰: "吾方求仕上京, 所望者兵銓. 汝果是兵判宅信任奴僕, 則其能爲我, 居間周旋否? 且汝之來此, 何幹?" 其人曰: "小人爲兵判宅首奴, 上典家庄獲, 多在西關, 今方受命, 以收貢膳次, 今日發去耳." 李嘆曰: "得爾不易, 而有此交違, 何以則有周旋之策耶?" 曰: "此不難. 請與之同入京中. 小人受命辭出已數日, 而擇吉發行, 故今始出來, 上典未必知之. 今復還, 爲進賜周旋後發行, 亦未晩也. 但未知行次中所持者, 幾何?" 曰: "三百金." 曰: "僅可用之.” 遂隨而歸, 爲李定一舘舍於傍近兵判家, 囑主人善待之, 李以爲主人素知此漢, 益信之. 其人歸家, 數日不來, 李謂以見欺, 大爲疑慮, 已而來見, 李喜極如漢王之得亡何. 問‘數日何爲不來,’ 曰: “爲進賜圖官, 豈可倉卒耶? 有一處蹊逕甚緊, 而當用百金.” 李急問之, 其人曰: “兵判有姊氏, 寡居在某洞, 大監極念之, 所言必從. 小人以進賜事, 告于厥宅, 則內主要得百金, 美官可立致. 進賜能無吝乎?” 李曰: “此金之用, 專爲此也, 更何問?” 卽出囊計數而付之. 僕輩疑之曰: “進賜不親往, 徒付此人, 安知非詐耶?” 李曰: “其爲兵判宅奴, 則明矣, 何可不信人, 如此?” 翌日, 其人來曰: “內主得金甚喜, 卽送言于大監, ‘懇以散政有當窠, 必首擬毋泛.’ 大監諾之. 然又有言重者, 傍助然後, 事益牢固矣. 某洞有某官, 素爲大監親重, 有言必從. 又以五十金投之, 則必喜可以大得力.” 李深以爲然, 令圖之. 其人來有喜色曰: “果樂聞矣.” 李又付五十金, 又來告曰: “大監有小室國色也. 愛之, 生男甚奇, 而懸弧在不遠. 欲厚設而無私儲, 甚憂. 若又進五十金, 則事可十分完全矣.” 李又給五十金, 其人持去卽還曰: “姬果大喜, 言當竭力周旋, 進賜好官, 非朝卽夕, 當坐竢之. 然武官供仕官服, 不可不精備. 且以五十金貿辦, 則可矣.” 李曰: “此斷不可已.” 仍以金托其人貿易辦備, 匪久毛笠帖袖廣帶烏靴黃金帶鉤, 一一致之, 而皆極光麗. 李大喜自以爲得一諸葛孔明, 雖僕輩之始疑者, 皆大信之, 欣欣然顒望.[51] 李旣具服着, 卽懷刺, 詣兵判家登謁後, 備具履歷情勢, 告訴哀乞, 兵判頷之而已, 非不假借, 終無一言矜惻. 李以爲此不過兵判之常事, 其後復往, 亦不免同諸武, 逐隊問安, 而別無賜顏款接之意. 聞有政目, 則必艱辛覓見, 而渠之名字, 少無近似者. 心甚焦躁, 而務悅其人之心, 來則出錢, 買肥肉大酒, 任其醉飽, 餘存五十金, 幾盡消融. 李頗悶之, 問其人曰: “汝言久無驗, 何

---

51 《청구야담》에는 ‘膴仕之必至’가 첨가되어 있음.

也?" 曰: "大監何日忘進賜, 而奈有所納者, 加於進賜, 則尤爲緊, 進賜何以得叅? 然此輩得意者已多, 聞後日散政, 大監將擬進賜某職, 此極腴官. 試竢之." 及政目出, 又無聞. 其人來言曰: "某官及內主, 力請於大監, 可必得, 忽有大臣, 託以某人, 不容不施, 爲所奪, 當奈何? 然六月都政不遠, 某司之職, 財用甚饒, 小人已白於內主某官及小室, 合請於大監, 已得快諾, 此則決不失矣. 且俟之." 李半信半疑, 而不敢不更待, 財力已罄盡矣. 及至大政, 奴主早起待報, 望眼欲穿, 而日高至午, 午過至晡矣. 吏兵批已畢, 而李之姓名, 寂然無聞, 其人亦無聲影. 李大悵失心, 僕輩之訾議恨歎, 不勝其騷耳. 李不能出聲氣, 猶望其人之復至, 而前之日日來者, 今過三日不至, 李始大疑, 招主人而問曰: "兵判宅首奴, 近日不來, 何也? 汝旣情熟, 幸卽[52]招來." 主人曰: "此本素昧之人也. 其爲兵判宅首奴, 進賜明知之耶? [53]第以渠自稱兵判宅奴子, 而進賜又謂之兵判宅奴子, 故小人以此信其爲兵判宅奴子, 實則不知也."[54] 李曰: "汝旣親熟, 知其家乎?" 曰: "亦不知也. 進賜親熟, 而豈未嘗知其家乎?" 李曰: "偶未致意耳." 自後, 其人絶跡不來. 李自念蕩敗家產, 盡輸於一賊漢, 累代宗祀, 許多家眷, 將擧委邱壑, 而族黨鄕隣妻子僮僕, 怨怒誚責, 其將何辭可解? 且念平生桀驁之性, 豈肯寒乞兒苟活耶? 百爾思之, 唯有一死, 乃快於心. 遂決意捨命, 翌日早起, 直走漢江, 脫去衣冠, 大叫數聲, 奔入水中, 水浸背腹, 已不勝凜慄, 不覺縮身退步, 佇立靜思曰: "實難自死. 莫如爲人所打死." 翌日朝, 轟飮酒爛醉, 錦衣烏靴, 金鉤橫帶, 八尺長身, 昂然大步, 直至鐘街, 人人大驚, 視以爲神人, 而李方揀取衆中偉幹獰貌, 似有勇力者, 直前搏之, 飛脚大踢,

52 《청구야담》에는 '幸卽'이 '何不'로 되어 있음.
53 《청구야담》에는 '小人實不知之'가 첨가되어 있음.
54 《청구야담》에는 '不知也'가 '吾安知之'로 되어 있음.

其人一聲跌仆, 急起疾走, 追之不及. 李甚慨恨, 又環視衆中, 有可勝已者, 將赴之, 佇立睢盱, 狀若狂者. 目之所觸, 莫不潰然迸走, 街上空無一人. 李雖欲爲人所打死, 而人畏爲李之所打死, 死其得乎? 日已暮矣, 大悵而歸, 夜臥無寐, 欲死之外, 無他念矣. 又思曰: "若[55]入人內家, 狎戲其妻妾, 則打死必矣." 翌朝, 又飮酒服着, 遊歷大街, 見一屋新麗, 直入中門, 而無阻搪者. 遂突至內廳, 只有一少婦, 年可二十餘. 花容月態, 半梳雲髻, 視之略不驚動, 而問曰: "何人入人內室乎? 豈非狂者耶?" 李[56]直上廳, 把女手, 擁頭咂唇, 女不甚牢拒, 而亦無一人在傍呵之者. 李極怪之, 問曰: "汝夫安在?" 女曰: "問夫何爲? 世豈有如許事乎? 醉狂雖不足較, 自有法司, 其速去." 李曰: "第言汝夫所在. 我非眞醉也. 自有情事, 不得已而作此." 婦曰: "所謂情事, 何也?" 李曰: "吾本舊日宣傳官也. 爲賊漢所欺, 盡失家產, 決意就死, 而不能自死, 要人打殺, 故屢[57]作此等事, 而終無下手者. 今汝夫又不在, 死亦至難. 將奈何?" 咄咄不已. 其女大笑曰: "信乎狂矣! 世豈有求死而如此者乎? 公果武班淸官, 則以此風骨, 豈虛死耶? 我亦有情事, 不得已者, 欲圖他適, 而忽與公遇, 豈非天耶?" 李問其情事, 女曰: "妾夫本譯官也. 有正妻在室, 而聞妾之美, 又娶爲次妻, 已四年矣. 始也率置一屋之內, 正妻悍妬, 而夫已老衰, 不堪其勃磎, 買此屋, 而使妾移居. 夫[58]往來宿食, 非無眷戀之意, 畏妻之妬, 數月[59]後足跡甚稀, 只有數婢相守, 無異寡居者. 昨年, 夫以首譯隨行赴北, 適以事滯留燕京, 今已周年而未歸, 音聞渺然, 莫知歸期, 獨守空房, 形影相弔. 雖喫着無闕, 而世念索然,

55 《청구야담》에는 '若'이 '莫如'로 되어 있음.
56 《청구야담》에는 '不答'이 첨가되어 있음.
57 《청구야담》에는 '屢'가 '累'로 되어 있음. '累'가 맞음.
58 《청구야담》에는 '始也'가 첨가되어 있음.
59 《청구야담》에는 '月'이 '日'로 되어 있음.

春風秋月, 悽傷自悼矣. 今婢輩亦以無人照檢, 相繼而去, 只有老婢相伴, 而亦不常常在家, 情事酸苦如此. 人生幾何, 而守此衰朽不相干之人, 酷受悍婦之嫉妬, 夏之日冬之夜, 獨泣空閨之中, 如許情事, 與被賊欺奪, 而求死不得者, 何間焉? 自念身, 異於士族, 不可徒然枯死, 方欲別圖, 而忽有此奇逢, 分明天意, 矜憐我兩人. 我實願從, 公亦何慮耶?" 李聞其言, 始也惻然, 繼而欣然, 徐曰: "汝言亦善矣. 然顧無可歸, 唯有一死耳." 女曰: "非丈夫也! 此會非偶, 豈可無順便之道耶? 願自愛無枉平生." 因起入室, 捧出酒肴, 親酌以勸. 李旣悅其色, 且感其言, 隨勸而飮, 醉興頗逸. 携女入室, 畵屛錦衾, 花茵繡枕, 蜂貪蝶戀, 極其繾綣, 枯草沾雨, 死灰復燃, 彼此喜可知也. 自是以後, 因常留住, 其生其死一任天公. 女亦欲絶其夫家, 不復畏忌, 但治珍衣美食, 以養李弁, 瘦顔日漸豊麗. 夜則來宿, 晝則出遊, 奄過一月, 死念漸消, 生樂轉甚, 而女之風聞, 亦自難掩矣. 已而譯官旋歸, 書信先到. 女欲使李避去, 李恥不敢歸, 遲回未決, 而譯官已到高陽店. 其家屬治具出迎, 譯官問其妻曰: "次室之不來, 何也?" 曰: "次室自有別人, 何關於君?" 譯官驚問其故, 妻細傳所聞. 譯官怒氣如山, 推擲杯盤, 急鞴駿馬, 腕懸利刀, 疾馳入來, 將欲一劒幷剪, 蹴開大門, 衝突直入, 大呼曰: "何物賊漢, 入我室, 偸我妻? 速出喫劒!" 忽有一人, 推窓當戶, 官服輝煥, 貌若神仙. 披開衣襟, 露示其胸, 嬉怡而笑曰: "吾今日眞得死所. 汝刺我胸." 意氣安閒, 略不動容. 譯官才擧頭, 不覺懍然, [60]氣縮口呿, 卻立而呆, 不能出一語, 但咄嗟數聲. 忽擲劒謂李曰: "家屋妻財, 任自爲之." 惘然出去, 不復回顧. 女時藏在壁間, 見其狀, 出謂李曰: "庸奴何能爲乎? 然可速去耳." 上樓捧出一櫃, 中有銀三百兩. 曰: "吾父亦富室也. 吾嫁時, 父以此財資送, 而吾深藏秘之. 夫未嘗知之, 而父死未[61]久, 無可與謀生者, 今

60 《청구야담》에는 '震慴若侯景之見梁武'가 첨가되어 있음.

幸有主, 此可爲資本.” 且挈出一籠開示, 其中金玉珠貝首飾雜佩及錦繡衣服. 曰: “此亦數百金, 苟善運籌, 何患不富?” 速命僕馬載之. 明曉, 李遂以兩奴兩馬載之滿駄, 置女其上, 李隨其後, 馳歸鳳山. 譯官莫敢踪之, 而其妻幸其去, 唯恐發狀, 如欲推還, 阻抑寢之. 李以其資, 盡復所賣之土, 且轉運居積, 數年後便成富室. 因上京求仕, 深懲前日, 務極周詳, 甄復出六, 次次序陞, 累歷雄鎭, 官至節度使, 與女同居安享, 福祿甚盛云爾.

5-17. 北關御史

有一宰相之女, 出嫁未期而喪夫, 孀居于父母之側矣. 一日, 宰相自外而入內, 見其女在於下房, 凝粧盛飾, 對鏡自照, 已而擲鏡而掩面大哭. 宰相見其狀, 心甚惻然, 出外而坐, 數食頃無語. 適有親知武弁之出入門下者, 無家無妻, 年少壯健者也. 來拜問候, 宰相屛人言曰: “子之身世, 如此深困窮, 君爲吾之女婿否?” 其人惶蹙而對曰: “是何教也? 小人不知教意之如何, 而不敢奉命矣.” 宰相曰: “吾非戱言.” 仍出櫃中銀子一封, 給之曰: “持此而往, 貰健馬及轎子而待, 今夜罷漏後, 來待於後門之外, 切不可失期.” 其人半信半疑, 第受之, 而依其言, 備轎馬, 待之于後門矣. 自暗中, 宰相携一女子, 而使入轎中, 誡之曰: “直往北關而居生也.”[62] 其人不知緣何許委折, 而隨轎出城而去. 宰相入內下房而哭曰: “吾女自決矣.” 家人驚惶而皆擧哀. 宰相仍言曰: “吾女平生不欲見人, 吾可襲斂. 雖渠之娚兄, 不必入見.” 仍獨自斂衾裹之, 作屍體樣, 而覆以衾, 始通于其舅家. 入棺後, 送葬于舅家先山之下矣. 過幾年後, 宰相子某, 以繡衣按廉北關, 行到一處, 入一人家, 則主人起迎, 而有兩兒在傍讀書, 狀貌淸秀, 頗有自家之面貌, 心

---

61 《청구야담》에는 ‘未’가 ‘已’로 되어 있음. ‘已’가 맞음.

62 《청구야담》에는 ‘而居生也’가 ‘居生而絶跡於門下’로 되어 있음.

切怪之. 日勢已晩, 而又憊困, 仍爲留宿矣. 至夜深, 自內忽有一女子出來, 把手而泣. 驚怪而熟視之, 卽其已死之妹也. 不勝疑訝而問之, 以爲因親敎, 居生于此, 已生二子, 此其兒矣. 繡衣口噤, 半晌無語, 略言阻懷, 待曉辭去. 其後復命還家, 夜侍其父宰相而坐, 時適從容, 低聲而言曰: "今番之行, 有可怪訝之事矣." 宰相張目熟視而不言, 其子遂不敢發說而退. 此宰相之姓名, 漏而不記之.[63]

63 《청구야담》에는 '不記'가 '漏而不記之'로 되어 있음.

《동상기찬》에 실린 글들의 출처

권차	제목	출전
제1권 才賢	1. 遁村李公	소문쇄록
	2. 玄錫圭	죽창한화
	3. 南怡	기문총화+부계기문
	4. 尹孝孫	지봉유설
	5. 申公用漑	출처 미상
	6. 金慕齋	해동야언
	7. 李鵝溪	기문총화
	8. 金四味	기문총화
	9. 金文谷	기문총화
	10. 洪相沂川	청구야담
	11. 申判書銋	기문총화
	12. 李白沙	기문총화
	13. 崔相遲川	출처 미상
	14. 朴判書篴	기문총화(동인야설초)
	15. 金參判始振	기문총화
	16. 延安李相公	기문총화
	17. 宋政丞軼	동인야설초
	18. 林龜城植	출처 미상
	19. 權生景裕	기문총화+추강냉화
	20. 朴松堂	기재잡기
	21. 錦湖林校理	청구야담
	22. 高霽峯	동인야설초(파수)
	23. 鄭錦南	기문총화
	24. 李貞翼公	기문총화
	25. 金校理某	동인야설초(계압만록)

제2권 德慧	1. 李月沙夫人	기문총화
	2. 金東園	기문총화
	3. 洪相允成	기문총화+오산설림
	4. 安東姜錄事	기문총화
	5. 李起築	기문총화
	6. 丁監司彦璜	기문총화
	7. 昭顯世子	기문총화
	8. 完南玄孫婦	청구야담
	9. 洛下儒生	기문총화
	10. 盧玉溪	기문총화
	11. 沈一松	기문총화
	12. 金安國	출처 미상
	13. 吉貞女	청구야담
	14. 遺腹手記	기문총화
	15. 新婦抱虎	기문총화
제3권 眷澤	1. 公州李進士	동인야설초(계압만록)
	2. 李校理	기문총화
	3. 徐花潭	기문총화
	4. 楊承旨	기문총화
	5. 金相宇杭	청구야담
	6. 李延原光庭	기문총화
	7. 朴靈城文秀	기문총화
	8. 呂參判東植	청구야담
	9. 安東權參奉	기문총화
	10. 玉簫仙	기문총화
	11. 金姓譯人	기문총화
	1. 李縣令公麟	기문총화
	2. 勿齋孫舜孝	출처 미상

제4권 福祿	3. 盧蘇齋	계압만록
	4. 東岳李公	기문총화
	5. 海豊君鄭孝俊	기문총화
	6. 斑寅	청구야담
	7. 星居士	청구야담
	8. 李義男	청구야담
	9. 廉喜道	기문총화
	10. 京居一士人	청구야담
	11. 賤男子	동인야설초
	12. 江陵一書生	계압만록
제5권 補遺	1. 盧木櫃	용재총화
	2. 朴孝恭	청파극담
	3. 兪大事諫孝通	청파극담
	4. 西平韓浚謙	동인야설초(파수)
	5. 李統制顯達	진벌휘고속편
	6. 兪公彦謙	출처 미상
	7. 金判院孝誠	청파극담
	8. 趙相泰億夫人	기문총화
	9. 梁山人吳某	청구야담
	10. 趙復興胖	기문총화
	11. 冠紅粧	기문총화
	12. 梅花	기문총화
	13. 禹兵使夏亨	기문총화
	14. 巫雲	기문총화
	15. 安東權進士	기문총화
	16. 鳳山武弁	청구야담
	17. 北關御史	청구야담
총 80편		

동상기찬

나를 알아줄 그 사람을 기다리며

1판 1쇄 발행일 2021년 5월 31일

김준형 역주

발행인 김학원
발행처 (주)휴머니스트출판그룹
출판등록 제313-2007-000007호(2007년 1월 5일)
주소 (03991) 서울시 마포구 동교로23길 76(연남동)
전화 02-335-4422 **팩스** 02-334-3427
저자·독자 서비스 humanist@humanistbooks.com
홈페이지 www.humanistbooks.com
유튜브 youtube.com/user/humanistma **포스트** post.naver.com/hmcv
페이스북 facebook.com/hmcv2001 **인스타그램** @humanist_insta

편집책임 문성환 **편집** 김사라 **디자인** 김태형
조판 홍영사 **용지** 화인페이퍼 **인쇄** 청아디앤피 **제본** 정민문화사

ISBN 979-11-6080-647-2 03810